IAIN BANKS
Die Auserwählte

Buch

Die 19jährige Isis ist kein gewöhnlicher Teenager. Für den Kult der Luskentyrianer ist sie die Auserwählte Gottes, die eines Tages den Führer der Sekte – ihren Großvater Salvador – beerben wird. Doch die Luskentyrianer haben dieser Tage ein Problem: Isis' Cousine Morag, die sich von der Sekte losgesagt hat und im Londoner Großstadtdschungel verschwunden ist. Und so wird Isis nach London geschickt, um Morag zu suchen und heimzubringen.
Für die unschuldige, naive und weltfremde Isis, die die Realität der modernen Welt nie kennengelernt hat, wird der Trip in die urbane Metropole zu einer Odyssee der Irrungen und Erfahrungen. Die Polizei hält sie für eine drogensüchtige Spinnerin, ihre Cousine bleibt unauffindbar, und als Isis nach Hause zurückkehrt, stellt sie fest, daß sie bei ihrem Großvater in Ungnade gefallen ist. Sie muß herausfinden, was dahintersteckt – und erfährt, daß die Wahrheit noch schmutziger als die Wirklichkeit ist.
Ein raffinierter, doppelbödiger Gesellschaftsroman von Iain Banks, dem »besten, fähigsten und ideenreichsten Autor Englands« (Time Out).

Autor

Iain Banks, geboren 1954 im schottischen Dunfermline, schrieb 1984 seinen ersten Roman *Die Wespenfabrik*, der in zwanzig Sprachen übersetzt wurde und ihn mit einem Schlag weltberühmt machte. Seitdem ist er als Verfasser von zwölf Büchern in Erscheinung getreten; sein Roman Verschworen (Goldmann TB 42931) war wochenlang die Nummer eins der britischen Bestsellerlisten. Iain Banks lebt in der Nähe von Edinburgh.

Iain Banks im Goldmann Verlag
Verschworen. Roman (42931)
Straße der Krähen. Roman (8139)

IAIN BANKS

Die Auserwählte

Roman

Aus dem Englischen
von Ute Thiemann

GOLDMANN

Die englische Originalausgabe erschien 1995 unter dem Titel
»Whit« bei Little, Brown and Company, London

Für Pen und Rog

Umwelthinweis:
Alle bedruckten Materialien dieses Taschenbuches
sind chlorfrei und umweltschonend.
Das Papier enthält Recycling-Anteile.

Der Goldmann Verlag
ist ein Unternehmen der Verlagsgruppe Bertelsmann

Deutsche Erstveröffentlichung 4/97
Copyright © der Originalausgabe 1995 by Iain Banks
Copyright © der deutschsprachigen Ausgabe 1997
by Wilhelm Goldmann Verlag, München
Umschlaggestaltung: Design Team München
Satz: DTP-Service Apel, Hannover
Druck: Elsnerdruck, Berlin
Verlagsnummer: 43527
Lektorat: Sky Nonhoff
Redaktion: Regina Winter
V. B. · Herstellung: Stefan Hansen
Made in Germany
ISBN3-442-43527-7

3 5 7 9 10 8 6 4 2

Kapitel Eins

Ich saß in meinem Zimmer und las ein Buch.

Ich blätterte eine Seite um. Der geschwungene Schatten einer kerzenbeleuchteten weißen Oberfläche fiel auf eine zweite, und ein leises, kratzendes Rascheln brach die Stille. Plötzlich überkam mich ein Schwindelgefühl, und ich fühlte deutlich die hauchdünne Trockenheit des Papiers, das sich rauh an der Haut meiner Finger rieb und scheinbar als Leiter für eine übermächtige, verwirrende Energie fungierte. Einen Moment lang saß ich benommen da, während mich die ungebetene Erinnerung an meine erste Heilung durchflutete, getaucht in das Licht einer lang zurückliegenden Jahreszeit.

Es war ein heißer Sommertag; einer jener drückenden, stillen Nachmittage, wenn der entfernte Dunstschleier über den Hügeln und Wiesen noch vor dem Abend Donner bringen kann und die Steinmauern und Felsbrocken die aufgeheizte Luft in lieblich duftenden Schwällen abgeben, wenn man dicht an ihnen vorbeigeht. Mein Bruder Allan und ich hatten verwegen weit von unserem Heim auf der Farm und verwegen nah an der Hauptstraße gespielt. Wir hatten in den Feldern Hasen gescheucht und in den Hecken nach Vogelnestern gesucht, beides ohne Erfolg. Ich war fünf, er zwei Jahre älter.

Auf einem gerade abgemähten Feld hinter der Hecke auf der anderen Seite der Straße, wo die Autos und Laster im Sonnenschein vorbeibrausten, fanden wir einen Fuchs.

Das Tier war klein, und an seiner Schnauze und seinem Maul klebte getrocknetes Blut. Allan stupste den Fuchs mit einem Stock an und erklärte ihn für tot, aber ich starrte und starrte und starrte nur und wußte, daß er immer noch leben könnte, und so ging ich hin und beugte mich hinab und hob ihn auf, nahm seinen steifen Leib in meine Arme und vergrub meine Nase in seinem Fell.

Allan tat lautstark seinen Ekel kund; jedermann wußte doch, daß Füchse Flöhe hatten.

Aber ich spürte das pulsierende Strömen des Lebens, in mir und in dem Tier. Eine seltsame Spannung baute sich in mir auf, wie das segensreiche Gegenteil von angestauter Wut; sie keimte auf, sproß und erblühte, und dann floß sie aus mir heraus wie ein leuchtender Strahl der Lebenskraft und des Seins.

Ich spürte, wie das Tier in meinen Händen erwachte und sich regte.

Gleich darauf zuckte es, und ich legte es wieder auf den Boden; es erhob sich wackelig auf die Beine und schüttelte sich einmal, dann sah es sich zögernd um. Es knurrte Allan an, dann sprang es davon und verschwand in dem Graben vor der Hecke.

Allan starrte mich an, in seinen weit aufgerissenen Augen ein Ausdruck des Entsetzens, wie es schien, und obgleich er ein Junge und zwei Jahre älter als ich war, sah er so aus, als würde er gleich heulen. Die Muskeln an seinen Kiefergelenken, unter seinen Ohren, bebten und zuckten. Mein Bruder ließ seinen Stock fallen, brüllte und rannte durch die abgeernteten Stoppeln zurück zur Farm.

Ich blieb allein zurück, erfüllt von einem Gefühl unbeschreiblicher Zufriedenheit.

Später – Jahre später, mit dem Vorzug einer erwachseneren Perspektive in Hinblick auf jenen unvergeßlichen Kindheitsmoment – vermeine ich mich noch genau daran zu erinnern, was ich empfunden habe, als ich den Fuchs vom Boden aufhob, und dann frage ich mich, ob jene Gabe, die ich zu besitzen schien, wohl auch über Entfernungen tätig werden könnte.

... Das kurzzeitige Schwindelgefühl verging, die umgeblätterte Seite legte sich auf die zuvor gelesenen. Die Erinnerung – die Gabe, die wir alle besitzen und die zweifelsohne über Entfernungen tätig wird – entließ mich wieder in die Gegenwart, und ich stand (obgleich ich es damals noch nicht wußte) am Beginn meiner eigenen Geschichte.

*

Ich werde mich vorstellen: Mein Name ist Isis. Gewöhnlich nennt man mich Is. Ich bin eine Luskentyrianerin.

*

Ich werde meine Geschichte mit dem Tag beginnen, an dem Salvador – mein Großvater und unser Gründer und Oberhaupt – den Brief ehielt, der unmittelbar zu den Ereignissen führte, die im folgenden beschrieben werden; es war der erste Tag des Monats Mai 1995, und alle Mitglieder unserer Gemeinschaft waren emsig mit den Vorbereitungen für das Fest der Liebe befaßt, welches am Ende des Monats stattfinden sollte. Das alle vier Jahre stattfindende Fest und besonders die Bedeutung, die es für mich selbst haben würde, beschäftigten mich sehr, und ich sah meinem Abschied von der Gemeinde für meinen wöchentlichen Gang nach Dunblane, zu seiner Kathedrale und der Flentrop-Orgel, mit einem Gefühl der Erleichterung und nur einen Hauch von Schuldgefühlen entgegen.

Unsere Heimstatt liegt in einer Schlaufe des Flusses Forth, einige Meilen stromaufwärts von der Stadt Stirling. Der Forth – der aus einem Zusammenfluß oberhalb von Aberfoyle entstammt – schlängelt sich wie ein braunes Seil, das der Schöpfer achtlos auf die uralten grünen Marschlande hat fallen lassen, die die Ostflanke von Schottlands Wespentaille bilden. Der Fluß verläuft in Biegungen, langgezogenen Kurven, einer scharfen Kehre und engen Schlangenlinien zwischen dem Steilabbruch des Gargunnock im Süden und den langen, flachen Ausläufern einer als Gruppe anonymen Hügelkette im Norden (von denen mein Liebling, allein seines Namens wegen, der Slymaback ist); er fließt durch Stirling, schwillt langsam an und schlängelt sich dann weiter nach Alloa, wo er noch breiter wird und nach und nach mehr wie die Vorhut der See denn ein Teil des Festlandes anmutet.

Dort, wo er an uns vorbeizieht, ist der Fluß tief, noch nicht den Gezeiten unterworfen und strömt, außer bei Hochwasser, ruhig dahin, oftmals trübe von Schlick und noch immer schmal genug, daß ein Kind einen Stein von einem seiner schlammigen, reetbestandenen Ufer zum anderen hinüberwerfen kann.

Die in ihrer Form an einen Tabaksbeutel erinnernde Landzunge, auf der wir leben, wird High Easter Offerance genannt. Das viktorianische Herrenhaus, das ältere Bauernhaus, seine Nebengebäude und dazugehörigen Scheunen, Schuppen und Gewächshäuser sowie die verschiedenen Schrottfahrzeuge, die als zusätzliche Unterkünfte dienstverpflichtet wurden, nehmen zusammen vielleicht die Hälfte der gut zwanzig Hektar ein, die die Schlaufe des Flusses umschließt; die andere Hälfte gehört einem kleinen, von einer Steinmauer eingefaßten Apfelgarten, zwei von Ziegen abgeweideten Rasenflächen, einem Hain mit Kiefern und einem anderen mit Birken, Lärchen und Ahornbäumen und – dort, wo das alte Anwesen sanft zum Fluß hin abfällt – einem fast ringförmigen Urwald aus Unkraut, Büschen, schlammigen Senken, riesigen Farnen und Binsen.

Von Süden erreicht man die Gemeinde über eine bogenförmige Eisenbrücke, an deren beiden Pfeilern ein unidentifizierbares Wappen und die Jahreszahl 1890 prangen. Die Brücke war einmal durchaus in der Lage, einen Traktor zu tragen (ich habe Fotografien davon gesehen), doch ihr hölzernes Deck ist mittlerweile so verrottet, daß es etliche Stellen gibt, wo man durch Risse in den vermoderten Bohlen das aufgewühlte braune Wasser darunter sehen kann. Ein schmaler Gehweg aus aufgenagelten Planken erlaubt es Fußgängern, die Brücke sicher zu überqueren. Auf der anderen Seite der Brücke, inmitten der dicht stehenden Platanen auf dem höhergelegenen Ufer gegenüber dem Gemeinde-Anwesen, steht das kleine Fachwerkhaus, in dem Mr. Woodbean und seine Tochter Sophi wohnen. Mr. Woodbean ist unser Gärtner, obgleich das Haus, in dem er lebt, ihm gehört; das Grundstück von High Easter Offerance wurde meinem Großvater und der Gemeinde von Mr. Woodbeans Mutter als Schenkung überschrieben, unter der Bedingung, daß sie und ihre Nachkommen weiterhin Eigentümer des Fachwerkhauses blieben. Ich erzähle Leuten immer gern, Sophi wäre eine Löwenbändigerin, obgleich ihre offizielle Berufsbezeichnung Tierpflegerin lautet. Sie arbeitet im örtlichen Safari-Park, der ein paar Meilen quer über die Felder entfernt, nahe Doune, liegt.

Jenseits des Woodbeanschen Hauses schlängelt sich die überwucherte Auffahrt durch die Bäume und Büsche zur Hauptstraße; dort überragt ein großes, zugerostetes Eisentor den kiesbestreuten Halbkreis, auf dem Sophis Morris Minor steht, wenn er nicht anderweitig unterwegs ist, und wo der Wagen des Briefträgers parkt, wenn er die Post bringt. Eine kleinere Pforte an der Seite des Halbkreises erlaubt Zugang zu der nach Wald riechenden, baumbeschatteten Auffahrt des Anwesens.

Im Norden, hinter der Gemeinde, wo der gewundene Fluß an der Schnürung unseres Tabaksbeutels beinahe wieder auf sich selbst trifft, fällt das Land zu den Gleisen der alten Eisenbahnstrecke zwischen Drymen und Bridge of Allan hinab, die einen langen, grasbewachsenen Kamm zwischen uns und dem größeren Teil unserer jenseits davon liegenden Ländereien bildet, einem fruchtbaren Flickenteppich aus flachem, urbarem Boden von gut achthundert Hektar. Es gibt eine Lücke im alten Eisenbahndamm, wo eine kleine, mittlerweile längst abgerissene Brücke – damals, als die Bahnlinie noch in Betrieb war – Zugang zu den Feldern erlaubte; mein Weg zur Kathedrale an jenem neblig-hellen Montag morgen würde dort beginnen, doch zuerst mußte ich noch frühstücken.

*

Unser Alltagsleben kreist um den langen Holztisch in der ausgebauten Küche des alten Bauernhauses, wo das Feuer im Kamin brennt wie ein Ewiges Licht der Häuslichkeit und der uralte Ofen pechschwarz in einer Ecke steht und Wärme und einen behaglich muffigen Geruch verströmt wie ein alter, behäbiger Familienhund. Zu dieser Morgenstunde zu dieser Jahreszeit wird die Küche von dem dunstigen Sonnenlicht erhellt, das durch die großen Fenster fällt, und ist voll von Menschen; ich mußte über Tam und Venus steigen, die auf dem Boden nahe der Tür zur Diele mit einer Holzeisenbahn spielten. Sie blickten auf, als ich die Küche betrat.

»Geliebte Isis!« piepste Tam.

»Glieb Eis-sis«, plapperte das jüngere Kind.

»Bruder Tam, Schwester Venus«, begrüßte ich sie und nickte bedächtig in gespielter Feierlichkeit. Sie kicherten verlegen und wandten sich wieder ihrem Spiel zu.

Venus' Bruder, Peter, stritt sich gerade mit seiner Mutter, Schwester Fiona, darüber, ob heute ein Badetag wäre oder nicht. Auch sie hielten lange genug inne, um mich zu begrüßen. Bruder Robert nickte mir von der offenen Hoftür zu und zündete sich seine Pfeife an, während er hinausging, um die Pferde anzuspannen; seine genagelten Stiefel klackten über das Kopfsteinpflaster. Clio jagte ihre ältere Schwester Flora mit einem langen Holzlöffel um den Tisch, verfolgt von Handyman, dem Collie, der den fröhlich lachenden und quiekenden Geschwistern aufgeregt hechelnd hinterherlief (»Mädchen ...« schalt die Mutter der Mädchen, Gay, milde und blickte von den festlichen Bannern auf, die sie gerade nähte. Sie sah mich und wünschte mir einen guten Morgen. Ihr jüngstes Kind, Thalia, stand neben ihr auf der Bank und klatschte seinen Schwestern begeistert glucksend Beifall). Die beiden Kinder sausten kreischend an mir vorbei, noch immer dicht gefolgt von dem Hund, der schlitternd über den gefliesten Boden hetzte, und ich mußte mich gegen das warme Metall des Ofens zurücklehnen, um ihnen auszuweichen.

Der Ofen war ursprünglich für Festbrennstoffe gedacht, doch nun wird er mit Methan betrieben, das durch Rohre von den im Hof vergrabenen Fäkalientanks hierher geleitet wird. Wenn das Feuer mit dem riesigen schwarzen Kessel, der über den Flammen hängt, unser nie erlöschender Schrein ist, dann ist der Ofen unser Altar. Er untersteht der Obhut meiner Stieftante Calliope (allgemein Calli genannt), einer dunkelhäutigen, molligen, schwerfällig aussehenden Frau mit buschigen schwarzen Augenbrauen und dicken, nach hinten gebundenen Haaren, die trotz ihrer vierundvierzig Jahre noch rabenschwarz und ohne den geringsten Hauch von Silber sind. Calli sieht ausgesprochen asiatisch aus, als hätten so gut wie keine der angelsächsischen Gene meines Großvaters ihren Weg zu ihr gefunden.

»Gaia-Marie«, sagte sie, als sie von ihrem Platz am Tisch aufblickte und mich sah (Calli nennt mich immer beim ersten Teil meines Namens). Sie hatte ein blitzendes Messer in der Hand, ein Schneidebrett vor sich und hackte Gemüse. Sie erhob sich; ich streckte meine Hand aus, und sie küßte sie, denn runzelte sie die Stirn, als sie meine Reisejacke und meinen Hut bemerkte. »Ist es schon wieder Montag?« Sie nickte und setzte sich wieder.

»Ja«, bestätigte ich, während ich meinen Hut auf dem Tisch ablegte und mir eine Schüssel Hafergrütze aus dem Topf auf dem Herd auffüllte.

»Schwester Erin war vorhin hier, Gaia-Marie«, sagte Calli und machte sich wieder daran, das Gemüse zu schneiden. »Sie sagte, der Gründer möchte dich sehen.«

»Gut«, erwiderte ich. »Vielen Dank.«

Schwester Anne, die Frühstücksdienst hatte, kam eilig vom Toast-Gitter am Feuer herüber, tat mir einen großen Klacks Honig in meine Hafergrütze und sorgte dafür, daß ich die nächsten beiden Scheiben Toast bekam, dick mit Butter bestrichen und mit Käse belegt; eine Tasse starken Tees folgte auf dem Fuße. Ich dankte Schwester Anne und nahm auf einem Stuhl neben Cassie Platz. Ihr Zwilling, Paul, saß auf der anderen Seite des Tisches. Sie entzifferten gemeinsam eine Telefonrolle.

Die Zwillinge waren Callis älteste Kinder, eine attraktive Mischung aus Callis subkontinentaler Dunkelhäutigkeit und der angelsächsischen Hellhäutigkeit ihres Vaters, meines Onkels Bruder James (der seit zwei Jahren Missionsarbeit in Amerika leistet). Die Zwillinge sind in meinem Alter, neunzehn Jahre. Als ich mich hinsetzte, standen sie beide auf, schluckten eilig das gebutterte Brot herunter, das sie gerade im Mund hatten, wünschten mir einen guten Morgen und kehrten dann wieder zu ihrer Aufgabe zurück, die Zacken auf der langen Papierrolle zu zählen, sie in Punkte und Striche zu übersetzen und diese dann in Gruppen zusammenzufassen, die für Buchstaben standen.

Gewöhnlich wurde einem jüngeren Kind die Aufgabe übertragen, jeden Abend den langen Papierstreifen vom Woodbeanschen Haus abzuholen, damit er entschlüsselt werden konnte. Etliche Jahre war dies meine Aufgabe gewesen – ich bin ein paar Monate jünger als die Zwillinge, und obgleich ich die Auserwählte Gottes bin, wurde ich, wie es sich gehört, so aufgezogen, daß ich Demut im Angesicht des Schöpfers wahrte und einiges dieser Demut durch das Verrichten alltäglicher, simpler Arbeiten erlernte.

Ich erinnere mich nur zu gern an meine Telefonrollendienste zurück. Obgleich der Weg zu dem Haus auf der anderen Seite der Brücke bei schlechtem Wetter – besonders in der winterlichen Dunkelheit, wenn man eine im Wind schaukelnde Laterne über die baufällige Eisenbrücke tragen mußte und unter einem der angeschwollene schwarze Fluß rauschte – recht beschwerlich sein konnte, wurde ich bei den Woodbeans für gewöhnlich mit einer Tasse Tee und einem Bonbon oder einem Keks belohnt, aber mehr noch war da die Faszination, einfach nur in diesem Haus zu sein, mit seinen strahlenden elektrischen Lampen, die jeden Winkel des Zimmers erhellten, und der alten Musiktruhe, die das Wohnzimmer mit Musik aus dem Äther oder von Schallplatten erfüllte. (Mr. Woodbean, der eine Art Mitläufer unseres Glaubens ist, zieht die Grenze beim Fernsehen – seine Konzession an Großvaters Ablehnung der modernen Welt).

Ich hatte Anweisung, nicht länger als nötig im Hause der Woodbeans zu verweilen, aber wie den meisten von uns, denen der Telefonrollendienst oblag, fiel es mir schwer, der Versuchung zu widerstehen, eine Weile zu bleiben, um in jenem strahlenden, betörenden Licht zu baden, der sonderbaren weit entfernt klingenden Musik zu lauschen und dabei jene Mischung aus Unbehagen und Verlockung zu verspüren, die wohl alle jungen Luskentyrianer empfinden, wenn sie mit moderner Technologie konfrontiert werden. Auf diese Weise lernte ich auch Sophi Woodbean kennen, die wahrscheinlich meine beste Freundin ist (noch vor meiner Cousine Morag), obgleich sie die meiste Zeit unter den Seichten verbringt und – wie ihr Vater – *nur halb errettet* ist, wie mein Großvater es nennen würde.

Cassie hakte eine weitere Gruppe von Signalen ab und schaute auf die Standuhr in der Ecke.

Es war fast sechs Uhr. Wenn die Telefonrolle nicht den Eindruck vermittelte, als würde sie ein besonders dringendes Signal enthalten, dann würde Bruder Malcolm die Zwillinge alsbald zu ihrer Arbeit auf den Feldern rufen, wo vermutlich schon bis zu einem Dutzend andere Mitglieder unseres Ordens ihrem Tagwerk nachgingen. Ganz am Ende des Tisches versuchten die Kinder im Grundschulalter zu essen, während sie gleichzeitig fieberhaft untereinander die Hausaufgaben abschrieben, bevor Bruder Calum die Glocke läutete und der Unterricht im Herrenhaus auf der anderen Seite des Hofes begann. Die älteren Kinder schliefen höchstwahrscheinlich noch; der Bus, der am Ende der Auffahrt hielt, um sie zur Gerhardt Academy in Killearn zu bringen, kam erst in anderthalb Stunden. Astar – Callis Schwester – war vermutlich gerade damit beschäftigt, die Betten zu machen und die schmutzige Wäsche einzusammeln, während Indra, ihr Sohn, wahrscheinlich an irgendeiner Rohrleitung oder einer Schreinerarbeit herumwerkelte, so er sich nicht um das Festtags-Ale kümmerte, das in dem von Hopfengeruch erfüllten Brauhaus in der Scheune am Westende des Hofes zubereitet wurde. Allan, mein ältester Bruder, saß aller Wahrscheinlichkeit nach bereits im Gemeindebüro – das ebenfalls im Herrenhaus untergebracht war –, wo er sich um die Buchführung des Hofs kümmerte und Schwester Bernadette oder Schwester Amanda Briefe zu tippen gab.

Ich beendete mein Frühstück, reichte die Teller Bruder Giles, der an jenem Tag Abwaschdienst hatte, verabschiedete mich von allen in der Küche – während Schwester Anne mir noch fürsorglich einen Apfel und zwei in Butterbrotpapier gewickelte Stücke Haggis Pakora in meine Tasche steckte – und ging über den Hof zum Herrenhaus. Es hing nur ein leichter Morgennebel über den Dächern, jenseits davon war der Himmel klar und blau. Dampf stieg vom Waschhaus auf, und Schwester Veronique rief heraus und winkte herüber, einen schweren, übervollen Wäschekorb in ihre Hüfte gestemmt. Ich winkte ihr ebenfalls zu, und auch Bruder Arthur, der einen der Clydesdales festhielt, während Bruder Robert und Bruder Robert B. ihm das Geschirr anlegten.

Die Männer riefen mich heran, damit ich mir das Pferd anschauen sollte. Dubhe ist der größte, aber auch der trägste unserer Clydesdales.

Ich vermag mit Tieren ebensogut umzugehen wie mit Menschen, und wenn ich in der Gemeinde eine Aufgabe habe, die sich mit den Pflichten der anderen vergleichen ließe, dann die, einige der Schmerzen, Verletzungen und Erkrankungen zu lindern, unter denen Mensch wie Tier zuweilen leiden.

Wir führten das Pferd ein bißchen ohne sein Geschirr herum, und ich tätschelte ihm die Flanken und hielt seinen Kopf und sprach eine Weile mit ihm, schmiegte mein Gesicht an das seine, während sein Atem in lieblich nach Heu duftenden Wolken aus seinen schwarz-rosa Nüstern schoß. Schließlich nickte Dubhe einmal und zog seinen riesigen Kopf aus meinem Griff, dann schaute er sich um.

Ich lachte. »Ihm geht es gut«, erklärte ich den Männern.

Ich ging weiter zum Herrenhaus; das ist die recht imposante Bezeichnung für den Bau, den Mr. Woodbeans Vater um die Jahrhundertwende errichtet hatte und der von da an anstelle des ursprünglichen Farmhauses der Familie als Heimstatt diente. Es ist aus grau-rosa Sandsteinblöcken gebaut, nicht wie das ältere Gebäude aus rauhem, unverputztem Stein, und seine drei Stockwerke ragen höher auf, sind heller und ungetüncht. Das Feuer, bei dem meine Eltern umkamen, hatte es vor sechzehn Jahren bis auf die Ruinen der Außenmauern abbrennen lassen, aber wir haben es in der Zwischenzeit wieder aufgebaut.

Drinnen hockten Bruder Elias und Bruder Herb, zwei muskulöse blonde Amerikaner, auf den Knien und bohnerten den Fußboden der Eingangshalle. Die Luft war erfüllt vom durchdringenden, sauberen Geruch des Bohnerwachses. Elias und Herb sind Konvertiten, die zu uns kamen, nachdem sie durch Bruder James, unseren Missionar in Amerika, von der Gemeinde gehört hatten. Beide sahen hoch und schenkten mir das breite, makellose Lächeln, das, wie sie uns (beinahe stolz, wie es mir schien) versicherten, ihre jeweiligen Eltern viele Tausende von Dollars gekostet hatte.

»Isis«, setzte Elias an.

»*Geliebte*«, kicherte Herb, wobei er mich ansah und die Augen verdrehte.

Ich schmunzelte und bedeutete Elias, fortzufahren.

»Geliebte Isis«, sagte Elias grinsend, »würdest du wohl so freundlich sein und den armen verblendeten Verstand unseres Bruders hier bezüglich der Frage der Wesensgleichheit von Körper und Seele erleuchten?«

»Ich will es versuchen«, erwiderte ich und unterdrückte ein Seufzen.

Elias und Herb schienen begeistert und beständig in Streitgesprächen über die Auslegung der Glaubensgrundsätze der luskentyrischen Theologie verwickelt, wobei es sicher Auslegungssache war, ob es sich nicht um bloße Spitzfindigkeiten handelte (gleichzeitig muß ich jedoch eine gewisse Befriedigung darüber gestehen, daß zwei derart prachtvolle Musterbeispiele kalifornischer Männlichkeit – beide um die zwei Jahre älter als ich – vor mir auf den Knien lagen und andächtig meinen Worten lauschten). »Worum genau geht euer Disput?« fragte ich.

Elias zeigte fuchtelnd mit seinem gelben Wischmob auf den anderen Mann. »Bruder Herb hier behauptet, wenn die Häresie der Statur in ihrer Gänze abzulehnen ist, dann ergäbe sich daraus zwangsläufig, daß die Seele, oder zumindest jener Teil, der die Stimme des Schöpfers empfängt, das *Skelett* des Gläubigen ist. Nun, mir hingegen scheint es offensichtlich, daß . . .«

Und so plapperten sie weiter. Zur Häresie der Statur war es gekommen, als eine Handvoll der ursprünglichen Anhänger meines Großvater, im Mißverständnis seiner Lehre bezüglich der Körperlichkeit der Seele, entscheiden, je größer und dicker jemand wäre, desto besser könne er als Empfänger für Gottes Signale dienen und desto besser würde er die Stimme Gottes hören. Vielleicht war auch die Tatsache, daß Salvador über die vorangegangenen Jahre zu einer immer fülligeren und beachtlicheren Figur herangewachsen war, nicht ganz unschuldig an der Statur-Häresie; die betreffenden Jünger hatten unseren Gründer nur als großen, massigen Mann kennengelernt und wußten nicht, daß seine Leibesfülle einzig das Ergebnis sowohl seines tiefen inneren Friedens als auch der ausgesprochen bemerkenswerten Kochkünste seiner Frauen war; hätten sie Fotografien von Salvador sehen können, die ihn damals zeigten, als er vor so vielen Jahren und Jahrzehnten unvermittelt und anscheinend noch recht hager bei den Schwestern aufgetaucht war, dann hätten sie sich vielleicht nicht derart fehlleiten lassen.

Während Elias und Herb weiterstritten, nickte ich mit allem Anschein der Geduld und schaute mich flüchtig in der holzgetäfelten Eingangshalle um.

In der Halle und an den schimmernd polierten Wänden des großzügigen Treppenaufgangs hängen verschiedene Gemälde und ein gerahmtes Plakat. Da sind ein Porträt der älteren Mrs. Woodbean, unserer Wohltäterin, eine Anzahl von Landschaftsbilder der Äußeren Hebriden und – beinahe schockierend, wenn man Großvaters Ansichten über die zeitgenössischen Medien bedenkt – ein grellbuntes Plakat in Purpur und Rot, das eine Veranstaltung in einer Räumlichkeit namens Royal Festival Hall in London vor zwei Jahren ankündigt. Das Plakat wirbt für ein Konzert mit einem Instrument namens Baryton, das von der international gefeierten Solistin Morag Whit gegeben wird, und es ist ein Beweis der Liebe und des Stolzes, die Großvater Salvador für meine Cousine Morag empfindet, daß er duldet, daß ein derart schreiend modernes Ding an so auffälliger Stelle in seinem

Heiligtum ausgestellt ist. Cousine Morag – das Kronjuwel unserer Missionsarbeit – war beim Fest der Liebe am Ende des Monats als Ehrengast vorgesehen.

Wir sind keine wohlhabende Gemeinschaft (tatsächlich war es schon immer Teil unserer Anziehungskraft für Außenstehende, daß wir von unseren Anhängern nichts anderes verlangen als Glaube, Gehorsam und – wenn sie bei uns leben wollen – ehrliche Arbeit; alle Spenden werden höflich wieder zurückgegeben), aber wir haben mehr, als wir brauchen, und der Hof erwirtschaftet jedes Jahr einen ansehnlichen Überschuß, den unser Gründer großzügig für die Missionsarbeit einsetzt. Bruder James in Amerika und Schwester Neith in Afrika haben über die letzten Jahre viele Seelen errettet, und wir hoffen, daß Bruder Topec – derzeit an der Universität in Glasgow – unser Abgesandter für Europa werden wird, nachdem er sein Examen gemacht und entsprechende Unterweisung von Salvador erhalten hat. Cousine Morag ist nicht im strikten Sinne eine Missionarin, doch es ist unsere Hoffnung, daß ihr Ruhm als international gefeierte Baryton-Solistin, in Verbindung mit ihrem offenen Bekenntnis zu unserem Glauben, helfen wird, die Menschen zur Wahrheit zu führen.

Außerdem war es seit dem letzten Fest der Liebe Morags ausdrücklicher Wunsch, einen größeren Anteil an den diesmaligen Feierlichkeiten zu haben, und wir haben vor zwei Jahren mit Freude vernommen, daß sie in London einen netten jungen Mann kennengelernt habe und ihn beim diesjährigen Fest heiraten wolle.

Nachdem Elias und Herb ihre jeweiligen Standpunkte erläutert hatten, schaute ich nachdenklich drein und antwortete den beiden nach bestem Vermögen; wie gewöhnlich war es ein Disput über eine Nichtigkeit, entstanden daraus, daß beide Großvaters Lehren leicht unterschiedlich, aber gleichermaßen grundlegend falsch ausgelegt hatten. Ich versicherte ihnen, daß die Antwort in ihren Ausgaben der *Orthographie* zu finden sein würde, wenn sie dies nur eingehend studierten. Ich ließ sie noch immer verwirrt zurück und erklomm eilig die Treppe zum ersten Stock, bevor ihnen irgendwelche weiterführenden Fragen einfallen konnten (daß ihnen welche einfallen würden, daran hegte ich keinen Zweifel, und ich konnte nur hoffen, daß sie zu einem anderen Abschnitt des Fußbodens oder einer anderen – und vorzugsweise weit entfernten – Aufgabe weitergezogen sein würden, wenn ich wieder herunterkam).

Das Klappern der uralten Remington-Schreibmaschine der Gemeinde scholl aus einem der ehemaligen Schlafzimmer – nunmehr das Büro – links vom Ende der Treppe. Ich konnte die Stimme meines Bruders Allan hören, als ich den Treppenabsatz erreichte, dort, wo die Dielenböden knarrten. Allans Stimme verstummte abrupt, dann hörte ich ihn abermals etwas sagen, und während ich auf die Doppelflügeltür zu den Gemächern meines Großvaters zuging, öffnete sich die Bürotür, und Schwester Bernadettes rundes, errötetes Gesicht, eingerahmt von krausem rotem Haar, spähte heraus.

»Schwes... ähm, Geliebte Isis, Bruder Allan hätte dich gern auf ein Wort gesprochen.«

»Nun, ich bin etwas in Eile«, erwiderte ich, während ich nach dem Türgriff zu Großvaters Vorzimmer griff und mit der Hand, in der ich meinen Reisehut hielt, anklopfte.

»Es dauert nicht –«

Die Tür vor mir schwang auf, und Schwester Erin – hochgewachsen, ergraut, adrett und ein wenig so anmutend, als wäre sie schon seit Stunden auf den Beinen – trat einen Schritt zurück, um mich einzulassen, wobei sie der geknickten Schwester Bernadette auf der anderen Seite des Treppenabsatzes ein verkniffenes Lächeln schenkte, während sie die Tür hinter mir schloß.

»Guten Morgen, Geliebte Isis«, sagte sie und winkte mich zur Tür von Großvaters Schlafzimmer. »Du bist wohlauf, hoffe ich?«

»Guten Morgen, Schwester Erin. Ja, ich bin wohlauf«, erwiderte ich und ging über den gebohnerten Boden zwischen den Sofas, Sesseln und Tischen hindurch. Schwester Erin folgte mir. Draußen, jenseits der Trennwand vor den Hoffenstern, die Großvaters private Küche abteilt, hörte ich die Schulglocke läuten, mit der Bruder Calum die Kinder zum Unterricht rief. »Und du?«

»Oh, ich kann nicht klagen«, sagte Erin mit einem Seufzen, das offenkundig just so leidend klingen sollte, wie es klang. »Dein Großvater hatte eine ruhige Nacht und ein leichtes Frühstück.« (Schwester Erin besteht immer darauf, von Großvater zu sprechen, als wäre er eine Kreuzung zwischen einer königlichen Hoheit und einem zum Tode verurteilten Sträfling; zugegebenermaßen ermutigt er uns alle, ihn mit einer gewissen Ehrfurcht zu behandeln, und mit seinen fünfundsiebzig Jahren mag ihm auch nicht mehr *so* viel Zeit bei uns verbleiben; aber trotzdem.)

»Oh, schön«, sagte ich, wie immer um die angemessene Antwort verlegen.

»Ich glaube, er ist in seiner Badewanne«, erklärte Erin und griff an mir vorbei, um die Tür zu Großvaters Zimmerflucht zu öffnen. Sie lächelte verkniffen. »Marjorie und Erica«, rief sie schroff, während ich meine Schuhe auszog und sie ihr reichte. Sie riß die Tür auf.

Hinter der Tür war eine Stiege, die bis hinauf zu Großvaters Bett führt, welches aus sechs Doppelbetten und zwei Einzelbetten besteht, die dicht zusammengeschoben das gesamte Schlafzimmer ausfüllen, einmal abgesehen von einem einzelnen erhöhten Tisch an der hinteren Wand. Das Bett ist mit unzähligen Flicken- und Steppdecken und mehreren Dutzend Federkissen und Sofakissen unterschiedlichster Form und Größe bedeckt. Die Vorhänge waren geschlossen, und in der Dunkelheit mutete das Bett an wie die Reliefkarte eines außergewöhnlich bergigen Landstrichs. Die Luft war geschwängert vom Weihrauchduft der Kerzen, die überall auf dem einzelnen Bord verteilt standen, das sich einmal um das ganze Zimmer zog; einige der Kerzen brannten noch. Gurgelnde Geräusche und Stimmen drangen durch die halb geöffnete Tür vor mir.

Die große, runde Holzbadewanne meines Großvaters steht in dem geräumigen Badezimmer hinter seinem Ankleidezimmer, welches wiederum an das Schlafzimmer angrenzt. Die Wanne und die sie einfassende Plattform, eigens von Bruder Indra für Großvater gebaut, nehmen die Hälfte des Raums ein; den Rest teilen sich eine gewöhnliche Badewanne, eine Duschkabine, ein Waschbecken, eine Toilette und ein Bidet, die alle von einem Tank auf dem Dachboden des Herrenhauses gespeist werden, der wiederum durch unser Wasserrad am Fluß (gebaut nach uraltem syrischen Vorbild, wie Indra sagt) und via einer Vielzahl von Filtern – darunter ein mit Reet bestandener Hang –, eines Gewirrs von Rohren, einer methangasbetriebenen Pumpe, Solarzellen auf dem Dach und schließlich eines ebenfalls methangasbetriebenen Heißwasserboilers direkt über dem Badezimmer aufgefüllt wird.

»Geliebte Isis!« riefen Schwester Marjorie und Schwester Erica im Chor. Marjorie, die drei Jahre älter ist als ich, und Erica, ein Jahr jünger, trugen pfirsichfarbene Gewänder und trockneten gerade die Badewanne mit Handtüchern ab. »Guten Morgen, Schwestern«, begrüßte ich sie mit einem Nicken.

Ich trat durch die Doppelflügeltür in den blühenden, duftenden Raum, den Großvater das Cogitarium nennt, ein Wintergarten, der an das Ende des ersten Stocks des Herrenhauses angebaut ist und auf dem Dach des darunter liegenden Ballsaals steht, in dem wir unsere Versammlungen und Gottesdienste abhalten. Das Cogitarium war noch wärmer und feuchter als das Badezimmer.

Mein Großvater, Seine Heiligkeit der Gesegnete Salvador-Uranos Odin Dyaus Brahma Moses-Mohammed Mirza Whit von Luskentyre, Geliebter Gründer der Luskentyrischen Sekte der Auserwählten Gottes I. und der Irdische Statthalter des Schöpfers (und nie darum verlegen, sich zusätzliche, religiös bedeutsame Namen und Titel zu geben), saß auf einem einfachen Rattansessel in einem Flecken Sonnenlicht am gegenüberliegenden Ende des Wintergartens, wohin man über einen im Schachbrettmuster gefliesten Weg zwischen den ausladenden Blättern unzähliger Farne, Philodendren und Bromelien gelangte. Großvater war wie üblich in eine schlichte weiße Robe gekleidet. Seine lange, weißgelockte Haarmähne verband sich mit seinem dichten weißen Bart zu einem Nimbus um seinen Kopf, der im diesigen Sonnenschein des Morgens zu schimmern schien. Seine Augen waren geschlossen. Die Blätter der Pflanzen berührten meine Arme, als ich den Weg entlangging, und raschelten dabei leise. Großvater schlug die Augen auf. Er blinzelte, dann lächelte er mich an.

»Und wie geht es meiner Lieblingsenkelin heute?« erkundigte er sich.

»Ich bin wohlauf, Großvater«, sagte ich. »Und dir?«

»Ich fühle mich alt, Isis«, erwiderte er lächelnd. »Aber durchaus wohlauf.« Seine Stimme war tief und sonor. Er ist trotz seines Alters noch immer ein gutaussehender Mann, mit einem markanten, ausdrucksstarken Gesicht und einer Haut, die einem nur halb so alten Mann zur Ehre gereichen würde. Der einzige Makel an seinem Gesicht ist die tiefe, V-förmige Narbe hoch oben auf seiner Stirn, die zum Erkennungszeichen unserer Gemeinschaft geworden ist. Seine tiefe, volle Stimme, die sich unüberhörbar über unseren Chor erhebt, wenn wir während des Gottesdienstes singen, hat einen eindeutig schottischen Akzent, wenn auch versetzt mit einer Andeutung von Privatschul-Englisch und dem gelegentlichen amerikanischen Vokallaut.

»Gesegnet seist du, Großvater«, sagte ich und machte unser Zeichen, indem ich meine rechte Hand an die Stirn hob und eine Bewegung ausführte, die sich vielleicht am besten als ein langsames Antippen beschreiben läßt. Salvador nickte erwidernd und deutete auf einen kleinen Holzschemel neben seinem Rattansessel.

»Und gesegnet seist auch du, Isis. Danke, daß du gekommen bist, um deinen alten Großvater zu besuchen.« Er legte vorsichtig die Hand an den Hinterkopf. »Es ist wieder der Nacken.«

»Aha«, sagte ich. Ich legte meinen Hut auf den Schemel, auf den Großvater gezeigt hatte, dann stellte ich mich hinter ihn, legte die Hände auf seine Schultern und begann, ihn zu massieren. Er ließ den Kopf ein wenig nach vorn sinken, während ich seine Muskeln knetete und meine Hände sich ruhig über seine glatte, leicht sonnengebräunte Haut bewegten.

Ich stand im diesigen Sonnenlicht da, dessen strahlende Wärme durch Nebel und Glas doppelt gefiltert wurde, und ließ meine Hände über Großvaters Nacken und Schultern gleiten, nicht mehr massierend, sondern nur noch berührend. Ich fühlte jene seltsame, aufwallende Energie tief in meinem Innern, das Zeichen meiner Kraft, spürte, wie es kribbelnd aus meinem Mark aufstieg und von dort in und durch meine Hände strömte, und wußte, daß ich die Gabe noch immer besaß, daß ich heilte.

Ich muß gestehen, daß ich einige Male bei derartigen Gelegenheiten versucht habe herauszufinden, ob es tatsächlich der Berührung bedarf, damit meine Gabe tätig werden kann; ich habe meine Hände ganz dicht über ein erkranktes Tier oder Körperteil gehalten, um zu sehen, ob Nähe allein genügt, um die Wirkung hervorzubringen. Die Ergebnisse waren – wie mein alter Physiklehrer gesagt hätte – eindeutig zweideutig. Bei Tieren bin ich mir schlichtweg nicht sicher, und bei Menschen ... nun, sie merken es, wenn man sie nicht berührt, und anscheinend erwarten sie eine Berührung als Voraussetzung, damit die Gabe Wirkung zeigen kann. Ich habe nie gewagt, jemanden hinsichtlich des wahren Grundes meines Interesses in dieser Angelegenheit ins Vertrauen zu ziehen.

»Ah, jetzt ist es besser«, seufzte Großvater nach einer Weile.

Ich ließ die Hände auf seinen Schultern ruhen und holte tief Luft. »Alles wieder in Ordnung?«

»Alles bestens«, erwiderte er und tätschelte meine rechte Hand. »Vielen Dank, mein Kind. Komm jetzt, setz dich.«

Ich nahm meinen Hut hoch und setzte mich auf den Holzschemel neben Großvater.

»Wieder einmal auf dem Weg, um die Orgel zu spielen, stimmt's?« erkundigte er sich.

»Ja, Großvater«, erwiderte ich.

Er schaute nachdenklich drein. »Gut«, sagte er und nickte bedächtig. »Du solltest Dinge tun, die dir Spaß machen, Isis«, erklärte er und tätschelte mir die Hand. »Dir ist das Privileg gewährt worden, Zeit zu haben, um dich auf deine Rolle unter uns vorzubereiten, wenn ich einmal nicht mehr bin...«

»O Großvater«, protestierte ich, und wie immer war mir unwohl bei diesem Thema.

»Schon gut, schon gut«, sagte er beschwichtigend und tätschelte mir abermals die Hand. »Irgendwann einmal muß es geschehen, Isis, und ich bin bereit, und ich werde glücklich gehen, wenn die Zeit gekommen ist... aber was ich sagen will, ist, du solltest diese Zeit nutzen, und sie nicht nur nutzen, um zu studieren und in der Bibliothek zu sitzen und zu lesen...«

Ich seufzte und lächelte milde. Ich kannte diese Argumentation schon.

»... statt dessen solltest du dein Leben genießen, wie es jungen Menschen ansteht, du solltest die Gelegenheit *zu leben* beim Schopfe packen, Isis. Es bleibt noch genug Zeit, die Bürde der Pflicht und der Verantwortung zu tragen, glaub mir, und ich möchte einfach nicht, daß du eines Morgens, wenn ich nicht mehr bin und du die ganze Last der Gemeinde auf deinen Schultern trägst, aufwachst und feststellst, daß du niemals Zeit hattest, einfach nur sorgenfrei das Leben zu genießen, und nun ist es zu spät, verstehst du?«

»Ich verstehe, Großvater.«

»Ah, aber verstehst du wirklich?« Er sah mich durchdringend an. »Wir alle haben selbstsüchtige, sogar animalische Triebe in uns, Isis. Sie müssen im Zaum gehalten werden, aber man muß ihnen auch Tribut zollen. Es ist gefährlich, sie zu ignorieren. Eventuell könnte es dir helfen, einmal ein besseres und selbstloseres Oberhaupt dieser Gemeinschaft zu sein, wenn du dich jetzt ein wenig selbstsüchtiger verhalten würdest.«

»Ich weiß, Großvater«, erwiderte ich und setzte mein gewinnendstes Lächeln auf. »Aber Selbstsucht kann sich in den verschiedensten Formen zeigen. Ich gebe mich ganz schamlos dem Genuß hin, wenn ich in der Bibliothek sitze und lese oder ausgehe, um die Flentrop zu spielen.«

Er seufzte kopfschüttelnd und schmunzelte. »Nun, aber vergiß nur nie, daß es dir erlaubt ist, Spaß zu haben.« Er tätschelte meine Hand. »Vergiß das nie. Wir glauben an die Glückseligkeit des einzelnen und der Gemeinschaft; wir glauben an die Freude und die Liebe. Auch dir steht dein Anteil daran zu.« Er ließ meine Hand los und musterte mich eingehend von Kopf bis Fuß. »Du siehst gut aus, junge Dame«, erklärte er mir. »Du siehst gesund aus.« Seine grauen, buschigen Augenbrauen zuckten. »Du freust dich wohl schon auf das Fest, stimmt's?« fragte er, und seine Augen blitzten schelmisch.

Ich reckte das Kinn hoch, etwas verlegen unter dem Blick des Gesegneten Salvador.

Ich vermute, ich muß mich irgendwann einmal beschreiben, und dieser Moment scheint so gut geeignet wie jeder andere, um es endlich hinter mich zu bringen. Ich bin etwas größer als der Durchschnitt und weder dünn noch dick. Mein Haar trage ich stets kurz; es wächst ganz glatt, wenn man es läßt. Es ist überraschend blond für meine Hautfarbe, deren Ton in etwa meiner ethnischen 3:1-Mischung entspricht (obgleich ich mir, wie ich gestehen muß, in meinen eitleren Momenten gern damit schmeichle, ich hätte mehr als meinen gerechten Anteil von Großmutter Aasnis Himalaja-Schönheit geerbt); meine Augen sind groß und blau, mein Nase ist zu klein, und meine Lippen sind zu voll. Außerdem neigen sie dazu, ein klein wenig offenzustehen, so daß man meine nicht sonderlich bemerkenswerten Zähne sehen kann, wenn ich den Mund nicht bewußt fest geschlossen halte. Ich glaube, ich habe mich körperlich recht spät entwickelt, ein Prozeß, der nun endlich abgeschlossen ist. Zu meiner großen Erleichterung sind meine Brüste nicht übermäßig angeschwollen, auch wenn meine Taille schmal geblieben ist, während sich meine Hüften verbreitert haben; jedenfalls ist nun endlich ein volles Jahr verstrichen, ohne daß man mein Aussehen – zumindest in meiner Hörweite – als »knabenhaft« bezeichnet hat, was schon ein Segen ist.

Ich trug ein weißes Hemd – natürlich gegengeknöpft –, eine

schmalgeschnittene, schwarze Hose und eine lange, schwarze Reisejacke, die zu meinem breitkrempigen Hut paßt. Mein Bruder Allan nennt es meinen »Prediger-Aufzug«.

»Ich bin sicher, alle freuen sich schon auf das Fest, Großvater«, erwiderte ich.

»Gut, freut mich zu hören«, sagte er. »Also, du bist unterwegs nach Dunblane, ja?«

»Ja, Großvater.«

»Wirst du heute nachmittag wieder herkommen?« fragte er. »Ich habe mir noch einige Zusätze für die Neufassung überlegt.«

»Natürlich«, erklärte ich. Ich hatte Großvater bei der Niederschrift der, wie wir alle vermuten, wohl endgültigen Fassung unserer Heiligen Schrift, *Die luskentyrische Orthographie*, geholfen, die einer Art göttlich inspirierter, fortlaufender Überarbeitung unterzogen wurde, seit Großvater das Werk 1948 begonnen hatte.

»Schön«, sagte er. »Nun, viel Spaß ... was immer du haben magst, wenn du die Orgel spielst.« Er lächelte. »Geh mit Gott, Isis. Und sprich nicht mit zu vielen Fremden.«

»Danke, Großvater. Ich werde mir alle Mühe geben.«

»Ich meine es ernst«, erklärte er und sah mich mit einem Mal besorgt an. »Ich hatte in der letzten Zeit diese ... *Vorahnungen* über Reporter.« Er lächelte unsicher.

»War es eine Vision, Großvater?« fragte ich und versuchte, mir meine Aufregung nicht anmerken zu lassen.

Visionen waren von Anfang an sehr wichtig für unseren Glauben. Alles hat mit einer Vision begonnen, die mein Großvater vor nunmehr siebenundvierzig Jahren hatte, und es waren seine daran anschließende Visionen, die unsere Kirche sicher durch die stürmischen und wechselvollen frühen Jahre führten. Wir glaubten, vertrauten und huldigten den Visionen unseres Gründers, obgleich sie – vielleicht einfach ob seines fortgeschrittenen Alters, wie er selbst freimütig bekannt hatte – über die Jahre immer seltener und weit weniger dramatisch geworden waren.

Er sah mich einen Moment lang verärgert an, dann wehmütig.

»Ich würde es nicht mit einem so großen Wort wie Offenbarung oder Vision bezeichnen«, erklärte er. »Es ist einfach nur eine Ahnung, verstehst du?«

»Ich verstehe«, sagte ich und versuchte, beschwichtigend zu klingen. »Ich verspreche, ich werde auf mich achtgeben.«

Er lächelte. »Braves Mädchen.«

Ich nahm meinen Hut und verließ das Cogitarium. Die Schwestern hatten das nunmehr trockene und sauber riechende Badezimmer verlassen. Ich stieg in die weiche Gebirgslandschaft des Schlafzimmers hinab und durchquerte es im Dunkeln. Ich griff meine Stiefel, die auf dem Fußboden des Wohnzimmers standen.

»Wie geht es ihm heute morgen?« erkundigte sich Erin von ihrem Schreibtisch neben der Tür, während ich mir die Schuhe zuschnürte. Schwester Erin betrachtete meine Stiefel mit einer Miene, als hätte sie etwas Ekliges unter den Sohlen entdeckt.

»Er ist in ausgezeichneter Stimmung, würde ich sagen«, erwiderte ich und erntete dafür ein recht eisiges Lächeln.

*

»Hallo, Is«, sagte Allan, als wir gleichzeitig aus den gegenüberliegenden Türen auf den Flur traten.

Mein älterer Bruder ist hochgewachsen und kräftig, hell in Haar und Haut; wir haben dieselbe Augenfarbe, obwohl seine Augen durchdringender zu sein scheinen. Er hat ein rundes Gesicht und ein freundliches, selbstsicheres Grinsen. Allans Blick hat die Angewohnheit, unstet hin und her zu wandern, während er mit jenem gewinnenden Lächeln auf dich einredet – er schaut dich nur gelegentlich an, um sich zu vergewissern, daß du auch immer noch zuhörst, und sieht dir nur in die Augen, wenn er dich von seiner Aufrichtigkeit überzeugen will. Allan behauptet, er würde sich, wie wir alle, in den Wohlfahrtsläden in Stirling einkleiden, obgleich sich manch einer von uns schon gefragt hat, wie es ihm wohl gelingt, mit so bemerkenswerter Regelmäßigkeit perfekt sitzende dreiteilige Anzüge und elegante

Blazer zu finden. Aber wenn wir ihn auch gelegentlich ungnädig der Eitelkeit verdächtigen, so besänftigt es uns doch wieder zu sehen, daß er, wenn er für die Gemeinde unterwegs ist, einfache, zerschlissene und abgewetzte Kleider vorzieht. An jenem Morgen trug er verwaschene Jeans mit einer Bügelfalte und ein Tweedsakko über einem karierten Hemd.

»Guten Morgen«, begrüßte ich ihn. »Bernie sagte, daß du mich sprechen wolltest?«

Allan zuckte lächelnd die Schultern. »Oh, es war nichts Wichtiges«, sagte er, während er mit mir die Treppe hinunterging. »Wir hatten nur gerade erfahren, daß Tante Birgit nicht zum Fest kommen würde, das war alles; ich dachte, du könntest es ihm sagen.«

»Oh. Nun, das ist schade. Aber du wirst Großvater heute ja noch sehen; dann kannst du es ihm selbst sagen.«

»Nun ja, es ist nur so, daß er solche Neuigkeiten besser aufnimmt, wenn du sie ihm erzählst, stimmt's? Ich meine, du bist sein ein und alles, oder etwa nicht? Na, Isis?« Er stubste mich an und bedachte mich mit einem verschlagenen Grinsen, als wir den Fuß der Treppe erreichten. Der Geruch von Bohnerwachs hing noch in der Luft, und der Boden spiegelte wie eine Schlittschuhbahn, aber Elias und Herb waren fort.

»Wenn du das sagst«, erwiderte ich. Allan hielt mir die Haustür auf, und ich trat ihm voran auf den Hof hinaus. Er zog sich sein Tweedsakko über. »Bist du auf dem Weg nach Dunblane?«

»Das bin ich.«

»Gut.« Er nickte und blickte durch den zarten Morgennebel zum Himmel, während wir über das taufeuchte Kopfsteinpflaster gingen. »Ich dachte mir, ich begleite dich bis zum Tor«, sagte er. »Könnte sein, daß der Postholdienst heute Hilfe braucht.« Er zupfte eine seiner Manschetten zurecht. »Wir erwarten einige recht schwere Pakete«, erklärte er. »Vielleicht sogar Kisten.« (Wir bestellen all unsere Lebensmittel per Post, aus etwas seltsamen Gründen, die ich wohl später noch erklären muß. Ebenso sind mit dem Postholdienst selbst verborgene Feinheiten und Auslegungsmöglichkeiten verbunden.) Wir blieben in der Mitte des Hofs stehen und sahen einander an.

»Wie läuft's äh ... wie läuft's mit der Neufassung?« erkundigte er sich.

»Gut«, erwiderte ich.

»Ändert er viel?« fragte Allan und senkte die Stimme dabei so leicht, daß es ihm vermutlich selbst nicht bewußt war, während er gleichzeitig einen verstohlenen Blick zum Herrenhaus warf.

»Eigentlich nicht«, sagte ich.

Allan sah mich einen Moment lang an. Ich vermutete, daß er überlegte, ob er eine sarkastische Bemerkung machen sollte oder nicht. Offensichtlich fiel die Entscheidung zu meinen Gunsten aus. »Es ist nur ... du weißt schon«, sagte er schließlich mit schmerzlich verzogenem Gesicht, »einige ... einige von uns sind ein wenig beunruhigt darüber, was der alte Knabe alles ändern könnte.«

»Bei dir klingt es wie ein Testament«, bemerkte ich schmunzelnd.

»Nun«, nickte Allan. »Es ist sein Vermächtnis, nicht wahr? An uns, meine ich.«

»Ja«, pflichtete ich bei. »Aber wie ich schon sagte, er ändert nicht viel; hauptsächlich geht es ums Glätten und Bereinigen des Textes. Bislang haben wir die meiste Zeit darauf verwendet, falsche Signale zu erklären, die frühen fehlgeleiteten Lehren und Häresien; er hat versucht, die Umstände, die dazu führten, aufzuklären.«

Allan verschränkte die Arme, dann hob er eine Hand an den Mund. »Ich verstehe, ich verstehe«, murmelte er gedankenverloren. »Glaubt ihr immer noch, daß es bis zum Fest fertig sein wird?«

»Er glaubt es. Ich denke es mir.«

Unvermittelt breitete sich ein Lächeln auf den Zügen meines Bruders aus. »Das klingt ja ganz gut.«

»Würde ich sagen.«

»Schön. Nun ...«

»Bis später«, sagte ich. »Geh mit Gott.«
»Ja, du auch.« Er lächelte zaghaft.
Ich drehte mich um und ging.

Kapitel Zwei

Die Hauptgebäude von High Easter Offerance bilden ein an einem Ende von einer Mauer abgeschlossenes H; ich ging aus dem Innenhof durch das Tor in den offenen Hof dahinter, wo die Hühner scharrten und in der Erde pickten und aus Bruder Indras Schmiede das Pfeifen der Blasebälge zu hören war (ich schaute mich nach Indra um, konnte ihn aber nicht entdecken). Hinter den Tierställen und den Scheunen befand sich ein Teil unserer Sammlung fahruntüchtiger Fahrzeuge: ein halbes Dutzend alter Reisebusse, ein Doppeldeckerbus, vier Möbelwagen, zwei Pritschenwagen, zehn Laster von verschiedener Größe und ein kleiner, rostiger Feuerwehrwagen mit Messingglocke. Keins der Fahrzeuge ist jünger als zwanzig Jahre, und sie sind alle so umwachsen – und in einigen Fällen überwuchert – von Unkraut und Gestrüpp, daß man sie vermutlich nur noch mit einem Traktor oder einem Panzer daraus befreien könnte, selbst wenn sie noch Räder und Reifen hätten und ihre Achsen nicht festgerostet wären. Die Fahrzeuge beherbergen einige der empfindlicheren Nutzpflanzen, für die es nicht genügend Platz in den Treibhäusern südlich der Hauptgebäude gibt, und bieten zusätzlichen Schlaf- und Wohnraum oder dienen schlicht als Vorratskammern. Sie geben außerdem einen wunderbaren Spielplatz für die Kinder ab.

Von dort führt die Straße durch die Lücke im Bahndamm, über die sich einst eine kleine Gleisbrücke zog, zu den Feldern; ich stieg die grasbewachsene Böschung hinauf und begann meinen Marsch entlang der alten Bahnstrecke.

Über den alten Bahndamm spannten sich wabernde Brücken aus goldenem Nebel, die im kühlen Morgenlicht träge dahinzogen und immer wieder einen flüchtigen Blick auf unsere Kühe, Schafe und Weizenfelder erlaubten; eine Gruppe von Erretteten, die in der diesigen Ferne einen Graben aushob, grüßte und winkte, und ich schwenkte zur Antwort meinen Hut.

Während ich so durch die Felder spazierte, breitete sich wie üblich jenes Gefühl von Ruhe und Loslösung in mir aus, diesmal vielleicht etwas verstärkt von den schimmernden, verhüllenden Nebelschleiern, die mich sowohl von der Gemeinde als auch von der Außenwelt abschnitten.

Ich dachte an Großvater Salvador und seine Warnung bezüglich Reportern. Ich fragte mich, wie ernst er es wohl gemeint hatte. Ich habe nie daran gezweifelt, daß unser Gründer ein weiser und bemerkenswerter Mann ist, der über Einsichten verfügt, die ihn zu Recht auf eine Stufe mit den großen Propheten früherer Zeiten stellen, aber wie er selbst sagte, hat Gott Humor (wer könnte sein Werk, die Menschheit, betrachten und daran zweifeln?), und mein Großvater liebt es, uns diese Tatsache immer wieder ins Gedächtnis zu rufen, indem er unsere Leichtgläubigkeit verhöhnt. Nichtsdestotrotz vertrauen einige von uns einem Propheten um so mehr, wenn er eingesteht, uns gelegentlich zu foppen.

Zugegeben, mein Großvater leidet an einer Art von Besessenheit, was die Medien anbelangt, und dies schon, seit er unsere Glaubensgemeinschaft gegründet hat. Das Problem mit den Medien – und gewissen behördlichen Stellen – ist, daß sie sich gelegentlich einfach nicht ignorieren lassen wollen. Die Abwendung von den meisten Aspekten des modernen Lebens läßt sich gemeinhin einfach nicht dadurch bewerkstelligen, daß man ihnen aus dem Weg geht (wenn man sich zum Beispiel weigert, Geschäfte zu betreten, dann kann man zumeist darauf vertrauen, daß die Besitzer nicht herauskommen und einen mit Gewalt in ihren Laden zerren), doch die Presse, ebenso wie Polizei oder Sozialarbeiter, bringen es fertig, einem unerbittlich auf den Pelz zu rücken, wenn sie vermeinen, guten Grund dafür zu haben.

Am schlimmsten war es Anfang der Achtziger, als es eine Anzahl vermeintlicher Enthüllungen in den Zeitungen und zwei Fernsehberichte über unseren »bizarren Liebeskult«, wie sie es nannten, gab. Es handelte sich dabei zumeist um unausgegorenen Unsinn über absonderliche Sexrituale, in die Welt gesetzt von abtrünnigen Konvertiten – allesamt sehr tragische Fälle –, die festgestellt hatten, daß die Arbeit auf dem Bauernhof zu anstrengend und der Zugriff auf den weiblichen Körper bei weitem nicht so mühelos war, wie sie gehört oder sich ausgemalt hatten. Die schändlichste dieser Verleumdungen deutete an, daß auch die Kinder der Gemeinde an diesen Praktiken teilhatten, und drohte mit der Einschaltung der Behörden.

Ich war damals noch klein, aber ich bin stolz, daß wir darauf so vernünftig reagierten, wie wir es taten. Vertreter der Schulbehörde und des Gesundheitsamtes bestätigten, daß wir jüngeren, in der Gemeinde unterrichteten Kinder im Kindergarten- und Grundschulalter gebildeter und gesünder waren als die meisten unserer Altersgenossen, und die Lehrer der weiterführenden Schulen überschlugen sich schier, die herausragenden Leistungen und die Disziplin der älteren Gemeindekinder zu loben, die zu ihnen kamen. Ebenso konnten wir darauf verweisen, daß noch nie ein minderjähriges Mädchen, das unter der Obhut unserer Gemeinschaft stand, schwanger geworden war. Gleichzeitig erhielten Reporter die Gelegenheit, solange sie es wünschten in der Gemeinde zu wohnen und sich dort umzusehen, vorausgesetzt, sie brachten die Bereitschaft, für ihre Unterbringung zu arbeiten, Notizbücher statt Cassettenrecordern und einen Zeichenblock anstelle einer Kamera mit.

Großvater Salvador war die Offenheit selbst und – obgleich er höflich jede Antwort auf Fragen über seine Kindheit und frühen Jahre verweigerte – so bemüht um die Seelen der wenigen Reporter, die tatsächlich ihren Weg zu uns fanden, daß er es auf sich nahm, ihnen Abend für Abend und Stunde um Stunde seine Vorstellungen und seine Philosophie zu erläutern. Das Interesse erlosch beinahe enttäuschend schnell, auch wenn eine Reporterin noch ein halbes Jahr bei uns blieb; ich glaube nicht, daß wir ihr je wirklich vertrauten, und wie sich herausstellte, recherchierte sie tatsächlich nur für ein Buch über uns. Offenkundig war es ebensowenig wahrheitsgetreu wie erfolgreich.

(Glücklicherweise fiel dieses sensationslüsterne und schmähliche Interesse nicht in die Zeit unseres alle vier Jahre stattfindenden Fests der Liebe, wenn alles eindeutig auf die Fleischeslust ausgerichtet ist und wir uns ein wenig mehr dem Bild entsprechend verhalten, das die Öffentlichkeit sich damals von uns machte... obwohl ich in aller Ehrlichkeit berichten kann, daß ich beim letzten Mal, obschon bereits fünfzehn – und voll ausgereift –, in keinster Weise an den Feierlichkeiten teilhatte, sondern ausdrücklich von ihnen ausgeschlossen war, eben weil ich noch nicht das von der Außenwelt für angemessen erachtete Mündigkeitsalter erreicht hatte. Damals empfand ich durchaus eine gewisse Verärgerung und Enttäuschung ob des Ausschlusses, auch wenn ich jetzt, da das nächste Fest kurz bevorsteht und ich wohl all die Aufmerksamkeit auf mich ziehen werde, die ich mir nur wünschen könnte, eingestehen muß, daß meine Gefühle sich etwas gewandelt haben.)

Jedenfalls sind wir nun auf der Hut. Wir sehen uns vor, wann immer irgendein neuer Wahrheitssuchender an unsere Tür klopft und wann immer wir außerhalb der Grenzen unseres Anwesens unterwegs sind.

Meine Gedanken wanderten zu meiner Großmutter mütterlicherseits, Yolanda. Man hatte uns vorgewarnt, daß irgendwann in den kommenden Wochen, vor dem nächsten Fest der Liebe, einer ihrer jährlichen Besuche bevorstand. Yolanda ist eine von der Sonne gegerbte, doch markig-gesunde Texanerin Anfang Sechzig, die über unerschöpfliche Geldmittel und eine recht farbige Ausdrucksweise verfügt (»Nervöser als eine Klapperschlange in einem Raum voller Schaukelstühle« ist einer ihrer Sinnsprüche, die mir immer im Gedächtnis geblieben sind). Sie ist unserer Gemeinschaft zur selben Zeit beigetreten wie ihre Tochter, Alice (meine Mutter), obgleich sie niemals länger als zwei Wochen am Stück in der Gemeinde verweilt hat, einmal abgesehen von zwei jeweils dreimonatigen Aufenthalten, nachdem erst Allan und dann ich geboren wurden.

Sie hat sich nie wirklich mit Salvador verstanden, vielleicht, weil sie beide so starke Charaktere sind, und über die letzten Jahre hat sie es vorgezogen, im Gleneagles Hotel – bei Yolandas Fahrweise nur zwanzig Minuten von hier entfernt – zu wohnen und uns täglich zu besuchen, um Selbstverteidigungskurse für Frauen abzuhalten; ihr verdanke ich meine Fertigkeiten im zielgenauen Weitspucken, im texanischen Bein-Ringen und anderen Arten der Selbstverteidigung mit besonderer Berücksichtigung der verletzlicheren und empfindlicheren Regionen eines Mannes. Dank ihr bin ich vermutlich der einzige Mensch in meiner Umgebung, der einen Schlagring mit kombiniertem Flaschenöffner besitzt, selbst wenn er auf immer unbenutzt ganz unten in der Unterwäscheschublade in meinem Schlafzimmer ruht.

Ich hege die Vermutung, daß Yolanda zumindest teilweise vom Glauben abgefallen ist (ganz entgegen ihrer sonstigen Gewohnheit läßt sie sich über dieses Thema nur ungern aus), aber ich kann nicht leugnen, daß ich mich darauf freute, sie wiederzusehen, und eine angenehme Erregung ob der Aussicht verspürte.

Ich dachte auch über Allan nach und darüber, wie er sich in den letzten Jahren verändert hatte, seit Schwester Amanda ihm Mabon, einen Sohn, geschenkt hatte. Es war, als ob er im Umgang mit uns und insbesondere mit mir zurückhaltender geworden wäre, als würde er uns distanzierter, weniger warmherzig behandeln, als ob sein Reservoir an Fürsorge und Liebe erschöpft wäre von den Anforderungen, die Amanda und das Baby daran stellten. Außerdem hatte er die Angewohnheit entwickelt, es mir zu übertragen, Großvater schlechte Neuigkeiten zu überbringen, immer mit der Behauptung – wie auch an jenem Morgen –, daß mein besonderer Status und möglicherweise mein Geschlecht Salvador veranlaßten, mir gegenüber größeres Wohlwollen walten zu lassen, und sich somit die Chancen erhöhten, daß seine

Reaktion auf die schlechte Kunde weniger aufbrausend (und gesundheitsgefährdend) war.

Ein Stück jenseits der Grenzen unserer Ländereien fiel mir plötzlich ein, daß ich etwas Wichtiges vergessen hatte, und ich blieb kurz stehen, um in meine Tasche zu greifen und eine kleine Phiole hervorzuholen; ich öffnete sie, stippte meinen Finger hinein und schmierte ein wenig der grauen Substanz darin auf meine Stirn, zu einem V-förmigen Zeichen knapp unterhalb meines Haaransatzes, dann steckte ich die Phiole wieder zurück in die Tasche und setzte meinen Weg fort.

Das Zeichen trocknete langsam in der feuchten Luft. Es war mit ganz gewöhnlichem Forth-Schlamm aufgemalt, vom Flußufer nahe dem Hof; simpler Schlick (und höchstwahrscheinlich zum größten Teil Kuh- und Bullenschlick, wenn man die unzähligen Herden bedachte, die auf den Weiden stromaufwärts von uns weideten). Es zeichnet uns mit dem Stigma unseres Gründers und erinnert uns daran, daß unsere leibliche Hülle aus Lehm gemacht ist und eines Tages auch wieder zu Lehm werden wird.

Wir zeichnen uns auf diese Weise allein um unserer selbst und nicht um anderer Leute willen – und ganz sicher nicht, um auf uns aufmerksam zu machen –, allerdings ist der getrocknete Schlamm im Ton kaum heller als meine Haut und wird oft von dem kurzen Pony verdeckt, der darüberfällt.

Ich marschierte weiter an den Gleisen entlang, allein in den dahinziehenden goldenen Nebelschwaden.

*

Ich unterquerte die A84 mittels eines matschigen Fußgängertunnels und überquerte den Teith mittels der breiten, gewölbten Oberseite einer ansonsten in der Erde vergrabenen Ölpipeline.

Hier, nahe der A84, hatte ich zum ersten Mal geheilt, an jenem Tag, als Allan und ich den Fuchs im Feld fanden. Wann immer ich an dieser Stelle vorbeikam, hielt ich nach einem Fuchs Ausschau und dachte an jenen Hochsommertag zurück, daran, wie sich das Tier in meinen Händen angefühlt hatte, und an den

Geruch des Feldes und an die weit aufgerissenen Augen meines Bruders.

Als ich später zum Hof zurückgekehrt war, ganz langsam schlendernd und an einem Strohhalm kauend, hatte man mich schnurstracks zu meinem Großvater gebracht. Er hatte mich angebrüllt, bis ich heulte, weil ich so nah an der Straße gespielt hatte, dann hatte er mich an sich gedrückt und mir erklärt, daß ich offensichtlich von meinem verstorbenen Vater das Gespür geerbt hatte, mit Tieren umzugehen, und wenn ich je etwas anderes zum Leben erweckte, sollte ich es ihn umgehend wissen lassen; es könne sein, daß ich eine Gabe besaß.

Seit damals habe ich Leiden und Schmerzen und Zipperlein gelindert und bei Geburten in Ställen und Scheunen geholfen. Von den unzähligen Hamstern, Kätzchen, Welpen, Lämmern, Zicklein und Küken, die mir über die Jahre von weinenden Kindern gebracht wurden, habe ich wohl eins oder zwei wieder ins Leben zurückgeholt, wie ich glaube, aber ich würde niemals darauf schwören, und außerdem ist es in Wahrheit Gott, der heilt, nicht ich (und dennoch frage ich mich: *Wirkt es auch auf Distanz?*).

Was meine Heilkräfte bezüglich Menschen angeht, bin ich sogar noch skeptischer, auch wenn ich weiß, daß ich zweifellos *irgend etwas* spüre, wenn ich ihnen die Hand auflege. Persönlich neige ich eher zu der Überzeugung, daß es ihr eigener Glaube an den Schöpfer ist, der sie heilt, als irgendeine Kraft meinerseits, aber ich vermute, es wäre falsch zu leugnen, daß da etwas Geheimnisvolles vor sich geht, und ich hoffe, das, was ich als meine Demut erachte, entpuppt sich nicht als Kleinmütigkeit.

*

Ich erreichte die Carse of Lecropt Road, die zwischen dem Greenocks-Hof und dem Westleys-Hof entlangführt, überquerte die M9-Autobahn und unterquerte die Stirling-Inverness-Eisenbahnbrücke und kam schließlich nach Bridge of Allan, wo schon reger Verkehr von Schulbussen, Pendlern und Lieferwagen herrschte. Bridge of Allan ist eine hübsche kleine Stadt am Fuß eines bewaldeten Hügelkamms. Als ich kleiner war, habe ich meinem Bruder geglaubt, wenn er behauptete, die Stadt wäre nach ihm benannt.

Der Weg am Ostufer von Allan Water entlang führt erst durch den kühlen, schattigen Wald des Kippenross-Anwesens, bevor er das untere Ende des Dunblaner Golfplatzes umrundet – wo ein paar Frühaufsteher schon ihre Golfschläger schwangen und ihre Bälle über den Rasen trieben – und mich schließlich fast zum Stadtzentrum von Dunblane führte, so daß mich nur noch die breite Durchgangsstraße und ein paar kleinere Gassen von der Kathedrale trennten. Der Nebel hatte sich gelichtet, der Morgen war warm, und mittlerweile trug ich meine Jacke über der Schulter und meinen Hut in der anderen Hand; ich hielt den Hut mit den Zähnen fest, während ich mir mit den Fingern mein klammes Haar in die Stirn kämmte.

Ich trödelte ein ganz klein wenig in der Stadt, sah mir die Schaufenster der Geschäfte und die Schlagzeilen der Zeitungen an, die an den Kiosken aushingen, wie immer fasziniert und zugleich abgestoßen von den bunten Waren und den marktschreierischen schwarzen Lettern. In solchen Momenten bin ich mir durchaus bewußt, daß ich einem kleinen Kind gleiche, das sich die Nase an der Schaufensterscheibe eines Bonbonladens plattdrückt, und ich hoffe, daß mir diese Erkenntnis Demut verleiht. Gleichzeitig muß ich ein gewisses Verlangen eingestehen, eine gewisse Gier nach dem einen oder anderen nichtigen Tand, so daß ich es als Erleichterung empfinde, keinen einzigen Penny in meinen Taschen zu haben, wodurch diese Güter (eine durch und durch irreleitende Bezeichnung, wie mein Großvater oft zu Recht betont) gänzlich unerreichbar für mich bleiben. Dann löste ich mich aus meiner Versenkung und ging entschlossenen Schritts zu der langgestreckten, verwitterten Sandstein-Kathedrale.

Mr. Warriston erwartete mich im Chorgestühl.

*

Ich habe das Orgelspielen im Versammlungssaal des Herrenhauses gelernt, als ich noch zu klein war, um die höchsten Register erreichen oder die Pedale treten zu können, ohne von der Bank zu fallen. Ich konnte keine Noten lesen, aber meine Cousine Morag konnte es, und sie brachte mir die nötigsten Grundkenntnisse bei. Später spielte sie Cello, während ich die Orgel spielte, wobei sie vom Blatt ablas, während ich improvisierte. Ich glaube, wir haben uns gut zusammen angehört, auch wenn die uralte Orgel etwas asthmatisch war und dringend einiger professioneller und kostspieliger Reparaturen und Ausbesserungen bedurfte, die selbst Bruder Indra nicht bewerkstelligen konnte (ich lernte, gewisse Noten und Register zu umgehen).

Ich glaube, es war Gott, der mich vor fünf Jahren, kurz nachdem die Flentrop eingeweiht worden war, auf einem meiner üblichen langen Spaziergänge hierherführte und mich in Gegenwart eines Menschen, der meine Bewunderung erkennen konnte, so sehnsüchtig jene pfeifenglänzenden, meisterhaft geschnitzten Höhen und die Manuale und Registerzüge anstarren ließ, daß eben dieser Mensch, Mr. Warriston – einer der Küster der Kathedrale und selbst ein Orgelliebhaber – sich gehalten sah, mich zu fragen, ob ich dieses Instrument spielte.

Ich bejahte, und wir unterhielten uns eine Weile über die Möglichkeiten und Grenzen der Orgel, auf der ich gelernt hatte (ich erwähnte weder das Herrenhaus noch unsere Gemeinschaft mit Namen, obgleich Mr. W auf den ersten Blick meine Herkunft erahnte; zu meiner Erleichterung hat er sich nie unangemessen interessiert oder abgestoßen von uns oder den Lügen, die über uns verbreitet wurden, gezeigt). Mr. Warriston ist ein hochgewachsener, schlanker Mann mit einem hageren, grauen, aber freundlichen Gesicht und einer sanften Stimme; er ist fünfzig, wirkt jedoch älter. Einige Jahre, bevor ich ihn kennenlernte, war er aufgrund von Invalidität als Frührentner aus seiner Anstellung beim Wasserwerk ausgeschieden. Er hatte gerade die Orgel für ein Konzert an jenem Abend überprüfen wollen; er erlaubte mir, mich auf die schmale Bank vor den drei übereinander angeordneten Manualen zu setzen, erklärte mir die Pedale und die Register mit ihren seltsamen holländischen Namen – Bazuin und Subbas, Quintadeen und Octaaf, Scherp und Prestant, Salicionaal und Sexquilter – und dann – Gott im Himmel, welche Freude – ließ er mich das wunderbare, wohlklingend lebendige Instrument spielen, so daß ich, zuerst noch zögernd und eingeschüchtert von den Möglichkeiten dieser unvergleichlichen Orgel, das gewaltige Kirchenschiff um uns herum mit wogenden Klängen erfüllte, die sich immer mutiger und jubilierender inmitten der Säulen, des Gebälks und der prachtvollen Glasfenster jenes erhabene Gotteshauses aufschwangen.

*

»Und was war das, das du da heute gespielt hast, Is?« fragte Mr. Warriston und stellte eine Tasse Tee auf den kleinen Tisch neben meinem Stuhl.

»Ich bin nicht sicher«, gestand ich, während ich nach der Tasse griff. »Etwas, das meine Cousine Morag immer spielte.« Ich trank einen Schluck Tee.

Wir saßen im Wohnzimmer der Warristons, in ihrem Bungalow auf der anderen Seite des Flusses, gegenüber der Kathedrale. Das Fenster bot Ausblick über den Garten, wo Mrs. Warriston gerade Wäsche zum Trocknen aufhängte; über das frühlingshafte Grün der Bäume um die verborgene Eisenbahnstrecke und den Fluß hinweg konnte man den Turm der Kathedrale sehen. Ich saß auf einem harten Holzstuhl, den Mr. W für mich aus der Küche geholt hatte, während er selbst es sich in einem Sessel bequem machte (weiche Polster sind uns verboten). Dies war erst das dritte Mal in ebenso vielen Monaten, daß ich das Haus der Warristons besuchte, obwohl ich bereits an jenem ersten Tag, als ich für Mr. W gespielt hatte, und seither wiederholt dazu eingeladen worden war.

Mr. Warriston machte ein nachdenkliches Gesicht. »Es klang irgendwie ... nach Vivaldi, am Anfang, fand ich.«

»Er war Priester, nicht wahr?«

»Ja, er hat ursprünglich die Weihen empfangen, glaube ich.«
»Gut.«

»Hast du schon mal seine ›Vier Jahreszeiten‹ gehört?« fragte Mr. W »Ich könnte die CD auflegen.«

Ich zauderte. Eigentlich sollte ich keinem derart hochkomplizierten Gerät wie einem CD-Spieler lauschen; die Lehren meines Großvaters, was die Unannehmbarkeit solcher Medien anging, waren eindeutig. Ein aufziehbares Grammophon war gerade eben noch akzeptabel, wenn jemand klassische oder religiöse Musik darauf spielte, aber selbst ein Radio gilt schon als unheilig (zumindest, wenn es zur allgemeinen Unterhaltung benutzt wird; wir besitzen ein uraltes Röhrengerät zum Zwecke der Ätherologie, und nach dem Umzug aus Luskentyre haben die beiden Zweige der Gemeinschaft über Jahre hinweg mittels Kurzwellenübertragung Kontakt miteinander gehalten).

Während ich noch zögerte, stand Mr. Warriston mit den Worten »Ich werde sie dir mal vorspielen« auf und ging zu dem schwarzen Turm der Hifi-Anlage, der kompakt und kompliziert aussehend auf einem Schränkchen in einer Ecke des Zimmers aufragte. Mr. W öffnete eine Schublade unter dem Gerät und holte eine Plastikhülle heraus. Ich schaute gebannt zu, obwohl ich gleichzeitig bemerkte, daß ich die Zähne verkrampft zusammengebissen hatte, voller Unbehagen in der Gegenwart solcher Technologie.

Ein unvermitteltes Geräusch in der Diele ließ mich erschreckt zusammenfahren. Meine Tasse klapperte auf ihrer Untertasse.

Mr. Warriston drehte sich schmunzelnd um. »Das ist nur das Telefon, Is«, erklärte er freundlich.

»Ich weiß!« erwiderte ich hastig.

»Bitte entschuldige mich einen Moment.« Mr. W legte die Plastikhülle auf den CD-Spieler und ging hinaus in die Diele.

Ich war wütend über mich, weil ich rot geworden war. Ich weiß mit jeder Faser meines Wesens, daß ich die Auserwählte Gottes bin, aber manchmal führe ich mich wie ein verwirrtes Kind auf, wenn ich mit den Taschenspielertricks der modernen

Welt konfrontiert werde. Nichtsdestotrotz; solche Augenblicke verleihen Demut, sagte ich mir abermals. Ich knabberte an dem Keks, der meinen Tee auf der Untertasse begleitet hatte, und schaute mich im Zimmer um.

Für die Erretteten besitzen die Opulenz und der Tand, mit denen sich jene umgeben, die wir die Seichten nennen (neben etlichen anderen Bezeichnungen, die wir aber nur selten verwenden und wenn sie außer Hörweite sind), eine unausweichliche Faszination. Hier war ein Zimmer mit makellos hellen Tapeten, ausladenden, weich gepolsterten Sitzmöbeln, die fähig schienen, einen zu verschlucken, einem Teppich, der anmutete, als wäre er gegossen worden – er erstreckte sich anscheinend ohne Saum oder Naht in die Diele und das Badezimmer und hörte erst an der Schwelle der gefliesten, blitzblanken Küche auf – und einem einzelnen riesigen Fenster, das aus zwei Glasscheiben gemacht war und das Rattern eines vorbeifahrenden Zuges zu einem leisen Flüstern dämpfte, wenngleich es draußen wie wie Donnerhall dröhnte. Das ganze Haus roch sauber und klinisch und künstlich. Ich konnte etwas herausriechen, das Deodorant-, Rasierwasser-, Parfüm- oder schlicht Waschpulverdämpfe sein mochten.

(Die meisten Seichten riechen für unsere Nasen antiseptisch oder blumig; ob seines Alters und seiner göttlichen Erhabenheit drücken wir bei Salvador und seiner Badewanne ein Auge zu, aber es gibt bei uns einfach nicht genug Wasser – heiß oder kalt –, daß der Rest von uns öfter als einmal die Woche ein Bad nehmen könnte. Selbst wenn wir an die Reihe kommen, ist es oft nur eine Dusche, und in jedem Fall sind wir angehalten, weder Parfüm noch duftende Seifen zu benutzen. Als Folge derartiger Vorschriften und Maßregeln und der Tatsache, daß viele von uns schwere körperliche Arbeit verrichten, neigen wir dazu, recht stark nach unseren Ausdünstungen zu riechen, eine Tatsache, die Seichte schon gelegentlich zu Bemerkungen veranlaßt hat. Natürlich wird von mir persönlich nicht erwartet, derartige schwere körperliche Arbeiten zu verrichten, aber dennoch achte ich darauf, mein Bad am Sonntagabend zu nehmen, bevor ich nach Dunblane gehe und Mr. Warriston treffe.)

Außerdem gibt es da noch die Elektrizität.

Ich warf einen Blick zur Diele, dann beugte ich mich zu dem kleinen Tischchen neben Mrs. Warristons Sessel hinüber, auf dem sich ein Stapel gebundener Bücher und eine Leselampe befanden. Ich entdeckte den Schalter der Lampe; ein Klick, und das Licht ging an; einfach so. Und dann ging es mit einem weiteren Klick wieder aus.

Ich schauderte, peinlich berührt von meinem kindischen Verhalten. Aber es war mir eine Lektion; es zeigte, daß selbst die simpelsten Manifestationen solcher Technologie einen Menschen ablenken konnten; sie konnten einen Menschen in ihren Bann schlagen, seinen Kopf verwirren und ihn besessen von diesem Tand machen, so daß die leise, ruhige Stimme, das einzige, was wir von Gott hören können, erstickt wird. Mr. Warriston redete noch immer. Ich stellte meine Tasse ab und stand auf, um die CD genauer zu betrachten.

Die Hülle war enttäuschend, aber die regenbogen-silbern schillernde Scheibe darin sah interessant aus.

»Faszinierende kleine Dinger, was?« sagte Mr. W, als er zurück ins Zimmer kam.

Ich nickte, während ich ihm die Scheibe vorsichtig reichte. Es kam mir in den Sinn, Mr. Warriston zu fragen, ob er auch eine CD von meiner Cousine Morag, der international gefeierten Baryton-Solistin, besäße, aber diese Frage hätte als eitle Prahlerei aufgefaßt werden können, und so widerstand ich der Versuchung.

»Schon erstaunlich, wie sie siebzig Minuten Musik auf so eine kleine Scheibe pressen können«, fuhr er fort, während er sich über das Hifi-Gerät beugte. Er schaltete das Gerät an, und alle möglichen Lichter flammten auf; kleine gleißend rote, grüne und gelbe Lämpchen und fahl leuchtende Fenster mit scharf umrissenen, schwarzen Lettern und Ziffern darin. Er drückte einen Knopf, und eine Lade glitt aus dem Gerät. Er legte die Scheibe hinein, drückte abermals den Knopf, und die Lade glitt wieder zurück. »Natürlich gibt es Leute, die sagen, sie klängen steril, aber ich finde, sie –«

»Muß man sie umdrehen, wie Schallplatten?« fragte ich.

»Was? Nein«, erwiderte Mr. Warriston und richtete sich auf. Er drückte einen anderen Knopf, und plötzlich erscholl die Musik zu beiden Seiten von uns. »Nein, man spielt nur eine Seite ab.«

»Warum?« fragte ich ihn.

Er sah mich verdutzt an, dann wurde seine Miene nachdenklich. »Weißt du«, sagte er, »ich habe keine Ahnung. Ich wüßte nicht, warum man nicht beide Seiten bespielen und so die Kapazität verdoppeln können sollte ...« Er starrte auf das Gerät. »Man könnte zwei Laser einbauen oder die CD einfach per Hand umdrehen ... hmmm.« Er sah mich schmunzelnd an. »Vielleicht sollte ich mal an eine dieser Forschung- und Technik-Sendungen schreiben. Ja, keine schlechte Idee.« Er deutete mit einem Nicken auf meinen Holzstuhl. »Na, egal. Komm jetzt; wollen wir dich erst mal an den besten Platz für den Stereo-Effekt setzen, was?«

Ich lächelte, zufrieden darüber, auf eine technische Frage gekommen zu sein, die Mr. Warriston nicht beantworten konnte.

*

Ich hörte mir die CD an, dann bedankte ich mich bei Mr. und Mrs. Warriston für ihre Gastfreundschaft, lehnte sowohl ein Mittagessen als auch eine Heimfahrt in ihrem Wagen ab und machte mich wieder auf demselben Weg, auf dem ich gekommen war, zurück zur Gemeinde auf. Der Tag war warm, die Wolken klein und hoch an einem strahlend blauen Himmel; nahe einer kleinen Wiese neben Allan Water setzte ich mich im laubgesprenkelten Sonnenschein an eine weiche Uferböschung und aß den Apfel und die Haggis Pakora, die mir Schwester Anne fürsorglich als Wegzehrung mitgegeben hatte.

Der breite Fluß gurgelte glitzernd zu meinen Füßen über seine glattgeschliffenen Felsterrassen; ein Zug ratterte am gegenüberliegenden Ufer vorbei, verborgen von den Bäumen. Ich steckte das zusammengefaltete Butterbrotpapier des Pakora zurück in meine Tasche, ging hinunter zum Fluß und trank etwas Wasser, das ich mit der Hand schöpfte; es war klar und kühl.

Ich schüttelte die Tropfen von meinen Händen und schaute mich glücklich und zufrieden um, verzückt darüber, wie wunderschön Gott doch einen so großen Teil der Welt gestaltet hatte, als mir mit einem Mal einfiel, daß dies die Stelle war, wo mich vor zwei Jahren ein erbarmungswürdiger Unerretteter in die Büsche gezerrt hatte.

Seine Hand, mit der er mir den Mund zuhielt, hatte nach Pommes-Frites-Fett gerochen und sein Atem nach Zigaretten gestunken.

Mein armes, träges Gehirn hatte einen Moment gebraucht, bis es – in den Worten von Großmutter Yolanda – erkannte: Dies ist keine Übung.

Passenderweise war es natürlich ebenfalls Großmutter Yolanda gewesen, deren Selbstverteidigungskurse mich mit den nötigen Kenntnissen ausgerüstet hatten, um (abermals in Yolandas Worten) dem Dreckskerl zu zeigen, was eine Harke ist.

Ich hatte gewartet, bis er aufhörte, mich rücklings nach hinten zu zerren, und meine Füße wieder Halt gefunden hatten (ich glaube, er versuchte, mich zu Boden zu werfen, aber ich klammerte mich mit beiden Händen an seinem Arm fest), dann habe ich ihm einen ordentlichen Tritt gegen sein nächstgelegenes Schienbein versetzt – wobei ich sehr dankbar für meine schweren, für die Landarbeit gemachten Stiefel war – und ihm mit aller Kraft und meinem ganzen Gewicht auf den Spann getreten; ich war überrascht, wie laut es knackte.

Er ließ mich los und schrie; ich mußte nicht einmal die fünfzehn Zentimeter lange Hutnadel einsetzen, die Yolanda mir geschenkt hatte und die ich im Revers meiner Reisejacke trug, so daß nur ihr kleiner, mit einer Gagat-Perle verzierter Kopf herausragte.

Der Mann lag zusammengekrümmt auf der braunen Erde; ein mageres Kerlchen mit ungepflegt langen, schwarzen Haaren, einer glänzenden schwarzen Synthetikjacke mit zwei weißen Streifen, verwaschenen Jeans und matschigen schwarzen Turnschuhen. Er umklammerte seinen Fuß und schluchzte Obszönitäten.

Zu meiner Schande blieb ich nicht dort und versuchte, vernünftig mit ihm zu reden; ich erklärte ihm nicht, daß Gott ihn trotz all seiner Schwächen und seiner Verderbtheit wertschätzte und daß er – wenn er nur danach suchte – eine tiefe, erfüllende und unendliche Liebe in der Verehrung Gottes finden würde, die zweifelsohne weit befriedigender wäre als irgendein kurzer körperlicher Augenblick der geilen Lust, besonders wenn dieser durch Zwang und Unterwerfung eines Mitmenschen erreicht wurde und gänzlich bar der Erhabenheit der Liebe war. Statt dessen überlegte ich in jenem Moment, ihm einige Male mit meinen schweren Arbeitsstiefeln kräftig gegen den Kopf zu treten, während er so hilflos dort am Boden lag. Doch schließlich suchte ich nur nach meinem Hut (wobei ich immer ein Auge wachsam auf den Burschen gerichtet hielt, der nun wimmernd tiefer ins Gebüsch kroch), staubte ihn ab, nachdem ich ihn gefunden hatte, und ging hinunter zum sonnenbeschienenen Fluß, um mir den Gestank von Pommes-Frites-Fett und abgestandenem Zigarettenrauch vom Gesicht zu waschen.

»Ich werde es der Polizei melden!« rief ich laut vom Weg in die im Wind rauschenden Bäume.

Ich tat es allerdings nicht und wurde deshalb bei mehreren Gelegenheiten von nagenden Schuldgefühlen übermannt.

Nun, vorbei ist vorbei, wie man so schön sagt, und ich kann nur hoffen, daß der arme Mann niemanden mehr überfallen und statt dessen ein unverderbtes Ventil für seine Liebe in der Verehrung unseres Schöpfers gefunden hat.

Ich trocknete die Hände an der Jacke ab und setzte meinen Weg fort.

*

Als ich nach High Easter Offerance heimkehrte, fand ich eine dräuende Katastrophe und einen eilig einberufenen Kriegsrat vor.

Kapitel Drei

Am nächsten Morgen, als die Dämmerung noch eine graue Andeutung in den reglosen Nebelschleiern am Himmel war, stieg ich planschend ein kleines Stück stromabwärts von der Eisenbrücke in den Fluß und watete durch den schmatzenden, eiskalten Schlamm unter dem braunen Wasser. Auf der steilen Uferböschung über mir, unter dem dunklen Baldachin der ausladenden Bäume, standen in einer schweigenden, dicht zusammengedrängten Menge fast alle Erwachsenen unserer Gemeinde.

Ich zog mich hoch und in mein Reifenschlauch-Floß hinein, während Schwester Angela das schwarze Gefährt festhielt. Bruder Robert reichte ihr vom Ufer den alten, braunen Seesack, den Schwester Angela wiederum an mich weitergab; ich stellte ihn auf meinem Schoß ab. Meine Stiefel hingen an verknoteten Schnürsenkeln um meinen Hals, mein Hut baumelte mir an seinem Band im Rücken.

Bruder Robert stieg nun ebenfalls ins Wasser; er hielt mein kleines Boot fest und reichte den Klappspaten an Schwester Angela, die ihn wiederum in meine Hände übergab; ich klappte ihn auseinander und ließ das Spatenblatt einrasten, während Schwester Angela mir mit dem kalten Flußwasser die Füße wusch – die über den Rand des riesigen Reifenschlauchs ragten – und sie dann sorgfältig und ehrfürchtig mit einem Handtuch abtrocknete.

Ich schaute zu den anderen hoch, die vom Ufer her zusahen, während ihr kollektiver Atem wie eine Wolke über ihren Köpfen hing. Großvater Salvador stand in ihrer Mitte, ein weißgekleideter Fokuspunkt in der dunklen, schemenhaften Menschentraube.

Man reichte Schwester Angela meine Strümpfe, und sie zog sie mir vorsichtig über die Füße. Ich gab ihr meine Stiefel, und sie zog mir auch diese an und schnürte sie zu.

»Bist du bereit, mein Kind?« erkundigte sich unser Gründer leise vom Ufer.

»Das bin ich«, erwiderte ich.

Schwester Angela und Bruder Robert sahen zu meinem Großvater; er nickte, und sie stießen mich vom Ufer ab und hinaus in die Flußmitte. »Geh mit Gott!« flüsterte Schwester Angela. Bruder Robert nickte. Die Strömung erfaßte mein seltsames Gefährt und begann, es zu drehen und mich stromabwärts davonzutragen. Ich tauchte den Klappspaten in das seidige graue Wasser und paddelte, um meine Brüder und Schwestern im Blickfeld zu behalten.

»Geh mit Gott – mit Gott – Geh – Gott – Geh mit – Gott – mit Gott – Gott – mit – Geh ...« flüsterten die anderen, ihre verwobenen Stimmen schon halb verloren im gurgelnden Rauschen des Flusses und dem entfernten Muhen der erwachenden Kühe.

Schließlich, kurz bevor der Fluß mich um die enge Biegung und außer Sicht trug, sah ich Großvater Salvador den Arm heben und hörte, wie seine Stimme donnernd über den anderen erscholl: »Geh mit Gott, Isis.«

Dann geriet der Reifenschlauch in einen Strudel, und ich drehte mich wie ein Kreisel, und die Welt wirbelte um mich herum. Ich paddelte auf der anderen Seite und blickte zurück, aber der Fluß hatte mich schon zu weit von meinen Brüdern und Schwestern fortgetragen, und ich konnte nur noch das Schilf und Büsche und die hohen schwarzen Bäume sehen, die von beiden Uferseiten über den nebelverhangenen Fluß ragten wie monströse, nach mir greifende Hände.

Ich kniff entschlossen die Lippen zusammen und paddelte stromabwärts, Richtung Meer und Edinburgh, wo meine Mission mich zuallererst in das Haus von Gertie Possil führen würde.

*

»Was?« fragte ich bestürzt.

»Deine Cousine Morag hat uns aus England geschrieben und uns mitgeteilt, daß sie nicht nur Ende des Monats nicht zum Fest nach Hause kommen wird, sondern daß sie darüber hinaus auch noch einen wahreren Weg zu Gott gefunden hat, wie sie es nennt. Sie hat sogar den Betrag, mit dem wir sie monatlich unterstützen, zurückgeschickt.«

»Aber das ist ja entsetzlich!« rief ich aus. »Welcher Irrglaube kann ihren Verstand vergiftet haben?«

»Wir wissen es nicht«, gab Salvador schroff zurück.

Wir waren im Gemeindebüro gegenüber von Salvadors Gemächern; mein Großvater, meine Stieftante Astar, Allan, Schwester Erin, Schwester Jess und ich. Ich war gerade aus Dunblane zurückgekehrt und hielt noch immer meinen Reisehut in der Hand. Ich hatte just die Grenze unseres Grundstücks überschritten, als ich Bruder Vitus sah, der entlang der alten Eisenbahngleise auf mich zugelaufen kam; er blieb völlig außer Atem stehen und erklärte mir, daß ich dringend im Haus erwartet werde, dann liefen wir gemeinsam zurück.

»Wir müssen ihr schreiben«, sagte ich. »Wir müssen ihr die Irrigkeit ihrer Überlegungen und Absichten erklären. Hat irgendeiner ihrer vorherigen Briefe einen Hinweis auf die genaue Natur ihrer Verblendung enthalten? Wohnt sie noch in London? Bruder Zebediah ist noch immer dort, glaube ich; könnte er nicht mir ihr reden? Sollen wir einen großen Gottesdienst abhalten und für ihr Seelenheil beten? Vielleicht hat sie ihre Ausgabe der *Orthographie* verloren; sollen wir ihr eine neue schicken?«

Allan sah zu meinem Großvater, dann sagte er: »Ich glaube, du verstehst nicht ganz, worum es geht, Isis.« Er klang müde.

»Wie meinst du das?« fragte ich. Ich legte meinen Hut ab und zog meine Jacke aus.

»Schwester Morag ist in vieler Hinsicht wichtig für uns«, erklärte Astar. Astar ist dreiundvierzig, ein Jahr jünger als ihre Schwester Calli, und just so hellhäutig europäisch wie Calli subkontinental dunkel ist. Sie ist hochgewachsen und sinnlich, mit langem, glänzend schwarzem Haar, das in einem geflochtenen Zopf bis in ihr Kreuz hinabreicht, und großen Augen unter schweren, dunklen Lidern; sie ist die Mutter von Indra und Hymen. Sie kleidet sich schlichter als der Rest von uns, in langen, einfachen Kleidern, und doch gelingt es ihr, Eleganz und Würde auszustrahlen. »Sie liegt uns allen sehr am Herzen«, fuhr sie fort.

»Es ist vollkommen klar, daß uns Schwester Morags Seele ebenso am Herzen liegt wie die jedes anderen Mitglieds unseres Ordens«, fiel Salvador ihr ins Wort – Astar neigte ehrfürchtig den Kopf, die Augen halb geschlossen –, »und deshalb der Schmerz ob ihrer Abkehr vom wahren Glauben sehr groß ist und wir in jedem Fall alles in unserer Macht Stehende unternehmen würden, um sie eilends wieder in den Schoß der Gemeinde zurückzuführen, aber der Punkt ist, daß sich aus Morags Fahnenflucht eine noch weit unmittelbarere und dringlichere Folge ergibt, nämlich die Frage, was wir nun wegen des Fests unternehmen sollen.«

Ich hängte meine Jacke über eine Stuhllehne. Salvador tigerte vor den beiden kleinen Fenstern des Büros auf und ab; Schwester Erin stand an der Tür neben dem kleinen Schreibtisch, auf dem die Remington-Schreibmaschine ihren Platz hatte; Allan stand mit verschränkten Armen, gesenktem Kopf und bleichem Gesicht vor dem Kamin neben seinem eigenen Schreibtisch, der einen großen Teil der hinteren Hälfte des Raums einnahm.

»Geliebter Großvater, wenn ich kurz . . .?« meldete sich Allan zu Wort. Salvador bedeutete ihm mit einer Geste fortzufahren. »Isis«, sagte Allan und spreizte die Hände, »der Punkt ist, wir haben aus Morags Teilnahme als Ehrengast des Fests eine ziemlich große Sache gemacht; wir haben den Gläubigen auf der ganzen Welt geschrieben und sie eingeladen, dem Fest beizuwohnen, immer mit Hinweis auf Morags Ruhm und ihre unerschütterliche Zugehörigkeit zur Gemeinschaft.«

Ich war schockiert. »Aber von all dem habe ich nichts gewußt!« Gewöhnlich scheuten wir alles, was den Beigeschmack von aktiver Werbung hatte; persönliche Gespräche waren weit mehr unser Stil (obgleich wir durchaus schon immer der Ansicht waren, daß es unter gewissen Umständen sehr wohl angebracht sein kann, an Straßenecken zu stehen und sich lautstark Gehör zu verschaffen).

»Nun«, erwiderte Allan, sein Gesicht jetzt nicht nur bleich, sondern auch schmerzlich verzerrt. »Das war einfach so eine Idee, die uns gekommen ist.« Er schaute Großvater an, der den Blick abwandte und den Kopf schüttelte.

»Es bestand kein Grund dazu, dich schon zu diesem Zeitpunkt davon in Kenntnis zu setzen, Geliebte Isis«, sagte Erin, wenngleich ich nicht sicher war, ob sie selbst davon überzeugt war.

»Der Punkt ist, daß Morag nicht zu dem verdammten *Fest* kommt«, donnerte Salvador, bevor ich noch etwas erwidern konnte. Er drehte sich um und marschierte mit ausholenden Schritten an mir vorbei. Er trug eines seiner langen, cremefarbenen, wollenen Gewänder – Wolle von unseren eigenen Schafen natürlich –, ganz wie jeden Tag, aber an diesem Tag sah er irgendwie anders aus; erregt in einer Weise, wie ich ihn noch nie zuvor erlebt hatte.

Morag – die wunderschöne, anmutige, begabte Morag – war immer ein ganz besonderer Liebling meines Großvaters gewesen; ich vermutete, in einem fairen Kampf, das heißt ohne den Vorteil des erhabenen Status als Auserwählte Gottes, der mir durch das Datum meiner Geburt zugefallen war, hätte sich Morag und nicht ich als der Augenstern unseres Gründers bewiesen. Ich empfand diesbezüglich weder Verbitterung noch Eifersucht; sie war meine beste Freundin gewesen, und selbst nach all diesen Jahren war sie vermutlich noch immer meine zweitbeste Freundin nach Sophi Woodbean, und darüber hinaus hatte ich meine Cousine ebenso ins Herz geschlossen wie mein Großvater; es ist schwer, Morag nicht zu mögen (es gibt einige Leute von diesem Schlag in unserer weitverzweigten Familie).

»Wann haben wir das alles erfahren?« fragte ich.

»Der Brief ist heute morgen eingetroffen«, erklärte Allan. Er deutete mit einem Nicken auf ein Blatt Papier, das auf der abgewetzten grünen Lederunterlage seines Schreibtisches lag.

Ich nahm den Brief hoch; Morag hatte über die letzten sechs Jahre nach Hause geschrieben, seit sie nach London gezogen war. Bislang waren ihre Briefe stets ein Quell des Stolzes gewesen, die Chronik ihres wachsenden Erfolges, und bei den beiden Gelegenheiten, als sie uns seit ihrem Umzug besucht hatte, hatte sie wie ein exotisches, beinahe fremdartiges Fabelwesen angemutet; graziös und gepflegt und schlank und schlichtweg überströmend von Selbstvertrauen.

Ich las den Brief; wie üblich war er getippt, ohne Korrekturen (Allan hatte mir erzählt, daß er vermute, Morag benutzte eine Maschine, die man Textverarbeitungsgerät nennt, und ich hatte in meiner Unkenntnis lange geglaubt, diese Maschine könne wohl selbsttätig aus eingegebenen Worten einen Brief fabrizieren). Morags Unterschrift war so groß und ausladend wie immer. Der Text selbst war knapp gehalten, aber ihre Briefe waren nie sonderlich lang gewesen. Ich bemerkte, daß sie noch immer Schwierigkeiten mit »daß« und »das« hatte. Die Adresse im Briefkopf, die ihrer Wohnung in Finchley, war durchgestrichen worden.

Ich sprach die anderen darauf an. »Ist sie umgezogen?« fragte ich.

»Es scheint so«, erwiderte Allan. »Der letzte Brief, den Schwester Erin an Morag schickte, kam mit dem Vermerk ›Adressat verzogen‹ zurück. Schwester Morags letzter Brief vor diesem war auf Briefpapier des Royal Opera House in London geschrieben. Vielleicht hätten wir da schon ahnen sollen, daß etwas im argen lag, aber wir nahmen an, daß sie beruflich wohl sehr beschäftigt sei und schlichtweg vergessen hatte, uns auf dem laufenden zu halten.«

»Nun, was sollen wir jetzt tun?« fragte ich.

»Ich habe für heute nachmittag einen außerordentlichen Gottesdienst anberaumt«, sagte Salvador und blieb stehen, um aus dem Fenster zu sehen. »Dann werden wir uns über die Angelegenheit unterhalten.« Er schwieg einen Moment, dann drehte er sich um und sah mir in die Augen. »Aber ich wäre dankbar, wenn...« Er verstummte, dann kam er herüber, faßte mich bei den Schultern und sah mir durchdringend in die Augen. Seine sind dunkelbraun, die Farbe von Roßkastanien. Er ist drei Zentimeter kleiner als ich, aber er verfügt über eine solche Präsenz, daß er mir das Gefühl gab, über mir aufzuragen. Sein Griff war fest, und sein buschiger Bart und sein lockiges weißes Haar leuchteten im Sonnenlicht wie ein Heiligenschein. »Isis, mein Kind«, sagte er leise. »Wir werden dich vielleicht bitten müssen, dich unter die Unbedarften zu begeben.«

»Oh«, entschlüpfte es mir.

»Du warst Morags Freundin«, fuhr er fort. »Du verstehst sie. Und du bist die Auserwählte; wenn irgend jemand sie überreden kann, ihre Meinung zu ändern, dann du.« Er sah mir noch immer in die Augen.

»Was ist mit den Änderungen in der *Orthographie*, Großvater?« fragte ich.

»Die können warten, wenn es sein muß« erwiderte er stirnrunzelnd.

»Isis«, sagte Allan und trat dichter an uns heran. »Du bist nicht verpflichtet, das zu tun, und« – er sah unsicher zu Großvater –, »und es gibt auch gute Gründe, weshalb du es nicht tun solltest. Wenn du irgendwelche Zweifel in bezug auf diese Mission hegst, dann mußt du hierbleiben, bei uns.«

Schwester Erin räusperte sich. Auf ihrem Gesicht lag ein Ausdruck des Bedauerns. »Vielleicht ist es das beste, davon auszugehen, daß Morag nicht zum Fest nach Hause kommen wird; möglicherweise könnte ja die Geliebte Isis an ihrer Stelle als Ehrengast des Fests fungieren.«

Salvador runzelte die Stirn. Allan schaute nachdenklich drein. Astar blinzelte nur. Ich schluckte und versuchte, nicht allzu schockiert dreinzuschauen.

»Vielleicht fällt uns bei der Versammlung noch etwas anderes ein«, meinte Astar.

»Wir können nur beten«, sagte Allan. Großvater klopfte ihm auf die Schulter und wandte sich wieder zu mir um; alle sahen mich an.

Mir wurde bewußt, daß sie von mir erwarteten, daß ich etwas sagen würde. Ich zuckte die Achseln. »Selbstverständlich«, sagte ich. »Wenn ich gehen muß, werde ich gehen.«

*

Der Gottesdienst wurde in unserem Versammlungssaal, dem ehemaligen Ballsaal des Herrenhauses, abgehalten. Alle Erwachsenen waren dort. Die älteren Kinder paßten im Klassenzimmer, uns gegenüber auf der anderen Seite der Eingangshalle, auf die jüngeren auf.

Der Versammlungssaal ist ein schmuckloser, schlichter Raum mit hohen Fenstern, weißen Wänden und einem kniehohen Podium an der Stirnwand. In einer Ecke steht eine kleine Orgel; sie ist etwa zwei Meter hoch, hat zwei Manuale und wird mit Blasebälgen betrieben. Bei einem regulären Feiergottesdienst – bei Vollmond oder bei einer Taufe oder Eheschließung – würde ich jetzt dort sitzen und spielen, aber bei diesem speziellen Anlaß saß ich bei den anderen Gemeindemitgliedern auf einer Bank.

Vorn auf dem Podium befindet sich ein von zwei Duftkerzen geziertes Chorpult; Großvater stand an diesem Pult, während wir anderen ihm zugewandt auf Holzbänken saßen. An der hinteren Wand steht der Altar; ein langer Tisch, bedeckt mit einem einfachen weißen Wolltuch und den Behältnissen für unsere heiligen Substanzen. Der Tisch ist aus Treibholz gemacht, das in Luskentyre angespült wurde, während das Tuch aus der Wolle unserer Schafe hier in High Easter Offerance gewebt wurde. In der Mitte des Tisches steht eine kleine Holzschatulle, in der sich eine Phiole mit unserer allerheiligsten Substanz, dem *Zhlonjiz*, befindet, und dahinter steht ein hoher russischer Samowar auf einem verbeulten Silbertablett; über den Rest des Tisches sind andere Schatullen und kleine Kästen verteilt.

Salvador hob seine Arme über den Kopf, das Zeichen, daß nun alle zu schweigen hatten; im Saal wurde es still.

Der Samowar war schon angezündet und der Tee gekocht worden; Schwester Astar füllte eine große Schale mit Tee; sie reichte sie zuerst unserem Gründer, der einen Schluck davon trank. Dann reichte sie die Schale an jene von uns, die in der vordersten Bank saßen. Ich trank als nächste, dann Calli, dann Astar selbst, dann Allan und dann immer so weiter, bis alle Erwachsenen einen Schluck genommen hatten. Der Tee war einfach nur ganz gewöhnlicher Tee, aber Tee besitzt einen großen symbolischen Wert für uns. Die Schale wurde von den hintersten Bänken wieder zurück nach vorn gereicht, mit einem kleinen Rest kalten Tees am Boden; Astar stellte sie am Altarrand ab.

Als nächstes kam ein Teller mit einer Portion ganz gewöhnlichen Schweineschmalzes; auch dieser wurde von einem Gemeindemitglied zum nächsten weitergereicht. Jeder von uns rieb mit einem Finger über die Oberfläche und leckte ihn dann ab. Anschließend wurde ein großes Tuch herumgereicht, damit wir uns alle die Hände abwischen konnten.

Salvador hob abermals die Arme, schloß die Augen und senkte den Kopf. Wir taten dasselbe. Unser Oberhaupt sprach ein kurzes Gebet, in dem er Gott bat, über uns zu wachen und unsere Gedanken zu leiten und – wenn wir es wert wären, wenn wir ehrfürchtig lauschten, wenn wir unsere Seele für Gottes Wort öffneten – zu uns zu sprechen. Schließlich forderte unser Gründer uns auf, uns von den Bänken zu erheben. Wir standen auf.

Dann sangen wir in Zungen.

Das ist ein fester Bestandteil unseres Lebens und erscheint uns ganz normal, aber offenkundig ist es für Uneingeweihte ein zutiefst erschreckendes Erlebnis. Wie Oma Yolanda es sagen würde: Das muß man gesehen haben, um es zu glauben.

Den Anfang macht immer Salvador: Sein voller, kräftiger Baß erschallt wie Donnerhall über uns und bildet eine tiefe, wohltönende Führungsstimme, der wir anderen nach und nach unsere eigenen Stimmen hinzufügen, eine Herde, die ihrem Hirten folgt, ein Orchester, das seinem Dirigenten gehorcht. Es klingt wie sinnloses Zeug, wie Kauderwelsch, und doch kommunizieren wir durch dieses erhabene Chaos, singen einzig als Individuen und doch in tiefster Seele gemeinsam. Wir folgen keiner festgeschriebenen Methode oder einem verabredeten Arrangement; weder zu Beginn noch irgendwann während des Gesangs hat irgendeiner auch nur die geringste Ahnung, wohin unser Lied uns führen wird, und doch singen wir in vollendeter Harmonie miteinander, verbunden allein durch unseren Glauben.

In Zungen zu singen erinnert uns an die erste und erhabenste Vision unseres Gründers in jener Unwetternacht in Luskentyre, als er mit dem Tode rang, versunken in einer Trance der Offenbarung und der Transzendenz, als seine Lippen Worte sprachen, die niemand verstand. In Zungen zu singen erfüllt uns mit Seelenfrieden und einem Gefühl tiefster Verbundenheit; wir wissen nie, wann es aufhören wird, aber schließlich, wenn die Zeit gekommen ist, verstummen die Stimmen nach und nach, und es ist vorbei. So war es auch bei dieser Gelegenheit.

Das zeitlose Intervall des Singens war vorüber. Wir standen schweigend da, lächelnd und blinzelnd, die Seelen noch erfüllt von dem Nachklang unseres Gesangs.

Salvador erlaubte uns einen Moment der stummen Sammlung, dann sprach er ein weiteres kurzes Gebet, in dem er Gott für die Gabe der Zungen dankte, und schließlich wandte er sich uns lächelnd zu und bat uns, wieder Platz zu nehmen.

Wir taten es. Salvador packte die Seitenkanten des Pults und senkte einen Moment lang den Kopf, dann blickte er wieder zu uns auf und begann, von Morag zu sprechen, rief uns ihre Anmut und ihre Begabung und ihre Schönheit ins Gedächtnis und erinnerte uns an ihre herausragende Stellung innerhalb unserer Missionsarbeit. Er endete mit den Worten: »Leider hat es eine unerwartete Entwicklung gegeben. Schwester Erin?«

Schwester Erin nickte, dann stand sie auf, stellte sich neben

Salvador auf das Podium und erklärte uns die Lage, wie sie sich uns derzeit darstellte. Nachdem sie sich wieder hingesetzt hatte, nahm Allan ihren Platz neben dem Pult ein und sprach über mögliche Lösungen, darunter auch die Möglichkeit, jemanden auf eine Mission zu entsenden, um Morag zu suchen und zu versuchen, sie wieder in den Schoß der Gemeinschaft zurückzuführen, allerdings ohne mich dabei namentlich zu nennen. Allan nahm wieder in der vordersten Bankreihe Platz, und dann eröffnete Salvador die Diskussion.

Calli sagte, wir hätten Morag überhaupt nicht erlauben sollen fortzugehen (Salvador verdrehte die Augen), dann wiederholte sie dieselbe Aussage noch etliche Male in anderen Worten, bis sie schließlich auf das Thema von Marinaden und Gewürzen und die Möglichkeiten spiritueller Propaganda kam, die Großmutter Aasnis und Großtante Zhobelias Rezepte bargen; wenn wir diese verkaufen würden, könnten wir mit dem Gewinn ein ganzes Orchester finanzieren (eine altbekannte Leier). Astar wurde nach ihrer Meinung gefragt und ließ sich kurz darüber aus.

Malcolm, Callis Ehemann – ein bärengleicher, grobschlächtig aussehender, doch sanftmütiger Mann –, meinte, daß es vielleicht das beste wäre, wenn wir gar nichts unternahmen, da junge Leute oftmals etwas brauchten, gegen das sie rebellieren konnten; wenn wir nicht darauf eingingen, würde sie vielleicht wieder angekrochen kommen, nachdem sie bewiesen hatte, was immer sie beweisen wollte. Vielleicht sollten wir einfach abwarten (ein böser Blick von Großvater).

Indra – unser drahtiger, findiger Tüftler und Handwerker – bot sich an, Morag zu suchen und ihr zu sagen, sie solle sich zusammenreißen (verhaltene Unmutsbekundungen der versammelten Gemeinde).

Schwester Jess, unsere Ärztin – eine kleine, zierliche Frau –, wies darauf hin, daß Morag eine erwachsene Frau sei und wenn sie nicht zum Fest kommen wollte, dann wäre das ihre ureigenste Entscheidung (empörtes Gemurmel und Kopfschütteln).

Bruder Calum, unser Lehrer, richtete sich gerade lange genug aus seiner üblichen zusammengesackten Haltung auf, um aufzustehen und vorzuschlagen, daß wir vielleicht eine Anzeige in die Zeitung oder in die Kleinanzeigen setzen sollten, in der wir Morag baten, sich bei uns zu melden (dieselbe Reaktion der versammelten Gemeinde).

Schwester Fiona, Bruder Roberts Frau, fragte, wie die Chancen standen, Bruder Zebediah auf den Fall anzusetzen (Gelächter von all jenen, die Zeb kannten – er wird allgemein als hoffnungsloser Fall betrachtet, und es war bekannt, daß er nicht ein einziges von Morags Konzerten in London besucht hatte).

Bruder Jonathan vertrat die Ansicht, daß wir etwas Entscheidendes übersahen; warum engagierten wir nicht einfach einen Privatdetektiv, um sie aufzuspüren und vielleicht sogar zu entführen und hierher zurückzubringen? Er war überzeugt, sein Vater würde das nötige Geld zur Verfügung stellen. Wenn er es sich recht überlegte (sagte er, als sein Vorschlag auf schockiertes Schweigen stieß), er, Jonathan, besitze selbst etwas Geld; ein einziger Anruf bei seinem Börsenmakler oder seiner Bank auf den Cayman Islands ... warum regten sich denn plötzlich alle so auf? (Bruder Jonathan ist jung; sein Vater ist Vorstandsmitglied von Lloyds. Ich war nicht der Meinung, daß er es lange bei uns aushalten würde.)

Allan erklärte geduldig – und nicht zum ersten Mal – die Bedeutung der Heiligkeit der Quelle, wenn es um Geld ging. Kein Mammon war gänzlich unbefleckt; aber es war eine heilige Erkenntnis, daß Gelder, die durch Ackerbau und Fischerei erwirtschaftet wurden, am wenigsten verunreinigt waren, gefolgt von denen, die durch das Spielen ernster Musik verdient wurden – vorzugsweise ernster *religiöser* Musik.

Jonathan stand abermals auf und sagte: Nun, er hätte einen guten und wohltätigen Freund, dem ein Tonstudio in einer alten Kirche gehörte ... (Salvador brachte ihn mit einem strengen Blick zum Schweigen. Wie ich schon sagte, ich glaube nicht, daß Jonathan wirklich zu uns paßt.)

Schließlich erklärte Schwester Erin, daß der Vorschlag gemacht worden sei, mich nach London zu entsenden, um Morag ins Gewissen zu reden (fast alle Augen richteten sich auf mich; ich schaute mich tapfer lächelnd um und versuchte, nicht zu sehr zu erröten). Schwester Fiona B. stand auf, um zu sagen: Ja, es wäre auch an der Zeit, daß wir endlich über die spirituelle Verirrung unserer Schwester sprachen und nicht nur über die rein praktischen Methoden, sie hierher zurückzubringen. Dies wurde mit Applaus und Hallelujas begrüßt; Salvador und Allan nickten zustimmend, doch stirnrunzelnd.

Schwester Bernadette sagte, daß ich als Auserwählte Gottes viel zu wertvoll wäre, um mich Gefahren im Reich der Verderbnis aussetzen zu dürfen.

»Babylondon!« rief Schwester Angela aus und begann zu zittern und in Zungen zu sprechen (Schwester Angela ist sehr leicht erregbar und neigt dazu, solche Dinge zu tun). Besorgte Brüder und Schwestern hielten sie sanft zurück.

Bruder Herb war der Ansicht, daß ich besser hierbliebe, meinte aber, wenn ich doch gehen sollte, wäre ich aufgrund meines gesalbten Status vielleicht ungefährdeter und erfolgreicher als jeder andere.

Es wurde noch viel mehr gesagt; ich wurde nach meiner Meinung gefragt und erwiderte, daß ich nur meine ehrliche Bereitschaft bekunden könnte, nach London zu reisen und Morag ins Gewissen zu reden, wenn die Gemeinde dies beschließen sollte. Ich setzte mich wieder.

Wenn wir noch länger diskutiert hätten, hätten wir die Lampen der Kapelle anzünden müssen. Schließlich verkündete Salvador zögernd, er sei zu dem Schluß gekommen, daß nichts anderes übrig bliebe, als mich zu bitten, die Heimstatt der Gerechten zu verlassen und in die Städte der Gewöhnlichen zu gehen, mit der Mission, Morag wieder zum wahren Glauben zurückzuführen. Ein weiterer außerordentlicher Gottesdienst in sieben Tagen würde ein Forum bieten, mögliche neue Entwicklungen zu diskutieren, ebenso wie die Gelegenheit, etwaige neue Vorschläge bezüglich der Misere der Gemeinde abzuwägen. Die

Bürde der Verantwortung ruhte jedoch auf meinen Schultern, und wir würden darauf vertrauen müssen, daß der Schöpfer mich auf meiner Mission unter den Unerretteten beschützen und leiten würde.

Auf einen Blick meines Großvaters hin stand ich auf und verkündete, daß es mir eine Ehre sei, demütig meine Entsendung in die Wüste anzunehmen, und daß ich mich aufmachen würde, sobald die praktischen Fragen meiner Reise geklärt wären. Allan erhob sich und erklärte, daß unser Oberhaupt, er selbst, Calli, Astar, Malcolm, Calum und ich uns nun zurückziehen würden, um unsere nächsten Schritte zu besprechen. Ich stand eilig auf und sagte, daß ich gern auch Bruder Indra dabeihätte, und so wurde es beschlossen.

Der Gottesdienst endete mit einem letzten Gebet, und jene, die Abendbrotdienst hatten, eilten davon, um verspätet mit den Vorbereitungen für das abendliche Mahl anzufangen, das aus Bridie Samosa, Channa Neeps, Black Pudding Bhaji und Saag Crowdie Paneer bestand.

*

Um mich herum wurde es langsam hell. Ich paddelte durch den erwachenden Dämmerungschor und unter den dahinziehenden Nebelschwaden hindurch, zwischen dem Schlamm und dem Gras der Flußufer entlang, wo die Kühe mich verdutzt mit großen Augen anblickten. Die schwergewichtigen, sanftmütigen Tiere hielten gelegentlich in ihrem Wiederkäuen inne, um mir zuzumuhen. »Selbst *muuuh*«, rief ich zurück.

Der Seesack auf meinem Schoß war mir beim Paddeln im Weg; ich schob ihn weiter nach unten, stopfte ihn zwischen meine Beine und auf den Boden des Reifenschlauch-Floßes, wo ein Stück Plastik, das Indra am Schlauch festgeschweißt hatte, mein Hinterteil trocken hielt. Der Seesack ließ sich nach unten und zusammendrücken, bis ich mehr oder weniger darauf saß; das Paddeln wurde um einiges einfacher.

Der Seesack enthielt eine Ausgabe der *Orthographie* (in die ich eigenhändig hastig noch die jüngsten Änderungen aus unseren Notizen eingefügt hatte), dazu alte, verknickte Taschenbuchausgaben von John Bunyans *Des Pilgers Wanderschaft*, Walter Scotts *Waverly*, John Miltons *Das verlorene Paradies* und Maunders *Hausschatz des Wissens*, einige Phiolen mit wichtigen Substanzen (Flußschlamm, Herdasche, Seetangsalbe), eine Reisehängematte, einen Schlafsack, ein zusammenklappbares Sitzbrett, verschiedene Landkarten, eine Miniaturlaterne, eine kleine Dose mit wind- und wasserfesten Streichhölzern, einige Briefumschläge, -bögen und -marken und einen Bleistift, ein Taschenmesser, eine Geldscheinrolle aus neunundzwanzig Einpfundnoten, ein Eßpaket (eingewickelt in Butterbrotpapier), eine Flasche mit Wasser, einige Toilettenartikel und Kleider zum Wechseln.

Beim letzten Kriegsrat unseres Unterausschusses hatten wir darüber entschieden, mit welchem Beförderungsmittel ich nach Edinburgh reisen sollte. Ich hatte schon beschlossen, welches es sein sollte, und war deshalb in der Lage, mich gegen die Einwände der anderen durchzusetzen. Bruder Indra erklärte sich augenblicklich bereit, den Reifenschlauch in Augenschein zu nehmen und entsprechend umzuarbeiten, und machte sich stante pede auf, dies zu tun. Unter Zuhilfenahme einiger alter Landkarten hatte ich mir ebenfalls schon zurechtgelegt, wie ich zu Gertie Possils Haus gelangen könnte, und ich hatte eine gewisse vage Vorstellung, wie möglicherweise die weit längere Reise nach London, im Südosten Englands, zu bewerkstelligen sei. Meine Argumente trugen den Sieg davon.

Bevor wir fortfahren, sollte ich am besten erklären, weshalb ich – wo ich mich doch auf einer so wichtigen Mission befand, bei der die Zeit eine bedeutende Rolle spielte – nicht eine schnellere Transportmöglichkeit wählte und zum Beispiel mit einem Inter-City-Zug direkt nach London oder mit einem Taxi zum Glasgower oder Edinburgher Flughafen fuhr. Zum Verständnis bedarf es einiger Theologie.

*

Gott ist sowohl männlich wie weiblich als auch keines von beidem und darüber hinaus noch alles andere.

Gott wird immer als »Gott« im Singular bezeichnet, doch es wäre angemessener, ihn in der dritten Person Plural zu beschreiben, um uns immer wieder die Unergründlichkeit und die ultimative Unfaßbarkeit Seines Wesens zu verdeutlichen.

Gott ist allwissend, aber nur strategisch mit der weit entfernten Zukunft befaßt, nicht taktisch (ansonsten wäre das Konzept der Zeit hinfällig).

Außerdem ist Er allmächtig, aber nachdem Er sich entschlossen hat, dieses Universum, diese Mischung aus Experiment und Kunstwerk, zu erschaffen, wird Er nicht weiter eingreifen, es sei denn, die Sache liege apotheotisch gut oder apokalyptisch schlecht.

Für Gott ist dieses Universum eine Schneekugel oder der Inhalt eines Reagenzglases und beileibe nicht einzigartig; Er hat noch unzählige andere, und obgleich Er uns liebt und sich um uns sorgt, sind wir doch nicht Sein ein und alles.

Für Gott ist der Mensch ein verkrüppeltes Kind; Er liebt es und würde es niemals verleugnen, aber Er ist bekümmert darüber, daß Sein Kind nicht vollkommen ist.

Es gibt keinen Teufel, nur den Schatten, den der Mensch wirft und mit dem er den gleißenden Lichtschein Gottes verdeckt.

Der Mensch trägt einen Funken von Gottes heiligem Geist in sich, doch während Gott als vollkommen betrachtet werden kann, so entspringt Seine Vollkommenheit Seiner unendlichen Allumfassenheit, daher fehlt dem Menschen dieser Aspekt von Gottes Eigenschaften.

Der Mensch ist das Geschöpf Gottes und wurde erschaffen, um Ihm zu dienen und Aufsicht über das Universum zu führen, aber in seiner Nähe zu den Belangen der weltlichen Existenz wird er korrumpiert durch seine eigene Intelligenz und die Fähigkeit, alles, was vermeintlich wichtig erscheint, zu verändern, statt sich der schwierigeren, doch im Endeffekt auch lohnenderen Aufgabe zu widmen, die Gott ihm zugedacht hat; in dieser Hinsicht gleicht der Mensch einem kleinen Kind, das immer geschickter und flinker im Krabbeln geworden ist, statt sich auf die Füße zu stellen und das Laufen zu lernen.

Gottes ultimatives Ziel für den Menschen ist nicht bekannt und *auf unserer derzeitigen Bewußtseinsstufe auch nicht erkennbar*; wir müssen erst spirituell erwachsen werden, bevor wir auch nur ansatzweise erfassen können, welche Absichten Gott mit uns als spiritueller Spezies hat; alle vorherigen Vorstellungen vom Himmel (oder der Hölle) oder der Wiederkehr Christi oder dem Jüngsten Tag sind kindische Versuche, mit unserer eigenen Unwissenheit fertig zu werden. Das Erkennen von Gottes ultimativem Ziel ist eine der Aufgaben zukünftiger Propheten.

Was uns als Individuen bevorsteht, wenn wir sterben, ist eine Wiedervereinigung mit der Gottheit, aber während dieses Prozesses werden wir unserer beschränkten und beschränkenden Individualität enthoben und werden eins mit dem Universum. Neue Seelen werden aus jenem Meer des geheiligten Geistes geboren, den Gott im Universum bildet, und manchmal überlebt ein winziger Splitter der Erinnerung aus einer früheren Existenz die zwiefachen Turbulenzen des Todes und der Auflösung und der Geburt und Neuformung; das ist die Grundlage des verlockenden, doch im Grunde abstoßend eitlen und überheblichen Konzepts der Wiedergeburt.

Es besteht die Möglichkeit, daß der Mensch Vollkommenheit in den Augen Gottes erlangt, da die Natur des Menschen nicht unveränderlich ist; ebenso, wie sie sich durch Evolution wandeln kann, kann sie sich auch ändern, wenn man mit der Seele auf Gottes Stimme lauscht.

Unser ganzer Leib ist unsere Seele (wobei das Gehirn der wichtigste Teil ist, wie die Nadel in einem altmodischen Detektorempfänger). Wir vermögen noch nicht zu sagen, wie es funktioniert, und werden vielleicht auch niemals in der Lage dazu sein, wenn Gott selbst uns nicht dabei hilft.

Körperliche Liebe ist die Kommunikation der Seelen und deshalb heilig.

Alle Heiligen Schriften und alle Religionen enthalten Körnchen der Wahrheit, die Gott ausgesandt hat, aber Politik und Geld verzerren das Signal, und so besteht der Trick darin, die Störgeräusche um uns herum zu reduzieren und in Stille der Seele zu lauschen (die unser persönlicher, gottgegebener Radioempfänger ist).

In gewissen (vermeintlich, doch nicht wirklich) zufälligen Momenten hört oder erlebt man dann, wie Gott zu einem spricht; das bedeutet – zum Beispiel –, daß man, wenn man jemanden in einem Feld stehen und – scheinbar blind – ins Leere starren sieht, diesen Menschen nicht stören sollte (man sollte noch anmerken, daß dies zur Folge hat, daß Angehörige der Gemeinde gelegentlich mit Vogelscheuchen verwechselt werden).

Diesen Vorgang nennt man Empfangen.

Natürlich empfangen einige Menschen Gottes Stimme klarer als andere, und diese Menschen werden gemeinhin Propheten genannt.

Die erste Vision oder Offenbarung eines Propheten neigt dazu, die intensivste und leidenschaftlichste zu sein, ist aber auch am stärksten verfälscht von allem, was der Prophet zuvor erlebt hat. Daraus folgt, daß die erste Kodifizierung jener Offenbarung die unvollkommenste ist, am deutlichsten getrübt von den Vorurteilen und Mißverständnissen des Propheten. Die ganze Geschichte, die wahre Botschaft, tritt erst nach und nach, im Laufe der Zeit, zutage, durch Überarbeitungen, Anmerkungen und vermeintliche Marginalien, die alle allein das Ergebnis von Gottes beharrlichen Versuchen sind, sich durch die unvollkommenen Empfänger unserer Seele verständlich zu machen.

Viel von dem, was andere Propheten gesagt haben, bevor all das oben Angeführte unserem Gründer offenbart wurde, mag nützlich und wahr sein, aber da ihre Lehren dadurch korrumpiert wurden, daß man sie in der Form großer Religionen institutionalisiert hat, haben sie natürlich viel von ihrer Kraft verloren.

Am besten ist es, die Offenbarungen und Lehren anderer mit respektvoller Vorsicht zu behandeln, aber ansonsten ganz auf die

Lehren unseres eigenen Gründers zu vertrauen und auf die Stimme in uns allen – die Stimme Gottes – zu hören.

Lohn und Erfüllung sind im Abwegigen, in den Umwegen des Lebens zu finden; im Unbemerkten, im Verborgenen und Ignorierten, in den Interstitien, den Zwischenräumen; in den Ritzen zwischen den Pflastersteinen des Lebens (das nennt man das Prinzip der Indirektheit oder auch das Prinzip der Interstitialität).

Daher liegt das Gute und das Potential zur Erleuchtung darin, die Dinge anders zu tun, vermeintlich aus reinem Selbstzweck.

Je unkonventioneller und unüblicher man das Leben lebt, desto weniger Störgeräusche gibt es, desto weniger verzerrende Überlagerungen und desto empfänglicher wird man daher für Gottes Signale werden.

Am 29. Februar geboren worden zu sein, ist ein guter Anfang.

*

Wird es langsam klarer? Die Tatsache, daß ich weder den Zug noch den Bus nehme und auch nicht per Anhalter nach Edinburgh fahre, sondern statt dessen diesen fast unberührten Abschnitt des gewundenen, schlammigen alten Flusses entlangtreibe und -paddle und beabsichtige, zu Fuß durch die halbe Stadt zu gehen, wenn ich dort eintreffe, erklärt sich daraus, daß es wichtig für die Heiligkeit meiner Mission ist, es so zu tun; auf diese Weise zu reisen bedeutet, den Akt des Reisens selbst zu heiligen und dementsprechend meine Erfolgschancen zu erhöhen, wenn ich schließlich meinen Bestimmungsort erreiche, da ich unter Gottes ungestörtem Blick reise, mit einer Seele, die so unverseucht vom Trubel des Lebens der Unerretteten wie möglich ist.

Ich paddelte weiter durch den nebligen, dämmernden Morgen, vorbei an Weide um Weide, an grasenden Kühen, bis auf Hörweite an die Hauptstraße und bis auf Sichtweite an die Dächer der wenigen Farmen und Häuser heran, die hinter den grasbewachsenen Flußufern aufragten. Ich kam an den Ruinen einer kleinen Hängebrücke für Fußgänger vorbei – zwei obeliskengleiche Betongebilde, die einander zu beiden Seiten des braunen Wassers gegenüberstanden. Nahe Craigforth House mußte ich ein die ganze Flußbreite einnehmendes Hindernis aus verkeilten Baumstämmen und Treibgut überwinden und hätte dabei beinahe meinen Hut verloren, der sich an einem grauen, mit nassen Gräsern behangenen Ast verfangen hatte. Ich trieb unter zwei Brücken hindurch und schwenkte dann um eine weitere Biegung, wo Forth und Teith zusammenfließen. Zu meiner Rechten lag ein Armeestützpunkt. Die mattgrünen Aluminiumboote, die aufgereiht auf dem Gras ruhten, waren die einzigen Wasserfahrzeuge, die ich je stromaufwärts von dieser Stelle auf dem Fluß gesehen hatte.

Ich trieb unter dem Betonbogen der Autobahn hindurch; ein Laster rumpelte über mir im gleißenden Nebel. Gleich darauf wurde die Strömung stärker, während ich mich einigen kleinen, flachen Inseln näherte und an zwei Anglern vorbeikam, die linker Hand am ersten sandigen Ufer standen, das ich bis jetzt zu sehen bekommen hatte; dann hörte ich weiter vorn das Rauschen des Wasser und wußte, daß das Stauwehr vor mir lag.

Es herrschte Flut, und die Stromschnellen waren passierbar; mein Reifenschlauch-Floß prallte gegen einige unter der Wasseroberfläche liegende Felsen, und ich muß gestehen, daß mein Herz ein wenig schneller schlug, als mich der rauschende Strudel mit sich abwärts trug, aber alles in allem kann das Gefälle nicht mehr als einen halben Meter tief gewesen sein, und ich schätzte, daß ich schlimmstenfalls riskierte, pudelnaß zu werden. Ich zog einige komische Blicke auf mich, als ich durch Stirling trieb, aber als Luskentyrianer ist man daran gewöhnt, angestarrt zu werden.

*

In jener Nacht habe ich kaum geschlafen. Nach unseren verschiedenen Kriegsgeräten und einer ausführlichen Unterweisung durch Großvater, bei denen Allan für einige Zeit anwesend war (und während derer Großvater, wie leider gesagt werden muß, dank einer Flasche Whisky zunehmend geistig abwesend war),

war es schon tief in der lampenerhellten Dunkelheit, als Bruder Indra aus seiner Werkstatt zurückkehrte, um befriedigt zu verkünden, daß er die nötigen Änderungen an dem alten schwarzen Reifenschlauch vorgenommen habe. Der Reifenschlauch war das größte der aufblasbaren Flöße gewesen, mit denen sich die Kinder im vorangegangenen Sommer im Fluß vergnügt hatten; wir verfügten über kein eigentliches Paddel, aber Indra schlug den Klappspaten vor. Schwester Jess machte sich auf den Weg nach Gargunnock, dem nächstgelegenen Dorf, um von dort einen Brief an meinen Halbbruder Zeb in London abzuschicken, in dem ihm mitgeteilt wurde, mich in den nächsten Tagen zu erwarten. Auf dem Rückweg würde Schwester Jess am Haus der Woodbeans haltmachen und deren Telefon benutzen, um ein Signal zu entsenden, mit dem mein Eintreffen im Hause von Gertie Possil angekündigt wurde (ein Verfahren, das *bedeutend* umständlicher war als die Worte, mit denen ich es gerade beschrieben habe).

In der Zwischenzeit hatte man mir den alten Seesack gegeben, der sich seit der Gründung im Besitz der Gemeinschaft befand und für uns fast schon den Status einer Reliquie innehatte, und ich hatte herausgesucht, was ich darin mitnehmen würde. Schwester Erin überreichte mir eine dicke Rolle Papiergeld, zusammengehalten von einem Gummiband und wasserdicht verpackt in einer Plastiktüte. Ich hatte mir bereits überlegt, daß ich Geld brauchen würde, und so bedankte ich mich bei ihr und den anderen, doch dann zählte ich neunundzwanzig Einpfundnoten ab und gab den Rest zurück.

Mein Großvater war zugegen, als ich dies tat; ich bemerkte Tränen in seinen Augen, und er kam herüber und drückte mich an sich, hielt mich ganz fest und sagte: »Ach Gott; Isis, mein Kind! Isis, Isis, mein Kind!« und klopfte mir kräftig auf den Rücken. Allan lächelte uns beide verzagt an, sein Gesicht noch immer bleich. Erins verkniffener Mund zeigte deutlich, daß sie sich innerlich auf die Zunge biß; aber auch sie rang sich ein Lächeln ab.

»Du wirst darauf achtgeben, daß du rechtzeitig zum Fest wieder zurück bist, nicht wahr, mein Kind?« sagte Salvador und zog seinen Kopf zurück, so daß seine Tränen nicht mehr meinen Hemdkragen benetzten. »Du mußt dabeisein; mehr noch als jeder andere, mußt du dabeisein. Du wirst doch rechtzeitig zurückkommen?«

»Mit Gottes Hilfe wird es nicht so lange dauern, mit Morag zu reden«, erklärte ich ihm und hielt dabei seine fleischigen Unterarme umfaßt. »Ich hoffe, ich werde zum Vollmond-Gottesdienst Mitte des Monats zurücksein. Sollte es aber doch länger dauern, dann werde ich ...« Ich holte tief Luft. »Ich werde auf jeden Fall rechtzeitig zum Fest zurückkommen.«

»Es ist so wichtig«, sagte Großvater nickend. Er tätschelte meine Wange. »So wichtig. Ich werde vielleicht das nächste nicht mehr erleben.« Er blinzelte heftig.

»Doch, das wirst du«, erwiderte ich, »aber mach dir keine Sorgen. Alles wird wieder ins Lot kommen.«

»O du mein geliebtes Kind!« Er drückte mich abermals an sich.

*

Nachdem die Vorbereitungen abgeschlossen waren, hielt Großvater nach dem Abendessen einen kurzen Gottesdienst ab, um Gottes Segen für meine Mission zu erbitten.

Spät am Abend fand ich einen Augenblick Zeit, um aus dem Haus zu schlüpfen und mich über die unbeleuchtete Brücke zum Haus der Woodbeans zu stehlen, um Sophi zu sagen, daß ich fort mußte, und um mich zu verabschieden.

Kapitel Vier

In jener Nacht – während ich in meiner Hängematte in meinem Zimmer im Bauernhaus lag – kreisten meine Gedanken um die bevorstehende Reise und die möglichen Gründe für Cousine Morags Abkehr von unserem Glauben. Ich wußte, daß es vermutlich unmöglich sein würde, Schlaf zu finden, und daß ich, sollte ich doch einnicken, dies wahrscheinlich just vor dem Wecken tun würde, so daß ich für den Rest des Tages desorientiert und wie gerädert und müde sein würde, aber das machte mir nichts aus, und außerdem ist es ja wohl bekannt, daß derartiger Schlafmangel oft einen trancegleichen Zustand hervorruft, in dem man weit offener für die Stimme des Schöpfers ist.

Morag und ich waren enge Freunde gewesen, obwohl sie vier Jahre älter als ich war – ich hatte mich immer gut mit den älteren Kindern der Gemeinde vertragen, da mein Status als Auserwählte einer Handvoll zusätzlicher Jahre zu meinem tatsächlichen Alter gleichkam. Morag und ich verstanden uns trotz des Altersunterschieds besonders gut, da wir das Interesse an der Musik teilten und uns, wie ich annehme, in unserer Art recht ähnlich waren.

Morag ist die Tochter meiner Tante Birgit, die uns vor sechs Jahren verlassen hat. Tante Birgit ist einem in Idaho in den Vereinigten Staaten ansässigen Millennialisten-Kult beigetreten, einer dieser merkwürdigen Sekten, die offenbar der Ansicht sind, die Erlösung würde aus dem Lauf einer Waffe wachsen. Tante Birgit kehrte anläßlich des letzten Fests der Liebe zurück, verbrachte aber die meiste Zeit mit dem – natürlich fruchtlosen – Versuch, uns zu ihrem neuen Glauben zu bekehren (gelegentlich sind wir doch etwas zu tolerant). Tante Birgit war nie ganz sicher, wer Morags Vater war, ein nicht unübliches Ergebnis des ungezwungenen Umgangs innerhalb der Gemeinde und einer jener unglücklichen Eigenheiten, die den sensationslüsternen Presseberichten über uns eine gewisse Glaubwürdigkeit verleihen könnten. Großvater hat Morag eindeutig immer wie eine Tochter behandelt, aber Salvador hat sich immer so verhalten, als ob alle Kinder der Gemeinde seine eigenen wären, vermutlich schlicht, um seiner Liebe für alle Erretteten Ausdruck zu verleihen, aber vielleicht auch, um lieber auf Nummer Sicher zu gehen.

Birgits Tochter war ein hochgewachsenes, perfekt proportioniertes Geschöpf mit wallendem rotbraunem Haar und Augen, die so tief und blau und groß sind wie ein Meer; ihre einzige, doch liebenswerte Unvollkommenheit war eine recht große Lücke zwischen ihren beiden oberen Schneidezähnen, obwohl sie diesen Makel – sehr zu unserer Enttäuschung – hatte richten lassen, als sie uns vor vier Jahren besuchte.

Ich glaube, in jeder anderen Umgebung hätte Morag niemals ihre Begabung für die Musik entwickelt; sie hätte viel zu früh gelernt, daß ihr Aussehen ihr Tür und Tor zu allem öffnete, was ihr Herz begehrte, und so wäre sie ein verwöhnter, nutzloser Mensch geworden, einzig dazu geeignet, den Arm eines reichen Mannes zu schmücken, der seinen Status durch ihre verhätschelte Schönheit und ihre übertreuerten Kleider zur Schau stellte, und mit nichts, um die Leere ihrer Existenz zu füllen, als der Aussicht, ihm Kinder zu gebären, die sie dann gemeinsam verwöhnen konnten.

Statt dessen wuchs sie bei uns auf, in der Gemeinde, wo schlichte Kleidung, kein Make-up, ein praktischer Haarschnitt und allgemeines Desinteresse an Äußerlichkeiten hohler Eitelkeit den Nährboden entziehen, und so hatte sie Zeit zu entdecken, daß Gott sie mit einer weit größeren und weit weniger vergänglichen Gabe als körperlicher Schönheit gesegnet hatte. Morag lernte Geige zu spielen, dann Cello, dann später Viola da Gamba und schließlich Baryton (eine Art Viola da Gamba mit zusätzlichen Resonanzsaiten). Sie spielte all diese Instrumente nicht nur mit gekonnter, perfekter Technik, sondern auch mit einer emotionalen Tiefe und einem intuitiven Verständnis für Musik, wie man sie bei einem so jungen Menschen wohl kaum ein zweites Mal findet. Obgleich Morag sich mit der gebotenen Bescheidenheit ausdrückte, zeigte sich ja in ihren Briefen doch unmißverständlich, daß sie beinahe allein das Interesse am Baryton als Instrument wiedererweckt und durch ihre Auftritte und Aufnahmen vielen Tausenden von Menschen Freude geschenkt hatte. Ich hoffe, wir machen uns nicht der Eitelkeit schuldig, wenn wir so überschwenglich stolz auf sie sind und uns sogar einen bescheidenen Anteil an ihren Erfolgen zusprechen.

Der Tag wurde klar und sonnig; ich setzte meinen Hut auf, um mich vor der Sonne zu schützen. Ich trieb neben endlosen Reihen riesiger, fensterloser Lagerhäuser dahin und passierte Alloa bei Ebbe, während ich mich vom Paddeln ausruhte, ein Mittagessen aus Slapshot Naan und Ghobi Stovies zu mir nahm und etwas Wasser aus meiner Flasche trank. Über den Nachmittag frischte der Wind von Westen auf und trieb mich schneller den Fluß hinunter, vorbei an einem riesigen Kraftwerk und unter der Kincardine-Brücke hindurch. Ich paddelte mit neuentfachtem Eifer, hielt mich dabei immer dicht an die glitzernde Schlammzone des Südufers; im Norden lag ein weiteres gigantisches Elektrizitätswerk, während sich zu meiner Rechten der Rauch und die Dampfschwaden und die Flammen der Grangemouth-Ölraffinerie im Wind duckten und so den Weg nach Edinburgh wiesen.

Ich hatte Gertie Possils Haus in Edinburgh als Sechzehnjährige schon einmal besucht, und so war mir jener Teil meiner Reise vertraut und ich wußte, was mich erwartete. Was London betraf, sah die Sache anders aus. Jene Stadt ist für junge Gemeindemitglieder ein ebensolcher Magnet wie für jeden durchschnittlichen schottischen Jugendlichen, und neben meiner Cousine Morag und Bruder Zeb hatte sie noch etliche andere aus der Gemeinde angezogen, darunter für ein Jahr auch meinen Bruder Allan, der ebenfalls musikalische Ambitionen gehegt hatte. Er ging mit zwei Freunden nach London, die er auf der Fachhochschule für Agrarwissenschaft in Cirencester kennengelernt hatte, auf die er geschickt worden war, um Betriebswirtschaft zu studieren. Seither hat er die ganze Angelegenheit immer heruntergespielt, aber ich hatte den Eindruck, daß der fehlgeschlagene Versuch, es in der Großstadt zu etwas zu bringen, eine herbe Enttäuschung für ihn war. Ich weiß, daß er sich während seines Aufenthalts dort einem Rockmusik-Ensemble angeschlossen und anscheinend eine Art tragbarer elektrischer Orgel gespielt hat, jedoch haben sich seine geheimen Träume von Ruhm und Erfolg nicht erfüllt, und so kehrte er nach einer – wie ich vermute – rundum niederschmetternden Erfahrung zurück, unerschütterlich in seinen Bekundungen, daß sein Platz, seine Arbeit und sein Schicksal hier bei uns wären und daß er nie wieder seinen Fuß in jenen gigantischen, menschenverachtenden Pfuhl der Liederlichkeit, jenes Epizentrum von Störgeräuschen und Geißel aller Träume, setzen würde.

Der Tag schritt voran; ich paddelte durch das aufgewühlte Wasser, ruhte mich aus, wenn meine Arme zu müde wurden, und veränderte so gut es ging meine Sitzhaltung, um die Schmerzen im Rücken zu lindern, der ganz naß war von den hochspritzenden Wellen. Vor mir, vielleicht zehn Meilen entfernt, konnte ich zwei mächtige Brücken ausmachen, die sich über den Fluß spannten, und ihr Anblick verlieh mir neuerliche Kraft, da ich wußte, daß Edinburgh nicht weit dahinter lag. Ich nahm den Klappspaten in meine mittlerweile wundgescheuerten Hände und paddelte weiter.

Wann immer ich meine Reise als mühselig und schmerzhaft empfand, rief ich mir ins Gedächtnis, daß dies nichts war im Vergleich zu der folgenreichen Wiedergeburt aus den Wasserfluten, die mein Großvater vor viereinhalb Jahrzehnten durchgemacht hatte.

*

Die Saat unserer Sekte wurde in einer sturmgepeitschten Nacht an den Gestaden der Insel Harris, in den Äußeren Hebriden, ausgesät.

Es war die letzte Stunde des letzten Tages im September 1948, und im ersten gewaltigen Unwetter des Herbstes trieben die Atlantikwinde die Wogen des Ozeans in pechschwarzen, gischtgekrönten Brechern gegen die zerklüftete Küste; Regen und Salzwasser vermengten sich in der Dunkelheit des Unwetters und überfluteten die Küste, trugen den Geschmack der See meilenweit ins Landesinnere, noch weiter als den hohlen Donnerhall der Wellen, die sich gegen die Felsen und auf den Strand warfen.

Zwei verängstigte Asiatinnen hockten dicht zusammengekauert über einer einzelnen Duftkerze in einem alten Lieferwagen in den Dünen hinter einem langgestreckten, dunklen Strand und lauschten auf das Donnern der Wellen und das Heulen des Windes und das Prasseln des Regens auf dem Holz und dem Segeltuchdach des uralten Fahrzeugs, das bei jedem wütenden Windstoß auf seiner Federung schaukelte und knarrte und jeden Moment in den Sand umzukippen drohte.

Die beiden Frauen waren Schwestern; ihre Namen waren Aasni und Zhobelia Asis, und sie waren Ausgestoßene, Flüchtlinge. Sie waren Khalmakistanis, Töchter der ersten Familie von Asiaten, die auf den Hebriden gesiedelt hatten. Ihre Familie hatte ihren Lebensunterhalt gefristet, indem sie mit einem fahrenden Krämerladen von Dorf zu Dorf zog, und war überraschend gut aufgenommen worden an diesem Ort, an dem das Wäscheaufhängen an einem Sonntag noch immer als Gotteslästerung gilt.

Khalmakistan ist eine Bergregion in den südlichen Ausläufern des Himalaya, auf die derzeit sowohl Indien als auch Pakistan Anspruch erheben; darin gleicht es Kashmir, obschon die Bewohner der beiden Kleinstaaten ansonsten wenig gemein haben außer gegenseitiger Verachtung. Aasni und Zhobelia waren die ersten aus der zweiten Generation ihrer Familie, und die allgemeine Ansicht war, daß die glitzernden Lichter von Stornoway ihnen die Köpfe verdreht hatten; jedenfalls empfand man sie als zu dickköpfig und westlich für ihr eigenes Wohl oder das der Familie. Hätte die Familie schnell genug gehandelt, hätten sie die beiden Mädchen vielleicht erfolgreich an eilig vom Subkontinent herbeigeholte Ehewillige verheiraten können, bevor die beiden sich zu sehr daran gewöhnten, ihre eigenen Entscheidungen zu treffen, aber leider war der Zweite Weltkrieg dazwischen gekommen, und es vergingen fast sieben Jahre, bevor eine Lockerung der Reise- und Rationierungsbeschränkungen günstige Bedingungen schufen, um eine Ehe zu arrangieren. Inzwischen war es zu spät.

Es wurde bestimmt, daß die beiden Schwestern zwei Brüdern einer mit den Eltern befreundeten Familie als Bräute angeboten werden sollten; natürlich waren die betreffenden Brüder schon etwas betagt, aber ihre Familie war wohlhabend, bekanntermaßen mit einem langen Leben gesegnet, und insbesondere die männlichen Mitglieder waren berühmt dafür, noch bis weit in den Herbst ihres Lebens hinein fruchtbar zu sein. Außerdem, so erklärte ihnen ihr Vater, wäre er überzeugt, daß die beiden Mädchen wohl selbst als erste eingestehen würden, daß sie eine starke Hand bräuchten – und sei sie auch faltig und ein wenig zittrig.

Vielleicht angesteckt vom Geist der Unabhängigkeit, der im heimatlichen Raj loderte, und der allgemeinen Stimmung weiblicher Emanzipation, die der Krieg heraufbeschworen hatte, indem er Frauen Arbeit in den Fabriken, Uniformen, Berufe und eine gewisse Kontrolle über die Wirtschaft gab – oder vielleicht auch schlicht und einfach, weil sie im Stornoway-Alhambra einen Propagandafilm über glückliche sowjetische Kranführerinnen zuviel gesehen hatten –, weigerten sich die Schwestern strikt, was schließlich zum Ergebnis hatte, daß sie einen außergewöhnlichen Schritt wagten – sowohl in den Augen ihrer ursprünglichen Kultur als auch jener, von der sie jetzt Teil waren –, sich gänzlich von ihrer Familie lossagten und zu ihr in Konkurrenz traten.

Sie besaßen einige Ersparnisse und liehen sich zusätzliches Geld von einem befreundeten freidenkenden Bauern, der selbst so etwas wie ein Außenseiter in jenem Land der renitenten schottischen Staatskirche war. Sie kauften einen alten Lieferwagen, der als mobile Bibliothek auf den Inseln gedient hatte, und einige Waren; sie verkauften Schinken, Schmalz und Rindfleisch, die ihre Familie nicht anrührten, und einige Monate lang verkauften sie auch Alkohol, bis das Finanzamt sie in die Schranken wies und ihnen die Feinheiten des Konzessionssystems erklärte (glücklicherweise forderte man die beiden Schwestern nicht auch noch auf, einen Führerschein vorzuweisen). Sie verdienten kaum ihren Lebensunterhalt, sie mußten in ihrem Lieferwagen schlafen, sie bestellten immer zu viel oder zu wenig Waren, sie lagen beständig im Streit mit den Rationierungsstellen, und sie waren zutiefst unglücklich ohne ihre Familie, aber wenigstens waren sie frei, und außer einander und dieser Freiheit hatten sie nichts, woran sie sich festhalten konnten.

An jenem Tag, bevor das Unwetter den Horizont verdunkelt hatte, hatten sie ihr Bettzeug auf den Steinen eines Flusses gewaschen, der in Loch Laxdale mündete, und es zum Trocknen zurückgelassen, während sie in Lewis ihren Geschäften nachgingen.

(Lewis und Harris wurden als jeweils eigenständige Inseln betrachtet, obgleich sie tatsächlich durch eine – am Himalaya gemessen – kleine, doch beeindruckend zerklüftete Bergkette verbunden und getrennt sind. Das Harris-Völkchen ist gemeinhin kleinwüchsiger und dunkler als die Einheimischen von Lewis; die Legende schreibt dieses Phänomen den amourösen Bemühungen von Horden dunkelhäutiger Spanier zu, die nach dem Zerschellen von Armada-Schiffen an den felsigen Gestaden von Harris angespült worden waren, doch vermutlich erklärt sich der Unterschied schlicht und einfach durch keltische beziehungsweise nordische Abstammung.)

Als die Schwestern schließlich durch die schnell heraufziehende Dunkelheit des Nachmittags zurückeilten, hatte es schon zu regnen angefangen, und als sie die Stelle erreichten, wo sie ihr Bettzeug zurückgelassen hatten, hatte der Wind das meiste davon gegen einen Stacheldrahtzaun geweht und den Rest in den angestiegenen Fluß geworfen. Der Regen peitschte mittlerweile fast horizontal, und die Laken und Decken am Zaun hätten kaum nasser sein können, hätte man sie in den Fluß getaucht. Die Schwestern retteten ihr triefendes Bettzeug und suchten Zuflucht in ihrem Lieferwagen, den sie in eine Senke in den Dünen fuhren, damit sie vor dem Unwetter geschützt waren.

Und so saßen sie in ihren Mänteln da und hielten einander umklammert, während die kleine Duftkerze in der Zugluft flackerte, umgeben von Teekisten und Kartons mit Schmalz – gleichermaßen Symptom von Aasnis Unfähigkeit, einem guten Geschäft zu widerstehen, wie auch der, im Hinterkopf zu behalten, wie wenig Lagerplatz sie hatten; unterdessen sammelte sich das Wasser von ihren Laken um ihre Füße und drohte, die Säcke mit Zucker, Mehl und Puddingpulver, die sich unter den Borden stapelten, aufzuweichen.

Dann ertönte plötzlich ein Krachen, als etwas Schweres gegen die seewärtige Seite des Lieferwagens geschleudert wurde. Die beiden Frauen fuhren erschreckt zusammen. Draußen stöhnte eine Männerstimme, kaum hörbar über das Tosen des Windes und der Wellen.

Sie hatten eine Laterne; sie stellten die kleine Duftkerze hinein und wagten sich hinaus in die sturmgepeitschte Finsternis des tobenden Unwetters. Auf dem sandigen Gras neben dem Lieferwagen lag ein junger weißer Mann in einem billigen Anzug; er hatte schwarzes Haar und eine schreckliche, klaffende Wunde an der Stirn, aus der das Blut quoll, nur um augenblicklich vom peitschenden Regen fortgewaschen zu werden.

Die beiden Frauen schleppten ihn zur offenen Hecktür des Lieferwagens; der Mann kam zu sich, stöhnte abermals und schaffte es, sich einen Moment lang aufzurichten; dann sackte er auf den Boden des Lieferwagens, und die beiden Frauen zogen ihn weit genug hinein – auf dem vom Wasser und nun auch vom Blut glitschigen Boden –, um die im Wind schlagende Hecktür zu schließen.

Der stöhnende Mann war totenbleich und zitterte am ganzen Leib; Blut tropfte aus seiner Stirnwunde. Sie wickelten ihn in ihre Mäntel, doch er hörte nicht auf zu zittern; Aasni erinnerte sich daran, daß sich Leute, die den Ärmelkanal durchschwammen, mit Fett einschmierten, und so holten sie das Schmalz heraus (von dem sie, dank eines verlockenden Graumarktgeschäftes mit einem Mann in Carloway, der etliche am Strand angespülte Kisten gefunden hatte, mehr als genug hatten), warfen alle falsche Scham über Bord, zogen den Mann bis auf seine triefnasse Unterhose aus und machten sich daran, ihn mit Schmalz einzuschmieren. Er zitterte immer noch. Noch immer tröpfelte Blut von seiner Stirn; die beiden Frauen säuberten die Wunde und tupften Jod darauf. Aasni suchte nach Stoff, um ihn zu verbinden.

Zhobelia öffnete die Aussteuertruhe, die ihre Großmutter ihr zu ihrem zwanzigsten Geburtstag aus Khalmakistan geschickt hatte, und nahm den Tiegel mit der hochgepriesenen Heilsalbe namens *Zhlonjiz* heraus, die ausdrücklich für besondere Notfälle gedacht war; Zhobelia machte einen Umschlag und legte ihn auf die Wunde, dann wickelte sie den Verband um den Kopf des Mannes. Der Mann zitterte immer noch. Sie wollten nicht, daß ihre Mäntel mit Schmalz beschmiert wurden, also öffneten sie eine der Teekisten (der Tee war sowieso nicht im allerbesten Zustand, da er von einem Farmer nahe Tarbert, der sich einen saftigen Profit auf dem Schwarzmarkt versprochen hatte, zu lange in einer Scheune aufbewahrt worden war) und kippten die krümeligen Teeblätter über den bibbernden, schmalz-weißen Mann; sie brauchten zwei Kisten, um ihn gänzlich zu bedecken; er war halb bewußtlos und stöhnte noch immer in seinem Kokon aus Tee und Schmalz, aber wenigstens hatte er endlich zu zittern aufgehört, und einen Moment lang öffneten sich seine Augen, und er schaute sich kurz um und in die Augen der beiden Schwestern, bevor er das Bewußtsein wieder verlor.

Sie starteten den Lieferwagen, in der Absicht, den Mann zum nächsten Arzt zu fahren, aber das Gras in der kleinen Senke, in der sie geparkt hatten, war so rutschig vom Regen, daß sie das Fahrzeug kaum einen Meter bewegen konnten. Aasni zog sich den Mantel über und ging hinaus in das Unwetter, um vom nächsten Hof mit einem Telefon aus Hilfe zu holen. Zhobelia blieb zurück, um sich um ihr totenbleiches Findelkind zu kümmern.

Sie vergewisserte sich, daß er noch atmete, daß der Umschlag noch über der Wunde lag und daß die Blutung aufgehört hatte, dann machte sie sich daran, so gut es ging das Wasser aus seinen Kleidern zu wringen. Er murmelte beständig vor sich hin, redete in einer Sprache, die Zhobelia nicht verstand und von der sie vermutete, daß auch niemand sonst sie verstehen würde. Ein paarmal murmelte er jedoch das Wort »Salvador« ...

Dieser Mann war natürlich mein Großvater.

*

Gott sprach zu Salvador. Er wartete in einem Thronsaal aus gleißendem Licht am Ende eines dunklen Tunnels, durch den mein Großvater aus der banalen Welt irdischer Existenz zu Ihm aufzusteigen schien. Er nahm an, daß er im Sterben läge und dies sein Weg in den Himmel sei. Gott erklärte ihm, daß dies zwar der Weg in den Himmel sei, daß er aber nicht sterben werde; statt dessen müßte er auf die irdische Welt zurückkehren, mit einer Botschaft Gottes an die Menschheit.

Zyniker mögen sagen, daß es an dem Umschlag lag, an den wirktätigen, exotischen, unbekannten Khalmakistani-Kräutern, die in Salvadors Blutkreislauf eindrangen, seinen Verstand vergifteten und einen Zustand ähnlich den Halluzinationen bei einem »Trip« hervorriefen, aber die Kleinmütigen (und Furchtsamen) werden immer versuchen, alles auf die Trivialität und Weltlichkeit zu reduzieren, denen sich ihr zurückgebliebener, entspiritualisierter Verstand gerade noch gewachsen fühlt. Tatsache ist jedoch, daß unser Gründer als ein anderer und – dafür, daß er beinahe an Unterkühlung, verstärkt durch den hohen Blutverlust, gestorben wäre – als ein besserer, gesünderer Mensch aufwachte; ein Mensch mit einer Mission, mit einer Botschaft; einer Botschaft, die Gott der Menschheit schon seit langer Zeit durch die ständig wachsenden Störgeräusche des modernen Lebens und der modernen Technologie zu übermitteln versucht hatte; einer Botschaft, die nur jemand, dessen angelernte geistige Aktivität durch die Nähe des Todes beinahe zum Stillschweigen gebracht worden war, hatte hören können. Sicher haben andere Männer ebenfalls Botschaften von Gott empfangen, doch sie waren der Schwelle des Todes zu nah gewesen und haben sie überschritten, so daß es ihnen unmöglich gewesen ist, das Signal an ihre Mitmenschen weiterzugeben; man konnte ganz sicher nicht sagen, daß über das vorangegangene Jahrzehnt ein Mangel an Todesfällen geherrscht hätte.

Wie immer es auch gewesen sein mag, als mein Großvater schließlich – an einem windstillen, bedeckten Tag, während ihm die beiden dunkelhäutigen Frauen, die er für Hirngespinste seines Fiebertraums gehalten hatte, warmen Tee einflößten – erwachte, wußte er, daß er Der Auserwählte war; der Erleuchtete, der Aufseher, den Gott mit der Aufgabe betraut hatte, eine Gemeinschaft zu gründen, die Gottes wahre Botschaft auf der Erde verbreiten würde.

Von Stund an war alles andere unbedeutend: Wer immer unser Gründer vorher gewesen sein mochte, was immer ihn in jener Nacht an jenen Ort geführt hatte, wie immer er durch das Unwetter dorthin gelangt war – aus dem Meer, vom Land oder indem er vom Himmel gefallen war. Von Bedeutung war nur, daß Salvador erwachte und sich an seine Vision und die Aufgabe, mit der er betraut worden war, erinnerte und beschloß, daß sein Leben von nun an nur noch ein einziges Ziel hatte. Es lag viel Arbeit vor ihm.

Zuallererst war da jedoch noch die Sache mit der Segeltuchtasche...

*

Das letzte Stück meiner Flußreise schien nicht enden zu wollen. Ich paddelte im fahler werdenden Licht des späten Nachmittags unter dem Bogen der grauen Autobrücke und dem geraden Mittelstück der Eisenbahnbrücke hindurch, während ich einzig mit Unterstützung des Rückenwindes gegen die hereinströmende Flut ankämpfte; nachdem ich erst einmal die Stromenge zwischen den Queensferries überwunden hatte, konnte ich mich etwas ausruhen, aber jeder Muskel in meinem Oberkörper fühlte sich an, als würde er lodernd brennen.

Ich stellte fest, daß auf dem Boden meines kleinen Gummifloßes Wasser stand, das während meines Kampfes mit den Wogen hereingeschwappt war, und da ich um den Inhalt meines Seesacks fürchtete, hielt ich eine Weile mit dem Paddeln inne und schöpfte das Wasser mit meinem Taschentuch heraus, dann paddelte ich weiter, zwischen goldenen Sandstränden und friedlichen bewaldeten Ufern zu meiner Rechten und zwei langen, nicht mit dem Land verbundenen Anlegern zu meiner Linken, an denen jeweils ein riesiger Öltanker festgemacht hatte.

Ein Motorboot verließ einen der Anleger und schwenkte auf mich zu. Wie sich herausstellte, war das Boot voller überrascht dreinschauender Arbeiter in bunten Overalls. Zuerst schienen sie nicht recht glauben zu wollen, daß ich nicht in irgendwelchen Schwierigkeiten steckte, doch dann lachten sie und schüttelten die Köpfe und erklärten mir, wenn ich bei Verstand wäre, würde ich ans Ufer steuern und meinen Weg zu Fuß fortsetzen. Dann nannten sie mich »Kleine«, was ich als ein wenig beleidigend empfand, obgleich ich denke, daß es durchaus freundlich gemeint war. Ich dankte ihnen für ihren Ratschlag, und sie brausten stromaufwärts davon.

Schließlich ging ich in Cramond an Land, an der Stelle, wo eine Reihe von hohen Obelisken quer über den Ufersand zu einer flachen Insel führt. Kurz bevor ich den Sand berührte, hievte ich den Seesack unter mir heraus – er war nur ganz wenig naß geworden – und holte die Phiole mit dem Forth-Schlamm heraus, um das Zeichen auf meiner Stirn aufzufrischen, welches von der Kombination aus Gischt und Schweiß abgewaschen worden sein mußte. Mein seltsames Gefährt lief auf dem hellgrauen Sand auf, und ich stieg aus. Ich hatte etwas Mühe mit dem Aufstehen und dann mit dem Aufrichten, aber schließlich gelang es mir, und ich reckte mich genüßlich, wenn auch nicht ohne Schmerzen, alles unter den fragenden Blicken zahlreicher Schwäne, die im Wasser des Almond schwammen, und einiger einschüchternd aussehender Jugendlicher, die auf der Promenade standen.

»He, Mister, Sie sind wohl hier gestrandet, aye?« rief einer von ihnen herüber.

»Nein«, gab ich zurück, während ich meinen Seesack aus dem Reifenschlauch hob und den zusammengeklappten Spaten darin verstaute. Ich ließ mein Gummifloß auf dem Sand neben einer kleinen Helling zurück und kletterte hinauf zu den Jugendlichen. »Und ich bin eine Schwester, kein Mister«, erklärte ich ihnen und richtete mich auf.

Sie trugen schlapprige Kleider und langärmelige T-Shirts mit Kapuzen. Ihr kurzes Haar sah fettig aus. Einer von ihnen schaute auf den Reifenschlauch. »Willst du den Riesenreifen einfach so hier liegenlassen, Kleine?«

»Ihr könnt ihn gerne haben«, erklärte ich ihnen und ging davon.

Ich empfand eine gewisse Erregung, nun, da ich den ersten Teil meiner Reise erfolgreich hinter mich gebracht hatte. Mit meinem Seesack über der Schulter spazierte ich die Strandpromenade entlang und knabberte einen weiteren Naan, während mein Schatten vor mir immer länger wurde. Ich zog die Karte zu Rate, überquerte eine Straße und fand die stillgelegte Eisenbahnstrecke – nunmehr ein Radfahrweg – an der Granton Road. Keine hundert Meter weiter entdeckte ich einen dünnen, geraden, abgebrochenen Ast, der neben den Gleisen an einem Baum baumelte; ich riß ihn ab, schnitt mit meinem Taschenmesser die wenigen verbliebenen Zweige ab und hatte so schon bald einen brauchbaren Wanderstab, der mich auf meinem Weg begleiten konnte. Die alte Eisenbahnbrücke führte mich fast drei Meilen weit auf mein Ziel zu, abwechselnd über den abendlichen Berufsverkehr hinweg und darunter hindurch; die Luft war geschwängert mit dem Gestank von Auspuffgasen und der Himmel erhellt von lodernd roten Wolken, während ich auf den Treidelpfad des Old Union Canal wechselte und dann dem Fußweg folgte, der an einigen Schulhöfen vorbeiführte. Den letzten Teil meiner Reise legte ich in fast völliger Dunkelheit zurück, ein durchaus günstiger Umstand, da mich mein Weg an einem Abschnitt der Eisenbahnstrecke entlangführte, die noch immer gelegentlich befahren wurde. Ich versteckte mich im Gebüsch oben am Bahndamm, als eine Diesellok donnernd aus Osten um die Kurve gerattert kam, gefolgt von einem langen Zug offener, doppeldeckiger Waggons voller Autos.

Das rote Schlußlicht des letzten Wagens blinkte so schnell wie ein pochendes Herz, als es hinter der Biegung im Durchstich verschwand, und ich blieb noch einen Moment lang geduckt stehen und dachte nach.

Nach einer Weile erhob ich mich wieder und setzte meinen Weg entlang der Gleise fort, kam durch einen stillgelegten Bahnhof und marschierte dann unter einer belebt klingenden Straßenkreuzung hindurch, bis ich endlich nur noch zwei, drei Straßen von Gertie Possils Haus im wohlhabenden Edinburgher Vorort Morningside entfernt war, wo ich gerade rechtzeitig eintraf, um an einem Nachtmahl zur Feier meines Besuchs teilzunehmen.

Kapitel Fünf

»Gesegnete Isis! *Geliebte* Isis! O was für eine Ehre! Wir sind zutiefst geehrt! Ach! Ach!«

Schwester Gertie Possil – zierlich, weißhaarig, gebrechlich und gut und gern alt genug, um meine Großmutter zu sein – machte das Zeichen, stellte die Paraffinlampe, die sie in der Hand hielt, auf einem schmalen Tisch ab und warf sich mir zu Füßen, dann kroch sie vorwärts, bis sie meine Stiefel berühren konnte, die sie streichelte, als ob es kleine, zarte Tiere wären.

Gertie Possil war in irgend etwas Haferfarbenes und Fließendes gekleidet, das sich um sie herum auf den schwarzweißen

Fliesen der Diele ausbreitete wie eine Porridge-Lache. Hinter mir klappte die Tür mit der Buntglasscheibe zu.

»Vielen Dank, Schwester Gertie«, sagte ich und machte meinerseits das Zeichen, ein wenig peinlich berührt, daß man mir die Stiefel tätschelte. »Bitte, steh auf.«

»Willkommen, willkommen in unserem bescheidenen, unwürdigen Haus!« rief sie aus, während sie sich wieder vom Boden erhob. Ich half ihr den letzten halben Meter hoch, indem ich sie am Ellbogen faßte, und sie starrte mit offenem Mund zuerst auf meine Hand und dann auf mein Gesicht. »Oh, *tausend Dank*, Gesegnete Isis!« sagte sie und tastete nach der Brille, die an einer Kordel vor ihrer Brust baumelte. Sie setzte die Brille sorgfältig auf und stieß einen tiefen Seufzer aus, während sie mich sprachlos anstarrte. Hinter ihr in der schummrigen Diele des großen, dunklen Hauses stand ein hochgewachsener, grobschlächtiger Mann mit einem großen, fast kahlen Kopf. Das war Gerties Sohn Lucius. Er trug einen schweren, purpurnen Morgenrock über einer dunklen Hose und Schuhen mit Gamaschen. Eine altmodische Krawatte bauschte sich zusammengedrückt unter seinem Doppelkinn. Er strahlte mich an und rieb sich nervös seine fleischigen Hände.

»Mhm, mhm, mhm ...« sagte er.

»Laß Lucius dein Gepäck nehmen, du wunderbares Kind, du«, sagte Gertie Possil zu mir und wandte sich dann zu ihrem Sohn um. »Lucius! Das Gepäck der Gesalbten; siehst du? Hier! Du grober Klotz! Was ist denn los mit dir?« Sie schüttelte tadelnd den Kopf, während sie ehrfürchtig meinen Wanderstab nahm und ihn gegen den Garderobenständer lehnte. »Dieser Junge!« seufzte sie.

Lucius schlurfte ungelenk heran und rempelte dabei etliche Möbel in der Diele an. Ich reichte ihm meinen Seesack. Er nahm ihn, breit lächelnd und nickend, wobei sein Adamsapfel auf und ab hüpfte wie der Kopf einer Taube.

»Sag der Geliebten, daß es dir eine Ehre ist!« wies Gertie ihn an und versetzte ihm dabei mit der flachen Hand einen erstaunlich kräftigen Schlag gegen den Bauch.

»Ehre! Ehre!« stammelte Lucius, noch immer breit grinsend, während er heftig nickte und schwer schluckte. Er schwang sich den Seesack über die Schulter und rempelte damit gegen die Standuhr. »Ehre!« wiederholte er abermals.

»Bruder Lucius«, begrüßte ich ihn, während Gertie mir aus meiner Jacke half.

»Du mußt erschöpft sein!« sagte Gertie, während sie meine Jacke sorgfältig auf einen gepolsterten Bügel hängte. »Ich werde dir etwas zum Abendessen bereiten, und Lucius wird dir ein Bad einlassen. Hast du Hunger? Hast du schon etwas gegessen? Darf ich dir die Füße waschen? Armes Kind; du siehst müde aus. Bist du erschöpft?«

Ich betrachtete mein Gesicht in dem Spiegel neben den Garderobenhaken, erhellt vom fahlen gelben Licht der Paraffinlampe. Ich fand, daß ich müde aussah. Und ich fühlte mich sehr erschöpft.

»Es war ein langer Tag«, gestand ich, während Gertie ihren Sohn vor sich zur Treppe scheuchte. »Ich würde mich über eine Tasse Tee und etwas zu Essen freuen, Schwester Gertrude. Und anschließend würde ich auch sehr gern ein Bad nehmen.«

»Natürlich! Und bitte, nenn mich Gertie! Lucius, du grober Klotz; nach oben; ins gute Schlafzimmer!«

»Vielen Dank«, sagte ich, während Lucius die Treppe hinaufstampfte und seine Mutter mich in ihr von Kerzen beleuchtetes Wohnzimmer führte. »Zuerst jedoch muß ich dein Telefon benutzen, um der Gemeinde mitzuteilen, daß ich wohlbehalten angekommen bin.«

»Aber ja! Natürlich! Es steht hier . . .« Sie machte auf dem Absatz kehrt und eilte an mir vorbei, um die Tür der Abstellkammer unter der Treppe zu öffnen. Sie stellte die Paraffinlampe auf einem kleinen Bord ab und winkte mich zu einem kleinen Holzstuhl vor einem winzigen Tisch, auf dem ein riesiges schwarzes Bakelittelefon mit einer gedrehten, stoffbespannten Schnur stand. »Ich werde dir die Lampe hierlassen«, erklärte sie. Sie wandte sich zum Gehen, zögerte kurz, sah mich verzückt an, dann streckte sie ihre Hände nach der meinen aus und fragte mit bebender Stimme: »Darf ich?«

Ich gab ihr meine Hand, und sie küßte sie. Ihre schmalen, blassen Lippen waren weich und trocken wie Papier. »Geliebte Isis, *Gesegnete* Isis!« hauchte sie und mußte heftig blinzeln, um gegen ihre Tränen anzukämpfen, dann eilte sie in die dunkle Diele davon. Ich setzte mich auf den Stuhl und hob den Hörer ab.

Wir haben natürlich kein Telefon in der Gemeinde, und obgleich es im Haus der Woodbeans eines gibt, das wir benutzen dürfen, führen und empfangen wir keine normalen Gespräche. Es besteht eine Tradition in der Gemeinschaft, daß Telefone nur für Nachrichten allergrößter Dringlichkeit benutzt werden dürfen und auch dann nicht auf eine so banale und simple Art und Weise, daß man einfach den Hörer abhebt und spricht.

Ich wählte die Nummer der Woodbeans. Über mir hörte ich Lucius im ersten Stock umhertrampeln. Ich ließ das Telefon zweimal klingeln, dann legte ich wieder auf und wählte noch einmal, wobei ich es diesmal neunmal klingeln ließ, dann drückte ich abermals die Gabel herunter, bevor ich zum dritten Mal wählte und es viermal klingeln ließ.

Das war mein persönlicher Erkennungscode; wir hatten bei unserem letzten Kriegsrat am vergangenen Abend entschieden, daß kein zusätzliches verschlüsseltes Signal nötig sein würde, um die Gemeinschaft wissen zu lassen, daß ich wohlbehalten im Haus von Gertie Possil angekommen war. Das war mir nur recht; auf diese Art – mit unserer eigenen Form des Morsecodes – eine lange Nachricht zu senden, kann mehrere Stunden dauern, besonders wenn man nicht nur die eigenen Klingelzeichen an den Empfänger der Botschaft übermitteln, sondern auch noch Pausen lassen muß, damit der Betreffende mögliche Fragen in Form von Klingelsignalen zurücksenden kann; und während all dem darf man nie vergessen, daß eine gewisse Ungenauigkeit bei diesem Verfahren unausweichlich ist, da die Anzahl der Klingeltöne, die man am übermittelnden Telefon hört, nicht immer genau mit der übereinstimmt, die man am empfangenden Apparat vernehmen kann (wie man mir sagte, ist dies auch der Grund dafür, weshalb ein Anrufer glauben kann, am Anschluß, den er angewählt hatte, wäre abgehoben worden, bevor es geklingelt hat).

Natürlich verlangen wir von den Woodbeans nicht, daß sie die ganze Nacht hindurch neben dem Telefon sitzen und die Abfolge der Klingelzeichen notieren; entweder wird eine vorbestimmte Zeit vereinbart, zu der ein Mitglied der Gemeinschaft mit Papier und Bleistift in der Diele der Woodbeans sitzt, oder es wird eine spezielle Maschine eingeschaltet, die jedes Läuten des Telefons auf einem Stück Papier aufzeichnet, das um eine Metalltrommel gewickelt ist – ein Gerät, das von Bruder Indra entworfen und aus den Teilen eines alten Tonbandgeräts, einer Uhr und eines Barometers gebaut wurde.

Natürlich steht hinter dem Ganzen auch ein gewisser Sicherheitsaspekt; wenngleich mein Großvater auch nicht mehr überzeugt war, daß es eine spezielle Sonderabteilung der Regierung gab, deren Aufgabe einzig in der Überwachung und dem Schikanieren unserer Gemeinschaft bestand, und in der letzten Zeit auch die sensationslüsternen Geiferer der Presse wenig Interesse an uns zu haben scheinen, ist es doch immer klug, auf der Hut zu sein, denn – wie mein Großvater gerne betont – es ist gerade der Überraschungsangriff, der Überfall, den man unternimmt, wenn das Opfer sich erst einmal in Sicherheit wiegt und in seiner Disziplin und Wachsamkeit nachlässig geworden ist, der am vernichtendsten trifft. Einige ungnädige Abtrünnige haben unterstellt, das ganzer Ritual wäre einzig durch den Wunsch motiviert, bei den Telefonrechnungen zu sparen, und es ist nicht zu leugnen, daß es den zusätzlichen Nutzen einer beachtlichen Kostenersparnis besitzt; jedoch beweist wohl allein schon die schiere Umständlichkeit der Verfahrensweise einen heiligeren, reineren Zweck.

Als ich meinen Anruf beendet hatte, gesellte ich mich zu Gertie in die Küche und schaute zu, wie sie das Abendessen bereitete. Auf dem Herd stand ein Kessel, umgeben von mehreren gußeisernen Töpfen, die alle langsam zu köcheln begannen und den Raum mit Düften erfüllten, daß einem das Wasser im Munde zusammenlief. »Gesegnete Isis!« rief Gertie aus, während sie einen Klacks Schmalz auf jeden der drei großen Porzellanteller gab, auf denen schon kleine Häufchen mit Teeblättern lagen. »Du sagtest, du wärst hungrig.«

»Das bin ich in der Tat«, gestand ich.

Wir aßen im Eßzimmer, an einem langen Tisch aus dunkel schimmerndem, poliertem Holz, in dessen Mitte hohe Kerzen, Gewürze, eingemachte Früchte, eingelegte Gemüse und Körbe mit gesäuertem und ungesäuertem Brot standen. Das Abendessen wurde in der gebührlichen Feierlichkeit zelebriert. Das Schmalz und der Tee am Tellerrand, so wie auch die Weihrauchkerzen und ein so erlesenes Hauptgericht wie Wildbret Tikka Pasanda bewiesen den festlichen Charakter dieses Mahls. Ich sprach den Segen, ich legte das erste Stück von jedem Gericht auf, ich las aus der *Orthographie* und zeichnete die Stirnen von Gertie und Lucius mit dem Schlamm, den ich in der Phiole von zu Hause mitgebracht hatte; ich plauderte sogar ein wenig mit den Possils und berichtete ihnen, was sich in der letzten Zeit so alles in der Gemeinde zugetragen hatte; sie hatten uns seit gut einem Jahr nicht mehr besucht, und obgleich sie hofften, in vier Wochen am Fest der Liebe teilzunehmen, waren sie doch dankbar dafür, schon jetzt auf den neuesten Stand gebracht zu werden.

Ich nahm das angebotene Bad an, auch wenn ich bereits im Stehen einzunicken drohte, nur um dann kinntief im lauwarmen Wasser eingetaucht aus dem Schlaf zu schrecken, während Gertie so laut, wie es die Ehrfurcht erlaubte, an die Badezimmertür klopfte. Ich versicherte ihr, daß ich wieder wach sei, spülte und trocknete mich ab und begab mich zu meinem Schlafzimmer. Es war das beste Zimmer im Haus, mit einem großen viktorianischen Himmelbett, das ich noch von meinem letzten Besuch, drei Jahre zuvor, erinnerte. Das Bett war ideal für meine Zwecke, da es mir nicht nur erlaubte, meine Hängematte zwischen zwei der robusten Pfosten festzumachen, sondern auch, sie so auszurichten, daß mein Kopf in Richtung unserer Gemeinde zeigte. Ich schlief tief und fest und träumte von nichts, an das ich mich erinnern könnte.

*

Als ich am nächsten Morgen den Inhalt meines Seesacks ordnete, fand ich ganz unten am Boden etwas Unerwartetes und ganz Besonderes; etwas, von dem ich gar nicht wußte, daß ich es bei mir trug. Es war eine winzige Phiole, eingewickelt in ein Stück Papier, das von einem Gummiband gehalten wurde. »*Für Notfälle. S.*«, stand auf dem Zettel. Mit einiger Mühe öffnete ich das winzige Glasgefäß und roch an der dunklen, fast schwarzen Salbe darin.

Es war *Zhlonjiz*; jener unbezahlbare, unersetzliche Balsam, der für uns kostbarer und verehrungswürdiger ist als Gold, Weihrauch und Myrrhe für die Christen ... nein, noch weit kostbarer; es ist so, als ob wir unseren eigenen Gral besäßen, der aber immer noch wundertätig und benutzbar wäre. Ich hatte von Kindesbeinen an von *Zhlonjiz* gehört, hatte es aber zum allerersten und bislang einzigen Mal bei der offiziellen Zeremonie zur Feier meiner Mündigkeit vor drei Jahren gesehen oder gerochen. Ich wußte, daß mein Großvater nach all der Zeit nur noch einen winzigen Rest dieses gehüteten, legendären Balsams übrig hatte. Daß er mir die unendliche Ehre zukommen ließ, mir dieses bedeutende Überbleibsel unseres Allerheiligsten anzuvertrauen, war zugleich ein Beweise der tiefen Liebe, die er für mich empfand, als auch des Vertrauens, das er in mich setzte, sowie eine ernüchternde Erinnerung – hätte ich ihrer denn bedurft – an die Bedeutung meiner Mission.

Ich spürte, wie mir Tränen in die Augen sprangen. Ich verschloß die Phiole abermals vorsichtig, preßte ihre kleine Bakelitkappe gegen meine Stirn und flüsterte einen Segensspruch, dann küßte ich das winzige Glasgefäß und verstaute es, sorgfältig eingewickelt in meine Kleider zum Wechseln, wieder am Boden meines Seesacks.

*

Als Stadt besitzt Edinburgh – nach unseren Maßstäben – den Vorzug, daß es in seinem Zentrum unüberschaubar, verwinkelt und voll von verschiedenen Ebenen und gewundenen, steilen Gassen ist (obgleich, wie man hört, die alten Städte des Heiligen Landes Edinburgh in dieser Hinsicht noch übertreffen und es in Tokio, in Japan, wohl nachweislich sehr schwer ist, sich zurechtzufinden). Natürlich bleibt Edinburgh dennoch eine Stadt und ist deshalb zu meiden, es sei denn, man hat einen triftigen Grund, sich dort aufzuhalten – in Gertie Possils Fall war es eine nostalgische Schwäche für die Erinnerungen an ihre Ehe, die mit dem Haus verbunden waren und sie veranlaßt hatten, dort zu bleiben –, doch soweit es Städte angeht, ist Edinburgh weder besonders geordnet angelegt (einmal abgesehen von der New Town) noch zu groß, um über die Stadtgrenzen hinausschauen zu können; zwei Kriterien, die mir immer besonders wichtig erschienen. Wir haben es immer als ein schlechtes Zeichen erachtet, wenn man nur einfach die X-Achse von der Y-Achse unterscheiden können muß, um sich in einer Stadt zurechtzufinden, und wir sind meiner Meinung nach zu Recht entsetzt ob der Aussicht, daß einem, in der Hoffnung, etwas Natürliches zu sehen, nur noch der Blick hinauf zu den Wolken bleibt (die in aller Wahrscheinlichkeit verunreinigt sind von Flugzeugen und ihren Kondensstreifen oder des Nachts von den reflektierten Lichtern der Stadt selbst).

Ich hatte noch immer zu entscheiden, wie ich meine Reise nach London mit der gebotenen Heiligkeit fortsetzen sollte, doch mein unerwartet schnelles Fortkommen tags zuvor – ich hatte eigentlich geschätzt, daß die Flußfahrt zwei Tage in Anspruch nehmen würde und ich irgendwo am Ufer Unterschlupf für die Nacht suchen müßte –, sowie die vergleichsweise annehmliche Atmosphäre von Edinburgh bewirkten, daß ich mich nicht zu unnötiger Eile getrieben sah, als ich am nächsten Morgen zu peinlich später Stunde aufstand; ich entschied, daß ich mir einen Tag zum Ausruhen und Nachdenken gönnen könnte.

Nach einem Frühstück, bei dem ich ebenso ehrfürchtig hofiert wurde wie beim Abendessen – es waren Rosenblätter in meinem

Tee, und ich mußte Gertie Possil gestatten, mir die Füße zu waschen –, erklärte ich Gertie und ihrem Sohn, daß ich mich etwas in der Stadt umsehen müßte und zurückkehren würde, sobald ich meine Kundschaftermission erfolgreich abgeschlossen hätte. Ich lehnte Gerties Angebot ab, Lucius als Führer zu nehmen – er schien, verborgen hinter einem nervösen Lächeln ebenfalls erleichtert –, und versicherte ihr, daß ich auf mich selbst achtgeben könnte. Gertie schien jedoch nicht beruhigt, und so erwähnte ich, daß ich mich zusätzlich sicher fühlte, daß ich das Gefäß mit *Zhlonjiz* bei mir hätte; Schwester Gertrude war angemessen beeindruckt, daß der legendäre Balsam meiner Obhut anvertraut worden war, doch vor allem schien sie hinlänglich zufriedengestellt, daß meine Sicherheit dadurch garantiert war.

Und so ging ich aus – meine Taschen gefüllt mit den kostbaren Gegenständen, die ich aus der Gemeinde mitgebracht hatte, sowie einigen Sandwiches mit eingelegten Mangos, die Gertie bereitet hatte –, unter die Unerretteten (auch bekannt als die Elenden, die Wahnsinnigen, die Durchschnittlichen, die Begriffsstutzigen, die Verschmähten, die Fehlerhaften, die Spreu, die Gestörten, die Grobklotzigen, die Passiven, die Unbedarften und die Schlafenden), voller Unbehagen in dem Wissen, daß ich die einzigen beiden anderen Menschen in der Stadt verließ, die zu den Erretteten (oder auch den Erleuchteten, den Verständigen, den Bevorzugten, den Scharfsinnigen, den Auserwählten, den Veredelten, den Begnadeten, den Klaren, den Beauftragten, den Aktiven, den Erhellten und den Erweckten) zählten.

Der Tag war warm, und ich ließ meinen Hut im Rücken über meiner Jacke baumeln, die Gertie über Nacht so gut es ging gereinigt hatte. Die großen Durchgangsstraßen der Stadt waren verstopft mit Autos, die Bürgersteige wimmelten von Menschen. Die Luft stank nach verbranntem Benzin; grellbunte Werbeplakate und Schaufensterauslagen wetteiferten zu allen Seiten um Beachtung. Einige Leute beäugten mich argwöhnisch – ich fand nicht, daß meine monochromen Kleider sich sehr von jenen unterschieden, die viele der Jugendlichen (beiderlei Geschlechts) trugen, welche mir begegneten, und ich bemerkte auch einige Leute mit Hut, also war es vielleicht mein Wanderstab, der mich von der Masse unterschied. Ich fühlte mich unbehaglich und verkrampft inmitten all dieser Störgeräusche und all dieser Menschen, und nach einer Weile zog ich mich in die ruhigeren Gassen zurück, weg von so viel erdrückender Menschheit.

Einige Kinder auf einem Schulhof riefen durch den Gitterzaun zu mir herüber, bezichtigten mich, ein Blödi zu sein, wie sie es nannten, und forderten mich auf, meinen Wanderstab herzuzeigen – »Verwandelt der sich in ein Power-Schwert?«

Ich hatte sie eigentlich ignorieren wollen, doch dann wandte ich mich statt dessen um und näherte mich ihnen; zuerst wichen sie zurück, dann – vielleicht ermutigt von ihrer Anzahl und dem Gitterzaun zwischen uns – kamen sie wieder dichter heran.

»Was ist ein Power-Schwert?« fragte ich.

»Na, du weißt schon, wie bei den *Transformers*, Samstag morgens«, erwiderte einer von ihnen.

Ich überlegte einen Moment. »Du meinst im Fernsehen?«

»Aye! Klar! Ja! In der Glotze!« riefen sie im Chor.

Ich schüttelte den Kopf. »Bei uns zu Hause haben wir kein Fernsehgerät.«

»Was? Neee! Nich' im Ernst! Du nimmst uns auf den Arm! Wohnst du in 'ner Klapsmühle, Miss?«

Diese Bemerkung sorgte für Erheiterung unter den älteren Kindern, von denen eins – das, welches zuerst gesprochen hatte – fragte: »Was hast du denn da auf der Stirn?«

»Es ist ein Zeichen des Respekts«, erklärte ich ihm lächelnd. »Ein Zeichen der Liebe und des Glaubens ... wie heißt du?«

»Mark«, erwiderte er, begleitet von einigem Gekicher. Er blickte mich trotzig an. »Und du?«

»Nun, ich habe einen etwas komischen Namen«, erklärte ich ihnen. »Ich bin Die Gesegnete Hochwürdige Gaia-Marie Isis Saraswati Minerva Mirza Whit von Luskentyre, Geliebte Auserwählte Gottes III.«

Noch mehr Gelächter. Dann schellte die Schulglocke, und die

Kinder wurden von einem Lehrer fortgerufen, der mich mißtrauisch anstarrte. Ich winkte ihnen nach und sprach still einen Segen über sie, dann wandte ich mich ab, blickte auf den Wanderstab in meiner Hand und dachte bei mir, wie klein doch die Zeichen sind, mit denen wir der Welt – absichtlich oder unabsichtlich – kundtun, daß wir nicht zu den Seichten gehören. Es ging mir ebenfalls durch den Sinn, daß derartige Zeichen oftmals die Sinnbilder einer unvertrauten Zweckmäßigkeit sind und wie fehlgeleitet doch die Überzeugung ist, die große Welt wäre so ungeheuer aufgeschlossen und tolerant.

Meine eigene Schulzeit – die, gemessen an der Spanne eines ganzen Lebens, noch nicht allzulang zurücklag, obschon sie mir doch schon recht entfernt schien – hatte ich an der Gerhardt Academy verbracht. Wir schicken unsere älteren Kinder nun schon seit dreißig Jahren als Tagesschüler auf diese Schule – vor dem Stadttoren von Killearn, an der Westflanke der südlichen Hügelkette, gelegen –, seit es damals Ärger mit den örtlichen Behörden gegeben hatte; die zuständigen Ämter waren und sind zufrieden mit dem Niveau unseres Grundschulunterrichts, verlangten jedoch, daß wir unsere älteren Kinder eine geregeltere Ausbildung durchlaufen ließen. Die Gerhardt Academy ist eine Schule für die Kinder von Eltern, die eine Erziehung wünschen, die zwar offiziell anerkannt, doch weniger strikt strukturiert ist als ansonsten an staatlichen oder privaten Lehranstalten üblich. Es war noch immer ein Traum meines Großvaters, irgendwann in der Zukunft allen Kindern der Gemeinschaft über die Grundschulstufe hinaus einen weiterführenden Unterricht zu bieten und sogar einmal den Grundstein für ein College zu legen, aber in der Zwischenzeit bietet die Academy eine befriedigende Alternative.

Ich hatte meine Zeit dort genossen und war auch rückblickend noch überzeugt, von meinem dortigen Besuch profitiert zu haben. Wenn ich des Morgens die jüngeren Brüder und Schwestern sehe, die sich zum Schulbus aufmachen, regt sich in mir bis zum heutigen Tage eine gewisse wehmütige Erinnerung an die Tage, als ich selbst ein Sitzbrett und einen Ranzen über die Brücke, vorbei am Haus der Woodbeans und die Auffahrt hinunter zum rostigen Tor trug (die Ranzen erklären sich von selbst; die Sitzbretter hatten wir dabei, weil es im Bus nur gepolsterte Sitze gab, die wir nicht benutzen durften, und so brachten wir unsere eigenen harten Holzbänke mit, die uns während der Fahrt als Sitzplatz dienten. Rebellion bestand damals darin, auf den weichen Polstern zu sitzen und das Brett mit einem Rollschuh darunter als Skateboard zu benutzen).

Die in einer alten Burg in den Wäldern oberhalb von Killearn untergebrachte Academy ist ein guter Ort, um zu lernen; ich bin sicher, einigen Schülern und Eltern muß sie allerdings sonderbar spartanisch und sogar exzentrisch vorkommen, mit ihrer seltsamen Mischung aus archaischem Mobiliar und ebenso archaischen Traditionen (während meines ersten Jahres dort mußte ich mit Kreide auf Schiefertafeln schreiben), einem offenen Lehrplan, einer lockeren Disziplin und unkonventionellen Lehrern, aber für uns Luskentyrianer mutet es im Vergleich zur Gemeinde eher wie ein Hort des Luxus, der Ordnung und des gesunden Menschenverstands an.

Neben ihrer Rolle als Lehrstätte ist die Academey traditionell der Ort gewesen, an dem junge Luskentyrianer mehr über die außerschulische Welt erfuhren, wo sie Kontakt mit den Kindern der Unerretteten pflegten und den alltäglicheren pubertären Interessen wie Popmusik, Comics, der Verehrung von Sports- und Kulturgrößen, der Verwendung von umgangssprachlichen Ausdrücken und so weiter ausgesetzt waren. Dies kann ein traumatisches Erlebnis für ein Kind der Gemeinde sein, allerdings sind wir gemeinhin vorgewarnt von denen, die vor uns die Schule besuchten, und kommen in Gruppen, die jenen, die es brauchen, Beistand leisten können, und darüber hinaus haben wir unseren Glauben, der uns bei jeglicher pubertären Angst, in die wir gegebenenfalls verfallen könnten, Trost spendet. Außerdem verfügen wir im Vergleich zu unseren unerretteten Mitschülern allgemein – dank der aufgeklärten Atmosphäre der Gemeinde –

über ein überragendes (wenn auch zumeist nur theoretisches) Wissen in bezug auf Sex und Drogen, was bedeutet, daß wir nicht zurückstecken müssen, was das Beeindrucken von Altersgenossen anbelangt.

Jedenfalls habe ich meine Schulzeit genossen, und ich nehme an, man könnte sogar sagen, meine Leistungen waren glänzend, wenn das nicht zu unbescheiden ist. In der Tat haben einige meiner Lehrer versucht mich zu überreden, nach der Schule auf die Universität zu gehen, um Physik oder Literatur zu studieren, doch mein Großvater und ich wußten, daß ich eine heiligere Bestimmung hatte und daß mein rechtmäßiger Platz bei – und in – der Gemeinde war.

Ich kehrte der Schule den Rücken und ging weiter.

*

Am Ende brauchte ich zwei Tage, um Edinburgh zu verlassen. Ich verbrachte jenen Tag mit dem fruchtlosen Versuch herauszufinden, wie ich mich am Bahnhof Waverly als blinder Passagier in einen Schienenbus einschmuggeln könnte, aber es schien zu schwierig (zu meiner Überraschung sah ich ein Schild, auf dem stand, daß dieser Liniendienst in allernächster Zukunft gänzlich eingestellt werden würde). Ich hätte einfach auf einen Zug Richtung London aufspringen und mich auf meinen Erfindungsgeist verlassen können, um den Schaffnern zu entgehen – wir haben für derartige Gelegenheiten unsere eigene Nonsenssprache und einen Gesichtsausdruck ähnlich dem eines verständnislosen Ausländers perfektioniert –, oder ich hätte eine Fernreisevariante jener Methode anwenden können, die wir Busspringen nennen. Ich befürchtete jedoch, daß sich diese Methode über eine solche Entfernung als problematisch erweisen könnte, und außerdem – was noch wichtiger war – mangelte es ihr an der nötigen Heiligkeit. Wir haben nichts gegen Zugfahrten – solange wir entweder auf dem Boden des Gepäckwagens hocken oder unsere mitgebrachten Sitzbretter benutzen, um nicht dem Luxus weicher Polster anheimzufallen –, aber meine Mission war so bedeutsam, daß ich sehr strikt in der Befolgung der Gebote sein mußte, und es war zu verlockend, einfach schlichtweg nur ohne Fahrkarte in einem gewöhnlichen Fahrgastzug mitzureisen.

Ich kehrte nach Morningside zurück, wobei ich so viele Umwege benutzte wie möglich, darunter ein Gäßchen, oder eher ein Fußpfad, mit dem anheimelnden Namen Lover's Lane. Auf dem Weg begegnete ich mehreren Wagen mit Aufklebern an den Heckscheiben, auf denen »Surfer machen's auf dem Brett« stand, und wurde, nunmehr eher mit Erheiterung denn Verlegenheit, an meinen ersten Besuch in Edinburgh drei Jahre zuvor erinnert, als ich Schwester Jess gegenüber – die bei jener Reise eine meiner Begleiterinnen war – stolz verkündet hatte, daß unsere Gemeinschaft, nach der Anzahl von Hobbysportlern zu urteilen, die sich derart öffentlich zur Benutzung von Sitzbrettern bekannten, wohl recht viele Anhänger in dieser Stadt haben mußte.

Als ich an jenem Nachmittag im Hause der Possils den Tee nahm, hörte ich in der Ferne das Donnern einer Diesellokomotive und wurde an den Zug erinnert, dem ich am Abend zuvor begegnet war, als ich am nahe gelegenen Bahndamm entlangmarschierte. Anschließend ging ich noch einmal aus und wanderte umher, während ich versuchte, mich darauf zu besinnen, wie die Autos, die ich bei dieser Gelegenheit auf dem Güterzug gesehen hatte, ausgesehen hatten. Glücklicherweise verfüge ich über ein gutes Gedächtnis, und die Autos gehörten – wie sich herausstellte – zu einer weit verbreiteten Marke. Ich ging zum nächstgelegenen Autohändler und erkundigte mich, wo Ford Escorts gebaut wurden, dann verbrachte ich etliche Zeit in der Gegend um die Kreuzung Morningside Road und Comiston Road und beobachtete die Güterzüge. Die Züge kamen von Westen durch den stillgelegten Bahnhof direkt neben der Brücke mit der Straßenkreuzung oder durch den flachen, baumgesäumten Durchstich im Osten, eben jenen Bahndamm, dem ich am Abend zuvor zu Gertie Possils Haus gefolgt war. Es kamen nur wenige Züge und auch diese nur in großen Abständen, was es leicht machte, sich mit Hilfe der Turmuhr nahe der Kreuzung die Zeiten zu merken, doch bald begann ich mir Sorgen zu machen, daß ich Aufmerksamkeit erregen könnte, und so kehrte ich zum Haus der Possils zurück und borgte mir ein Holztablett, ein längeres Stück Tapete, das ich in tablettgroße Rechtecke riß, und den dicken schwarzen Wachsmalstift, mit dem Gertie sonst die Bestellungen für den Milchmann aufschrieb; anschließend kehrte ich zur Kreuzung und dem Bahndamm zurück und fertigte eine Reihe von Skizzen der Gebäude, während ich auf die Züge wartete. Ich war erleichtert, als ich einen mit Autos beladenen Zug sah, der ungefähr zu der Zeit, zu der ich mich tags zuvor vor einem ebensolchen versteckt hatte, Richtung Westen vorbeifuhr.

Ich vermochte zwar keine Regelmäßigkeit im Zugverkehr von Stunde zu Stunde erkennen, aber ich hatte mir einen Plan überlegt, der funktionieren konnte, so der Fahrplan von Tag zu Tag gleich blieb, und so kehrte ich zum Haus von Gertie Possil und einem weiteren festlichen Abendessen zurück, dem ein Gebetsgottesdienst folgte, den ich ganz im Sinne meines Großvaters abhielt, wie ich hoffe. Der Gottesdienst verlief recht befriedigend, denke ich (trotz der Tatsache, daß Lucius auch nicht über die geringste Musikalität verfügt und, was das Singen in Zungen anbelangt, gerade mal darin murmeln kann).

Nachdem ich eingehender über meinen Plan nachgedacht hatte, war ich zu dem Schluß gekommen, daß er das Manko besaß, bei Tageslicht oder selbst in der Dämmerung nur schwer durchführbar zu sein, und so ging ich nochmals zu der Straßenkreuzung zurück und wurde mit dem Anblick eines Zuges belohnt, der perfekt für meine Zwecke geeignet war.

*

In der folgenden Nacht kauerte ich in den Büschen auf dem ehemaligen Bahnsteig des Morningside-Bahnhofes, die Jacke zugeknöpft, so daß keine Spur meines weißen Hemdes hervorlugte, den Hut aufgesetzt, so daß mein Gesicht im Schatten lag, und den Seesack hinter mir versteckt. Ein leichter Nieselregen fiel aus Wolken, die der Lichterschein der Stadt schmutzig-orange färbte. Ich wurde naß. Über und hinter mir donnerte und zischte der spätabendliche Verkehr über die Straßenkreuzung, an der ich tags zuvor so viel Zeit zugebracht hatte. Ich schätzte, daß ich bereits ungefähr eine halbe Stunde gewartet hatte, und ich machte mir langsam Sorgen, daß vielleicht schon jemand den großen Pappkarton bemerkt hatte, den ich ein Stück weiter entlang der Gleise, nahe der nächsten Brücke in Richtung Osten, dort wo die Eisenbahn unter der Braid Avenue hindurchfährt, über die Signalanlage geworfen hatte.

Der Karton hatte offenkundig einstmals eine Waschmaschine enthalten; ich hatte ihn in einem Abfallcontainer ein paar Straßen weiter entdeckt, ihn zum Bahndamm getragen, mich vergewissert, daß niemand in der Nähe war, den Karton über die baufällige Umzäunung geworfen und war hinterher geklettert, dann hatte ich mich durch die Büsche und das Gestrüpp gekämpft und den Karton über die Signalanlage gestülpt. Ich fragte mich, wie lange es wohl dauern würde, bis jemand den Karton bemerkte und es den zuständigen Stellen melden würde. Glücklicherweise waren bislang noch keine Züge in der Gegenrichtung durchgekommen, deren Lokomotivführer den Karton hätten entdecken können, aber langsam begann ich doch, mir Sorgen zu machen.

Ich hatte mich nach einem weiteren feierlichen Mahl und einer weiteren ehrfürchtigen Fußwaschung durch Gertie von den Possils verabschiedet. Sie gab mir Sandwiches und Wasser als Wegzehrung mit; Lucius stammelte nuschelnd, bis seine Mutter ihm einen herzhaften Schlag in den Nacken versetzte, woraufhin er erklärte, daß die altmodische Krawatte, die er mir hinhielt – und die ich gerade hatte segnen wollen –, ein Geschenk sei.

Ich nahm Gerties Wegzehrung und Lucius' Krawatte an und bedankte mich bei den beiden. Den Stadtplan von London, den ich mir geliehen hatte, hatte ich bereits eingepackt. Ich schenkte ihnen die Zeichnungen von den Gebäuden an der Straßenkreuzung und sagte ihnen, daß sie meinen Wanderstab behalten könnten. Lucius stammelte überschwenglich seine Dankbarkeit; Gertie preßte die Hand gegen die Brust und sah aus, als würde sie gleich einen Herzanfall bekommen. Dann warf sie sich mir zu Füßen, und so verließ ich das Haus, rückwärts, just wie ich es betreten hatte, während Schwester Gertie meine Stiefel tätschelte.

Ich empfand eine gewisse Erleichterung, als ich durch den Nieselregen zu den Eisenbahngleisen und dem stillgelegten Bahnhof ging.

Ich hörte einen Zug durch den Durchstich im Westen auf mich zurattern. Ich griff meinen Seesack und streckte die Beine, die vom langen Hocken in derselben Position steif geworden waren.

Kleine weiße Lichter tauchten im stockdunklen Durchstich auf, und das Donnern der Diesellok schwoll an; der schwarze Koloß der Lokomotive ratterte vorbei; ich konnte den Lokführer erkennen, der im gelb erleuchteten Führerstand saß und stur geradeaus starrte. Die Lok zog leere Waggons ähnlich denen, die ich am vorigen Abend zu ungefähr derselben Zeit und seither, so mich meine Augen nicht getäuscht hatten, wohl noch zweimal gesehen hatte, bei jeder Gelegenheit beladen mit neuen Autos. Die Lokomotive donnerte unter der Straßenkreuzung hindurch, und ihre stinkenden Auspuffgase hüllte mich wie eine wabernde Wolke ein. Die Waggons sausten ratternd und klappernd an mir vorbei, und einen Moment lang war ich überzeugt, mein Plan wäre gescheitert, doch dann begann der Zug in einer Kakophonie aus Kreischen und metallischem Quietschen abzubremsen.

Ich wäre beinahe sofort aufgesprungen, aber ich zwang mich zu warten, bis der Zug endgültig zum Halten kam, bevor ich ganz ruhig aus den Büschen trat und zum drittletzten der stehenden Waggons ging. Dann stieg ich von dem unkrautüberwucherten Bahnsteig in den Waggon ein, just wie ein zahlender Fahrgast in einen gewöhnlichen Reisezug.

Ich spähte an den offenen Güterwaggons entlang nach hinten, dann setzte ich mich in eben diese Richtung in Bewegung, sprang von Waggon zu Waggon, bis ich das Ende des Zuges erreichte. Ganz hinten auf dem letzten Waggon stand ein einzelnes Auto. Zu diesem ging ich. Die Karosserie wirkte glanzlos und matt und fühlte sich an, als wäre sie mit einer Wachsschicht überzogen; auf die Motorhaube war ein großes, blasses, kreidig aussehendes »X« gemalt, und ein Stoß Papiere war mit Haftstreifen von innen an die Windschutzscheibe geklebt. Ich zog am Griff der Beifahrertür und stellte fest, daß sie unverschlossen war.

Ich blickte zum nieseligen Himmel auf. »Gelobt sei der Herr«, sagte ich lächelnd und hätte einen lauten Freudenschrei ausgestoßen, hätte ich nicht Angst gehabt, mich dadurch zu verraten. »Ja, gelobt sei der Herr«, wiederholte ich leise lachend und stieg flugs in das Auto.

Kurz darauf ruckte der Zug einige Male scharf, dann setzte er sich wieder in Bewegung, wurde immer schneller und trug mich aus Edinburgh fort, Richtung Süden.

Kapitel Sechs

Am Tag nach dem schweren Unwetter säuberten Aasni und Zhobelia meinen Großvater vom Tee und vom Schmalz und brachten ihn zum Hof von Mr. Eoin McIlone, dem Freidenker, der den Schwestern schon bei früheren Gelegenheiten Unterkunft geboten hatte. Diesmal gewährte er auch ihrem vom Sturm gebrachten Findelkind Beistand und Hilfe und richtete ihm ein Bett in seiner Abstellkammer, wie er es nannte, obgleich es sich dabei eher um ein Arbeitszimmer oder gar eine Bibliothek handelte; die Wände wurden von nicht zusammenpassenden Bücherschränken und wackeligen Regalen gesäumt, die an die Holzwände genagelt worden waren, und auf den Borden türmte und stapelte sich Mr. McIlones beachtliche Sammlung an Büchern über Philosophie, Politik und Theologie.

Den größten Teil der nächsten Tage dämmerte mein Großvater in einem Zustand irgendwo zwischen Fieberschlaf und Koma dahin, stöhnte und murmelte wirres, unzusammenhängendes

Zeug. Der Dorfarzt war gerufen worden und hatte erklärt, Großvater wäre zu krank für einen Transport. Er hatte meinem Großvater den *Zhlonjiz*-Umschlag abgenommen und ihm einen richtigen Kopfverband angelegt, den Aasni noch in dem Moment, als sie das Auto des Arztes wieder wegfahren hörte, abnahm und durch einen neuen Umschlag ersetzte. Es dauerte etliche Tage, bis Großvaters Zustand sich endlich besserte. Der Name von Mr. McIlones Farm war Luskentyre.

Als mein Großvater schließlich wieder gänzlich bei Bewußtsein und klar war und sich im Bett in seinem vom Büchern gesäumten Zimmer aufsetzte und nach seinem Namen gefragt wurde, erzählte er seinen beiden dunkelhäutigen Retterinnen, daß er wiedergeboren worden und daher namenlos sei. Als er hörte, daß er in der ersten Nacht den Namen »Salvador« gemurmelt hätte, meinte er, daß dies ein Zeichen Gottes sei, diesen Namen anzunehmen, und bat seine Retterinnen, ihn fortan so zu nennen.

Dann erzählte er den Schwestern von einer Segeltuchtasche, die er besessen hatte und die das einzige sei, das er von seinem vergangenen Leben behalten wolle. Diese Segeltuchtasche war ihm sehr wichtig, was schon durch die Tatsache bewiesen wurde, daß er, obwohl er sich an nichts sonst von dem Tag des Unwetters erinnerte, noch immer wußte, daß er die Segeltuchtasche bei sich getragen hatte und daß sich alles, was ihm wert und teuer war, darin befand. Er flehte Aasni und Zhobelia an, den Strand und die Felsen um die Stelle herum, wo man ihn gefunden hatte, nach der Tasche abzusuchen und sie ihm ungeöffnet zu bringen, sollten sie sie finden.

Und so machten sie sich auf die Suche, während mein Großvater langsam genas – und so manche Stunde mit Mr. McIlone über seine Offenbarung sprach. Mr. McIlone war Atheist, aber er war dennoch fasziniert von der spirituellen Erfahrung meines Großvaters, auch wenn er sie der Nähe zum Tode, dem hohen Blutverlust und der möglichen Wirkung der fremden Kräuter, Wirkstoffe und Heilmittel in dem *Zhlonjiz*-Umschlag zuschrieb.

Mr. McIlone schlug vor, daß mein Großvater sich der Bücher auf den Regalen um ihn herum bedienen sollte, wenn er eingehender über seine vermeintlich religiöse Erfahrung nachdenken wollte, und das tat Salvador denn auch, obgleich zuerst nur zögernd.

Die Schwestern kehrten zur Farm zurück, um zu vermelden, daß sie viele Dinge gefunden hätten, die an der Küste angespült worden waren, aber daß leider keine Segeltuchtasche darunter sei. Bevor er wirklich wieder bei Kräften war, verließ Salvador sein Krankenlager, um sich an ihrer Suche zu beteiligen, und zu dritt erkundeten sie die Strände, Buchten und Sandbänke des Küstenstrichs. Während sie suchten, erläuterte mein Großvater mit wachsender Inbrunst und Überzeugung und in immer größeren Einzelheiten seine Offenbarungen. Was die Schwestern mit ihren begrenzten Englischkenntnissen und ihrem gänzlich anderen kulturellen und religiösen Hintergrund davon verstanden, fanden sie sowohl beeindruckend als auch interessant.

Mr. McIlone lieh Salvador ein altes Armee-Zelt, und dieses baute mein Großvater in den Ruinen einer alten Seetang-Verarbeitungsfabrik auf, eine Meile die Küste hinauf und nicht weit von der Stelle entfernt, wo er an Land gespült worden war. Die baufällige Seetang-Fabrik war vor dem Krieg zum Mittelpunkt eines hochkomplizierten und erbitterten Rechtsstreits geworden, und daher gab es niemanden, der Großvater und die Schwestern von dem Grundstück vertrieb; nach und nach machten sie die alte Fabrik erst zu ihrem Stützpunkt und dann zu ihrem Heim. In der Zwischenzeit betrieben Aasni und Zhobelia weiter ihren fahrenden Krämerladen, und Salvador durchstreifte im Licht der immer kürzer werdenden Tage in immer weiter gezogenen Kreisen die Dünen, noch immer auf der Suche nach der Segeltuchtasche. Abends, wenn der Wind durch das alte Gemäuer heulte und ihre Paraffinlampen in der Zugluft flackerten, die durch die Räume pfiff, die sie sich in der Büro-Etage der Fabrik eingerichtet hatten, machte Salvador sich daran, die Offenbarungen, die der Schöpfer ihm enthüllt und in sein Gehirn eingebrannt hatte, niederzuschreiben, während die rotbläuliche Narbe auf seiner Stirn langsam verblaßte und nur noch eine V-förmige weiße Delle zurückließ und sein Haar vorzeitig schlohweiß wurde.

Oft hatte er dabei Bücher neben sich, die er aus Mr. McIlones Bibliothek geliehen hatte, wo er seine Studien begonnen hatte und noch immer ein gern gesehener Gast war. Großvater hatte beschlossen, jedes einzelne Buch und Traktat und Pamphlet in Mr. McIlones Abstellkammer durchzuarbeiten, eine Aufgabe, der er sich mit Feuereifer widmete, während er die dort gefundenen Einsichten und Lehren dazu benutzte, seine eigenen zu vervollkommnen.

Wann genau Großvater und die Asis-Schwestern die intimere Form ihrer Dreierbeziehung aufnahmen, ist nicht überliefert; Großmutter Aasni und Großtante Zhobelia zeigten immer eine gewisse Scheu, Einzelheiten preiszugeben, welche von ihnen beiden Großvater zuerst in ihre hingebungsvollen Arme nahm oder ob sie ihn sich von Anfang an teilten. Sie sprachen nie darüber, ob es je irgendwelche Eifersucht bezüglich dieses (besonders an den erklärten Maßstäben der damaligen Zeit gemessen) unorthodoxen sexuellen Arrangements gab. Wenn man Salvador zu diesen Dingen befragt, so hüllt er sich in ein bedauerndes Schweigen, mit dem er anzudeuten scheint, daß er, obschon er unbedingt an die Offenheit und die freimütige, feierliche Heiligkeit der körperlichen Vereinigung und Liebe glaubt, in erster Linie Gentleman und somit verpflichtet ist, in diesem Punkt Stillschweigen zu wahren, solange er nicht die ausdrückliche Erlaubnis beider Schwestern erhält, eben dieses Stillschweigen zu brechen (eine Erlaubnis, die, wenn man bedenkt, daß meine Großmutter Aasni schon vor etlichen Jahren gestorben ist, wohl kaum noch einzuholen ist, es sei denn, sie würde zu einer Hälfte aus dem Grab gegeben werden).

Salvador fand Arbeit auf Mr. McIlones Hof, um sich und die Schwestern durch das nächste Jahr zu bringen; in der Zwischenzeit suchte und schrieb er weiter, mit mehr oder weniger Eifer und Einsatz, je mehr Zeit ins Land zog.

*

Es dauerte ein wenig, bis ich einschlafen konnte, nachdem der Auto-Güterzug seine Fahrt wieder aufgenommen hatte; ich vermute, ich war noch immer aufgeregt von der ganzen Sache mit dem Anhalten und Besteigen des Zuges.

Das Auto, in dem ich saß, roch stark nach Plastik; das Armaturenbrett und ein guter Teil der anderen Verkleidungen waren aus Plastik gefertigt, und die Sitze waren mit durchsichtigen Plastikhüllen geschützt. Ich hatte mein zusammenklappbares Sitzbrett herausgeholt, für den Fall, daß ich lieber sitzen als liegen wollte, dann verstaute ich den Seesack vorne im Fußraum und kletterte auf den Rücksitz, wo mehr Platz war. Ich hatte die Plastikhülle vom Rücksitz genommen und zusammengefaltet auf den Fahrersitz gelegt, da ich mir dachte, daß es beim Schlagen sonst zu laut rascheln könnte, dann hatte ich es mir für die Nacht bequem gemacht, ohne jedoch einschlafen zu können.

Ich fühlte mich unbehaglich, überhaupt nur in dem Auto zu sein; es roch so neu und schien irgendwie entworfen, derart archetypisch seicht zu sein, daß ein wahrer Luskentyrianer kaum anderes empfinden konnte. Jedoch half meine Freude darüber, eine solch indirekte Transportmethode aufgetan zu haben, die Wirkung der vergifteten Banalität des Autos zu mildern.

Während ich dalag und noch immer einzuschlafen versuchte, dachte ich an meine Cousine Morag, die Abtrünnige, und erinnerte mich daran, wie ich einmal mit ihr auf der Plattform des Deivoxiphons gesessen hatte, im warmen Sonnenschein eines Sommers vor vier Jahren, als sie so alt war, wie ich es jetzt bin, und ich fünfzehn war.

Das Deivoxiphon stammte aus alten Armeebeständen und befand sich schon auf dem Hof, bevor die Gemeinde sich dort niederließ; Mrs. Woodbean – die Dame, von der wir das Anwesen als Schenkung erhalten hatten – hatte einen Bruder gehabt, der außergewöhnliche Fahrzeuge und Ausrüstungsgegenstände sammelte und auf dem Hof verwahrte (er kam bei einem Treffen mit gleichgesinnten Sammlern in Pertshire ums Leben, als der

Jeep, den er fuhr, sich zu überschwenglich überschlug). Zu seinen Sammlerstücken gehörte unter anderem ein bizarr aussehendes Gerät auf einem Wohnwagen, das kurzzeitig während der deutschen Fliegerangriffe zu Beginn des Zweiten Weltkriegs zum Einsatz gekommen war. Das Gerät bestand augenscheinlich aus einer Anzahl überdimensionaler, altmodischer Hörrohre. In diesem Fall trog der äußere Schein nicht, denn genau darum handelte es sich bei jenem Apparat: Es war ein gigantisches Ohr, das in den Himmel lauschte und versuchte, die deutschen Bomber auszumachen, bevor sie am Himmel auftauchten. Mit anderen Worten, eine Art Radar für Arme, und nach dem wenigen zu urteilen, was ich betreffs seiner Effektivität gehört hatte, etwa so brauchbar, wie man es sich wohl ausmalen kann.

Als ich neun war, glaubte ich, jenes Stück Schrott wäre die wunderbarste Maschine auf Gottes weiter Erde, und setzte mir irgendwie in den Kopf, das Ding müßte von der Koppel, auf der es langsam unter wucherndem Unkraut und Gestrüpp verschwand, gerettet und irgendwo anders aufgestellt werden. Mein Großvater hatte so seine Zweifel, da er fürchtete, der Apparat würde eine zu starke Aura von Störgeräuschen besitzen, aber er konnte mir nun einmal nichts abschlagen, und so ließ er das Ding vom Wohnwagen abmontieren und auf eine hölzerne Plattform setzen, die eigens dafür auf dem Dach des alten runden Kornspeichers hinten auf den Hof gebaut worden war. Großvater nannte es das Deivoxiphon.

Ich glaubte natürlich nicht daran, daß wir mit Hilfe dieses außergewöhnlichen Apparats tatsächlich Gottes Stimme besser empfangen würden, aber ich fand, es könne als eindringliches und bedeutendes *Symbol* unserer Ideale dienen (ich hatte in jenem Alter eine sehr ernste Phase und konnte mich sehr für Dinge und Anekdoten mit Symbolcharakter begeistern).

Natürlich verlor ich jegliches Interesse an dem Apparat, nachdem er erst einmal in seiner erhabenen Position angebracht worden war, aber da war er nun, hockte auf seiner achteckigen hölzernen Plattform am Südende des Hofgeländes und zielte in den Himmel wie eine olivfarbene, vielläufige Donnerbüchse. Es gab genügend Platz auf der Plattform darum herum, daß man dort ein Sonnenbad nehmen oder einfach nur sitzen und auf die Gärten, Wälder und entfernten Hügel schauen konnte, und dort hatte ich vor vier Jahren gesessen, die Beine über den Rand der Plattform baumeln lassen und mich mit Morag unterhalten.

»Pendicles of Collymoon«, sagte sie.

»Was?«

»Pendicles of Collymoon«, wiederholte sie. »Das ist ein Ort. Ich habe ihn auf der Landkarte entdeckt.«

»Oh, Collymoon«, sagte ich und erinnerte mich an den Namen. »Ja, oben nahe Buchlyvie.« Buchlyvie war ein winziges Dorf etwa ein Dutzend Meilen westlich der Gemeinde, südlich von Schottlands einzigem See, dem Lake of Menteith. Dazwischen liegt Collymoon, eine Ansammlung von Häusern am Nordufer des Forth' östlich von Flander Moss. Ich hatte den Namen ebenfalls auf einer Karte gesehen und war zwei Jahre zuvor auf einem meiner ausgedehnten Spaziergänge schon einmal an dem Dorf vorbeigekommen. Es war ein ganz ansprechendes Fleckchen, aber nichts Besonderes.

Morag lehnte sich im Sonnenschein zurück und blickte zum Himmel auf, oder vielleicht auch zu den lächerlichen Trompeten des Deivoxiphons. »Findest du nicht auch, daß der Name einfach toll ist? Findest du nicht auch, daß es der romantischste Name ist, den du je gehört hast?« (Ich zuckte die Achseln.) »Für mich ja«, erklärte sie und nickte nachdrücklich. »Pendicles of Collymoon«, sagte sie noch einmal und ließ sich die Worte dabei genüßlich auf der Zunge zergehen. »Es klingt wie der Titel eines Liebesromans, findest du nicht auch?«

»Vermutlich ein hoffnungslos tränendrüsiger Kitschroman«, bemerkte ich.

»Oh, du bist so unromantisch«, gab Morag zurück und versetzte mir einen Klaps auf die Hüfte.

»Bin ich nicht«, protestierte ich verlegen. »Ich habe nur ein anderes Verständnis von ... Romantik, mehr nicht.« Ich legte mich auf die Seite, den Kopf auf meinen Arm gestützt, und schaute sie an. Ich beneidete Morag um ihr glänzend kastanienbraunes Haar; es war wie ein wallender Heiligenschein auf den sonnengebleichten Planken um ihren Kopf ausgebreitet; ein breiter Wildbach, der in der Sonne glitzerte. »Es braucht mehr als ein paar Worte auf einer Landkarte, bis *ich* das große Schmachten kriege.«

»Wer hat hier das große Schmachten? Ich habe nicht gesagt, ich würde schmachten.«

»Ich wette, du hast von irgendeinem schnuckeligen Burschen aus Pendicles of Collymoon geträumt –«

»*Schnuckelig?*« sagte Morag, und ihr Gesicht verzog sich, als sie anfing zu kichern. »*Schnuckelig?*« lachte sie. Ihre Brüste unter ihrem T-Shirt wippten, während sie lauthals gackerte. Ich fühlte, wie ich knallrot anlief.

»Nun, dann eben *dufte*«, sagte ich und kniff ihr in den Arm, allerdings ohne Erfolg. »Tut mir leid, wenn ich nicht auf dem neuesten Stand bin, welche Worte gerade in Mode sind; wir führen hier ein sehr behütetes Leben.« Ich kniff sie fester.

»Autsch!« rief sie aus und schlug meine Hand weg. Sie hob den Kopf und drehte sich auf die Seite, um mich anzusehen. »Aber sag doch mal, was weckt denn in dir romantische Gefühle?« fragte sie lächelnd. Sie ließ übertrieben den Blick schweifen. »Irgendeiner der Burschen hier?«

Ich wandte den Blick ab; nun war es an mir, mich auf den Rücken zu legen und zum Himmel zu schauen.

»Nicht wirklich«, gestand ich.

Sie schwieg eine Weile, dann tippte sie mir mit einem Finger auf die Nase. »Vielleicht solltest du mehr unter die Leute gehen, Cousinchen.«

Ich nahm ihren Finger in meine Hand, hielt ihn fest und drehte mich zu ihr um, und mein Herz schlug mit einem Mal wie wild. Sie sah mich einen Moment lang verwirrt an, während ich ihren Finger drückte und ihr tief in die Augen blickte, dann schenkte sie mir ein leises, vielleicht bedauerndes Lächeln. Sie löste sanft ihren Finger aus meinem Griff und sagte: »Ooooh...« ganz leise, nickend. »Im Ernst?«

Ich wandte den Blick ab und verschränkte die Arme über der Brust. »Ach, ich weiß nicht«, erwiderte ich kläglich. Plötzlich war mir zum Heulen zumute, aber ich ließ es nicht zu. »Ich habe so viele Gefühle so viel ... *Leidenschaft* in mir, aber sie scheinen nie auf die richtige Art herauszukommen. Es ist so ...« Ich seufzte und suchte verzweifelt nach den richtigen Worten. »Ich meine, ich fühle, daß ich mich für Jungs interessieren *sollte*, und wenn nicht für Jungs, dann für Mädchen, aber ich muß mich beinahe zwingen, irgendwas zu empfinden. Manchmal denke ich, ich würde etwas fühlen, so als wäre ich normal, aber dann ...« Ich schüttelte den Kopf. »Ich lege einem Menschen oder einem Tier die Hand auf, und es ist so, als ob all diese Leidenschaft ... geerdet würde, wie ein Blitz.« Ich sah sie flehentlich an. »Bitte, erzähl niemandem davon.«

»Mach dir keine Sorgen«, erwiderte sie und zwinkerte mir zu. »Du wärst überrascht, wie verschwiegen ich sein kann. Aber hör mal: Liebe ist das einzige, was zählt. Finde ich jedenfalls. Liebe und Romantik. Die Leute regen sich unheimlich auf über Dinge, die sie für widernatürlich oder pervers halten, aber das einzige, was wirklich widernatürlich und pervers ist, ist der Gedanke, daß etwas falsch daran sein soll, wenn Menschen einander lieben.« Sie tätschelte mir abermals die Schulter. »Tu das, was du für richtig hältst, Is; es ist dein Leben.«

Ich drehte mich um und sah sie an. Ich hatte noch immer keine Träne vergossen, aber ich mußte etwas schniefen und blinzeln, um meinen Blick zu klären. Ich räusperte mich. »Manchmal kommt es mir nicht so vor«, erklärte ich ihr.

»Wie immer es dir vorkommt – wenn dir nicht nach Sex zumute ist, dann ist es das eben nicht. Schön, du fühlst *irgendwas*, und vielleicht hat es was mit Liebe zu tun, aber ich glaube nicht, daß es zwangsläufig sehr viel mit Sex zu tun hat. Und wenn's so ist, dann versuch nicht, es krampfhaft zu etwas zu machen, was es nicht ist, nur weil du denkst, es würde von dir erwartet.«

Ich dachte darüber nach, dann sagte ich: »Ja, aber was ist mit dem Fest der Liebe und dem Ganzen?«

Sie runzelte die Stirn, und eine Weile lang konnte ich ihr hübsches, ernstes Gesicht betrachten. Dann sagte sie: »Oh« und holte tief Luft und legte sich wieder neben mich und schaute zu dem sonderbaren Gerät über uns hoch. »Ach ja, das Fest der Liebe«, sagte sie. »Das steht uns ja auch noch ins Haus.«

»Das kann man wohl sagen«, erwiderte ich unglücklich und legte mich wieder hin.

*

Ich saß in dem plastikparfümierten Auto und schaute mir an, wie die gelben Lichter der Städte in der Ferne vorbeizogen; plötzlich kündigten grelle weiße Lichter, die durch die Waggons weiter vorn zuckten, einen entgegenkommenden Zug an. Ich duckte mich und machte mich ganz platt auf dem Rücksitz, während die Lokomotive vorbeidonnerte, dann setzte ich mich wieder auf, als der Zug auf den Gleisen Richtung Norden entschwand.

Mir war einen Moment lang ganz schwindelig, als ich mich wieder aufsetzte, während die Erinnerung an die weißen Lichter, die durch die Seiten der Waggons vor mir flackerten, in meinem Kopf reflektiert und vervielfältigt zu werden schien, so als wäre mein Gehirn durchsichtig und mein Schädel ein Spiegel; mein Herz raste, und ich hatte einen metallischen Geschmack im Mund.

Der Moment ging vorbei, und meine Gedanken kehrten wieder zu meiner Cousine Morag zurück, und mit einem Mal wurde mir bewußt, daß ich noch einen anderen Grund hatte, mir zu wünschen, Morag würde zu uns zurückkommen; wenn sie nicht zurückkam und unser Ehrengast beim Fest sein würde, dann würde man vielleicht von mir erwarten, daß ich ihren Platz ausfüllte (ganz zu schweigen davon, daß dann jemand meinen ausfüllen würde, wenn man es so ausdrücken möchte).

Das war nicht gerade eine freudige Aussicht.

Als wir uns der Grenze näherten, übermannte mich schließlich der Schlaf, und ich träumte von High Easter Offerance und unserer Gemeinde, und in meinem Traum war ich ein Geist, der über dem geschäftigen Treiben auf dem Hof schwebte und jeden, den ich kannte, beim Namen anrief, doch meine Rufe verhallten ungehört und unbeantwortet, wie die Rufe einer Ausgestoßenen.

*

Ich erwachte bei Morgendämmerung. Ich gähnte und reckte mich, dann spähte ich über den unteren Rand des Fensters. Der Zug ratterte durch eine feuchte, flache Landschaft, irgendwo in der Mitte von England, wie ich schätzte. Ich trank einen Schluck Wasser, dann schlummerte ich weiter. Später setzte ich mich auf und beguckte mir eine Weile die Aussicht, während ich ein leichtes Frühstück aus Käse-Sandwiches zu mir nahm und meinen Stadtplan von London studierte.

Nördlich von Walthamstow stieg ich bei einem Haltesignal aus dem Zug, erklomm eine niedrige Böschung, verrichtete hinter einem Busch meine Notdurft, dann kletterte ich über eine niedrige Mauer neben einer Brücke und landete vor einer verdutzt aussehenden Inderin auf einer Straße. Ich tippte mir zum Gruß an den Hut und schlenderte davon, überaus zufrieden mit mir, auf so gottgefällige, doch relativ mühelose Weise nach London gelangt zu sein. Ich nahm es als ein gutes Omen, daß die erste Person, der ich hier im Süden begegnete, ebenfalls ein Mensch subkontinentaler Abstammung war.

Es war früher Vormittag; halb neun, laut der Uhr in der Ecke einer Sendung, die auf zahllosen Bildschirmen im Schaufenster eines Fernsehgeschäfts lief. Zeit fürs Busspringen.

Das Busspringen ist eine Methode der Reisekostenminimierung, die wir schon seit Jahrzehnten bei Bussen einsetzen und die gelegentlich auch bei anderen Transportmöglichkeiten Verwendung finden kann. Sie besteht darin, in einen Bus einzusteigen und den Schaffner – vorzugsweise mit einem schwer verständlichen ausländischen Akzent – um eine Fahrkarte zu einer Haltestelle in entgegengesetzter Richtung der bestiegenen Linie zu bitten. Nachdem man davon in Kenntnis gesetzt wurde, daß man in die falsche Richtung fährt, ist es zwingend erforderlich, zutiefst verwirrt und außerordentlich betroffen dreinzuschauen. Gewöhnlich (und gemeinhin, ohne daß man bezahlt hätte) wird einem dann erlaubt, an der nächsten Haltestelle auf der Strecke auszusteigen, von wo aus man dann das ganze Spiel wieder von vorne anfängt, bis man schließlich an seinem eigentlichen Ziel angelangt ist.

Ich wartete an einer Bushaltestelle an der High Road, in Tottenham, wo, wie ich dem Stadtplan entnommen hatte, die Busse der Linien hielten, die ich brauchte. Meinen Seesack hatte ich mir über die Schulter geschlungen, mein Sitzbrett hielt ich in der Hand. Ich stieg in den ersten Bus ein, der hielt. Vorne hatte er Falttüren, und der Fahrer schien gleichzeitig auch als Schaffner zu fungieren; das traf mich doch recht unerwartet. Ich murmelte etwas Unverständliches und stieg errötend wieder aus. Die nächsten Busse, die hielten, waren ebenso gebaut. Ich stand und betrachtete den zähfließenden, lärmenden Verkehr und die niedrigen, tristen Gebäude. Nach einer Weile und einigen weiteren Bussen mit Ein-Mann-Betrieb gab ich auf und setzte mich Richtung Süden in Marsch, grob in Richtung Kilburn, wo mein Halbbruder Zeb lebte (ich studierte beim Gehen meinen Stadtplan und entschied, daß ich die A503 nehmen würde, sobald ich auf sie traf). Schließlich begegnete ich jedoch einem altmodischen Bus mit einer offenen hinteren Plattform, der in die richtige Richtung fuhr. Ich fand die nächste Haltestelle für die betreffende Linie und wartete.

*

Ein Bus kam. Ich sprang auf und stieg hinauf zum oberen Deck. Leider waren die vier Sitze ganz vorn schon besetzt. Ich entschied mich für die Reihe dahinter, legte mein hölzernes Sitzbrett hin und setzte mich. Noch im Auto auf dem Zug hatte ich die obersten vier Pfund von meiner Geldscheinrolle gezogen und in die Innentasche meiner Jacke gesteckt; als der Schaffner kam, hielt ich ihm eine Pfundnote hin und sagte: »Bittschön, ein Fahrkarte nach Enfield.«

»Was soll das denn sein?« fragte der Schaffner, als er meinen Geldschein nahm und anguckte.

Ich bedachte ihn mit einem bösen Blick; es war ein kleiner, unscheinbarer Mann mit einer dicken Brille. »Das eins von Ihr Pfund«, erklärte ich ihm mit ausländischem Akzent.

»Das ist keins von unseren, Jungchen.«

»Ich denke wohl.«

»Nee, das ist Spielgeld.«

»Es ist Währung von dieses Land, glaube ich.«

»Was?« Er hielt den Geldschein gegen das Licht. »Nee, guck mal; der ist doch schottisch, oder? Das hier ist ein alter schottischer Einer. Wo hast du den denn her? Hast du den aus deiner Sparbüchse? Nee, Jungchen«, sagte er und reichte mir den Geldschein zurück. »Komm schon; ich hab nicht den ganzen Tag Zeit; wo wolltest du noch mal hin?«

»Enfield, bittschön.«

»Enfield?« rief er lachend aus. »Meine Güte, du hast dich wirklich mächtig verfranst, was? Da fährst du aber in die falsche Richtung, Jungchen... oh, tut mir leid, du bist eine Miss, stimmt's? Hab ich nicht sehen können, wegen dem Hut. Hätt wissen müssen, daß du ein Mädchen bist, wo du den Hut im Bus aufbehalten hast, stimmt's? Aber egal, wie ich schon sagte – du fährst in die falsche Richtung, Herzchen.«

»Bittschön, was?« sagte ich und schaute verwirrt drein.

»DU FÄHRST IN DIE FALSCHE RICHTUNG«, sagte er laut. »Du mußt an der nächsten Haltestelle aussteigen – guck mal, da sind wir schon. Steh auf... komm mit, steh auf, ja, du da... so ist's richtig.« Ich stand auf und ließ mich von dem Mann zur unteren Plattform führen, als der Bus abbremste. »Wir setzen dich hier ab... Siehst du die Haltestelle da drüben? Nein, nein, auf der anderen Straßenseite, Herzchen. Genau. Das ist die Haltestelle nach Enfield, ja? Du nimmst den Bus da drüben, der fährt nach Enfield, ja? Also, dann mal los. Und paß auf dich auf. Tag noch!« Er läutete die Glocke und verschwand kopfschüttelnd wieder zum oberen Deck, während der Bus weiterfuhr.

Ich blieb grinsend stehen und wartete auf den nächsten Bus.

*

Über die nächsten zwei Stunden legte ich eine kürzere Strecke zurück, als ich zu Fuß hätte schaffen können. Zweimal – nur kurz bevor der Schaffner kam, um mein Geld zu nehmen – stieg ich aufgrund der hoffnungslos verstopften Straßen näher an der Haltestelle, an der ich eingestiegen war, denn an der nächsten, wieder aus. Schließlich stieg ich in einen Bus und begegnete demselben Schaffner, den ich auf meiner ersten Fahrt getroffen hatte.

»Da hol mich doch der Teufel, Herzchen; bist du immer noch unterwegs?«

Ich sah ihn verständnislos an, während ich verzweifelt überlegte, was ich ihm erzählen sollte. »Das hier Enfield, bittschön«, brachte ich schließlich mühevoll heraus.

Er führte mich persönlich über die Straße zur gegenüberliegenden Haltestelle.

Ich gab mich geschlagen und marschierte zu Fuß zum Grand Union Canal. Ich stapfte den Treidelpfad entlang nach Maida Vale, dann in nordwestlicher Richtung zu dem Haus an der Brondesbury Road, in dem mein Halbbruder Zeb wohnte.

Der Keller und das Erdgeschoß des dreigeschossigen Eckhauses waren mit Brettern vernagelt, und ich mußte nach hinten rum gehen und ein Wellblech beiseite schieben, um Zugang zum Hinterhof zu erhalten. Ich hämmerte gegen die Hintertür. Nach einer Weile rief eine Stimme von oben.

»Ja?«

Ich trat ein paar Schritte zurück und blickte nach oben in ein Frauengesicht. Die Seiten ihres Kopfes waren rasiert; von ihrem Hinterkopf baumelten lange, blonde Strähnen wie magere Zöpfe. Ihre Nasenlöcher waren mit mehreren Ringen durchstochen.

»Guten Morgen«, sagte ich. »Ich suche nach Zebediah Whit. Ist er hier?«

»Zeb? Keine Ahnung. Wer bist du denn?«

»Isis.«

»Isis?«

»Ja.«

»Klasse Name.«

»Vielen Dank. Die meisten nennen mich einfach Is. Ich bin eine Verwandte von Zebediah. Sagen Sie ihm bitte, daß ich hier bin, wenn Sie ihn finden.«

»Geht klar. Bleib da.«

Einige Minuten später öffnete sich die Tür, und vor mir stand Bruder Zebediah. Er war barfuß und stopfte sich ein zerknittertes Hemd in eine zerrissene Jeans.

»Mann. Is. Irre. Scheiße. Klasse. Mann.« Zeb ist zwei Jahre älter als ich; er war noch magerer als ich ihn in Erinnerung hatte, und sein schwarzes Haar war sowohl länger als auch verfilzter. Sein Gesicht schien pickeliger, da wo man es durch die kleinen schwarzen Haarbüschel sehen konnte, die offenkundig bedeuten sollten, daß er versuchte, sich einen Bart wachsen zu lassen.

Ich machte das Zeichen und streckte ihm meine Hand hin. Zeb starrte sie einen Moment verwirrt an, dann sagte er: »Oh. Mann. Ja. 'schuldigung. Natürlich. Klar. Ja.« und ergriff meine Hand. Er küßte sie und ließ sich auf ein Knie sinken. »Ja. Klar. Mann. Geliebte. Gesegnete? Geliebte. Isis. Willkommen. Irre. Ja.«

Das Mädchen, mit dem ich zuerst gesprochen hatte, stand im Flur hinter ihm. Sie starrte zuerst mit offenhängendem Mund auf meinen Halbbruder, dann auf mich.

»Bruder Zebediah«, begrüßte ich ihn. »Es freut mich, dich zu sehen. Bitte – erhebe dich.«

Er tat es und grinste mich breit an. Er versuchte, mit seinen Fingern seine völlig zerzausten Locken durchzukämmen, aber es wollte ihm nicht gelingen. Ich reichte ihm meinen Seesack. Er nahm ihn und drehte sich – meinem Blick folgend – zu dem Mädchen mit dem halb rasierten, halb gezopften Haar um. »Oh.

Ja. Ja. Ähm. Geliebte Is: Roadkill. Roadkill: die Geliebte Is. Ja.« Er nickte mit seinem ganzen Oberkörper und grinste, dann machte er das Zeichen und verneigte sich und winkte mich herein.

Ich betrat das Haus, nahm meinen Hut ab und reichte ihn Zeb. Das Mädchen starrte mich noch immer an. Ich begrüßte sie mit einem würdevollen Nicken. »Es ist mir ein Vergnügen«, sagte ich.

Kapitel Sieben

Bruder Zebediah hatte den Brief, der ihn von meiner bevorstehenden Ankunft in Kenntnis setzte, nicht erhalten; das besetzte Haus – denn um ein solches handelte es sich bei seiner Unterkunft – erfreute sich, wenn überhaupt, nur sporadischer Postzustellung, die anscheinend weitestgehend von der Lust und Laune des jeweiligen Postboten abhing, auf dessen Runde es lag. Der Haushalt besaß kein Telefon, daher war der Brief unsere einzige Möglichkeit der Kommunikation gewesen. Dementsprechend waren auch keine Vorbereitungen für meine Ankunft getroffen worden. Zebediah bemühte sich jedoch, unter den gegebenen Umständen, nach Kräften. Er wollte mir unbedingt sein Zimmer überlassen, das er mit Roadkill, seiner Freundin, teilte, während die beiden für die Zeit meines Aufenthalts auf den Dachboden umziehen wollten, aber nachdem ich den Raum und den Zustand des Putzes an den Wänden in Augenschein genommen hatte, schlug ich vor, daß der Dachboden vielleicht passender für mich wäre, da ich dort meine Hängematte gefahrlos zwischen zweien der Giebelbalken festmachen könnte.

Der Dachboden hatte einen wenig vertrauenswürdigen Boden aus alten Türen und bunt zusammengewürfelten Brettern und Latten; ich bat Zeb, diese ordentlicher zu verteilen und die einzelne, nackte Glühbirne, die von der Decke baumelte, herauszuschrauben; ich würde eine Kerze als Lichtquelle benutzen. (In meinem Innersten hatte ich gehofft, das besetzte Haus würde über keinerlei Elektrizität verfügen, und ich war enttäuscht, als ich feststellte, daß dem nicht so war.) Darüber hinaus spendete Zebediah noch großzügig einen Teppichläufer und einen kleinen Tisch aus seinem Zimmer, um den Raum gemütlicher zu machen.

Ich reckte meinen Kopf durch das Oberlicht, um zu sehen, welche Richtung Nord-Nordwest war, dann gab ich Zeb – der einen Hammer und zwei lange Eisennägel aufgetrieben hatte – Anweisung, wo er meine Hängematte festmachen sollte. Nachdem das erledigt war, zogen wir uns in die Küche zurück, wo Zeb die Stumpen einiger parfümierter Kerzen anzündete und mir feierlich in einer kleinen Plastikschüssel die Füße wusch, während Roadkill Essen in der Form irgendeiner Art Pastete oder Samosa bereitete. Ich reichte ihr etwas gesegneten Tee und einen kleinen Klacks Schmalz, jeweils in ein Stück Butterbrotpapier eingewickelt. Roadkill betrachtete die beiden kleinen Päckchen stirnrunzelnd, dann schaute sie hinein und roch daran.

»Das riecht wie Tee«, sagte sie. Sie hatte einen angenehmen Akzent, den ich nicht genauer zu plazieren vermochte, als irgendwo in Südostengland.

»Das ist es auch«, erklärte ich ihr.

»Igitt, das da riecht nach Tier.«

»Das ist Schmalz«, erwiderte ich und bedachte Zeb, der gerade den Zwischenraum zwischen zweien meiner Zehen mit seinem kleinen Finger säuberte, mit einem tadelnden Blick. Er schaute schuldbewußt drein, und er hatte auch allen Anlaß dazu; es war offensichtlich, daß Bruder Zeb einige unserer Speiseregeln nicht befolgt hatte.

»Was, etwa von Schweinen?« fragte Roadkill.

»Ganz genau«, bestätigte ich.

»Da kann ich nicht drauf, Mann«, sagte Roadkill, während sie das kleine Päckchen mit zwei spitzen Fingern entgegennahm und es auf den Resopaltisch neben mir fallen ließ.

»Roadkill ist Vegetarierin«, erklärte Zeb entschuldigend.

»Das ist schon in Ordnung«, sagte ich und lächelte das Mädel an. »Ich verstehe das. Wie du zweifellos weißt, verbietet auch unsere Gemeinschaft den Verzehr von gewissen Fleischsorten, etwa solche, die von zweibeinigen Tieren stammen, wie zum Beispiel von Vögeln.« Ich sah, wie Roadkill und Zebediah merkwürdige Blicke austauschten, und schloß daraus, daß Zeb von der Stadt soweit korrumpiert worden war, daß er Geflügel gegessen hatte. Ich begann zu befürchten, daß meine Mission hier unten sehr wohl beinhalten mochte, Bruder Zebediah wieder auf den schmalen Pfad der Tugend zurückzuführen (so mir die Zeit dazu blieb). Ich gab vor, ihre schuldbewußten Blicke nicht zu bemerken, und fuhr fort: »Wenn du nur etwas von dem Tee in das tun würdest, was du für mich zubereitest, dann wäre ich zutiefst dankbar.«

»Was, Teeblätter in die Pasteten?« fragte sie.

»Nur eine kleine Prise«, erklärte ich ihr. »So, als wäre es Salz oder Pfeffer. Es geht nicht um den Geschmack; es hat rein symbolischen Charakter.«

»Klar«, sagte sie. »Rein symbolischen Charakter. Schon kapiert.« Sie wandte sich kopfschüttelnd um.

Ich nahm das kleine Päckchen Schmalz wieder an mich und steckte es ein; ich würde das Essen direkt vor dem Verzehr persönlich damit salben.

Ein Knall hallte von der Diele herüber, gefolgt von Schritten, und dann kam ein großer, junger, weißer Mann mit sehr kurzen Haaren und einem schmuddeligen Anorak voller bunter Aufnäher in die Küche. Er blieb stehen und starrte Zeb an, der immer noch meine Füße wusch. Ich blickte lächelnd zu ihm auf.

»Heilige Jungfrau Maria«, sagte er mit irischem Akzent und grinste.

»Dicht dran«, erwiderte Zeb seufzend.

*

»*Wie* heißt deine Stiefschwester?«

»Hagar«, bestätigte ich nickend.

»Aber das ist doch ein Jungsname, oder, Zeb?«

Zeb zuckte die Achseln.

»Ja«, warf Roadkill ein, »wie dieser kleine dicke Wikinger in der *Sun*. Ach, nee, der heißt Hägar.«

Einen Moment lang fragte ich mich, ob es heutzutage tatsächlich noch Wikinger gab und was sie wohl taten, daß darüber in der Zeitung berichtet wurde. »Nun, soweit ich weiß, handelt es sich bei Hagar um einen biblischen Namen, einen hebräischen Namen«, erklärte ich. »Es ist der Name der Dienerin von Abrahams Frau, ihrer Sklavin.«

»Cool.«

Es war früher Abend, und wir waren gerade auf dem Rückweg von einem Schnapsladen an der Kilburn High Road, eingehüllt vom donnernden Lärm und dem Gestank des Feierabendverkehrs; ich hatte mich bereit erklärt, Zeb und Roadkill zu helfen, etwas Alkohol für das gemeinschaftliche Abendessen im besetzten Haus zu besorgen; ich meldete mich aus einer nahe gelegenen Telefonzelle mit meinem 2-9-4-Code beim Haus der Woodbeans, während die beiden die Getränke kauften. Wie sich herausstellte, handelte es sich dabei um eine Art Cider namens Litening Stryke, der in grellbunten Plastikflaschen verkauft wurde.

Ich überlegte. »Und ich habe einen Stiefbruder namens Hymen.«

»*Hymen?*« rief Roadkill aus. »Wie in Jungfräulichkeit; wie in Jungfernhäutchen?«

»Ganz genau.«

»Ein Stief*bruder*?«

»Ja.«

»Total abgefahren. Benutzt er diesen Namen tatsächlich?«

»Leider nein; Bruder Hymen ist ein Apostat und –«

»Ein was?«

»Ein Apostat; jemand, der seinem Glauben abtrünnig geworden ist.«

»Oh.«

»Ja, leider, leider. Offenkundig verdient er sich seinen Lebensunterhalt damit, in den Teichen amerikanischer Golfplätze nach Golfbällen zu tauchen, und hat einen neuen Namen angenommen.«

»Kann ich ihm nicht verübeln. Ich meine, *Hymen*!«

»Es ist ein Männername, mußt du wissen«, erklärte ich. »Hymen war ein griechischer Gott, der Sohn des Apollo.«

»Irre«, sagte Roadkill voller Bewunderung. »Du kennst dich echt gut aus mit solchen Sachen, was?«

Ich schmunzelte. »Nun, man könnte sagen, daß es mein Beruf ist.« (Zeb schnaubte verächtlich, dann warf er mir einen ängstlichen Blick zu, aber ich lächelte nur.)

»Was genau bist du eigentlich?« fragte Roadkill.

»Ich bin die Auserwählte Gottes«, erklärte ich ihr. »Die dritte Generation unserer Familie, die am 29. Februar geboren wurde.«

»Irre.«

»In meinem Fall am 29. Februar neunzehnhundertsechsundsiebzig. Wenn du mich nach meinem Alter fragen würdest, müßte ich offiziell sagen, daß ich vierdreiviertel bin.«

»Scheiße.« Roadkill lachte.

»Natürlich nicht vierdreiviertel *Jahre*; vierdreiviertel Quadquennien. Ich bin neunzehn Jahre alt.«

»Hmm.« Roadkill schaute nachdenklich drein. »Und unter was für 'nem Zeichen bist du geboren?«

»Sternzeichen, meinst du? Es ist unser Glaube, daß der oder die Auserwählte kein Sternzeichen hat. Das ist ein Aspekt unserer heiligen Sonderstellung.«

»Total abgefahren.« Sie schüttelte den Kopf. »Mann, du mußt ja 'ne irre Geburtstagsparty haben, wenn die nur alle vier Jahre abgeht.«

»Wir versuchen, ein ganz besonderes Fest daraus zu machen«, bestätigte ich.

»Erzähl Roadkill vom Fest, Is«, schlug Zeb vor – der erste richtige und vollständige Satz, den ich ihn seit meiner Ankunft hatte sprechen hören.

»Willst du damit sagen, du hättest es noch nicht getan, Bruder?« fragte ich.

»Er hat mir gar nichts über eure Sekte erzählt«, sagte Roadkill und versetzte Zeb mit ihrer freien Hand einen Klaps auf den Unterarm.

»Nun, Scheiße. Du verstehst schon. Is' 'ne komplizierte Kiste«, erwiderte Zeb ausweichend. Um ehrlich zu sein, war ich froh, daß er es nicht getan hatte. Wenngleich es in der Natur der Dinge liegt, daß man ein großes Fest nun einmal nicht wirklich geheimhalten kann, war es Salvador doch lieber, wenn wir – um nicht noch einmal die Sensationsgier der Presse und der Öffentlichkeit zu wecken – die Einzelheiten des unsrigen nicht allzu freimütig mitteilten. Ich kam jedoch zu dem Schluß, daß es angebracht sei, Roadkill davon zu erzählen.

»Es findet Ende Mai in jedem Jahr vor einem Schaltjahr statt«, erklärte ich ihr. »Wir bitten jene, die daran teilzunehmen wünschen, den Akt der Liebe um dieses Datum herum ohne Verhütungsmittel und so oft wie möglich auszuführen, um die Chancen zu erhöhen, daß ein weiterer Auserwählter oder eine weitere Auserwählte geboren wird.«

»Irre«, sagte Roadkill nach kurzem Überlegen. »Eine Orgie?«

»Nun, das ist ein recht vorurteilsbehafteter Ausdruck, nicht wahr?« erwiderte ich. »Nein, darunter versteht man ausschließlich Gruppensex, glaube ich, wohingegen der Sinn dieses Fests ist, alle Formen potentiell der Fortpflanzung dienender Aktivitäten zu fördern. Wirklich, es ist schlicht und einfach ein großes Fest; die öffentliche Seite würde nicht einmal die prüdeste Seele in Verlegenheit bringen. Was anschließend hinter verschlossenen Türen geschieht, liegt im Ermessen der beteiligten Personen.«

»Ach ja?« bemerkte Roadkill.

»Nun, warum kommst du nicht einmal vorbei und besuchst uns?« schlug ich vor. »Du und Zeb wäret natürlich jederzeit willkommen, aber besonders, um am Fest teilzunehmen«, erklärte ich ihr.

Roadkill warf Zeb, der stirnrunzelnd auf den Bürgersteig

starrte, einen Blick zu. »Ich weiß nicht«, sagte sie. »Er hat noch nichts davon gesagt.«

Zeb sah mich an, und ich bedachte ihn mit einem strengen Blick.

»Nun, ihr solltet kommen«, erklärte ich Roadkill. »Nicht unbedingt, um an der auf die Fortpflanzung ausgerichteten Seite des Fests teilzunehmen, sondern einfach nur, um euch mit uns zu amüsieren; es gibt Musik und Tanz und Essen, und die Kinder führen kleine Theaterstücke auf ... Es ist eine Zeit des Feierns, der Freude«, sagte ich. Ich lachte. »Glaub mir, es besteht absolut kein Zwang, ohne Unterlaß dem Sex zu frönen, wenn ihr nicht wollt.«

»Hmm, klar«, erwiderte Roadkill unverbindlich.

Als ich die Worte ausgesprochen hatte, fragte ich mich jedoch, wen ich eigentlich zu überzeugen suchte. Soweit es mich betraf, bestand tatsächlich ein gewisses Maß an, nun, vielleicht nicht Zwang, aber zumindest Erwartung, daß ich voll an diesem Fest teilhaben würde, selbst wenn Morag kommen sollte (ich erinnerte mich an Großvaters nur wenige Tage zurückliegende Bemerkung bezüglich meines »gesunden« Aussehens und daran, daß er mir ans Herz gelegt hatte, mich zu amüsieren). Ich mochte kaum darüber nachdenken, unter welchem Druck ich stehen würde, wenn meine Cousine nicht zum Fest kam. Es schien mir, daß in diesem Fall ziemlich viel von meinen Eierstöcken erwartet wurde.

Roadkills Gedankengänge waren offensichtlich in derselben Richtung verlaufen. »Also, warst du noch minderjährig beim letzten Mal, oder ist dies dein erstes großes ... du weißt schon, dein erstes Mal? Dieses Fest«, sagte sie und lächelte mich an, während sie anzüglich eine ihrer rosagefärbten Augenbrauen hochzog.

Ich erwiderte das Lächeln so zuversichtlich, wie ich es vermochte. »Nun, ja, es ist im Rahmen des Möglichen, daß ich diesmal im Mittelpunkt der Aufmerksamkeit stehen werde.«

»Irre. Hast du dir schon jemanden ausgeguckt, als Vater, meine ich?«

Ich zuckte mit den Achseln. »Ich denke noch darüber nach«, erwiderte ich, was in gewisser Hinsicht der Wahrheit entsprach.

»Muß man vorher heiraten oder so was?«

»Nein. Wir betrachten die Ehe nicht als unbedingte Voraussetzung für Liebe und Fortpflanzung; einige Leute behandeln ihre Partner in der Tat besser ohne diese Form von Verpflichtung, und einige sind besser als alleinerziehende Eltern geeignet, besonders in unserer Gemeinde, wo die Fürsorge für die Kinder geteilt werden kann. Wenn ich aber heiraten wollte, dann könnte ich es. Um genau zu sein, könnte ich mich sogar selbst trauen«, erklärte ich Roadkill, die mich daraufhin doch etwas zweifelnd anblickte. Ich erklärte es eingehender. »Als geistlicher Würdenträger der Sekte der Luskentyrianer bin ich bevollmächtigt, alle religiösen Zeremonien, einschließlich Eheschließungen, vorzunehmen, und es gibt einen Präzedenzfall dafür, daß der die Trauung vollziehende Geistliche selbst einer der Brautleute ist.«

»Völlig abgedreht«, murmelte Roadkill.

»Hmmm«, erwiderte ich. »Aah.« Ich deutete mit einem Nikken auf die Gasse, die zur Rückseite des besetzten Hauses führte. »Da wären wir.«

*

Im Februar 1949 beschloß mein Großvater, Aasni und Zhobelia Asis zu heiraten; er hatte sich – nicht nur mit Gottes Zustimmung, sondern tatsächlich auf ihr Drängen hin – den Titel »Hochwürden« verliehen, was bedeutete, daß er religiöse Zeremonien leiten konnte. Die Schwestern stimmten zu, daß ihre *ménage à trois* einen offiziellen Charakter erhalten sollte, und daraufhin wurde eine Zeremonie in einer speziell ausgeschmückten Halle der alten Seetang-Fabrik abgehalten. Der einzige Trauzeuge war Eoin McIlone, der Bauer, der den Schwestern und später auch Großvater Unterkunft und Hilfe gewährt hatte. Er und Salvador hatten sich angewöhnt, mehrere Abende in der Woche in der Abstellkammer-Bibliothek auf dem zwei Meilen von der Seetang-Fabrik gelegenen Luskentyre-Hof Dame zu spielen. Sie stritten sich an jedem dieser Abende unablässig und mit wachsender Inbrunst, während sie langsam immer mehr und mehr von Mr. McIlones Whisky tranken, aber sie freuten sich beide – teils, weil sie beide das Streiten liebten, und teils, weil sich keiner der beiden beim Aufwachen am nächsten Morgen (Mr. McIlone allein in seinem schmalen Alkovenbett in seinem alten Farmhaus, Großvater zwischen den beiden Asis-Schwestern in seinem Bett auf dem Fußboden des alten Fabrikbüros) je daran erinnern konnte, um was der Streit eigentlich gegangen war – immer wieder von neuem auf ihre Damespiele, den Whisky und die Streitgespräche.

Salvador und seine beiden Bräute verbrachten die Hochzeitsnacht wie gewöhnlich in der Seetang-Fabrik, doch die Schwestern hatten einen weiteren Raum der Büro-Etage eingerichtet und das Bett – zwei Matratzen mit Bettzeug – in ihre von Kerzen beleuchtete Hochzeitssuite getragen. In jener Nacht lief eine Ratte über das Bett, erschreckte die beiden Schwestern zutiefst und verdarb allen Beteiligten gründlich die Stimmung, und so baute Salvador am nächsten Tag aus verschiedenen Stricken, stabilen Holzlatten und einem großen Stück Segeltuch, was er allesamt über die vergangenen Monate – während seiner unablässigen Suche nach der verlorenen Segeltuchtasche – am Strand angespült gefunden hatte, eine Art riesige Drei-Personen-Hängematte.

In ihrer riesigen Hängematte, die an den eisernen Deckenstreben des ehemaligen Fabrikbüros festgemacht war, fühlten sich die Schwestern bedeutend sicherer, und als die Fabrik so gut wie alles andere ein paar Monate später von einem Mob aufgebrachter Einheimischer mit lodernden Fackeln niedergebrannt wurde und Großvater mit seinen beiden Frauen in eine Scheune auf Mr. McIlones Hof umzog, war das einzige, was die beiden jungen Frauen – natürlich abgesehen von Großtante Zhobelias Aussteuertruhe, die sie von ihrer Großmutter aus Khalmakistan geschickt bekommen hatten und in der das *Zhlonjiz* verwahrt wurde – vor den Flammen retteten und in ihrem Lieferwagen verstaute, eben jene riesige Hängematte.

Um ehrlich zu sein, hege ich aufgrund einiger Andeutungen von Calli und Astar, die die Geschichte noch von Aasni und Zhobelia selbst gehört hatten, die starke Vermutung, daß es sich tatsächlich nur um ein sehr kleines Grüppchen aufgebrachter Einheimischer gehandelt hat, und ich weiß, daß es freitags nachts gewesen ist und daß Alkohol im Spiel war, und die betreffenden Männer hatten wahrscheinlich irgendeine grotesk übertriebene Schilderung von dem Ehe-Arrangement zwischen Großvater und den Schwestern gehört, und wahrscheinlich wollten sie die Fabrik gar nicht niederbrennen, sondern suchten nur nach Salvador, um ihn zu verprügeln. Er hatte sich jedoch schon im Lieferwagen der Schwestern draußen vor der Fabrik versteckt; die beiden hatten ihn unter einigen Ballen Karostoff zweiter Wahl verborgen, die sie für einen Apfel und ein Ei bei einem Notverkauf in Portree erstanden hatten, aber einer der Betrunkenen fiel hin und zerschlug seine Laterne, und das Feuer begann, und der Rest der Bande machte sich aus dem Staub, während Großvater sich noch tiefer unter den Ballen Karostoff verkroch und die Schwestern zuerst versuchten, das Feuer zu löschen, und dann nur einfach noch in Sicherheit brachten, was noch zu retten war. Aber so wie Großvater die Geschichte erzählt, klingt es besser.

Jedenfalls, obgleich die ursprüngliche Riesen-Hängematte in Luskentyre zurückblieb, als die Gemeinde nach High Easter Offerance umzog, und Salvador und die Schwestern in ihrem neuen Zuhause einen gewöhnlicheren Schlafplatz in Form von zwei zusammengeschobenen Betten ihr eigen nannten, ist dies der Grund dafür, weshalb von dem oder der Auserwählten erwartet wird, zumindest hin und wieder und wann immer sie sich außerhalb der Gemeinde aufhalten, in einer Hängematte zu schlafen (vorzugsweise mit dem Kopf zur Gemeinde, um zu zeigen, daß ihre Gedanken in diese Richtung gehen). Ich persönlich habe Hängematten immer gemocht und mich in gewöhnlichen Betten nie ganz wohl gefühlt, daher schlafe ich fast nie in etwas anderem.

*

Ich lag in meiner Hängematte. Der Dachboden drehte sich. Ich vermutete, daß ich im Lauf des Abends zuviel von diesem Litening-Stryke-Cider getrunken hatte. Wenn wir daheim dem Alkohol zusprechen wollen, trinken wir fast ausschließlich unser hausgemachtes Ale, hergestellt im hofeigenen Brauhaus. Es gibt einige Zeremonien, bei denen kleine Mengen eines speziellen Heiligen Ales ausgeschenkt werden, und ganz allgemein wird die Tatsache, daß gegorene oder destillierte Flüssigkeiten eine gewisse Wirkung auf das menschliche Gehirn haben, im besten Falle als eine Segnung und ein Geschenk Gottes und im schlimmsten Falle als ein Beweis für Gottes schelmischen Humor betrachtet. Doch obgleich eine leichte Beschwipstheit durchaus willkommen und bei gewissen gesellschaftlichen Anlässen sogar ermutigt wird, mißbilligen wir völlige Trunkenheit und den Verlust der Kontrolle über Verstand und Körper zutiefst.

Das Gemeindebier ist im allgemeinen stark im Geschmack, doch schwach in der Wirkung, wohingegen der Cider, den wir beim Abendessen genossen hatten, das genaue Gegenteil darstellte, und ich litt unter den Folgen meiner Unachtsamkeit, diesen Unterschied nicht bedacht zu haben.

Den Abend über war es recht gemütlich zugegangen; die anderen in dem besetzten Haus waren Dec, der Ire, der hereingekommen war, als Bruder Zebediah mir die Füße wusch; Boz, ein beeindruckend großer und muskulöser, tiefschwarzer Jamaikaner mit einer wunderbar tiefen, trägen Stimme; Scarpa, seine auffällig blasse Südlondoner Freundin; und Wince, eine kleinere Ausgabe von Boz, jedoch verwirrenderweise mit einem irischen Akzent.

Zuerst waren sie ein wenig argwöhnisch, was mich betraf, aber nach und nach lockerte sich die Stimmung, zuerst über das Abendessen aus Gemüsecurry, Süßkartoffeln und Hähnchen (wobei ich letzteres natürlich nicht essen konnte und zu meiner Freude sah, daß auch Bruder Zebediah nichts davon nahm) und später dann, während wir im spartanisch, doch praktisch und – im bezug auf neu aussehende elektrische Unterhaltungsgeräte –

überraschend gut ausgestatteten Wohnzimmer des besetzten Hauses einen auf Video aufgezeichneten Film anschauen. Anfänglich fühlte ich mich höchst unbehaglich dabei, inmitten all dieser Störgeräusche produzierenden Technologie zu sitzen, doch ich sah es als meine Pflicht, mich gesellig zu zeigen; schließlich schuldete ich diesen Leuten nicht nur die selbstverständliche Höflichkeit eines Gastes gegenüber seinem Gastgeber, sondern war auch Botschafterin meines Glaubens.

Zum Teil rührte das Gefühl der Entspanntheit zweifelsohne von der Wirkung des Litening Stryke her sowie der »Hasch«-Zigaretten, die geraucht wurden, zum anderen lag es aber sicher auch daran, daß ich in gewisser Hinsicht die Rolle des heiligen Narren spielte und die Umsitzenden mit Geschichten über unser Leben auf High Easter Offerance, unsere Chronik, offenbarte Wahrheiten, Gebote und Rituale unterhielt.

Alle schienen dies höchst interessant zu finden, und es gab viel Gelächter und Gekicher. Irgendwann während des Abends wischte Dec sich die Tränen aus den Augen und fragte mich: »Mann, Is, auf was für 'nem Trip bist du eigentlich?«

»Auf einer Mission«, informierte ich ihn, begleitet von neuerlichem Gelächter.

Ich glaube, Zeb war das alles gelegentlich etwas peinlich, aber ich sah es nicht als Schande für unsren Orden, andere zu solcher Heiterkeit anzuregen, und außerdem erscheint einem etwas, das man zuerst komisch und lachhaft findet, oft bei nüchterner Betrachtung ganz vernünftig und nachgerade weise. Es gibt mehr als einen Weg, um Gottes Botschaft zu verbreiten!

Während des Abends war es mir gelungen, mit Zeb ein Wort unter vier Augen zu sprechen, während ich ihm nach dem Essen half, das Geschirr abzuräumen. Ich erklärte kurz den Grund und Zweck meiner Mission und teilte ihm mit, daß ich seine volle Unterstützung bei der Suche nach Cousine Morag erwartete, die morgen bei Tagesanbruch beginnen würde.

»Nun, ich. Hab nie gehört. Daß sie. International gefeiert. Ist«, murmelte Zeb ins Spülbecken.

»Nun, sie ist es, Bruder Zeb«, gab ich zurück. »Ist es deine Gewohnheit, klassische Musik zu hören oder dich in den entsprechenden Kreisen zu bewegen?«

»Nein. Aber.«

»Na also«, sagte ich mit Nachdruck.

Bruder Zebediah sah aus, als wolle er darüber streiten, aber ich bedachte ihn mit einem strengen Blick, worauf er hilflos grinste und nickend ins Spülwasser schaute.

Wir sahen uns einen der auf Video aufgezeichneten Filme an – er schien hauptsächlich aus sich gegenseitig jagenden Autos, jeder Menge bunter Explosionen und Amerikanern zu bestehen, die wütend wurden und mit hektischen Bewegungen alles Zerbrechliche von Couchtischen, Kaminsimsen und dergleichen fegten –, als ich merkte, daß mir der Alkohol übermäßig zu Kopf gestiegen war. Ich stand auf, wünschte allseits eine gute Nacht und bat um ein großes Glas Wasser, das ich mit hinauf zu meiner Hängematte nahm. Ich versuchte, im Kerzenschein einige Passagen der *Orthographie* zu lesen, aber ich muß gestehen, daß mein Sehvermögen, selbst wenn ich eins meiner Augen fest zukniff, der Aufgabe nicht ganz gewachsen war. Ich schloß das Buch unseres Gründers wieder und versprach hoch und heilig, am kommenden Abend die doppelte Menge zu lesen; ich entkleidete mich bis auf meine Unterwäsche und kletterte mit geübter Behendigkeit, die mir selbst mein alkoholisierter Zustand nicht zu rauben vermochte, in meine Hängematte.

Während ich so dalag, schaukelte und versuchte, den Druck in meiner Blase zu ignorieren, kam es mir in den Sinn, daß wir alle Abkürzungen waren: Ich von Isis zu Is; Zebediah zu Zeb, Declan zu Dec, Winston zu Wince ... bei Boz oder Scarpa war ich mir nicht sicher, aber es *klang* eindeutig abgekürzt, obgleich beides auch Spitznamen sein mochten.

Ich stand auf, um mich zu erleichtern, wobei ich mir um des Anstands willen meine Jacke überzog. Als ich aus dem Klo kam, hörte ich jemanden etwas sagen wie: »... gleich kommt's!«, und Bruder Zebediah kam, nur mit Hose und einem Amulett bekleidet, aus dem Zimmer gerannt, das er mit Roadkill teilte, schoß an mir vorbei, die Hand fest vor den Mund gepreßt, und übergab sich in die noch immer spülende Kloschüssel. Ich zögerte, blickte abwechselnd von der Toilette zur Holzleiter, die hinauf zum Dachboden führte, unsicher, ob ich meinem Halbbruder Hilfe anbieten sollte oder nicht.

Einige Augenblicke später kam Zeb wieder aus dem Klo. Er seufzte grinsend.

»Geht es dir gut, Bruder Zebediah?« erkundigte ich mich.

»Klar«, erwiderte er, und sein Grinsen wurde breiter. »Klar«, nickte er und packte mich an den Schultern, dann umarmte er mich. »Du bist wunderschön, Is«, sagte er und seufzte abermals, dann ging er lächelnd davon, zurück zu seinem Zimmer.

Ich stieg hinauf zu meiner Hängematte auf dem Dachboden, amüsiert, aber dankbar dafür, daß Zeb imstande schien, kleinere Unpäßlichkeiten so schnell zu überwinden.

Kapitel Acht

»Was ist mit Känguruhs?«

»Känguruhs?« erwiderte ich und fragte mich, wovon Bruder Zebediah redete.

»Känguruhs«, bestätigte er, als wir in Kilburn Park in die Untergrundbahn stiegen. Es gab einige freie Plätze, und während ich an der Tür stehenblieb, vermeinte ich zu bemerken, wie Zeb auf einen von ihnen zuhielt, um sich hinzusetzen, obgleich er kein Sitzbrett bei sich trug. Er hüstelte und ging demonstrativ an dem ersten freien Platz vorbei, um sich eine Zeitung anzusehen, die auf einem weiter entfernten Sitz lag, dann kam er zu mir zurück, als sich gerade die Türen schlossen. Der Zug fuhr an.

»Känguruhs?« erinnerte ich ihn.

»Ach. Ja«, sagte er. Er zuckte fragend die Achseln. »Essen. Erlaubt?«

»Ah, ich verstehe«, erwiderte ich und überlegte. Der Zug sauste zitternd und klappernd durch den dunklen Tunnel.

Es war Vormittag. Es hatte unzumutbar lange gedauert, meinen Halbbruder aus dem Schlaf aufzuwecken, doch es widerstrebte mir, mich allein zu einem derart wichtigen Teil meiner Mission aufzumachen. Ich war zufrieden damit, wie ich mich tags zuvor in London zurechtgefunden hatte; wenn man bedenkt, daß ich noch nie zuvor die Hauptstadt Großbritanniens besucht hatte, und selbst wenn ich eingestehen mußte, daß meine Busspring-Taktik fehlgeschlagen war, fand ich doch, daß ich mich insgesamt für eine Stadt dieser – für mich bislang nie erlebten – Größe recht wacker geschlagen hatte. Trotzdem hielt ich mich beileibe nicht für einen »Großstadtkenner« und war – in der Ahnung, daß die Expedition des heutigen Tages eine weit größere Herausforderung darstellen würde – überzeugt, daß ich von Zebs beachtlichen Ortskenntnissen profitieren könnte, die er während seiner Jahre in der Hauptstadt erworben hatte und die in seinen viel zu seltenen Briefen nach Hause der Anlaß seines offenkundigen, wenn auch stillen Stolzes waren.

Zeb an jenem Morgen zu einer schicklichen Zeit aus seinem Zimmer oder auch nur aus seinem Bett zu locken stellte sich als die bislang größte Herausforderung meiner Mission heraus; sanftes Zureden, angebotene Becher Kaffee, Lobeshymnen über die Schönheit des Tages, appetitlich duftender Toast, zugegebenermaßen scherzhafte Androhungen der Exkommunikation und selbst die mitreißende Lesung einer besonders anregenden Passage der *Orthographie* vermochten allesamt nicht mehr, als ein leises Stöhnen aus der kleinen Falte im Bettzeug zu entlocken, unter der mein Glaubensbruder hervorlugte. (Zeb war zu diesem Zeitpunkt allein im Bett, da Roadkill schon aufgestanden war.)

Schließlich bedurfte es einer nach Größe gestaffelten Folge von Gefäßen – einem Fingerhut, einem Eierbecher, einer Teetasse, einem Bierglas und einem Eimer –, um ihn zu überzeugen, daß ich es ernst meinte und er keinen Schlaf mehr bekommen würde, egal wie sehr sein Kopf schmerzte. Die meisten Menschen geben auf, nachdem man einen Fingerhut Wasser über sie gegossen hat, aber Zeb hielt bis zur Teetasse durch, was entweder einen ausgesprochen heftigen Kater oder eine bewundernswert eiserne Entschlossenheit bewies. Ich weiß, auf welches von beiden ich mein Geld gesetzt hätte (wenn uns das Wetten gestattet wäre).

Er sah beileibe nicht wohl aus und schien über Nacht eine Erkältung ausgebrütet zu haben; er blieb so lange auf dem Klo, daß ich überzeugt war, er wäre wieder eingeschlafen, doch als ich an die Tür klopfte, schien er wach. Schließlich war er dann aber doch »abmarschbereit«, wie er es nannte, und um zehn Uhr verließen wir endlich peinlich spät das Haus.

Zeb trug schmutzige Turnschuhe ohne Socken, dieselbe zerrissene Jeans wie tags zuvor, ein Hemd, einen löchrigen Pullover und einen alten Parka. Auf dem Weg zum Bahnhof der Untergrundbahn spähte ich durch eins der Löcher in seinem Pullover.

»Bruder Zebediah«, fragte ich argwöhnisch, »ist das Hemd gegengeknöpft?«

»Ähm«, erwiderte er. »Scheiße. Is. Bitte. Schau mal. Himmel. Was soll's.«

»Bruder Zebediah, dieser Sittenverfall muß aufhören. Komm schon; runter mit dem Pullover.«

»Ähm. Scheiße. Komm schon. Nein. Is . . .«

Ich baute mich vor ihm auf und half ihm aus seiner Jacke, dann zog ich ihm den Pullover über den Kopf.

»Himmel. Ich werd. Nicht mehr. Ich meine. Das. Glaub ich. Nicht.« Wir standen vor einem Zeitungsladen, und ich wunderte mich nicht, daß die Leute uns anstarrten, bei diesem wüsten Gestammel. Zeb hielt seinen Parka und seinen Pullover, während ich einen nach dem anderen die Knöpfe seines Hemdes öffnete und wieder in der geziemenden Weise zuknöpfte.

»Scheiße. Is. Was. Ich meine. Roadkill. Sie. Wir. Teilen. Beide. Scheiße. Alles mögliche. Du verstehst schon. Was so rumliegt.«

»»Gegenknöpfe dein Hemd, auf daß die Erretteten einander erkennen sollen‹«, zitierte ich.

»Ja ja. Aber. Scheiße.«

Das Gegenknöpfen hat seinen Ursprung anscheinend darin, daß Salvador sich einmal, als er nach Stornoway mußte, schämte, verschiedene, nicht zusammenpassende Knöpfe an seinem Hemd zu haben. Es wurde zu einem unserer Rituale, als man erkannte, daß es zur Erkennung anderer Ordensmitglieder dienlich sein konnte, sowie als beständige Erinnerung daran, daß wir anders waren. Das Gegenknöpfen besteht schlicht und einfach darin, den Knopf von außen durch ein Knopfloch zu stecken, so daß er verborgen ist und zur Haut hin zeigt. »Fertig«, erklärte ich, während ich Zebs Hemd wieder zurück in seine Jeans steckte und seinen hohlen Bauch tätschelte. »Du meine Güte, Bruder Zebediah, du bist ja ein Strich in der Landschaft.«

Zeb seufzte und zog seinen Pullover wieder an, dann streifte er sich abermals die Jacke über die schmalen Schultern. Er machte Anstalten weiterzugehen. »Ha!« sagte ich und zeigte auf seine Stirn.

»Herrgott. Is. Scheiße. Zum Teufel auch.«

»Ich vermute nicht, daß du gesegneten Schlamm bei dir trägst«, erklärte ich ihm, »aber du darfst für dieses eine Mal meinen benutzen, und ich habe zum Glück einige zusätzliche Phiolen aus der Gemeinde mitgebracht, von denen ich dir eine hierlassen kann.«

»Scheiße«, sagte Zeb, ließ aber zu, daß ich ihm mit dem Schlamm das kleine V auf die Stirn malte. Ich steckte das Gefäß wieder in die Tasche. »Na also«, erklärte ich, während ich seinen Arm ergriff und mich wieder Richtung Bahnhof in Marsch setzte. »Jetzt sind wir in der Tat gegen alles gewappnet, was diese Stadt für uns aufzubieten hat.«

Zeb war danach sehr still und sprach erst wieder, als wir unsere Fahrkarten hatten, um mich bezüglich des Verzehrs von Känguruhs zu befragen.

»Das ist in der Tat eine knifflige Frage«, gestand ich. »Kann man die Vorderbeine eines Känguruhs tatsächlich als Beine bezeichnen, da sie doch anscheinend eher als Arme benutzt werden?«

»Ja«, erwiderte Zeb. »Siehst du? Genau das.«

»Ein wahrlich zweischneidiges Schwert«, sagte ich und nickte verdrossen. »Ein Problem, zu dem man wahrscheinlich den Gründer befragen müßte.«

»Mein Kumpel. Ozzie. Hatte mal welches probiert. Hat gesagt. Klasse. Das beste Fleisch. Was er je hatte. Mager. Ganz lecker. Echt Klasse. Irre. Phantastisch. Echt.«

»Hmmm«, erwiderte ich. »In dem Fall würde ich vermutlich eher zu einer großzügigen Auslegung neigen; ich war immer der Ansicht, daß Gott gewöhnlich nicht grundlos etwas Appetitliches erschafft.«

»Genau. Gut. Hab ich mir auch gedacht. Ja.« Zeb schaute einen Moment lang erleichtert drein, dann wurde seine Miene seltsam nachdenklich, als ob ihn plötzlich geistige Verwirrung übermannt hätte.

»Orwell?« sagte er zaudernd.

»Orwell?« wiederholte ich verständnislos.

Er zuckte mit den Achseln. »Vier Beine gut.«

Ich starrte ihn verdutzt an, dann fiel es mir mit einem Mal wieder ein. »Ah!« rief ich aus und schlug ihm auf den Rücken, so daß er ins Stolpern kam. »Zwei Beine schlecht!« lachte ich. »Das ist witzig, Bruder Zebediah.«

Er schaute noch immer verwirrt drein.

Unser Zug fuhr bis zur Baker Street. Wir kehrten fast bis an die Oberfläche zurück; ich stand etwas abseits, während Zeb sich in die Schlange vor dem Fahrkartenschalter einreihte, da es zu den frustrierenden Eigenschaften des Londoner Untergrundbahn-Systems gehört, daß die Methode des Busspringens hier nicht anwendbar ist.

Ich schaute mich um. Welche Menschenmassen: Mir kam in den Sinn, welche völlige Umkehr der Situation dies gegenüber dem Leben in der Gemeinde darstellte, wo man tage-, wochen-

und manchmal monatelang jeden Menschen, dem man begegnete, gut kannte; einen Fremden zu sehen, war ein Erlebnis. Hier war das Gegenteil der Fall; man konnte davon ausgehen, daß jeder, mit dem man zufällig zusammenstieß, ein Fremder war, und der Anblick eines bekannten Gesichts gab gemeinhin Anlaß zu überschwenglicher Freude.

»Entschuldige bitte. Kann ich dir helfen?« fragte ein in einen grauen Mantel gekleideter Mann mittleren Alters mit leiser Stimme. Er faßte sanft meinen Ellenbogen. In seiner anderen Hand hielt er einen schwarzen Aktenkoffer. »Hast du dich verlaufen?« erkundigte er sich.

»Mitnichten«, erklärte ich ihm und sah auf seine Hand. »Ich habe den rechten Weg gefunden. Ich vermute eher, daß Sie noch in der Dunkelheit umherirren, Sir.«

»Wie bitte?« sagte er verwirrt.

»Freund, Sie sehen hier vor sich einen der glücklichsten und gesegnetsten Menschen, die auf dieser traurigen Erde wandeln, denn ich wandle im Angesicht Gottes. Ich habe die freudige Ehre –«

»*He*«, sagte Zeb und trat entschlossen zwischen uns.

Der Mann murmelte so etwas wie eine Entschuldigung und verschwand mit gesenktem Kopf wieder in der Menge.

»Bruder Zebediah, ich habe gerade Missionsarbeit geleistet«, rügte ich ihn, als wir zu den Untergrundbahn-Tunneln zurückkehrten.

»Scheiße. Verdammter. Perverser. Höchstwahrscheinlich. Mußt. Vorsichtig sein.«

»Zeb, ich bin nicht vollkommen naiv, was die Welt und die Sündhaftigkeit der Großstadt anbelangt«, erklärte ich ihm. »Sehr wahrscheinlich hatte jener Gentleman ein ruchloses und sogar schändlich lüsternes Motiv, mich anzusprechen, aber ich frage dich: Bedarf nicht gerade eine solche Seele der Rettung? Als Mitglied der Wahren Kirche und besonders als Auserwählte habe ich die Pflicht, die fromme Botschaft wo immer und wann immer möglich zu verbreiten. Ich danke dir für deine Fürsorge, aber du darfst nicht annehmen, daß ich übertölpelt werde, wenn ich in Wahrheit predige. Ich bin sehr wohl imstande, um Hilfe zu bitten, sollte ich welche brauchen.«

Zeb schien daraufhin etwas beleidigt, und ich überlegte, daß es vielleicht zum Besten war, daß ich ihn nicht auch noch darauf hingewiesen hatte, daß sein Eingreifen unter derartigen Umständen vielleicht nicht immer so hilfreich war, wie er es sich anscheinend vorstellte, da ich gute zwei Zentimeter größer und auch um einiges kräftiger gebaut war als er. Zebs Schmollen hielt auch während der Zugfahrt an, und selbst mein Versuch ihn aufzuheitern, indem ich vorschlug, wir sollten uns für eine nette Tasse Tee in den Speisewagen begeben, wurde seinerseits nur mit einem Verdrehen der Augen und einem »Herrje!« beantwortet.

Dennoch hoffte ich, mit der bloßen Offenbarung meines Wissens um die Existenz solch zivilisatorischer Eigenheiten wie Speisewagen in Zügen meine Findigkeit und weltmännische Gewandtheit hinlänglich unter Beweis gestellt zu haben.

Das nächste Mal stiegen wir am Bahnhof Green Park um, wo wir die Treppen hinaufstiegen, um Fahrkarten nach Covent Garden zu kaufen.

»Bist du sicher, daß dies die zügigste Art der Fortbewegung ist?« fragte ich meinen Halbbruder, während wir – mit zwei neuen Fahrkarten in der Hand – abermals in den Untergrund hinabstiegen.

»Busse. Langsamer«, erwiderte Zeb.

»Ja, aber es scheint eine große Zeitverschwendung, für jeden Abschnitt der Fahrt von neuem eine Fahrkarte zu erwerben; all dieses zusätzliche Hin und Her vom Bahnsteig zum Fahrkartenschalter und zurück kann nicht nützlich sein.«

»Ja. Verrückt, nicht wahr?« seufzte Zeb.

*

Ein weiteres Umsteigen in Covent Garden und eine damit verbundene kurzzeitige Rückkehr an die Oberfläche, um am Bahnhof Finsbury Park ein weiteres Paar Fahrkarten zu erstehen, brachte uns schließlich nach Finchley; vom Bahnhof war es ein kurzer Marsch bis zu dem Wohnblock an der Nether Street, der die letzte Adresse meiner Cousine Morag gewesen war. Die Opulenz des Gebäudes traf mich völlig unvorbereitet; ich vermute, ich hatte bei dem Wort »Wohnung« immer an einen Sozialbau oder sogar Slums gedacht und daher angenommen, daß Morag während ihres Aufenthalts in London mit beengten Verhältnissen vorlieb nahm, um Geld zu sparen. Doch nach der Größe der neben dem Haus parkenden Autos sowie dem allgemeinen Aussehen der Anlage zu urteilen, war dies keine Mietskaserne für die Armen.

Marmorstufen führten zu einer doppelflügeligen Glastür hinauf, durch die man eine mit Sofas und Topfpflanzen ausgestattete Eingangshalle sehen konnte. Ich rüttelte an den Türgriffen, aber die Tür schien abgeschlossen.

»Penner«, sagte Bruder Zebediah. »Hält sie ab.« Er betrachtete eine Art Konsole in der Marmorwand, die aus kleinen Kästchen mit Knöpfen und winzigen beleuchteten Schildern bestand. Daneben war ein Gitterrost angebracht. »Nummer?« fragte er.

»Fünfunddreißig«, antwortete ich. Er fuhr mit dem Finger an den kleinen Plastikfenstern entlang. Seine Fingernägel waren lang und schmutzig. Ich nahm jedoch davon Abstand, eine diesbezügliche Bemerkung zu machen.

»Hier«, sagte er. »Fünfunddreißig. Steht. Mr. Mrs. Coyle.« Er drückte den Knopf.

». . . Ja?« meldete sich nach kurzer Verzögerung eine Frauenstimme aus dem Gitterrost.

»Entschuldige bitte, Bruder«, sagte ich zu Zeb und nahm seinen Platz ein. »Guten Morgen, Madam«, sprach ich in den Gitterrost. »Es tut mir leid, Sie zu stören, aber ich bin auf der Suche nach Ms. Morag Whit, der international gefeierten Baryton-Solistin.«

». . . Wie bitte?«

»Morag Whit, die international gefeierte Baryton-Solistin«, wiederholte ich. »Sie ist meine Cousine. Wohnt sie noch immer hier? Dies ist die letzte Adresse, die wir von ihr haben.«

»Nein. Tut mir leid. Die Dame, die hier gewohnt hat, ist vor zwei Monaten ausgezogen.«

»Ich verstehe. Es ist nur so, daß ich ihre Cousine bin, und meine Familie würde sehr gern wissen, wie es ihr geht. Hat sie eine Nachsendeadresse hinterlassen?«

»Eigentlich nicht. Dürfte ich fragen, wer der Gentleman da bei Ihnen ist?«

Ich richtete mich auf und schaute – mit einer gewissen Bestürzung, wie ich gestehen muß – zu Zeb. Er deutete mit dem Kinn auf einen kleinen Kasten über unseren Köpfen, direkt hinter der Glastür.

»Kamera«, sagte er.

»Ach du meine Güte!« rief ich aus. »Sind wir im Fernsehen?«

»Hausintern«, erwiderte Zeb.

»Herrjemine!« Ich schluckte. »Ist das eine vielgesehene Sendung?« Mein Mund war mit einem Schlag trocken.

(». . . Hallo?« sagte die leise Stimme aus dem Gitterrost.)

Zeb starrte mich verständnislos an. Dann schnitt er eine Grimasse. »Keine *Fernsehsendung*«, gab er gereizt zurück. »Sicherheitskameras. Für die Wohnungen. Privat.«

Ich glaubte zu verstehen und wandte mich eilig wieder zum Grillrost. »Ich muß um Entschuldigung bitten, Madam«, sagte ich, hochrot vor Verlegenheit. »Es gab hier ein kleines Mißverständnis. Dies ist mein Halbbruder, Bruder Zebediah, ein weiterer Luskentyrianer.«

»Wie bitte?« erwiderte die Frauenstimme. Zeb seufzte hinter mir, und ich sah aus dem Augenwinkel, wie er den Kopf schüttelte. »Ein weiterer was?«

»Ein weiterer Luskentyrianer«, wiederholte ich und spürte, wie ich abermals errötete. Seichten derartige Dinge zu erklären konnte sehr zeitaufwendig sein. »Es ist kompliziert.«

»Das will ich wohl glauben. Nun«, sagte die Stimme mit

unverkennbarer Endgültigkeit, »es tut mir leid, aber ich kann Ihnen nicht helfen.«

»Sie hat keine Nachsendeadresse hinterlassen?« fragte ich eindringlich. »Wir möchten uns nur vergewissern, daß sie wohlauf ist.«

»Nun...«

»Bitte.«

»... Sie hat die Adresse ihres Agenten... oder Managers oder was auch immer hinterlassen, für Notfälle. Aber nur die Adresse, keine Telefon- oder Faxnummer.«

»Das wäre wunderbar!« sagte ich. »O vielen Dank!«

»Nun, einen Moment bitte; ich hole sie.« Ein Klicken ertönte.

Ich drehte mich erleichtert zu Zeb um, der geistesabwesend zu den Bäumen zwischen uns und der Straße schaute. »Na also!« sagte ich und klopfte ihm begeistert auf den Rücken. Er stolperte hustend nach vorn und mußte zwei Stufen nach unten springen, bevor er sein Gleichgewicht wiedergefunden hatte. Er starrte mich wütend an.

»... Hallo?« meldete sich die metallische Stimme aus der Wand zurück.

*

Unsere Rückfahrt aus Finchley war vergleichsweise einfach; wir nahmen zuerst die Northern Line in südlicher Richtung bis zum Bahnhof Tottenham Court Road, dann gingen wir zu Fuß die Oxford Street entlang und schließlich die Dean Street hinunter zur Brewer Street.

Die Geschäftsräume unter der Adresse, die wir für Morags Agenten – einen gewissen Mr. Francis Leopold – erhalten hatten, wirkten nicht sehr ermutigend.

»Schweinische Heftchen?« sagte Zeb und wagte einen weiteren fruchtlosen Versuch, seine Finger durch den topologischen Alptraum seines Haarschopfes zu ziehen. Wir standen auf dem Bürgersteig und betrachteten das schwarz übermalte, wenig verkaufsfördernde Schaufenster eines Geschäfts, dessen mysteriöses Angebot anscheinend ausschließlich auf erwachsene Kunden ausgerichtet war, wie sich aus verschiedenen Zutritts-Verbotsschildern für Jugendliche schließen ließ.

»Nun«, sagte ich und schaute nach rechts. »Die Hausnummer könnte zu diesem Geschäft gehören.«

Zeb folgte meinem Blick. »Pornokino.«

»Oder zu diesem hier?«

Zeb reckte seinen Kopf in den Eingang. »Peepshow. Unten. Oben. Models. Mädchen.«

Ich muß ihn verständnislos angeschaut haben.

»Prostituierte«, erklärte er seufzend.

»Ah«, erwiderte ich. »Nun, wo sollen wir uns zuerst erkundigen?«

Zebs schmalem Gesicht gelang es, eine ganze Bandbreite von Zweifeln auszudrücken. »Erkundigen? Echt? Meinst du wirklich?«

»Bruder Zebediah«, sagte ich schockiert. »Es ist dir doch wohl nicht peinlich, oder?« Ich deutete auf die verschiedenen Märkte der Fleischeslust vor uns. »Derartige Örtlichkeiten werden von einer heuchlerischen Gesellschaft stigmatisiert, die noch immer Furcht vor der Macht der Sexualität hat; nichtsdestotrotz zelebrieren derartige Örtlichkeiten auf ihre ganz eigene und zugegebenermaßen etwas anrüchige und geldgierige Art die körperliche Vereinigung der Seelen.«

(Um ehrlich zu sein, noch während ich dies sagte, kamen mir selbst Zweifel daran, aber ich zitierte etwas frei einen gewissen Bruder Jamie, einen Konvertiten aus Inverness, der auf die Stirling University gegangen war, deren Campus nur wenige Meilen von der Gemeinde entfernt lag; aus irgendeinem Grunde hatte all dies aus seinem Munde weit plausibler geklungen. Jetzt, wo ich persönlich mit den Etablissements konfrontiert war, von denen er gesprochen hatte, schienen sie in keiner Weise dem Zelebrieren eines derart heiligen Aktes dienlich. Da ich jedoch nun einmal meine Minipredigt begonnen hatte, hielt ich es für ratsam, sie auch zu Ende zu bringen, ob es sich nun um ein falsches Signal handelte oder nicht.)

»Unserer Lehre zufolge sollte ihnen der Status von Kirchen zugesprochen werden!« rief ich aus.

Bruder Zebediah sah mich einen Moment lang etwas fragend an. Er holte tief Luft, dann nickte er bedächtig. »Kirchen. Klar. Ja. Soll sein. Okay. Cool. Mhm.« Er deutete mit einem Nicken auf den nächstgelegenen Eingang. »Nach dir.«

*

Unsere Erkundigungen in den verschiedenen Etablissements von zweifelhaftem Ruf waren nicht von Erfolg gekrönt. »Was soll das Ganze?«, »Wo kommt ihr her?«, »Nie von ihm gehört«, »Von ihr hab ich auch noch nie gehört«, »Hört zu, ich hab hier ein Geschäft zu führen, klar?« und »Verpißt euch« waren noch die hilfreichsten Antworten, die wir erhielten. Meine Versuche, in dem beengten Foyer eines erotischen Lichtspielhauses zu erklären, daß – der schäbigen Ausstattung und dem primär finanziellen Interesse hinter den pornographischen Erzeugnissen, die uns umgaben, zum Trotz – ein gewisses gemeinsames Anliegen zwischen derart schmutziger kommerzieller Ausbeutung des heiligsten Instinktes der Menschheit und dem reinen, gottgefälligen Ausdruck jenes Triebes, wie man ihn durch unseren Heiligen Orden entdecken konnte, zu erkennen sei, stießen zuerst nur auf allgemeines Unverständnis.

Gleich darauf wurden der Rücken meiner Jacke und mein Hemdkragen von der beringten Hand eines einschüchternd großen Mannes mit kurzgeschorenen Haaren und Anzug gepackt – wobei mein Hut so tief nach vorn über meine Augen geschoben wurde, daß ich kaum noch sehen konnte, wohin meine Füße sich bewegten –, und Zeb und ich wurden unsanft und würdelos an den verschiedenen reißerischen Plakaten vorbei zur Tür eskortiert, von wo aus wir derart grob auf die Straße hinausbefördert wurden, daß ich ins Stolpern kam und um Haaresbreite mit einem Menschen auf einem Motorrad zusammengestoßen wäre. Der betreffende Mensch kam schlitternd zum Halten, schob das Visier seines Helms hoch und informierte mich mit eindeutigen Worten über meine sexuellen Vorlieben, meine geistigen Fähigkeiten und meine körperliche Statur und charakterisierte mich zutreffend anhand meiner Genitalien, dann wechselte er seine Taktik und deutete an, daß mein Hut auf einem – wohl übertrieben großen – männlichen Sexualorgan sitzen würde, um zu guter Letzt zu unterstellen, daß die Verbindung meiner Eltern weder vom Staat noch von einer anerkannten Kirche sanktioniert worden wäre.

Ich tippte mir an den Hut und entschuldigte mich bei ihm; er brauste kopfschüttelnd davon.

Zeb gesellte sich auf dem gegenüberliegenden Bürgersteig zu mir; sein Kragen war in der anderen Faust des Mannes gewesen, der uns hinausbefördert hatte (und der nun, die massigen Arme vor der Brust verschränkt, im Eingang des Kinos stand). Einige Leute auf der belebten Straße starrten uns an.

»Okay?« fragte Zeb.

»Die Würde ist ein wenig angekratzt«, erwiderte ich und zupfte das Revers meiner Jacke zurecht. »Doch ansonsten bin ich unversehrt. Und du?«

»Okay«, erwiderte Zeb, während er seinen Pullover wieder herunterzog.

»Gut«, sagte ich und richtete meinen Hut. »Zeit für eine Tasse Tee, denke ich; was meinst du?«

»Tee. Ja. Klar. Café. Da.«

*

Das Royal Opera House in Covent Garden erwies sich als ebensowenig hilfreich, wenn auch höflicher und vornehmer in der Art und Weise.

»Nun, offensichtlich sind wir nicht der Ort, an dem man einen Solisten antreffen würde«, sagte der junge Mann, der zur Theaterkasse gerufen worden war, um unsere Fragen zu beantworten. Er war recht freundlich und gut gekleidet, obgleich er gewisse

Probleme mit seinem Haar zu haben schien, von dem eine Strähne immer wieder über sein rechtes Auge fiel und beständig zurückgestrichen werden mußte. Es überraschte mich, jemandem als Angestellten eines Opernhauses zu begegnen, der beim Sprechen anscheinend niemals seine Zähne auseinanderbekam oder eindeutig seine Lippen bewegte.

»Ich verstehe«, erwiderte ich. Die Ausstattung hier war das genaue Gegenteil des pornographischen Filmtheaters, das nur ein paar hundert Meter entfernt lag, obgleich die Menge an Vergoldungen und satten, leuchtenden Farben dem beeindruckenden Foyer eine ähnliche, wenn auch opulentere Atmosphäre verlieh. »Aber Sie haben von ihr gehört: Morag Whit, die international gefeierte Baryton-Solistin?«

»Baryton?« sagte der junge Mann, während er sich das blonde Haar aus dem Gesicht strich und auf den Kronleuchter hoch über unseren Köpfen starrte. »Baryton...« Er schürzte die Lippen. »Ist das nicht irgendwo in Irland?«

»Es ist eine Abart der Viola da Gamba«, erklärte ich schroff. »Mit zusätzlichen Resonanzsaiten.«

»Ja«, sagte der junge Mann gedehnt. »Ja.« Er nickte. »Wissen Sie, ich glaube, ich habe tatsächlich mal irgendwas über ein Konzert gelesen...«

»Die betreffende Solistin war höchstwahrscheinlich meine Cousine«, erklärte ich ihm.

»Hmm.« Er verschränkte die Arme und hob nachdenklich eine Hand an den Mund. »Abgesehen davon kann ich Ihnen leider nicht helfen, fürchte ich. Ich habe keine Ahnung, wieso Ihre Cousine auf Papier mit unserem Briefkopf geschrieben hat, aber ich denke mir, daß wir unser Briefpapier auch nicht gerade wie die Kronjuwelen hüten, und mit den Fotokopierern und all diesen Geräten heutzutage, nun...« Er lächelte und neigte den Kopf zur Seite. Abermals fiel ihm die blonde Strähne übers Auge; er strich sie wieder zurück.

»Ich verstehe«, sagte ich. »Nun gut, trotzdem vielen Dank.« Ich kramte in einer meiner Jackentaschen.

»Gern geschehen«, erwiderte er lächelnd. Er wandte sich zum Gehen, wobei ihm abermals die Strähne ins Gesicht fiel.

»Bitte, für Ihre freundliche Hilfe.« Ich reichte ihm eine Haarklemme.

*

»Nun«, sagte ich, »das ist alles höchst sonderbar.« Bruder Zebediah und ich standen auf der Terrasse der Royal Festival Hall im milden, böigen Wind vom Fluß und blickten auf die breite, graubraune Themse. Ausflugsdampfer tuckerten kreuz und quer über das Wasser, Sonnenstrahlen wurden glitzernd von ihren Panoramafenstern reflektiert, während die kleineren Schiffe durch das aufgewühlte Kielwasser der größeren schaukelten.

»Ja.«

Ich drehte mich zu Zeb um, die Arme verschränkt, den Rücken gegen die Brüstung gelehnt. Zebs Gesicht wirkte irgendwie angespannt. »Aber ich habe das Plakat gesehen!« protestierte ich.

»Ja.«

Die Royal Festival Hall behauptete, noch nie von Cousine Morag gehört zu haben; sie hatten ganz bestimmt kein Konzert mit ihr um zwanzig Uhr am Dienstag, dem 16. Februar 1993, gegeben, eben dem Datum und der Uhrzeit – so mich mein gewöhnlich sehr gutes und verläßliches Gedächtnis nicht trog –, die auf dem Plakat angegeben waren, das in der Eingangshalle des Herrenhauses in High Easter Offerance hing und auf das mein Großvater so stolz war.

Die anfangs etwas widerstrebende Angestellte, an die man uns verwiesen hatte, beharrte steif und fest darauf, daß ihr niemand dieses Namens bekannt sei und daß darüber hinaus noch nie ein Baryton-Konzert im South-Bank-Komplex stattgefunden hätte (wenigstens hatte sie schon einmal von dem Instrument selbst gehört, als ich es ihr gegenüber erwähnte, ich begann mich bereits zu fragen, ob es überhaupt existierte). Sie war schlank, mit Strickjacke und gepflegtem Umgangston, und ihr Haar war zu einem ordentlichen Knoten aufgesteckt. Ich vermutete damals –

aufgrund ihrer selbstsicheren Art und ihres allgemeinen Auftretens –, daß ich es hier mit einem ebenso verläßlichen Gedächtnis wie meinem eigenen zu tun hatte, aber ich wußte, daß einer von uns beiden sich irren mußte, und so bat ich sie, die Sache noch einmal zu überprüfen. Sie hieß uns, in der Cafeteria Platz zu nehmen, und verschwand wieder im Verwaltungstrakt, aus dem sie mit einem großen, verknittert aussehenden Blatt zurückkehrte, das sie als Ausdruck bezeichnete und in dem alle Veranstaltungen aufgeführt waren, die 1993 in den verschiedenen Teilen des Gebäudekomplexes stattgefunden hatten.

»Wenn ein solches Konzert stattgefunden hätte, wäre der Purcell Room sicher am geeignetsten gewesen...« erklärte sie uns, während sie die breiten, grün linierten Seiten durchblätterte.

»Könnte es sein, daß es sich bei der Jahresangabe auf dem Plakat um einen Druckfehler handelt?« fragte ich.

Sie schaute mich säuerlich an und nahm ihre Brille ab. »Nun, im letzten Jahr hat es ganz sicher nicht stattgefunden; daran würde ich mich erinnern. Aber wenn Sie es wirklich möchten, kann ich ja noch einmal die Liste für zweiundneunzig durchsehen.«

»Ich wäre Ihnen zutiefst dankbar«, sagte ich leise und nahm meinen Hut ab, um einen hilflosen Eindruck zu vermitteln.

Sie seufzte. »Na schön.«

Ich sah ihr hinterher, als sie abermals verschwand. »Bruder Zebediah«, sagte ich zu meinem Halbbruder. Er blickte erschrocken auf, als wäre er auf seinem Stuhl eingenickt. »Ich finde, wir sollten der Frau eine Tasse Kaffee bestellen, meinst du nicht auch?«

Er starrte mich an. Ich deutete mit einem Nicken auf den Tresen. Zeb sah mich einen Moment lang wütend an. »Ich«, sagte er. »Immer. Ich. Zahlen. Du«, er deutete auf mich, »auch mal?« (Ich bedachte ihn mit einem bösen Blick.) »Nein?« sagte er zaudernd.

»Bruder Zebediah«, erklärte ich, während ich mich aufrichtete und meinen Hut wieder aufsetzte. »Ich befinde mich auf einer sehr bedeutenden Mission, mit dem höchstpersönlichen Segen und auf Anweisung unseres Gründers; ich verfüge über eine geringe Barschaft für Notfälle, aber davon abgesehen verlasse ich mich auf die Unterstützung der Gesegneten, ob sie sich nun strikt an unsere Gebote halten oder nicht. Ich hoffe, du hast nicht bereits den Ernst der Lage vergessen; Morag ist seit mehreren Jahren der Eckpfeiler unserer Missionsbemühungen, ganz abgesehen davon, daß sie unserem Gründer ganz besonders am Herzen liegt und der Mittelpunkt des bevorstehenden Fests der Liebe sein soll. In solchen Zeiten müssen wir alle Opfer bringen, Bruder Zebediah, und ich bin schockiert, daß du –«

»Gut! Okay! Geht klar! Ich seh ja schon!« schnitt er mir das Wort ab, bevor ich wirklich Gelegenheit hatte, meine Argumentation auf den Punkt zu bringen. Er trollte sich zum Tresen.

Die Dame wollte keinen Kaffee, was mir Zebs böse Blicke für den Rest des Gesprächs eintrug, in dessen Verlauf ich zu der Überzeugung gelangte, daß Cousine Morag tatsächlich niemals in der Royal Festival Hall aufgetreten war. Ich bedankte mich, als sich die Dame zum Gehen erhob, dann setzte ich mich wieder und dachte nach. Zeb trank die Tasse erkalteten Kaffees mit einem selbstgefälligen Gesichtsausdruck und einem unnötig hohen Geräuschpegel.

»Keine Nachsendeadresse, kein Agent, keine Konzerte; niemand hat je von ihr gehört!« rief ich aus. »Und dabei ist sie eine Solistin von internationalem Ruf!«

»Stimmt. Merkwürdig.«

In einer derartigen Situation würde ein durchschnittlicher Mensch beginnen, an seinem Verstand zu zweifeln.

Luskentyrianern hingegen wird es von Kindesbeinen auf eingetrichtert, daß es die Außenwelt ist, die Welt der Milliarden von Seichten, die offensichtlich, nachweislich, gänzlich und (kurzgesagt) unrettbar verrückt ist, während wir Luskentyrianer das unermeßliche Glück hatten (oder Karma, wenn sie wollen, obwohl diesbezüglich noch immer einige strittige theologische Fragen bestehen), in die einzig Wahre Kirche mit einem profunden Verständnis der Wirklichkeit und einer Erklärung für alles geboren worden zu sein.

Daher kam es mir auch gar nicht erst in den Sinn, meine geistigen Fähigkeiten in Frage zu stellen (mit Ausnahme meines Gedächtnisses, wie ich ja schon erwähnte), obgleich es mir sehr wohl bewußt war, daß hier irgend etwas ganz eindeutig im argen lag und meine Mission daher zusehends ein Ausmaß an Komplexität und Schwierigkeit annahm, das weder ich noch meine Glaubensbrüder und -schwestern in der Gemeinde vorausgesehen hatten.

Es war offensichtlich an der Zeit für entschlossenes Handeln. Ich mußte jetzt dringend mit Gott reden.

Kapitel Neun

Ich glaube, mein Großvater betrachtet es noch immer als eine der größten Leistungen seiner geistlichen Führerschaft, Mr. McIlone von einem Glauben überzeugt zu haben, dessen Grundsätze und Gebote unser Gründer zu jener Zeit noch formulierte. Wenn ich sage, daß ich darüber hinaus vermute, daß mein Großvater ob dieses Erfolgs große Freude und Befriedigung empfand und daher suchte, ihn zu wiederholen, so sehe ich dies als ein Kompliment meinerseits an unseren Gründer, besonders in Anbetracht der Gottgefälligkeit und Heiligkeit dieser Tat.

Mr. McIlone war ein freundlicher, großzügiger Mann, aber ein Freidenker; ein altgedienter Atheist, der – so grundlegend fehlgeleitet und verbohrt er auch immer sein mochte – sowohl die Willens- als auch die Charakterstärke besaß, an seinem Irrglauben selbst im Angesicht der Schmähungen und der ausgrenzenden Verachtung einer konservativen und selbstgerechten Dorfgemeinschaft jener Art festzuhalten, die gemeinhin von jenen, die allzu große Mühen bei der Suche nach Sinnbildern für gesellschaftlichen Zusammenhalt scheuen, als »eingeschworen« bezeichnet wird.

Obschon unsere Überzeugungen uns zwingen, die sauertöpfischen Presbyterianer der Äußeren Hebriden mit ihrer abstoßend humorlosen, angsteinflößenden und rachsüchtig klingenden Gottesvorstellung als unsere Verbündeten zu sehen (ob es ihnen nun gefällt oder nicht) und im Gegensatz dazu die menschlichen und mitfühlenden Mr. McIlones dieser Welt bestenfalls als unsere missionarische Beute und schlimmstenfalls als ausgesprochene Gegner zu betrachten, und es zweifelsohne wirkungsvoller ist, zu den schon halb Bekehrten zu predigen, als zu versuchen, die Saat des Glaubens in Seelen einzupflanzen, die durch einen profunden Irrglauben verhärtet sind, lassen sich nichtsdestotrotz oftmals in spiritueller Hinsicht mehr Gemeinsamkeiten mit jenen finden, die von Natur aus großzügig, mildtätig, weise und aufgeklärt sind (jedoch durch Zufall außerhalb des Blickfelds und der Hörweite Gottes aufgewachsen sind), als mit jenen, die – wenngleich Teil einer Gemeinde oder Glaubensgemeinschaft, deren Überzeugungen in strategischer Hinsicht weit mehr mit den unseren übereinstimmen – gerade ob der Strenge und Unnachgiebigkeit jener Überzeugungen, als Individuen weit weniger zu unbeschwerter Überschwenglichkeit in ihrer Gottesverehrung und der Huldigung der Schönheiten des Universums, der Welt und des Menschen, sowohl in spiritueller als auch in physischer Gestalt, imstande sind.

Für mich persönlich klingt das alles so, als ob Mr. McIlone eine jener empfindsamen Seelen war, die zu Verzweiflung neigen. Er ähnelte meinem Großvater darin, in den Handlungen seiner Mitmenschen nur selten etwas anderes als böswillige Dummheit zu sehen, doch im Gegensatz zu Salvador wählte er als Antwort darauf den leichten, müheloseren Weg, einfach alle und jeden zu verdammen und der Welt den Rücken zu kehren.

Nach dem zu urteilen, was ich gelesen habe – und ich glaube, ich kann mit Fug und Recht behaupten, daß ich für mein Alter eine recht beachtliche Menge gelesen habe –, denke ich, daß die

Welt in der Tat den Anschein erweckt haben muß, sie hätte es verdient, daß man ihr den Rücken kehrt; der zerstörerischste Krieg der Menschheitsgeschichte war endlich vorbei, aber nur um den Preis, mit jenen beiden höllengleichen nuklearen Morgendämmerungen über Japan ein Zeitalter einzuläuten, mit dem allem Augenschein nach die Epoche der Apokalypse angebrochen war. Die gewaltige, alles erschütternde Macht, binnen eines Augenblicks ganze Städte auslöschen zu können, die die Menschheit von jeher einzig ihren Göttern zugesprochen hatte, lag nun in der Hand des Menschen, und kein Gott war je so furchteinflößend und unberechenbar wie der neue Besitzer jener Macht.

Nach jenem vorangegangenen Krieg, der alle Kriege beenden sollte, hatte die Menschheit sich im Fortschritt gewähnt, nur um dann, als sich der Staub und der Ruß gelegt hatten, festzustellen, daß eine der zivilisiertesten und hochentwickeltsten Nationen dieser Erde kein besseres Betätigungsfeld für ihren Erfindungsgeist gefunden hatte, als den Versuch der effizienten Vernichtung eines uralten Volkes, das wahrscheinlich mehr zum Wissensschatz der Welt beigetragen hat als sonst irgendeine einzelne Gruppe (und vielleicht auch wußte, daß das stumme Einverständnis anderer Nationen den Boden für diese endgültige Perversion bereitet hatte).

Und welche Zukunft winkte noch, nach jenem Ausbruch der Zerstörung und nach dem Tod jeglicher Überzeugung, daß die Menschheit in irgendeiner Hinsicht rational sei, daß die Menschheit in der Tat verläßlich menschlich sei?

Es schien nur die Fortsetzung des Krieges zu bleiben, auf eine andere, kältere Art, mit Waffen, die für das Ende der Welt geschaffen waren; aus Alliierten wurden Feinde, und die wahren Sieger des europäischen Krieges fielen mit doppelter Grausamkeit übereinander und über neue Eroberungen her, so als ob ihre zwanzig Millionen Toten der Vernichtungsmaschinerie erst richtig Appetit gemacht hätten. (In der Zwischenzeit schrieb Mr. Orwell auf einer anderen Hebriden-Insel ein Werk, das er beinahe *1948* genannt hätte.)

Das war damals Mr. McIlones Welt, ebenso wie das farblose, ausgelaugte Großbritannien der noch immer rationierten ausgehenden vierziger Jahre, und obgleich die verhältnismäßig eigenständige Land- und Fischerei-Wirtschaft der Äußeren Hebriden der allgemeinen Knappheit etwas von der Härte nahm, die die größeren und großen Städte des Festlandes so gänzlich ungemildert traf, war es nichtsdestotrotz ein unerbittlicher, kalter, windgepeitschter Flecken Erde, wo ein Mann vom Land oder der See lebte und nur sein Gott, seine Familie, seine Freunde und gelegentlich der Alkohol ihm Beistand gaben und ein wenig Trost spendeten.

Vielleicht war es daher nicht überraschend, daß Mr. McIlone, nachdem er mit der messianischen, inbrünstigen Überzeugung meines Großvaters und der unkonventionellen, doch unleugbaren Liebe, die dieser mit seinen beiden exotisch fremdländischen Schönheiten teilte, in Kontakt gekommen war, das Gefühl bekam, daß ihm etwas fehlte, daß es eine andere Erwiderung auf die Absurditäten und die Bösartigkeit der Welt gab als nur den vollständigen, einsiedlergleichen Rückzug.

Welche emotionalen, persönlichen oder philosophischen Faktoren letztendlich auch für jenen heiligen Sinneswandel in Mr. McIlone verantwortlich gewesen sein mögen, Ende des Jahres 1949 war er abgeschlossen, und unser Gründer hatte seinen ersten echten Konvertiten (ich denke nicht, daß er jemals überzeugt war, daß seine Frauen von ganzem Herzen den neuen Glauben angenommen hatten, auch wenn sie allen Anschein erweckten, die Gebote zu befolgen).

Außerdem hatte er die Oberaufsicht über den Luskentyre-Hof, die Gelegenheit, in seiner Bibliothek seine Studien fortzusetzen, das Nutzungsrecht der Gebäude, Zugriff auf den vollen Erlös und alle Ernteerträge, die auf ihm erwirtschaftet wurden, und schließlich auch ein entscheidendes Mitspracherecht in der Führung des Hofs. Und so kam es, daß unsere Sekte, die Wahre Kirche von Luskentyre, hier ihr erstes Heim fand, von 1949 bis 1954, als Mrs. Woodbean uns das Anwesen von High Easter

Offerance, auf den uralten, grünen Marschen des Forth, weit, weit südöstlich von jenen zerklüfteten Inseln, als Schenkung überschrieb.

*

»Nun, es riecht wie die Salbe, mit der meine Mutter uns immer eingeschmiert hat, sobald wir zweimal hintereinander gehustet haben«, sagte Dec und ließ sich auf ein riesiges Kissen auf dem Boden neben mir plumpsen.

Ich hatte einige Stunden zuvor ein wenig des kostbaren *Zhlonjiz*-Balsams genommen, in meiner Dachbodenkammer, kurz nachdem Zeb und ich von der South Bank nach Kilburn zurückgekehrt waren (eine Fahrt, die glücklicherweise kein Umsteigen unter verschiedenen Untergrundbahn-Linien verlangte). Ich hatte die Dachbodenleiter hochgezogen, die Dachbodenluke geschlossen und die Leiter darauf gelegt. Dann hatte ich mich bis auf meinen Schlüpfer ausgezogen, mich in Lotus-Position hingesetzt und eine Weile meditiert. Auf der einen Seite neben mir stand ein Becher Wasser, den ich aus dem Badezimmer mit nach oben gebracht hatte, auf der anderen eine parfümierte Kerze, in der Gemeinde hergestellt.

Ich kämpfte mit dem Verschluß des winzigen Glasgefäßes; als er sich schließlich endlich drehte, tat er dies mit einem hörbaren Knacken. Die durchdringend riechende, aromatische Salbe darunter schimmerte mattschwarz im Kerzenschein. Ich nahm ein kleines bißchen der zähen dunklen Creme auf meinen kleinen Finger und strich es mir auf die Stirn, hinter die Ohren und auf den Bauchnabel. Den Rest nahm ich in den Mund, kratzte ihn an der Rückseite meiner Zähne ab und schluckte dann eilig. Ich spülte es mit dem Becher Wasser herunter; die körnige schwarze Paste brannte mir auf der Zunge und am Gaumen, während sie mir die Kehle hinunterlief.

Ich hustete, meine Nase lief, und der scharfe Geruch der Salbe schien mich einzuhüllen, feurig und ätzend, das Aroma eines gebirgigen, halb mythischen Ostens. Ich schniefte und atmete tief durch, um mich ganz von dem wundertätigen Balsam durchdringen zu lassen, während ich mich entspannte, um meine Seele für die Stimme des Schöpfers zu öffnen, wobei ich versuchte, die riesige Stadt und ihre Millionen von gestörten, unerretteten Seelen zu ignorieren und dabei gleichzeitig ihre ungenutzte, unerkannte Fähigkeit zum Empfangen zu nutzen und damit Gottes Signale auf mich zu lenken.

Kurz gesagt, es funktionierte nicht. Ich wartete einen Augenblick und das Leben eines alten Gottes lang, ich wartete bis zum nächsten Herzschlag und zur nächsten Eiszeit, ich wartete auf den leisesten Hauch eines geflüsterten Worts und den markerschütternden Schrei Gottes, der nun endgültig die Geduld mit uns verlor; ich wartete lang genug, daß die Kerze flackernd erlosch, meine Beine einschliefen und meine Gliedmaßen von kribbelnder Gänsehaut überzogen waren.

Schließlich öffnete ich die Augen und starrte ins Dunkel, und meine Sinne nahmen einen fahlen Lichtschimmer um die Kanten der Dachbodenluke und ein entferntes Stimmengemurmel und den Geruch von Essen, der von unten heraufstieg, wahr. Ich senkte den Kopf und hätte am liebsten geweint, aber ich schalt mich für derartiges Selbstmitleid und sagte mir, daß – so es jemandes Schuld war – die Schuld allein bei mir lag und ich sie auf niemanden sonst abschieben könne. Ich schniefte nochmals herzhaft, erhob mich mit steifen Beinen und zog mich an, dann räumte ich auf und ließ die Holzleiter durch die geöffnete Dachbodenluke herunter.

»Was für eine Salbe?« fragte ich Declan.

»Weiß ich auch nicht«, erwiderte er und zündete eine dünne, selbstgerollte Zigarette an. »Irgendwelches Zeug. Sie hat es immer nur ›die Salbe‹ genannt und uns bei jeder Gelegenheit mit dem verdammten Zeug eingeschmiert; am schlimmsten war's, wenn man Zahnschmerzen hatte; das Zeug hat gebrannt wie die Hölle; schlimmer als die Zahnschmerzen.«

»Ich fand, es roch nach Koriander«, bemerkte Roadkill, die gerade eine ihrer Drogenzigaretten drehte. Wir saßen alle – mit

Ausnahme von Scarpa – im Wohnzimmer und hörten uns auf der Hifi-Anlage moderne CD-Musik an. Ich versuchte zu empfangen. Ich hatte, vielleicht unklugerweise, versucht, den anderen zu erklären, was ich auf dem Dachboden zu erreichen gesucht hatte; wahrscheinlich hätte ich das *Zhlonjiz* nicht erwähnen sollen. Bruder Zeb, der ebenfalls gerade mit dem Drehen einer »Tüte«, wie sie es nannten, beschäftigt war, schien mich zu ignorieren.

»Dec«, sagte Boz und streckte die Hand an mir vorbei, um Declan die Drogenzigarette anzubieten, die derweil herumgereicht wurde.

Dec schien zu zögern, und Boz bot die lange weiße Röhre statt dessen mir an. »He, Isis, Kleine, willste es mal mit dem heiligen Ganja versuchen?«

Ich betrachtete die Drogenzigarette. »Ich würde wahrscheinlich nur einen Hustenanfall bekommen«, erklärte ich ihm, obwohl ich es durchaus schon überlegt hatte. Unser Glaube hält nichts für falsch, nur weil die Seichten es dazu stempeln, und nach dem zu urteilen, was ich sowohl in der Schule als auch von verschiedenen Leuten in der Kommune gehört hatte, handelte es sich bei Cannabis um eine harmlose, wenn auch die Sinne benebelnde Droge. Tatsächlich fühlte ich mich weit benommener von der Gegenwart all der elektrischen Aktivität um mich herum, als von den rauchigen Nebelschwaden, die durchs Zimmer waberten.

»Na, versuch's mal«, drängte Declan.

»Also schön«, sagte ich und atmete ganz tief aus. Ich griff nach der Drogenzigarette, aber Boz zog sie zurück und hielt sie außerhalb meiner Reichweite.

»He, übertreib's nicht gleich, Isis; dann wirst du ganz sicher einen Hustenanfall bekommen. Du mußt ganz entspannt atmen.«

Ich atmete ein und sah dabei zu Boz, der auf einem weiteren großen Kissen saß. (Ich selbst hockte natürlich auf dem blanken Holzboden). Ich nahm die lange Zigarette von ihm entgegen und zog daran, ganz leicht.

»... ganz ruhig, Isis«, sagte Boz, als ich schluckte und gegen den Hustenreiz ankämpfte und das Ding eiligst an Declan weiterreichte. Ich atmete aus, dann atmete ich noch einige Male durch, um meinen brennenden Hals zu kühlen (zumindest das hatte das Cannabis mit dem *Zhlonjiz* gemein). »Is' jetzt alles wieder gut, Isis?« erkundigte sich Boz und sah mich an. Ich nickte. Es gefiel mir, wie Boz »I-sis« sagte; gedehnt und tief, mit der Betonung auf dem »sis«.

»Mir geht es prima«, erklärte ich mit einem letzten Hüsteln.

Mein Kopf begann sich zu drehen; Alkohol wirkte bei mir niemals so schnell. Beim nächsten »Spliff« paßte ich und trank lieber noch einen Becher Wasser, aber ich zog an der übernächsten Drogenzigarette und an der danach.

Es wurde viel geredet und gelacht, und irgendwann ertappte ich mich dabei, wie ich versuchte Roadkill zu erklären, daß in gewisser Hinsicht alles nur Handlung auf Distanz war, obgleich ich, noch während ich ihr das erklärte, wußte, daß ich völligen Unsinn redete. Das sagte ich ihr ebenfalls, und sie lachte einfach nur. Einige Leute, die ich nicht kannte, kamen vorbei, und Boz ging mit ihnen in die Küche. Als ich etwas später in die Küche kam, um mir noch etwas Wasser zu holen, sah ich, wie sie mit einem Messer und einer Waage kleine Stücke einer schwarzen Substanz abmaßen, die Boz dann einwickelte und den Fremden gab. Boz lächelte mich an. Mir war ein wenig schwindelig, also erwiderte ich einfach nur sein Lächeln und ging wieder zurück ins Wohnzimmer. Irgendwo in meinem etwas vernebelten Verstand kam ich zu dem Schluß, daß Boz wohl Gewichte geschnitten haben mußte, die dann an kleine Geschäfte in der Nachbarschaft verteilt wurden, damit sie damit ihre Waagen eichen konnten.

Zu meiner Schande war es wohl eine gute Viertelstunde später, als ich sah, wie Declan von eben jenem schwarzen Zeug – das durch das Erhitzen über einem Feuerzeug krümelig gemacht worden war – einen weiteren Joint drehte, und erkannte, was Boz tatsächlich getan hatte; diese Erkenntnis führte zu einem so heftigen Kicheranfall meinerseits, daß ich fast die Kontrolle über meine Blase verloren hätte. Als ich mich wieder beruhigt hatte, erklärte ich den anderen den Grund für meine Verwirrung, woraufhin etliche von ihnen ebenfalls zu lachen begannen, was mich abermals in Hysterie verfallen ließ.

Ein wenig später trocknete ich meine Tränen, stand auf und wünschte ihnen allen eine gute Nacht. Ich erklomm äußerst vorsichtig die luftigen Höhen meiner Schlafkammer, wobei ich große Vorsicht walten ließ, immer drei Berührungspunkte zu haben, während ich die Leiter hinaufstieg, und ebensolche Vorsicht walten ließ, im Licht der offengelassen Dachbodenluke nur auf die Türen zu treten, die hier oben den Fußboden bildeten, und noch sorgfältiger vorging, als ich, nachdem ich mich teilweise entkleidet hatte, in meine Hängematte kletterte.

Mein Kopf drehte sich, der Dachboden drehte sich, und ich hatte deutlich den Eindruck, daß sie sich in entgegengesetzter Richtung drehten. Ich schloß meine Augen, aber das verstärkte das Gefühl nur noch. Ich hielt es für durchaus möglich, daß ich durch den unvertraut benebelten Zustand meiner Sinne vielleicht in der Lage sein würde, meine Seele für Gott zu öffnen und so sein Wort zu hören, aber erst, nachdem ich sowohl den sich drehenden Dachboden angehalten als auch den gelegentlichen Nachbeben der Kicheranfälle, die mich immer noch überfielen, Einhalt geboten hatte.

Ich atmete einige Male tief durch und versuchte, meine Fassung zurückzugewinnen, indem ich über unsere Familiengeschichte sinnierte, ein Thema, das große Konzentration und einen wachen, aufmerksamen und – wie einige anführen könnten – aufgeschlossenen Verstand verlangt.

*

Salvador Whit und Aasni Whit, geborene Asis, bekamen zwei Töchter, Brigit und Rhea, und einen Sohn, Christopher, der Salvadors erster männlicher Nachkomme war und am 29. Februar 1952 geboren wurde und daher den Titel »Auserwählter Gottes«

und einen beeindruckend langen Namen erhielt, der mit der römischen Ziffer II endete, da er ein Schaltjähriger der zweiten Generation war. Salvador Whit und Zhobelia Whit, geborene Asis, bekamen zwei Töchter, Calli und Astar, und einen Sohn, Mohammed.

Christopher Whit und Alice Whit, geborene Cristofiori, zeugten einen Sohn, Allan, und eine Tochter, Isis, die am 29. Februar 1976 geboren wurde und an deren Name die Ziffer III angehängt wurde, da sie eine Schaltjährige der dritten Generation war. Brigit und Unbekannt zeugten eine Tochter, Morag, doch Brigit fiel später vom Glauben ab und zog nach Idaho in den Vereinigten Staaten von Amerika, wo sie unserer Kenntnis nach bis heute ohne weitere Nachkommen lebt. Rhea wurde dem Glauben schon sehr früh abtrünnig, heiratete angeblich einen Versicherungsvertreter und zog nach Basingstoke in England, und wir wissen von keinen Kindern, die ihrem Schoß entsprungen sind. Mohammed lebt in Yorkshire in England und ist kinderlos. Calli und James Tillesont zeugten eine Tochter, Cassiopeia, einen Sohn, Paul, und eine weitere Tochter, Hagar. Astar und Malcolm Redpath zeugten zwei Söhne, Hymen und Indra, und Malcolm Redpath und Matilda Blohm zeugten einen Sohn, Zebediah, und Astar und Johann Meitner zeugten einen Sohn, Pan.

Erin Peniakov und Salvador Whit zeugten einen Sohn, Topec, und vermutlich eine Tochter, Iris. Jessica Burrman und Salvador Whit zeugten höchstwahrscheinlich eine Tochter, Heather. Gay Sumner und Salvador Whit zeugten möglicherweise eine Tochter, Clio.

Danach wird es kompliziert.

Der Dachboden drehte sich immer noch.

Ich stellte mir vor, ich wäre in einem Porzellanboot und triebe gemeinsam mit meiner Cousine Morag lautlos stromaufwärts nach Pendicles of Collymoon; Morag strich mit dem Bogen das wohltönende, vielstimmige Baryton, und irgendwie war das unser Antrieb; ich schwebte in einem silbernen Raumschiff, dessen Raketendüsen wie Orgelpfeifen aussahen; ich lag unter dem

Deivoxiphon und lauschte auf die Stimme Gottes, aber der Empfang war gestört, und ich konnte nur noch eine Oper hören; ich lag auf dem Fußboden in Sophis Zimmer in dem kleinen Fachwerkhaus auf der anderen Seite der baufälligen Brücke und erzählte davon, wie ich auf der Orgel in der Kathedrale spielte, während Sophi auf dem Bett lag und in einer Illustrierten blätterte, aber die Worte kamen nicht als Worte aus meinem Mund, sondern als Seifenblasen mit kleinen, dicken, nackten Männern und Frauen darin, die in jeder Blase seltsame und unbeschreibliche sexuelle Handlungen betrieben; ich saß an der Flentrop-Orgel, aber die Tasten knurrten mich an und verwandelten sich in einen Flügel, dessen Deckel heruntergeklappt und abgeschlossen war, und ich hörte einen Zwerg, der unter dem Deckel hin und her lief, irgendeine kindische, monotone Melodie stampfte und laut, doch unverständlich fluchte; ich lag in den vom Mondlicht beschienenen Wolken des Bartes meines Großvaters und lauschte den dicht gedrängt am Himmel stehenden Sternen, die über mir sangen; die Nordlichter wallten als gigantische Bahnen gespenstischen Leuchtens, wie die flatternden Segel eines riesigen Schiffes, das von Galaxie zu Galaxie reiste.

Benommen fragte ich mich, ob dies vielleicht der Beginn einer Vision sei. Es war immer mein innigster Wunsch gewesen, Visionen zu haben und so an die Stelle meines Großvaters und sozusagen in seine Fußstapfen zu treten. Doch – trotz einiger vielversprechend verwirrender Erlebnisse, die ich über die Jahre hatte – wurde mir nie die Ehre einer tatsächlich Vision zuteil. Mein Großvater hatte mir erklärt, es gäbe verschiedene Möglichkeiten, die Stimme Gottes zu hören; man konnte innerlich zur Ruhe kommen, seinen Verstand vorbereiten, meditieren und sich entspannen und schließlich verstehen, was Gott zu einem gesagt hatte – so wie es alle anderen in unserer Gemeinschaft taten –, oder man konnte sich (wie er selbst es, zumindest in der Vergangenheit, getan hatte) einfach plötzlich und holterdipolter inmitten einer anfallsgleichen Vision wiederfinden, über die man scheinbar keine Kontrolle hatte. Doch auch zu ihm sprach Gott, also kam ich zu dem Schluß, wenn ich momentan tatsächlich den Beginn einer Vision erlebte, dann hatte mein Versuch früher an diesem Abend vielleicht doch Früchte getragen, wenn auch nicht ganz so, wie ich erwartet hatte.

»Hallöchen, Isis; geht es dir gut?« sagte eine Stimme neben mir und ließ mich erschreckt zusammenfahren. Ich mußte meine Augen geschlossen haben. Ich öffnete sie wieder. Ich hatte keine Ahnung, wieviel Zeit verstrichen war.

Es stand jemand neben meiner Hängematte; eine hochgewachsene, schemenhafte Gestalt blickte auf mich herunter. Ich hatte die Stimme erkannt. »Declan«, sagte ich und konzentrierte mich mit einiger Mühe. Was hatte er gefragt? Dann erinnerte ich mich. »Ja, mir geht es gut«, erklärte ich. »Wie geht es dir?«

»Ach, ich dachte nur, du würdest dich vielleicht etwas komisch fühlen, weißt du?«

»Ja. Nein; ich bin wohlauf.«

»Schön«, sagte er. Er stand einen Moment lang stumm da, gerade eben erkennbar im fahlen Lichtschein der offenen Dachbodenluke. »Bist du sicher?« fragte er, während er die Hand auf meine Stirn legte und mit den Fingern durch mein Haar strich. Er streichelte meinen Hinterkopf. »Herrgott, Isis; du bist echt wunderschön, weißt du das?«

»Wirklich?« erwiderte ich, was vermutlich die falsche Antwort war.

»Himmel, *ja*. Hat dir je jemand gesagt, daß du wie Dolores O'Riordan aussiehst?« fragte er und beugte sich näher heran.

»Wer?«

»Die Cranberries?«

»Wer?« wiederholte ich verwirrt. Seine Hand erzeugte ein wohliges Gefühl an meinem Hinterkopf, doch ich wußte, daß sich Declan, als Mann, damit kaum begnügen würde.

»Willst du sagen, du hast noch nie von den Cranberries gehört?« Er lachte leise und beugte sein Gesicht noch näher an das meine heran. »Meine Güte, du hast wirklich ein behütetes Leben geführt, was?«

»Vermutlich. Hör zu, Declan –«

»Ah, du bist echt wunderschön, wirklich, Isis«, sagte er und zog mit seiner Hand an meinem Hinterkopf mein Gesicht höher, während er sich zu mir herunterbeugte.

Ich legte meine Hände gegen seine Brust und schob ihn weg. »Declan«, sagte ich und drehte mein Gesicht zur Seite, um seinen Lippen auszuweichen, so daß seine feuchte Zunge sich in mein Ohr bohrte. »Du bist sehr nett, und ich mag dich, aber –«

»Ach, Isis, komm schon...« sagte er; er legte einen Arm um meine Hängematte und zog mich zu sich, während seine Lippen die meinen suchten. Ich stieß ihn nachdrücklicher von mir weg, und er ließ mich los, so daß ich zwischen den Deckenbalken hin und her schaukelte. Er seufzte, dann sagte er: »Ach, Isis, was ist denn los? Willst du mir denn nicht mal –« während er sich abermals vorbeugte und nach mir griff.

Ich streckte die Arme aus, um ihn von mir weg zu schubsen, doch er muß wohl gestolpert sein, denn im nächsten Augenblick fiel er auf mich und preßte mir die Luft aus der Lunge, während er selbst ein »Hui!« ausstieß. Unser gemeinsames Gewicht veranlaßte die Hängematte, seitwärts über die Türen, die den Fußboden bildeten, hinauszuschwingen; es knackte irgendwo jenseits meiner Füße, dann gab es einen Ruck, und in einem Augenblick hilflosen Entsetzens erkannte ich mit einem Schlag, was als nächstes geschehen würde.

»O nein!« schrie ich.

Der Nagel, den Bruder Zebediah in den Deckenbalken geschlagen hatte, um das Fußende meiner Hängematte daran zu befestigen, wurde aus dem Holz gerissen und ließ Declan und mich hilflos in die Dunkelheit unter der Dachschräge purzeln. Hätte Declan nicht seine beiden Arme um mich, meine Hängematte und meinen Schlafsack gelegt gehabt und wären meine Arme nicht aus demselben Grunde gefangen gewesen, dann wäre es einem von uns beiden vielleicht gelungen, einen von uns oder uns alle beide zu retten, doch statt dessen riß auch der zweite Nagel am Kopfende meiner Hängematte aus dem Holz und ließ uns der Länge nach genau zwischen zwei Stützstreben auf den harten, buckeligen Putz stürzen. Er brach wie das Eis auf einer Pfütze, und wir brachen in einer Wolke von Staub und Putzbröckeln durch den Fußboden ins Licht, während ich schrie und Declan brüllte und mit einem Mal noch jemand anders schrie.

Wir müssen uns in der Luft gedreht haben, denn ich landete neben Declan, dessen Kopf schmerzhaft auf meinen Bauch schlug. Wir landeten halb auf dem Fußboden des Zimmers unter uns – Boz' Zimmer, wie sich herausstellte – und halb auf den zwei Matratzen, die als Boz' Bett dienten und auf denen er gerade lag und ein Video anschaute; wir müssen bei der Landung knapp seine Füße verfehlt haben.

Er stieß einen erschrockenen, gellenden Schrei aus und zog eilig die Bettdecke über sich, während Declan und ich einmal aufprallten und dann benommen in einem Regen aus Staub und weiteren Putzstücken liegenblieben. Ich erhaschte einen flüchtigen Blick auf etwas schwärzlich Purpurnes, das Boz in seiner Hand gehalten hatte, als wir durch die Decke gebrochen und auf sein Bett gefallen waren. Ich bewegte einen Arm, um Putz von Declans Kopf und meiner Hüfte zu entfernen, und dabei fiel mein Blick auf Boz' Video, das auf einem weiteren bemerkenswert neu aussehenden Fernsehgerät auf der anderen Seite des Zimmers lief. Ich sah eine Frau, die – in etwas übertriebener Weise und aus einem eindeutig unnatürlichen Winkel – am erigierten Penis eines Mannes lutschte. Ich starrte auf das Bild. Zwei binnen weniger Sekunden. Das Leben konnte schon merkwürdig sein. Declan stöhnte und blickte auf, augenblicklich um dreißig Jahre gealtert durch den grauen Staub, der sein Gesicht und seine Haare bedeckte. Er sah erst mich, dann Boz an. Er hustete. »Herrje«, sagte er.

Ich hörte es kaum. Ich starrte mit offenstehendem Mund und Augen, die fast aus ihren Höhlen traten, auf den Bildschirm des Fernsehers. Die Frau in dem erotischen Video lag nun auf dem Rücken neben einem sonnenbeschienenen Swimmingpool, während der Mann irgend etwas mit ihr machte, was ich nicht sehen konnte; ihr Gesicht verzerrte sich in einem Ausdruck, der wahrscheinlich Ekstase bedeuten sollte.

Ich konnte es nicht glauben. Ich deutete mit einer bebenden Hand auf den Fernseher. Declan folgte meinem Blick zu der Frau, die auf dem Bildschirm Grimassen schnitt.

»Das ist meine Cousine Morag«, rief ich aus, »die international gefeierte und bekannte Baryton-Solistin!«

Declan schaute einen Moment lang auf den Bildschirm, sah wieder zu mir, warf einen Blick zu Boz – der noch immer wie vom Donner gerührt mit weit aufgerissenen Augen dalag –, dann schüttelte er den Kopf und setzte dabei eine Staubwolke frei. »Quatsch!« lachte er. »Das ist Fusillada DeBauch, die Pornokönigin, und das einzige, wofür die bekannt ist, ist das Spielen auf der rosa Pikkoloflöte, Kumpel.«

Kapitel Zehn

Am nächsten Morgen, im Wohnzimmer, studierte ich eingehend das Videoband, das Boz sich angesehen hatte.

Boz hatte sich von seinem Schreck erholt und dann zu lachen angefangen, während sich der Putzstaub in seinem Zimmer langsam senkte. Declan entschuldigte sich – zuerst bei Boz, wie ich wohl bemerkte, aber anschließend auch bei mir. Er reparierte den Boden der Dachkammer so gut es ging mit zwei Postern, die er von unten gegen das Loch in der Decke klebte, und einer der Türen, die als Dachbodendielen dienten, auf der anderen Seite. Boz zog sich Boxershorts an; er und ich räumten den Schutt zusammen. Mein Kopf drehte sich noch immer, aber das Erlebnis hatte mich doch etwas ernüchtert.

Von den anderen schien nur Roadkill etwas gehört oder geglaubt zu haben, daß das, was sie gehört hatte, Anlaß gab, einmal nachschauen zu gehen. Während Declan laut hämmernd die Nägel meiner Hängematte wieder in die Deckenbalken schlug, erklärte ich ihr, daß Zebs handwerkliche Versuche sich als nicht tragfähig erwiesen hatten. Abermals überkam mich ein Schwindelgefühl, und so kletterte ich, nachdem ich Decs Entschuldigungen Einhalt geboten hatte, mit meiner Hängematte und meinem Schlafsack wieder zurück auf den Dachboden. Ich schüttelte die Hängematte aus, machte sie von neuem an den Nägeln fest, dann ließ ich mich hineinplumpsen und war keine fünf Minuten später eingeschlafen.

Am nächsten Morgen – geplagt von einem Kopf, der sich anfühlte, als wäre er mit Watte ausgestopft, und einem Husten, der mich befürchten ließ, ich hätte mir eine Erkältung eingefangen – bat ich Boz höflich um das Videoband. (Wir überspringen meinen Versuch, durch Handauflegen Declans schmerzendes Knie zu heilen, mit dem er aufwachte und das vermutlich das verspätete Ergebnis unseres Sturzes war, aber welchen besseren Beweis kann es geben, daß all diese Störgeräusche die Erretteten ihrer Heiligkeit berauben?) Boz schien, wie ich mit Erleichterung feststellte, nichts Peinliches an meiner Bitte zu finden und ging nach oben, um die Videokassette zu holen. Er zeigte mir, wie man den Videorecorder bediente, dann verschwand er, um Frühstück zu machen.

Das Erlebnis, eigenhändig den Videorecorder, den Fernseher und ihre Fernbedienungen zu benutzen – und nicht nur aus Gründen der Geselligkeit im selben Zimmer zu sitzen, während sie benutzt wurden –, verursachte mir Zahnschmerzen. Unsere Vorschriften in dieser Hinsicht sind eher Verhaltensregeln denn direkte Verbote, und ich verspürte eine gewisse Erregung, die Befehlsgewalt über diese verführerische, schwarzknöpfige Technologie zu haben, doch hauptsächlich empfand ich Unbehagen, und ich wurde ausgesprochen deprimiert, als die Geräte sich weigerten, den Fernbedienungen zu gehorchen. Ich verfluchte die Gerätschaften im stillen und hätte am liebsten die Fernbedienungen quer durch das Zimmer geschleudert.

Plötzlich schoß mir durch den Sinn, daß sich die Seichten die ganze Zeit so fühlen mußten. Ich beruhigte mich und gab nicht auf, und schon bald gehorchte alles, wie es sollte. Das Videoband begann zu spielen.

Die Frau war eindeutig Morag. Ihre Stimme klang irgendwie euro-amerikanisch, aber hier und dort kam der schottische Akzent durch. Nach dem zu urteilen, was ich sah, besaß das Video eine Art Handlung, doch sie diente unverkennbar allein als Untermalung für die verschiedenen, an den Haaren herbeigezogenen sexuellen Abenteuer, die die Heldin – Morag, Fusillada – mit beiderlei Geschlechtern erlebte. Soweit es die Wirkung des Videos betraf, nun, ich hatte die unvergleichliche Gelegenheit, den wohlgeformten, ranken Körper meiner Cousine zu bewundern, und ich kann nicht sagen, daß mich die inszenierten, aber zweifelsohne nicht gespielten Kopulationsgerangel unberührt ließen, obgleich es mir ein Geheimnis blieb, weshalb die Macher des Videos es für nötig gehalten hatten, jedesmal zu zeigen, wie die Männer ejakulierten; dieser Anblick, der mir niemals zuvor zuteil geworden war, schien den darauf verwendeten Zeitaufwand nicht zu rechtfertigen und erzeugte bei mir außerdem ein leichtes Unwohlsein.

Nichtsdestotrotz muß ich, alles in allem genommen, gestehen, daß ich mich durchaus erregt fühlte, während ich dort saß und mir mehr von dem Film ansah, als unbedingt nötig gewesen wäre, um Morags Identität zweifelsfrei zu klären. Beim Frühstück gab ich Boz das Band zurück. Er fragte mich, ob ich Fusillada DeBauch tatsächlich persönlich kannte. Ich bestätigte dies und fragte ihn, was er an diesem Tag vorhatte.

*

Abermals Soho. Mit einem Mal schienen die Orte, an die man uns tags zuvor geschickt hatte, keine so falschen Fährten mehr zu sein. Die Entdeckung, daß meine Cousine zumindest nebenberuflich in der Pornobranche tätig war, ließ es mit einem Schlage durchaus sinnvoll erscheinen, daß ihr Agent in dieser Gegend zu finden war, und so kehrten wir zurück, um abermals nach Mr. Francis Leopold zu suchen.

Bruder Zeb hatte sein Haar zur Tarnung zu einem buschigzerzausten Pferdeschwanz zusammengebunden; er und Boz – der unangemessen beeindruckt schien, daß Fusillada meine Cousine war, und, wie ich vermutete, die Hoffnung hegte, daß wir zufällig mit ihr zusammentreffen würden – lenkten den bulligen Mann mit den beringten Händen im Foyer des erotischen Kinos ab, während ich mich die Treppe neben dem Lichtspielhaus hinaufstahl. Die Treppe war schmal und steil. Drei Türen gingen von dem Absatz am Kopf der Treppe ab, der von einem einzelnen dreckstreifigen Fenster beleuchtet wurde, dessen Ausblick fast gänzlich von der Reklamewand des benachbarten Kinos eingenommen wurde. Hinter einer Ecke führte eine weitere Treppe ins nächste Stockwerk hinauf. Ich spähte auf die Türen. An jeder war ein kleines Schild befestigt: Kelly Silk, Madame Charlotte und Eva (S & M).

Ich stieg zur nächsten Etage hinauf, deren Treppenabsatz marginal besser beleuchtet war. Vixen, Cimmeria, FL Enterprises. Aha!

Ich klopfte an der Tür. Keine Antwort. Nach einer halben Minute drückte ich versuchsweise den Türgriff herunter, aber die Tür war abgeschlossen. Eine Sirene – der ewige Refrain der Großstadtmusik – heulte irgendwo in der Nähe. Ich klopfte abermals und rüttelte an der Tür.

Die Tür zur Linken, mit der Aufschrift »Cimmeria«, ging einen Spalt weit auf, und ein dunkles Gesicht spähte heraus. Ich lächelte und tippte mir an den Hut.

»Guten Morgen«, sagte ich.

»Ja?«

Ich warf einen Blick auf die Tür von FL Enterprises. »Ich, äh, suche nach Mr. Leopold; ist das sein Büro?«

»Ja.«

Ich konnte noch immer gerade mal fünf Zentimeter des schwarzen Gesichts sehen, das mich durch den Türspalt anstarrte. Ich räusperte mich. »Ähm. Gut. Er scheint allerdings nicht da zu sein.«

»Und?«

»Wissen Sie vielleicht, wann er zurückkommt?«

»Nein.«

»Ach je«, sagte ich und nahm mit niedergeschlagenem Gesichtsausdruck meinen Hut ab.

Das eine Auge der Schwarzen, das ich sehen konnte, bewegte sich, und ihr Blick wanderte über mein Haar, mein Gesicht und dann meinen Rumpf. »Was willst du denn überhaupt?« fragte sie und öffnete die Tür ein kleines Stück weiter.

»Ich bin auf der Suche nach meiner Cousine Morag Whit... ich glaube, sie ist besser bekannt unter dem Namen, ähm, Fusillada DeBauch.«

Das einzelne Auge klappte plötzlich weit auf. Die Tür schloß sich, und es schoß mir durch den Sinn, daß ich vielleicht etwas Falsches gesagt hätte. Nun, meine Bemühungen schienen allesamt recht fruchtlos, überlegte ich, während ich mich anschickte, meinen Hut wieder aufzusetzen. Eine Kette rasselte hinter Cimmerias Tür, und die Tür schwang auf. Die Frau trat auf den Flur heraus, schaute sich um, dann stellte sie sich mit dem Rücken zu ihrer Tür hin, die Arme vor der Brust verschränkt. Sie war klein und sehr schwarz und hatte ihr Haar zurückgebunden. Sie trug einen schwarzen Kimono, der wie Seide aussah. Sie warf ihren Kopf zurück wie ein Pferd.

»Warum suchst du denn nach ihr? Bist du wirklich ihre Cousine?«

»Oh, aber natürlich bin ich ihre Cousine; ihre Mutter war die Schwester meines Vaters. Wir stammen aus Schottland.«

»Wär ich nie drauf gekommen.«

»Tatsächlich? Ich hätte gedacht, mein Akzent würde...«

»Das war ironisch gemeint, Kleines«, sagte die Frau und wandte einen Moment den Blick ab.

»Oh. Verzeihung«, entschuldigte ich mich errötend. Ich war etwas verlegen, doch aus irgendeinem Grunde vertraute ich dieser Frau. Ich entschied, mich auf meinen Instinkt zu verlassen. »Nun, wie dem auch sei, um Ihre erste Frage zu beantworten, ich suche nach Morag, weil ... nun, es ist kompliziert, aber wir – ich meine, ihre Verwandten – machen uns Sorgen um sie.«

»Ach wirklich?«

»Ja. Außerdem«, ich zögerte, dann seufzte ich. »Darf ich offen zu Ihnen sein, Miss ... Cimmeria?« (Sie nickte.)

»Nun«, sagte ich und befingerte die Krempe meines Hutes. »Die traurige Wahrheit ist, daß Morag daheim ein Mitglied unserer Kirche ist oder war und wir uns Sorgen machen, daß sie ihren Glauben verloren haben könnte. Unsere dringendste Sorge richtet sich dabei auf ein Fest, das wir Ende des Monats abhalten wollen – ein sehr wichtiges Fest, das nur alle vier Jahre stattfindet. Cousine Morag sollte unser Ehrengast sein, und jetzt, nun, wir wissen nicht, was wir tun sollen. Das Fest ist wichtig, wie ich schon sagte, aber ihre Seele ist wichtiger, und ich persönlich mache mir mehr Sorgen, daß meine Cousine in die Klauen irgendeines religiösen Scharlatans geraten sein könnte, doch ich fürchte, es ist die Frage ihrer Teilnahme am Fest, die es vorrangig zu klären gilt.«

Cimmeria musterte mich eingehend, den Kopf leicht zur Seite geneigt. »Und was für eine Kirche ist das?«

»Oh«, sagte ich, »es ist die Wahre Kirche von Luskentyre; die Luskentyrianer, wie man uns gemeinhin nennt. Ich erwarte nicht, daß Sie von uns gehört haben. Wir sind eine kleine, aber sehr aktive, in Schottland ansässige Glaubensgemeinschaft; wir haben eine ... nun, ich vermute, Sie würden es eine Art Ashram, eine Kommune, nennen, in der Nähe von Stirling. Wir glauben an ...«

Cimmeria hielt eine Hand hoch. »Okay, okay«, sagte sie lächelnd. »Seid ihr Typen Christen?«

»Streng genommen nein; wir betrachten Christus als einen Propheten unter vielen und die Bibel als eine heilige Schrift unter vielen; wir sind der Überzeugung, daß Wahrheit und Weisheit in allen heiligen Lehren zu finden sind. Wir glauben an

Liebe und Vergebung und den Verzicht auf unnütze materielle Dinge und –«

»Schön. Erspar mir die Einzelheiten«, fiel mir Cimmeria ins Wort und hob abermals die Hand. Sie deutete mit dem Kinn auf die Tür. »Also, du suchst nach Frank?«

Ich erzählte ihr von unserem Besuch bei Morags altem Apartmenthaus tags zuvor. »*Ist* Mr. Leopold ihr Agent?« fragte ich.

Cimmeria zuckte die Achseln. »Agent, Manager; was auch immer.«

»Ach, ist das schön!« sagte ich strahlend. »Endlich auf der richtigen Fährte!« Ich schlug mir mit meinem Hut auf den Schenkel. Zuweilen kann ich recht schamlos sein.

Cimmeria lachte und stieß ihre Tür auf. »Komm rein. Du mußt das Chaos entschuldigen; es ist noch etwas früh für mich.«

»Ich bezweifle, daß es mit dem Chaos mithalten kann, das letzte nacht in dem besetzten Haus herrschte, in dem ich während meines Aufenthalts in London wohne...« bemerkte ich und leistete ihrer Einladung Folge.

*

Zwanzig Minuten später traf ich Boz und Zeb in demselben Café, in dem Zeb und ich schon tags zuvor eingekehrt waren. Die beiden schienen unversehrt und guter Dinge. »Alles in Ordnung, Freunde?«

»Ja. Klar. Cool. Bei dir?«

»Bei uns ist alles okay, I-sis.« Ich brachte Bruder Zebediah dazu, ein Stück zu rutschen, und setzte mich zwischen die beiden. »Ich habe mit einer sehr netten Dame Tee getrunken, die Cimmeria genannt wird, aber eigentlich Gladys heißt«, erklärte ich Boz und Zeb. »Sie hat mir erzählt, daß Mr. Leopold tatsächlich Morags – Fusilladas – Agent und Manager ist und daß er gestern noch hier gewesen sei, aber Probleme bekommen hat, mit... der Steuerfahndung?« Ich blickte fragend von einem zum anderen.

»Steuerfahndung.« Boz nickte bedächtig, dann trank er vorsichtig einen Schluck Kaffee. »Das Finanzamt, I-sis.« Er schüttelte den Kopf, augenscheinlich mit dem Konzept vertraut.

»So ist es«, sagte ich. »Nun, anscheinend hat Mr. Leopold nun schon seit geraumer Zeit Schwierigkeiten mit diesem Finanzamt und ist derzeit der Steuerfahndung bei ihren Ermittlungen behilflich.«

»Hmm. Nun. Und?« sagte Zeb.

»Und«, fuhr ich fort, »Cimmeria – Gladys – hat mir erzählt, sie glaube, Mr. Leopold wohne in der Grafschaft Essex, in einem Ort namens Gittering, in der Nähe von Badleigh, und sie vermutet, daß er sich mit einer Anzahl von Papieren und Akten, die er zuvor in seinem Büro aufbewahrte, dorthin zurückgezogen hat. Sie schlägt vor, wir sollten es dort versuchen. Was meint ihr?«

»*Essex*?« sagte Zeb mit einem Gesichtsausdruck, der – wenn man bedachte, daß wir gerade in einem Café im Herzen Londons saßen – vielleicht besser auf das im gleichen Tonfall ausgesprochene Wort »Mongolei?« gepaßt hätte.

»I-sis, glaubst du wirklich, daß deine Cousine da ist?«

»Nun«, erwiderte ich, »anscheinend wurden einige der Szenen für eine Reihe von Fusilladas Filmproduktionen in Mr. Leopolds Haus dort aufgenommen, einem Haus namens La Mancha. Cimmeria – Gladys – weiß das, weil einige Freunde von ihr ebenfalls dort waren und bei den Szenen mitgespielt haben. Also, da Morag nicht mehr in der Wohnung in Finchley wohnt, halte ich es nicht für unmöglich, daß sie dort ist, auch wenn wir natürlich keine Garantie dafür haben.«

Boz überlegte. Er wirkte sehr groß und stämmig in seiner weiten schwarzen Hose und seiner teuer aussehenden schwarzen Lederjacke. Er trug eine schwarze Mütze mit Schirm; er hatte sie verkehrt herum aufgesetzt, so daß Leute hinter ihm den weißen Buchstaben X lesen konnten. »Scheiß drauf«, sagte er schließlich. »Ich hatte heute sowieso nichts vor. Und ich habe tolle Geschichten über die Mädels in Essex gehört!« Er versetzte Bruder Zebediahs Arm an mir vorbei einen spielerischen Fausthieb; Zeb schaukelte auf seinem Stuhl und verzog schmerzverzerrt das Gesicht. Er zwang sich zu einem Lächeln, während er sich den Arm rieb.

»Vermutlich. Ja. Scheiße. Essex. Mist.«

»Laßt es uns angehen!« rief ich und sprang auf. Ich konnte der Versuchung nicht widerstehen, Zebs Ellenbogen anzustubsen. Zeb sah erschreckt aus und starrte besorgt seinen Ellenbogen an. Boz verschluckte sich an seinem Kaffee.

*

Wir fuhren mit dem Bus zum Liverpool-Street-Bahnhof und von dort mit dem Zug nach Badleigh. Da ich nicht geahnt hatte, daß wir die Hauptstadt verlassen würden, hatte ich mein Sitzbrett nicht mitgenommen, also standen Zeb und ich im Gang neben Boz' Sitzplatz. Boz las eine Zeitung mit Namen *Mirror*. Ich vertrieb Zeb die Zeit, indem ich ihm Passagen aus der *Orthographie* vorlas und ihn aufforderte, aus dem Gedächtnis aufzusagen, wie es weiterging. Er erwies sich als erschreckend schlecht darin, obgleich das auch daran gelegen haben mochte, daß die Vervollständigung der Textstellen es notwendig gemacht hätte, in Sätzen von mehr als einem Wort Länge zu sprechen, und er diese Gewohnheit offenbar abgelegt hatte.

Irgendwann während der Fahrt, als Boz für »'ne schnelle Lulle« auf der Toilette war (ein Ausdruck, den ich als jamaikanischen Slang für das Verrichten einer Notdurft nahm, wenn man bedachte, wie lange er fort war), fragte ich Zeb: »Warum trägt Boz seine Mütze verkehrt herum auf dem Kopf?«

Zeb sah mich an, als hätte ich ihn gefragt, warum Boz Schuhe an seinen Füßen trug. »Ach. Na ja. Baseballmütze«, antwortete er verstockt.

Die Stadt schien kein Ende zu nehmen; jedesmal, wenn ich dachte, wir hätten sie endlich hinter uns gelassen, stellte sich der Landschaftsflecken, auf den meine Annahme gründete, als ein Park oder Brachland heraus. Schließlich jedoch, während ich ganz versunken in der *Orthographie* las (Zeb war einige Zeit zuvor Richtung Toilette entschwunden), machte die Stadt einer ländlicheren Umgebung Platz, und als ich das nächste Mal hochschaute, fuhren wir durch eine ebene Landschaft aus Feldern und schmalen Straßen, durchsetzt mit Häusern, Dörfern und kleinen Städten, die unter einem Himmel mit kleinen Wolken vorbeisausten. Ich war zutiefst erleichtert, die erdrückende Geschäftigkeit der Großstadt hinter mir gelassen zu haben, als könnte meine von Störgeräuschen erstickte Seele endlich wieder frei und ungehindert atmen.

Badleigh erwies sich als eine flache Stadt mit gespaltener Persönlichkeit: Eine dorfgleiche Altstadt mit niedrigen Gebäuden und verwinkelten Straßen auf der einen Seite der Bahngleise und eine kubische Landschaft aus höheren Backstein- und Betonbauten auf der anderen. Ein Gebäude, von dem ich zuerst annahm, es müsse sich noch in Bau befinden, stellte sich bei näherem Hinsehen – als der Zug abbremste und wir uns zum Aussteigen bereit machten – als ein in zahllosen, übereinander angelegten Ebenen bestehender Parkplatz heraus.

*

»Er sagt, es sind drei Meilen, I-sis«, erklärte Boz uns, nachdem er mit dem Mann am Fahrkartenschalter gesprochen hatte.

»Gut!« rief ich freudig. »Ein kleiner Spaziergang.«

»Kommt nicht in die Tüte, Mann«, sagte Boz und grinste hinter seiner dunklen Sonnenbrille. »Ich rufe uns ein Taxi.« Er trollte sich Richtung Ausgang.

»Für einen Weg von gerade mal drei Meilen?« fuhr ich Zeb empört an.

»Großstadt«, erwiderte Zeb achselzuckend, dann schien er zu überlegen. Seine Miene erhellte sich kurz. »Landstraßen«, sagte er mit der Andeutung von Stolz, wie ich vermeinte. Er nickte zufrieden. »Landstraßen«, wiederholte er und klang zutiefst befriedigt.

»Landstraßen?« fragte ich.

»Landstraßen. Schmal. Kein Bürgersteig. Autos. Schnell. Zu

Fuß gehen. Gefährlich.« Er zuckte mit den Achseln. »Landstraßen.« Er drehte sich um und ging zu den Türen, hinter denen man Boz in ein Auto einsteigen sehen konnte.

»Landstraßen«, murmelte ich und sah mich gezwungen, meinen Gefährten zu folgen.

*

»Nun, es tut mir leid, Kindchen, aber du kannst nicht auf dem Sitz knien.«

»Aber ich könnte mir den Gurt umlegen!« erwiderte ich und zog den widerstrebenden Sicherheitsgurt mit einiger Mühe weit genug heraus.

»Darum geht es nicht, Kindchen. Die Vorschriften besagen, daß meine Fahrgäste sitzen müssen. Wenn du kniest, sitzt du nicht, oder?«

»Könnte ich auf dem Boden sitzen?« fragte ich.

»Nein, ich denke nicht.«

»Aber dann würde ich doch sitzen!«

»Ja, aber nicht auf einem Sitz; du würdest nicht auf einem Sitz sitzen, verstehst du? Hat sie irgendwas, Kumpel?«

»Das Mädel ist exzentrisch, Mann; sie kommt aus Schottland. Tut mir leid. He, I-sis, der Mann glaubt ja langsam, er hätte irgendeine Irre in seinem Wagen –«

»Nun, eigentlich dachte ich an Hämorrhoiden oder so was...«

»– er wird uns noch auffordern, auszusteigen und zu Fuß zu gehen, wenn du dich nicht hinsetzt. Tut mir leid, Mann, lassen Sie schon mal die Uhr laufen; wir kriegen das hier geregelt.«

»Hören Sie«, sagte ich, »haben Sie denn kein Brett oder irgend etwas Hartes, auf dem ich sitzen könnte?«

Der Taxifahrer drehte sich zu mir um. Er war ein kleiner Kerl mit einer beunruhigend dicken Brille. »Etwas Hartes, zum drauf Sitzen?« sagte er, dann sah er Boz an. »Sehen Sie, ich hab's ja gewußt.«

Er griff neben seinen Sitz und reichte mir ein großes Buch. »Hier ist ein Stadtplan; wird das gehen?«

Ich probierte es; der verknickte Einband gab ein wenig nach. »Das wird genügen. Vielen Dank, Sir.«

»Alles Dienst am Kunden«, erklärte er und drehte sich wieder nach vorn um. »Kein Grund, verlegen zu sein. Hatte mal dasselbe Problem, auch wenn man gewöhnlich keine so jungen Leute damit sieht, oder?«

»Nein«, pflichtete ich bei, während wir losfuhren; ich war zu aufgebracht, um dem folgen zu können, was er sagte.

Im Wagen roch es stark nach billigem, strengem Parfüm. Wir verbrachten die drei Meilen bis Gittering damit, uns ausführliche Geschichten über die unzähligen Krankenhaus-Aufenthalte und die verschiedenen Operationen des Fahrers anzuhören.

*

»Hübsch. Ranch-Stil«, sagte Zeb und starrte bewundernd auf das große Haus jenseits des Tores, das Straße und Auffahrt voneinander trennte. Am oberen Ende der Auffahrt stand das La Mancha, ein weißer Bungalow-Komplex mit spitzen Giebeln und großen Fenstern mit zugezogenen Gardinen. Der Garten wirkte gepflegt, auch wenn jemand mitten auf dem Rasen eine bunt lackierte Kutsche stehengelassen hatte, ein neu aussehender Pflug auf einem Grasstreifen gegenüber dem Rasen stand und ein fröhlich geschmücktes Wagenrad an der Hauswand lehnte. Es sah alles viel zu sauber und aufgeräumt für einen bewirtschafteten Bauernhof aus.

Es hingen mehrere Schilder an der schulterhohen weißen Holzpforte; auf einem stand »La Mancha«, auf einem anderen »Vorsicht – bissiger Hund« und darunter prangte das Farbfoto des Kopfes eines sehr großen Hundes, für den Fall, daß der Leser des Schildes nicht ganz sicher war, wie ein Hund aussah.

»Da wären wir«, erklärte ich und spähte durch die Latten der Pforte, auf der Suche nach einem Riegel oder einem Schieber, mit dem man sie öffnen könnte.

»Mann«, sagte Zeb und tippte gegen das »Vorsicht – bissiger Hund«-Schild.

Ich schob den Riegel der Pforte zurück und wollte sie gerade aufstoßen. »Was?« fragte ich. »Oh, mach dir deshalb keine Sorgen; höchstwahrscheinlich haben sie nicht einmal einen Hund«, erklärte ich meinen beiden verunsichert wirkenden Gefährten, während ich die Pforte für sie aufhielt. »Außerdem kann ich gut mit Tieren umgehen, besonders mit Hunden.« Ich schloß die Pforte hinter uns, dann übernahm ich die Führung und ging auf das Haus zu.

Wir waren halb die Auffahrt hinauf, als wir ein tiefes, kehliges Gebell hörten. Wir blieben wie angewurzelt stehen. Ein riesiger Hund kam um die Hausecke gerannt, das Ebenbild der Fotografie auf dem Schild an der Pforte; er war braunschwarz, sein Kopf war gigantisch, und Speichel flog von seinen Lefzen in alle Richtungen, als er auf uns zugestürmt kam. Er war etwa so groß wie ein Fohlen.

»O Gott!«

»Lauf! I-sis, lauf!«

Ich schaute hinter mich und sah Zeb und Boz – dessen Blick noch immer auf mich fixiert war – schnurstracks auf die Pforte zuhalten.

Ich war ganz ruhig. Ich vertraute auf Gott. Und ich konnte wirklich gut mit Tieren umgehen. Ich überlegte einen Moment lang, wägte die Lage ab. Hinter mir ließ der Hund abermals sein kehliges Gebell erschallen; es klang wie ein Dinosaurier mit Keuchhusten. Ich fing an zu laufen.

*

Das Talent, mit Tieren umgehen zu können, liegt bei uns in der Familie; als mein Großvater Mr. McIlone überzeugte, sein erster Apostel zu werden, und auf Luskentyre einzog, entdeckte er an sich die Gabe, gut mit Vieh und Pferden umgehen zu können; er war immer in der Lage, die Tiere zu beruhigen, wenn sie unpäßlich waren, und vermochte oft zu sagen, was ihnen fehlte, bevor der Tierarzt eintraf.

Mein Vater erbte diese Gabe und war, noch bevor er die Schule verließ, für die Schafe und Kühe auf High Easter Offerance verantwortlich, obgleich unser Gründer der Ansicht war, daß Viehzucht eines Auserwählten unwürdig sei. Doch Salvador konnte seinem Sohn nichts abschlagen – ein Charakterzug, der scheinbar auf andere Auserwählte übertragbar und zu einem Glaubensgebot wurde, wie ich mit Freuden vermelden kann (ich persönlich habe ganz sicher davon profitiert) –, und so wurde es meinem Vater erlaubt, nach Herzenslust seiner Leidenschaft und seiner Berufung für die Landwirtschaft zu frönen.

*

Ich teile die Tierliebe meines Vaters nicht, obschon ich Tiere durchaus mag und ein Quentchen jener Fähigkeit, mich in sie hineinzufühlen und mit ihnen zu arbeiten besitze, die mein Vater von meinem Großvater erbte, ebenso wie die Gabe, sie zu heilen.

Als ich mich vergewissert hatte, daß Zeb und insbesondere Boz überzeugt waren, ich würde ihnen bei ihrem Spurt zur Pforte folgen, blieb ich stehen, drehte mich herum und kauerte mich auf alle viere, die Arme gerade durchgedrückt. Ich hockte dort auf dem Gras und sah den riesigen Hund an, der auf mich zugestürmt kam; ich beugte mich nach vorn und hüpfte dabei auf und ab, die Arme noch immer ausgestreckt, den Po in die Höhe gereckt. Der Hund schaute mich verwirrt an und bremste etwas in seinem Lauf ab; ich wiederholte die Bewegung, und zu meiner immensen Erleichterung verfiel das riesige Tier in ein ruhiges Schritt-Tempo und stieß schnüffelnde, schnaubende Laute aus. Ich wiederholte die Bewegung abermals. Der Hund zögerte, schaute sich um und kam dann zu mir herübergetappt. Ich machte dieselbe Bewegung – »laß uns spielen« auf hündisch – und senkte den Blick, als das Tier mich anknurrte. Als ich wieder hochsah, wedelte der Hund mit dem Schwanz. Er kam heran und beschnüffelte mich.

Wie ich schon sagte, ich habe eine Gabe. Wenn ein großer Hund auf einen zugestürmt kommt, ist es für die meisten Menschen sicher die bei weitem bessere Idee, die Beine in die Hand zu nehmen und wegzulaufen.

Wie dem auch sei – eine Minute später hockte ich auf dem Gras, streichelte meinen neuen sabbernden, hechelnden Freund und sah zu Zeb und Boz hinüber, die mich von der anderen Seite der Pforte aus anstarrten.

»Kommst du mit dem Viech zurecht, I-sis?«

»Bis jetzt ja«, rief ich zurück. »An eurer Stelle würde ich aber noch nicht hereinkommen; ich werde mal schauen, was er davon hält, wenn ich aufstehe, dann werde ich zur Haustür gehen.«

Das Tier knurrte, als ich Anstalten machte, mich zu erheben; ich hätte schwören können, daß die Erde bebte. Ich entschied, daß sich in diesem Fall die Würde der Zweckdienlichkeit beugen mußte, und so kroch ich auf allen vieren zur Haustür, begleitet von dem riesigen Hund, der zufrieden neben mir hertappte. Ich streckte die Hand hoch und läutete die Türglocke. Der Hund bellte lautstark, so daß seine Stimme auf der offenen Veranda widerhallte, dann rannte er weg und verschwand hinter der Hausecke, hinter der er hervorgeschossen war. Ich stand auf.

Es dauerte eine Weile, bis die Tür von einem hochgewachsenen jungen Mann mit gesträhntem blondem Haar ein Stück weit geöffnet wurde. Ich kam augenblicklich zu dem Schluß, daß es sich nicht um Mr. Leopold handelte; Cimmerias Beschreibung von ihm und auch der Ort, an dem er sein Büro hatte, wollten mir nicht zu dem braungebrannten, durchtrainiert aussehenden Jüngling passen, der dort vor mir stand; nach dem vertikalen Ausschnitt von ihm zu urteilen, den ich durch den Türspalt sehen konnte, trug er eine Schirmmütze (wie die von Boz, aber verkehrt herum), ein T-Shirt und Jeans.

»Ja? Was wollen Sie?«

»Ah, guten Tag. Mein Name ist Isis Whit.« Ich streckte die Hand aus. Der junge Mann sah mir in die Augen, die Stirn argwöhnisch gerunzelt. »Freut mich, Sie kennenzulernen«, fuhr ich lächelnd fort, während ich mit der anderen Hand meinen Hut abnahm. Ich deutete mit meinem Blick auf meine Hand und räusperte mich höflich. Der junge Mann starrte mich weiter argwöhnisch an; meine Hand ergriff er nicht. »Entschuldigen Sie bitte, Sir; ich biete Ihnen meine Hand zum Gruße an. Ich hatte allgemein gehört, daß man auch in diesem Teil des Landes gute Manieren kennt.«

Sein Gesichtsausdruck wurde noch grimmiger. »Wie bitte?«

»*Sir*«, sagte ich streng und hielt meine Hand beinahe vor sein Gesicht.

Vielleicht lag es einfach daran, daß sich Beharrlichkeit bei derartigen Menschen auszahlt; er starrte meine angebotene Hand an, als sähe er zum ersten Mal eine, dann streckte er schließlich zögernd seine eigene Hand aus und schüttelte die meine.

»Na also, das war doch gar nicht so schwer, oder?« sagte ich und setzte meinen Hut in einem kecken Winkel wieder auf meinen Kopf. Der Gesichtsausdruck des jungen Mannes war etwas freundlicher geworden. »Es tut mir sehr leid, Sie und Ihren prächtigen Hund stören zu müssen, aber ich bin auf der Suche nach einer jungen –«

»Wo ist Tyson?« fragte er barsch, und seine Miene verdüsterte sich abermals.

»Wie bitte?«

»Tyson«, sagte er. Er schaute über meinen Kopf hinweg auf den Rasen und ließ besorgt seinen Blick schweifen. Ich wagte eine Vermutung, wer Tyson war.

»Der Hund? Er ist wohlauf und gut bei Stimme.«

»Und wo ist er?«

»Er hat mich hier zur Tür begleitet und ist dann wieder hinter das Haus gelaufen, als die Glocke schellte.«

»Was wollen Sie?« fragte er argwöhnisch und ließ die Tür ein Stück weiter aufschwingen, um zu zeigen, daß er in seiner anderen Hand einen langen, polierten Holzstock hielt.

»Du meine Güte«, sagte ich. »Was ist denn das?«

Er bedachte mich mit einem Blick nicht unähnlich dem, den ich von Zeb im Zug erhalten hatte, als ich mich nach der Ausrichtung von Boz' Mütze erkundigt hatte. »Das ist ein Baseballschläger, was sonst?« erklärte er mir.

Es schoß mir durch den Sinn, ihn zu fragen, ob er ihn auch

richtig herum hielte, aber ich nickte nur anerkennend. »Ach wirklich?« erwiderte ich. »Nun, wie ich schon sagte, mein Name ist Isis Whit; ich bin auf der Suche nach meiner Cousine, Morag Whit. Mir wurde gesagt, daß Mr. Francis Leopold ihr Manager sei und daß er hier wohne, daher suche ich nach ihm. Es ist so, daß meine Familie sich große Sorgen um Morag macht, und ich würde wirklich gern –«

»Spanien«, sagte der junge Mann unvermittelt.

»Spanien?« fragte ich verständnislos.

»Spanien«, wiederholte er. »Sie wissen schon, das Land.«

»Mr. Leopold ist in Spanien?«

Der Bursche schaute verdrossen drein. »Nun, nein.«

»Er ist nicht in Spanien.«

»Nein; wir wollten hinfahren, ja, aber . . .« Er verstummte, und sein Blick fixierte etwas hinter mir.

»Steuerfahndung?« warf ich fröhlich ein.

»Woher wissen Sie das?« fragte er und fixierte mich abermals mit einem grimmigen Blick.

»Schlechte Nachrichten verbreiten sich schnell, wie man so sagt.«

Er blickte wieder hinter mich. Er nickte. »Und wer sind die da?« Er hob den Baseballschläger.

Ich drehte mich um und sah Zeb und Boz, die zögernd über den Gartenweg herankamen. Zeb winkte. »Der hagere Weiße ist mein Cousin Zebediah«, erklärte ich dem jungen Mann. »Der große Schwarze ist unser Freund Boz.«

»Und was wollen die?« fragte der Bursche und klatschte den Baseballschläger in seine Handfläche. In diesem Moment hörte ich Tyson bellen. Zeb und Boz machten augenblicklich auf dem Absatz kehrt und rannten zurück zur Straße; Tyson tauchte hinter der Hausecke auf, jagte ihnen hinterher, brach die nicht wirklich ernstgemeinte Verfolgung aber auf halbem Wege ab, dann kam er schwanzwedelnd über den Rasen zu uns herüber, wobei er kurz innehielt, um einen kleinen Gummiball aufzuheben, von dem ich zuerst glaubte, er hätte ihn verschluckt, bis ich sah, daß der Ball fest zwischen den mächtigen Kiefern des Tiers eingeklemmt war. Tyson gesellte sich zu uns auf die Veranda und ließ mir den Ball vor die Füße fallen. Ich ging in die Hocke, und der Hund ließ sich von mir genüßlich unter dem Kinn kraulen.

»Wie haben Sie das gemacht?« fragte der junge Mann verblüfft.

»Ich kann gut mit Tieren«, erklärte ich, während ich Tysons Rücken streichelte und das Tier anlächelte.

»Wie bitte?« sagte der junge Mann, seine Stimme plötzlich schrill.

»Ich kann gut mit Tieren«, wiederholte ich und sah zu ihm hoch.

»Oh.« Er stieß einen Laut aus, der fast wie ein Lachen klang. »Ach so.« Er tätschelte Tysons Kopf; das Tier knurrte. »Wie dem auch sei«, sagte er. »Sie ist nicht hier.«

»Wer? Morag?« fragte ich, während ich eine Hand auf Tysons Rücken behielt und vorsichtig aufstand; ich konnte spüren, wie das Tier vibrierte, aber es war kein Knurren zu hören.

»Ja, sie ist nicht hier.«

»Herrje. Wo ...?«

»Sie ist weg.«

»Weg? Tatsächlich? Nun, so wird es wohl sein, oder? Ich nehme an ... Wo ...?«

»Auf 'ner Elfenfarm.«

»Haha; das habe ich nicht ganz verstanden ...?«

»Sie ist auf einer –«

In diesem Moment klingelte irgendwo hinter ihm ein Telefon. Er schaute hinter sich in die Diele, dann sah er mich an, dann Tyson. »Telefon«, sagte er und schloß die Tür bis auf einen kleinen Spalt. Ich hörte ihn sagen: »Hallo?« dann: »Ja, hallo, Mo«, und einen Augenblick lang war ich zutiefst verwirrt und fragte mich, warum mein Onkel Mo hier anrufen sollte, doch dann fiel es mir wie Schuppen von den Augen: Das war höchstwahrscheinlich Morag!

Ich sah Tyson an und lächelte. Der Hund knurrte. Ich legte einen Finger an die Türkante und drückte ganz leicht dagegen, so daß es aussah, als hätte der Wind sie aufgeweht. Der junge Mann stand vielleicht zwei, drei Meter entfernt in der Diele neben einem kleinen Tisch mit dem Telefon. Er hielt noch immer den Baseballschläger in der Hand. Er blickte stirnrunzelnd zu mir herüber. Ich grinste, als könne ich kein Wässerchen trüben, dann bückte ich mich und hob Tysons Gummiball auf. Der Ball war alt und zerkaut und porös; die Gummioberfläche war mit dem kalten, schleimigen Speichel des Tiers bedeckt. Ich warf den Ball auf den Rasen. Tyson setzte ihm augenblicklich nach.

»Ja, hab ich«, sagte der junge Mann in den Hörer und schaute dabei auf einen kleinen Würfel mit Notizzetteln neben dem Telefon. »Gut. Nein. Ja. Nee, kein Wort«, sagte er, während er sich so herum drehte, daß er mit dem Rücken zu mir stand. Er senkte die Stimme. »Ja, ehrlich gesagt, ist gerade jemand hier und fragt nach dir...« hörte ich ihn sagen, als ein Hecheln und ein heftiges Rempeln gegen meinen linken Oberschenkel Tysons Rückkehr meldete. Ich behielt meinen Blick auf den jungen Mann gerichtet, während ich in die Hocke ging und den durchnäßten Ball aufhob.

»Kann ich nicht...« sagte der junge Mann. Er drehte sich um und sah mich an. »Wie war noch mal Ihr Name?«

»Isis«, antwortete ich.

Er kehrte mir wieder den Rücken und beugte sich mit hochgezogenen Schultern leicht vor. »Isis«, hörte ich ihn sagen. Im nächsten Augenblick richtete er sich ruckartig auf. »Was?« donnerte er, und es klang sehr wütend. »Du meinst, das ist die hier? Du meinst, das ist diese Kuh hier; die hier?«

Das wollte mir alles gar nicht so recht gefallen. Ein Plan, den ich eher zaghaft im Hinterkopf ausgeheckt hatte, drängte sich unvermittelt in den Vordergrund und verlangte nach einem unverzüglichen Ja oder Nein.

Ich mußte nicht wirklich darüber nachdenken. Ich entschied, daß die Antwort Ja lauten würde, und warf den triefenden Gummiball in die Diele.

Der Ball sprang knapp hinter dem jungen Mann auf den

Teppich auf und hüpfte an ihm vorbei weiter durch die Diele; Tyson stürmte hinterdrein und schubste den Burschen mit seinen mächtigen Schultern aus dem Weg, so daß dieser mit dem Bein gegen das Telefontischchen stieß.

»Au, *Scheiße*!« rief der junge Mann aus. Er erlangte sein Gleichgewicht wieder, indem er seinen Baseballschläger gegen die Wand stemmte.

Der vollgesabberte Ball rollte in ein weiter hinten gelegenes Zimmer; Tyson galoppierte hinterdrein. »Ich ruf dich zurück«, sagte der junge Mann und ließ den Hörer fallen. Tyson verschwand schlitternd aus dem Blickfeld. Gleich darauf hörte man ein teuer klingendes Klirren aus dem Zimmer. »Tyson!« brüllte der junge Mann und setzte dem Hund nach.

»Tyson! *Laß das*!« schrie er und verschwand ebenfalls in dem Zimmer. Ich schlüpfte durch die Haustür, während weiteres Klirren und Flüche aus dem betreffenden Zimmer erschollen. Ich hatte gehofft, daß der junge Bursche einfach nur den Hörer ablegen und mir so Gelegenheit geben würde, mit Morag zu sprechen (immer vorausgesetzt, daß tatsächlich sie es war, die angerufen hatte), aber der Hörer lag wieder auf der Gabel. Ich nahm ihn dennoch hoch, hörte aber nur ein Freizeichen.

»Du Mistvieh; komm her!« Ein Krachen ertönte, als würde eine Anrichte umstürzen, und der Fußboden der Diele bebte. Ich schaute auf den kleinen Würfel aus Notizzetteln neben dem Telefon, auf den der junge Mann geschaut hatte, als er kurz zuvor »Ja, hab ich« gesagt hatte. Auf dem obersten Notizzettel stand eine Telefonnummer.

Ich spähte den Flur hinunter und sah den jungen Mann, der just in diesem Moment in der Zimmertür auftauchte; er hielt Tyson am Halsband fest und fuchtelte mit dem Baseballschläger in meine Richtung. Sein Gesicht wirkte gerötet. Tyson hatte seine Zähne in den Ball geschlagen und schien höchst zufrieden. »He!« brüllte der junge Mann und stieß mit dem Baseballschläger wie mit einem Schwert in meine Richtung. »*Du da*, Eis, oder wie immer du heißt; raus hier, *sofort*!«

Ich hatte bereits den Rückzug angetreten. Dann fügte der Bursche hinzu: »Und Mo sagt, du sollst endlich aufhören, sie zu belästigen, sonst kannst du was erleben, verstanden? Du kriegst eine Abreibung, das schwöre ich dir.« Er sah zu Tyson hinunter, der nunmehr ebenfalls hinlänglich erzürnt schien und mich mit einem kehligen Knurren anstarrte. Der junge Mann ließ das Halsband des Tiers los. »Schnapp sie dir, mein Junge.«

Sie belästigen? ging es mir durch den Sinn, während Tyson den Ball fallen ließ und mit wütendem Knurren auf mich zustürzte.

Irgendwie hatte ich nicht das Gefühl, daß mein Talent im Umgang mit Tieren mir diesmal helfen würde. Ich trat zurück auf die Veranda und schlug die Haustür hinter mir zu. Dann drehte ich mich um und rannte los.

Ich lief quer über den Rasen zur Auffahrt; ich hörte hinter mir, wie die Haustür aufging und der junge Mann etwas brüllte; dann hörte ich nur noch Gebell. Boz und Zeb standen mit weit aufgerissenen Augen an der Pforte; während ich die Auffahrt hinunterrannte, gewann ich den Eindruck, daß die beiden Männer sich bereit machten, mir über die Pforte zu helfen. »Aus dem Weg!« brüllte ich und fuchtelte mit dem Arm. Glücklicherweise traten sie nach rechts und links beiseite. Ich erreichte die Pforte mit einem winzigen Vorsprung vor Tyson, flankte sauber hinüber und landete stolpernd, doch ohne hinzufallen. Tyson hätte vermutlich ebenfalls hinübersetzen können, aber er begnügte sich damit, gegen die Holzlatten zu springen und die Pforte erbeben zu lassen, während er weiter wütend kläffte. Der junge Mann kam schreiend und mit dem Baseballschläger fuchtelnd die Auffahrt heruntergerannt.

Ich sammelte mich, blickte von Zeb zu Boz und deutete mit dem Kinn die Straße hinunter. »Wer als erster am Bahnhof ist, hat gewonnen.«

Kapitel Elf

Hinter einer Biegung etwa hundert Meter die Straße hinauf hörten wir auf zu rennen; als wir ihn aus dem Blickfeld verloren, stand der junge Mann auf der Straße vor der offenen Pforte, hielt mit einiger Mühe den jaulenden, kläffenden Tyson am Halsband fest und schwenkte seinen Baseballschläger.

Wir verfielen in einen leichten Trab, als wir das kleine Dorf Gittering erreichten; eine friedliche Ortschaft mit einem begrünten Marktplatz und einem einzigen Pub. Boz kicherte. »Mann!« sagte er. »Das war vielleicht ein Köter!«

»Scheiße«, japste Zeb, »echt wahr.« Er war bleich und schweißnaß.

»Tut mir leid, Freunde«, sagte ich.

»He, du bist ja eine richtige Sportskanone, I-sis«, bemerkte Boz voller Bewunderung.

»Danke.«

»Aber du bist auch völlig irre; was hast du dir dabei gedacht, einfach stehenzubleiben, als uns dieser Scheißhund von Baskerville angegriffen hat?«

»Ich habe es dir doch gesagt«, erwiderte ich. »Ich kann gut mit Tieren umgehen.«

»Du bist völlig irre«, lachte Boz.

»Nach Aussage meiner Großmutter mütterlicherseits, Yolanda«, erklärte ich ihm, während ich den Hut zurechtrückte und versuchte, meine Brust nicht zu sehr vor Stolz und Eitelkeit anschwellen zu lassen, »bin ich ein zähes Luder.«

»Ja«, pflichtete er bei, »klingt so, als wäre deine Großmutter Yolanda nicht auf den Kopf gefallen.« Er deutete mit einem Nicken auf eine Telefonzelle auf der gegenüberliegenden Seite des Marktplatzes. »Laßt uns ein Taxi rufen.«

Während Boz die Nummer auf einer Karte in der Telefonzelle anrief, hielten Zeb und ich nach Verfolgern Ausschau, aber weder Tyson noch sein blonder Aufpasser ließen sich blicken. Boz kam aus der Telefonzelle zurück. »Es ist derselbe Typ«, erklärte er. »Er ist auf dem Weg; er bringt den Stadtplan für dich mit.«

»Wie nett«, bemerkte ich. »Würdet ihr mich bitte entschuldigen?« Ich holte tief Luft, biß die Zähne zusammen und trat in die Telefonzelle. Ich studierte die Gebrauchsanweisung, dann reckte ich den Kopf und einen Arm aus der Zelle. »Zeb, etwas Kleingeld, bitte.«

Zeb bedachte mich mit einem leidenden Blick, spuckte aber ein 50-Pence-Stück aus. »Gott, vergib mir«, flüsterte ich, während ich die Münze in den Schlitz steckte und die Tasten der Nummer drückte, die ich auf den Block neben dem Telefon im La Mancha abgelesen hatte. Boz und Zeb starrten fragend durch die Scheibe.

»Guten Morgen«, meldete sich eine freundliche Frauenstimme. Ich fuhr erschreckt zusammen, obgleich ich darauf vorbereitet war, angesprochen zu werden; wenn man das Telefon jahrelang als Telegraph benutzt hat, ist es doch etwas schockierend, unvermittelt eine menschliche Stimme statt eines Klingelzeichens zu hören. »Clissolds Gesundheitsfarm und Country Club«, sagte die warme, einladende Stimme. »Was kann ich für Sie tun?«

Sie belästigen, ging es mir abermals durch den Sinn, und ich hielt mich mit einiger Mühe zurück, nach Morag zu fragen. »Wie bitte?« sagte ich.

»Hier ist Clissolds Gesundheitsfarm und Country Club. Kann ich Ihnen helfen?« wiederholte die Frau, diesmal etwas weniger freundlich. Ihr Akzent war eindeutig englisch, obgleich ich ihn nicht genauer zuordnen konnte.

»Oh, ich wollte eigentlich mit, ähm, Schottland sprechen«, erklärte ich und klang dabei gebührend verwirrt.

»Ich glaube, Sie haben die falsche Nummer«, erwiderte die Dame amüsiert. »Die falsche Vorwahl, um genau zu sein. Das hier ist Somerset.«

»Oh«, sagte ich freudig. »Welcher Teil? Ich kenne Somerset recht gut«, log ich.

»Dudgeon Magna, in der Nähe von Wells.«

»Ach, du meine Güte, ja«, sagte ich mit so schamlos gespielter Überzeugung, daß ich mir beinahe selbst geglaubt hätte. »Das kenne ich gut. Ich – oh, herrje, mein Geld ist alle.« Ich hängte den Hörer wieder auf die Gabel.

Zeb schaute argwöhnisch drein und starrte finster das Telefon in der Zelle an. »Ich dachte, wir dürften nicht –« setzte er an.

»Somerset«, verkündete ich ihm und Boz, als im selben Moment das Taxi, mit dem wir hergekommen waren, auf der anderen Seite des Marktplatzes auftauchte.

*

So seltsam es auch anmuten mag, war es vermutlich das Niederbrennen der alten Seetang-Fabrik, welches bewirkte, daß unser Glaube mehr wurde als die bloße Eigentümelei einer Handvoll von Leuten. Mein Großvater wollte den ganzen Zwischenfall einfach nur vergessen, aber die Anwälte, die das strittige Grundstück verwalteten, zu dem die alte Fabrik gehört hatte, waren nicht so verständnisvoll. Etliche der Männer, die für den Brand verantwortlich waren, wurden festgenommen und angeklagt, und als der Fall in Stornoway vor Gericht verhandelt wurde, blieb Salvador, Aasni und Zhobelia keine andere Wahl, und sie mußten als Zeugen auftreten.

Mein Großvater hatte sich mittlerweile die Angewohnheit zugelegt, sich gänzlich in Schwarz zu kleiden, und wann immer er die Farm verließ, trug er einen schwarzen, breitkrempigen Hut. In dieser Aufmachung und mit einer vollen Mähne langen (und nunmehr völlig weißen) Haars und einem buschigen Bart, begleitet von den beiden Schwestern in ihren besten, farbenfrohesten Saris, müssen sie wahrlich einen spektakulären Anblick abgegeben haben, als sie vor Gericht erschienen. Es gab einiges Medieninteresse; unserem Gründer war derartiges Aufhebens zuwider, aber es lag nicht in seinen Händen, etwas dagegen zu unternehmen, und natürlich stachelte die Tatsache, daß er sich weigerte, mit Reportern der *Stornoway Gazette* oder einem

Journalisten des *Daily Dispatch* aus Glasgow zu sprechen, ihr Interesse nur um so mehr an (und aufgrund der Gerüchte über unseren Gründer und seine beiden dunkelhäutigen Gefährtinnen waren sie ohnehin schon sehr neugierig).

Meinem Großvater gelang es zumeist, den Schreiberlingen aus dem Weg zu gehen, und er entdeckte, daß ein breitkrempiger Hut ein wirkungsvoller Schutz gegen unerwünschte Fotografen war – besonders, da es sich bei den Kameras in jener Zeit um klobige, unhandliche Geräte handelte, die nur schwer zu bedienen waren, wenn man versuchte, einen Schnappschuß von jemandem zu machen, der entschlossenen Schritts eine enge Straße entlangmarschierte, noch dazu im üblichen Regen. Nichtsdestotrotz, auch wenn es ihm gelang, nicht offiziell erklären zu müssen, mit den beiden Schwestern verheiratet zu sein, und er erfolgreich allen Andeutungen und Unterstellungen bezüglich der genauen Natur seiner Beziehung zu den beiden Frauen ausweichen konnte, zeigte er sich doch weit weniger zögerlich, wenn es darum ging, über seinen neugefundenen Glauben zu sprechen, und einige der Dinge, die er sagte – hilfreich ausgeschmückt durch den geheimnisvollen Prozeß der Metamorphose, der gemeinhin zwischen der Wirklichkeit und dem gedruckten Wort in einer Zeitung auftritt –, müssen bei einem Paar namens Cecil und Gertrude Possil in Edinburgh auf ein offenes Ohr gestoßen sein, obgleich dies meinem Großvater damals natürlich noch nicht bewußt war.

Aasni und Zhobelia wurden in den Zeugenstand gerufen, waren jedoch außerstande (oder nicht willens, um ehrlich zu sein), Licht in die Angelegenheit zu bringen; ihr Englisch und Gälisch – die sie beide hinlänglich beherrschten – schienen mit einem Schlage zu fast völliger Unverständlichkeit zu verkümmern, sobald sie den Fuß über die Schwelle des Gerichtssaals setzten. Als nach einem Dolmetscher verlangt wurde, stellte sich heraus, daß die einzigen Menschen, die diese Aufgabe hätten übernehmen können, andere Mitglieder der Asis-Familie waren – eine Tatsache, die die Verteidigung möglicherweise veranlaßt hätte, den betreffenden Dolmetscher abzulehnen, was aber im Endeffekt auch keine Rolle spielte, da sich die Familie schlichtweg weigerte, auch nur ein Wort mit den beiden schamlosen, eheversprechen-brechenden Flittchen zu wechseln, die einst ihre Töchter gewesen waren, und keine Androhung einer Bestrafung wegen Mißachtung des Gerichts sie umzustimmen vermochte.

Angesichts solch unversöhnlicher Streitigkeiten in einem Fall, bei dem es, im Grunde genommen, um nichts weiter als die Zerstörung einer Fabrik ging, die sowieso niemanden von Bedeutung interessierte, entschied sich der vergrätzte Sheriff dafür, die Sache lieber auf sich beruhen zu lassen; Aasni und Zhobelia wurden als Zeugen entlassen.

Salvador, der den Rest der Asis-Familie nie kennengelernt hatte, nahm deren Ablehnung ihrer Töchter persönlicher als die beiden Frauen selbst und schwor, niemals den Laden, den sie in Stornoway eröffnet hatten, oder, später, die Filiale in Tarbert zu betreten. Irgendwie wurde aus diesem Bann ein Glaubensgebot, das sich – als die Firma der Asis-Familie expandierte und Läden in Portree, Oban und Inverness eröffnet wurden – auf alle Einzelhandelsgeschäfte erstreckte, vermutlich nur, um ganz sicherzugehen.

Der Prozeß ging zu Ende; die eingeschüchterten, tuschelnden, in ihre Sonntagsanzüge gekleideten Männer, die der heimtückischen Brandstiftung unter Alkoholeinfluß angeklagt waren, wurden weder für schuldig noch für unschuldig befunden, sondern bekamen erklärt, daß die Anklagepunkte gegen sie als »nicht bewiesen« galten, eine der schottischen Gerichtsbarkeit eigene Version des in der allgemeinen britischen Rechtsprechung nicht zu findenden »aus Mangel an Beweisen«-Prinzips, das juristisch gesehen einem Freispruch gleichkommt, oft aber bedeutet: Wir glauben, daß Sie es getan haben, aber wir sind nicht sicher, und darüber hinaus noch den zweifachen Vorteil besitzt, in die gewöhnlich schwarzweiße Welt des Gesetzes, die ansonsten nur schuldig/unschuldig, gut/schlecht und anständige Bürger/Verbrecher kennt, das Konzept des relativen Zweifels einzuführen, sowie eine bleibende Wolke öffentlichen Argwohns über dem Kopf des Angeklagten schweben zu lassen, damit er in der Zukunft nicht zu übermütig wird.

Großvater und die Schwestern kehrten auf den Hof Luskentyre zurück – Salvador, um sich mit Mr. McIlone um das Vieh zu kümmern und weiter zu lesen, zu studieren und an der *Orthographie* zu schreiben; und die Schwestern, um weiterhin in ihrem umgebauten Bibliotheksbus kreuz und quer über die Inseln zu fahren, schlechte Geschäfte zu machen und kaum ihren Lebensunterhalt zusammenzubringen. Als der erste Sommer kam, den mein Großvater auf den Inseln verbrachte, der Sommer 1949, stellten die beiden Schwestern fest, daß sie nunmehr noch etwas anderes teilten, da ihre Bäuche verräterisch anschwollen. Salvador – wenn auch natürlich voll des männlich-virilen Stolzes – fragte sich schon, wie sie wohl zwei weitere Mäuler stopfen sollten, als unvermittelt die Possils auftauchten.

Cecil (offenkundig Siesill ausgesprochen) und Gertie Possil waren ein begütertes, exzentrisches Ehepaar, das sein ansonsten recht sinnleeres Leben damit zubrachte, sich den verschiedensten Sekten, Kultgemeinschaften und Kirchen anzuschließen, als wäre es die erklärte Absicht der beiden, eine vollständige Sammlung zusammenzutragen. Cecil war ein hochgewachsener, linkischer Mann, der nicht am Krieg hatte teilnehmen können, da er nur ein Auge besaß, nachdem er sein anderes im Kindesalter verloren hatte, als sein Vater – ein begeisterter Sportfischer – ihm das Auswerfen der Angel zeigte; man hätte meinen sollen, daß dieses traumatische Erlebnis dem kleinen Cecil für den Rest seines Lebens die Lust am Fischen – und möglicherweise sogar am Fisch – rauben würde, doch tatsächlich war das genaue Gegenteil der Fall gewesen. Wenn Cecil sich auf einer seiner häufigen Angeltouren im schottischen Hochland oder an den Bächen und Strömen Südenglands befand, verbrachte Gertie ihre Zeit damit, zu Séancen zu gehen und mit Mystikern zu reden.

Sie hatten in ihrer Tageszeitung etwas über Großvater und seinen sonderbaren neuen Glauben gelesen – darunter auch über seine Betonung der Bedeutung des 29. Februars; der betreffende Artikel war am 1. März jenes Jahres erschienen, und sie hatten erkannt, *daß jener Tag der 29. Februar gewesen wäre, hätte es sich bei 1949 um ein Schaltjahr gehandelt.* Überzeugt von der profunden Bedeutung dieses Zusammentreffens der Ereignisse hatten sie beschlossen, später in jenem Jahr eine Pilgerfahrt nach Luskentyre zu unternehmen. (Obgleich gesagt werden muß, daß Cecil einmal eingestanden hat, daß ihn persönlich, für den Fall, daß er und seine Frau in Großvaters Urkirche unwillkommen oder von dieser desillusioniert gewesen wären, auch die Angelmöglichkeiten gelockt hätten, die die Hebriden boten.)

Salvador begegnete den Possils bei ihrem Eintreffen mit Mißtrauen, während Mr. McIlone ihnen freudig seine Gastfreundschaft anbot und die Schwestern sie höflich distanziert empfingen. Cecil und Gertie waren in einem großen Vorkriegsauto (einer Art Kombi, von dem mir Schwester Jess einmal erzählte, eine Lady namens Everidge hätte dafür einst die treffende Bezeichnung Fachwerkauto geprägt) nach Harris gekommen, welches vollgepackt war mit mesopotamischen Zierkissen, afghanischen Teppichen, ceylonesischen Räucherstäbchenhaltern aus Onyx und allen anderen Notwendigkeiten, die man für das längerfristige Überleben auf einem Bauernhof brauchte.

Außerdem brachten sie wohl gut zwanzig verschiedene Sorten Tee mit, die sie in luftdichten javanischen Bestattungsurnen aufbewahrten. Das machte sie meinem Großvater auf Anhieb sympathischer und gab vermutlich den Ausschlag, daß sie schon bei ihrem ersten Besuch voller Vertrauen aufgenommen und nicht mit solchem Argwohn behandelt wurden, daß sie sich vergrault fühlten. Indem sie den Luskentyre-Hof unbekümmert mit Batiken, Lackschirmen und silbernen Leuchtern ausstaffierten, gelang es den Possils, dem Anwesen eine Atmosphäre des Luxus zu verleihen, die anfangs allen Beteiligten, auch meinem Großvater, sehr gefiel. Bislang hatte sich die Ausstattung des Hauses auf quietschende Eisenbetten, qualmende Paraffinlampen und hier und dort ein ausgetretenes Reststück Linoleum auf dem ansonsten nackten Holzfußboden beschränkt. Als die Possils mit dem Ausschmücken fertig waren, gab es all das immer noch, aber es wirkte nun irgendwie behaglicher.

Der erste Besuch der Possils dauerte zwei Monate und versorgte den Hof mit den importierten Attributen von Opulenz, Großvater mit allen Aromatees und Schreibutensilien, die sein Herz begehrte, und die Einheimischen sowohl mit ausreichendem neuem Tratsch als auch einem abschreckenden Beispiel, um Kindern und charakterschwachen Erwachsenen die Gefahren hedonistischer Unmoral und heidnischer Dekadenz vor Augen zu führen.

Doch ich glaube, die Possils gaben unserem Gründer noch etwas anderes: einen unabhängigen Blickwinkel, eine Eichstelle, eine Gelegenheit, seine Offenbarungen, Gedanken, Erkenntnisse und zukünftigen Lehren an der Erfahrung von Menschen zu messen, die, was eigentümliche neue Sekten anging, wohl schon so ziemlich alles gesehen hatten und die zweifelsohne eine salonfähige Kultgemeinschaft erkennen würden, so sie auf eine trafen.

Cecil und Gertie wurden zu Konvertiten. Etwas an Salvadors neuer Religion schien sie anzusprechen; sie war, wenn man so will, sowohl an der Vergangenheit als auch an der Zukunft ausgerichtet, und die Possils fanden in beiden Richtungen Elemente, die ihnen zusagten. Sie hatten sich einige Jahre zuvor dagegen entschieden, ihr Haus in Edinburghs Morningside ans Stromnetz anschließen zu lassen, und waren bereits recht eigenbrötlerisch und merkwürdig, was ihre Lebensweise betraf. Das ständige Hin- und Herhetzen zwischen den Gottesdiensten und Versammlungen so vieler Splitterreligionen hatte ihnen so gut wie keine Zeit gelassen, anschließend privateren Umgang mit den ernsthaft Gläubigen zu pflegen, und beide hatten nur wenige Bekannte außerhalb ihrer jeweiligen Hobbys, dem Sportangeln bzw. den Séance-Besuchen, und erst recht keine engen Freunde. Ich glaube, selbst Salvadors freimütig skandalöse Beziehung mit den beiden Schwestern muß ihnen wie ein frischer Windhauch vorgekommen sein nach der kleinkarierten und hysterisch verkrampften Einstellung zur Sexualität, die die anderen Sekten und

Glaubensgemeinschaften, die sie hofiert hatten, propagierten, und sowohl daran gemessen, als auch an dem Wunsch, ein karges und friedvolles Leben außerhalb der konventionellen Gesellschaft zu führen, welches sich durch Achtung vor der Weisheit der Vergangenheit, der Natur und allen mystischen Glaubensrichtungen auszeichnete, könnte man sagen, daß mein Großvater einer der ersten Hippies war.

Cecil und Gertie verließen den Hof am Ende jenes ersten Sommers, während Aasnis und Zhobelias Bäuche wuchsen, und kurz nachdem Gertie zu ihrer nicht ungetrübten Freude entdeckt hatte, daß auch sie nunmehr schwanger war (das Ergebnis war dann Lucius). Sie schwuren, daß sie zurückkommen und daß sie die frohe Botschaft von der Geburt des neuen Glaubens verbreiten würden, sowohl durch Mundpropaganda als auch durch die Finanzierung der Veröffentlichung der *Orthographie*, sobald Salvador sie fertiggestellt hätte. Sie nahmen all ihren exotischen Schnickschnack wieder mit, packten ihn einfach in den Kofferraum des Kombis, ohne einen Gedanken an die Gefühle der schwangeren Schwestern zu verschwenden, die sich nach einem berauschenden Aufenthalt inmitten des Luxus von parfümgetränkten, goldgewirkten Kissen und Seidenteppichen mit märchenhaften Mustern nun unvermittelt abermals in der tristen Welt der quietschenden Eisenbetten und des sich wellenden Linoleums wiederfanden.

Ich glaube, dies war der Moment, in dem Salvador, der sich die diesbezüglichen Beschwerden und Nörgeleien der Schwestern anhören mußte, endgültig der Extravaganz und dem Luxus abschwor und das schlichte Leben zu einem Glaubensgebot erhob.

Die Possils schrieben fast täglich Briefe nach Luskentyre, berichteten von ihrer Missionsarbeit unter der heidnischen Einwohnerschaft von Edinburgh und ihren Bemühungen, die fromme Botschaft unter jenen, die ihre Angeln nach Hechten und Karpfen in friedlichen Seen auswarfen, und jenen, die nach den Worten, Warnungen und Ratschlägen teurer Verblichener dürsteten, zu verbreiten.

In der Zwischenzeit eilte Aasnis und Zhobelias Schwangerschaft mit Riesenschritten voran, und irgendwann entwickelten die beiden gemeinschaftlich einen Heißhunger auf die aromatisch riechenden Marinaden und Gewürze, an die sie sich aus ihrer Kindheit erinnerten. Da es ihnen verboten war, Kontakt mit ihren Eltern aufzunehmen (etwas, das sie ohnehin nicht gewollt hätten), und da sie um keine andere Quelle scharfer Speisen in der Nähe wußten, begannen sie, ihre eigenen herzustellen, und bestellten per Post von einem indischen Krämer in Edinburgh, dessen Adresse Gertie ihnen besorgt hatte, Vorräte der ausgefalleneren Rohzutaten – Chilischoten, Koriander, Kardamom, etc.

Ihre Experimente mit Chili- und Knoblauchsoßen, Limonen- und Brinjalmarinaden, Apfel- und Ingwerchutney und so weiter waren nicht immer von Erfolg gekrönt, aber Aasni und Zhobelia ließen sich nicht beirren, und Salvador – der, wie auch Mr. McIlone, zunehmend Geschmack an den feurigen Erfindungen der beiden Schwestern fand, was an der durchaus ähnlichen Gaumenwirkung gelegen haben mag, die sowohl billiger Whiskey als auch jede chiligewürzte Speise erzeugen – ermutigte diese aromatischen Vorstöße in das Reich feinschmeckerischer Genüsse nach Kräften.

Aasni und Zhobelias ursprünglicher Heißhunger stellte sich als Initialzündung für eine Beschäftigung heraus, die Jahrzehnte überdauerte, und nach langem anfänglichen Zögern, das noch anhielt, als Aasni schon längst von Brigit und Zhobelia von Calli entbunden worden war und die beiden Schwestern wieder bequem hinter den Tresen ihres umgebauten Bibliotheksbusses paßten, erwiesen sich ihre selbstgemachten Chutneys und scharf eingelegten Gemüse allmählich als die Verkaufsschlager des fahrbaren Krämerladens und bewirkten, daß die aufgeschlosseneren Bewohner von Lewis und Harris Geschmack an feurigen subkontinentalen Gewürzen fanden – eine Neigung, die sie sich bis heute bewahrt haben.

*

Der Zug, der Zeb, Boz und mich zurück nach London brachte, erlitt kurz vor Brentwood einen Lokomotivschaden und kroch mit gerade mal Schrittgeschwindigkeit in den Bahnhof. Wir stiegen aus und wurden Zeuge einiger Verwirrung unter den Bahnangestellten bezüglich eines Ersatzdienstes, aber der allgemeine Konsens schien zu sein, daß wir wohl mit etwa einer Stunde Wartezeit zu rechnen hätten.

»Mist. Scheiße. Mann. Züge. Scheiße.«

»Wie ärgerlich.«

»He, warum besorgen wir uns nicht was zu essen?« schlug Boz vor.

Wir machten uns auf, um eine entsprechende Lokalität zu suchen. Auf der Straße vor dem Bahnhof begegneten wir vier Männern mit sehr kurzen Haaren, die schwere Stiefel, kurze Jeans und glänzende grüne Jacken im Blousonstil trugen; anscheinend verkauften sie Zeitungen. Ich glaube nicht, daß sie mir besonders aufgefallen wären, hätten sie nicht angefangen, »uuh-uuh-uuh-uuh-uuh«-Laute zu machen, als wir vorbeigingen. Einer von ihnen spuckte auf den Bürgersteig, direkt vor die Füße von Boz, der nur leicht den Kopf hob und unbeirrt weiterging.

»Wer sind die?« fragte ich Zeb, der neben mir ging. »Kennen die Boz?«

»Nö. Faschisten«, antwortete Zeb. »British National Party. Schlägertruppe.«

Ich schaute über die Schulter zu den Männern, die uns immer noch hinterherstarrten. Einer von ihnen warf etwas Gelbes; ich streckte die Hand hoch und fing eine halb gegessene Banane, die auf Boz gezielt gewesen sein mochte, der ein paar Schritte vor uns ging. Ich blieb stehen.

»Scheiße. Herrgott. Geh. Weiter«, knurrte Zeb mit zusammengebissenen Zähnen und zerrte an meinem Ärmel. Ich löste meinen Arm aus seinem Griff und ging zurück zu der Gruppe von Männern.

»Guten Tag«, grüßte ich sie, als sie einen Schritt vortraten. Ich hielt die halbgegessene Banane hoch. »Warum haben Sie damit geworfen?«

»Die ist für den Nigger, Schätzchen«, erwiderte der hochgewachsenste und blondeste von ihnen. »Gib sie deinem schwarzen Affen«, erklärte er mir. Die anderen kicherten.

Ich starrte die Männer an; vermutlich war mir die Kinnlade heruntergeklappt. »Du meine Güte«, sagte ich. »Sind Sie etwa Rassisten?«

»Ja.«

»Ja. Willste 'ne Scheißzeitung kaufen, Süße?« Einer von ihnen wedelte mit einem stramm verschnürten Bündel von Zeitungen vor meinem Gesicht; die Schlagzeile besagte etwas in der Richtung von Es reicht und Paki Killer-Gangs.

»Ja, wir sind Scheißrassisten; wir glauben an die weiße Vorherrschaft«, erklärte der große Blonde. »Woran glaubst du denn, mal abgesehen davon, daß du dich mit Niggern abgibst?«

»Nun, es tut mir leid, aber ich glaube an die Liebe und das Verständnis und die Verehrung des Schöpfers durch di –«

»Du verehrst wohl eher Niggerschwänze.«

»Ja, läßt dich von dem da in den Arsch ficken, stimmt's?«

»Schau ihn dir nur mal an, wie er da schon steht; scheißt sich vor Angst glatt in die Hose; schau ihn dir nur an, ihn und die kleine Fotze, die machen sich vor Angst gleich in die Hosen!« sagte einer der anderen, dann rief er über meinen Kopf hinweg: »Is was? Ja? Ja? Wollt ihr ein paar in die Fresse? Ihr müßt nur das Maul aufmachen, wenn ihr ein paar in die Fresse wollt!«

»Entschuldigen Sie bitte«, sagte ich und tippte besagtem Mann auf die glänzende Schulter seiner Jacke. »Dazu besteht keine Veranlassung.«

Er blickte auf seine Schulter, dann drehte er sich zu mir um. Der große Blonde trat zwischen uns und knurrte: »Hör zu, verpiß dich einfach wieder zurück zu deinem Nigger-Freund, verstanden?«

Ich starrte ihm durchdringend in die Augen. Ich wandte mich zum Gehen, dann drehte ich mich blitzschnell wieder um.

»Könnte ich eine von Ihren Zeitungen haben?« fragte ich. »Es interessiert mich, was Sie so denken.«

Der große Blonde verzog verächtlich den Mund, dann rupfte er eine Zeitung von dem Bündel in seinem Arm. Er hielt sie mir hin. Ich griff danach, doch er zog sie weg. »Fünfzig Pence«, erklärte er.

»Es tut mir leid«, erwiderte ich. »Ich habe kein Geld, aber ich dachte, wenn Sie derart von der Richtigkeit dessen, was Sie sagen, überzeugt sind, dann würden Sie mir vielleicht eine umsonst geben.«

»Wir werden dir eine umsonst geben, Schotten-Tussi«, sagte der große Blonde und beugte sich ganz dicht an mich heran. Er versetzte mir mit der Zeitung eine Ohrfeige, dann drückte er sie mir rüde gegen die Brust und schubste mich nach hinten; ich ließ die halbgegessene Banane fallen, ergriff die Zeitung mit beiden Händen und machte einen weiteren Schritt zurück.

»Verpiß dich«, wiederholte der Mann und zeigte mit dem Finger auf mich. »Das sage ich dir nicht noch einmal, Fotze.«

Ich nickte und tippte mir an den Hut. »In Ordnung. Vielen Dank für die Zeitung.«

Ich ging unter Gejohle und plötzlich erschallendem Gelächter davon. Die Banane segelte über meinen Kopf und landete zu Füßen von Zeb und Boz, die zehn Meter weiter an einer Straßenecke standen und sehr verängstigt dreinschauten.

»I-sis«, sagte Boz, sobald wir außer Sichtweite waren. »Du mußt damit aufhören, solche Sachen zu machen. Ich denke, von jetzt an gehe ich besser hinter dir; du hast so die Angewohnheit, auf dem Absatz kehrt zu machen und der Gefahr geradewegs in die Arme zu laufen. Diese Kerle sind gefährlicher als dieser verdammte Baskerville-Köter.«

»Hmm.«

»Mein Gott. Scheiße. Himmel. Arsch. Und Zwirn...«

»...Achte auf deine Ausdrücke, Bruder Zebediah«, rügte ich ihn geistesabwesend, während ich im Gehen die Zeitung durchblätterte. »...Ach, du liebe Güte!«

Wir aßen in einem Pub zu Mittag. Ich las die Zeitung Halbseite für Halbseite, da ich sie auf Boz' Bitte hin so zusammengefaltet hatte, daß man aus der Entfernung nicht erkennen konnte, was ich da las. Ich stellte Zeb und Boz einige Frage bezüglich dessen, was da geschrieben stand, und muß davon ausgehen, daß sie mir wahrheitsgemäß antworteten.

Wir verbrachten vielleicht eine halbe Stunde beim Mittagessen (ich lehnte stehend an einer hölzernen Trennwand, während Boz und Zeb saßen). Das Sandwich, das ich aß, sah appetitlich aus, war jedoch durchgeweicht und fast völlig geschmacklos. Ich trank ein Bier, das irgendwie nach Chemikalien schmeckte und möglicherweise zu dem führte, was im Anschluß geschah.

»Wahrscheinlich sind sie mittlerweile weg«, erklärte Boz zuversichtlich. Wir näherten uns der Ecke, an der er und Zeb auf mich gewartet hatten, während ich mich mit den vier jungen Männern unterhalten hatte. Ich blickte in ein Schaufenster und sah ihre schwarz-grünen Spiegelbilder; sie standen noch immer genau da, wo wir ihnen vorhin begegnet waren.

»Ja, das denke ich auch«, pflichtete ich bei, während ich meine Schritte verlangsamte und mich umschaute. Wir kamen gerade an einem interessant aussehenden Geschäft namens Delikatessen vorbei. »Boz«, sagte ich fröhlich und blieb stehen, so daß auch die anderen beiden anhalten mußten. »Ich würde gern meinen Beitrag zum heutigen Abendessen leisten. Leider ist es mir nicht erlaubt, Einzelhandelsgeschäfte zu betreten; wärst du wohl so freundlich, in diesen Laden hier zu gehen und ein oder zwei Zutaten zu erwerben?«

»Kein Problem, I-sis; was willst du haben?«

»Ich habe etwas Geld«, erklärte ich und holte zwei Einpfundnoten hervor.

Boz betrachtete die Geldscheine und lachte. »Ich leg's für dich aus, I-sis. Sag mir einfach nur, was du haben willst.«

»Etwas frischen Koriander, bitte«, sagte ich.

»Geht klar.«

Boz verschwand in dem Geschäft. Ich reichte Zeb die beiden

Einpfundnoten. »Dort hinten gibt es einen Spielzeugladen«, sagte ich. »Könntest du mir wohl zwei Wasserpistolen besorgen?«

Zeb sah mich verständnislos an, ein Ausdruck, der zu ihm paßte, wie ich gestehen muß. »Bitte«, sagte ich. »Sie sind ein Geschenk.«

Zeb ging zurück zu dem Spielzeugladen, sein Blick noch immer verständnislos. Boz kam wieder aus dem Delikatessengeschäft. »Oh«, sagte ich und faßte mir an die Stirn. »Und zwei Flaschen von dieser Chilisoße; wie hieß sie noch mal?«

»Tabasco?« schlug Boz vor und reichte mir den Bund frischen Koriander. Ich stopfte ihn in meine Tasche und nickte. »Genau.«

Boz grinste. »Das ist scharfes Zeug, I-sis. Bist du sicher, daß du zwei Flaschen brauchst?«

Ich überlegte kurz. »Nein«, erklärte ich. »Hol besser vier.«

*

Ich näherte mich der Gruppe von Männern in ihren glänzenden grünen Jacken. Sie formierten sich vor mir zu einer Linie. Ich ging mit gesenktem Kopf auf sie zu, die Hände vor die Brust gelegt in einer Geste der Demut.

Die Faschisten ragten hoch vor mir auf; eine Mauer aus Stoppelhaaren, schwarzem Jeansstoff und glänzendem Grün; getragen von schweren braunen Lederstiefeln. Ich neige meinen Kopf noch tiefer und ließ meine Hände neben den Körper sinken. Ich hoffte, daß meine Taschen nicht leckten.

»Meine Herren«, sagte ich lächelnd. »Ich habe Ihre Publikation gelesen. Ich habe über Ihren Haß und Ihre Verachtung gegenüber Menschen gelesen, die anders als Sie sind ...«

»Ah ja?«

»Scheiße, echt?«

»Gegenüber was?«

»Du kannst einfach nicht hören, was?«

»... und ich möchte Sie wissen lassen, daß ich ganz genauso empfinde.«

»Häh?«

»Ah ja?«

»Ja; ich empfinde Menschen wie Ihnen gegenüber ganz genauso.«

»Was –?«

»He –«

»Gott, vergib mir«, flüsterte ich, während ich die kleinen Wasserpistolen aus meinen Jackentaschen zog, eine in jeder Hand, und sie in die Gesichter der Männer mit den grünen Jacken abfeuerte, direkt in ihre Augen.

*

»Somerset«, sagte Boz im Zug zum Liverpool-Street-Bahnhof.

»So scheint's«, bestätigte ich, während ich meine Hände sorgfältig mit nassem Toilettenpapier von der wässrigen roten Flüssigkeit säuberte. Ich hatte darüber nachgedacht, was Morag wohl damit gemeint haben könnte, ich würde sie belästigen. Ich hatte nicht die leiseste Ahnung. Das machte mir Sorgen. »Ich werde morgen dorthin abreisen«, erklärte ich Boz und Zeb.

Zeb stand mit verschränkten Armen da und starrte mich an. »Verrückt.«

*

Als wir das besetzte Haus betraten, gab Boz mir einen ungestümen Kuß auf die Lippen. »Du darfst das nicht falsch verstehen, I-sis«, sagte er, während er noch immer meine Schultern umfaßt hielt. »Aber«, fuhr er fort. ». . . na ja . . .« Er klopfte mir auf die Schulter und ging davon.

»Verrückt.« Zeb stand in der Diele und schüttelte den Kopf. Er grinste. »Beinhart«, bemerkte er.

»Ich bin halt ein zähes Luder«, pflichtete ich bei und klopfte Zeb auf die Schulter, wie um die Aufmunterung weiterzureichen.

Kapitel Zwölf

Ich glaube, es war mein Freund Mr. Warriston aus Dunblane, der einmal bemerkte, über Narren zu lachen sei der sicherste Beweis für Genialität und die Schmähung politischer oder religiöser Führer das eindeutigste Anzeichen dafür, daß der Urheber der Giftspritzerei auf etwas gestoßen ist, was der Wahrheit bedrohlich nahe kam.

Dem möchte ich nur noch hinzufügen, daß, da die meisten von uns nur zu bereit sind, einen Narren als einen Menschen zu definieren, der nicht unserer Meinung ist, zwangsläufig ein gewisses Maß an Selbstzweck in die Gleichung eingeführt wird, das – wenn auch mit dem Anstrich einer gewissen oberflächlichen Eleganz – der Beobachtung einiges von ihrer Anwendbarkeit nimmt.

Wie dem auch sei, ich war immer der Ansicht, daß es dem Durchschnittsmenschen keinerlei Schwierigkeiten bereitet, die eigenen Wünsche, Vorurteile und Bigotterien gegen die Gesamtheit der profundesten Philosophien der Welt und gegen jede moralische Lektion, die aus diesen Systemen je erwachsen ist, abzuwägen und am Ende seine persönliche Selbstsucht als einzig validen Antrieb für seine Handlungen anzuerkennen.

Als Luskentyrianerin bin ich natürlich beileibe kein Durchschnittsmensch, und als Schaltjährige der dritten Generation befinde ich mich nicht nur in einer herausragenden, sondern noch dazu in einer besonders privilegierten Position, mit all den Verpflichtungen und der Bürde der Verantwortung, die dies mit sich bringt. Vielleicht steht es mir daher nicht zu, ein allzu hartes Urteil über meine Mitmenschen zu fällen, wenn das, was uns gemeinsam ist, weit weniger wiegt als das, was uns trennt und unterscheidet – was mich nicht besser machte als die vier Männer, die ich tags zuvor keuchend und röchelnd und fluchend auf ihren Knien vor dem Bahnhof zurückgelassen hatte. Nichtsdestotrotz, ob es nun gut für meine Seele war oder nicht, ich weidete mich am darauffolgenden Morgen noch immer an dieser Szene, während ich in Gunnersbury an einer Autobahnauffahrt stand und mir das Gejohle aus vorbeifahrenden Autos und Lastern anhörte – vielleicht hervorgerufen durch mein Geschlecht, vielleicht durch meinen Hut –, sowie die unausweichlichen Beschimpfungen jener Fahrer, deren angebotene Mitfahrgelegenheit ich ablehnte, weil mir ihre Automobile irgendwie zu seicht und konventionell erschienen.

Dies war Teil meiner Strategie, den glaubenkorrumpierenden Einfluß der Großstadt von mir abzuschütteln. Ich hatte mich zu sehr an das elektrische Licht des besetzten Hauses gewöhnt (dessen Vorhandensein mich zuerst verwirrt hatte, sobald ich mir die Zeit genommen hatte, darüber nachzudenken, doch was sich dann schlicht damit erklärte, daß es dem Elektrizitätswerk egal war, ob das Gebäude rechtmäßig bewohnt wurde, solange nur jemand die Rechnungen bezahlte). Ich hatte überlegt, am Vorabend noch einmal einige Züge von den herumgereichten Cannabis-Zigaretten zu nehmen, während Boz – mit einsilbiger Unterstützung von Zeb – den anderen meine Abenteuer des Tages schilderte und ich unwillkürlich vor Stolz strahlte, auch wenn ich mich nach außen hin bescheiden gab. Am Ende hatte ich jedoch davon Abstand genommen.

Ich hatte Zeb beiseitegenommen und ihm erklärt, daß ich es für das beste hielte, wenn ich in der Hoffnung, daß meine Mission vielleicht von Erfolg gekrönt sei, meine Suche nach Morag fortsetzte, bevor ich – oder jemand anders – der Gemeinde die schlechte Nachricht bezüglich des Doppellebens unserer Cousine übermittelte. Zeb hatte keine Einwände. Dann hatte ich, noch immer zu einer gesitteten Zeit, allen eine gute Nacht gewünscht und mich verabschiedet und war hinauf zu meiner Hängematte geklettert, befriedigt darüber, der Versuchung nicht nachgegeben zu haben. Am nächsten Morgen hatte ich mich jedoch, während ich im Morgengrauen zu Fuß von Kilburn hierher marschiert war, dabei ertappt, wie ich überlegte, einfach den Bus oder die U-Bahn zu nehmen. Abermals widerstand ich der Versuchung, doch all diese Anwandlungen und plötzlichen Wünsche waren Anzeichen dafür, daß ich zunehmend von dem Gedankengut und den Gewohnheiten der Unerretteten angesteckt wurde.

Allen Luskentyrianern ist ein vielleicht perverses Vergnügen daran, nicht den offensichtlichen Weg zu gehen, angeboren, das wir im Verlauf unseres Lebens emsig weiterentwickeln; je länger ich an der Auffahrt zur Autobahn stand und angebotene Mitfahrgelegenheiten ablehnte – wobei ich gelegentlich erfolgreich einen der anderen, die dort als Anhalter standen, heranwinken konnte, damit er statt meiner in das Fahrzeug einstieg –, desto zuversichtlicher wurde ich bezüglich dieses jüngsten Abschnitts meiner Mission. Meine Gefühle waren unerklärlich gemischt; Hochstimmung ob meiner wagemutigen und listigen Taten tags zuvor, Erleichterung darüber, die Großstadt hinter mir zu lassen, nagendes Heimweh und ein allgemeines Vermissen aller Mitglieder der Gemeinde; Besorgnis, daß meine Cousine Morag – so nicht entweder ich oder der junge Mann im La Mancha die Sache gründlich falsch verstanden hatten – eine Abneigung gegen mich entwickelt zu haben schien oder mich sogar willentlich mied, und unter alldem noch ein Anflug von Paranoia, daß einer oder mehrere der Männer, die ich gestern mit der Tabascosoße angegriffen hatte, aus irgendeinem Grunde vorbeikommen, aus dem Wagen springen und über mich herfallen könnten, während ich hier stand.

Ich sagte mir immer wieder, daß in London allein an die sieben Millionen Menschen lebten und daß Brentwood schon recht weit entfernt sei und noch dazu in entgegengesetzter Richtung zu meinem Reiseweg, aber am Ende war es eben diese Angst, die schließlich über das stolze Gefühl der gesegneten Rechtschaffenheit siegte, das mir die Ablehnung all jener angebotenen Mitfahrgelegenheiten gab, und mich schließlich in das kleine, alte französische Auto eines netten jungen Pärchens einsteigen ließ. Sie fuhren nur bis Slough, aber wenigstens war es ein Anfang. Die beiden sprachen mich auf mein Sitzbrett an; ich fing an, ihnen von der Sekte der Luskentyrianer zu erzählen und ihnen die asketischen Ideale unseres Glaubens zu erklären. Sie schienen froh, als sie mich wieder loswurden.

Ich schätzte, es dauerte neunzig Minuten, bis ich zu Fuß die Ortsgrenze von Slough erreicht hatte und dann eine weitere Mitfahrgelegenheit fand, diesmal auf der Ladefläche des Pritschenwagens eines Maurerbetriebes, in dessen Fahrerkabine eingezwängt drei junge Männer, anscheinend in Fußballtrikots, saßen. Sie nahmen mich bis Reading mit; als sie wieder anfuhren, stob eine Wolke aus Zementstaub hoch und ließ meine Augen tränen.

Ich stand vielleicht eine Stunde neben der A4 am Ortsrand von Reading – die meiste Zeit damit beschäftigt, meine Straßenkarte zu studieren und Zementstaub von meiner Jacke und meiner Hose zu klopfen –, dann ließ ich mich von einem sehr gepflegten, doch leger gekleideten Mann mitnehmen, der zu einem Amateur-Cricketspiel in Newbury unterwegs war. Auch er sprach mich auf das Sitzbrett an; ich erklärte ihm, es sei eine Art Gebetsteppich, was ihn augenscheinlich verwirrte. Ich studierte den Straßenatlas in seinem Auto und entschied mich gegen die offensichtliche Variante, mich an der Kreuzung mit der Autobahn absetzen zu lassen und meine Reise auf der M4 fortzusetzen, da ich es für gesegneter erachtete, mich weiter an die Nebenstrecken zu halten. Ich fuhr mit dem Mann – dem Vertreter eines Pharmakonzerns, wenn auch offenkundig momentan außer Dienst – bis nach Newbury und plauderte angeregt mit ihm. Ich vermute, daß ich angeflirtet wurde, aber ich bin in derartigen Dingen noch ein völliger Neuling, also war er vielleicht einfach nur nett. Während ich zu Fuß aus Newbury herausmarschierte, aß ich die Sandwiches, die Roadkill mir am Vorabend gegeben hatte.

Die nachfolgenden Mitfahrgelegenheiten brachten mich nach Burbage (mit einem Kettenraucher; nochmaliges Augentränen), Marlborough (dank eines jungen Soldaten auf Urlaub, der beständig mit seiner Hand meinen Oberschenkel und meine Hüfte berührte, wenn er schaltete, bis ich demonstrativ die fünfzehn Zentimeter lange Hutnadel aus meinem Revers zog und mir damit in den Zähnen stocherte), Calne (ein freundlicher, schon ergrauter Herr, anscheinend auf dem Heimweg von einem Stelldichein), Chippenham (in dem Lieferwagen eines armen Tropfs, der Ende des Monats zum ersten Mal Vater werden sollte und darauf wartete, am kommenden Morgen zu erfahren, ob er seine Arbeitsstelle durch einen ominösen Vorgang namens Rationalisierungsmaßnahme verlieren würde) und schließlich, in der schnell heraufziehenden Abenddämmerung, zu einem Dorf namens Kelston, abermals mit einem Pärchen. Sie waren älter und redseliger als die beiden, die den Reigen des Tages begonnen hatten. Auch sie sprachen mich auf mein Sitzbrett an; ich erklärte ihnen, ich hätte Rückenprobleme. Sie luden mich ein, in ihrem Haus in Kelston zu übernachten. Ich lehnte höflich ab, bat jedoch, einen Blick in ihren Straßenatlas werfen zu dürfen. Ich hängte meine Hängematte in einem Wald am Ortsrand auf. Während der Nacht regnete es; ich benutzte meinen Seesack als zusätzlichen Schutz, wurde aber trotzdem naß.

Kurz nach Sonnenaufgang erwachte ich klamm und steif und fröstelnd und wusch mein Gesicht mit dem Tau, der an den Grashalmen hing, dann kletterte ich auf den erklimmbar wirkendsten hohen Baum, den ich entdecken konnte, teils zur Leibesertüchtigung und teils, um mich aufzuwärmen.

Der Himmel über den Baumwipfeln war beunruhigend rot, aber dennoch wunderschön, und ich saß eine Weile eingekeilt zwischen den Ästen da, erfreute mich am Anblick der vorbeiziehenden Wolken, lauschte dem Gesang der Vögel und stimmte meinerseits einen Lobgesang auf Gott und Seine Schöpfung an, den ich lautlos in meinem Herzen sang.

*

Ich marschierte durch die Vororte von Bath zur A39, bis ich nach etwa einer Stunde, kurz hinter einem großen Straßenkreisel, abermals den Anhalterdaumen hochreckte. Es schien mehr Verkehr als am Vortag zu herrschen, doch erst als ich am Straßenrand stand und eine Erklärung dafür suchte, wurde mir mit einem

Schlage bewußt, daß der heutige Tag ein Montag und gestern Sonntag gewesen war; ich schimpfte mich selbst eine Närrin, dies nicht schon tags zuvor erkannt zu haben. Es hatte keinen Einfluß auf meine Reise oder meine Suche nach Morag, aber es war dumm von mir gewesen, mich nicht zu fragen, warum so wenige der Leute, mit denen ich am Vortage mitgefahren war, gearbeitet hatten.

Es ist für Luskentyrianer nicht ungewöhnlich, zu vergessen, welcher Tag gerade ist – wir richten uns nach den natürlichen Zyklen des Mondmonats und -jahres, nicht nach künstlichen Unterteilungen wie Wochen –, aber ich hatte angenommen, daß ich durch das Leben unter den Durchschnittlichen auch zwangsläufig ihre Lebensgewohnheiten übernehmen würde; ich vermute, das besetzte Haus in Kilburn war nicht unbedingt archetypisch seicht gewesen. Ich dachte wieder an zu Hause und all die Menschen dort. Ich hoffte, Mr. Warriston würde sich keine allzu großen Sorgen machen, wenn ich nicht kam, um die Flentrop zu spielen. Während die Autos auf ihrem Weg nach Bath an mir vorbeidonnerten, erging ich mich eine Weile lang in dem lieblichen, wehmütigen Gefühl des Selbstmitleids, malte mir vor meinem geistigen Auge aus, was die Menschen daheim in diesem Moment wohl gerade tun würden, und hoffte, daß einige von ihnen mich vermißten.

Ich löste mich aus meiner wehmütigen Versenkung und konzentrierte mich darauf, positiv zu denken und freundlich und erwartungsvoll, aber nicht verführerisch auszusehen. Wenige Minuten später wurde ich von einem Bäcker auf dem Heimweg von einer Nachtschicht mitgenommen; ich marschierte zu Fuß von einem Dorf namens Hallatrow zu einem namens Farrington Gurney und erreichte Wells – dank eines auf dem Weg ins Büro befindlichen Pendlers –, bevor die Geschäfte aufmachten.

Wells besitzt eine hübsche Kathedrale und schien ganz allgemein ein anheimelnder, heiliger Ort. Ich empfand es als angenehm passend, an diesem Morgen hierhergekommen zu sein, wenn ich zu Hause meinen Besuch in Dunblane machen würde, und so war ich versucht, zu verweilen und mich etwas umzuschauen, doch ich entschied mich schließlich, meine Reise unverzüglich fortzusetzen. Ein Verkehrspolizist erklärte mir den Weg zu Clissolds Gesundheitsfarm und Country Club, die keine zehn Meilen entfernt nahe dem Ort Dudgeon Magna lag. Ich setzte mich in westlicher Richtung in Marsch und reckte meinen Daumen hoch, sobald ich die kleine Ortschaft hinter mir gelassen hatte; keine Minute später hielt ein seltsam aussehender Lieferwagen, kaum zweihundert Meter hinter dem Schild mit der Aufhebung der Geschwindigkeitsbegrenzung.

Die Karosserie des Lieferwagens schien auf den ersten Blick aus Backsteinen zu bestehen. Die Hecktür öffnete sich und gab den Blick frei auf eine Gruppe bunt gekleideter junger Leute, die auf Schlafsäcken, Rucksäcken und Deckenrollen hockten.

»Unterwegs zum Konzert?« rief einer von ihnen.

»Nein, zu einem Ort namens Dudgeon Magna«, erwiderte ich. Die jungen Leute tuschelten untereinander. Schließlich sah jemand vorne im Wagen auf einer Karte nach, und es wurde die Botschaft zu mir nach hinten übermittelt, ich solle reinhüpfen. Ich setzte mich auf den harten Metallboden.

»Ja, anscheinend hat er mal 'ner Firma gehört, die Haus- und Wandverkleidungen und so 'n Zeug verkauft hat«, sagte das Mädel, neben dem ich saß und das etwa in meinem Alter war. Ich hatte eine Bemerkung bezüglich des sonderbaren Aussehens des Lieferwagens gemacht.

Das alte Fahrzeug war nicht nur von außen, sondern auch von innen mit Platten aus künstlichen Backsteinen verkleidet. Die zehn jungen Leute, die es beherbergte, befanden sich auf dem Weg zu einer Art Feier auf einer Wiese nahe Glastonbury.

Ich rief mir die Landkarte, die ich in der Nacht zuvor angeschaut hatte, ins Gedächtnis. »Ist das hier nicht eine recht ungewöhnliche Strecke, um nach Glastonbury zu kommen?« fragte ich.

»Wir gehen nur den Bullen aus dem Weg«, rief der Bursche am Lenkrad fröhlich nach hinten.

Ich nickte, als wüßte ich, wovon er sprach.

»Was ist in Dudgeon Magna?« erkundigte sich eine der anderen.

»Meine Cousine«, erklärte ich ihr. Sie war wie die anderen angezogen, in Schichten und Aberschichten löchriger, abgerissener, doch farbenfroher Kleidungsstücke gehüllt; sie trug schwere Stiefel, die offenkundig schon so manches Feld gesehen hatten. Die sechs jungen Männer hatten alle Dreadlocks – ich hatte Roadkill gefragt, wie man diese Frisur nannte –, und die vier jungen Frauen hatten sich die Köpfe teilweise rasiert. Ich fragte mich, ob sie vielleicht einem Orden angehörten.

»Sollte das nicht eigentlich Dudgeon Alto oder so heißen?« erkundigte sich ein anderes Mädel und reichte mir eine Dose Cider.

Ich lächelte. »Ja, ich nehme an, das wäre ganz nett, nicht wahr?« erwiderte ich und trank einen Schluck aus der Dose.

»O Scheiße«, rief unser Fahrer »Was machen die denn *hier*?«

»Straßensperre«, sagte der Bursche auf dem Beifahrersitz. »Schweine.« Etliche der anderen erhoben sich und drängelten sich hinter der vorderen Sitzbank, wobei sie Laute der Enttäuschung und des Unmuts ausstießen.

»Das sind die Bullen«, murmelte einer nach hinten zu uns gewandt, die wir sitzen geblieben waren, während der Lieferwagen abbremste und schließlich zum Halten kam. Das Mädchen mir gegenüber, das mir den Cider gereicht hatte, verdrehte die Augen und seufzte laut. Der Fahrer kurbelte sein Fenster herunter.

»Was gibt's?«

». . . Grund zu der Annahme . . .« hörte ich eine tiefe Männerstimme sagen; die anderen begannen zu reden, und ich fing nur noch Fetzen des Gesagten auf.

»Aber –«

». . . unterwegs zu einer widerrechtlichen Versammlung . . .«

»Ach, kommen Sie schon, Mann –«

». . . Störung der öffentlichen Ruhe . . .«

»... *tun* doch nichts, wir *tun* doch niemandem was.«
»... richterliche Verfügung, die besagt ...«
»... meine, was sollen wir denn gemacht haben?«
»Warum fangt ihr nicht Vergewaltiger oder so was?«
»... zurück, woher immer Sie gekommen sind ...«
»Hört mal, wir wollen doch nur Freunde besuchen, verdammt noch mal!«
»... wird hiermit ...«
»... unfair; ich meine, das ist einfach unfair.«

In diesem Moment wurde die Hecktür des Lieferwagens von zwei Polizisten in Overalls und Sturzhelmen und mit langen Schlagstöcken in den Händen aufgerissen. »Also los, kommt schon; raus da!« befahl einer von ihnen.

Ich stieg mit den anderen aus, inmitten einer Welle der Unmutsbekundungen.

»Was ist denn los, Officer?« fragte ich einen der Männer.

»Da rüber«, befahl man uns.

Vor uns auf der Straße stand ein Polizeitransporter mit blinkendem Blaulicht; wir waren auf einen Rastplatz gelotst worden, wo schon andere ramponierte Lieferwagen, zwei alte Autos und ein klappriger Bus standen. An den Böschungen und Randstreifen standen weitere Polizeitransporter und Streifenwagen, und überall wimmelte es von Polizisten, einige in gewöhnlichen Uniformen, andere in Overalls.

Wir standen auf einer Grasböschung, während der Lieferwagen kurz durchsucht wurde und die Polizei seine Reifen und Lichter überprüfte; unser Fahrer mußte einige Papiere vorzeigen. Einige der Lieferwagen und Autos, die angehalten worden waren, mußten umkehren und wieder dorthin zurückfahren, woher sie gekommen waren. Andere schienen Streitobjekt zwischen ihren Insassen und der Polizei zu sein; eine kleine Gruppe von Leuten, einige von ihnen in Tränen aufgelöst, marschierte mit Schlafsäcken, Rucksäcken und Plastiktüten beladen zurück zur Straße. Ein weiterer verbeulter alter Minibus wurde angehalten, und mehr Leute wurden gezwungen, auszusteigen und sich auf den Rasenstreifen zu stellen. Gepflegt aussehende Autos und anderer Verkehr durften ungehindert die Straßensperre passieren.

»Also los; kehrt marsch und zurück dahin, woher ihr gekommen seid«, befahl uns ein Polizist, nachdem die Polizei unseren Lieferwagen verlassen und zu dem Minibus gegangen war.

»Aber, hören Sie doch«, protestierte unser Fahrer. »Wir wollen doch nur –«

»Du hast einen Reifen, der fast kein Profil mehr hat, Sohnemann«, schnitt ihm der Polizist das Wort ab und berührte mit dem ausgestreckten Finger fast die Nase des jungen Mannes. »Willst du, daß wir uns mal den Ersatzreifen ansehen? Wenn du überhaupt einen hast? Hast du einen Wagenheber? Ja? Nein? Sollen wir noch mal die Reifen überprüfen? Auf dem einen war wirklich fast kein Profil mehr. Verstehst du, was ich sage?«

»Hören Sie –«

»Scheiß-Polizeistaat«, murmelte jemand.

»Steigt in den Wagen, verschwindet von hier, verschwindet aus Avon. Verstanden?« sagte der Polizist und tippte dem Fahrer gegen die Brust. »Und wenn ich euch hier noch einmal sehe, geht's in den Knast.« Er drehte sich um und ging davon. »Der hier fährt nach Hause, Harry!« rief er einem anderen Polizisten zu, der nickte und dann das Kennzeichen des Lieferwagens in ein tragbares Funkgerät durchsagte.

»Mist«, knurrte jemand, als wir zum Lieferwagen zurückstapften.

»Ich will immer noch hin; wir fahren doch trotzdem hin, oder?«

»Is' nich' mehr weit.«

»Klar is' es das! Gute zehn Meilen.«

»Schweine.«

»Nee; wir kommen näher ran. Querfeldein.«

Ich holte meinen Seesack aus dem Laderaum des Lieferwagens. »Warum halten sie alle an?« fragte ich.

»Weil sie Scheißbullen sind; das ist ihr Scheißjob.«

»Verdammte, faschistische Anti-Spaß-Polizei.«

»Schweine!« sagte jemand aus dem Innern des Lieferwagens. »Die haben die ganzen Getränke ausgekippt.«

Allgemeines Stöhnen erhob sich, während die Leute zusahen, wie Rinnsale einer blaßgelben Flüssigkeit aus der Hecktür tropften.

»Kommst du nicht mit?« fragte das Mädchen, das mir den Cider gegeben hatte.

»Dudgeon Magna«, sagte ich und zeigte in die ungefähre Richtung.

»Dann mal viel Glück«, wünschte mir einer der jungen Männer.

»Vielen Dank. Geht mit Gott«, erwiderte ich. Sie schlossen die Türen. Der Motor wurde angelassen; der Lieferwagen wendete und fuhr Richtung Wells davon. Ich winkte den Leuten zu, die aus dem Heckfenster schauten, dann wandte ich mich wieder nach Westen.

»Und wo willst du hin?« fragte ein Polizist in Overall und Sturzhelm, der sich direkt vor mir aufgebaut hatte.

»Zur Ortschaft Dudgeon Magna«, erwiderte ich. »Um meine Cousine Morag Whit auf Clissolds Gesundheitsfarm und Country Club zu besuchen.«

Der Polizist musterte mich von oben bis unten. »Nein, tust du nicht«, sagte er.

»Aber natürlich«, erklärte ich und versuchte dabei, nicht allzu empört zu klingen.

»Nein«, sagte er und bohrte mir seinen Schlagstock in die Brust, »tust du nicht.«

Ich schaute auf den Schlagstock und stellte die Füße hintereinander, damit mein Gleichgewicht besser zentriert war. Ich lehnte mich gegen den Schlagstock. »Wo ich herkomme«, erklärte ich gedehnt, »behandeln wir Gäste um einiges höflicher als hier.«

»Du bist kein Gast, Herzchen; soweit es uns betrifft, bist du nur ein beschissenes öffentliches Ärgernis. Und jetzt verpiß dich zurück nach Schottland oder wo immer du herkommst.« Er schubste mich mit seinem Schlagstock. Meine Brust tat weh, wo er mit dem Schlagstock dagegendrückte, aber ich wich nicht einen Schritt zurück.

»Sir«, sagte ich und sah in seine Augen unter dem hochgeschobenen Visier des Sturzhelms. »Ich bin mir nicht ganz im klaren darüber, warum Sie all diese jungen Leute anhalten, aber was immer sie Ihrer Meinung nach vorhaben, ich habe keinen Anteil daran. Ich möchte meine Cousine auf Clissolds Gesundheitsfarm und Country Club besuchen.«

Der Polizist zog seinen Schlagstock etwas zurück, dann begann er, damit im Takt zu seinen Worten gegen meine Brust zu tippen. »Und, ich, habe, dir, gerade, erklärt, daß du da nicht hinkommst«, sagte er und versetzte mir mit dem letzten Wort einen festen Stoß, so daß ich einen Schritt nach hinten geschubst wurde. »Also, machst du jetzt kehrt und verpißt dich, oder willst du ernsthaft Ärger bekommen? Ich habe nämlich langsam die Schnauze von euch Typen voll.«

Ich blitzte ihn wütend mit zusammengekniffenen Augen an. Ich hob den Kopf. »Ich möchte mit Ihrem Vorgesetzten sprechen«, erklärte ich eisig.

Er musterte mich einen Moment lang. »Na schön«, sagte er; er trat beiseite und winkte mich mit seinem Schlagstock vorbei. »Hier entlang.«

»Vielen Dank«, sagte ich und machte einen Schritt an ihm vorbei.

Ich glaube, er hat mir ein Bein gestellt, um mich aus dem Gleichgewicht zu bringen; im nächsten Augenblick hatte er mich zu Boden geworfen, mir sein Knie ins Kreuz gestemmt und mir einen meiner Arme so weit auf den Rücken gedreht, daß ich unwillkürlich einen Schmerzensschrei ausstieß; es fühlte sich an, als würde mir gleich der Arm brechen. »Schon gut!« rief ich.

»Dave«, sagte er ruhig. »Filz mal diese Tasche, ja?«

Stiefel tauchten in meinem Blickfeld auf, und mein Seesack,

der neben mir auf dem Boden lag, wurde mir aus der Hand gerissen.

»Sie brechen mir den Arm!« schrie ich. Der Druck ließ etwas nach, bis er bloß noch unangenehm war. Ich spürte, wie ich errötete, als mir bewußt wurde, wie leicht man mich übertölpelt und dann zu Boden geworfen hatte. Jegliche Befriedigung, die ich ob meiner Triumphe zwei Tage zuvor in Essex empfunden haben mochte, wurde mir von dem Knie in meinem Kreuz aus dem Leib gepreßt.

»Was ist das?« fragte mein Angreifer.

»Was?« sagte der andere.

»Das da. Was ist das?«

»'ne Flasche mit irgendwas drin.«

»Ja; und das?«

»Ja... könnte was sein, oder?«

Der Druck auf meinen Arm verstärkte sich wieder, und ich sog scharf die Luft ein, um nicht laut aufzuschreien. Ich spürte, wie der Polizist, der mich festhielt, seinen Kopf zu mir herunterbeugte, dann fühlte ich seinen Atem in meinem Nacken. »Ich glaube, wir haben hier eine verdächtige Substanz entdeckt, junge Dame«, erklärte er.

»Wovon reden Sie?« keuchte ich.

Ich wurde auf die Füße gezerrt und grob von dem Polizisten, der mich zu Boden geworfen hatte, vor sich festgehalten, während der andere Polizist mir zwei meiner Phiolen vor die Nase hielt. Ich konnte meinen Hut fühlen, der zwischen meinem Rücken und der Brust des Polizisten zerdrückt wurde.

»Und was ist das?« fragte der andere.

Ich verzog das Gesicht. »Das linke ist Asche!« sagte ich. Es bereitete mir größte Mühe, nicht ein »Dummkopf!« oder »Idiot!« an meine Äußerungen anzuhängen. Der Inhalt meines Seesacks lag auf dem Asphalt verstreut. Die Tasche selbst war von innen nach außen gekehrt worden.

»'aschisch?« fragte der Polizist hinter mir.

»Nein! Asche aus einem Herd«, rief ich aus, während ich sah, wie andere Polizisten zu uns herüber kamen. »Das ist für eine Zeremonie. Das andere Gefäß ist für mein Zeichen. Das Zeichen auf meiner Stirn. Können Sie es denn nicht sehen? Das sind religiöse Substanzen; heilige Sakramente!«

Der zweite Polizist nahm die Kappe von der Asche-Phiole. »Sakrileg!« brüllte ich. Der zweite Polizist schnüffelte an der Asche, dann stippte er einen befeuchteten Finger hinein. »Entweihung!« schrie ich, als die anderen Polizisten zu uns traten. Ich setzte mich nach Leibeskräften zur Wehr; der Griff um meinen Arm wurde fester, und ich wurde auf meine Zehenspitzen gehoben. Schmerz schoß mir durch den Arm, und ich schrie abermals auf.

»Ganz ruhig, Bill«, zischte einer der anderen Polizisten. »Dahinten steht ein Fernsehteam.«

»Geht klar, Sergeant«, erwiderte der Polizist hinter mir. Der Schmerz ließ abermals nach, und ich rang keuchend nach Luft.

»Also, junge Dame; was soll der Aufstand?«

»Ich habe versucht, meiner Cousine Morag Whit, die derzeit auf Clissolds Gesundheitsfarm und Country Club in Dudgeon Magna weilt, einen rechtmäßigen und friedlichen Besuch abzustatten«, preßte ich zwischen zusammengebissenen Zähnen heraus. »Dieser ... Mensch hinter mir war höchst beleidigend, und als ich darum bat, mit seinem Vorgesetzten sprechen zu dürfen, um sein unmanierliches Betragen zu melden, hat er mich übertölpelt und angegriffen.«

»Verdächtig aussehende Substanz, Sergeant«, mischte sich der Polizist mit der Phiole ein und hielt sie dem älteren Mann hin, der stirnrunzelnd daran roch.

»Sakrileg!« schrie ich.

»Hmm«, sagte er. Er betrachte den auf dem Boden verstreuten Inhalt meines Seesacks. »Sonst noch was?«

»Da sind noch andere Gläser und Sachen hier«, erklärte einer der anderen, während er sich bückte und die Phiole mit dem getrockneten Flußschlamm aufhob. Als er sich wieder aufrichtete, knirschte etwas unter seinem Fuß. Er schaute nach unten und schob etwas mit der Kante seines Schuhs zur Seite. Ich sah die Überreste des winzigen *Zhlonjiz*-Gefäßes.

»Mein Gott! Was haben Sie getan!« schrie ich.

»Ganz ruhig«, sagte jemand.

»Frevel! Ketzerei! Entweihung! Möge Gott eure unerretteten Seelen gnädig sein, ihr erbärmlichen Schufte!«

»Das hier könnte auch was sein«, sagte der Frevler und rieb die Asche zwischen seinen Fingern.

»Hört ihr mir denn gar nicht zu?« brüllte ich. »Ich bin die Auserwählte Gottes, ihr Affen!«

»Steckt sie in die grüne Minna«, befahl der Sergeant und deutete hinter sich. »Klingt so, als könnte sie irgendwo ausgebrochen sein.«

»Was? Wie können Sie es wagen!«

»Und geben Sie das Zeug hier zur Untersuchung«, fuhr der Sergeant fort, während er die Phiole mit der Herdasche antippte und noch einmal mit dem Fuß den schlaffen Seesack umdrehte, bevor er wegging.

»Lassen Sie mich los! Ich bin eine Vertreterin der Wahren Kirche! Ich bin die Auserwählte Gottes! Ich befinde mich auf einer heiligen Mission! Ihr Heiden! Ich schwöre bei Gott, ihr werdet euch für diese Beleidigung alle vor einem höheren Gericht verantworten müssen, als ihr es je zu Gesicht bekommen habt, ihr Rüpel! Laßt mich los!«

Ich hätte mir den Atem sparen können. Noch immer unter wütendem Protest meinerseits wurde ich grob an zahlreichen anderen Fahrzeugen, Grüppchen von Leuten, gleißenden Scheinwerfern und blinkenden Blaulichtern vorbeigeführt und in einen Polizeitransporter geschubst, der ein Stück weiter die Straße hinauf stand.

Im Polizeitransporter wurde ich mit Handschellen an einen Sitz gekettet, und man befahl mir, den Mund zu halten. Ein stämmiger Polizist in Overall und Sturzhelm saß am anderen Ende des Fahrgastraums und ließ pfeifend einen Schlagstock in seinen Händen kreisen. Die einzigen anderen Leute im Transporter waren zwei verschüchtert aussehende Leute, die mich nervös anlächelten und sich dann wieder ganz darauf konzentrierten, einander festzuhalten.

Der Transporter roch nach Desinfektionsmitteln. Ich merkte, daß ich unwillkürlich flach und schnell atmete. Ich hatte ein flaues Gefühl im Magen.

Ich bewegte vorsichtig meine Handgelenke in ihren Fesseln und blitzte den Polizisten wütend an, dann schloß ich die Augen und ordnete meine Gliedmaßen so bequem wie möglich an. Ich versuchte, tief durchzuatmen, und hätte vielleicht auch Erfolg gehabt, hätten wir nicht kurz darauf Gesellschaft von einigen lautstark protestierenden Jugendlichen erhalten, die von einer Traube mit Overalls und Sturzhelmen bekleideter Polizisten in den Transporter gepfercht wurden.

Kurz darauf wurden wir mit hohem Tempo davongefahren.

*

Die Wahre Kirche von Luskentyre erlebte 1954 so etwas wie ein Schisma – wenngleich ein friedliches –, als Mrs. Woodbean, die unserem Glauben drei Jahre zuvor beigetreten war, uns das Anwesen in High Easter Offerance auf den Marschen des Forth als Schenkung überschrieb. Mrs. W war vielleicht die zehnte oder elfte Vollkonvertitin, die der mittlerweile beständig wachsenden Gemeinde beigetreten war, angelockt von Großvaters heiligem Ruf und seinem Desinteresse daran, selbst seinen reichsten Anhängern Geld abzunehmen (ein Aspekt seines Ruhms, von dem er sehr früh erkannt hatte, daß er die Menschen nur noch großzügiger machte; ein weiteres Beispiel für die Widersprüchlichkeit des Lebens).

Leider war es eine Tragödie, die Mrs. W zu ihrer Handlung ansporrnte. Die Woodbeans hatten einen Sohn namens David, ihr einziges Kind. Mrs. W war nach seiner Geburt gesagt worden, daß sie kein weiteres Kind mehr austragen könne, und so war ihnen der Junge um so teurer und wurde nach Kräften verwöhnt und verhätschelt. 1954, als er sieben Jahre alt war, lief er in einem

Geschäft in Stirling durch eine Glastür. Er wurde nicht lebensgefährlich verletzt, doch er verlor viel Blut, und es wurde ein Krankenwagen gerufen, um ihn ins Krankenhaus zu bringen; der Krankenwagen hatte unterwegs einen Unfall, und der Junge wurde getötet. Mrs. Woodbean nahm dies als ein Zeichen, daß die moderne Welt zu technikübersättigt und überheblich für ihr eigenes als auch das Wohl der Woodbeanschen Familie sei, und beschloß, dem größten Teil ihrer irdischen Güter abzuschwören und ihr Leben dem Glauben zu widmen (und, wie man hört, dem Streben, um jeden Preis ein zweites Kind zu bekommen, ein Wunsch, der Jahre später erfüllt wurde, als sie im Alter von dreiundvierzig Sophi gebar, wenngleich um den Preis ihres eigenen Lebens).

Mrs. Ws außergewöhnlich großzügige Tat war einzigartig in ihrer Größe, aber die Konvertiten gaben auch ansonsten gern und mit Freuden, obgleich Salvador zumeist ein mißmutiges Widerstreben zur Schau stellte, wenn er ein Geschenk annahm, und immer sicherstellte, daß dem Spender bewußt war, daß er allein um seines eigenen Seelenheils willen schenkte (mit der Begründung, daß das Geben tatsächlich seliger als das Nehmen sei, für Salvadors Seelenheil dankenswerterweise schon gesorgt war, und er daher Großmut beweisen konnte, wenn es darum ging, Tribut anzunehmen).

Die Leute erfuhren (ganz gelegentlich) durch die Medien von unserer Gemeinschaft, manchmal auch durch die Warnungen lauterer, doch fehlgeleiteter Priester und Pastoren, denen offenkundig der Sinnspruch darüber, daß die einzig schlechte Reklame ist, wenn nicht über einen gesprochen wird, nicht bekannt war, doch hauptsächlich hörten sie von uns durch Mundpropaganda (ich muß an dieser Stelle eingestehen, daß bislang kein Versuch, die fromme Botschaft durch das kommerzielle Vertreiben der *Orthographie* zu verbreiten, erfolgreich war). Wie ich schon sagte, waren wir in gewisser Hinsicht die ersten Hippies, die ersten Grünen, die ersten New-Age-Jünger, und so wurden zwangsläufig einige wagemutige Seelen, die sich als Vorhut des gesellschaftlichen Wandels sahen und ihrer Zeit wenigstens zwanzig Jahre voraus waren, von jenem Bestreben angezogen, das wenige Jahre später unter den verschiedensten Namen die Welt erschüttern sollte.

In den frühen Jahren nach der Gründung unseres Ordens gab mein Großvater nach und nach die Suche nach der – mittlerweile schon fast legendären – Segeltuchtasche auf und fügte sich ganz in das Leben eines Gurus, wie man es wohl heutzutage nennen würde; er verkündete Weisheiten, hatte Visionen, die halfen, unserem Glauben den Weg zu weisen, und diente uns als lebendes Vorbild friedvoller Heiligkeit. Die Schwestern teilten sich weiterhin meinen Großvater und gebaren seine Kinder – darunter, Gott sei gepriesen, auch meinen Vater, geboren am 29. Februar 1952 – und betrieben, mit Pausen während der Schwangerschaften, auch fürderhin bis zum Jahr des Schisma ihren fahrenden Krämerladen.

Mr. McIlone entschied sich dafür, auf dem Hof von Luskentyre zu bleiben, der schließlich immer noch ihm gehörte, obgleich er darauf bestand, daß Salvador seine gesamte Bibliothek als Abschiedsgeschenk annahm. Zu jener Zeit gab es fünf Vollkonvertiten, das heißt Menschen, die nunmehr in Luskentyre lebten, das Land bewirtschafteten, im Meer fischten und zur Hand waren, um sich die Lehren unseres Gründers anzuhören. Es gab vielleicht ein Dutzend weitere Anhänger wie die Possils, die von Zeit zu Zeit für ein paar Wochen und Monate zu Besuch kamen (und gewöhnlich auf die eine oder andere Art ihren Lebensunterhalt beisteuerten). Zwei der asketischeren Vollkonvertiten – Apostel, wie sie sich mittlerweile selbst nannten – beschlossen, nach der Schenkung von High Easter Offerance auf dem Hof auf Harris zu bleiben, und Großvater, in seiner Weisheit, übte keinen Druck aus, um irgend jemanden zum Bleiben oder Fortgehen zu bewegen.

Großvater und die Schwestern hatten viele Fotografien von High Easter Offerance und sogar einen Stummfilm über das Anwesen gesehen, projiziert auf ein Bettlaken im Wohnzimmer des einzigen anderen Einheimischen von Harris, der mit uns sympathisierte und dessen Haus über elektrischen Strom verfügte. Nichtsdestotrotz muß es ein Abenteuer für sie gewesen sein, als sie im Frühjahr 1954 schließlich all ihre Habseligkeiten in den ehemaligen Bibliotheksbus – nunmehr dem ehemaligen fahrbaren Krämerladen – packten und nach Stornoway fuhren, wo der Lieferwagen auf ein riesiges Netz auf dem Kai gerollt und dann mit Hilfe eines Ladekrans auf die Fähre gehievt wurde, um die lange, stürmische Reise nach Kyle of Lochalsh anzutreten. Von dort aus zuckelten sie gemächlich über die schmalen, gewundenen Straßen der damaligen Zeit Richtung Süden, weg von der zerklüfteten Landschaft der sturmgepeitschten Äußeren Hebriden und hin zum vergleichsweise milden Klima im Herzen Schottlands und zu den schier unendlich scheinenden Weiten sanft wogender Hügel, sich schlängelnder Flüsse, rauschender Wälder und sonniger Wiesen entlang der Ufer des Forth.

Mr. und Mrs. Woodbean waren bereits in das kleine Fachwerkhaus gezogen, das durch die Eisenbrücke vom Hauptgelände getrennt war. Mein Großvater, die Schwestern, ihre Kinder und verschiedene Anhänger – darunter die Possils, die mitgekommen waren, um beim Umzug zu helfen – feierten erst einen Gottesdienst und anschließend ein Fest zu Ehren der Übersiedelung, dann zogen sie mit ihren bescheidenen Besitztümern im Herrenhaus und auf dem alten Bauernhof ein, fügten Mr. McIlones Büchersammlung der bereits beeindruckenden, doch wenig genutzten Bibliothek hinzu, die es dort gab, und machten sich über die folgenden Wochen, Monate und Jahre daran, die Gebäude des Hofs zu renovieren und die brachliegenden Felder wieder zu bewirtschaften.

Mrs. Woodbeans Bruder hatte nach dem Krieg ein Vermögen mit dem Handel mit Schrott und ausgemusterten Ausrüstungsgegenständen der Army gemacht; er spielte eine Weile mit der Idee, ebenfalls zu konvertieren, und während dieser Zeit spendete er der Gemeinschaft entweder etliche potentiell wertvolle Gerätschaften aus Army-Beständen, die später oft eine neue und ungewohnte praktische Verwendung fanden, oder benutzte den Hof als Abstellplatz für wertlosen Schrott, der sich nicht in bare Münze verwandeln ließ (die Meinungen darüber sind geteilt).

Die einzigen Dinge von tatsächlichem Nutzen, die er uns überließ – und ich vermute, daß das Deivoxiphon nicht zählt –, waren zwei Kurzwellensender auf stabilen, wenn auch räderlosen Army-Anhängern. Mr. McIlone konnte überredet werden, einen davon zu nehmen, und beide konnten schließlich überredet werden, tatsächlich zu funktionieren. Die nunmehr mit Hilfe von Windgeneratoren betriebenen Funkgeräte bildeten eine sowohl recht verläßliche als auch recht abhörsichere Verbindung zwischen den beiden Außenposten unseres Glaubens (Großvater hatte begonnen, sich bezüglich des wachsenden Interesses von seiten der Regierung Sorgen zu machen, und schien eine Zeitlang sogar überzeugt, daß es eine Whitehall-Sonderdienststelle namens Abteilung für religiöse Angelegenheiten – oder kurz AFRA – gab, deren einziger Zweck es war, uns auszuspionieren und uns in jeder erdenklichen Weise zu behindern, obgleich er dies heute lachend als Übertreibung abtut).

Natürlich haftete den Funkempfängern etwas eindeutig Seichtes und Neumodisches an, und sie waren der Quell von Störgeräuschen, aber Großvater hatte – vielleicht, weil das Radio ein so perfektes Sinnbild der menschlichen Seele darstellt – immer eine Schwäche für diese Geräte und war eher bereit, eins von ihnen auf dem Hof zu dulden als irgendein anderes Symptom des materialistischen Zeitalters.

Darüber hinaus bescherte das Radio unserem Glauben einen neuen Aspekt – man könnte sogar sagen, eine Waffe –, als Großvater eines Morgens aus einem offensichtlich aus göttlicher Eingebung entsprungenem Traum erwachte und die Idee der Ätherologie hatte, bei der man auf dem Radio zuerst eine zufällige Frequenz einstellt, das Gerät dann einschaltet und die ersten Worte, die man – entweder sofort oder nach weiterem Absuchen der Skala zu beiden Seiten – hört, zum Zwecke der Weissagung und Prophezeiung benutzt.

Somit waren wir nicht völlig ohne Verbindung zu unserer ursprünglichen Heimstatt, doch wichtiger war, daß es nach unserem Umzug in diese bewaldete, urbare Nische am Rande der zentralen Industrieregion einfacher für potentielle Konvertiten war, uns zu besuchen und sich zu entscheiden, ob sie glauben wollten oder gar, um herzukommen und zu bleiben. Ein stetes Rinnsal von Menschen, jung und alt, zumeist Briten, doch auch mit dem gelegentlichen Ausländer darunter, machte meinem Großvater seine Aufwartung, sie lauschten seinen Lehren, lasen seine *Orthographie*, plauderten mit ihm und sinnierten über ihr bisheriges Leben und entschieden – in einigen Fällen –, daß sie nunmehr die Wahrheit gefunden hätten und wurden so zu Erretteten.

Die Idee für das Fest der Liebe hatte Großvater 1955. Es kam ihm in den Sinn, daß es vielleicht nicht klug wäre, sich für den gesicherten Nachschub an Schaltjährigen, die mittlerweile als Propheten und vielleicht sogar potentielle Messiasse betrachtet wurden, einzig auf göttliche Fügung zu verlassen. Tatsächlich mochte es sogar gotteslästerlich sein zu erwarten, der Schöpfer werde dafür sorgen, daß zuverlässig an einem 29. Februar ein Kind geboren wurde; das könnte so aussehen, als würde man Gottes Wohlwollen als gegebene Sache betrachten, was wiederum keine gute Idee schien.

Großvaters Lehren hatten, dank Aasnis und Zhobelias Großzügigkeit, von Anfang an ein Konzept sehr ähnlich dem der freien Liebe beinhaltet, und er hatte Offenbarungen gehabt, die die Ausweitung seiner physischen Vereinigung über die beiden Schwestern hinaus eindeutig billigten und seinen Anhängern dieselbe Freiheit bezüglich ihrer Partner zu erlauben schienen, vorausgesetzt, die Betreffenden waren einverstanden und hinlänglich aufgeklärt, um Besitzdenken und unvernünftige, unheilige Eifersucht (die als Sünde gegen Gottes Großzügigkeit und Gnade offenbart worden war) abzulehnen.

Wenn nun die Gemeinschaft der Natur hilfreich zur Seite treten wollte, um zu garantieren, daß am Ende des Februars eines

Schaltjahres ein Kind geboren wurde, dann war es natürlich sinnvoll, all jene, die bereit, willens und fähig waren, in dieser Angelegenheit behilflich zu sein, zu ermutigen, sich neun Monate vorher so ausgiebig wie möglich zu vergnügen. Daher verfügte unser Gründer, daß das Ende des Monats Mai vor einem Schaltjahr der Zeitpunkt für ein Fest sein sollte; ein Fest der Liebe in all ihren Formen, einschließlich der heiligen Kommunion der Seelen durch die gesegnete Ekstase des Geschlechtsverkehrs. Der Monat vorher sollte eine Zeit der Abstinenz sein, in der die Gläubigen sich die höchste Form der Lust versagten, um sich auf das Fest vorzubereiten – und um es in vollen Zügen genießen zu können.

Natürlich werden die Zyniker, die Apostaten und die Ketzer – und jene armen Seelen, die es als Gebot ihrer eigenen pervertierten Glaubenslehren betrachten, daß die Motive anderer niemals so rein wie ihre eigenen sein können – als Grund für diese Idee anführen, daß sich zu jener Zeit etliche attraktive junge Frauen unter Großvaters Anhängern befunden hätten. Nun, mittlerweile haben wir uns daran gewöhnt, derartig schändliches Geschwätz aus den Reihen der zutiefst Unerretteten zu erwarten, doch Salvador höchstpersönlich hat immer wieder zu bedenken gegeben, selbst wenn ihn die Schönheit, die er damals um sich herum erblickte, irgendwie zu einer so glücklichen und feierlichen Schlußfolgerung angeleitet hätte, dann wäre dies doch im Grunde nur ein Beispiel dafür, wie Gott die Schönen benutzte, um die Weisen zu inspirieren?

Ich denke, es kam nicht von ungefähr, daß der erste wahre Vorstoß der Presse, unseren Glauben zu sabotieren, just zu jener Zeit stattfand und unserem Oberhaupt bestätigte, daß er recht daran tat, die Öffentlichkeit zu scheuen und Kameras den Zutritt zum Anwesen zu verwehren.

Aasni und Zhobelia scheinen keine Einwände gegen das Konzept des Fests gehabt zu haben; offenkundig hatten sie Vertrauen in ihre gemeinsame Beziehung zu Salvador und widmeten sich sowohl der Erziehung ihrer Kinder als auch der Verschönerung ihres Heims. Außerdem hatten sie sich mit Mr. und Mrs. Woodbean angefreundet, und auch das schien ihnen Trost zu geben. Die Schwestern waren noch immer damit beschäftigt, ihre kulinarischen Künste weiterzuentwickeln; da sie nunmehr von der Verpflichtung befreit waren, mit dem uralten Lieferwagen die Inseln zu befahren und ihre Waren feilzubieten, konnten sie noch mehr Zeit auf die Erweiterung und Verfeinerung ihres Angebots an Soßen, eingelegten Gemüsen und Chutneys verwenden.

Ebenfalls etwa um diese Zeit herum begannen sie, mit anderen, umfangreicheren Speisen und Gerichten zu experimentieren, und wagten ihre ersten zaghaften Vorstöße in die fremde und aufregende neue Welt der interkulturellen Cuisine-Kreuzung, so als könnten sie durch diese nahrhafte Promiskuität und die Verschmelzung des Schottischen und des Subkontinentalen ihren eigenen Beitrag zu den jüngst ins Leben gerufenen Festivitäten leisten. Das war der wahre Beginn der Entwicklung, die schließlich zu solchen Gerichten wie Lorne Sausage, Shami Kebab, Kaninchen Masala, Fruchtpudding Chaat, Skink Aloo, Porridge Tarka, Fischpastete Aloo Gobi, Kipper Bhoona, Kartoffel-Erbsen-Pulao, Whelk Poori und Orangenmarmelade Kulfi führen sollte, und ich denke, die Welt hat durch sie alle gewonnen.

Kapitel Dreizehn

Ich verbrachte die Nacht in einer Zelle auf einem Polizeirevier in Bristol. Der Polizei schien es verdächtig, daß ich nicht in der Lage war, mich auszuweisen, aber sie waren amüsiert über meinen Namen und meine Unschulds- und Empörungsbekundungen, zumindest bis meine Beharrlichkeit sie verärgerte und sie mir – sehr rüde, wie ich fand – befahlen, ich solle den Mund halten.

Am nächsten Morgen erklärte man mir, daß ich gehen könne und daß jemand auf mich warte.

Ich war zu überrascht, um etwas zu sagen; während ich den Korridor zwischen den Zellentüren hinunter zu einem Schreibtisch am Eingang der Wachstube des Reviers geführt wurde, überlegte ich fieberhaft, wer wohl auf mich warten könnte. Nicht nur das; wie hatte der oder die Betreffende mich überhaupt gefunden?

Es mußte Morag sein, schloß ich. Mein Herz vollführte einen freudigen Sprung bei dem Gedanken, doch irgendwie argwöhnte ich nichtsdestotrotz, daß ich mich irrte.

Einige Schritte, bevor ich die Wachstube betrat, sah ich, daß dem so war.

»Gottverdammt noch mal!« rief eine energische Frauenstimme. »Und ihr nennt euch Polizisten? Ihr habt ja nicht mal Knarren!«

Ich traute meinen Augen und Ohren nicht.

»*Großmutter?*« sagte ich ungläubig.

Meine Großmutter mütterlicherseits, Mrs. Yolanda Cristofiori, in ihrer ganzen einszweiundfünfzig großen, blond gefärbten, wettergegerbten texanischen Pracht und flankiert von zwei hochgewachsenen, doch eingeschüchtert wirkenden Männern in Anzügen und mit Aktenkoffern in der Hand, kehrte dem wachhabenden Sergeant, den sie gerade zusammengestaucht hatte, den Rücken und schenkte mir ein strahlendes Lächeln.

»Isis, Darling!« rief sie. Sie kam mit ausholenden Schritten auf mich zu. »Du meine Güte, sieh dich doch nur mal an!« kreischte sie. Sie schlang ihre Arme um mich und hob mich hoch, während ich mich nach Kräften bemühte, ihre Umarmung zu erwidern.

»Großmutter...« sagte ich; mir war schwindelig, ich war schier überwältigt von der Überraschung und Yolandas Parfüm. Ich war so verblüfft, daß ich nicht einmal daran gedacht hatte, das Zeichen zu machen.

»Oh, es ist so schön, dich zu sehen! Wie geht es dir? Ist mit dir alles in Ordnung? Ich meine, haben diese Clowns dich auch gut behandelt?« Sie deutete mit einer ausholenden Geste auf die beiden Männer in Anzügen, die mit ihr am Wachtisch gestanden hatten. »Ich habe ein paar Anwälte mitgebracht. Möchtest du eine Beschwerde einreichen oder so was?« Sie setzte mich wieder auf dem Boden ab.

»Ich ... nun, nein; ich bin, äh –« stammelte ich. Das Gesicht meiner Großmutter Yolanda war weniger faltig, als ich es erinnerte, aber es war noch immer mit Schminke bemalt. Ihr Haar mutete wie gesponnenes Gold an, nur härter. Sie trug über und über verzierte Cowboystiefel aus Alligatorleder, bestickte Jeans, ein Seidenhemd in einer Art Strichcode-Karo und eine kleine, mit Perlen bestickte Wildlederweste. Yolandas Anwälte schauten mit einem gekünstelten Lächeln zu uns herüber; der wachhabende Sergeant, mit dem sie gesprochen hatte, schien wütend.

»Gut«, sagte er. »Sie beide kennen sich?« Er wartete nicht auf eine Antwort. Er zeigte mit einer Hand auf die Tür, während er mit der anderen nach unten griff, meinen Seesack hervorholte und ihn auf den Wachtisch knallte. »Raus«, befahl er.

Yolanda faßte mich entschlossen bei der Hand. »Komm, Darling; wir werden uns bei einem Margarita darüber unterhalten, ob wir Anzeige gegen diese Idioten erstatten. Haben sie dir zu essen geben? Hast du gefrühstückt? Wir gehen erst mal in mein Hotel; die werden dir was machen.« Sie zog mich mit sich zur Tür, während sie über ihre Schulter zurück zu den Anwälten schaute. »Greif dir die Tasche von dem Kind, George.«

*

Großmutter Yolanda kam zum ersten Mal im Sommer 1954 mit ihrem ersten Mann, Jerome, nach High Easter Offerance. Sie war achtzehn; er war zweiundsechzig und hatte Krebs. Er hatte gerade irgendeine Art Ölgesellschaft verkauft und beschlossen, einige seiner Millionen dafür auszugeben, durch die Welt zu reisen, Krebskliniken in Augenschein zu nehmen und seinem jüngst erwachten Interesse an Sekten und Kulten im allgemeinen zu frönen (ich vermute, im strikten Sinne sind wir ein Kult, obwohl uns die Leute zu jener Zeit als eine christliche Sekte betrachteten; es dauerte etwas, bis dieses Mißverständnis aufgeklärt war). Als Yolanda und Jerome nach ein paar Wochen wieder weiterreisten, war Yolanda schwanger. 1959 kehrte sie mit einem anderen Ehemann und ihrem ersten Kind, Alice, zur Gemeinde zurück, um am zweiten Fest der Liebe teilzunehmen (das erste hatte bedauerlicherweise keine Schaltjährigen hervorgebracht, galt aber ansonsten unter allen Beteiligten als großer Erfolg), und von da an besuchte sie uns alle paar Jahre – oft im Mai, für das Fest, wenn eins stattfand – und gewöhnlich mit einem neuen Ehemann im Schlepptau.

Yolandas zweiter Mann, von dem sie sich nach zwei Jahren wieder scheiden ließ, hieß Michael. Sie hat mir einmal erzählt, daß Michael ein Vermögen als Liquidator gemacht und dann alles in Las Vegas wieder verloren hätte, so daß er schließlich als Nachtwächter in LA endete. Vier Jahre lang, zwischen zweien ihrer Besuche, hatte ich in meiner Unkenntnis befürchtet, er wäre Berufskiller (bei Großmutter Yolanda mußte man immer auf alles gefaßt sein), und hatte so einen völlig falschen Eindruck von dem Mann.

Ihr dritter Ehemann war Steve, der um einiges jünger als sie und ein Software-Wunderkind war, wie sie es nannte; anscheinend war er über Nacht zum Multimillionär geworden, während er mit dem Rucksack gerade durch Europa reiste. Er starb vor drei Jahren in den Anden, während er versuchte, den Sport des Lawinen-Surfens zu erfinden, was scheinbar – und offensichtlich, wie ich annehme – just so gefährlich ist, wie es sich anhört.

Yolanda hat also mindestens zwei Vermögen geerbt und führt allem Anschein nach ein umtriebiges und ruheloses Leben; ich glaube, ihre Tochter und ihre Besuche in High Easter Offerance waren vielleicht die einzigen beiden Dinge, die ihrem rastlosen Leben etwas Stabilität verliehen.

Aufgrund dieser Besuche kannten meine Mutter und Vater sich schon als Kinder, obwohl sie sich nur alle vier Jahre sahen. Mein Vater, Christopher, war natürlich der Auserwählte Gottes; als erster Schaltjähriger, der nach der Gründung unserer Gemeinschaft geboren wurde, war er daran gewöhnt, von allen verwöhnt zu werden. Man hat mir erzählt, daß Alice, meine Mutter, ihn ihre gemeinsame Kindheit über immer neckte und sich über die zugestandenermaßen übertrieben ehrfürchtige Behandlung lustig machte, die ihm die anderen Gemeindemitglieder angedeihen ließen. Alice war drei Jahre jünger als mein Vater, doch ich könnte mir vorstellen, daß sie aufgrund ihres Globetrotter-Lebens wenigstens so alt wie er gewirkt haben muß. Sie wurden ein Paar, als sie vierzehn war, und schrieben sich unzählige Briefe, während Alice abwechselnd mit ihrer Mutter durch die Welt reiste und die Schule in Dallas besuchte. 1973 wurden die beiden von Salvador höchstpersönlich getraut und vergeudeten offensichtlich keine Zeit, denn noch im selben Jahr kam Allan, und ich wurde – zur großen Freude der ganzen Gemeinschaft, wie man hört – am 29. Februar 1976 geboren.

*

»Fernsehen«, sagte ich, leicht schockiert.

»Ich bin ins Hotel gekommen, hab den Kasten angeschaltet, um zu sehen, ob ihr hier drüben endlich ein paar mehr Kanäle hättet, und gleich das erste, was ich sehe, bist du, wie du in eine Grüne Minna gesteckt wirst und wüste Beschimpfungen brüllst.«

»Grundgütiger«, murmelte ich. Ich hielt darin inne, mein Frühstück herunterzuschlingen, und dachte nach. »Nun, ich nehme an, der Schöpfer kann die Werke der Unbedarften benutzen, um die Hand des Schicksals zu führen, wenn Er es für nötig befindet; es steht uns nicht zu, an Seiner Weisheit zu zweifeln.« Ich zuckte die Achseln und machte mich wieder über meinen Räucherlachs, die Rühreier und die Pfannkuchen mit Sirup her.

Wir saßen in Großmutter Yolandas Suite im obersten Stockwerk ihres Hotels, einem verwerflich luxuriösen ehemaligen Herrenhaus auf einem Hügel hoch über der Stadt. Ich war gerade aus der Dusche in dem Marmor-und-Mahagoni-Badezimmer gekommen und hockte jetzt auf dem Fußboden des Wohnzimmers, eingehüllt in einen riesigen, weißen, flauschigen Bademantel, den Rücken gegen eine Couch mit einem wunderschönen Blumenmuster gelehnt. Yolanda hatte mir mein Haar abgetrocknet und dann ein Handtuch um meinen Kopf gewickelt. Vor mir auf dem Couchtisch stand ein großes Silbertablett, über und über beladen mit Speisen. Ich schlürfte Kaffee und mampfte Lachs, während ich den Ausblick über Bath genoß, das jenseits der hohen Fenster und zwischen den geschwungenen Falten schwerer grüner Samtvorhänge zu sehen war. Ich fühlte mich sauber, erfrischt, sündig parfümiert von der Seife in der Dusche und einfach nur trunken von all der Pracht; in der Zwischenzeit füllte sich mein Magen mit Essen. Es wird den Aufmerksameren unter den Lesern nicht entgangen sein, daß meine Großmutter mütterlicherseits nie wirklich Gefallen an den asketischeren Aspekten unseres Glaubens gefunden hat und es höchstwahrscheinlich wohl auch niemals tun wird, selbst wenn wir ihr – in ihren eigenen Worten – ein Büßerhemd von Guutschie zeigen würden.

Ich muß gestehen, daß mir ein bißchen unwohl zumute war, umgeben von all diesem Luxus, aber ich fand, daß es schlicht der Ausgleich für meine Nacht im Freien und meine Nacht in der Zelle war, ganz zu schweigen von der ungebührlichen Behandlung durch die Polizei.

Yolanda war am Freitag mit dem Flugzeug in Glasgow eingetroffen, hatte ein Auto gemietet und war auf dem Weg nach Gleneagles erst einmal in High Easter Offerance vorbeigefahren. Man hatte ihr erzählt, daß ich bei Bruder Zebediah in London sei, und so war sie nach Edinburgh gefahren und von dort nach Heathrow geflogen, hatte ein weiteres Auto gemietet, war außerstande gewesen, den Weg zu dem besetzten Haus zu finden, hatte schließlich ein Taxi angehalten und war ihm zu der Adresse in Kilburn gefolgt, wo Zeb ihr sagte, daß ich nach Dudgeon Magna abgereist sei. Gestern war sie mit dem Zug von London nach Bath gefahren, hatte abermals ein Auto gemietet – »Scorpion oder irgendwie so hieß er; sieht aber eher wie ein toter Fisch aus. Wann lernt ihr endlich, anständige Autos zu bauen? Sollte 'ne Limousine sein, aber ich fand, er hatte noch nicht mal die

Größe eines Kleinwagens ...« – und war nach Dudgeon Magna gefahren.

Ich verfluchte mich im stillen, daß ich Zeb nicht genau gesagt hatte, wohin ich unterwegs war; welcher Instinkt mich auch immer getrieben haben mochte, ihm gegenüber nichts von Clissolds Gesundheitsfarm und Country Club zu erwähnen, es war offensichtlich des Ergebnis davon, daß meine Seele schon von der Lebensweise der Unerretteten vergiftet war. Nun, jedenfalls hatte Yolanda in Dudgeon Magna keine Spur von mir entdecken können, und so war sie in ihr Hotel zurückgekehrt, um sich ihre nächsten Schritte zu überlegen, als sie in den Regionalnachrichten im Fernsehen sah, wie ich zu Unrecht festgenommen wurde; es hatte bis heute morgen gedauert, bevor sie herausgefunden hatte, wo ich war, und zwei Anwälte engagiert hatte, um mit ihnen zusammen die Polizei »aufzumischen«, wie sie es nannte.

Nachdem sie die Anwälte entlassen und zusammengestaucht hatte, weil sie keine Sofort-Bezahlung mit einer American-Express-Card akzeptierten, hatte sie eine schwindelerregend schnelle Fahrt von Bristol nach Bath darauf verwandt, mir in allen Einzelheiten zu erzählen, was sie erlebt hatte, seit wir uns das letzte Mal gesehen hatten. Ein athletischer junger Swimmingpool-Pfleger aus Los Angeles namens Gerald fand recht häufig Erwähnung, ebenso wie die noch tobende Schlacht mit dem Amt, das für die Warteliste für Floßfahrten auf dem Colorado River durch den Grand Canyon zuständig war; für Großmutter schien die Vorstellung einer fünfjährigen Wartezeit für irgend etwas in den Vereinigten Staaten nicht nur nachgerade obszön, sondern sogar gleichbedeutend mit einem Verrat am amerikanischen Traum; hängen wäre noch zu schade in einem solchen Fall (»Ich meine, sind diese Leute denn Kommunisten, verflucht noch mal?«). Nachdem sie sich das von der Seele geredet hatte, konnte sie sich darauf konzentrieren, mir ihre Erlebnisse der letzten Tage zu schildern, unter besonderer Berücksichtigung detaillierter kritischer Anmerkungen zu den verschiedenen behördlichen Unzulänglichkeiten und organisatorischen Absurditäten, mit denen sie zu kämpfen hatte, während sie versuchte, mich aufzuspüren (»Du darfst hier nicht mal bei Rot an der Ampel rechts – nun, ich meine links – abbiegen; ich habe es heute morgen getan, und die gottverdammten Anwälte wären mir fast aus dem Wagen gehüpft. Was ist denn bloß los mit euch?«).

Während meine Großmutter weiter wetterte, sah ich in meinem Seesack nach, um mich zu vergewissern, daß noch alles da war (»Jemand hat sich an meinen Phiolen zu schaffen gemacht!« hatte ich gejammert. »Klasse. Wir werden sie verklagen!« hatte Yolanda erwidert und uns mit dem Auto in ein weiteres abenteuerliches Überholmanöver gestürzt).

»Du bist also in Eile, Oma?« fragte ich, während ich den Teller mit einem Pfannkuchen sauberwischte.

»Kind«, erklärte Yolanda mit kehliger Stimme und legte eine mit Edelmetallen und -steinen überladene Hand auf meine Schulter, »nenn mich niemals ›Oma‹.«

»Tut mir leid, Großmutter«, sagte ich und grinste sie keck an. Das ist so eine Art Ritual zwischen uns beiden, jedesmal wenn wir uns treffen. Ich wandte mich wieder meinen Pfannkuchen mit Sirup zu.

»Um ganz ehrlich zu sein, ja, ich bin in Eile«, erklärte Yolanda; sie legte ihre Alligatorenleder-Stiefel auf den Couchtisch und schlug die Beine übereinander. »Mittwoch fliege ich nach Prag, um mir einen roten Diamanten anzusehen. Hab gehört, die hätten dort einen, der vielleicht zum Verkauf steht.«

»Ein roter Diamant«, sagte ich in einer Pause, die nach einer Antwort zu verlangen schien.

»Genau; gewöhnliche Diamanten sind so verbreitet wie Kuhscheiße, aber DeBeers hält die Preise künstlich hoch; wer einen gewöhnlichen Diamanten kauft, ist ein Idiot, aber rote Diamanten findet man seltener als einen ehrlichen Politiker; es gibt nur schätzungsweise sechs auf der ganzen Welt, und ich will wenigstens einen davon sehen und in meiner Hand halten, nur ein einziges Mal, selbst wenn ich ihn nicht kaufen kann.«

»Du meine Güte«, sagte ich. »Prag.«

»Prag in Tschechenland, oder wie immer das heute heißt. Willst du mitkommen?«

»Ich kann nicht; ich muß meine Cousine Morag suchen.«

»Ja; was soll eigentlich der ganze Trubel wegen ihr? Hat dein Opa plötzlich einen Narren an ihr gefressen? Was ist bei euch da oben überhaupt los? Die waren richtig eisig zu mir, als ich dort war. Hast du was angestellt? Sind sie sauer auf dich?«

»Was? Ähm?« Ich sah fragend zu ihr hoch.

»Ganz im Ernst, Darling«, sagte sie. »Den Teuren Gründer habe ich nicht gesehen, aber ich habe mit deinem Bruder Allan und mit Erin gesprochen; sie haben sich aufgeführt, als wäre Salvador böse auf dich.«

»*Böse* auf mich?« fragte ich erschrocken. Ich wischte mir die Finger an einer gestärkten weißen Serviette ab und setzte mich zu meiner Großmutter auf die Couch. Ich war so bestürzt, daß es einige Minuten dauerte, bis mir auffiel, daß ich nicht mein Sitzbrett benutzt hatte. Ich glaube, der Teppich war so weich gewesen, daß ich kaum einen Unterschied spürte. »Worüber ist er böse?«

»Keine Ahnung«, erwiderte Yolanda. »Ich hab gefragt, aber ich habe keine Antwort bekommen.«

»Du mußt dich irren«, sagte ich und hatte mit einem Mal ein ganz komisches Gefühl in der Magengegend. »Ich habe nichts getan. Bis gestern ist meine Mission höchst erfolgreich verlaufen; ich war sehr zufrieden damit ...«

»He, vielleicht habe ich irgendwas in den falschen Hals bekommen«, beschwichtigte mich Yolanda. Sie zog die Füße unter sich, drehte sich zu mir und machte sich abermals daran, meine Haare mit dem Handtuch trockenzurubbeln. »Hör nicht auf deine verrückte alte Oma.«

Ich starrte aus dem Fenster. »Aber was kann da passiert sein?« hörte ich mich mit versagender Stimme fragen.

»Wahrscheinlich ist gar nichts los. Mach dir keine Sorgen. He, komm schon; was ist mit Morag los?«

Ich erklärte ihr, welche wichtige Rolle meine Cousine für die

Missionsarbeit der Gemeinde spielte, und erzählte ihr von dem Brief, in dem Morag uns mitgeteilt hatte, daß sie unseren Glauben verlassen und nicht zum Fest nach Hause kommen würde.

»Okay, du hast sie also nicht finden können«, sagte Yolanda. »Wir werden einen Detektiv anheuern.«

»Ich denke nicht, daß das der Situation angemessen wäre, Großmutter«, erwiderte ich seufzend. »Ich wurde persönlich mit der Aufgabe betreut.«

»Spielt das eine Rolle, solange du sie findest?«

»Ich denke schon.«

Yolanda schüttelte den Kopf. »Mann, ihr seid ein komischer Haufen«, murmelte sie.

»Es gibt noch ein anderes Problem«, sagte ich.

»Ach ja?«

Ich erzählte ihr von dem Video und meiner Entdeckung, daß Morag unter dem Namen Fusillada DeBauch als Darstellerin in pornographischen Filmen tätig war.

»Was?« rief Yolanda aus. »Du nimmst mich auf den Arm!« Sie klatschte sich auf beide in Designerjeans gehüllte Schenkel gleichzeitig. Ich glaube, wenn sie einen Stetson oder etwas ähnliches getragen hätte, hätte sie ihn in die Luft geworfen. »Mann, dieses Mädchen! Meine Herren!« Sie legte den Kopf in den Nacken und lachte schallend.

»Du denkst doch nicht, daß Salvador das mit Morag von Zeb oder sonst jemand erfahren haben könnte, oder?« fragte ich, während ich überlegte, ob dies vielleicht die Erklärung für seinen Unmut sein könnte.

»Nein«, erwiderte Yolanda. »Es klang nicht so, als ob es irgendwas mit ihr zu tun hätte.«

»Hmm. Herrje«, sagte ich stirnrunzelnd und schlug die Hände vor den Mund.

»Mach dir keine Sorgen, Darling«, beruhigte mich meine Großmutter. »Wirst du weiter nach Morag suchen?«

»Ja, natürlich«, erklärte ich.

»Okay. Also, darf ich dir helfen?«

»Oh, ich denke schon«, sagte ich.

»Gut. Wir werden sehen, was wir gemeinsam erreichen können. Vielleicht taucht Morag ja doch noch auf.« Sie beugte sich vor und griff nach dem Telefon auf dem Couchtisch. »Bestellen wir uns erst mal eine Margarita.«

»Ja«, pflichtete ich geistesabwesend bei, noch immer beunruhigt darüber, was in High Easter Offerance passiert sein könnte. »Gott gibt immer, wenn man es am nötigsten braucht.«

»Ja, hallo; ich brauche einen Krug Margarita und zwei Gläser. Und vergessen Sie nicht das Salz, okay? Auf einer Untertasse oder wie auch immer. Ja, genau. Und eine frische, ich wiederhole: eine frische Zitrone und ein scharfes Messer. Das wäre alles. Danke.« Sie legte den Hörer auf.

»Du hast wirklich keine Ahnung, was in der Gemeinde passiert sein könnte?« fragte ich meine Großmutter.

»Nicht die leiseste, Darling. Ich hatte nur so das Gefühl, daß sie irgendwie sauer auf dich wären.« Sie ergriff meine Hand. »Aber ich könnte mich auch irren.«

»Herrje«, sagte ich und kaute an meiner Unterlippe.

Yolanda nahm mich in den Arm. »Zerbrich dir nicht den Kopf darüber. He, komm schon; was willst du? Soll ich diesen Gesundheitsladen anrufen und mich mit ... Fusillada verbinden lassen?« fragte sie grinsend und wackelte mit dem Kopf.

»Ich weiß nicht«, erwiderte ich und spielte mit dem Gürtel meines Bademantels. »Ich habe den Eindruck gewonnen, sie könnte mir willentlich aus dem Weg gehen. Vielleicht... ach, weiß der Himmel!« Ich riß frustriert die Hände hoch, dann klemmte ich sie in meine Achselhöhlen.

»Nun, warum fahren wir nicht einfach mal hin?«

»Was, jetzt?«

»Sobald wir unsere Margaritas getrunken haben, und sobald wir etwas zum Anziehen für dich gefunden haben; ich vermute, die Hotelreinigung wird wenigstens bis morgen früh brauchen, um deine Klamotten sauber zu kriegen.«

Ich hatte meine Kleidung zum Wechseln bereits aufgebraucht

– in London schien Kleidung sehr schnell schmutzig zu werden – und hatte es nicht geschafft, den Rest zu waschen. Ich fand, daß ich die Sachen, die ich derzeit trug, sehr gut noch ein, zwei weitere Tage tragen könnte, aber meine Großmutter sah es anders, und sie gehört nicht zu den Leuten, denen man in dergleichen Angelegenheiten widerspricht. Also brauchte ich neue Sachen. Yolandas Methode des Einkaufens bestand darin, das Geschäft zu uns kommen zu lassen; sie rief eine Bekleidungsboutique in der Stadt an und wies sie an, die Kleidungsstücke zu liefern, um die ich gebeten hatte: Strümpfe, Unterwäsche, weiße Hemden, schwarze Hosen und schwarze Jacken (mein Hut würde seiner Aufgabe noch Genüge tun). Da ich nicht wußte, welche Größe ich hatte, ließ Yolanda eine Auswahl bringen.

Ein oder zwei Stunden später war ich ein wenig benebelt von den drei Margaritas, die ich getrunken hatte, und von Kopf bis Fuß neu eingekleidet. Ich glaube, weder Yolanda noch ich waren wirklich zufrieden; ich empfand die Kleider als zu elegant und auffällig, während meine Großmutter fand, daß sie schon allein ob ihrer Farbe zu trist seien.

»Dann also zu den Stiefeln«, sagte sie und stapfte durch die Berge von achtlos beiseite geworfenen Kleidungsstücken, Schachteln und bauschigem Einwickelpapier, die auf dem Fußboden verstreut lagen; sie musterte mich von oben bis unten. »Finden Sie diese Stiefel nicht auch einfach abscheulich, Sam?« fragte Yolanda den Verkäufer.

»Sie sind ein wenig ...«

»Rustikal«, half Yolanda ihm aus.

»Ja. Rustikal. Ja.«

»Ich nehme das als Lob«, bemerkte ich.

»So ist es nicht gemeint, Darling«, erwiderte Yolanda kopfschüttelnd. »Warum suchen wir nicht einen Laden, der anständige Stiefel führt, wie diese hier!« Sie hob einen ihrer Füße, um mir ihre Alligatorenstiefel zu zeigen.

»*Cowboystiefel?*« rief ich. (Selbst Sam sah schockiert aus, fand ich.)

»Na klar!« erwiderte Yolanda. »Richtige Stiefel, mit einem Absatz. Ich weiß nicht, wie du diese Dinger da tragen kannst; du mußt dir ja die ganze Zeit vorkommen, als würdest du bergauf gehen.«

»Entschuldige bitte, aber diese Stiefel sind sehr gut«, erklärte ich kühl. »Diese Stiefel und ich sind aneinander gewöhnt. Ich werde mich nicht von ihnen trennen.«

»Trotzkopf. Bist du sicher, daß du nicht doch mal die rote Samtjacke anprobieren willst?«

»Ganz sicher.«

»Den schwarzen Rock?«

»Auf keinen Fall.«

»Das Gaultier-Kleid.«

»Es ist scheußlich.«

»Es ist schwarz.«

»Es ist schwarz und scheußlich.«

»Es ist schwarz und schön.«

»Unsinn.«

»Doch, und er ist ein goldiges Kerlchen. Ich habe ihn kennengelernt, Jean-Paul – ein Knuddelbär. Du würdest ihn mögen. Trägt einen Kilt.«

»Ist mir egal.«

»Dann eben die Lederhose.«

»Ach . . .!« rief ich gereizt aus.

»Mach schon; probier sie wenigstens mal. Sie ist wie für dich gemacht, Darling, wirklich.«

*

»Diese Hose knarrt«, nörgelte ich, während ich mein Hinterteil auf dem Sitzbrett bewegte. Wir saßen in Yolandas jüngstem Mietwagen und sausten mit hoher Geschwindigkeit in Richtung Dudgeon Magna.

»Die Hose ist völlig in Ordnung; du siehst toll darin aus. Verdammt, du *riechst* toll darin, Darling!«

Wir schleuderten um eine Kurve. Das Auto schlingerte, und

ich hatte das unangenehme Gefühl, es würde sich um seine eigene Achse drehen. Yolanda fluchte und kicherte gleichzeitig, während sie gekonnt mit dem Lenkrad rang.

»Was war das?« fragte ich sie.

»Blöde Haarnadelkurve«, erwiderte sie verkniffen. »Wann lernt ihr endlich, richtige Straße zu bauen?«

»Wenigstens rutsche ich mit dieser Hose nicht so auf dem Sitzbrett hin und her, wenn du um die Kurven fährst«, bemerkte ich.

»Ja«, kicherte Großmutter, und es klang, als ob sie sich prächtig amüsierte, »paß auf, daß du dich gut festhältst. Hahaha.«

Wir schossen um eine weitere Kurve, und ich klammerte mich an die Kanten des Sitzes. Ich sah nach unten. »Wofür sind diese Knöpfe?«

Yolanda schaute herüber. »Sitzeinstellung. Elektrisch.«

Ich nickte, beeindruckt davon, daß man bei einem gewöhnlichen Wagen derart gut für Behinderte gesorgt hatte. Die nächste Kurve kam, und ich umklammerte abermals die Sitzkanten, wurde in die Luft gehoben und landete wieder auf meinem Po. Ich kicherte, dann stieß ich einen erschreckten Laut aus, als wir um Haaresbreite ein entgegenkommendes Auto verfehlten.

»Ähm, das hier ist keine zweispurige Straße, Oma.«

»Das weiß ich! . . . Warum blinken mich diese Leute ständig mit ihrer Lichthupe an?«

»Nun, ich denke nicht, daß sie dich grüßen.«

»Feiglinge!«

*

Der große, dunkelblaue Wagen schwenkte schlitternd in die Auffahrt von Clissolds Gesundheitsfarm und Country Club. Wir waren einigen Polizeifahrzeugen begegnet und an einem Rastplatz vorbeigekommen, wo Polizisten gerade einen alten, klapprigen Bus überprüften, aber man hatte uns nicht angehalten.

Clissolds Gesundheitsfarm und Country Club erwies sich als ein Herrenhaus, an dessen Rückfront ein riesiger Wintergarten angebaut worden war. Ich vermute, ich hatte erwartet, es würde mehr wie ein Bauernhof aussehen. Das Anwesen selbst wirkte alt, geschmackvoll und gepflegt, genau wie die Empfangsdame.

»Tut mir leid, aber Miss Whit ist heute morgen abgereist.«

»O Mist.«

»Scheiße!«

»Hat sie gesagt, wohin sie wollte?« fragte ich.

»Nun, ich würde es Ihnen nicht sagen können, selbst wenn sie es getan hätte, aber –«

»O Himmelherrgott noch mal; das hier ist ihre Cousine; sie ist meine –« Yolanda verstummte und sah mich fragend an. »Zum Teufel, was ist Morag eigentlich für mich?«

Ich zuckte mit den Achseln. »Nichte? Großnichte?«

Yolanda wandte sich wieder zur Empfangsdame um. »Egal«, erklärte sie mit überzeugender Entschlossenheit.

»Nun, jedenfalls hat sie nichts hinterlassen. Tut mir leid.« Die Empfangsdame lächelte. Sie sah nicht aus, als würde es ihr sonderlich leid tun.

»War es geplant, daß sie heute abreisen würde?« erkundigte ich mich und versuchte dabei, niedlich und vernünftig und hilfsbedürftig auszusehen.

»Da muß ich kurz nachsehen«, sagte die Empfangsdame. Sie hob die Brille hoch, die um ihren Hals hing, und setzte sie auf, dann tippte sie etwas in ihren Computer und studierte den Bildschirm. »Nein, sie wollte bis zum Ende der Woche bleiben.«

»Verdammt.«

»Hmm«, machte ich.

»Oh, ich erinnere mich«, sagte die Empfangsdame und setzte ihre Brille wieder auf ihrer Strickjacke ab. »Ich glaube, sie sagte, sie habe ihre Pläne wegen etwas geändert, das sie gestern abend in den Regionalnachrichten gesehen hat.«

Yolanda und ich blickten einander an.

Kapitel Vierzehn

»Ich weiß, du hältst mich für eine ewige alte Nörglerin, Isis –«

»Aber nei –«

»– und ich weiß, daß du nicht Auto fährst, aber du mußt doch sehen, was ich meine.«

»Nun –«

»Ich meine, es ist doch ganz klar; du fährst auf eine Tankstelle, gehst zum Tankwart und du bekommst Benzin. Du wirst bedient; jemand füllt deinen Tank, macht sich dabei vielleicht die Hände dreckig, wischt dir die Insekten von der Windschutzscheibe, überprüft die Reifen, was auch immer; du bezahlst die Rechnung, und das alles ist schön und gut ... aber wenn du dich an die Zapfsäule stellst, dann mußt du selber tanken, du machst dir deine eigenen Hände dreckig, brichst dir vielleicht sogar noch einen Nagel ab, Herrgott noch mal; niemand überprüft deinen Ölstand, niemand wischt deine Windschutzscheibe ab, es sei denn, du machst es selbst; und du bezahlst *haargenau dasselbe Geld*! Ich meine, komm schon, findest du das logisch? Findest du das richtig?«

»Nun, wenn man es so betrachtet –«

»Ich frage dich ja nur, weil du vielleicht objektiv sein kannst, weil du nicht Auto fährst und vielleicht auch noch nie darüber nachgedacht hast, vielleicht ist es dir noch nicht mal aufgefallen. Ich meine, du warst noch nie in den Staaten, oder?«

»Nein.«

»Nein; genau. Also erwartest du keine Zapfsäulen, an denen du bedient wirst, und Zapfsäulen, an denen Selbstbedienung gilt, und weil du ein braves kleines Luskentyrianerkind bist, hast du wahrscheinlich auch nie Filme über die Staaten gesehen, stimmt's?«

»Stimmt.«

»Genau; heutzutage wirklich ungewöhnlich, glaub mir. Also hast du –«

»Oma?«

»Was, Darling?«

Ich lachte. »Ist das alles wirklich wichtig? Ich meine, spielt es wirklich eine Rolle?«

»Zum Teufel, *ja*! Dienstleistung ist wichtig. Dieses Land war mal altmodisch und gediegen und irgendwie sozialistisch angehaucht; seit eurer Mrs. Thatcher ist es etwas besser geworden; die Leute sind höflicher, sie wissen, daß ihre Jobs auf dem Spiel stehen und daß jederzeit andere da sind, um sie zu übernehmen, sie wissen, es gibt andere Firmen, die dieselben Sachen für weniger Geld oder schlicht und einfach besser machen, also seid ihr mittlerweile schon auf dem richtigen Weg, verstehst du? Aber ihr habt immer noch einen langen Weg vor euch. Und ihr habt unterwegs eine Menge von eurem Charme und eurer Gediegenheit eingebüßt. Wenn ihr auf Charme verzichtet, dann solltet ihr besser verdammt aufpassen, daß ihr endlich rationeller arbeitet und konkurrenzfähig werdet, oder ihr geht den Bach runter, Baby. Diese ganze Scheiße mit eurem großen kulturellen Erbe wird die Leute nicht auf ewig zum Narren halten.«

». . . ist das ein Blaulicht hinter uns?«

»Wie bitte? Aaah, Scheiße . . .«

*

»Verstehst du jetzt? Das war wieder einmal ein gutes Beispiel; wenn ihr gleich zu bezahlende Bußgelder hättet, hätten mir die Cops hundert, zweihundert Mäuse abknöpfen können; damit hätten sie schon das Benzingeld für ihren Blaulicht-Flitzer wieder rausgehabt. Und was bekomme ich statt dessen? Eine Verwarnung. Ich meine, das ist doch traurig!«

»Ich glaube, es hat geholfen, daß du Amerikanerin bist«, bemerkte ich, während ich beobachtete, wie die Nadel wieder einen großen Bogen auf dem Tachometer zog. »Sind amerikanische Meilen tatsächlich kürzer als britische?«

»Ich denke schon, oder nicht? Dasselbe wie mit Gallonen, glaube ich . . .« Yolanda machte eine abfällige Geste. »Ach, zum

Teufel damit; es hat funktioniert. Sie haben uns weiterfahren lassen; wahrscheinlich hatten sie keine Lust auf den ganzen Papierkram.«

»Hmm. Jedenfalls –« – ich hatte nachgedacht – »meinst du wirklich, Rationalität ist der beste Maßstab für solche Dinge?«

»Was?«

»Nun, wenn man eine Arbeit rationeller mit weniger Menschen erledigen kann, dann ist das sicher sehr gut für die betreffende Firma, aber wenn wir weiterhin alle in derselben Gesellschaft leben müssen, spielt es dann eine Rolle? In der Gemeinde könnten wir sicher etliche Dinge rationeller mit weniger Menschen erledigen, aber dann würden sich die Leute, die nichts zu tun haben, einfach nur nutzlos fühlen. Was für einen Sinn kann das haben? Man kann die Leute nicht einfach vom Hof verjagen oder sie einsperren oder sie umbringen, also warum sollte man ihnen nicht ihre Arbeit lassen, selbst wenn es weniger rationell ist?«

Yolanda schüttelte den Kopf. »Darling, genauso haben es die Kommunisten gemacht, und schau dir an, was es ihnen eingebracht hat.«

»Nun, vielleicht hatte das andere Gründe. Ich meine ja nur, daß Rationalität ein seltsames Maß ist, um daran zu messen, wie gut es einer Gesellschaft geht. Schließlich könnte es das Rationellste sein, alle Menschen zu töten, sobald sie alt geworden sind, damit sie keine Last darstellen, aber das kann man auch nicht tun, weil –«

»Die Eskimos, die Scheiß-Inuit, die haben früher genau das gemacht«, fiel mir Yolanda ins Wort. »Aber nicht, wenn du ein bestimmtes Alter erreicht hast, sondern wenn du nicht mehr für dich selbst sorgen konntest. Wenn du dich fit gehalten hast, konntest du steinalt werden.«

»Vielleicht hatten sie keine andere Wahl. Ich will auch nur sagen, daß Moral über Rationalität geht. Und außerdem würde größtmögliche Rationalität am Ende doch nur zwangsweise weniger Auswahl bedeuten; das Rationellste wäre es, wenn alle das gleiche Auto führen, da Wirtschaftlichkeit proportional zur produzierten Menge steht. Oder wenn es überhaupt keine Privatautos mehr gäbe. Das würde dir doch auch nicht gefallen, oder?«

Yolanda grinste und schüttelte den Kopf. »Du verstehst nicht, was Kapitalismus bedeutet, oder, Isis?«

»Nach dem zu urteilen, was ich gehört habe, verstehen die besten Wirtschaftsexperten der Welt den Kapitalismus ebenfalls nicht, oder sind sie heutzutage alle einer Meinung und es gibt keine Aufschwünge und Konjunktureinbrüche mehr, sondern nur noch eine beständig ansteigende Wachstumsrate?«

»Kind, kein System ist perfekt, aber das hier ist das beste, das wir haben, und darum geht's.«

»Nun, ich finde, unser System funktioniert besser«, erklärte ich, während ich mich steif auf meinem Sitz zurechtsetzte, die Hände im Schoß gefaltet. »Unser Anwesen auf High Easter Offerance ist ein Musterbeispiel für archaische Arbeitsmethoden, Ineffizienz und personelle Überbesetzung, und jeder ist ausgesprochen glücklich.«

Yolanda lachte. »Schön für euch, Isis, aber ich glaube nicht, daß man es mit Erfolg in einem größeren Maßstab umsetzen könnte.«

»Vielleicht nicht, aber ich bin überzeugt, daß Befriedigung für sich selbst spricht und es nicht nötig hat, an den Altären der falschen, kaltherzigen Götzen des Mammons und der Rationalität zu beten.«

»Mann«, rief Yolanda aus und spähte forschend zu mir herüber. »Sprichst du hier ex cathedra, o Auserwählte?«

»Laß uns einfach sagen, wenn die Leitung der Gemeinde in meine Hände übergeht, wie es leider eines Tages unvermeidbar sein wird, dann wird es keine Veränderungen in der Führung des Hofs und der Gemeinschaft geben.«

»Schön für dich, Darling; mach's, wie es dir gefällt. Laß dich nicht von mir zu was anderem überreden.«

»Ganz wie du meinst.«

*

Wir waren von Dudgeon Magna nach Bath zurückgekehrt, um zu überlegen, was wir nun tun sollten. Wir tranken eine weitere Margarita. Wir vermuteten, daß Morag zum La Mancha, Mr. Leopolds Haus in Essex, zurückgekehrt sein könnte; Yolanda versuchte, dort anzurufen, aber es war eine Geheimnummer, und ich hatte nicht daran gedacht, nach der Nummer zu schauen, als ich Gelegenheit dazu hatte, in der Diele neben dem Telefon, während Tyson den jungen Mann ablenkte.

»Wie weit ist es nach Essex?« fragte Yolanda.

»Hundert ... hundertfünfzig Meilen?« schätzte ich. »Jenseits von London.«

»Willst du hinfahren, oder willst du jetzt wieder rauf in den Norden?«

»Ich weiß nicht«, gestand ich, während ich im Wohnzimmer von Großmutter Yolandas Suite auf und ab tigerte, die Hände hinter dem Rücken verschränkt. Ich saß in einer Zwickmühle. Es gefiel mir gar nicht, was in High Easter Offerance vor sich zu gehen schien, und mein erster Instinkt war, so schnell wie möglich dorthin zurückzukehren, um nachzusehen, was los war, und mich der Sache anzunehmen. Doch andererseits befand ich mich auf einer wichtigen Mission, und Morag/Fusilladas Spur war noch nicht völlig erkaltet. Meine Aufgabe blieb also bestehen: Ich mußte versuchen, meine Cousine aufzuspüren und ihr ins Gewissen zu reden. Ich tigerte weiter auf und ab. Meine neue Lederhose knarrte und quietschte, und ich hätte am liebsten gekichert. Was mich erinnerte. Ich blieb stehen und sah Yolanda durchdringend an. »Bist du auch wirklich imstande, Auto zu fahren, Oma?«

Yolanda hob ihr Glas. »Noch ein Gläschen, und ich kann bei jedem Formel-1-Rennen mitmachen.«

»Vielleicht sollten wir den Zug nehmen.«

»Unsinn. Aber wohin fahren wir denn?«

»Nach Essex«, entschied ich. Ich steckte die Hände in die Taschen meiner schicken Hose. »Meinst du, meine alten Kleider sind schon gewaschen?«

Das La Mancha stand dunkel, stumm und verschlossen da. Es war schon Abend, als wir schließlich dort ankamen, und wir hätten es gesehen, wenn im Haus Licht gebrannt hätte. Es war keine Spur von Tyson oder dem jungen Mann oder irgend jemand sonst zu entdecken.

Wir standen auf dem Rasen im hinteren Garten und spähten in einen Wintergarten mit Rauchglasfenstern, in dem eine riesige runde Badewanne stand. Der Himmel über uns verlor langsam seine Farbe.

»Die haben die Stadt verlassen, und uns hat das Glück verlassen«, knurrte Yolanda.

»Herrje.«

Wir gingen um die Hausecke herum. Unter dem Giebel leuchtete eine kleine, helle Lampe auf. »Aha!« sagte ich.

»Nichts aha«, erklärte Yolanda und schüttelte den Kopf. »Das soll nur Einbrecher abschrecken, Kind. Die Lampen gehen automatisch an, das macht ein Sensor. Muß vermutlich gerade dunkel genug geworden sein.«

»Oh.«

Wir kehrten zum Auto zurück, vorbei an dem angemalten Pflug, dem Wagenrad und der Kutsche, die nur zur Zierde dienten, wie ich nun erkannte. Die Gartenpforte war mit einem Vorhängeschloß gesichert, also mußten wir abermals hinüberklettern, wie schon auf dem Hinweg.

»Ach, zum Teufel auch«, seufzte Oma Yolanda, als sie es sich auf dem Fahrersitz des Mietwagens bequem machte, »jetzt müssen wir wohl nach London fahren, im Dorchester übernachten, im Le Gavroche essen, uns eine Show ansehen und die ganze Nacht in irgendeinem sündhaft teuren Club durchfeiern, in dem man nur echten Champagner zu trinken bekommt.« Sie schnalzte mit der Zunge und ließ den Motor an. »Ich *hasse* es, wenn das passiert.«

*

»Wie geht's deinem Kopf?«

»Er fühlt sich an wie ein Porzellanladen, dem gerade ein Elefant einen Besuch abgestattet hat.«

»Was, hat er kräftig reingeschissen? Hahaha.«

Ich schlug die Augen auf und strafte meine Großmutter mit einem – wie ich hoffte – vernichtenden Blick. Sie zwinkerte mir über den Rand ihres *Wall Street Journal* zu. Der graulivrierte Chauffeur schwenkte mit dem Wagen – ein »Jagwuaar«, wie Yolanda ihn nannte – in eine Lücke im Vormittagsverkehr nahe Harrod's. Wir waren auf dem Weg zum Flughafen Heathrow. Ich bewegte mich auf meinem Sitzbrett, und meine Lederhose knarrte. Ich hatte heute morgen wenig Wahl gehabt, was ich anziehen sollte; das Hotel in Bath war außerstande gewesen, meine alten Kleider rechtzeitig für unsere Abreise nach London aus der Wäscherei zu holen. Wir hatten die Adresse der Gemeinschaft hinterlassen, und man hatte uns versichert, daß die Kleider nachgesandt werden würden, aber es bedeutete, daß ich die Sachen tragen mußte, die meine Großmutter für mich gekauft hatte, was mir doch ein etwas unpassender Aufzug für meine Rückkehr zur Gemeinde schien. Allerdings war ich auch nicht in der Verfassung, mich auf die Suche nach anderen Sachen zu begeben. Yolanda trug Stiefel, einen dunkelblauen Hosenrock und eine passende kurze Jacke.

». . . Herrje«, sagte ich. »Ich glaube, ich muß –«

»Weißt du, wie man das Fenster öffnet?« fragte Yolanda hastig. »Es ist dieser Knopf hier –«

»Oh«, sagte ich und furzte laut in meine Lederhose. »Entschuldigung«, murmelte ich verlegen.

Oma Yolanda schnüffelte. Sie schüttelte den Kopf, dann vergrub sie ihn in ihrer Zeitung.

»Meine Güte, Kind; das riecht, als wäre dir ein Stinktier in den Arsch gekrochen und dort verendet.«

*

Wie ich schon andeutete, hat unser Glaube nichts gegen Beschwipstheit im allgemeinen einzuwenden, mißbilligt jedoch Trunkenheit, wenn sie den Punkt motorischer Störungen, lallender Sprache und Besinnungslosigkeit erreicht. Nichtsdestotrotz gestehen wir zu, daß sich auch Menschen, die sich gewöhnlich höchstens einen leichten Schwips antrinken, unter gegebenen Umständen sinnlos betrinken können und daß der eine Zustand zum anderen führen kann. Wenn dies nicht über Gebühr häufig geschieht, gilt der daraus resultierende Kater als hinlängliche Strafe, und es wird kein weiteres Aufheben um die Angelegenheit gemacht.

Gelegentlich, wenn ein Luskentyrianer einen schlimmen Kater hat, wünscht er, Salvador hätte, als er die Regeln erhielt, die unser Glaube befolgt, auch die Anweisung empfangen, den Genuß von Alkohol gänzlich zu verbieten. Tatsächlich war es ganz zu Anfang auch so; als mein Großvater hastig die Botschaften niederschrieb, die ihm auf Gottes Frequenz übermittelt worden waren, gab es auf Seite zwei in Salvadors ursprünglichem Manuskript ein Gebot – man kann es nicht anders nennen –, das besagte, hochprozentiger Alkohol sei strengstens zu meiden. In der zweiten Woche nach den Offenbarungen unseres Gründers wurde es durchgestrichen, etwa um die Zeit herum, als Mr. McIlone begann, Großvater zum Zwecke der beschleunigten Genesung Whiskey zu verabreichen, wodurch Salvador daran erinnert wurde, daß auch der Alkohol seinen Platz hat, und er erkannte, daß das, was er als ein vermeintliches Verbot des Trinkens verstanden hatte, tatsächlich ein falsches Signal gewesen war.

Bevor ich High Easter Offerance verlassen hatte, hatte ich meinem Großvater bei der jüngsten Überarbeitung der *Orthographie*, unserer heiligen Schrift und der Sammlung von Salvadors Weisheiten und Erkenntnissen, geholfen. Teil unserer Bemühungen war es, falsche Signale auszusondern, die Ergebnisse von Sendungen, deren Medium unser Gründer gewesen war, von denen sich aber im nachhinein herausgestellt hatte, daß sie Gottes

Botschaft nur unvollständig wiedergaben. Ich erachte es als ein Zeichen der Stärke und des Einflusses einer höheren Wahrheit, daß unser Oberhaupt unbekümmert zurückschauen und eingestehen kann, daß einige seiner Verkündigungen fehlerhaft oder zumindest verbesserungsbedürftig waren. Natürlich ist das nicht wirklich sein Fehler; er hat immer versucht, die Stimme, die er hört, so akkurat und wortgetreu wiederzugeben wie möglich, aber er ist auch nur ein Mensch, und Irren ist menschlich. Der Mensch besitzt jedoch auch die Gabe, flexibel und anpassungsfähig zu sein, und ist – so sich der betreffende Mensch nicht dem schrecklichen Einfluß des Stolzes ergibt – imstande, einen Fehler einzugestehen und zu versuchen, ihn zu korrigieren.

So kam es, daß unser Gründer, nachdem er ursprünglich verkündet hatte, Gott wäre ein Mann, später erkannte, daß die Stimme, die er gehört hatte, nur männlich geklungen hatte, weil er selbst ein Mann war; er hatte eine Männerstimme erwartet, er war in einer christlichen Gesellschaft aufgewachsen, die es als gegeben ansah, daß Gott ein Mann war, und die Gott immer als Mann abbildete, und so war es nur verständlich, daß mein Großvater, gefangen im Wirbelsturm der Offenbarungen, die Tatsache übersehen hatte, daß Gott nicht das war, was seine Erziehung ihn gelehrt hatte.

Es ist wahr, daß wir nur eine begrenzte Anzahl von Offenbarungen, nur ein gewisses Maß an Veränderung auf einmal ertragen können; sonst würde uns die Verwirrung übermannen, und wir würden den Zusammenhang aus den Augen verlieren. Wir brauchen einen Rahmen, innerhalb dessen wir Konzepte zuordnen und verstehen können, und wenn die Konzepte, derer man sich bedient, so mächtig und so bedeutend sind, daß sie drohen, den Rahmen selbst zu sprengen, dann muß man darauf achtgeben, die Veränderungen sehr vorsichtig und nach und nach vorzunehmen, da man sonst Gefahr läuft, das gesamte zerbrechliche Gebäude des menschlichen Verständnisses zum Einsturz zu bringen. Daher hat Großvater schon die Vermutung geäußert, daß es sogar sein könnte, daß Gott ihn absichtlich fehlgeleitet oder zumindest keinen Versuch unternommen hat, ihn zu korrigieren, als offensichtlich wurde, daß er drauf und dran war, derartige Fehler zu begehen, denn dies zu tun wäre gleichbedeutend damit gewesen zu sagen: *Alles*, an das du bislang geglaubt hast, war falsch; diese Offenbarung hätte meinen Großvater sehr wohl dazu bringen können, an seinem eigenen Verstand zu zweifeln, oder wenigstens dazu, den einfacheren Weg zu wählen und das zu ignorieren, was Gott ihm sagte, Gottes Stimme als eine durch Blutverlust und Unterkühlung hervorgerufene Halluzination abzutun, anstatt sie als profunde Paradigmen-Verschiebung in der spirituellen Geschichte der Welt und die Geburt einer jungen und grundlegend neuen Religion zu erkennen.

Nun, wie dem auch sei, Tatsache ist, daß Gott Salvador zu Anfang nur das bloße Skelett des neuen Glaubens gab, um diese neue Schöpfung dann später mit Fleisch zu versehen und unserem Gründer nach und nach die Dreifaltigkeit Seines Wesens zu offenbaren: Sowohl männlich und weiblich als auch geschlechtslos (das war es, was Gott den Christen gesagt hatte, doch sie interpretierten es aufgrund der damaligen Gesellschaftsstruktur, die durch und durch patriarchalisch war, fälschlicherweise als Vater, Sohn und Heiliger Geist).

Ebenso glaubte Salvador ursprünglich, es gäbe einen Teufel – der Gehörnte, wie er ihn manchmal nannte – und auch eine Hölle, einen Ort ewiger Finsternis, dessen Wände aus Glas gemacht waren und wo gemarterte Seelen auf einer Million übereinander aufragender Ebenen wie eine Milliarde verstreuter Glutfunken brannten, während sie bis in alle Ewigkeit unablässig von den rasiermesserscharfen Kanten ihres gefrorenen Gefängnisses aufgeschlitzt und geschnitten wurden.

Später war er in der Lage, diese fiebrige, furchteinflößende Vision von der stillen, friedlichen Vollkommenheit der wahren Stimme Gottes zu unterscheiden und zu erkennen, daß das, was er empfing, abermals nur aus seinem eigenen Innern stammte. Das waren seine Visionen, nicht Gottes; sie waren das Ergebnis der Furcht und des Entsetzens und der schuldbewußten Angst, die jeder in sich trägt und die gewisse Glaubensrichtungen – und ganz besonders das Christentum – sich zunutze machen und übersteigern, um ihre Anhänger besser in Schach halten zu können. Mein Großvater war eine neue Stimme, die glückselige, ewigwährende Hoffnung verkündete und eine gänzliche neue Art lehrte, sowohl die Welt als auch Gott zu sehen, doch er war weiterhin gezwungen, in der Zunge zu reden, die man ihm als Kind beigebracht hatte und die die anderen Menschen verstanden, und jene Sprache war mit einer Unzahl von Annahmen und Vorurteilen befrachtet und erzählte ihre eigenen Geschichten, selbst wenn Salvador sie benutzte, um seine ureigensten, brandneuen Geschichten zu offenbaren.

Die Vorstellung, daß es einen Teufel gibt, ist zweifelsohne mächtig und vielen verschiedenen Kulturen eigen, aber ich denke, daß unser Gründer recht daran tut, die satansfreie Natur unseres Glaubens zu betonen. Wir brauchen kein Schreckgespenst, um unseren Kindern damit Angst einzuflößen, und halten nichts davon, Erwachsenen eine Ausrede für ihre eigenen Fehler zu geben; unser Glaube ist ein moderner Glaube, geboren nach dem großen Blutvergießen des Krieges in der Mitte unseres schmerzensreichen Jahrhunderts, als die Menschheit sich endgültig als der wahre Teufel entlarvte. Ebenso wie Teufel in der Lage sind, uns sowohl Furcht als auch Trost zu geben – die Furcht erklärt sich von selbst, der Trost stammt daher, daß man die Möglichkeit erhält, sich der Verantwortung für das eigene Handeln zu entledigen –, so lassen sich auch Furcht und Trost aus der Erkenntnis ziehen, daß es keine Teufel gibt.

Natürlich bedeutet das, daß wir mehr von der Bürde der Verantwortung für unser Leben auf unseren eigenen Schultern tragen müssen, als dies bei anderen Religionen der Fall ist, und eins der Mißverständnisse in diesem Bereich, die mein Großvater über die Jahre aufgeklärt hat, ist die Häresie der Prüderie.

Die Häresie der Prüderie war das Ergebnis der ursprünglichen Lehre meines Großvaters, daß es zwar durch und durch falsch sei, die sexuellen Beziehungen unter Menschen derselben Generation zu beschränken, es im Gegensatz dazu aber rechtens sei, es bei Beziehungen *zwischen* den Generationen zu tun. Später änderte er dies und verfügte, daß nur in dem Falle, daß eine volle Generation zwischen zwei Menschen lag, ihre Liebe untersagt werden sollte. Ich denke, man kann hier abermals den göttlich inspirierten, doch menschlichen Mißverständnissen unterworfenen Propheten erkennen, der sich bemüht, die Stimme des Schöpfers über die Störgeräusche einer heuchlerischen und unter moralischer Verstopfung leidenden Gesellschaft zu verstehen, deren restriktive Lehren noch immer in seinen Ohren widerhallten. Sollen die Zyniker ruhig ihre eigenen Unzulänglichkeiten und verleugneten Sehnsüchte darin entdecken, was sie unserem Gründer unterstellen; ich bin überzeugt, daß er immer nur darauf bedacht war, nach bestem Vermögen die Wahrheit zu sagen, und wenn die Wahrheit ihn – als *unseren* Führer – zu einem besseren, erfüllteren Privatleben führt, dann sollten wir alle dankbar sein, sowohl um seinet- als auch um unseretwillen.

Es gibt ein Leben nach dem Tod, und die diesbezüglichen Vorstellungen unseres Glaubens haben sich über die Jahre ebenfalls entwickelt. Anfänglich, als sie noch das Konzept von Himmel und Hölle beinhalteten, waren sie recht konventionell und deutlich erkennbar vom Christentum inspiriert. Doch je geübter Großvater im Empfangen von Gottes Botschaften wurde, desto komplexer und differenzierter wurde die Vorstellung vom Leben nach dem Tode in der Gestalt der allumfassenden Gottheit. Tatsächlich könnte man beinahe sagen, daß unser Leben vor dem Tod nur eine Einstimmung ist, eine Art Ouvertüre zu der erhabenen Symphonie, die folgt; ein dünn klingendes Solo vor dem schmetternden, triumphalen Massenchor. Die meisten Religionen verfügen in dieser Hinsicht über einen Ansatz von Wahrheit, aber für mich ist es offensichtlich, daß der Luskentyrianismus, mit Elementen aus allen von ihnen, dem Rest haushoch überlegen ist.

*

Ich genoß meinen Flug von London nach Edinburgh – den ersten in meinem Leben – nicht. Zum einen war mir nicht wohl, und die verschiedenen Bewegungen und Luftdruckveränderungen, die ein Flug mit sich bringt, schienen beinahe absichtlich geschaffen dazu, ein Gefühl der Unpäßlichkeit zu erzeugen, selbst ohne die Nachwirkungen von zuviel Alkohol in der vorangegangenen Nacht. Darüber hinaus gibt es jedoch noch die verschiedensten Fehler und Irrtümer bezüglich den Gepflogenheiten und der Etikette, die einem beim Reisen in einem Luftfahrzeug unterlaufen können, und ich glaube, ich habe sie alle begangen.

Großmutter Yolanda fand meine Fauxpas äußerst erheiternd; der in einen dreiteiligen Anzug gekleidete Herr, der auf der anderen Seite von mir saß, zeigte sich weniger beeindruckt. Mein erster Fehler war, ihn – ganz im Geiste aufmerksamer, fürsorglicher Hilfsbereitschaft und allgemeiner Kameradschaft – anzuweisen, seine Sicherheitshinweise zu studieren, als die Schaffnerin ihn dazu aufforderte; er sah mich an, als hätte ich den Verstand verloren. Mein letzter Fehler – jedenfalls im Flugzeug selbst – war das Ergebnis unangemessener Protzerei (wie dies oft der Fall ist!).

Die Tasse Tee, die ich nach meiner spärlichen Mahlzeit bestellt hatte, war ein wenig zu heiß, und ich bemerkte, daß sich über meinem Sitzplatz eine kleine drehbare Düse befand, aus der kalte Luft entströmte. Ich beschloß, dem Geschäftsmann neben mir gegenüber eine Ehrenrettung zu versuchen, indem ich den Luftstrom dazu benutzte, die Temperatur meines Tees zu senken. Das war theoretisch sicher eine gute Idee und hätte zweifellos auch perfekt funktioniert, hätte ich meine Tasse nicht demonstrativ direkt unter die Düse gehalten und diese voll aufgedreht, so daß ein starker, gerichteter Luftstrom entstand, der den Tee aus der Tasse drückte und ihn auf den Geschäftsmann und die Person auf dem Sitzplatz hinter ihm herabregnen ließ. Yolanda fand die ganze Episode außerordentlich komisch und hörte eine Weile sogar auf, sich über das Nichtvorhandensein einer Ersten Klasse zu beschweren.

Ihre gute Laune verflog allerdings schnell, als wir den Flughafen von Edinburgh erreichten und sie sich nicht erinnern konnte, wo sie ihren Mietwagen abgestellt hatte.

»Ich dachte, es wäre schneller, ihn einfach hier stehenzulassen statt ihn abzugeben und einen neuen zu mieten«, sagte sie, während sie an einer weiteren Reihe von Autos entlangmarschierte.

Ich folgte ihr mit dem Gepäckwagen. »Was für ein Auto ist es denn?« fragte ich. Nicht, daß es einen Unterschied für mich machen würde; ein Auto ist wie das andere.

»Keine Ahnung«, erwiderte Yolanda. »Klein. Nun, ziemlich klein.«

»Kannst du denn nichts an den Autoschlüsseln ablesen?«

»Ich habe die Schlüssel ins Auspuffrohr gesteckt«, erklärte sie etwas verlegen. »Damit erspart man sich, Hunderte von Schlüsseln mit sich herumzuschleppen.«

Ich bemerkte, daß einige Autos Aufkleber an ihren Heckscheiben hatten, an denen man die Mietfirmen erkennen konnte.

»Erinnerst du dich, welcher Firma es gehörte?«

»Nein.«

»Auf dem ganzen Parkplatz stehen diese Pfosten mit Buchstaben; hast du das Auto in der Nähe –?«

»Keine Ahnung. Ich war in Eile.«

»Welche Farbe hatte das Auto?«

»Rot. Nein, blau ... Scheiße.« Yolanda sah frustriert aus.

»Erinnerst du dich, zwischen was für anderen Autos du es geparkt hast?«

»Ich bitte dich, Isis.«

»Oh. Ja, ich vermute, die könnten mittlerweile weggefahren sein. Aber vielleicht sind sie ja immer noch da!«

»Range Rover. Eins war ein Range Rover. Eins von diesen hohen Teilen.«

Wir überprüften alle Range Rover auf dem Parkplatz, bevor es Yolanda einfiel, ihre Kreditkartenbelege durchzusehen. Keine Spur eines Mietautos vom Flughafen Glasgow.

»Vermutlich habe ich ihn im Auto liegenlassen«, gestand sie.

»Ach, zum Teufel damit. Laß uns einen neuen Wagen mieten.«
»Was wird mit dem, der hier steht?«
»Scheiß drauf. Irgendwann werden sie ihn schon finden.«
»Mußt du denn nicht dafür bezahlen?«
»Sollen die mich doch verklagen! Dafür gibt's schließlich Anwälte.«

*

Wenn unser Glaube eine Blütezeit hatte, dann war es wahrscheinlich zwischen den Jahren 1955 und 1979; in diesem Zeitraum wuchs unser Orden von einigen wenigen Mitgliedern, von denen die meisten auf die eine oder andere Art miteinander verwandt waren, zu einer voll funktionsfähigen Religion mit einer umfassenden Theologie, einer erklärten Heimstatt (*zwei* erklärten Heimstätten, um genau zu sein; der ursprünglichen auf Mr. McIlones Luskentyre-Hof und der neuen in High Easter Offerance), einer gesicherten Folge von Schaltjährigen – durch meinen Vater, Christopher, und dann mich selbst – und einer stetig wachsenden Zahl von Konvertiten, von denen einige in der Gemeinde lebten und arbeiteten, während andere in der Außenwelt glücklicher waren, wenn sie auch dem Glauben verbunden blieben und schworen, sowohl zurückzukehren, sobald ihre Hilfe benötigt wurde, als auch als Missionare unter den Unerretteten zu fungieren.

1979 ereilten uns dann zwei schwere Schicksalsschläge, die jeweils eine unserer beiden Heimstätten trafen. Im April starb Mr. McIlone auf Harris. Zu unserer Überraschung – und, wie ich gestehen muß, sehr zum Zorne unseres Gründers – starb er, ohne ein Testament zu hinterlassen, und so erbte ein Unerretteter seinen Besitz: Mr. McIlones abscheulicher Stiefbruder aus Banff, dessen einziges Interesse es war, den Hof so schnell wie möglich für so viel Geld wie möglich zu verkaufen. Er hat nichts für unseren Glauben übrig, und sobald das Anwesen rechtmäßig auf ihn übergegangen war, war es seine erste Amtshandlung, die

Brüder und Schwestern, die dort lebten und arbeiteten, vor die Tür zu setzen. Einige dieser Menschen waren schon seit dreißig Jahren dort, hatten das Land bewirtschaftet und die Gebäude in Schuß gehalten, hatten drei Jahrzehnte lang Schweiß und Mühsal in den Hof gesteckt, allein für den Lohn, ein Dach über dem Kopf und Essen im Bauch zu haben, doch sie wurden ohne einen weiteren Gedanken, ohne ein Dankeschön oder auch nur ein freundliches Wort der Anerkennung davongejagt, als wären sie Verbrecher. Man erzählte uns, Mr. McIlones Stiefbruder gehe jeden Sonntag in die Kirche, aber bei Gott, es steckte nur wenig christliche Nächstenliebe in dem Mann. Wenn es seine Hölle tatsächlich gab, dann müßte er in alle Ewigkeit darin schmoren.

Von den fünf Brüdern und Schwestern, die in Luskentyre lebten, als Mr. McIlone verschied, kamen zwei zu uns in die Gemeinde, einer blieb auf den Inseln, um auf einem anderen Hof zu arbeiten, einer blieb zum Fischen dort, und eine kehrte zu ihrer leiblichen Familie nach England zurück. Unsere Welt war plötzlich kleiner, und obgleich High Easter Offerance ein anheimelnder, fruchtbarer Ort und weit friedvoller als Luskentyre war, empfanden wir den Verlust unserer ursprünglichen Heimstatt doch so, als hätten wir einen alten Freund verloren. Natürlich war ich gerade mal drei Jahre alt, als dies geschah, und kann mich kaum an jene Zeit erinnern, aber ich bin überzeugt, daß mich die Stimmung der Menschen um mich herum nicht unberührt ließ und ich zweifelsohne auf meine eigene kindliche Art an ihrer Trauer teilhatte.

Luskentyre blieb und bleibt eine heilige Stätte für unsere Gemeinschaft, und viele von uns haben eine Pilgerfahrt in jene Gegend gemacht – ich selbst bin letztes Jahr dorthin gereist, begleitet von Schwester Fiona und Schwester Cassie –, auch wenn der derzeitige Besitzer uns den Zugang zum Hof verwehrt und wir uns damit begnügen müssen, in einem örtlichen Bed-&-Breakfast zu nächtigen, die Küste und die Dünen abzuwandern und uns die Ruinen der zerstörten Seetang-Fabrik anzuschauen.

Wie sich herausstellen sollte, war unsere Trauer ob des Verlusts von Luskentyre nur ein Vorgeschmack auf das, was uns am Ende des Jahres noch bevorstand.

*

»Ich muß morgen in Prag sein«, erklärte Yolanda, als wir endlich auf die Autobahn bogen, die uns bis auf wenige Meilen an High Easter Offerance heranbringen würde. »Bist du sicher, daß du nicht mitkommen möchtest?«

»Oma, einmal abgesehen von allem anderen habe ich keinen Reisepaß.«

»Schade. Du solltest dir einen besorgen. Ich werde dir einen besorgen.«

»Ich denke, es ist problematisch, wenn wir einen Ausweis beantragen.«

»Darauf wette ich. Was erwartest du von einem Land, wo sie dir nicht nur verbieten, bei der Einreise eine Waffe mitzubringen, sondern auch noch, eine zu kaufen, sobald du hier bist?« Sie schüttelte den Kopf.

»Wirst du auf direktem Weg wieder zurückkommen?«

»Nein; anschließend fahre ich erst mal nach San Remo, Italien.«

Ich überlegte. »Ich dachte, dein anderes Haus wäre in San Remo, Long Island.«

Yolanda nickte. »Dort habe ich ein Haus, und in Italien habe ich eine Wohnung.«

»Ist das nicht verwirrend?«

»Für das Finanzamt schon«, erwiderte Yolanda und schaute grinsend zu mir herüber. »Wenn ich es mir so überlege, jetzt, wo Rußland die Grenzen geöffnet hat, könnte ich mir Häuser in deren Petersburg und in Petersburg, Virginia, kaufen. Das würde die von der Steuer auch mächtig durcheinanderbringen.«

»Wirst du je irgendwo zur Ruhe kommen, Großmutter?«

»Nicht einmal in einer Urne, Kind; ich will, daß meine Asche in alle vier Winde verstreut wird.« Sie sah mich an. »Vielleicht könntest du das für mich tun. Wenn ich es in meinem Testament verfügen würde, würdest du es doch machen, oder?«

»Hm«, erwiderte ich, »nun, ich . . . ich denke schon.«

»Guck nicht so entsetzt; wahrscheinlich ändere ich sowieso noch meine Meinung und lasse mich statt dessen einfrieren. Das können die heutzutage machen.«

»Wirklich?« Ich hatte nicht die leiseste Ahnung, wovon sie sprach.

»Egal«, sagte Yolanda. »Prag, San Remo, dann wieder Schottland. Ich werde versuchen, bis Ende des Monats wieder zurück zu sein.«

»Oh, zum Fest.«

»Nun, nein, nicht unbedingt, aber wie sieht's damit eigentlich aus? Für dich persönlich, meine ich?«

Ich rutschte unbehaglich auf meinem Sitz herum und betrachtete die Landschaft aus Wiesen und Hügeln. »Was, äh –?«

»Du weißt, was ich meine, Isis«, fiel sie mir sanft ins Wort.

Ich wußte, was sie meinte. Ich wußte es so gut, daß ich nun schon sehr lange mit aller Macht versucht hatte, nicht darüber nachzudenken, und diese ganze Suche nach Morag war ein Weg gewesen, es zu vergessen. Aber jetzt war Morags Spur endgültig kalt geworden, und in der Gemeinde schien es ein Problem zu geben, das meine Rückkehr verlangte, und so blieb mir keine andere Wahl, als mich der Frage zu stellen: Was soll ich tun?

»Isis. Bist du glücklich damit, in dieser Form an dem Liebesfest teilzunehmen oder nicht?«

»Es ist meine Pflicht«, erwiderte ich verhalten.

»Unsinn.«

»Aber das ist es«, sagte ich. »Ich bin die Auserwählte Gottes.«

»Du bist eine erwachsene Frau, Isis. Du kannst tun, was immer du willst.«

»Nicht wirklich. Es werden gewisse Erwartungen an mich gestellt.«

»Hui.«

»Ich bin die dritte Generation; es gibt niemanden sonst.

Soweit es Schaltjährige betrifft, fällt die Wahl auf mich«, erklärte ich. »Ich meine, jeder kann ein Schaltjähriger sein; es muß niemand in der Familie oder selbst aus der Gemeinde sein, solange der oder die Betreffende unserem Glauben angehört, aber es wäre ... schöner, wenn es in der Familie bleiben würde. Großvater hatte gehofft, daß vielleicht Morag die nächste Generation gebären würde, aber sie gehört nicht einmal mehr unserem Glauben an ...«

»Das bedeutet nicht, daß du versuchen mußt, die nächste Generation zu liefern, wenn du es nicht willst.« Meine Großmutter sah mich an. »Willst du es, Is? Willst du jetzt Mutter werden? Na?«

Ich hatte das ungute Gefühl, daß Yolanda den Blick nicht wieder auf die Straße richten würde, bis ich antwortete. »Ich weiß es nicht«, sagte ich; ich wandte den Blick ab und betrachtete den Turm von Lithgow Palace, der hinter dem Kamm eines niedrigen Hügels zu meiner Linken auftauchte. »Ich kann mich einfach nicht entscheiden, was ich tun soll.«

»Isis, laß dich von ihnen nicht unter Druck setzen. Wenn du jetzt noch kein Kind haben willst, dann sag es ihnen einfach. Zum Teufel, ich kenne diesen alten Tyrannen; ich weiß, daß er einen weiteren ›Auserwählten‹ haben will, um ... nun, um diese Religion am Laufen zu halten, aber du bist noch jung; es ist noch viel Zeit; es gibt immer noch das nächste Fest. Und wenn du nie findest, der richtige Zeitpunkt wäre gekommen, dann –?«

»Aber beim nächsten Fest wird der Druck nur um so stärker sein!« rief ich aus.

»Nun, dann –« setzte Yolanda an, dann blickte sie mich stirnrunzelnd an. »Einen Moment mal; bist du sicher, daß 2000 überhaupt ein Schaltjahr ist?«

»Ja, natürlich.«

»Ich dachte, ein Jahr wäre ein Schaltjahr, wenn man es durch vier teilen kann, es sei denn, es ist auch durch vierhundert teilbar, dann ist es kein Schaltjahr.«

»Nein«, erwiderte ich seufzend (uns war das alles in der

Vorschule in der Gemeinde eingetrichtert worden). »Es ist kein Schaltjahr, wenn es durch *ein*hundert teilbar ist. Wenn es durch *vier*hundert teilbar ist, ist es ein Schaltjahr.«

»Oh.«

»Nun, wie dem auch sei, ich glaube jedenfalls nicht, daß Salvador denkt, er würde das Jahr 2000 noch erleben.«

»Laß uns nicht länger um den heißen Brei herumreden, Is. Die Frage lautet, bist du bereit, Mutter zu werden, oder nicht? Das ist es doch, was sie von dir erwarten, oder?«

»Ja«, erwiderte ich kleinlaut. »Genau das wollen sie.«

»Nun, bist du bereit?«

»Ich weiß es nicht!« sagte ich lauter als gewollt; ich wandte den Blick ab und kaute an meinem Fingerknöchel.

Wir fuhren eine Weile schweigend weiter. Zu unserer Rechten trieben die Qualm- und Dampfwolken der Ölraffinerie von Grangenouth vorbei.

»Gehst du mit jemandem, Isis?« fragte Yolanda sanft. »Bist du in jemanden verliebt?«

Ich schluckte, dann schüttelte ich den Kopf. »Nein. Nicht wirklich.«

»Hattest du überhaupt schon mal einen Freund?«

»Nein«, gestand ich.

»Isis, ich weiß, daß ihr hier drüben Spätentwickler seid, aber verflucht noch mal, du bist neunzehn; magst du denn keine Jungs?«

»Ich mag sie durchaus, ich will einfach nur nicht...« Ich verstummte, während ich mich fragte, wie ich es ausdrücken sollte.

»Du willst nicht mit ihnen vögeln?«

»Nun«, erwiderte ich errötend. »Ich glaube nicht.«

»Wie steht's mit Mädchen?« Yolanda klang ein wenig überrascht, aber hauptsächlich schlicht interessiert.

»Nein, auch nicht wirklich.« Ich beugte mich vor, die Ellenbogen auf meine Oberschenkel gestützt, das Kinn in meinen Händen, und starrte verdrossen die Autos und Laster vor uns auf der Autobahn an. »Ich weiß nicht, was ich will. Ich weiß nicht, wen ich will. Ich kann noch nicht einmal sagen, *daß* ich will.«

»Du meine Güte, Isis!« sagte Yolanda und gestikulierte mit einer Hand. »Um so mehr Grund, Salvador zu sagen, er soll sich diese Idee sonstwo hinstecken! Herrgott noch mal, werd dir erst mal selbst klar darüber, was du eigentlich willst. Niemand, der dich wirklich liebt, wird sich auch nur einen feuchten Dreck darum scheren, ob du lesbisch bist oder zölibatär leben willst, aber werd bloß nicht schwanger wegen der vagen Möglichkeit, daß du am 29. Februar werfen könntest, nur um diesen alten Lüstling glücklich zu machen!«

»Großmutter!« rief ich zutiefst schockiert aus. »Meinst du damit etwa Salvador?«

»Wen denn sonst?«

»Er ist unser Gründer! Du kannst nicht so abfällig über ihn reden!«

»Isis, Kind«, sagte Yolanda kopfschüttelnd. »Du weißt, daß ich dich liebe, und Gott stehe mir bei, ich habe sogar was für diesen alten Gauner übrig, weil ich glaube, daß er im Grunde seines Herzens ein guter Mensch ist, aber er ist ein Mann; ich meine, er ist nur ein Mensch, und er ist durch und durch ein Mann, wenn du verstehst, was ich meine? Ich könnte nicht beschwören, daß tatsächlich etwas Heiliges an ihm ist; es tut mir leid, das sagen zu müssen, weil ich weiß, daß es dir weh tut, aber –«

»Großmutter!«

»Still! Laß mich ausreden, Kind. Ich habe in meinem Leben wohl jede verdammte Sekte und jede Glaubensgemeinschaft und jede Religion und jede Pseudo-Religion gesehen, die die Welt zu bieten hat, und es kommt mir so vor, als ob dein Großvater mit einer Sache recht haben könnte: Sie alle suchen nach der Wahrheit, aber sie finden sie nicht, nicht die ganze Wahrheit jedenfalls, keiner hat sie gepachtet, und das gilt auch für euch; ihr seid nicht einen Deut besser als all die anderen.«

Ich saß mit offenhängendem Mund da, bestürzt über das, was ich da hörte. Ich hatte immer gewußt, daß Großmutter Yolanda nicht die strikteste Anhängerin unseres Glaubens war, aber ich war immer überzeugt gewesen, daß sich unter all dieser Rastlosigkeit und Verschwendungssucht doch ein Kern wahrer Religiosität finden würde.

»Und weißt du, was ich denke? Ich denke, es ist alles ein Haufen Bockmist. Ich bezweifle nicht, daß es einen Gott gibt, wenn das auch vielleicht mehr Gewohnheit denn wahrer Glaube ist, aber ich nehme nicht an, daß irgend jemand in irgendeiner Religion je etwas Relevantes über Ihn oder Sie oder Es gesagt hat. Ist dir noch nie aufgefallen, daß Religionen anscheinend immer von Männern erfunden werden? Wann hätte man je von einem Kult oder einer Sekte gehört, die von einer Frau gegründet wurde? Fast nie. Frauen tragen die Gabe der Schöpfung in sich; Männer müssen darüber phantasieren, müssen die Schöpfung selbst erschaffen, nur um das zu kompensieren. Eierstockneid. Mehr ist es nicht.« Yolanda nickte nachdrücklich, während ich sie nur stumm anstarrte. »Weißt du, wie ich auf all das gekommen bin?«

Sie sah mich an. Ich zuckte nur die Achseln, denn mir fehlten die Worte.

»Koresh«, sagte sie. »Erinnerst du dich an ihn?«

»Ich glaube nicht.«

»Was? Waco: Wir kommen nicht raus? Warst du auf dem Mond oder so was? Du mußt es doch ...« Yolanda verdrehte die Augen. »Nein, vermutlich nicht.«

»Einen Moment«, sagte ich. »Ja, ich glaube, mein Freund Mr. Warriston hat mir etwas darüber erzählt. War das nicht in Texas?«

»In einer Stadt namens Waco«, bestätigte meine Großmutter. »Etwa hundert Meilen südlich von Dallas. Bin da runtergefahren an dem Tag, als es passiert ist. An dem Tag, als es zu Ende war. Hab die Glut gesehen. Hat mich fuchsteufelswild gemacht, daß die Regierung so was tun konnte ... nicht, daß die Bombe in Oklahoma City in Ordnung war, versteh mich nicht falsch ... aber der Punkt war Koresh«, sagte sie und wackelte mit dem

Finger vor meiner Nase. »Sie haben einen Film von ihm gezeigt, von vorher, wie er eine Bibel in der Hand hielt und mit seinen Anhängern so einen Marathon-Gottesdienst gemacht hat und sagte, er wollte einmal Rockstar werden; er hat's tatsächlich versucht, aber es hat nicht geklappt. Ist statt dessen Prophet geworden. Und wie sah sein Leben am Ende aus? Er wurde verehrt, an einem Ort, wo er jede Frauen kriegen konnte, die er haben wollte, wo er Dope rauchen und die ganze Nacht mit seinen Kumpeln durchsaufen konnte. Ein einziger feuchter Traum. Er hat das Leben eines Rockstars geführt, ohne einer werden zu müssen; er hat bekommen, was er wirklich wollte: Sex und Drogen und Verehrung. Er war nicht heiliger als ... ich weiß nicht, Frank Zappa oder so jemand, aber er hat so getan, als ob er es wäre, hat sich seine eigene Farm beschafft, all die Waffen, die sein Herz begehrte, und am Ende wurde er sogar zu einer Art blödem Märtyrer, dank des FBI und dieses fetten Idioten Clinton. Offen gesagt, es kümmert mich einen feuchten Kehricht, daß Koresh tot ist oder daß seine Anhänger tot sind, auch wenn es mir vermutlich was ausmachen sollte; man meint immer gern, daß sie wußten, worauf sie sich einließen, und daß sie einfach nur blöd waren und daß man selbst in derselben Situation viel klüger wäre ... Nein, es waren die Kinder, um deretwillen ich geweint habe, Isis; es war das Wissen, daß sie tot waren, das Wissen, daß sie gelitten hatten und nicht alt genug waren, sich selbst eine Meinung über den beschissenen, verrückten Macht-Trip zu bilden, den dieses egoistische Arschloch Koresh bei seinen Leuten abzog.«

Ich starrte meine Großmutter an. Sie nickte, während sie auf die Fahrbahn vor uns blickte. »Das ist meine Meinung zu der Sache, meine liebe Enkelin. So wie ich das sehe, sind Frauen diesem Heiliger-Mann-Scheiß durch alle Jahrhunderte hinweg auf den Leim gegangen, und wir tun's immer noch. Himmel. Die drei großen ›Ks‹: Koresh, Khomeini, Kahane; nun, zum Teufel mit ihnen allen, mit all diesen Fundamentalisten und auch mit dieser beschissenen Aum-Bande aus Japan.« Yolanda schüttelte wütend den Kopf. »Die Welt sieht jeden Tag mehr wie ein Scheiß-Comic-Heft aus.«

Ich nickte und nahm davon Abstand, meine Großmutter zu fragen, wovon genau sie da eigentlich redete. Sie holte tief Luft und schien sich etwas zu beruhigen. Sie lächelte mir flüchtig zu. »Ich sage ja nur, daß du es nicht unbedingt überstürzen solltest, so richtig bei euch einzusteigen, Isis. Finde raus, was du wirklich willst, aber denk immer dran: Männer sind ein bißchen verrückt und ein bißchen gefährlich, und sie sind auch höllisch eifersüchtig. Opfere dich nicht für sie, denn die Arschlöcher würden es ganz sicher nicht für dich tun. Tatsache ist, sie würden versuchen, *dich* zu opfern.«

Ich beobachtete sie eine Weile beim Fahren. Schließlich sagte ich: »Also bist du auch vom Glauben abgefallen, Großmutter?«

»Zum Teufel«, erwiderte Yolanda gereizt. »Ich habe eurer Gemeinschaft nie wirklich angehört, Is. Ich war immer nur eine Mitläuferin. Jerome wollte seine Seele retten. Zuerst habe ich Salvador ... charismatisch gefunden, später habe ich mich dann mit all den Leuten auf dem Hof angefreundet, und dann haben Alice und Christopher geheiratet; und plötzlich steckte ich bis zum Hals drin.« Sie sah abermals zu mir herüber. »Dann kamst du.« Sie zuckte mit den Achseln und blickte wieder auf die Straße. »Ich hätte dich ihnen weggenommen, wenn ich gekonnt hätte, Is.« Wieder sah sie mich an, und zum erstenmal vermeinte ich, eine gewisse Unsicherheit in ihrem Blick zu erkennen. »Wenn du nicht an dem Tag geboren worden wärst, an dem du nun mal geboren wurdest ... nun, dann hätten sie mir vielleicht erlaubt, dich mitzunehmen, nach dem Feuer. Nun ja.« Sie zuckte ein letztes Mal die Achseln und konzentrierte sich wieder auf die Straße.

Ich drehte mich um und beobachtete die Straße, die sich vor uns entrollte, die Autos wie entschlossene Pakete aus Metall, Glas und Gummi, in denen sie die zerbrechliche menschliche Fracht transportierte.

Kapitel Fünfzehn

High Easter Offerance war an jenem Tag wunderschön; der sanfte Wind war warm, die Luft war klar und erfüllt vom Rascheln des jungen Laubs; der Sonnenschein verwandelte jedes Blatt in einen grünen Spiegel. Wir parkten den Wagen an dem von Schlaglöchern übersäten Halbkreis aus unkrautüberwuchertem Asphalt vor dem zugerosteten Tor. Sophis Morris stand nicht dort, also nahm ich an, daß sie auf der Arbeit war. Yolanda und ich gingen die geschwungene Auffahrt hinunter, deren bröckelnder, bemooster Belag sich wie ein langer Teppich aus Schatten und rastlosem, flackerndem Licht unter den überhängenden Bäumen entlangzog. Meine Lederhose knarrte. Die lange, schwarze Jacke, die Yolanda mir gekauft hatte, fühlte sich leicht und elegant an. Je näher wir der Farm kamen, desto unpassender gekleidet und verseucht von den Vergnügungen der vorangegangenen Nacht fühlte ich mich. Ich befingerte die kleine schwarze Perle am Kopf der Hutnadel, die Yolanda mir vor Jahren geschenkt hatte und die ich von meiner alten Jacke abgenommen und in das Revers meiner neuen gesteckt hatte (es hatte mir große Freude bereitet, daß die Polizei sie nicht entdeckt hatte). Ich rieb die glatte schwarze Perle zwischen meinen Fingern wie einen Talisman. Ich überlegte kurz, meine Jacke schmutzig zu machen, aber das wäre lächerlich gewesen. Ich war froh, daß ich meine alten Stiefel behalten hatte, obgleich ich zunehmend bereute, sie – ebenso wie meinen alten Hut – geputzt zu haben.

»Himmel, ihr baut all eure Straßen so schmal«, bemerkte Yolanda, während sie sich an einem Dornenbusch vorbeidrängte, der über die Auffahrt ragte.

»Es ist nur überwuchert«, erklärte ich ihr und wechselte meinen Seesack auf die andere Schulter. Meine Gefühle waren gemischt: Freude ob meiner Rückkehr nach Hause und Beklommenheit ob der Aussicht auf ein möglicherweise frostiges Willkommen, wie Yolanda es angedeutet hatte.

»Ja, aber ihr macht es trotzdem«, beharrte Yolanda. »Einige der Straßen im Norden... ich meine, habt ihr was gegen Teer? Ich dachte, die Schotten hätten das verdammte Zeugs erfunden.«

Das Haus der Woodbeans stand Wache am steilen Flußufer, vor der alten Eisenbrücke. Ich schaute zu dem stillen Haus hinüber, während Yolanda kopfschüttelnd die Löcher im Deck der Brücke und den schmalen Weg aus zusammengesuchten Brettern, der über sie hinweg führte, beäugte. Zehn Meter weiter unten strömte der Fluß träge dahin.

»Halt meine Hand«, sagte Yolanda und streckte ihre Hand hinter sich aus. Ich trat vor und ergriff ihre Hand, während sie zaudernd einen Fuß auf das erste Brett setzte. »Bald muß man schon Indiana Jones sein, um zu euch zu kommen...«

*

Die Auffahrt ließ die Bäume hinter sich und stieg ein wenig an, während sie zwischen dem Apfelgarten zur Linken und dem Rasen vor den Gewächshäusern zur Rechten verlief. Zwei angebundene Ziegen blickten kauend auf und beobachteten uns, als wir herankamen. Wir sahen die jüngeren Schulkinder, die in geordneter Zweierreihe aus dem Gewächshaus kamen; eins von ihnen bemerkte Oma Yolanda und mich und rief unsere Namen. Im nächsten Moment hatte sich die Reihe aufgelöst, und die Kinder kamen auf uns zugelaufen. Bruder Calum tauchte hinter den rennenden Kindern auf, sein Gesichtsausdruck zuerst besorgt, dann erfreut, dann wieder besorgt.

Yolanda und ich wurden umzingelt von einem kleinen Feld aus stoppelhaarigen Kindern, die plappernd und lachend ihre Arme hochreckten, um hochgehoben und geherzt zu werden, während andere meine Lederhose zwickten und streichelten und lautstark meine Jacke und mein Hemd bewunderten. Calum stand an der offenen Tür des Gewächshauses, winkte einmal und nickte verhalten, dann verschwand er durch die Pforte in den Hof der Farm. Yolanda und ich folgten ihm, jede von uns mit einem halben Dutzend Kinder an der Hand, die uns mit ihrem Wirbelsturm von Fragen übermannten.

Als wir den Hof betraten, trafen wir auf Bruder Pablo, der dastand und Otie, die Eselstute, am Zaumzeug festhielt, während Schwester Cassie sie striegelte. Einige der Kinder lösten sich von uns und liefen uns voraus, um die Eselin zu streicheln, die alles friedlich über sich ergehen ließ.

»Schwester Isis«, begrüßte mich Pablo und senkte den Blick, während er mein Zeichen erwiderte. Pablo war ein paar Jahre jünger als ich, ein hochgewachsener, gebeugter, stiller Spanier, der seit einem Jahr bei uns lebte. Gewöhnlich hatte er ein Lächeln für mich übrig, heute jedoch nicht, wie es schien.

»Hallo, Isis«, grüßte Schwester Cassie nickend. Sie ließ den Striegel in Oties Fell hängen und legte ihre Hände auf die Köpfe zweier Kinder. »He, du siehst ... wirklich elegant aus.«

»Vielen Dank, Cassie«, erwiderte ich, dann stellte ich Yolanda und Pablo einander vor.

»Wir haben uns schon kennengelernt, letzte Woche«, erklärte Yolanda mir.

»O ja, Entschuldigung«, sagte ich, während weitere Menschen aus den Gebäuden auf den Hof kamen; ich winkte und erwiderte verschiedene Begrüßungen. Allan kam aus dem Herrenhaus und drängte sich eilig durch die Menge; Bruder Calum trat dicht hinter ihm aus dem Haus und folgte ihm.

»Schwester Yolanda, Schwester Isis«, sagte Allan und ergriff unsere Hände. »Willkommen daheim. Pablo, nimm bitte Schwester Isis' Tasche und folge uns.«

Yolanda, Allan, Pablo und ich gingen zum Herrenhaus hinüber; alle anderen blieben auf dem Hof. »Wie geht es dir, Schwester Yolanda?« erkundigte sich Allan, während wir die Treppe erklommen. Ich blickte auf das Plakat, auf dem für Cousine Morags fiktives Konzert in der Royal Festival Hall geworben wurde.

»Ist mir schon besser gegangen, aber auch schon schlechter«, erklärte Yolanda ihm.

Als wir den Treppenabsatz zwischen dem Büro und Salvadors Gemächern erreichten, zögerte Allan und tippte sich mit dem Finger gegen die Lippen. »Großmutter«, sagte er lächelnd. »Salvador sagte, es täte ihm leid, daß er dich letztens verpaßt hat, und er würde dich jetzt gerne sehen; hättest du Lust auf einen kleinen Plausch?« Er deutete auf Großvaters Gemächer.

Yolanda legte den Kopf leicht in den Nacken und musterte meinen Bruder eingehend. »Was du nicht sagst.«

»Ja«, sagte Allan. Er legte Yolanda eine Hand ins Kreuz. »Wir wollen uns nur kurz mit Isis unterhalten; eine Art Lagebesprechung anläßlich ihrer Rückkehr.« Er deutete mit einem Nicken auf die Bürotür. »Wir sind dann hier drin.«

»Möchte –« setzte ich an und wollte gerade sagen: Möchte Großvater denn nicht hören, was ich zu sagen habe?, aber Yolanda kam mir zuvor.

»Gut, ich setze mich dazu«, verkündete sie.

»Oh?« sagte Allan und schaute etwas unbehaglich drein. »Nun, ich glaube, Salvador erwartet dich . . .«

»Er hat zwei Jahre gewartet; er kann noch ein paar Minuten länger warten, denke ich.« Yolanda lächelte verkniffen.

»Nun . . .« setzte Allan an.

»Komm schon; je schneller wir sind, desto weniger lang muß er warten«, erklärte meine Großmutter und hielt auf die Bürotür zu. Ich sah, wie Allan die Zähne zusammenbiß, als wir ihr folgten.

Schwester Erin stand von ihrem Schreibtisch auf, als wir eintraten. »Schwester Isis. Schwester Yolanda.«

»Hallo, Erin.«

»Wie geht's, wie steht's?«

»Vielen Dank, Pablo«, sagte Allan und nahm dem Jungen meine Tasche ab, um sie neben dem Schreibtisch der Sekretärin abzustellen. Pablo nickte, ging und schloß die Tür hinter sich.

Yolanda und ich nahmen vor Allans Schreibtisch Platz; er holte einen Stuhl heran, der ansonsten neben dem kleineren Schreibtisch stand. Erin blieb dort, hinter uns. »Also, Isis«, begann Allan und lehnte sich auf seinem Stuhl zurück. »Wie ist es dir ergangen?«

»Mir geht es gut«, erklärte ich, obgleich ich in Wahrheit einen Kater hatte und mich zu fragen begann, ob ich mir eine Erkältung eingefangen hatte. »Ich muß jedoch gestehen, daß meine Mission, Schwester Morag zu finden, nicht von Erfolg gekrönt war.«

»Oh«, sagte Allan betrübt.

Ich begann, in größeren Einzelheiten von meiner Reise zu berichten, wobei ich mich einmal aus Höflichkeit umdrehte, um auch Schwester Erin miteinzuschließen, nur um festzustellen, daß sie still und leise das Büro verlassen haben mußte. Ich zögerte, dann fuhr ich fort. Während ich Allan von meinen Abenteuern erzählte – und er sich Notizen machte, wobei er sich über einen Block auf seinem Schreibtisch beugte –, bemerkte ich, daß mein Seesack ebenfalls verschwunden war; Allan hatte ihn neben dem anderen Schreibtisch abgestellt, doch jetzt stand er dort nicht mehr.

»Ein *Porno*star?« Allan hustete; seine Gelassenheit und seine Stimme schienen brüchig zu werden.

»Fusillada DeBauch«, bestätigte ich.

»Du liebe Güte.« Er machte sich eine Notiz. »Wie buchstabiert man das?«

Ich berichtete von meinen Besuchen in Mr. Leopolds Büro, dem La Mancha in Gittering, auf Clissolds Gesundheitsfarm und Country Club und meiner Rückkehr zum La Mancha. Hin und wieder nickte Yolanda und schnaubte, als ich zu den Ereignissen kam, an denen sie teilgehabt hatte. Ich ließ den Sturz durch die Decke, den Angriff auf die Rassisten und die Besuche in den Nachtclubs aus.

Leider konnte ich nicht ebenso übergehen, daß ich festgenommen worden und im Fernsehen zu bewundern gewesen war. Ich erwähnte meinen Versuch, das *Zhlonjiz* zu benutzen, um Gottes Rat zu erbitten, und erzählte auch, daß ich aus demselben Grunde die Cannabis-Zigarette geraucht hätte, als das *Zhlonjiz* nicht gewirkt hatte. Allan schaute betreten drein und hörte auf zu schreiben.

»Ah«, sagte er mit schmerzlich verzerrtem Gesicht. »Ja, wir haben schon von den Possils über das *Zhlonjiz* gehört. Warum –?« Er verstummte, als sein Blick hinter mich, auf die Tür, fiel.

Yolanda schaute nach hinten, dann wandte sie sich auf ihrem Stuhl um. Sie räusperte sich.

Ich drehte mich ebenfalls um und sah meinen Großvater in der offenen Tür stehen; Erin stand hinter ihm. Salvador war wie üblich in eine weiße Robe gekleidet. Sein Gesicht, umgeben von weißem Haar, war rot angelaufen.

»Großvater...« sagte ich und erhob mich von meinem Stuhl. Yolanda blieb aber sitzen. Mein Großvater kam mit entschlossenen Schritten geradewegs auf mich zu. Er erwiderte das Zeichen nicht. Er hielt etwas Kleines in seiner Hand. Er beugte sich an mir vorbei und klatschte das Ding vor mir auf den Schreibtisch.

»Und was ist das?« zischte er.

Ich betrachtete das winzige Stück Bakelit. »Die Kappe der *Zhlonjiz*-Phiole, Großvater«, erklärte ich perplex. »Es tut mir leid; das ist alles, was ich von der Polizei zurückerhalten habe. Ich habe ein wenig –«

Mein Großvater versetzte mir eine Ohrfeige, so daß meine oberen und unteren Zahnreihen schmerzhaft gegeneinanderschlugen.

Ich starrte schockiert in sein wütendes, rotes Gesicht. Meine Wange brannte wie ein fleischlicher Spiegel seines Zorns. Ich sah aus dem Augenwinkel, daß meine Großmutter augenblicklich aufsprang und sich neben mich stellte, hörte, daß sie etwas brüllte, aber langsam zog sich mein Blickfeld immer enger auf das wütende Gesicht meines Großvaters zusammen, während alles andere an den Rändern dunkler zu werden und sich aufzulösen schien, bis selbst das Scharlachrot von Salvadors Gesicht grau wirkte und die verschiedenen Stimmen um mich herum sich in ihrem eigenen hörbaren Grau verloren und sich unentwirrbar über mir brachen wie ein donnernder Wasserfall.

Ich fühlte Hände auf meinen Schultern und dann das feste Holz des Stuhls unter mir. Ich schüttelte den Kopf, als wäre ich unter Wasser, und alles passierte sehr langsam.

»– zum Teufel gibt dir das Recht –?«

»– *meine Enkelin*; mein eigen Fleisch und Blut!«

»Salvador ...«

»Ja, und sie ist auch meine Enkelin, also, was willst du?«

»Sie gehört dir nicht! Sie gehört uns! Du verstehst nicht –«

»Ach, du warst schon immer ein gottverdammter Tyrann!«

»Großmutter, wenn du –«

»Und du hast dich schon immer überall eingemischt, Weib! Schau dir doch nur an, wie du sie ausstaffiert hast, wie eine billige Großstadthure!«

»Salvador ...«

»*Was*? Zum Teufel, du hast kein Recht, von Huren zu sprechen, du alter Scharlatan!«

»WAS?«

»Großmutter, würdest du dich bitte –«

»Was hast du –?«

»Hört auf! Hört auf hört auf hört auf!« schrie ich und erhob mich mühsam auf die Füße; ich mußte mich an der Schreibtischkante festhalten, um nicht umzufallen. Ich wandte mich zu Großvater um und hob unwillkürlich meine Hand an meine Wange. »Warum hast du das getan? Was habe ich getan?«

»Bei Gott«, donnerte Salvador. »Ich werde –« Er trat einen Schritt vor und hob seine Hand, doch Erin hielt sie fest, während Yolanda sich schützend vor mich stellte.

»Was habe ich getan?« rief ich voller Verzweiflung.

Salvador stieß ein wütendes Grollen aus, stürzte nach vorn und packte die Kappe des *Zhlonjiz*-Gefäßes. »Das hast du getan, du dummes kleines Miststück!« Er fuchtelte mit dem Bruchstück der Kappe vor meiner Nase, dann schleuderte er es mir vor die Füße und stürmte an mir und Yolanda vorbei. An der Tür blieb er stehen, drehte sich um und zeigte mit dem Finger auf uns. »Du hast kein Recht, hier zu sein«, erklärte er Yolanda.

»Leck mich«, gab Großmutter gelassen zurück.

»Und du«, rief er und zeigte auf mich. »Du kannst dich anständig anziehen und darüber nachdenken, als Büßerin auf den Knien zu mir gekrochen zu kommen, wenn dir eine Entschuldigung für deinen Verrat einfällt!« Er stürmte hinaus. Ich erhaschte einen flüchtigen Blick auf Schwester Jess draußen auf dem Flur, dann schlug die Tür zu, und der Knall hallte von der Holztäfelung des Büros wider.

Ich wandte mich zu Yolanda um, dann zu Erin und schließlich zu Allan, während mir Tränen in die Augen sprangen. »Was hat das alles zu bedeuten?« rief ich aus und versuchte, nicht zu jammern, doch es wollte mir nicht gelingen.

Erin seufzte, bückte sich und hob die Kappe der *Zhlonjiz*-Phiole auf. Sie schüttelte den Kopf. »Warum hast du das getan, Isis?« fragte sie.

»Was?« erwiderte ich. »Das *Zhlonjiz* zu nehmen?«

»Ja!« sagte Erin mit Tränen in den Augen.

»Das ist es also, worum es hier geht!« rief ich aus. »Ich dachte, dazu wäre es gedacht gewesen!«

»O Isis«, seufzte Allan bekümmert und ließ sich auf seinen Stuhl sinken.

»Dachtest du, Gott hätte es dir befohlen?« fragte Erin, scheinbar verwirrt.

»Nein«, erklärte ich. »Es war meine eigene Entscheidung.«

»Warum also?« fragte Erin flehentlich.

»Weil es mir richtig schien, es zu tun. Was hätte ich denn sonst –?«

»Aber es stand dir nicht zu, diese Entscheidung zu treffen!«

»Warum nicht? Wen hätte ich den fragen sollen? Zeb?«

»Zeb?« Erin sah mich verwirrt an. »Nein; deinen Großvater natürlich!«

»Wie hätte ich ihn denn fragen sollen?« brüllte ich; ich hatte nicht die leiseste Ahnung, wovon sie redete.

»He«, mischte Yolanda sich ein. »Ich denke, ihr beide solltet –«

»Was meinst du mit ›wie‹?« schrie Erin. »In dem du von Angesicht zu Angesicht mit ihm sprichst, natürlich!«

»Ich war in London; wie hätte ich –«

»London?« sagte Erin. »Wovon redest du?«

»Ich rede davon, daß ich in London das *Zhlonjiz* genommen habe«, erwiderte ich und versuchte, mich zu beherrschen. »Wie hätte ich –«

»Nun, ich rede davon, daß du es von hier mitgenommen hast«, sagte Erin. »Wie konntest du nur? Wie konntest du es einfach mitnehmen? Wie konntest du es uns stehlen?«

». . . ah«, hörte ich Allan sagen.

»Ich –« setzte ich an, dann verstummte ich. »Was?« fragte ich. »Stehlen? Wovon redest du?«

»Isis«, sagte Erin. Eine ergraute braune Strähne hatte sich aus ihrem Haarknoten gelöst; Erin blies sie aus dem Mundwinkel zur Seite. »Was wir alle wissen wollen, ist, warum du das *Zhlonjiz* überhaupt mitgenommen hast«, erklärte sie und sah zu Allan, der bedrückt nickte.

Ich starrte sie einen Moment lang an, und mir war mit einem Mal, als würde der Boden unter meinen Füßen abkippen; ich hatte das Gefühl, der Raum selbst, das Herrenhaus und die gesamte Gemeinde würden plötzlich zur Seite wegsacken; meine Knie drohten unter mir nachzugeben, und ich mußte mich abermals an der Schreibtischkante festhalten. Ich spürte Großmutter Yolandas Hand an meinem Arm, die mich stützte.

»Ich habe es nicht genommen«, erklärte ich. Der Zettel. Ich hatte den Zettel verloren. »Ich habe es nicht genommen«, wiederholte ich und schüttelte den Kopf; ich spürte, wie das Blut aus meinem Gesicht wich, während ich von Erin zu Allan und dann zu Yolanda blickte. »Man hat es mir gegeben. Es war in meinem Seesack. In meinem Seesack. Ich habe es dort gefunden. Ich habe es gefunden. Wirklich . . .«

Ich setzte mich mit wackeligen Knien wieder hin.

»Herrje«, sagte Allan und fuhr sich mit den Fingern durchs Haar.

Erin legte die Hand über ihre Augen und schüttelte den Kopf. »Isis, Isis«, murmelte sie und wandte den Blick ab.

»Was ist das für ein Zeug?« fragte Yolanda. »Ist das eine von Salvadors heiligen Salben?«

»Es ist *die* heilige Salbe«, erwiderte Allan matt. Er sah Yolanda einen Moment lang an, dann zuckte er mit den Achseln. »Wofür es tatsächlich gut ist . . .« wand er sich. ». . . ich meine, es ist sehr alt . . . wahrscheinlich . . . Der Punkt ist«, erklärte er und beugte sich über den Schreibtisch vor, »Großvater glaubt . . . er ist überzeugt . . . er weiß, tief in seinem Herzen, daß es . . . wirkt.« Allan warf mir einen Blick zu. Er schlug sich mit der Faust gegen die Brust. »Hier drin weiß Salvador, daß es wirkt. Wir respektieren das.« Er warf mir abermals einen Blick zu. »Wir alle respektieren das.«

»Ich habe es nicht genommen«, wiederholte ich. »Es war in meiner Tasche. Ich habe es dort gefunden. Da war auch ein Zettel.«

»Was?« fragte Erin. Allan schloß nur die Augen.

»Ein Zettel«, sagte ich. »Mit einer Notiz von Salvador.«

»Ein Zettel?« fragte Erin. Ich konnte den Unglauben in ihren Augen erkennen, konnte ihn in ihrer Stimme hören.

»Ja«, bestätigte ich. »Nun . . . er war mit einem ›S‹ unterschrieben.«

Allan und Erin tauschten einen vielsagenden Blick. »Was stand auf dem Zettel?« seufzte Erin.

»Da stand einfach nur: ›Für den Fall, daß du es brauchst‹«, erklärte ich den beiden. »Und darunter ein ›S‹.«

Wieder sahen die beiden sich an. »So war es!« rief ich aus. »Glaube ich. Irgend etwas in der Richtung zumindest. Ich glaube, das waren die Worte . . . es könnte auch ›Für alle Fälle, S‹ gewesen sein. Irgendwas in der Art . . .«

»Hast du diesen Zettel noch?« fragte Erin.

Ich schüttelte den Kopf. »Nein«, gestand ich. »Nein. Er ist weg. Ich glaube, die Polizei –«

»Bitte nicht, Isis«, sagte Erin; sie schüttelte den Kopf und ging weg, die Hand abermals über die Augen gelegt. »Bitte nicht. Bitte tu das nicht. Mach es nicht noch schlimmer...«

Allan murmelte etwas und schüttelte den Kopf.

»Aber es stimmt!« rief ich aus und sah von Erin zu Yolanda, die meine Hand tätschelte.

»Ich weiß, ich weiß, Darling; ich glaube dir.«

»Isis«, sagte Erin, während sie zu mir zurückkam und eine meiner Hände ergriff. »Ich glaube wirklich, es wäre besser, wenn du einfach zugeben würdest, daß du –«

»Hör zu«, mischte Yolanda sich ein, »wenn sie sagt, sie hätte das gottverdammte Zeug nicht genommen, dann hat sie es nicht getan, okay?«

»Schwester Yolanda –«

»Und ich bin nicht deine Scheiß-Schwester.«

»Isis«, sagte Erin ernst, während sie sich von meiner Großmutter an mich wandte und nun meine beiden Hände ergriff. »Tu das nicht. Dein Großvater ist schrecklich aufgeregt. Wenn du einfach nur beichten würdest –«

»Was, seid ihr jetzt Scheißkatholiken?«

»Isis!« sagte Erin, ohne sich um meine Großmutter zu kümmern. Ich sah zu Yolanda, doch Erin zog an meinen Händen und drehte mich wieder zu sich um. »Isis, gesteh es doch, sag einfach, du hättest es aus einer Laune heraus genommen; sag, du hättest es für etwas anderes gehalten; sag, du –«

»Aber das alles ist nicht wahr!« protestierte ich. »Ich habe die Phiole in meiner Tasche gefunden, und es war ein Zettel daran festgebunden. Nun, nicht wirklich festgebunden; es war ein Gummiband –«

»Isis!« sagte Erin und schüttelte mich wieder. »Hör auf! Du reitest dich nur tiefer hinein!«

»Nein, tue ich nicht! Ich sage die Wahrheit! Ich werde nicht lügen!«

Erin ließ meine Hände mit einem Ruck los und ging zu dem kleineren Schreibtisch. Dort blieb sie stehen, eine Hand ans Gesicht erhoben, und ihre Schultern bebten.

Yolanda tätschelte abermals meinen Arm. »Erzähl's genauso, wie es gewesen ist, Kleines. Sag einfach die Wahrheit, und zum Teufel mit ihnen allen.«

»Isis«, sagte Allan mit bleierner Stimme. Ich wandte mich zu ihm um, noch immer ergriffen von dem Gefühl, alles geschähe in einer seltsamen, zähen Flüssigkeit, in der ich trieb. »Ich kann nicht...« Er holte tief Luft. »Hör zu«, sagte er. »Ich...« er blickte zur Tür, »ich werde mit Salvador reden, in Ordnung? Vielleicht hat er sich nachher wieder etwas beruhigt. Vielleicht könntet ihr beide dann... du weißt schon, miteinander reden. Du mußt dich entscheiden, was du sagen willst. Ich kann dir nicht raten, was du sagen sollst, aber er ist wirklich sehr wütend und... Nun, du mußt für dich selbst entscheiden, was das Beste ist. Ich...« Er schüttelte den Kopf und starrte auf seine Hände, die er auf dem Schreibtisch gefaltet hatte. »Ich weiß nicht, was ich von der ganzen Sache halten soll, es ist... es ist so...« Er stieß ein leises, verzweifeltes Lachen aus. »Wir sollten alle beten und auf Gott vertrauen. Hör auf Ihn, Isis. Hör darauf, was Er dir zu sagen hat.«

»Ja«, erwiderte ich, während ich mir die Tränen mit meinem Ärmel und dann mit einem Taschentuch, das Yolanda mir reichte, trocknete. Ich richtete mich auf. »Ja, natürlich.«

Allan sah auf die Bürouhr, hoch oben an der Wand. »Wir sollten ihm besser bis heute abend Zeit lassen. Wirst du in deinem Zimmer sein?« fragte er.

Ich nickte. »Vielleicht mache ich zuerst noch einen Spaziergang, aber später, ja.«

»In Ordnung.« Er hob seine flachen Hände von der Schreibtischplatte und ließ sie wieder herunterklatschen. »Wir werden sehen, was wir tun können.«

»Danke«, sagte ich schniefend und reichte meiner Großmutter ihr Taschentuch zurück. Ich nickte ihr zu, und wir wandten uns zum Gehen.

Erin stand noch immer da und starrte auf den Schreibtisch neben der Tür. Ich blieb stehen, grub in meiner Jackentasche und holte ein aufgerolltes Bündel Pfundnoten heraus, das mit einem Gummiband zusammengehalten wurde. Ich legte die Rolle auf den Schreibtisch und fügte zwei Ein-Pence-Münzen aus meiner Hosentasche hinzu. Erin schaute auf das Geld.

»Siebenundzwanzig Pfund, zwei Pence«, erklärte ich.

»Sehr schön«, erwiderte Erin tonlos. Yolanda und ich verließen den Raum.

*

»Ich vermute, ein Anwalt wäre wohl fehl am Platz«, sagte Yolanda, während wir nach unten gingen.

»Ich glaube auch, Oma.«

»Nun, als erstes sollten wir zu einem Hotel fahren, oder wenigstens nach Stirling, und uns ein schönes Mittagessen genehmigen. Ich brauche eine Margarita.«

»Danke, Oma«, sagte ich, als wir den Fuß der Treppe erreichten; ich blieb stehen und drehte mich zu Yolanda um. »Aber ich denke, ich möchte einfach... du verstehst schon, ich möchte eine Weile allein sein.«

Sie schaute mich verletzt an. »Du schickst mich weg, ist es das?«

Ich überlegte, wie ich sagen könnte, was ich sagen wollte. »Ich muß nachdenken, Yolanda. Ich muß...« Ich atmete tief durch, und mein Blick huschte über die Wände, die Decke und wieder die Stufen hinunter, bis er abermals auf meiner Großmutter ruhen blieb. »Ich muß mich wieder in den Menschen zurückdenken, der ich bin, wenn ich hier bin, verstehst du, was ich meine?«

Sie nickte. »Ich denke schon.«

»Du hast so viel für mich getan«, erklärte ich ihr. »Ich –«

»Vergiß es. Bist du sicher, daß ich nicht lieber in der Nähe bleiben soll?«

»Nein, das mußt du wirklich nicht.« Ich schenkte ihr ein tapferes Lächeln. »Fahr du nur nach Prag, schau dir deinen roten Diamanten an.«

»Scheiß auf den Diamanten. Und Prag wird übermorgen auch noch da sein.«

»Ehrlich gesagt, es wäre besser, wenn du fährst. Dann hätte ich nicht das Gefühl, ich hätte auch noch dein Leben völlig aus den Angeln gehoben.« Ich setzte ein munteres Lächeln auf und schaute mich mit einem Gesichtsausdruck um, der einen Optimismus bekundete, den ich nicht empfand. »Es wird sich alles aufklären. Es ist eine von diesen dummen Sachen, die halt passieren, wenn man an einem Ort lebt, wo jeder jedem ständig auf der Pelle hängt; ein Sturm im Wasserglas.« Ich brachte ein keckes Grinsen zustande, wie ich hoffte.

Yolanda musterte mich ernst. »Paß bitte auf dich auf, Isis.« Sie legte ihre Hand auf meine Schulter und senkte ihren Kopf ein wenig, während sie mich mit ihrem Blick fixierte. Es war eine seltsam liebevolle Geste. »Es war hier nie das reine Paradies, Darling«, erklärte sie mir. »Du hast immer nur die schönen Seiten gesehen, und jetzt lernst du zum ersten Mal die Schattenseiten kennen. Aber die waren immer schon da.« Sie klopfte mir auf die Schulter. »Nimm dich vor Salvador in acht. Die alte Zhobelia hat mir mal erzählt ...« Sie zögerte. »Nun, um ehrlich zu sein, ich kann nicht mit Bestimmtheit sagen, was sie andeuten wollte, aber da war etwas, soviel ist mal sicher. Etwas, was dein Großvater verbirgt; etwas, was sie über ihn wußte.«

»Sie waren ... sie waren verheiratet«, sagte ich zögernd. »Alle drei waren verheiratet. Ich kann mir vorstellen, daß sie untereinander eine Menge kleiner Geheimnisse hatten ...«

»Hmm.« Yolanda war offensichtlich nicht überzeugt. »Nun, ich habe mich jedenfalls immer gefragt, warum sie weggegangen ist, warum sie einfach so verschwunden ist, nach dem Brand; kommt mir irgendwie spanisch vor. Bist du sicher, daß sie noch lebt?«

»Ziemlich sicher. Calli und Astar scheinen immer noch Kontakt zu ihr zu haben. Ich kann mir nicht vorstellen, daß sie ... lügen würden.«

»Okay, hör zu; ich sage ja nur, daß hier einiges vorgehen

könnte, von dem du keine Ahnung hast. Versprich mir, daß du auf dich achtgeben wirst, ja?«

»Das werde ich. Ich verspreche es. Und du mußt dir keine Sorgen machen; ich werde schon zurechtkommen. Komm in ein, zwei Wochen zurück. Komm zum Fest, und ich werde bis dahin dafür gesorgt haben, daß alles wieder im Lot ist. Ich werde die Angelegenheit schon in Ordnung bringen. Versprochen.«

»Es gab da noch etwas anderes, um das du dich kümmern wolltest, Isis, noch bevor diese Sache passiert ist, so wie wir es gestern im Auto besprochen haben.«

»Ich weiß«, erklärte ich ihr und umarmte sie. »Vertrau einfach auf Gott.«

»Das ist deine Abteilung, Darling, aber ich vertraue auf dein Wort.«

*

Eines Nachts im November 1979 zerstörte ein Feuer das halbe Herrenhaus; es tötete meine Mutter Alice und meinen Vater Christopher und Großmutter Aasni, und es hätte vielleicht auch mich umgebracht, wenn mein Vater mich nicht aus dem Fenster in den Fischteich im Garten geworfen hätte. Er hätte sich vielleicht auch selbst retten können, aber er ging zurück, um nach meiner Mutter zu suchen; man fand sie schließlich engumschlungen und erstickt in dem Zimmer, das ich mit Allan teilte. Allan hatte sich selbst in Sicherheit gebracht.

Großmutter Aasni starb in der Küche des Hauses, anscheinend das Opfer ihrer eigenen kulinarischen Experimente.

Der Löschzug, den man in jener Nacht aus Stirling gerufen hatte, konnte nicht über die bereits baufällige Brücke am Haus der Woodbeans fahren; die Gemeinde löschte das Feuer mehr oder weniger allein, später dann mit etwas Hilfe von einer tragbaren Pumpe, die die Feuerwehrleute zu Fuß über die Brücke geschleppt hatten. Mein Großvater hatte immer gewußt, daß bei all den Kerzen und Paraffinlampen, die wir – besonders im Winter – benutzen, das Risiko eines Brandes auf dem Hof sehr hoch war; aus diesem Grunde hatte er Feuerschutzmaßnahmen immer sehr ernst genommen, hatte von einer anderen Farm eine alte, doch noch funktionsfähige handbetriebene Pumpe gekauft und dafür gesorgt, daß überall auf der Farm verteilt jede Menge Eimer mit Wasser und Sand standen, und er hatte regelmäßige Feuerübungen durchgeführt, damit jeder wußte, was im Falle eines Brandes zu tun wäre.

Am nächsten Tag kamen Feuerwehrleute und nahmen die Ruine des Herrenhauses in Augenschein, um herauszufinden, wie es zu dem Brand gekommen war. Sie kamen zu dem Schluß, daß der Brandherd in der Küche gewesen sei und daß alles darauf hindeutete, daß ein Dampfkochtopf auf dem Küchenherd explodiert war und brennendes Öl in der Küche verspritzt hätte. Aasni war vermutlich bereits vom Druck der Explosion bewußtlos gewesen. Zhobelia – die aufgelöste, weinende, sich die Haare raufende Zhobelia – hielt gerade lange genug in ihrer Trauerklage inne, um zu bestätigen, daß ihre Schwester an der Entwicklung einer neuen Einmachart mit Hilfe des Dampfkochers gearbeitet hätte, zu deren Zutaten auch Ghee und eine Auswahl anderer Fette gehörten.

Ich erinnere mich nicht an den Brand. Ich erinnere mich nicht an den Rauch und die Flammen oder daran, aus dem Fenster in einen Zierfischteich geworfen worden zu sein; ich erinnere mich weder an die Berührung meines Vaters noch an die Stimme meiner Mutter. Ich erinnere mich weder an eine Beerdigung noch an einen Gedenkgottesdienst. Das einzige, woran ich mich – mit seltsam statischer, fotografischer Klarheit – erinnere, ist die ausgebrannte Ruine des Herrenhauses, Tage oder Wochen später, deren rußige Mauersteine und die wenigen verbliebenen Dachbalken sich schwarz gegen den blauen Winterhimmel abzeichneten.

Ich denke, Allan hat den Verlust unserer Eltern stärker empfunden; er war alt genug, um zu wissen, daß er sie nie mehr wiedersehen würde, wohingegen ich diese Vorstellung nicht wirklich begreifen konnte und einfach weiter darauf wartete, daß sie von dort, wohin sie gegangen waren, zurückkehrten. Ich vermute, der Zusammenhalt in der Gemeinde hat uns diesen Schlag milder empfinden lassen, als es in der unbedarften Gesellschaft der Fall gewesen wäre; Allan und ich wären mehr oder weniger genauso erzogen worden, wenn unsere Eltern nicht umgekommen wären – unsere Erziehung und Betreuung und die Fürsorge um uns wurden eben nur unter den Gläubigen der Gemeinde aufgeteilt, statt allein in den Händen einer zweiköpfigen Kernfamilie zu liegen.

Ich glaube, ich begriff erst, daß meine Eltern wohl nie mehr zurückkommen würden, als im darauffolgenden Jahr das ausgebrannte Herrenhaus wiederaufgebaut wurde, so als hätte ich geglaubt, daß meine Mutter und mein Vater irgendwie einen Weg nach Hause finden würden, solange die Ruine des Gebäudes noch immer offen Wind und Wetter ausgesetzt war ... doch als das Dach wieder aufgebaut und die Stützstreben und Giebelbalken an ihren Platz gehievt wurden, als das Dach erst mit Holzbrettern verschalt und dann mit Schindeln gedeckt wurde, wurde ihnen diese Möglichkeit Schritt für Schritt, doch unwiderruflich genommen, so als ob das Holz und die Bretter und die Nägel und die Metallteile, die zum Aufbau des Hauses verwendet wurden, keinen neuen Lebensraum für Menschen schufen, sondern statt dessen ein riesiges, verspätetes Mausoleum errichteten, in das meine Eltern auf geheimnisvolle Weise einziehen sollten, aus dem sie aber für immer ausgeschlossen waren.

Ich kann mich an die widersprüchlichen Gefühle erinnern, daß ich zuerst glaubte, meine Eltern wären irgendwie noch immer dort, Geister oder Gespenster, die dort festgehalten wurden, gefangen von all den neuen Dielenbrettern und glänzenden Nägeln, aber selbst dieses Gefühl verlor sich mit der Zeit, und das fertige, wiederaufgebaute Haus wurde zu einem bloßen weiteren Bestandteil der Gemeinde.

Ich vermute, nach Ansicht der oberflächlicheren Theorien in der Psychologie hätte ich das Herrenhaus und besonders die Bibliothek hassen müssen, die das Feuer völlig unbeschadet überstanden hatte, doch noch Jahre nach dem Brand nach Rauch roch, aber wenn überhaupt, so war das genaue Gegenteil der Fall, denn ich entwickelte eine tiefe Liebe zu der Bibliothek und den Büchern und zu ihrem alten, muffig-rauchigen Geruch, so als ob ich durch diesen anhaltenden Duft der Vergangenheit mehr als nur das in den Büchern enthaltene Wissen in mir aufnahm, wenn ich dort las und studierte, und auf diese Weise immer noch Kontakt zu meinen Eltern und unserer glücklichen Zeit vor dem Brand hätte.

Ich glaube, für meinen Großvater war der Verlust seines Sohnes das Schlimmste, was ihm je passieren konnte. Es war so, als gäbe es einen Gott von der Art, an den er nicht glaubte: Ein grausamer, unberechenbarer, sich einmischender Gott, der nicht nur aus großer, leidenschaftsloser Entfernung sprach, sondern die Menschen wie Spielfiguren bewegte; ein gieriger, bösartiger, manipulierender Gott, der ebensoviel nahm, wie er gab, und sich – provoziert oder schlicht als Beweis seiner Macht – auf das Leben und das Schicksal der Menschen stürzte wie ein Adler auf eine Maus. Wenn Großvaters Glaube durch den Tod seines Sohnes erschüttert wurde, dann ließ er es damals nicht erkennen, aber ich weiß, daß er bis zum heutigen Tage trauert und noch immer alle paar Monate aus dem Schlaf aufschreckt, gepeinigt von Alpträumen von brennenden Häusern und Rufen und Schreien, die aus wallenden, feuerbeschienenen schwarzen Rauchwolken herausschallten.

Nichts war je wieder so wie früher; die Dinge laufen immer noch gut, und wir wachsen und gedeihen (oder zumindest habe ich das immer gedacht), aber sie laufen auf eine Art und Weise gut, die sich deutlich von der Art unterscheidet, wie sie gut gelaufen wären, hätten Alice und Christopher überlebt und wären Aasni und Zhobelia zusammen mit Salvador alt geworden. Statt dessen sind drei von ihnen tot, und Zhobelia hat sich zuerst innerhalb der Gemeinde zurückgezogen und ist dann gänzlich verschwunden.

Die Trauer meiner Urgroßtante kannte kein Maß; sie riß sich

das Haar büschelweise aus, genau wie man es immer liest, ohne es je selbst zu Gesicht zu bekommen, wie ich wetten möchte. Ich war auch nicht persönlich dabei, aber ich habe den Beweis dafür gesehen, und es war kein schöner Anblick.

Zhobelia aß nicht mehr, kochte nicht mehr, stand nicht mehr aus dem Bett auf. Sie gab sich die Schuld an dem Feuer; sie war in jener Nacht zu Bett gegangen, statt mit Aasni aufzubleiben, um ihr gemeinsames Koch-Experiment fortzusetzen, und darüber hinaus war sie überzeugt, daß es niemals zu dem Unglück gekommen wäre, wenn sie sich vergewissert hätte, daß der Dampfkochtopf ordentlich saubergemacht worden war; sowohl sie als auch Aasni wußten, daß einige ihrer früheren Experimente das Sicherheitsventil verstopft und einen gefährlichen Überdruck im Kochtopf erzeugt hatten. Zhobelia hatte sich anscheinend mehr Sorgen bezüglich der möglichen Risiken gemacht als ihre Schwester und gab sich die Schuld, weil sie nicht aufgeblieben war und dafür gesorgt hatte, daß Aasni sich nicht in Gefahr brachte.

Langsam erholte Zhobelia sich wieder. Sie stand wieder auf und aß auch wieder, obgleich sie nie wieder kochte. Calli und Astar, Zhobelias Töchter, füllten stillschweigend die Lücke, die durch den Tod ihrer Tante und den häuslichen Rückzug ihrer Mutter entstanden war, und übernahmen gemeinsam die Herrschaft über die Küche und die Oberaufsicht über die Whit-Familie. Zhobelia begab sich in eine Art selbstgewähltes Exil innerhalb ihres eigenen Heims, nahm keinen Anteil mehr an den alltäglichen Belangen und kümmerte sich anscheinend um gar nichts mehr; sie existierte dort, aber sie hatte den anderen offenbar wenig zu sagen, und es gab nichts, was sie tun wollte. Auf den Tag genau ein Jahr nach dem Feuer verließ sie High Easter Offerance.

Wir fanden einen Zettel von ihr, auf dem stand, sie wäre ihre leibliche Familie – die nun in Glasgow wohnte – besuchen gefahren, in der Hoffnung auf eine Versöhnung. Später hörten wir, daß eine gewisse Annäherung erreicht worden sei, daß Zhobelia aber nur nach Vergebung und Verständnis gesucht hätte, nicht nach einem neuen Heim; sie ging auch von dort wieder fort und, nun, es scheint einige Verwirrung darüber zu bestehen, wohin es sie schließlich verschlug. Astar, Calli und Salvador schienen durchaus überzeugt, daß sie noch am Leben war und alle nötige Fürsorge erhielt, aber die beiden Schwestern gaben sich leider sehr zugeknöpft, wenn man nach Einzelheiten fragte, während Großvater schlicht gereizt reagierte.

Ich glaube, das Feuer hat meinen Großvater verändert. Die geringste Veränderung war wohl, daß er sich von da an nur noch ganz in Weiß und nicht mehr in Schwarz kleidete, weit wichtiger war jedoch, daß er offenbar einiges von seiner Energie und seiner Leidenschaft verloren hatte; wie ich von jenen hörte, die damals in High Easter Offerance lebten, verlor unser Glaube eine Weile sein Ziel aus den Augen, und die Gemeinde verfiel in eine allgemeine Mutlosigkeit. Mit der Zeit hob sich die Stimmung wieder, und Großvater gewann etwas von seiner Antriebskraft und seinem Charisma zurück, doch, wie ich schon sagte, nichts war je wieder ganz so wie früher, obgleich es uns gut und immer besser ging.

Ich weiß, daß das Feuer mich verändert hat. Meine Erinnerungen beginnen mit jener Vision eines schmerzhaften, leeren Blaus, dem versengten Geruch von feuchtem Glimmen und den Klagelauten meiner Urgroßtante; zwei Jahre später erhielt ich die Gabe des Heilens.

Kapitel Sechzehn

Ich hatte immer meine geheimen Plätze auf unserem Anwesen und den angrenzenden Ländereien; sie sind Teil jener ureigenen, verinnerlichten Landschaft, zu der jedes Kind seine Umgebung formt und die manchmal bis ins Erwachsenenalter erhalten wird, wenn wir am selben Ort bleiben und sich die Welt um uns herum nicht sonderlich verändert. Im Gegensatz zu den Verstecken vieler Kinder waren die meinen keine wirklichen Zufluchtsstätten, da es in der Gemeinde nichts gab, dem ich entfliehen wollte, es sei denn zu viel liebevoller Fürsorge.

Als Kinder wurden sowohl Allan als auch ich von allen um uns herum verwöhnt; Kinder führen sowieso ein recht angenehmes Leben in der Gemeinde, verehrt als Ergebnis der Vereinigung zweier Seelen und geachtet für ihre makellose neue Seele, aber mein Bruder und ich hatten es aufgrund unseres tragischen Schicksals als Vollwaisen sonders gut. Ich vermute, als Schaltjährige und Auserwählte Gottes wurde ich noch ein bißchen mehr verhätschelt als Allan, obgleich alle um uns herum offensichtlich fest entschlossen waren, uns durch überschwengliche Liebe und die Erfüllung selbst unserer unverschämtesten Wünsche für unser trauriges Los zu entschädigen, so daß ich bezweifeln möchte, daß er unter meinem höheren Rang zu leiden hatte, es sei denn durch den selbst zugefügten Schmerz, den wir Eifersucht nennen.

Ich denke, dies alles hätte auf jedes Kind der Gemeinde zugetroffen, hätte es in so zartem Alter seine Eltern verloren, aber es hat natürlich nicht geschadet, daß wir die Enkel des Gründers waren und daß er so viel seiner Liebe für seinen Sohn und die Frau seines Sohns auf uns übertrug und derartiges Interesse an unserer Entwicklung zeigte, daß jede Freundlichkeit, die man uns erwies, schon als direkte Achtungsbezeigung gegenüber Salvador gelten konnte (in gewisser Hinsicht war es sogar besser, da diesen Taten nicht der Beigeschmack von Speichelleckerei anhaftete).

Das alles soll nicht heißen, daß jedes Kind in der Gemeinde absolute Narrenfreiheit genießen würde; ganz im Gegenteil, doch wenn man nicht den Eindruck erweckt, man würde seine privilegierte Stellung schamlos ausnutzen, und man nicht offen gegen die Autorität der Erwachsenen rebelliert, ist es möglich, als Kind in High Easter Offerance ein so angenehmes Leben zu führen, daß man es fast glauben mag, wenn einem die Erwachsenen sagen, es wären die besten Jahre des Lebens.

*

Ich hockte auf dem verrosteten Wrack eines alten Lastwagens, dessen rostige Karosserie durchlöchert und unkrautüberwuchert zwischen den sich sanft wiegenden jungen Kiefern gut zwei Meilen westlich der Farm ruhte. Ich saß auf dem Dach des alten Lastwagens und blickte hinaus über den braunen, glitzernden Rücken des ruhig dahinströmenden Flusses. Am gegenüberliegenden Ufer, jenseits des Schilfs und der Brennesseln, graste eine Herde Kühe den grünen Flickenteppich einer Weide ab und zog dabei langsam von links nach rechts durch mein Blickfeld, ein Sinnbild unbekümmerter Zufriedenheit.

Ich hatte Oma Yolanda zurück zu ihrem Wagen begleitet, während ich ihr weiter versicherte, daß alles wieder in Ordnung kommen würde, und freundlich ihre angebotene Hilfe ablehnte. Sie umarmte und küßte mich und erklärte mir, daß sie die Nacht in Stirling verbringen würde, um in der Nähe zu sein, wenn ich sie brauchen sollte. Ich versicherte ihr, daß dieser Fall nicht eintreten würde, und sagte ihr, sie solle beruhigt tun, was immer sie vorhatte. Sie bestand darauf, daß sie es von Anfang an so geplant habe und daß sie die wenigen Meilen in die Stadt fahren, sich ein Zimmer nehmen und dann umgehend die Woodbeans anrufen würde, um dort den Namen des Hotels zu hinterlassen. Ich brachte es nicht übers Herz, es ihr abzuschlagen, also pflichtete ich bei, daß es eine gute und hilfreiche Idee sei. Sie vermochte es, ihre Tränen gut zu beherrschen, als wir uns trennten. Ich winkte ihr zum Abschied und kehrte dann zum Hof zurück.

Ich ging hinauf in mein Zimmer. Es ist ein kleines Zimmer mit einem einzelnen Gaubenfenster und schräger Decke. Möbliert war es mit einer Hängematte, einem kleinen Holzschreibtisch mit Stuhl, einer Kommode mit einer Paraffinlampe darauf und einem altem Kleiderschrank, der – aufgrund der unebenen Dielenbretter ein wenig schief – in einer Ecke stand. Abgesehen davon gab es einige wenige Kleidungsstücke (sehr wenige, da jene, die mir aus Bath nachgeschickt werden sollten, noch nicht eingetroffen waren) und ein oder zwei Andenken von meinen bescheidenen Reisen. Das war es mehr oder weniger.

Wie wenig ich doch für mein Leben vorzuweisen hatte, wenn man es aus diesem Blickwinkel betrachtete, ging es mir durch den Sinn. Doch als wie reich ich es empfand! Mein ganzes Leben, alles, was ich war und was ich darstellte, steckte im Rest der Gemeinde, in den Menschen und den Ländereien und den Gebäuden und der Fortführung unseres Lebens hier. Darauf mußte man den Blick lenken, wenn man mein Wesen ermessen wollte; nicht auf diese wenigen armseligen persönlichen Annehmlichkeiten.

Es dauerte eine Weile, während ich mir all dies durch den Kopf gehen ließ, bis ich bemerkte, daß ich meinen Seesack noch nicht zurückerhalten hatte; er war noch immer drüben im Herrenhaus. Nun, es war nichts darin, was ich dringend brauchte. Ich zog mir ein grobes weißes Baumwollhemd mit Kragen und Manschetten an, das schon bessere Tage gesehen hatte, und streifte meine einzige andere Jacke über, ein altes Tweed-Ding mit abgewetzten Lederflicken an den Ellenbogen. Wahrscheinlich hatte es mal einem Angler gehört; als man es mir aus dem Wohlfahrtsladen in Stirling mitbrachte, hatte sich ein kleiner Angelhaken tief in der Ecke einer Tasche verhakt. Die Lederhose behielt ich an; ich besaß nur die beiden Hosen, die ich auf die Reise mitgenommen hatte, und sie befanden sich beide noch – mit etwas Glück – auf dem Weg von dem Hotel in Bath hierher. Ich richtete die Krempe meines Reisehuts und hängte ihn hinter die Kleiderschranktür. Dann machte ich mich zu einem Spaziergang auf und landete schließlich auf dem Dach des alten Lastwagens, ein paar Meilen das Flußufer hinauf.

Ich vermute, man könnte das, was ich dort tat, als Meditieren bezeichnen, aber das wäre zuviel der Ehre. Eigentlich saß ich nur da und ließ alles, was mir in den letzten Tagen passiert war, noch einmal Revue passieren, während ich mir vor meinem geistigen

Auge vorstellte, der Fluß, auf den ich blickte, sei der Strom der Ereignisse, in dem ich die letzten neun Tage über getrieben war, und nun würde alles von mir wegfließen, so daß nur noch ein hauchdünner Bodensatz der Erinnerung zurückblieb wie eine Schicht Flußschlamm.

Ich wollte mich reingewaschen fühlen, geläutert von allem, dessen man mich bezichtigt hatte, bevor ich zur Farm und zu meinem Großvater zurückkehrte.

Ich konnte einfach nicht begreifen, was geschehen war. Ich hatte das kleine *Zhlonjiz*-Gefäß zum ersten Mal in Gertie Possils Haus in der Hand gehalten; ich wußte, daß ich es nicht gestohlen hatte. Ich hatte den Zettel gelesen, in den die Phiole eingewickelt gewesen war, ich konnte mich noch genau daran erinnern, wie sich das Papier zwischen meinen Fingern angefühlt hatte, ich konnte die Schrift darauf vor meinem geistigen Auge sehen – Salvadors Handschrift ähnlich genug, daß sie mich nicht argwöhnisch machte –, ja ich konnte förmlich noch den Duft riechen.

Ich hatte die Beigabe des Balsams zu meinem Reisegepäck für eine sowohl praktische als auch liebevolle Geste gehalten; es war mir nie in den Sinn gekommen, daß es sich um eine Falle handeln könnte.

Ich überlegte, wer es getan haben könnte und warum. Ich mußte mich der Tatsache stellen, daß sich hinter den lächelnden Gesichtern meiner Ordensgefährten böswillige Gedanken verbergen könnten. Ich war schließlich die Auserwählte; erhoben in diese Position durch einen simplen Zufall der Geburt. Sicher, ich besaß die Gabe des Heilens, um in den Augen meiner Mitgläubigen Wohlgefallen zu finden, aber das schien immer etwas Zusätzliches gewesen zu sein, etwas, das nie ganz zu unserem Glauben in seiner reinsten Form passen wollte. Ein Teil unserer Lehren besagte, daß jene, die am 29. Februar geboren wurden, anders und besser wurden, weil man sie erkennen ließ, welche bedeutende symbolische Rolle dies spielte, und nicht, weil sie bereits halb göttlich aus dem Schoß entsprangen (wie sollte man sonst erklären, daß tatsächlich jene, die in der Vergangenheit an jenem Datum geboren worden waren, nicht über Gebühr begabt oder weise waren?). In gewisser Hinsicht ist es schlicht Glück, das entscheidet, wer als Schaltjähriger geboren wird, selbst wenn sich in der *Orthographie* der Hinweis findet, daß Gott bei der Angelegenheit mindestens einen Finger, wenn nicht gar die ganze Hand im Spiel hat. Hätte sich da nicht einer – oder vielleicht sogar mehrere – meiner Gefährten zurückgesetzt fühlen und Argwohn empfinden können gegenüber meiner unheimlichen Gabe, erfüllt von der Überzeugung, daß er oder sie selbst sowohl reiner seien als auch diese Ehre mehr verdienten? In der Theorie sollten sich die anderen Gemeindemitglieder für mich freuen, mich unterstützen und mich wenn auch nicht aktiv verehren, so doch ehren und achten und akzeptieren, daß Gott wohl kaum zugelassen hätte, daß jemand völlig Wertloses in meine Position hineingeboren und mit meiner Gabe gesegnet würde, aber ich weiß nur zu gut, daß in dergleichen Angelegenheiten nicht immer die Theorie den Sieg bis in die tiefsten Winkel der menschlichen Seele davonträgt, und ich weiß leider auch, daß die Anhänger unseres Glaubens nicht immun gegen Unvernunft, Eifersucht oder selbst Haß sind.

Es fiel mir schwer, mir vorzustellen, daß sogar mein Großvater selbst hinter dieser Sache stecken könnte; vielleicht ließ nur die Erinnerung an die unvermittelte, schockierende Ohrfeige diese Überlegung überhaupt denkbar erscheinen. Könnte Salvador selbst auf mich eifersüchtig sein? Es ergab keinen Sinn; sein gesamtes Leben – seit seiner nächtlichen Wiedergeburt an den sturmgepeitschten Gestaden von Harris – hatte zu der erhabenen Position geführt, die erst sein Sohn und nun ich innehatten und die ich – vielleicht – an meine Nachkommen weitergeben würde (nicht, daß zwangsläufig ich es sein mußte; ein luskentyrischer Schaltjähriger galt schließlich soviel wie der andere, aber wir hatten bis jetzt eine direkte Familienlinie aufrechterhalten, und solche scheinbaren Zufälle haben die Neigung, sich zu verselbständigen und ihre eigene Tradition – ja sogar Theologie – zu entwickeln), aber wer vermochte schon zu sagen, wie vernünftig

Salvadors Überlegungen noch waren, jetzt, wo er sich der Tatsache stellen mußte, daß sein Tod relativ kurz bevorstand?

Allan gehörte ebenfalls zu jenen, die Grund hatten, einen Groll gegen mich zu hegen; in einem anderen System wäre die Leitung der gesamten Gemeinde vielleicht ihm zugefallen (obgleich sich dabei natürlich immer die Frage nach Brigit und Rhea und Calli und Astar und selbst Onkel Mo und ihren jeweiligen Ansprüchen ergeben würde. Schließlich war keine von Salvadors beiden ursprünglichen Ehen vom Staat oder der anerkannten Kirche sanktioniert worden). Aber was würde er durch eine solche Tat gewinnen? Nichts konnte die Tatsache meines Geburtsdatums ändern – bei dem Ereignis waren ein halbes Dutzend Frauen aus der Gemeinde Zeuge gewesen – oder einen der Stützpfeiler unseres Glaubens erschüttern; was wären wir denn, wenn wir nicht an die interstitielle, abwegige Natur der Segnung glauben würden, symbolisiert durch jenen einen Tag von eintausendvierhunderteinundsechzig? Allan hatte bereits die Oberaufsicht über fast alle Bereiche des alltäglichen Lebens der Gemeinschaft inne; er besaß mehr Macht, als ich je haben wollte, und wir waren eigentlich nie uneins darüber gewesen, wie wir uns die Zukunft der Gemeinde vorstellten, wenn einst der traurige Tag kam, an dem dessen Führung in meine Hände übergehen würde. Mich anzugreifen bedeutete, die Gemeinschaft selbst und den Glauben anzugreifen, durch den Allan seinen Einfluß erhielt, und so alles aufs Spiel zu setzen.

Calli? Astar? Zusammen oder allein könnten sie mich als Bedrohung ihrer Autorität betrachten, aber auch sie würden mehr verlieren, als sie gewinnen könnten. Erin? Jess? Jemand anders, der überzeugt war, im nächsten Jahr einen Schaltjährigen zu gebären, und mich im Vorfelde aus dem Weg schaffen oder zumindest kompromittiert sehen wollte?

Keine diese Möglichkeiten schien einen Sinn zu ergeben.

Was die Art und Weise betraf, so wäre es sicher sehr leicht gewesen, an die Phiole zu kommen; gewöhnlich wurde sie in einem unverschlossenen Kasten auf dem Altar im Versammlungssaal verwahrt, welcher ebenfalls immer unverschlossen war. Die Phiole in meinem Seesack zu verstecken dürfte kaum schwieriger gewesen sein; ich erinnerte mich daran, den Seesack in meinem Zimmer gepackt und dann dort stehengelassen zu haben, während ich noch einmal zu meinem Großvater und zu Allan und Erin ging. Anschließend war ich über den Hof zu Bruder Indras Werkstatt gegangen, um zu sehen, wie es mit dem Reifenschlauch-Floß voranging, und dann war ich in mein Zimmer zurückgekehrt, um den Seesack zu holen und ihn im Herrenhaus vor der Tür des Versammlungssaals abzustellen, während wir uns alle noch einmal zum Beten und Singen versammelt hatten.

Jeder hätte klammheimlich in mein Zimmer schlüpfen oder die Phiole in meinem Seesack verstecken können, während er draußen vor dem Versammlungssaal stand; es gab kein Schloß an meiner Zimmertür – ich glaube nicht, daß es irgendwo im Haus ein funktionierendes Türschloß gibt –, und wir sind einfach nicht daran gewöhnt, Besitz zu schützen oder unser Herz an bloßen Tand zu hängen; bei uns sind Wachsamkeit und Vorsicht, die überhaupt erst den Nährboden für Argwohn bilden, nicht bekannt.

Die letzte Gelegenheit, um die Phiole in meinem Seesack zu verstecken, wäre an jenem Morgen gewesen, als ich in das Reifenschlauch-Floß einstieg; wer hatte meinen Seesack vom Hof zum Fluß getragen? Wie viele Menschen hatten ihn in der Hand gehabt, bevor er mir übergeben wurde?

Ich erinnerte mich daran, daß ich die *Zhlonjiz*-Phiole am Boden des Seesacks gefunden hatte, was darauf hindeutete, daß jemand sie in aller Ruhe dort hatte verstecken können, statt sie einfach nur hineinfallen zu lassen, aber andererseits war das Gefäß so winzig gewesen, und so wie die Tasche auf meinem Marsch vom Flußufer nach Edinburgh hinein durchgeschüttelt worden war, hatte die Phiole genügend Zeit gehabt, von oben bis auf den Boden des Seesacks hinunterzurutschen. Ich hatte den Seesack zweimal geöffnet, nachdem ich ihn in meinem Zimmer gepackt hatte, überlegte ich: einmal, um meine Wegzehrung einzustecken, und dann noch einmal für die Phiole mit Flußschlamm, also wäre mir die kleine Phiole vielleicht aufgefallen, wenn sie obenauf gelegen hätte, aber anderseits – bei der Größe – mußte es nicht sein.

Ich war ein armseliger Detektiv, ging es mir durch den Sinn. Ich hatte dabei versagt, Morag aufzuspüren, und nun versagte ich dabei herauszufinden, wie und warum jemand es so hatte aussehen lassen, als wäre ich ein gemeiner Dieb.

Ich schüttelte den Kopf ob meiner eigenen Unfähigkeit und erhob mich mit knirschender Hose, wenn nicht knirschenden Gelenken, um mir den Staub von den Kleidern zu klopfen, mich vom Fluß zu verabschieden und zu dem zurückzukehren, was immer mich in der Gemeinde erwarten mochte.

*

Ich kehrte gegen sechs Uhr zum Herrenhaus zurück; im Büro sagte mir Allan, Salvador hätte früh zu Abend gegessen und machte nun ein Nickerchen; er werde mich rufen lassen, wenn und sobald Großvater mich sehen wollte. Ich ging ins Haus zum Abendessen, das in der Küche mit verschiedenen Brüdern und Schwestern in einer ungewöhnlich angespannten Atmosphäre stattfand, die nur davon gelockert wurde, daß die Kinder kaum weniger ausgelassen und lautstark als sonst waren. Schwester Calli, die an jenem Abend die Aufsicht über die Küche führte, sprach kein Wort mit mir und servierte mir auch demonstrativ nicht meine Speisen. Astar war freundlicher, wenn auch so still wie immer; sie trat einfach nur zu mir, stellte sich neben mich und klopfte mir auf die Schulter. Einige der Jüngeren versuchten, mir Fragen zu stellen, doch sie wurden jedesmal sofort von Calli oder Calum zum Schweigen gebracht.

Ich ging wieder zum Herrenhaus hinüber. Ich sagte Schwester Erin Bescheid, daß ich in der Bibliothek sein würde, und dort saß ich dann und versuchte, aller inneren Unruhe zum Trotz, einige Passagen aus der vorherigen Ausgabe der *Orthographie* zu lesen, bis ich schließlich aufgab und einfach nur dasaß, meinen Blick über die Tausende von Büchern schweifen ließ und mich fragte, wie viele ich davon schon gelesen hatte und wie viele ich noch lesen mußte.

Ich griff zu *Der Fürst* und las einige meiner Lieblingspassagen, dann ging ich wieder zu Erin und sagte ihr Bescheid, daß ich im Versammlungssaal sein würde – dem ehemaligen Ballsaal des Herrenhauses, wo die Orgel stand.

Ich setzte mich an die alte Orgel und spielte – einmal abgesehen von dem Klicken und Klacken meiner Finger auf den Tasten und meiner Füße auf den Pedalen – lautlos darauf, zog Register und ließ meine Hände über die Manuale tanzen, streichelte das Instrument, hämmerte darauf ein, während ich hin und wieder leise vor mich hin summte oder zischte, doch hauptsächlich lauschte ich auf die Musik in meinem Kopf, lauschte auf ihre fließende, pulsierende Kraft und den markerschütternden Widerhall, die einzig in meinem Kopf existierten. Ich spielte, bis mir die Finger weh taten, und dann kam Schwester Jess, um mich zu holen.

Jess ließ mich im Wohnzimmer von Großvaters Gemächern stehen, während sie nachsah, ob er schon bereit war, mich zu empfangen. Sie kehrte aus dem Schlafzimmer zurück und schloß die Tür zu dem dunklen Raum dahinter. »Er nimmt noch ein weiteres Bad«, erklärte sie und klang gereizt. »Er ist heute in einer komischen Stimmung. Macht es dir etwas aus zu warten?«

»Nein«, erwiderte ich.

Jess lächelte. »Er sagte, ich solle etwas zu trinken anbieten; sollen wir?«

»Warum nicht«, erwiderte ich ebenfalls lächelnd.

Schwester Jess öffnete den Barschrank; ich lehnte einen Whisky ab, da mein Kater von der vorangegangenen Nacht noch nicht lange genug vergessen war, und nahm statt dessen ein Glas Wein. Schwester Jess entschied sich für einen Whisky, stark verwässert.

Wir machten es uns auf zwei mit Sitzbrettern versehenen, doch ansonsten recht ausladend gemütlichen Sofas bequem und plauderten eine Weile. Schwester Jess ist Ärztin; sie ist schlank und hat langes schwarzes Haar, das sie zu einem einzelnen langen Zopf geflochten trägt. Sie ist um die Vierzig und nun schon seit fast vierzehn Jahren bei uns. Ihre Tochter Helen ist dreizehn, und Salvador mag der Vater des Kindes sein oder nicht.

Ich habe mich immer recht gut mit Jess verstanden, obgleich ich mich manchmal frage, inwieweit sie vielleicht der Ansicht ist, ich würde ihr durch meine Fähigkeit zu heilen etwas von ihrer Autorität rauben.

Ich erzählte ihr von meiner Reise in den Süden; sie gestand mir, daß sie mich zuerst für verrückt gehalten hätte, weil ich in einem Reifenschlauch nach Edinburgh fahren wollte, doch jetzt gratulierte sie mir dazu, daß ich es geschafft hatte. Davon, daß ich eine Signalanlage der Bahn manipuliert hatte, hielt sie bedeutend weniger, doch sie nahm es hin. Soweit ich wußte, gab es keine Nachrichtensperre bezüglich der Dinge, die ich in England herausgefunden hatte, und so ließ ich Jess zwar schwören, kein Sterbenswörtchen verlauten zu lassen, bis wir wußten, wie Salvador zur allgemeinen Verbreitung derartiger Neuigkeiten stand, fühlte mich aber ansonsten durch nichts davon abgehalten, ihr von Morags Alter ego, Fusillada, zu erzählen. Als sie davon hörte, hätte sie sich fast an ihrem Whisky verschluckt.

»Du hast eins dieser Videos *gesehen*?« fragte sie.

»Durch einen reinen Glücksfall, ja.«

Sie blickte zur geschlossenen Tür von Salvadors Schlafzimmer. »Hmmm, ich frage mich, was er wohl dazu sagen wird?«

»Ich nehme an, Allan hat es ihm schon erzählt?«

Sie schaute abermals zu der geschlossenen Tür und beugte sich zu mir vor. »Ich glaube, er hat eine ganze Menge mitangehört, als er vor der Bürotür stand«, sagte sie leise.

»Oh.«

»Laß uns noch etwas trinken«, sagte sie. »Es wird auch langsam Zeit, die Lampen anzuzünden.«

Wir zündeten die Lampen an und füllten unsere Gläser auf.

»Wie geht es Salvador?« fragte ich Jess. »Ist er gesund und munter?«

Sie lachte leise. »Stark wie ein Ochse«, erwiderte sie. »Ihm geht es gut. In der letzten Zeit hat er sich etwas überanstrengt und zu viel Whisky getrunken, aber ich denke, daß liegt nur an den ganzen Änderungen und Überarbeitungen, die er vornimmt.«

»Oh«, sagte ich. »Er kommt allein ganz gut damit zurecht?«

»Allan hat ihm geholfen; er und manchmal auch Erin.«

»Oh. Nun, das ist schön.«

»Dadurch hatte er wenigstens etwas, was ihn beschäftigt hat«, sagte Jess und schaute abermals zur Tür. »Ich glaube, er wird langsam ungeduldig, was das Fest betrifft.«

»Ich vermute, so geht es allen.«

»Einige haben mehr Grund dazu als er«, erwiderte sie leise und beugte sich mit einem verschwörerischen Grinsen noch dichter heran. Ich tat mein Bestes, den Gesichtsausdruck nachzuahmen. »Aber egal«, sagte sie und lehnte sich wieder zurück. »Was ist passiert, nachdem du festgenommen wurdest?« Sie hielt sich kichernd die Hand vor den Mund.

Ich erzählte ihr den Rest meiner Geschichte, wobei ich mich mit nunmehr geübter Leichtigkeit vom Strom der Ereignisse dahintragen ließ. Gerade sollte Oma Yolanda ihren großen Auftritt haben – und Jess lachte noch immer ob der Vorstellung, wie ich festgenommen worden und dabei im Fernsehen zu bewundern gewesen war –, als wir bemerkten, daß unsere Gläser schon wieder leer waren. Jess lauschte leise an der Schlafzimmertür, dann kam sie auf Zehenspitzen wieder herübergeschlichen und flüsterte, den Finger auf die Lippen gelegt: »Er singt. Er ist immer noch in der Badewanne.« Dann schlich sie zum Barschrank.

»Danke«, sagte ich, als ich mein neu gefülltes Glas entgegennahm.

»Prost.«

»Runter damit.«

»Du warst mit Yolanda zusammen, stimmt's?«

»Sie färbt unweigerlich auf einen ab«, gestand ich, während

wir uns wieder hinsetzten. Ich nahm den Faden meiner Geschichte wieder auf. Ich war beinahe am Ende angelangt, als es klingelte; die altmodische Glocke hoch oben in der Zimmerecke schellte weiter, während Jess ihr schlichtes graues Gewand richtete und zur Schlafzimmertür ging. Ich schnürte meine Stiefel auf.

Sie steckte ihren Kopf zur Tür hinein, und ich hörte Großvaters Stimme, dann drehte Jess sich um und nickte mir zu. Ich trank mein Glas aus und stieg zum Schlafzimmer hinauf.

Die Tür schloß sich hinter mir.

Großvater saß an einem Ende des Raums, gegen einen Berg aus Kissen gelehnt. Kerzen brannten auf dem Bord, das um den gesamten dunklen Raum herumführte, und erfüllten ihn mit ihrem weichen gelben Licht und ihrem schweren Duft. Räucherstäbchen ragten fächerförmig aus einem kleinen Messinghalter auf dem Bord neben Salvador. Mein Großvater saß in seine wallenden Gewänder gehüllt da, sein Gesicht eingerahmt von einer Mähne aus flauschig getrockneten, weißen Locken. Er sah aus wie eine Kreuzung zwischen Buddha und dem Weihnachtsmann. Er musterte mich.

Ich machte das Zeichen und verbeugte mich leicht vor ihm; das Bett schwankte leicht unter meinen bestrumpften Füßen wie ein sanft wogendes Meer. Salvador nickte kurz, als ich mich wieder aufrichtete. Er zeigte auf eine Stelle dicht vor sich und zu seiner Linken.

Zu seiner Rechten sitzen zu dürfen, wäre besser gewesen, aber wahrscheinlich wäre diese Hoffnung zu groß gewesen. Ich setzte mich im Schneidersitz auf den angewiesenen Platz. Großvaters zimmergroßes Bett war der einzige Ort, an dem uns erlaubt war, ohne Sitzbrett Platz zu nehmen; die Weichheit war etwas seltsam Beunruhigendes, wenn das Hinterteil an die Härte von Holz gewöhnt war.

Großvater griff unter eins der riesigen Kissen in seinem Rücken und holte eine Flasche und zwei schwere Kristallgläser hervor. Er reichte mir eins der Gläser, stellte das andere neben sich auf das Bord und schenkte uns beiden Whisky ein. Noch mehr Alkohol, dachte ich bei mir. Aber was machte das schon?

Er prostete mir zu, auch wenn sein Gesichtsausdruck ernst blieb. Wir tranken. Der Whisky war mild, und ich mußte nicht husten.

Großvater seufzte tief und lehnte sich wieder in die Kissen. Er schaute in sein Glas, dann wanderte sein Blick langsam zu mir hoch.

»Also, Isis: Willst du mir nun sagen, warum?« fragte er; seine tiefe, wohltönende Stimme klang belegt, beinahe heiser.

»Großvater«, erwiderte ich, »ich habe die Phiole nicht genommen. Sie lag in meinem Seesack. Ich wußte nicht, daß sie dort war, bis ich sie in Gertie Possils Haus fand.«

Er sah mir lange und durchdringend in die Augen. Ich erwiderte seinen Blick. Er schüttelte den Kopf und sah an die gegenüberliegende Wand.

»Also hattest du nichts mit alledem zu tun? Und du hast auch keine Ahnung, wer sie dort hineingelegt haben könnte?«

»Nicht die leiseste.«

»Nun, wen willst du also beschuldigen, Isis?«

»Ich will niemanden beschuldigen. Ich habe darüber nachgedacht, wer es getan haben könnte, und es hätte jeder gewesen sein können. Ich habe keine Ahnung, wer es war.«

»Man hat mir erzählt, du würdest behaupten, da wäre auch ein ... *Zettel* gewesen«, sagte er und betonte das Wort dabei so, daß es ebenso klang, als würde jemand etwas Ekliges mit zwei spitzen Fingern hochheben.

»Es stand ›Für den Fall, daß du es brauchst‹ darauf, oder etwas ähnliches; ich kann mich an den genauen Wortlaut nicht erinnern. Es war mit einem ›S‹ unterschrieben.«

»Aber jetzt ist er natürlich verschwunden.«

»Ja.«

»Ist es dir denn überhaupt nicht verdächtig vorgekommen?« fragte er mit einem säuerlichen Gesichtsausdruck. »Kam es dir nicht seltsam vor, daß ich dir unsere wertvollste Substanz, unsere letzte Verbindung mit Luskentyre, mitgegeben haben sollte, auf daß du sie unter die Unerretteten trägst?«

Ich starrte in mein Glas. »Ich habe es als Kompliment verstanden«, erklärte ich. Mein Gesicht brannte. »Ich war überrascht, und ich fühlte mich geschmeichelt, aber es kam mir nicht einen Moment in den Sinn, es verdächtig zu finden; ich dachte, du würdest mir deinen Segen geben und versuchen, den Erfolg meiner Mission zu garantieren, indem du mir etwas mitgabst, das mir sowohl spirituellen Beistand leisten als auch von praktischem Nutzen sein würde.«

»Und war es das? Von praktischem Nutzen, meine ich.«

»Nein.«

»Du hast etwas davon genommen.«

»Das habe ich. Es ... ich war außerstande, Nutzen daraus zu ziehen. Ich weiß nicht, warum. Ich hoffte, ich wurde Gottes Stimme deutlicher hören, aber ...«

»Also hast du eine der illegalen Drogen der Unerretteten ausprobiert.«

»Das habe ich.«

»Was auch nicht funktionierte.«

»Nein.«

Er schüttelte den Kopf und trank den Rest des Whiskys in seinem Glas. Er schaute auf mein Glas, während er nach der Flasche griff. Auch ich trank aus. Er füllte unser beider Gläser nach. Ich räusperte mich, und meine Augen tränten.

»Habe ich das richtig verstanden, Isis, daß der Ruhm unserer Schwester Morag sich nicht auf ... heilige Musik oder selbst Musik in irgendeiner Form gründet, sondern auf das Ausüben des Geschlechtsverkehrs, auf daß er auf Film gebannt und an jeden der Unbedarften, der ein solches Ding zu erstehen wünscht, verkauft wird?«

»So scheint es.«

»Bist du sicher?«

»Ziemlich sicher. Da war eine Nahaufnahme von ihrem Gesicht in hellem Sonnenschein; sie lutschte ...«

»Ja. Nun, wir werden dir vorerst glauben, Isis, aber ich denke, wir werden es uns mit eigenen Augen ansehen müssen, so unangenehm die Aufgabe auch sein mag.«

»Das könnte möglich sein, ohne ein Fernsehgerät in unsere Mitte zu bringen; einer von Bruder Zebs Freunden, ein Mann namens Boz, war überzeugt, daß er eine pornographische Zeitschrift gesehen hätte, in der Morag abgebildet war.«

Großvater schüttelte traurig den Kopf.

»Ich denke, ich sollte an dieser Stelle erwähnen, daß ich zwar außerstande war, Beweise dafür zu finden, daß Morag immer noch öffentlich musiziert, es aber dennoch durchaus möglich ist, daß sie es tut, obgleich –«

»Oh, genug davon«, schnitt er mir wütend das Wort ab.

»Nun, es könnte trotzdem sein, daß –«

»Welche Rolle würde das noch spielen?« rief er aus. Er trank seinen Whisky in gierigen Schlucken.

Ich nippte an meinem. »Man könnte es in gewisser Hinsicht immer noch als ein heiliges Werk betrachten, Großvater«, bemerkte ich. »Sicher, es wird um des Profits willen getan und es beinhaltet die Verbreitung von Lügen und Störgeräuschen, aber der Akt selbst ist immer noch heilig, und –«

»Ach, was weißt du denn schon davon, Isis?« Er sah mich verächtlich über den Rand seines Glases hinweg an.

Ich spürte, wie ich abermals errötete, aber ich hielt seinem Blick dennoch stand. »Ich weiß davon, was du mir erzählt hast; was du uns allen erzählt hast, in deinen Lehren!« gab ich zurück.

Er wandte den Blick ab. »Lehren verändern sich«, sagte er, und seine Stimme grollte wie Donnerhall aus den dichten Wolken aus Haar.

Ich starrte ihn an. Ich schaute in mein Glas.

Ich schluckte. »Sie können sich wohl kaum derart ändern, daß wir uns den Unbedarften in ihrer Angst vor der Liebe anschließen!« rief ich aus.

»Nein«, erwiderte er. »Das habe ich nicht gemeint.« Er

seufzte, dann deutete er mit einem Nicken auf mein Glas. »Trink aus; wir werden der Wahrheit in dieser Angelegenheit noch auf die Spur kommen.«

Ich trank aus, kippte den Whisky in einem einzigen Zug herunter, so daß ich mich verschluckte. War dies irgendeine sonderbare neue Zeremonie? Glaubten wir nunmehr daran, daß man die Wahrheit am Boden einer Flasche finden könnte? Was ging hier vor? Wovon redete er? Er füllte abermals unsere Gläser nach, dann stellte er die Flasche mit einem Knall zwischen zwei dicken, flackernden Kerzen auf das Bord.

»Isis«, sagte er, und seine Stimme war mit einem Mal leise und beinahe flehend. Seine Augen funkelten. »Isis, ist irgend etwas von dem allen tatsächlich wahr?«

»Alles, Großvater!« erwiderte ich und beugte mich vor. Er streckte den Arm aus und ergriff meine freie Hand, um sie festzuhalten.

Er schüttelte in einer wütenden, frustrierten Geste den Kopf, dann trank er noch einen Schluck und sagte: »Ich weiß nicht, Isis, ich weiß nicht.« Tränen glitzerten in seinen Augen. »Der eine sagt dies, der andere sagt das; ich weiß nicht, wem ich glauben soll, wer die Wahrheit sagt.« Er trank einen weiteren Schluck. »Ich weiß, daß ich alt bin; ich bin zwar nicht mehr jung, aber ich bin auch noch nicht verwirrt; ich *werde* verwirrt, verstehst du? Ich höre Leute Dinge sagen, und ich frage mich, ob sie tatsächlich wahr sein können, und ich lausche der Stimme Gottes, und manchmal frage ich mich, ob das, was sie sagen, wirklich stimmen kann, obgleich ich weiß, daß es so sein muß, also frage ich mich, ob es an mir liegt? Aber ich weiß, daß das nicht sein kann; nach all diesen Jahren ... ich weiß es einfach, verstehst du? Verstehst du, Kind?«

»Ich denke schon, Großvater.«

Er drückte meine Hand, die er immer noch hielt.

»Gutes Mädchen. Gutes Mädchen.« Er leerte sein Glas, schüttelte den Kopf und schenkte mir ein schales Lächeln. »Du und ich, Isis, wir sind es, nicht wahr? Du bist meine Enkelin, aber du bist auch die Auserwählte, du bist etwas Besonderes, so wie ich, oder nicht?«

Ich nickte zögernd. »Durch die Gnade Gottes und durch deine Lehren, ja, ich denke schon, natürlich.«

»Glaubst du an Gott, glaubst du an die Stimme?« fragte er drängend und drückte meine Hand noch fester. Es tat langsam weh.

»Ja«, sagte ich. »Ja, natürlich.«

»Glaubst du an das, was gesagt wird, was gehört wird, an das, was ich empfange?«

»Mit meinem ganzen Herzen und mit meiner ganzen Seele«, versicherte ich ihm, während ich versuchte, meine Handmuskeln anzuspannen, um seinen Griff etwas zu lockern.

»*Warum lügst du mich dann an?*« donnerte er; er warf sein Glas zur Seite und stürzte sich auf mich. Ich fiel rücklings um, während er sich auf mich warf und mich aufs Bett drückte, mich bei den Schultern packte und festhielt, so daß meine noch immer untergeschlagenen Beine von seinem Bauch gegen meine Brust gepreßt wurden; ich mußte meine Hand, die noch immer das Whiskyglas hielt, zur Seite ausstrecken, damit ich nichts verschüttete, während meine andere Hand auf meiner Brust lag und unwillkürlich den Kragen meines Hemdes umklammerte. Ich starrte in das krebsrote, zornige Gesicht meines Großvaters.

»Ich lüge nicht!« rief ich aus.

»Das tust du, Kind! Gestehe es! Öffne deine Seele! Laß das Gift heraus!« Sein Körper wälzte sich schwer auf den meinen, preßte meine Knie gegen meine Brust. Er schüttelte mich an den Schultern; ich fühlte, wie Whisky eisig aus meinem Glas auf meine Hand schwappte. Ich tastete, suchte nach einer Stelle, wo ich das Glas abstellen konnte, ohne es umzukippen und den Inhalt zu verschütten, damit ich beide Hände frei hätte, aber ich konnte nur zerknülltes Bettzeug fühlen.

»Welches Gift?« keuchte ich, atemlos von dem Druck auf meiner Brust. »Es gibt kein Gift! Mein Gewissen ist rein!«

»Lüg mich nicht an, Isis!«

»Ich lüge nicht!« schrie ich abermals. »Es ist alles wahr!«

»Warum bekennst du dich nicht endlich zu deiner Schuld?« donnerte er und schüttelte mich wieder. »Warum willst du deine Sünde noch vergrößern?« Sein Atem war warm und roch nach Whisky.

»Das tue ich nicht! Es gibt keine Sünde, die ich vergrößern könnte!«

»Du hast das Sakrament genommen! Du hast es gestohlen!«

»Nein! Nein! Warum sollte ich?«

»Weil du mich haßt!« brüllte er.

»Das tue ich nicht!« keuchte ich unter Schmerzen. »Das tue ich nicht; ich liebe dich! Großvater, warum tust du das? Bitte, laß mich los!«

Er rutschte seitlich von mir herunter, plumpste gegen den Fuß des umgestürzten Kissenbergs und blieb auf der Seite neben mir liegen; er starrte mich an, die Augen noch immer feucht von Tränen. »Du liebst mich nicht«, sagte er mit heiserer Stimme. »Du willst meinen Tod, du willst mich aus dem Weg haben. Du willst jetzt alles für dich selbst haben.«

Ich richtete mich mühsam auf meinen Knien auf, konnte endlich das Glas auf dem Bord abstellen und kniete mich neben ihn, meine Hand auf seiner Schulter, während er röchelnd dalag und an die gegenüberliegende Wand starrte.

»Liebst mich nicht«, murmelte er. »Du liebst mich nicht...«

»Großvater, ich liebe dich um deiner selbst willen, für alles, was du für mich getan hast, dafür, daß du für Allan und mich gesorgt hast, als wären wir deine eigenen Kinder, aber ich liebe dich doppelt; ich liebe dich auch als den Gründer unseres Glaubens. Ich kann mir nicht vorstellen, jemals jemand anders auch nur halb so sehr zu lieben; nicht ein Viertel so sehr!« Ich senkte meinen Kopf, bis er neben dem seinen war. »Bitte, du mußt mir glauben. Du bist der wichtigste Mensch in meinem Leben, und das wirst du auch immer bleiben! Egal, was passiert! Ich liebe dich mehr als ... alles andere!«

Er wandte sein Gesicht von mir ab und vergrub es im Bettzeug.

»Nein«, sagte er, seine Stimme gedämpft, doch fest und ruhig. »Nein, das glaube ich nicht; ich habe der Stimme Gottes gelauscht, und sie hat mir das Maß deiner Liebe zu mir offenbart. Einst kannte diese Liebe kein Maß, doch jetzt ... obgleich ich glaube, daß sie über dein Maß geht.«

Ich verstand nicht. »Großvater, du bedeutest uns allen alles. Du bist unser Licht, unser Führer, unser Oberhaupt! Wir brauchen dich. Ohne dich wären wir alle Waisen, aber mit deinen Lehren, mit deiner *Orthographie* und deinem Vorbild haben wir endlich Hoffnung, ganz gleich, was die Zukunft bringen mag. Ich weiß, daß ich niemals deinen Platz einnehmen und dir niemals gleichkommen kann; ich würde das auch niemals versuchen, aber vielleicht kann ich als Auserwählte und als Tochter deines Sohnes einen Abglanz deiner Erhabenheit widerspiegeln, ohne ihr damit Schande zu tun, und mit Hilfe deiner Lehren zu einem würdigen Oberhaupt der Gemeinschaft heranwachsen. Das ist mein ...«

Er drehte den Kopf so, daß er mich ansah; das weiche gelbe Kerzenlicht ließ die Tränen in seinen Augen funkeln. »Das sind schöne Worte, Isis, aber du hast ein sorgloses Leben geführt. Wir haben alle Härte und alle Unbilden von dir ferngehalten, alle Opfer und allen Zweifel und allen Schmerz.«

»Ich bin bereit für sie alle, für meinen Glauben!«

Er sah mir forschend in die Augen. »Das bezweifle ich«, erklärte er und schüttelte kaum merklich den Kopf. »Das sagst du so, aber ... ich bezweifle es. Du denkst nur, dein Glaube wäre stark genug!«

»Mein Glaube ist stark genug!«

»Er wurde noch nie auf die Probe gestellt, Isis. Meiner wurde auf die Probe gestellt, deiner –«

»Dann stelle meinen auf die Probe!«

»Das kann ich nicht«, erwiderte er. »Gott kann es und würde es auch, durch mich, aber ich würde Gefahr laufen, dich zu verlieren.«

»Was?« rief ich aus und drängte mich dichter an ihn. »Was hat Er gesagt?«

Großvater wandte abermals den Blick ab und vergrub das Gesicht im Bettzeug. »Vertraust du mir?«

»Von ganzem Herzen!« sagte ich und schlang meine Arme um ihn.

Er wandte sich wieder zu mir um. »Vertraust du mir wirklich?«

»Das tue ich.«

Er schien mir nicht wirklich in die Augen sehen zu können. »Isis«, sagte er. Er schien zu zaudern.

»Was?« Ich umarmte ihn noch immer.

»Wirst du mir vertrauen?« flüsterte er.

»Ich werde dir vertrauen.«

»Wirst du mir glauben?«

»Ich werde dir glauben.«

Er stieß einen tiefen, tiefen Seufzer aus und erhob sich langsam und mühselig vom Bett. Ich half ihm hoch, und er bedankte sich mit einem Nicken. Er stand da und schaute auf die Stelle des Bords, wo die Whiskyflasche zwischen den Duftkerzen stand und die Räucherstäbchen in ihren Messinghaltern brannten. Ich stand dort neben ihm auf dem unebenen, schwankenden Bett, und mein Kopf füllte sich mit der trunken machenden Wärme des parfümierten Raums. Großvater trat einen Schritt vor und blies mehrere Kerzen aus, ließ nur eine neben der Whiskyflasche brennen. Er machte einen Schritt zur Seite und blies weitere Kerzen aus, so daß es ganz schummrig im Raum wurde. Er ging an der Wand entlang und blies alle Kerzen bis auf eine weitere aus, dann machte er sich daran, die Kerzen auf dem Bord neben der Tür zum Wohnzimmer auszublasen. Ich drehte mich um und beobachtete ihn verständnislos. Er blies alle Kerzen bis auf zwei an der gegenüberliegenden Wand, unter den mit schweren Vorhängen verhüllten Fenstern, aus. An der Tür zum Badezimmer hielt er inne, mit dem Rücken zu mir. »Wir müssen uns ausziehen«, sagte er.

»Ausziehen?« fragte ich.

Er nickte. »Ausziehen«, wiederholte er und beugte sich vor, um eine weitere Kerze auszublasen.

Ich schluckte. Ich konnte kaum denken. Was mehr konnte ich tun? Ich hatte gesagt, ich sei unerschüttert in meinem Glauben, ich hatte gesagt, ich sei unerschüttert in meinem Vertrauen. Ich wußte nicht, was mein Großvater bezweckte, was Gott ihm aufgetragen hatte, aber ich wußte, daß es heilig und gesegnet sein mußte, und wenigstens – zu meiner Schande muß ich gestehen, daß ich überhaupt daran dachte – wußte ich, daß es nicht sein konnte, was die verderbtesten Lüstlinge sich vielleicht vorstellen mochten, denn das wurde durch die *Orthographie* untersagt.

»Natürlich«, sagte ich. Ich zog meine Jacke aus und legte sie gefaltet zu meinen Füßen aufs Bett. Ich machte mich daran, mein Hemd aufzuknöpfen. Großvater holte tief Luft und blies eine weitere Reihe Kerzen aus, ohne mich anzusehen, während ich mein Hemd auszog und dann den Knopf und den Reißverschluß meiner Lederhose öffnete. Er löschte zwei letzte Kerzen. Es brannten jetzt nur noch ein halbes Dutzend entlang der Wände des gesamten großen Raums, so daß dort, wo zuvor weiches Licht gewesen war, nun Schatten regierte, und dort, wo Schatten gewesen war, jetzt Dunkelheit herrschte.

Mein Mund war trocken, als ich aus meiner Hose stieg und sie zu meinem Hemd und meiner Jacke legte. Großvater stand mit dem Rücken zu mir vor dem riesigen Kissenberg. Er überkreuzte die Arme, griff hinunter zu seiner Taille und zog sich mit einem Grunzen und einem leichten Taumeln seine Robe über den Kopf. Darunter war er gänzlich nackt. Ich hatte meine Strümpfe ausgezogen und trug nun nur noch meinen Schlüpfer. Von hinten gesehen war der Körper meines Großvaters massig und fest; nicht so fett und weich, wie ich gedacht hatte. Sicher, es war die Taille eines alten Mannes, nach außen gewölbt, nicht schmal, aber sein Kreuz besaß eine stiergleiche Flachheit, derer sich wohl nicht viele Männer seines Alters rühmen können. »Wir müssen ganz nackt sein«, sagte er leise, noch immer mit dem Rücken zu mir, so daß er mit der Wand sprach.

Ich fühlte, wie mein Herz zu hämmern begann. Meine Hände zitterten, als ich meine Unterwäsche auszog.

Er blickte nach oben, so als würde er die verzierte Stuckdecke des Zimmers studieren.

»Die Wege des Schöpfers sind mannigfaltig und unergründlich«, erklärte er, als würde er mit dem Bord sprechen. »Wir stellen in Frage, wir denken, und wir stellen unsere Gedanken in Frage, immer auf der Suche danach, was richtig ist, was wahr ist und was falsch ist, was von oben eingegeben wurde und was von innen kommt.« Ich sah, wie er träge den Kopf schüttelte. »Wir werden es niemals mit Bestimmtheit wissen, und irgendwann müssen wir aufhören, alles in Frage zu stellen.« Er verstummte. Er stand eine Weile da, dann nickte er abermals. Seine Schultern bebten, und er hob die Hände an die Augen. »O Isis«, sagte er mit brechender Stimme. »Hat Gott immer recht? Ich habe immer geglaubt, daß es so wäre, aber . . .« Er senkte den Kopf, und seine Schultern bebten stärker.

Ich stand da und schaute einen Moment lang zu, dann trat ich – zutiefst verlegen ob meiner Nacktheit – zu ihm und streckte die Arme aus, um meine Hände auf seine Schultern zu legen. Er packte meine Hände, dann drehte er sich blitzschnell zu mir um und zog mich dichter an sich heran, bis sein ausladender Bauch meinen flachen berührte. »Wir sind Strohhalme, Isis«, zischte er. Er faßte mich an den Schultern und packte mich ganz fest. »Wir sind wie Schilf in einem Sturm, das von der Flut fortgerissen wird; wer sind wir, uns Gott in den Weg zu stellen?«

Ich schüttelte den Kopf und hoffte, daß meine Augen nicht zu weit aufgerissen waren. »Ich weiß es nicht«, sagte ich, weil mir nichts Besseres einfallen wollte.

Er blickte zwischen uns nach unten und nickte heftig. »Setzen wir uns, Isis«, sagte er.

Wir setzten uns; ich in der Lotusposition, während er in die Hocke ging, so daß seine Arme auf seinen Knien ruhten. Er musterte mich von Kopf bis Fuß, und ich fühlte mich gleichzeitig sowohl gut und friedvoll und rein als auch schamlos, beschwipst vom Alkohol und Gott weiß was. Er schüttelte den Kopf. »Ach Isis, du bist wunderschön!« hauchte er.

»Ich bin Gottes Abbild, so wie wir alle es sind, jeder auf seine Art«, erwiderte ich mit bebender Stimme.

»Nein, nein; mehr als das«, sagte er atemlos und starrte weiter meinen Körper an. »Was Gott gesagt hat ...« Er blickte mir in die Augen und breitete ganz langsam die Arme aus. »Isis«, sagte er mit belegter Stimme, »komm zu mir ...«

Ich löste mich aus meiner Lotusposition, richtete mich auf meinen Knien auf und streckte zaghaft die Arme aus. Er ergriff meine Hände und zog mich zu sich, umfing mich mit seiner Wärme und drückte meine Arme zur Seite und nach oben.

»Isis, Isis«, hauchte er und vergrub den Kopf zwischen meinen Brüsten. Sein Atem ging keuchend.

»Großvater«, sagte ich zu der kahlen Stelle im Dickicht seines wallenden Haars. »Was hat Gott gesagt?«

»Isis!« hauchte er wieder; er hob seinen Kopf zu meinem und preßte mich fester an sich, so daß ich jede Speckrolle seines Rumpfes fühlen konnte. »Isis!« sagte er und rieb seinen Kopf zwischen meinen Brüsten von einer Seite auf die andere. »Wir sind in Seiner Macht, unter Seiner Kontrolle! Wir müssen tun, was Er uns befiehlt.«

Seine Hände umfaßten meine Gesäßbacken und kneteten sie. Er hob den Kopf und schob sein Gesicht ganz dicht an das meine. »Wir müssen unsere Seelen vereinigen, Kind. Wir müssen uns vereinigen!« Er drängte mit seinem Mund zu meinen Lippen.

»Was?« rief ich entsetzt aus und versuchte, ihn wegzustoßen. »Aber, Großvater!«

»Ich weiß!« schrie er heiser, während sein Kopf sich hektisch nach rechts und links wandte in dem Versuch, unsere Lippen zusammenzubringen. »Ich weiß, daß es falsch erscheint, aber ich höre Gottes Stimme!«

»Aber es ist verboten!« sagte ich und drückte gegen seine Schultern, um ihn von mir zu stoßen. Er preßte mich jetzt rücklings auf das Bett unter uns. »Es liegen zwei Generationen zwischen uns!«

»Es war verboten; jetzt ist es das nicht mehr. Es war ein

falsches Signal. Die Stimme hat es ganz klar gesagt.« Er stieß mich nach hinten, so daß mein Rücken auf das Bett klatschte; es gelang mir, ein Bein unter ihm zu befreien, so daß ich halb seitlich zu ihm lag. Er hatte seine Arme fest um meine Taille geschlungen und versuchte noch immer, mich zu küssen. »Verstehst du denn nicht, Isis? So ist es bestimmt. Wir sind die Auserwählten. Für uns gelten andere Regeln. Dies ist heilig; Gott hat seinen Segen dazu gegeben.«

»Aber du bist mein *Großvater*!« schrie ich und hob mühsam eine Hand vors Gesicht, um seine suchenden, drängenden Lippen wegzustoßen. Eine seiner Hände versuchte, sich an meinen Bauch nach unten zu schieben; ich hielt sie mit meiner anderen fest.

»Isis! Wir müssen uns nicht nach den dummen Regeln der Unerretteten richten! Wir sind aus der Masse erhoben, wir sind etwas Besonderes, wir können tun, was wir wollen und was Gott befiehlt! Was haben ihre dummen Regeln und Vorschriften mit unseren Heiligen Zielen zu tun?«

Ich rang noch immer mit seiner Hand, während sie versuchte, sich zu meinem Unterleib zu winden; sein bärtiges Gesicht keuchte und schwitzte über mir; er küßte einen kurzen Augenblick lang meine Lippen, aber ich wandte den Kopf ab.

»Aber ich will das nicht!« jammerte ich.

»Du *willst* es nicht?« lachte er grimmig. »Welche Rolle spielt es, was wir beide wollen? Wir tun, was Gott uns aufträgt! Wir beide müssen uns Seinem Willen unterwerfen, Isis! Wir müssen uns beide unterwerfen! Wir müssen beide vertrauen; vertrauen und glauben! Du hast versprochen, mir zu vertrauen; du hast versprochen, mir zu vertrauen und zu glauben, erinnerst du dich?«

»Aber doch nicht so!«

»Dann hat deine Liebe zu Gott also Grenzen, Isis?« fragte er atemlos, während er noch immer versuchte, seine schweißnasse Hand zwischen meine Beine zu zwängen. Sein Atem ging jetzt sehr schnell und keuchend, und sein Gesicht war leuchtend rot.

»Tust du nur, was Gott dir befiehlt, wenn es dir in den Kram paßt? Ist es so? Ja?«

»Nein!« stammelte ich, und mein eigener Atem ging jetzt schwer, da Großvaters ganzes Gewicht auf mir lastete. »Aber das hier muß ein falsches Signal sein! Gott würde das hier niemals verlangen!«

»Was? Einen Akt der Liebe? Was gibt es da groß zu verlangen? Hat Buddha gezögert, all seine irdischen Besitztümer aufzugeben? Hat Mohammed gezögert, zu den Waffen zu greifen und in den Krieg zu ziehen? Hat Abraham nicht seinen Sohn auf den Berg geführt, um ihn zu opfern, weil Gott es so verlangte? Hätte er es nicht auch getan, wenn Gott ihn nicht aufgehalten hätte? Von uns verlangt Gott nichts weiter als einen Akt der Liebe, Isis; einen Akt der Liebe, als Beweis dafür, daß wir beide wahrlich glauben! Wir müssen uns beide unterwerfen!« Er keuchte und befreite seine Hand aus meinem Griff; sie schob sich blitzschnell zwischen meine fest zusammengepreßten Beine und versuchte, mein Geschlecht zu befingern; ich strampelte und wand mich unter ihm heraus, rollte mich quer über das Bett von ihm weg; er packte mich, umklammerte mein Fußgelenk, als ich versuchte aufzustehen, und riß mich wieder nach unten, so daß ich auf allen vieren landete. »Unterwirf dich, Isis, unterwerfe dich! Beweise deine Liebe zu Gott!« Er versuchte, mich von hinten zu besteigen, aber ich warf ihn ab.

»Das bist nicht du!« schrie ich und krabbelte auf allen vieren von ihm weg, klaubte dabei eiligst meine Kleider zusammen, während ich mich auf der schwankenden Oberfläche des Bettes aufrichtete. »Gott kann das nicht verlangt haben!«

Mein Großvater kniete auf dem Bett, und seine angeschwollene Männlichkeit ragte an der Unterseite seines Bauchs auf wie ein Stützbalken. Sein Gesicht war zu einem Ausdruck verzerrt, wie ich ihn nie zuvor gesehen hatte: ein zorniger, von loderndem Haß erfüllter Blick, der in mir das schreckliche Gefühl von Leere und Übelkeit wachrief.

»Du verweigerst dich also Gott, Isis?« sagte er heiser. Ich stieß rücklings gegen eine geschlossene Tür; es war die Tür zum Badezimmer, nicht der Ausgang zum Wohnzimmer; zwischen mir und jener Tür kniete Großvater. Er breitete die Arme aus. »Du verweigerst das Sakrament der heiligen Verzückung durch die Vereinigung der Seelen?«

Ich lehnte mich gegen die Tür und streifte mir ein Bein meiner Hose über. »Wenn Gott das wirklich gewollt hätte, dann hätte Er auch zu mir gesprochen«, erklärte ich.

»Er hat zu *mir* gesprochen!« donnerte er und schlug sich mit der Faust gegen die Brust. Er stürzte sich auf mich, während ich auf einem Bein stand, um das andere in das Hosenbein zu stecken. Ich hatte es halb erwartet und war deshalb vorbereitet. Ich sprang zur Seite und entkam ihm, ließ dabei aber meine Jacke und meine Strümpfe auf das Bett fallen. Ich hüpfte auf einem Bein über das Bett, mein Hemd unter die Achselhöhle geklemmt, während ich meine Hose überstreifte und sie hochzog. Ich hatte jetzt freie Bahn zur Tür nach draußen. Ich stand keuchend da und starrte ihn an, während er sich neben der Badezimmertür aufrichtete, ein bleicher Schatten im flackernden Kerzenlicht; seine Brust und sein Bauch hoben sich mit jedem Atemzug. Sein Penis war nun erschlafft. Großvater wischte sich mit der Hand das Gesicht ab.

»Du Judas«, röchelte er.

»Großvater, bitte –« begann ich, während ich mein Hemd anzog.

»Du Heidin!« keuchte er, und ein kleiner Spucketropfen flog durch die Luft und reflektierte glitzernd das Kerzenlicht. »Abtrünnige! Frevlerin! Ungläubige! Du unerrettete *Metze*!«

»Das ist ungerecht, Großvater«, sagte ich, und meine Stimme wollte mir schier brechen. Ich stopfte die Hemdschöße in meine Hose. »Du bist –«

»Gerecht?« sagte er sarkastisch und verzog das Gesicht.

»Was ist gerecht? Gott schert sich einen Dreck um Gerechtigkeit; Gott *befiehlt*. Du hast kein Recht, dich Ihm zu verweigern.«

»Ich glaube nicht, daß ich das tue«, erwiderte ich und gab mir alle Mühe, nicht zu weinen.

»Du glaubst mir nicht«, flüsterte er.

»Ich glaube, du wurdest . . . fehlgeleitet«, sagte ich verzweifelt.

»Ach, glaubst du das, ja? Du bist kaum mehr als ein Kind; was weißt du schon von Gottes Wort?«

»Genug, um zu erkennen, daß Er das hier niemals verlangen würde, nicht, ohne es auch mir zu sagen.«

»Du eitles Kind! Du hast dich gegen Gott versündigt und gegen deinen eigenen Glauben.« Er schüttelte den Kopf und tappte über das Bett zu der Stelle, wo seine Robe lag. Während er sie sich über den Kopf streifte, klaubte ich eilig meine Strümpfe, meinen Schlüpfer und meine Jacke auf.

»Ich denke, wir sollten lieber vergessen, was gerade geschehen ist, Großvater«, sagte ich, während ich meine Strümpfe anzog. Er schaute sich um, dann hob er sein Whiskyglas auf, das er quer übers Bett geworfen hatte. Er schenkte sich einen weiteren Whisky ein.

»Ich kann es nicht vergessen«, erwiderte er. »Und Gott kann es auch nicht. Ich weiß nicht, ob das je vergessen oder vergeben werden kann.«

Ich zog meine Jacke an. »Nun, ich halte es für das beste, wenn wir beide vergessen würden, was hier passiert ist.«

»Du bist eine Diebin und eine Ungläubige, Kind«, sagte er ruhig; er sah mich nicht an, sondern musterte stirnrunzelnd sein Whiskyglas. »Es steht nicht in meiner Macht, dir zu vergeben.«

»Ich bin keine Diebin; ich bin keine Ungläubige«, sagte ich, und dann begann ich doch zu weinen. Die Tränen brannten in meinen Augen und strömten über meine heißen, erröteten Wangen. Ich war wütend auf mich selbst, weil ich mich so kindisch aufführte. »Du bist es, der im Unrecht ist, nicht ich«, preßte ich wütend zwischen meinen Schluchzern hervor. »Ich habe nichts getan; nichts Unrechtes. Ich wurde fälschlich angeklagt, und du weißt nichts Besseres zu tun, als zu versuchen . . . dich an deiner eigenen Enkelin zu vergehen!«

Er stieß ein abfälliges Lachen aus.

»Du bist es, der Vergebung erflehen muß, nicht ich«, erklärte ich ihm, während ich meine Tränen hochzog und mir mit meinem Schlüpfer die Wangen trocknete.

Er machte eine geringschätzige Geste mit der Hand, noch immer, ohne mich anzusehen. »Du dummes, selbstsüchtiges ... närrisches Kind«, sagte er kopfschüttelnd. »Geh mir aus den Augen. Wenn ich dich noch einmal sehe, dann nur, um deine Beichte und deine Entschuldigung entgegenzunehmen.«

Ich war wie vor den Kopf gestoßen. »Großvater!« rief ich voller Verzweiflung. »Was ist denn nur mit dir? Was hat dich so verändert? Warum führst du dich so auf?«

»Isis, Kind, wenn du deine Schuld annehmen und sie vor mir beichten kannst, noch vor dem Fest, dann kannst du vielleicht doch noch deinen Anteil an den Feierlichkeiten haben«, sagte er und studierte dabei noch immer sein Glas. Er trank seinen Whisky aus, dann ging er über das Bett zur Badezimmertür; er öffnete sie – goldener Lampenschein fiel durch die offene Tür – und schloß sie hinter sich. Ich stand einen Moment lang da, dann weinte ich noch etwas. Ich stopfte mir meinen Schlüpfer in die Tasche und verließ den Raum.

Das Wohnzimmer war verlassen; eine Lampe brannte auf dem Schreibtisch neben dem Barschrank. Ich griff meine Stiefel und rannte hinaus, dann setzte ich mich auf die oberste Stufe der Treppe, um mir im Schein einer Wandkerze die Stiefel zuzuschnüren. Schniefend und blinzelnd stieg ich die Treppe hinunter und verließ das stille Herrenhaus.

Kapitel Siebzehn

Der Himmel über dem Hof war tief, tief blau, bestreut mit den helleren Sternen, zwischen denen ein fast voller Mond prangte. Bis zum monatlichen Gottesdienst zur Feier des Vollmonds waren es jetzt noch nur wenige Tage.

Aus den erleuchteten Fenstern des Hauses drangen Stimmen, und aus der Werkstatt neben der Schmiede hallte gedämpftes Hämmern. Der Duft von brennendem Kaminholz und appetitliche Kochgerüche buhlten um meine Aufmerksamkeit, sowohl tröstlich als auch banal. Ich ging wie benommen über das Kopfsteinpflaster. Meine Schritte führten mich zu einem Durchgang gegenüber dem Weg, der zum Fluß und zur Brücke führte. Ich blieb unter dem Torbogen stehen, so daß die Gemeinde mich von allen Seiten umgab, und blickte über den Rasen und den geschwungenen Weg, der zu den Bäumen am Flußufer hin abfiel. Mondschein warf den fahlen Schatten der Gartenmauer auf den Weg und spiegelte sich blitzend im Glas des Gewächshauses auf der anderen Seite. Ich blickte zu der dunklen Hügelkette im Süden, die sich wie eine riesige Welle gegen das Indigo des Himmels erhob.

Hinter mir konnte ich Gesang und die begleitenden Akkorde einer Gitarre hören und dann Kinderlachen, weit entfernt, schnell verhallt.

Der Wind raschelte in den Baumwipfeln. Ich ging den Weg hinunter, nicht sicher, wohin mich meine Schritte führen würden oder was ich eigentlich vorhatte. Der Weg unter den rauschenden Bäumen war dunkel; über dem Fluß wurde er wieder etwas heller, und die alte Brücke sah trügerisch solide und heil aus, wie sie sich über das pechschwarze Wasser spannte. Jenseits davon drang ein schmaler Streifen gelben elektrischen Lichts durch die zugezogenen Vorhänge eines Fensters in dem kleinen Fachwerkhaus der Woodbeans.

Ich ging bis in die Mitte der Brücke und stieg dann vorsichtig über die löcherigen Bohlen an den Brückenrand an der flußabwärts liegenden Seite. Dort blieb ich stehen, direkt hinter dem verrosteten Eisenschild mit dem unidentifizierbaren Wappen, das Gesicht nach Osten gewandt. Ich reckte die Arme hoch, hielt mich an der rauhen, körnigen Oberfläche zweier Träger fest und beobachtete den Fluß. In der Dunkelheit schien er fest und bewegungslos, und nur ein gelegentliches, gedämpftes Gurgeln verriet seine träge, friedliche Strömung. Nach einer Weile vermeinte ich, einen fahlen Schatten auf dem Wasser ausmachen zu können, als der Mond in der zunehmenden Dunkelheit durch die Brücke schien. Ich konnte ihn nur sehen, wenn ich den Blick abwandte, doch wenn ich versuchte, mich selbst in jenem Schatten zu erkennen – während ich langsam einen Arm über meinem Kopf schwenkte –, dann vermochte ich es nicht.

Irgendwo in den Bäumen längs der Auffahrt schrie eine Eule, und in der Ferne konnte man das Motorengeräusch eines Autos hören, das ungesehen auf der Straße vorbeifuhr. Zwei winzige, flinke Silhouetten flatterten unter der Brücke hindurch, kaum auszumachen – offenkundig Fledermäuse.

»O Gott«, flüsterte ich. »Hilf mir.«

Ich schloß die Augen und stand dort in der Dunkelheit, während ich mit meiner ganzen Seele lauschte, während ich versuchte, die klare, besänftigende Stimme des Schöpfers heraufzubeschwören und mich ganz der Stille hingab, auf daß ich sie besser hören konnte. Ich hörte: den Fluß, der wie flüssige Dunkelheit unter mir dahinströmte; die Eule, leise und weit entfernt und geheimnisvoll, ein Jagdschrei, der wie Sehnsucht klang; das Säuseln der Luft, die die Äste, Zweige und Blätter erbeben ließ; das weit entfernte Grollen eines Motors, das im Wind erstarb. Ich hörte meinen eigenen Herzschlag: Is-is, Is-is, Is-is ...

Bilder tauchten vor meinem geistigen Auge auf, Fetzen von Unterhaltungen, drängten sich immer dichter heran, wetteiferten um meine Aufmerksamkeit; Großvaters Körper, Großvaters Stimme. Ich schüttelte ganz langsam den Kopf. Meine Gedanken waren noch immer zu laut, so daß sie alles andere übertönten; ich fühlte, daß Gott nah war, daß Er mir zuhörte, aber ich konnte Ihn nicht hören. Um mich herum mochten Stille und Frieden herrschen – der träge Fluß, der fast stumme Wind –, doch in meinem Verstand tobte ein tosender Sturm, und ich würde kein Wort von Gott vernehmen können, bis dieser Sturm sich wieder gelegt hatte.

Ich trat vorsichtig wieder zurück auf den hölzernen Weg, der im Zickzack über die morschen Bohlen der Brücke führte, und ging weiter zur Auffahrt vor dem Haus der Woodbeans. Ich spähte an dem schmalen, spielzeuggleichen Haus mit dem einzelnen kleinen Türmchen hoch. Das Licht, das ich vorhin gesehen hatte, brannte im Wohnzimmer im Erdgeschoß. Ich ging zur Tür und klopfte. Ich wußte noch immer nicht, ob ich versuchen würde, mit Großmutter Yolanda zu sprechen oder nicht.

Sophi öffnete die Tür, umfangen von Licht, in der Hand ein Buch; ihr langes Haar fiel ihr wie eine Kaskade über die Schultern.

»Is!« rief sie lächelnd. »Hallo. Ich hatte schon gehört, daß du... Ist mit dir alles in Ordnung?«

Ich konnte nicht sprechen; ich versuchte es, aber ich konnte nicht. Statt dessen fing ich wieder an zu weinen: stumm, hilflos, hemmungslos. Sophi zog mich zu sich über die Schwelle; sie ließ das Buch fallen und nahm mich in die Arme.

»Isis, Isis, Isis!« flüsterte sie.

*

Die immer wohlgemute Sophi ist nun schon seit fast vier Jahren mein Trostspender. Ich weiß, eines Tages wird sie den guten, netten Mann finden, nach dem sie sich sehnt, und wird mit ihm fortgehen, um ganz Hausfrau zu sein und Babys zu bekommen. Das wird das Ende unseres innigen Verhältnisses bedeuten, und ich hoffe, daß ich weise genug sein werde, dies zu akzeptieren und das Beste aus unserer Freundschaft zu machen, solange sie besteht. Ich habe mich gefragt, ob ich Sophi liebe, und ich denke, die Antwort lautet ja, obgleich es die reine Liebe einer Schwester ist, nicht die einer Begehrenden. Ich habe sie gefragt, ob sie mich liebt, und sie hat gesagt, sie würde es tun, von ganzem Herzen, aber sie besitzt ein großes Herz, glaube ich, und es wird immer auch Platz für andere darin sein. Vielleicht werde ich nie ganz dort ausziehen, aber ich weiß, daß mein derzeitiger Platz eines Tages von jenem guten, netten Mann eingenommen werden wird. Ich hoffe, ich werde nicht eifersüchtig sein. Ich hoffe, daß sie ihn findet, aber ich hoffe auch, daß es nicht allzu schnell geschieht.

Mr. Woodbean war an jenem Abend ausgegangen. Ich lag in Sophis Armen auf dem Sofa im Wohnzimmer, ihre Bluse durchnäßt von meinen Tränen, ihre in Jeans steckenden Beine verschlungen mit den meinen. Sophis Haar hat die Farbe von frischem Stroh. Ihre Augen sind blau mit braunen Flecken, wie Ozean-Welten mit verstreuten Inseln. Sie streichelte mir den Kopf, so wie ich mir vorstellte, daß eine Mutter es tun würde.

Ich hatte eine Weile an ihrer Schulter geschluchzt, nachdem sie mich ins Wohnzimmer gebracht hatte, dann hatte sie mich aufs Sofa gesetzt, und ich hatte meine Fassung genügend zurückgewonnen, um ihr von meiner Reise und meinen Abenteuern zu erzählen – das hatte mich beruhigt, und wir lachten sogar ein paarmal –, dann war ich zu den Ereignissen dieses Abends gekommen, und ich war abermals zusammengebrochen, hatte die Geschichte ausgespien, als wäre sie Übelkeit, hatte sie zwischen tiefen Schluchzern herausgespuckt und -gewürgt, bis schließlich die ganze Galle aus mir heraus war und ich alles mit meinen Tränen fortwaschen konnte.

»O Isis«, hauchte Sophi, als ich zum Ende gekommen war. »Bist du sicher, daß mit dir alles in Ordnung ist?«

»Oh, ganz sicher nicht«, erwiderte ich schniefend. Sie reichte mir ein weiteres Papiertaschentuch aus einer Schachtel, die sie geholt hatte, als ihr klargeworden war, daß ich eine tränenreiche Geschichte zu erzählen hatte. »Aber ich bin unversehrt, wenn du das meinst.«

»Er hat dir nicht weh getan?«

»Nein.« Ich hustete, dann räusperte ich mich. Ich trocknete mir die Augen mit dem Papiertaschentuch. »Außer daß ich mich so fühle, als hätte man mich ... ausgewaidet, als wäre alles aus mir herausgerissen worden, als wäre nur noch eine große Leere in mir, wo einst ...« Ich schüttelte den Kopf. »... wo einst alles gewesen ist. Mein Leben, mein Glaube, meine Familie; die Gemeinde.«

»Was willst du jetzt tun?«

»Ich weiß es nicht. Ein Teil von mir will auf der Stelle zurückgehen und offen vor sie alle treten, auf daß sie meine Seite der Geschehnisse hören; ein anderer Teil möchte einfach nur weglaufen.«

»Warum bleibst du heute nacht nicht hier?« schlug sie vor und zog mein Gesicht zu ihrem hoch. Sie hat ein rundes, sonnengebräuntes Gesicht mit zarten braunen Sommersprossen, die sie zu hassen vorgibt.

»Würde das denn gehen?«

»Natürlich«, sagte sie und umarmte mich.

Ich legte meinen Kopf wieder an ihre Brust. »Er hat gesagt, er wolle mich nicht wiedersehen, bis ich komme, um zu beichten und mich zu entschuldigen. Aber das kann ich nicht.«

»Das solltest du auch nicht«, knurrte sie gespielt grimmig und drückte mich.

»Ich weiß nicht, was er den anderen sagen wird, was er ihnen erzählen wird. Ich möchte so gern glauben, daß er wieder zur Besinnung kommt und erkennt, daß das, was er zu hören vermeinte, ein falsches Signal war, daß er bereut und mich um Vergebung bittet; daß ... O Sophi; ich weiß auch nicht.« Ich hob meinen Kopf und starrte ihr in die Augen. »Kann er die Phiole in meinem Seesack versteckt haben, damit es soweit kommt, wie es jetzt gekommen ist? War das von Anfang an seine Absicht? Ich kann das nicht glauben, aber welche Erklärung gibt es sonst? Gibt es doch einen Teufel, und hat er sich seiner bemächtigt?«

»Du bist die Theologin«, bemerkte sie. »Mich darfst du nicht fragen. Für mich ist er schlichtweg ein alter geiler Bock.«

»Aber er ist unser Gründer!« protestierte ich; ich setzte mich auf und ergriff ihre Hand. »Er hat alles für uns getan; hat so viel Wahrheit offenbart, hat uns das Licht gebracht. Daran glaube ich noch immer. Ich vertraue noch immer in unseren Glauben. Ich glaube noch immer an ihn. Ich kann nur einfach nicht glauben, daß das wirklich *er* ist; es ist so, als wäre er vom Teufel besessen.«

»Er ist alt, Isis«, sagte Sophi leise. »Vielleicht hat er Angst vor dem Sterben.«

»Was?« rief ich aus. »Aber er wird in die Herrlichkeit Gottes übergehen! Auf der anderen Seite erwartet ihn ein Abenteuer, im Vergleich zu dem dieses ganze Leben klein und nichtig anmuten wird. Der Tod birgt für uns keine Furcht!«

»Selbst Heilige haben gelegentlich Zweifel«, gab Sophi zu bedenken. »Hast du dich je gefragt, ob du dich irrst?«

»Nein!« rief ich entsetzt. »Nun, ja, aber nur, weil die *Orthographie* uns auffordert, über solche Dinge nachzudenken; wir müssen stark im Glauben sein, aber wir dürfen nicht blind glauben. Doch solche theoretischen Zweifel stärken unseren Glauben nur. Wie kann Salvador wirklich an dem zweifeln, was er selbst geschaffen hat?«

»Nun, vielleicht ist es genau das«, sagte Sophi und zog ihre Nase kraus, während sie nachdenklich dreinschaute. »Ihr alle könnt euch immer an ihn wenden, wenn ihr zweifelt, aber er selbst hat nur Gott. Du weißt schon: Ganz oben ist es einsam und dieser ganze Mist; die ganze Last ruht auf seinen Schultern, und was man noch alles sagt.«

»Aber er kann sich an uns *alle* wenden«, erwiderte ich, obgleich ich sah, was sie meinte.

»Nun, wie dem auch sei, heilige Männer sind immer noch Männer. Vielleicht hat er sich nur zu sehr daran gewöhnt, alle Frauen in der Gemeinschaft zu bekommen, die er haben will.«

»Aber so ist es nicht!« protestierte ich.

»Ach, komm schon, Isis. Genauso ist es doch.«

»Aber es wurde niemals Zwang ausgeübt. Es ergibt sich ganz natürlich; unser Glaube ist ein Glaube der Liebe, in all ihren Formen. Wir schämen uns dessen nicht. Und er ist ... war ... ist noch immer, vermute ich ... ein attraktiver Mann; charismatisch. Jeder findet das; Frauen haben sich immer von ihm angezogen gefühlt. Ich meine, das tun sie immer noch«, erklärte ich. Ich fuhr mir mit den Fingern durchs Haar. »Meine Güte, mich braucht er nun wirklich nicht.«

»Vielleicht bist du so was wie die verbotene Frucht«, wandte Sophi ein.

»Ach, ich weiß auch nicht!« jammerte ich; ich warf mich abermals gegen ihre Brust und umklammerte ihre duftende Wärme. »Morag geht mir aus dem Weg, Großvater stellt mir nach; jemand verunglimpft mich ...«

»Wie bitte?« fragte sie verwirrt.

»Verunglimpft mich; bringt mich in Mißkredit. Die ganze Sache mit dem *Zhlonjiz*.«

»Oh.«

»Was passiert bloß mit meinem Leben?« sagte ich. »Was ist los?«

Sophi zuckte die Achseln, und ich konnte spüren, wie sie den Kopf schüttelte.

In diesem Moment klingelte das Telefon in der Diele. Wir horchten auf. »Keiner von euch, offensichtlich«, sagte sie nach dem siebten Klingeln. Sie klopfte mir auf den Rücken. »Ich sollte besser rangehen; vielleicht möchte Dad, daß ich ihn abhole ...«

Sie ging hinaus in die Diele.

»Hallo?« Dann eine Pause. »Hallo? ... Hallo?«

Sie steckte den Kopf zur Tür herein und sah mich grinsend an, den Hörer am Ohr.

»Ich weiß nicht, was ...« sagte sie, dann runzelte sie die Stirn. Sie schüttelte den Kopf, so daß ihr langes Haar eine Sinuskurve in der Luft zeichnete. »Ich kann Musik hören ... Klingt so, als würde etwas ... als würde jemand am Hörer nesteln ...« Sie machte ein komisches Gesicht, zog die Augenbrauen hoch und die Mundwinkel nach unten, während die Sehnenstränge an ihrem Hals vortraten.

Sie hielt mir das Telefon hin, und noch während sie das tat, drang ein metallisches Scheppern aus dem Hörer und dann eine leise Stimme, die etwas schrie. Sophis Gesicht verzog sich amüsiert. Sie hielt den Hörer von sich weg und starrte ihn fragend an, dann hob sie ihn wieder vorsichtig an ihr Ohr.

Ich stand vom Sofa auf. Etwas am Tonfall jener Stimme ... Sophi hielt den Hörer ein Stück von ihrem Ohr weg, damit ich mithören konnte, meine Wange an die ihre geschmiegt.

»... das verdammte Ding ist mir runtergefallen. Ich wollte nur...« Mehr Geklapper. »Das ist...« Die Stimme verlor sich in einem Nuscheln. »Das ist die richtige Nummer, oder? Ja, ja kommt mir be... bekann... bekannt vor... 'tschuldigung... aber ich hab 'n bißchen was getankt... bißchen getankt. Ich hab nur angerufen, um zu sagen, ich habe deine Nachricht erhalten. Und ich soll morgen hinkommen, ist das richtig? Nun, ich werde da sein. Ich meine, na ja, das weißt du ja jetzt. Ich... ich hoffe... das hier wird –« Schweigen, ein gedämpfter Fluch und mehr Geklapper.

Sophi legte ihre Hand über die Sprechmuschel. »Gott«, flüsterte sie, »der klingt besoffen, was?«

»Hmm«, erwiderte ich. Ich hatte die Stimme des Mannes erkannt.

Wir lauschten abermals. Ein Rascheln drang aus dem Hörer, so als würde sich Stoff an etwas reiben. Dann: »... diesmal is' er mir... unter die verfluchte... Anrichte gerutscht; sehr unschön. Ich... ich denke, ich werde jetzt auflegen... Bist du noch...? Nun, ich meine... oh... ach, egal. Morgen.« Einen Moment lang drang nur schweres Atmen aus dem Hörer. »Morgen. Ich komme, um sie zu holen. Gute Nacht.« Dann ein lautes Klicken und Stille.

Sophi und ich sahen einander an.

»Komisch, was?« sagte sie und lachte ein wenig nervös.

Ich nickte. Sie beugte sich hinaus in die Diele und legte den Hörer auf. »Wohl verwählt, nehme ich an«, erklärte sie.

Ich lehnte mit dem Rücken am Türrahmen, die Arme verschränkt, und kaute an meiner Unterlippe. Sophi legte mir eine Hand auf die Schulter. »Ist mit dir alles in Ordnung?«

»Mir geht es gut«, erwiderte ich. »Aber ich glaube, ich weiß, wer das war.«

»Wirklich?« Sophi lachte. »Oh, hätte ich etwas sagen sollen?«

»Ich weiß nicht«, gestand ich. Und ich wußte es tatsächlich nicht. »Ich glaube, das war mein Onkel Mo«, erklärte ich ihr.

»Was, der aus Bradford, der Schauspieler?«

»Nun, aus Spayedthwaite. Aber, ja. Ja, genau der.«

Sophi schaute nachdenklich drein. »Und wen hat er dann angerufen?«

»Das ist eine gute Frage«, nickte ich. »Was dachte er, mit wem er sprechen würde, und wer ist diese ›sie‹, die er abholen will?«

Sophi lehnte sich gegen die andere Kante des Türrahmens, verschränkte ebenfalls die Arme und zog ein Bein unter ihren Po. Wir sahen einander an.

»Du?« sagte sie leise und zog ihre Augenbrauen hoch.

»Ich«, sagte ich nachdenklich.

Kapitel Achtzehn

In jener Nacht blieb ich bei Sophi, lag keusch in ihren Armen, während sie ganz ruhig atmete und sich gelegentlich murmelnd im Schlaf regte. Ihr Vater kam gegen ein Uhr nachts zurück; sie erwachte, als sie die Tür hörte, und stand auf, um noch barfuß nach unten zu tappen. Ich hörte ihre gedämpften Stimmen, und dann kam sie zurück; sie kicherte leise, während sie ihren Morgenmantel auszog. »Voll wie tausend Russen«, flüsterte sie, als sie wieder zu mir unter die Decke schlüpfte. »Diese Golfclub-Treffen ...« Sie kuschelte sich an mich. »Wenigstens fährt ihn jemand nach Hause ...«

Ich streichelte ihr Haar, während sie ihr Kinn in meine Halsbeuge schmiegte. Sie zuckte ein paarmal, entschuldigte sich einmal, dann wurde sie wieder ruhig. Ich glaube, sie war binnen einer Minute eingeschlafen. Ich hörte Mr. Woodbean die Treppe heraufkommen und verspürte dieselbe furchtsame Unruhe, die ich immer empfand, wenn ich bei Sophi übernachtete – die Angst, daß er hereinplatzen und uns beide zusammen ertappen könnte, so unschuldig die Situation auch war. Wie immer stampften seine schweren Schritte an Sophis Tür vorbei und über den Flur zu seinem eigenen Zimmer, und ich atmete wieder freier.

Sophi träumte neben mir, ihre Hand um die meine geklammert; ihr Atem zögerte, dann ging er etwas schneller, dann wurde er wieder ruhiger.

Ich lag da, außerstande einzuschlafen, obwohl ich todmüde war. Ich war in der letzten Nacht erst spät ins Bett gekommen, war auch dann weniger in einen geruhsamen Schlummer gesunken als in ein alkoholisiertes Koma gefallen und hatte dann all die Prüfungen und Unbilden durchstehen müssen, die mir widerfahren waren.

Es kam mir beinahe so vor, als müßte mindestens eine Woche vergangen sein, seit ich in dem Jaguar am Kaufhaus Harrod's vorbeigeglitten war und auf der dunklen Brücke gestanden bin, die Fledermäuse beobachtet und den Schrei der Eule gehört hatte, während ich vergeblich auf die Stimme Gottes lauschte.

Trotzdem fand ich keinen Schlaf, sondern ging nur immer und immer wieder im Geiste all die seltsamen Geschehnisse durch, die sich jüngst in meinem Leben ereignet hatten: Morags scheinbare Abneigung gegen mich, die lüsternen Avancen meines Großvaters und jetzt Onkel Mo, der anrief, sturzbetrunken und offensichtlich in dem Glauben, er würde mit einem Anrufbeantworter sprechen, wo doch die Woodbeans niemals einen solchen besessen hatten, und jetzt anscheinend auf dem Weg, um jemanden abzuholen – mich?

Was ging hier vor? Was geschah mit meinem Leben?

Es war schon genug Schlechtes und Irrwitziges geschehen, ohne daß auch noch Onkel Mo darin verwickelt wurde. Onkel Mohammed ist der Bruder von Calli und Astar; ein gutaussehender, wenn auch vorzeitig gealterter Schauspieler Anfang Vierzig, der die Gemeinde an seinem sechzehnten Geburtstag verlassen hatte, um in London – wo auch sonst? – Ruhm und Reichtum zu suchen, und der tatsächlich, bevor ich geboren wurde, zu gewissem Ruhm gekommen war, als er eine Rolle in einer in Manchester spielenden Fernseh-Seifenoper bekam. Ein boshafter Zeitungskritiker, der auch nicht annähernd so beeindruckt von Mos schauspielerischen Fähigkeiten war wie Mo selbst, hatte meinen Onkel einmal als »Mohammlet« tituliert, was für einigen Wirbel in der Moslemgemeinde – zu der Mo, als Apostat, nun gehörte – sorgte, der erst durch eine offizielle Entschuldigung und eine Gegendarstellung wieder beschwichtigt werden konnte. Mo wurde vor fast einem Jahrzehnt aus der Fernsehserie herausgeschrieben und lebt nun in Spayedthwaite, nahe der Stadt Bradford, wo er sehr gelegentlich Arbeit als Schauspieler findet und ansonsten – wie man gerüchteweise hört – in einem indischen Restaurant kellnert, um seine Miete zu verdienen.

Ich glaube, mein Großvater ist mehr erzürnt darüber, daß Mo seinen Lebensunterhalt durch das Fernsehen verdient, als über seinen Übertritt zu einem anderen Glauben, aber ich bin sicher, beides hat ihn verletzt; die Chronik jener ersten Generation derer, die in den Glauben hineingeboren wurden, liest sich nicht gut – Brigit und Mo waren zu anderen Religionen übergetreten, und Rhea hatte sich durch Eheschließung dem Kult der Wahren Seichtheit in Basingstoke angeschlossen. Auf den Schultern von Calli und Astar und meinem Vater hatte eine schwere Verpflichtung geruht, und dann war er uns bei dem Brand genommen worden; so war die ganze Last meinen Stieftanten zugefallen, die in gewisser Hinsicht seinen Platz wie auch den Platz ihrer Mutter und ihrer Tante einnahmen. Ich glaube, man kann mit Fug und Recht behaupten, daß unsere Gemeinschaft leicht hätte stolpern und fallen können, wäre da nicht die Hingebung und die Entschlossenheit dieser beiden Frauen gewesen.

Ich hatte Onkel Mo ein paarmal getroffen und betrachtete ihn als einen armen Tropf, wir verbannen oder verstoßen niemanden, selbst wenn er seinem Glauben abschwört, also war Onkel Mo uns auch weiterhin als Gast willkommen, und als solcher war er auch zu jedem Fest der Liebe erschienen. Er besaß eine oberflächliche Stattlichkeit und Herzlichkeit, die sich bei näherem Hinsehen schnell als brüchig und zerbrechlich herausstellte; darunter lagen Verzweiflung und Einsamkeit. Ich glaube, er wäre vielleicht wieder zu uns zurückgekehrt und hätte möglicherweise sogar wieder in der Gemeinde gelebt, aber mittlerweile hatte er zu viele Bindungen im Norden Englands und hätte sich, wo immer er hingegangen wäre, entwurzelt und fremd gefühlt, und so hatte er sich – nach seiner persönlichen Gleichung der Sehnsucht und der Zugehörigkeit berechnet, die er wohl für seine Lage aufgestellt hatte – entschlossen, bei seinen selbstgewählten Bundesbrüdern zu bleiben, statt in den Schoß seines ursprünglichen Glaubens zurückzukehren.

Das letzte Mal war er für das Fest vor vier Jahren bei uns gewesen, als er mir frank und frei erklärte, daß er auf der Suche nach einer Ehefrau sei (jedoch keine fand). Ich hatte angenommen – tatsächlich war ich damals sogar überzeugt gewesen –, daß er nur Spaß machte, als er mich fragte, ob ich ihn heiraten wolle. Wir hatten beide gelacht, und ich bin immer noch sicher, daß er nur einen Scherz gemacht hatte, aber jetzt war er auf dem Weg hierher, oder nicht? »Ich komme, um sie zu holen«, hatte er gesagt. Wen? Mich? Vielleicht Morag? Jemand anders? Doch noch wichtiger war, warum? Und auf wessen Geheiß hin?

Ich hielt Sophi umklammert, wie ein Ertrinkender einen Rettungsring festhält, drückte sie, bis sie im Schlaf seufzte und murmelte. Sie regte sich in meinen Armen, nicht ganz erwacht. Ich entspannte mich, beruhigt von der körperlichen Versicherung, daß sie da war. Es kam mir so vor, als könnte ich spüren, wie sich die Welt um mich herum drehte, völlig außer Kontrolle, sinnlos, verrückt und gefährlich, und sie wäre das einzige, woran ich mich festhalten konnte.

Das Rauschen der Toilettenspülung hallte über den Flur. Ich versuchte, das Geräusch in einen Abfluß für meine durcheinanderwirbelnden Gedanken zu verwandeln, wollte ihm meine Verwirrung, meine Nöte und meine Ängste überantworten, auf daß mein Kopf wieder frei und bereit für den Schlaf wäre, nach dem mein Körper sich so sehnte. Aber dann kam mir dieses Bild so absurd vor, und ich ertappte mich dabei, wie ich im Dunkeln den Kopf schüttelte und mich selbst für meine Dummheit schalt. Ich war sogar imstande, die Andeutung eines Lächelns zuwege zu bringen.

Schließlich kam der Schlaf auch zu mir, jedoch erst nach vielen weiteren Durchläufen jenes langen, verwirrenden und aufwühlenden Tages und vielen weiteren Versuchen, endlich damit aufzuhören, über all die Geheimnisse um mich herum nachzugrübeln.

Ich träumte von einer weitläufigen, schwankenden Landschaft aus bebendem Bettzeug und der Verfolgung durch etwas, das ich nicht sehen konnte, das immer gerade hinter dem zitternden Horizont war, aber gleichzeitig doch erschreckend nah und beängstigend. Vage nahm ich unruhige Bewegung und einen warmen Kuß wahr, doch als ich schließlich richtig aufwachte, war Sophi längst fort, und ich war allein mit einem schon halb vergangenen Tag, der Sonne und Niederschläge brachte.

*

Mr. W war ebenfalls fort. Ich benutzte das Badezimmer der Woodbeans und machte mir etwas Toast und Tee. Ich las die Nachricht – in Sophis Handschrift –, die Großmutter Yolanda tags zuvor für mich hinterlassen hatte und in der sie mir die Telefonnummer ihres Hotels in Stirling nannte und mitteilte, daß sie ein Doppelzimmer gebucht hätte, in dem ich jederzeit Zuflucht suchen konnte. Sie hatte mir auch ihre Flugnummer und ihre heutige Abflugzeit hinterlassen. Ich schaute zur Uhr auf dem Kaminsims; mittlerweile würde sie schon auf dem Flughafen sein.

Ich wartete einen kleinen Regenschauer ab, dann ging ich unter den tropfenden Bäumen zurück zur Gemeinde.

Ich nickte einigen Brüdern und Schwestern zu, die mein Nicken erwiderten – verhalten, wie es mir schien. Ich ging geradewegs in das Büro im Herrenhaus, wo Schwester Bernadette an dem Schreibtisch neben der Tür saß und langsam tippte.

»Schwester Isis!« begrüßte sie mich, offenkundig verwirrt. Sie stand auf und lächelte nervös.

»Schwester Bernadette«, sagte ich. »Ist Allan da?«
»Er ist beim Gründer«, erklärte sie mir. »Soll ich ihn bitten ...?«
»Bitte.«

Sie wandte sich zum Gehen. »Oh«, rief ich sie noch einmal zurück, »und weißt du vielleicht auch, wo mein Seesack ist?«

»Ich glaube, Allan sagte ... ich werde danach suchen, Schwester Isis«, sagte sie und ging eilig aus der Tür und über den Flur.

Ich warf einen Blick auf den Brief, den sie gerade tippte. Er sah aus wie ein Spendengesuch; er war an Tante Brigit adressiert, die, die nunmehr bei dem Millennialisten-Kult in Idaho lebte. Auf der einen Seite neben der Schreibmaschine lag ein Stapel ähnlicher Briefe und auf der anderen eine lange Liste mit Namen und Adressen in einem alten Schulheft, die Spalten bis zu Brigits Namen hinunter abgehakt. Die Liste schien nicht alphabetisch. Ich ließ meinen Blick suchend an der Liste entlang wandern, bis ich Cousine Morags Namen entdeckte, doch im selben Augenblick hörte ich Schritte auf dem Flur. Morags alte Adresse in Finchley war ausgestrichen worden, ebenso wie ihre Telefonnummer. Die vollständige Anschrift des La Mancha war handschriftlich nachgetragen worden. Die Schritte hatten schon fast die Tür erreicht ... Und da war auch eine Telefonnummer, nein; da standen *drei* Telefonnummern neben der Adresse in Essex. Ich spürte, wie mir vor Verblüffung die Kinnlade herunterklappte.

Ich trat eilig ans Fenster, keinen Augenblick zu früh, bevor Allan ins Büro kam, in der Hand meinen Seesack. Er schloß die Tür hinter sich und stellte den Seesack ab. Ich versuchte, meine verwirrten Gedanken zu ordnen.

»Isis«, sagte Allan, während er die Tasche neben der Tür abstellte. Er trug heute keinen Anzug, sondern eine Robe, die der von Salvador nicht unähnlich war. Er deutete auf den Stuhl vor seinem Schreibtisch. »Bitte«, sagte er. Er nahm hinter dem Schreibtisch Platz, auf seinem Drehstuhl.

Ich blieb zwischen den hohen Fenstern stehen. Ein kurzer Schauer trieb Regentropfen gegen die Scheiben. »Guten Tag,

Allan«, sagte ich. »Ich bin gekommen, um zu sehen, wo ich stehe.«

»Ah«, erwiderte er; er legte die Fingerspitzen gegeneinander und betrachtete sie.

»Was hat Großvater über gestern abend gesagt?« fragte ich.

»Er . . . er scheint der Ansicht zu sein, daß du . . . beichten solltest«, sagte Allan mit einem schmerzlichen Lächeln. »Daß deine Seele durch . . . durch etwas, das du getan hast . . . verunreinigt sei.« Er stieß einen tiefen Seufzer aus. »Salvador ist der Ansicht, du hättest . . . nun, zumindest dich selbst verraten, doch auch ihn, und, wie ich annehme, in gewisser Hinsicht uns alle. Verstehst du?«

»Ich habe die Phiole nicht gestohlen«, erklärte ich. »Und wenn sich jemand nach gestern abend verraten fühlen sollte, dann wohl ich.«

»Was?« Allan sah ehrlich verwirrt aus. »Was meinst du damit?«

Ich starrte auf meine Stiefel. »Das kann ich dir nicht sagen«, erklärte ich ihm. »Es tut mir leid. Das steht allein Salvador zu.«

Er schüttelte den Kopf. »Nun, ich fürchte, er will dich nicht sehen, bis du dich entschuldigst und eingestehst, Unrecht getan zu haben. Es scheint ihm sehr ernst damit zu sein; heute morgen war er wahrlich nicht gut aufgelegt, glaub mir.«

»Wie geht es mit den Überarbeitungen voran?«

Einen flüchtigen Moment lang schien er beinahe erschrocken. »Oh«, sagte er schließlich gelassen und zuckte die Achseln. »Recht gut; du weißt schon.«

»Hmm«, machte ich, um ihm Zeit zu geben, mehr zu sagen, wenn er wollte. Offensichtlich wollte er nicht.

»Ich hoffe, ich werde nicht ausgestoßen oder so?« fuhr ich fort.

»Oh, nein!« erwiderte Allan und schüttelte nachdrücklich den Kopf. »Nein, ich glaube, Salvador ist der Ansicht . . . es würde dir guttun, wenn du etwas Zeit zur Besinnung und zum Beten hättest. Ganz für dich allein. Vielleicht möchtest du dich hier zurückziehen und über die Dinge nachdenken, auf deinem Zimmer, in der Bibliothek ...« Er schien einen Moment zu überlegen, so als wäre ihm gerade ein Gedanke gekommen. Er zog die Augenbrauen hoch. »Oder vielleicht möchtest du eine Reise machen, eine Pilgerfahrt nach Luskentyre?«

»Vielleicht. Was ist mit Cousine Morag?«

Allan atmete lautstark aus und legte den Kopf auf die Seite. »Noch so eine wunde Stelle«, gestand er. »Salvador fühlt sich ... schrecklich hintergangen.« Er schüttelte den Kopf. »Ich weiß nicht, wie er sich in der Angelegenheit entscheiden wird. Ich bin nicht sicher, daß Morag überhaupt noch beim Fest willkommen wäre. Sie hat uns zum Narren gehalten.«

»Aber ich soll meine Suche nach ihr einstellen?«

»Das nehme ich an. Sagtest du nicht sowieso, daß du ihre Spur verloren hättest?«

»Wir bräuchten nur ...« Ich zuckte die Achseln. »... eine Telefonnummer, zum Beispiel, und dann könnte ich oder jemand anders ...«

»Nun«, schnitt mir Allan mit einem bedauernden Lächeln das Wort ab. »Wir hatten die Telefonnummer ihrer Wohnung, aber ....« Er streckte die Hände aus, Handteller nach oben. »Da wohnt sie ja nun nicht mehr.«

»Wir haben keine andere Nummern, unter denen wir sie erreichen könnten?«

»Nein.«

»Hmm. Was ist mit ihrer Rolle beim Fest? Vor zwei Wochen schien es noch sehr wichtig. Ist es das nicht mehr? Versucht denn niemand, Morag zu finden?«

»Nun«, sagte Allan und nickte; sein Gesicht nahm abermals einen schmerzlichen Ausdruck an. »Vielleicht haben wir, im Rückblick betrachtet, etwas übertrieben auf die Situation reagiert.«

»Was?«

Er stand auf und breitete die Arme aus. »Es ist nur, daß wir mittlerweile Zeit hatten, die Sache noch einmal gründlicher zu überdenken . . .« Er kam um den Schreibtisch herum. »Ich glaube, wir sind an jenem Tag alle ein wenig in Panik verfallen, meinst du nicht auch?« Er kam herüber und baute sich lächelnd vor mir auf. Er sah munter und frisch und gesund aus. »Die Lage ist nicht ganz so verzweifelt, wie es uns damals schien«, erklärte er mir. »Verstehst du, was ich meine?«

Ich nickte nachdenklich. »Ja, ich denke, ich verstehe.«

»Wie dem auch sei«, fuhr er fort; er ergriff meinen Arm und führte mich zur Tür. »Du mußt dir keine Sorgen deswegen machen. Du solltest dir . . . etwas Zeit zur Besinnung nehmen. Hier ist deine Tasche; das gestern tut mir alles sehr leid – du weißt ja, wie er manchmal ist. Pack jetzt erst mal aus, besinn dich etwas, und wenn du ihm irgendeine Nachricht zukommen lassen möchtest, dann laß es mich wissen; ich . . . nun, ich möchte dir herzlich gern helfen, Isis, wirklich.«

Er reichte mir meinen Seesack, dann beugte er sich vor und küßte mich auf die Wange. »Bis bald, Isis, und mach dir keine Sorgen.« Er zwinkerte mir zu. »Oh, und den Seesack kannst du behalten«, sagte er lächelnd.

»Danke, Allan«, erwiderte ich und schenkte ihm ein tapferes Lächeln. Ich schwang mir den Seesack über die Schulter und ging nach unten, während in meinem Kopf die Gedanken kreisten.

*

Mein erster Impuls war es, in meinem Zimmer zu meditieren und mich in ein erbauliches Buch zu versenken oder einen langen Spaziergang zu machen.

Statt dessen ging ich umher und unterhielt mich mit den Leuten, zwang mich, die Verlegenheit zu ignorieren, die sowohl sie als auch ich dabei empfanden, wohl wissend, daß ich in Ungnade gefallen war. Ich begann, indem ich Bruder Indra in seiner Werkstatt aufsuchte und ihm für die erfolgreichen Änderungen dankte, die er an dem Reifenschlauch vorgenommen hatte, mit dem ich wohlbehalten nach Edinburgh gelangt war. Indra war ein freundlicher Mensch, kleiner als ich und schlank, doch muskulös, und seiner Mutter sehr ähnlich. Zuerst schien er sich in meiner Gegenwart etwas unbehaglich zu fühlen, aber als wir uns erst einmal über meine Reise nach England unterhielten, verlor sich seine anfängliche Reserviertheit, und wir trennten uns in heiterer Stimmung.

Ich sprach mit jedem, den ich finden konnte, hauptsächlich um sie zu erinnern, daß ich immer noch die war, die sie gekannt hatten, und nicht eine gemeine Diebin. Ich benutzte meine Reise als Ausrede.

Wenn jemand von einer derart wichtigen Reise zurückkehrte und so viel zu berichten hatte, dann hätte man gewöhnlich von ihm erwartet, daß er sich vor die versammelte Gemeinde hinstellt und es allen auf einmal erzählt, aber wie es schien, würde man mich diesmal nicht dazu auffordern. (Auch war es meiner Aufmerksamkeit nicht entgangen, daß es keine zeremonielle Waschung meiner Füße gegeben hatte, was eindeutig einer Beleidigung gleichkam.) Ich erzählte meine Geschichte, änderte dabei je nachdem, mit wem ich sprach, die Gewichtung der verschiedenen Erlebnisse und Einzelheiten; als ich mich in der Hofküche mit der verdrießlichen Calli und der erschöpft aussehenden Astar unterhielt, ließ ich mich schamlos über das seichte Essen, die ermutigende Ausbreitung von Asiaten und ihren Geschäften und das, was die Leute in London getragen hatten, aus; wenn ich mich mit einer der anderen Schwestern unterhielt und auf die Geschehnisse des vorangegangenen Abends zu sprechen kam, dann erwähnte ich – manchmal mit einem leisen, vielleicht bedauernden Lächeln –, daß Großvater etwas zu überschwenglich in seinen Zuneigungsbekundungen gewesen sei, aber dabei beließ ich es auch und tat die Episode ansonsten mit einem Achselzucken ab. Wenn irgend jemand mehr über das *Zhlonjiz* wissen wollte, dann beantwortete ich seine Fragen in aller Ehrlichkeit und hielt mich nur zurück, wenn ich gefragt wurde, ob ich – vorausgesetzt, ich hatte die Phiole nicht genommen – irgendwelche Theorien hätte, wer es sonst getan haben könnte.

Bei alldem hatte ich das Gefühl, ich würde nur die Rolle des fälschlich einer Untat Bezichtigten spielen, obgleich ich genau das war. Ich wußte nicht, woher dieses Gefühl rührte, aber es ließ sich nicht abschütteln und war noch immer da, als ich schließlich mit wohl jedem Erwachsenen in der Gemeinde – einzeln oder in kleinen, lockeren Gruppen, oft während sie arbeiteten – gesprochen hatte. Ich fühlte mich deswegen nicht schlecht, aber der Eindruck wollte einfach nicht verschwinden. Trotzdem hatte sich meine Stimmung gehoben, als es Abend wurde. Ich freute mich sogar fast auf das Abendessen, bei dem ich – vorausgesetzt, daß man mir die richtigen Fragen stellte – weitere Gelegenheit haben würde, für meine Sache einzutreten.

Ich hatte gehofft, daß unter all den Menschen, mit denen ich sprach, einer sein würde, der mich bat, ihm die Hand aufzulegen, um ein Wehwehchen oder irgendein Zipperlein zu heilen, unter denen er oder eins seiner Kinder litt und um deren Heilung willen die betreffende Person schon auf meine Rückkehr gewartet hatte – ich war noch nie länger als einen Tag von der Gemeinde fort gewesen, ohne daß dieser Fall eingetreten war –, aber niemand trat vor. Ich vermute, es war naiv von mir, etwas anderes zu erwarten, aber nichtsdestotrotz war ich zuerst überrascht, dann verwirrt und schließlich traurig darüber.

Dann erfuhr ich durch Schwester Erin, daß Salvador beabsichtigte, die Gemeinde beim Abendessen mit einem seiner seltenen Auftritte zu erfreuen, und es vorziehen würde, wenn ich nicht zugegen wäre. Mir blieb keine andere Wahl, als mich zu fügen, und so stimmte ich zu, später – und vielleicht auf meinem Zimmer – zu essen, falls Salvador nach Beendigung des Mahls Lust haben sollte, noch die eine oder andere Geschichte zu erzählen.

Ich beschloß, abermals Sophi zu besuchen, und spazierte durch einen leichten Nieselschauer über die Brücke, aber bei den Woodbeans war niemand zu Hause. Mir kam ein Gedanke, und so ging ich die dunkle, tropfende Auffahrt hinauf und entdeckte an ihrem Ende Schwester Bernadette, die neben dem Tor auf der eingefallenen Mauer saß und über den Halbkreis aus unkrautüberwuchertem Asphalt blickte, in den Händen einen aufgespannten Regenschirm.

*

Schwester Bernadette war warm angezogen, schien aber dennoch zu frösteln. Sie blickte in die entgegengesetzte Richtung, zur Straße hin, als ich mich näherte.

»Schwester Bernadette«, sagte ich.

Sie sprang erschreckt auf und verhedderte sich dabei mit dem Regenschirm in den Ästen über ihr. »Oh! Is. Ich habe gar nicht –« stammelte sie. Sie schaute nach oben, dann zog sie am Schirm, so daß sie ihren eigenen kurzen, doch durchnässenden Sturzregen erzeugte, als die Blätter und Äste das auf ihnen gesammelte Wasser über sie ergossen. Sie zog abermals, aber der verhedderte Schirm hing hoffnungslos fest und Schwester Bernadette zerriß nur den Stoff der Bespannung. »Oh! Mist!« entfuhr es ihr, dann sah sie mich entsetzt an. »Entschuldige bitte.« Sie errötete, fuhr sich mit der Hand durch ihr nasses, zerzaustes Haar und zog dann abermals am Schirm.

»Laß mich dir helfen«, sagte ich und befreite den Schirm aus den Zweigen.

Schwester Bernadette wischte sich das Wasser vom Gesicht und vom Kopf und nickte mir zu, während sie den Regenschirm wieder aufrollte. »Vielen Dank«, sagte sie. Sie schaute sich um. »Es ist feucht, nicht wahr?«

»Ein bißchen nieselig«, pflichtete ich bei. Ich blickte zum Himmel. »Scheint aber nachzulassen.« Ich setzte mich auf die eingefallene Mauer. Schwester Bernadette sah einen Moment lang so aus, als würde sie sich auch hinsetzen, doch dann tat sie es nicht.

Sie holte tief Luft und bewegte die Schultern, als wären sie verspannt, während sie mich mit einem breiten, falschen Lächeln anstarrte. »Machst du einen Spaziergang?« erkundigte sie sich.

Ich zuckte mit den Achseln. »Ich schlendere nur so durch die Gegend«, erwiderte ich und lehnte mich zurück und zog mein

Bein hoch, bis ich meinen Stiefelabsatz gegen die Steine verkeilen konnte. Bernadette wurde noch nervöser.

»Oh, schön«, sagte sie.

»Und du?« fragte ich.

»Ich warte auf den Lieferwagen, der das Feuerwerk für das Fest bringt«, erklärte sie hastig.

»Ah. Schön.« Ich lehnte mich mit dem Rücken gegen die Steine hinter mir. »Ich helfe dir.«

»O nein!« rief sie aus, ihre Stimme schrill vor Nervosität, doch noch immer mit diesem falschen Lächeln. »Nein, das ist nicht nötig«, erklärte sie, dann lachte sie. »Nein, es kann noch lange dauern, bis der Lieferwagen kommt; ich kümmere mich lieber allein darum, wirklich.« Sie nickte nachdrücklich, und ihr Gesicht glänzte feucht. »Um ehrlich zu sein, Is, ich genieße es, hier für mich allein zu sein. Gibt mir Gelegenheit zum Nachdenken, zur Besinnung. Um über Dinge nachzudenken halt. Wirklich.«

»Oh«, sagte ich freundlich. »Wäre es dir lieber, wenn ich wieder gehe?«

»Ach, herrje, so ... verzeih mir bitte ... so habe ich das nicht gemeint, Isis.«

»Gut.« Ich lächelte. »Also, Schwester Bernadette. Wie geht es dir denn eigentlich so?«

»Was?« sagte sie und schaute hektisch zur Straße, als ein Laster vorbeifuhr, dann starrte sie mich wieder an. »Ähm, wie bitte?«

»Ich habe mich nur erkundigt, wie es dir so geht.«

»Ähm, gut. Und dir?«

»Nun«, erwiderte ich und verschränkte die Arme. »Mir ging es auch gut, wirklich, bis gestern. Alles schien bestens zu laufen, nun, mal abgesehen von dem Problem, Cousine Morag ausfindig zu machen ... ah, aber das kommt ja eigentlich erst viel später ...« Ich lächelte ihr zu.

Bernadettes Lächeln wurde noch breiter und noch hohler als zuvor. »Ah«, sagte sie. »Aber du wirst dir jetzt sicher nicht die Mühe machen wollen, das alles zu erzähl –«

»Die Fahrt nach Edinburgh verlief ohne Probleme«, begann ich. »Das Reifenschlauch-Floß hat mir wirklich gute Dienste geleistet, wie ich Bruder Indra vorhin schon sagte. Der schlimmste Teil der Flußfahrt war sicher, als ich durch das Wehr mußte; das Stück, wo der Fluß breiter und die Strömung stärker wird...« Ich lehnte mich noch weiter zurück und machte es mir richtig bequem.

Ich ließ mir Zeit. Bernadette stand da und fixierte mich mit einem Lächeln, das so breit und verkrampft war, daß man durch es hindurch das Entsetzen darunter erkennen konnte, während ihre weit aufgerissenen Augen verzweifelt in ihren Höhlen hin und her huschten wie zwei gefangene Tiere, die ihren Käfigen entfliehen wollten. Das Geräusch eines größeren Fahrzeugs, das sich auf der Straße näherte, ließ ihre Miene noch angespannter werden und rief eine Art nervöses Zucken in ihrem Kopf hervor, als sie versuchte, mich anzusehen und gleichzeitig die Straße im Auge zu behalten.

Ich glaube jedoch, daß sie sich nach einer Weile in eine gewisse Resignation ergab; ein benommener Ausdruck breitete sich auf ihrem Gesicht aus, und ich gewann den Eindruck, ihr Gehirn hätte die Verbindung zu ihren Gesichtsmuskeln unterbrochen, vielleicht eine Art Streik wegen Überarbeitung. Ich war gerade bei meinem Rückflug mit Oma Yolanda angelangt, als der Bus vorfuhr. Bernadette war mittlerweile so weggetreten, daß sie es nicht einmal bemerkte.

Der Bus fuhr wieder weiter, und da stand Onkel Mo, klein und schick mit einem Kamelhaarmantel, der wie ein Umhang über seinen Schultern lag, und einer Ledertasche in seiner Hand.

Bernadette schien erst zu sich zu kommen, als ich die Hand hob, um ihm zuzuwinken. »Oh, schau nur«, sagte ich. »Da ist Onkel Mo. Du meine Güte. Was für eine Überraschung.«

»Was?« murmelte sie und drehte sich um, als ich aufstand. Ich ging über den unkrautüberwucherten Asphalt auf Onkel Mo zu. Bernadette lief mir hinterher.

»Schwester! Nichte!« rief Onkel Mo; er ließ seine Tasche fallen und breitete die Arme aus. »Ihr hättet nicht extra herkommen müssen, um mich zu begrüßen!«

»Das sind wir nicht, ehrlich!« quiekte Bernadette, während ich Onkel Mo umarmte und von ihm umarmt wurde. Er roch stark nach Eau de Cologne.

»Isis«, sagte er strahlend. Er küßte meine Wange. Seit ich ihn das letzte Mal gesehen hatte, hatte er sich ein kleines Menjou-Bärtchen stehen lassen und war etwas pummeliger geworden. »Wie schön, dich zu sehen.«

»Hallo, Onkel. Welch unerwartete Freude.«

»Ach, eine plötzliche Laune, mein liebes Kind. Ich wollte schon vor dem Fest hier sein. Äh ... Schwester«, sagte Mo und schüttelte Bernadettes Hand. »Mary, war's nicht so?«

»Äh, nein; Bernadette.«

Onkel Mo schnippte mit den Fingern. »Bernadette, natürlich.« Er tippte sich an die Stirn, dann streckte er eine Hand aus und blickte zum Himmel. »*Wie* habe ich dich genannt?« fragte er.

»Mary«, erwiderte sie.

»So geht's einem. Da will ich Bernadette sagen, und heraus kommt Mary. So geht's einem. Nun. Also. Geht es euch beiden gut? Sind alle wohlauf?«

»Durchaus«, erklärte Bernadette, während ich Onkel Mos Tasche nahm. Bernie sah verärgert aus, so als hätte sie daran denken müssen, es zu tun.

»Nichte«, lachte Onkel Mo und streckte beide Hände nach der Tasche aus. »Bitte, ich bin noch nicht so alt und tattrig, daß ich sie nicht selbst nehmen kann.«

»Laß mich sie tragen, Onkel«, bat ich. »Es wäre mir eine Ehre.«

»Nun. Nun, wenn du ... ja, nun, was soll's? Warum eigentlich nicht?« Er räusperte sich. »Also. Isis. Wie ich hörte, bist du wieder einmal herumgereist.«

»Ja, Onkel. Ich habe die Possils in Edinburgh und Bruder Zeb in London besucht.«

»Zeb!« rief Onkel Mo aus und nickte. »Ja. Natürlich. Ich

erinnere mich. Du meine Güte, ich habe Zeb nicht mehr gesehen, seit er so klein war.« Er hielt seine Hand auf Taillenhöhe. »Also, wie geht es Zeb?«

»Oh, er ist groß geworden, Onkel«, erwiderte ich.

»Prächtig. Prächtig. Also, wir sind alle wohlauf.«

»Ja, alle sind wohlauf, Onkel«, erklärte ich ihm, während wir zu der kleinen Pforte gingen. »Allerdings, um ganz ehrlich zu sein, ich habe im Moment einige Probleme, aber ich halte mich ganz gut. Wie steht's mit dir?«

»Gesund und munter, danke der Nachfrage, Isis. Aber was sind das für Probleme, von denen du da gesprochen hast?«

Wir haben die Pforte erreicht. »Nun, Onkel«, sagte ich und hielt die Pforte für ihn auf. Er trat einen Schritt beiseite, um Bernadette den Vortritt zu lassen. Sie nickte und ging durch die Pforte. Ich wartete, bis Onkel Mo ebenfalls hindurchgegangen war, dann sagte ich mit einem Ausdruck unschuldiger Überraschung auf dem Gesicht: »Schwester Bernadette?«

Sie sah mich an. Ich schaute zur Straße, dann wieder zurück zu ihr. »Was ist mit dem Lieferwagen?«

Sie runzelte die Stirn. »Dem –?« Sie lief krebsrot an. »Oh... ich...« Sie schaute wieder zur Auffahrt. »Er kann... äh...«

»Ich weiß«, sagte ich. »Ich werde Onkel Mo zum Haus begleiten; dann kann ich ja wieder zurückkommen und dir mit den Kisten helfen, wenn du möchtest.«

»Ähm...« Sie schüttelte hilflos den Kopf. »Ach, egal!« erklärte sie und wandte sich ab. Als sie sich wieder zu mir umdrehte, stand ihr wieder ein verzweifeltes Lächeln auf dem Gesicht. Onkel Mo und ich sahen einander an und zogen kurz die Augenbrauen hoch, das mimische Äquivalent eines Achselzuckens. Jemand, der nicht mit allen Einzelheiten der Situation vertraut war, hätte denken mögen, daß wir übereinkamen, daß von uns dreien nur zwei recht passable Lügner und einer völlig unfähig war, und vielleicht taten wir das in gewisser Hinsicht auch.

»Dann gehen wir eben beide mit«, sagte ich.

»Prächtig. Ich werde eine Schönheit an jedem Arm haben«, erklärte Onkel Mo zufrieden.

»Es ist wirklich eine Überraschung, Onkel Mo«, sagte ich mit Nachdruck, während wir zum Haus gingen.

»Ja«, erwiderte er. »Ja, so kann's einem gehen; ich war schon immer ein Freund schneller Entschlüsse!«

»Ich wette, der Lieferwagen wird erst später kommen«, plapperte Bernadette. »Ich werde nachher zurückgehen und auf ihn warten.«

»Gute Idee, Schwester.«

»Sehr gut. Prächtig.«

Und so marschierten wir mit unseren diversen Lügen die Auffahrt hinunter zur Farm. Ich erzählte Onkel Mo eine kurze Version meiner Reisen und erklärte die Sache mit dem *Zhlonjiz*. Trotz der Tatsache, daß er ein Mann war, machte ich für ihn eine Ausnahme und erwähnte in einem Nebensatz schüchtern, daß Großvater am vergangenen Abend zudringlich geworden sei. Onkel Mo zog kurz die Stirn kraus, dann schaute er etwas verblüfft drein, doch schließlich schien er die ganze Angelegenheit mit einem verwirrten Lächeln abzutun, so als ob wir einander offenkundig mißverstanden haben mußten. Bernadette fuhr erschreckt zusammen; sie stolperte über ein Schlagloch, fing sich jedoch mit Hilfe ihres Regenschirms wieder, der sich dabei verbog.

»Ich denke, dein Regenschirm hat schon bessere Tage gesehen«, bemerkte Onkel Mo. Bernadette musterte den Schirm betrübt und nickte.

Onkel Mo holte einen recht beachtlichen Flachmann aus seiner Manteltasche und genehmigte sich einen anständigen Schluck daraus, als wir uns den Gebäuden der Gemeinde näherten. »Medizin«, erklärte er uns.

Als wir den Hof betraten, nahm er mir seine Tasche aus der Hand; Bernadette wollte anscheinend direkt auf das Herrenhaus zuhalten, änderte dann jedoch ihre Absicht. Ich brachte sie und Onkel Mo zur Tür der Küche, dann verabschiedete ich mich von ihm.

»Kommst du nicht mit hinein?« fragte er mich auf der Schwelle. Ich konnte das Aroma gekochter Speisen riechen und hörte, wie sich das Stimmengemurmel allgemeiner Unterhaltung in einen Chor lauter und freudiger Begrüßungsrufe verwandelte.

Ich senkte den Kopf und lächelte traurig. »Ich ... ich wurde gebeten, davon Abstand zu nehmen«, gestand ich.

Onkel Mo faßte mich am Ellenbogen und drückte ihn. »Du armes Kind«, sagte er und wirkte dabei sehr ehrlich.

»Mach dir keine Sorgen, Onkel«, beruhigte ich ihn. Meine Miene hellte sich auf. »Wie dem auch sei; ich bin überzeugt, daß für dich ein Platz am Tisch frei sein wird. Genieße das Essen; ich sehe dich dann später.«

»Ich werde sehen, was ich für dich tun kann, Isis«, sagte er.

»Danke«, flüsterte ich. Ich trat zurück, dann drehte ich mich um und ging davon. Ich hielt meinen Kopf für einige kleine, verhaltene Schritte gesenkt, dann hob ich ihn wieder stolz, während meine Schritte länger wurden und ich mich aufrichtete. Wieviel von dieser kleinen Vorstellung Onkel Mo mitkriegte, vermag ich nicht zu sagen, aber ich war doch recht zufrieden mit mir.

Als ich zum Torweg kam, hörte ich, wie sich eine Tür schloß, und dann das Geräusch von Schritten hinter mir. Ich schaute über meine Schulter und sah, wie Allan aus dem Herrenhaus trat und dann über den Hof eilte.

Kapitel Neunzehn

»Also, Isis, ich meine, so wie die Dinge liegen und natürlich immer im Hinblick auf dein Wohl, da dachte ich, du möchtest vielleicht mitkommen und eine Weile bei mir in Spayedthwaite wohnen. Was hältst du davon?«

»Hmm.« Ich schlug die Beine übereinander. Wir waren wieder

im Büro: Allan, Erin, Onkel Mo und ich. Es war spät, und die Lampen brannten. Man hatte mich durch Schwester Bernadette aus meinem Zimmer herbeizitieren lassen.

»Du wirst es dir natürlich wohl erst einmal durch den Kopf gehen lassen müssen«, sagte Allan. »Aber wenn du dich entschließen solltest, Onkel Mos Angebot anzunehmen, nun, dann könntest du natürlich jederzeit zurückkommen. Ich denke, wir können gerade noch das Geld für eine Rückfahrkarte aufbringen.« Er lächelte.

»Ja, ich verstehe«, erwiderte ich.

Ich gab nur vor, darüber nachzudenken. Ich hatte mir schon gedacht, warum Onkel Mo hier war, hatte Vermutungen darüber angestellt, was man mir vorschlagen würde, hatte überlegt, was ich tun sollte, und wußte daher nun schon, was ich antworten würde.

»Ich habe einen Freund in Spayedthwaite, der ein Theater besitzt«, sagte Onkel Mo.

»Wirklich?« sagte ich. »Ein Theater?«

»Ja, ja; ein Theater«, erwiderte Onkel Mo. »Nun, später wurde es zu einem Kino umgebaut.«

»Ach so.«

»Heutzutage wird es hauptsächlich fürs Bingo-Spielen benutzt. Ausschließlich, um genau zu sein«, gestand Onkel Mo, dann hellte sich seine Miene auf. »Aber es gibt dort eine Orgel. Ein ganz ausgezeichnetes Instrument, möchte ich sagen, hinter der Leinwand. Ich habe gehört, du würdest dich fürs Orgelspielen interessieren, Isis.«

Ich lächelte nur und sagte abermals: »Hmm.«

Offensichtlich in der Annahme, er hätte noch nicht genügend Anreize ins Feld geführt, um mich zu überzeugen, ihn nach Spayeldthwaite zu begleiten, schnippte Onkel Mo mit den Fingern und zog theatralisch die Augenbrauen hoch. »Ich habe einen anderen Freund, einen Kollegen, der ebenfalls eine Orgel besitzt, bei sich zu Hause!« erklärte er.

»Ach wirklich?« sagte ich.

»Ja, sie steht frei im Raum und hat *zwei* Manuale.«
»Zwei? Du meine Güte.«
»Ja, ja.«
»Vielleicht möchte Isis lieber hierbleiben«, gab Erin zu bedenken und klopfte ihren Haarknoten ab, als hätte es auch nur eine einzelne Strähne gewagt, sich daraus zu lösen.
»Nun«, sagte Allan, »ja, das könnte sie. Natürlich. Natürlich.« Er legte die Fingerspitzen gegeneinander, hob die Zeigefinger an den Mund und tippte sich damit gegen die Lippen. Er nickte. »Zweifellos.«
Ich hatte viele Jahre zuvor gelernt, sehr genau auf Allans Wortwahl und Körpersprache zu achten, und ich hatte, wenn überhaupt, nur sehr selten ein so entschiedenes Nein bei ihm erlebt. Es ging mir mit einem Mal durch den Sinn, daß mein Bruder vermutlich selbst »Hallo« mit einem Unterton der Endgültigkeit sagen könnte.
»Das ist wahr«, fuhr er fort und streckte seine Hand zu Erin aus. »Andererseits...« sagte er und streckte auch die andere Hand aus. »Salvador scheint... doch sehr verärgert über Is. So sehr, daß er sie nicht einmal mehr sehen will, wie leider gesagt werden muß.« Er lächelte mich mitfühlend an. »Nun, da er so viel Zeit in seinen Gemächern verbringt, wäre das kein größeres Hindernis, aber wenn er doch einmal eine Versammlung abhalten oder das Brot mit uns brechen möchte, dann ergibt sich natürlich ein Problem, und wir müßten Isis bitten, sich fernzuhalten, und er würde natürlich wissen, daß wir sie gebeten haben, sich fernzuhalten, und das... würde ihn sicher sehr aufregen. Gleichermaßen könnte er sich sogar in seinen Gemächern eingesperrt fühlen... wenn man es so ausdrücken will... die er dann vielleicht nicht verlassen möchte, weil er befürchtet, er könne zufällig mit Is zusammentreffen, und so würde er immer wieder an das, was geschehen ist, erinnert werden...« Ein weiterer Blick in meine Richtung. »Das wäre offensichtlich nicht gut. Also...« Allan legte abermals die Fingerspitzen gegeneinander und betrachtete die Decke. »... also spricht in der Tat einiges dafür, daß

es das beste wäre, wenn Isis für kurze Zeit weggehen würde, damit Salvador sich wieder etwas beruhigen kann, diese ganze traurige Angelegenheit vielleicht für sich aufklärt, ganz sicher, damit er in Ruhe nachdenken kann und, um ganz ehrlich zu sein«, er sah von Erin zu mir und wieder zurück, »damit wir ihn bearbeiten können, so daß wir vielleicht, nun, am Ende... zu einer Lösung kommen«, sagte er und hustete, so als würde er den Laut benutzen, um damit die Wiederholung zu verdecken.

»Ich verstehe«, sagte ich.

»Und es wäre gleichzeitig auch ein Urlaub!« warf Onkel Mo ein.

»Nun, natürlich«, pflichtete ich bei.

»Trotzdem«, gab Erin zu bedenken. »Schwester Isis ist gerade von ihrer Reise zurückgekehrt. Vielleicht ist sie müde.« Sie lächelte mich an.

»Ganz und gar nicht«, widersprach ich.

»Na also«, sagte Onkel Mo, als wäre es damit beschlossene Sache.

Ich nickte. »Nun, ich kann sehen, daß es vielleicht gut wäre, eine Weile fortzugehen, aber ich würde es mir gern noch einmal durch den Kopf gehen lassen.«

Allan nickte. »Gute Idee; schlaf eine Nacht darüber.«

»Prächtig!« rief Onkel Mo begeistert.

Erin warf einen Blick auf die Uhr auf dem Kaminsims hinter Allans Schreibtisch. »Nun, es ist spät«, bemerkte sie.

Wir kamen alle überein, daß es in der Tat schon spät und Zeit fürs Bett sei. Als wir das Büro verließen, warf ich abermals einen Blick auf den Schreibtisch neben der Tür, wo ich vorhin die Liste mit den Namen und Adressen gesehen hatte, aber der Schreibtisch war aufgeräumt worden, und nun lagen keine Unterlagen mehr darauf.

Nachdem wir alle das Büro verlassen hatten, schloß Allan die Tür hinter uns ab.

*

Ich lag in meiner Hängematte in meinem Zimmer, mein Mund wie ausgetrocknet, meine Hände schweißnaß, während mein Herz wie wild pochte. Ich hatte in einem Zustand wachsender Beklommenheit und Erregung wohl knapp zwei Stunden gewartet, doch nun mußte ich handeln, und ich war so nervös wie noch nie zuvor in meinem Leben.

»Gott«, flüsterte ich in der Dunkelheit. »Vergib mir und hilf mir bei meinem Vorhaben.«

Ich hatte noch immer nicht die Stimme vernommen. Ich wußte, daß Gott noch immer da war, daß er noch immer zu mir sprach – oder zumindest zu mir gesprochen hätte, hätte ich nur meine aufgewühlte Seele beruhigen können. Ich war nicht sicher, ob es einen Sinn hatte, Gott um Hilfe zu bitten – gemeinhin greift Er nicht in Geschehnisse auf dieser Ebene ein –, doch wenn Er, dadurch angeregt, weiter zu mir sprechen sollte, dann würde ich vielleicht etwas hören, das mir möglicherweise in den nächsten ein, zwei Stunden von Nutzen sein konnte.

Mein Großvater hatte die Stimme Gottes, die zu einer Menschenseele sprach, einmal mit der Spiegelung des Mondes auf dem Wasser verglichen; wenn das Wasser vollkommen still ist, sieht man den Mond ganz klar und unverzerrt. Wenn das Gewässer der Seele etwas unruhig ist, ist der Mond immer noch erkennbar, aber er bewegt sich und zittert, und es ist sehr schwer, Einzelheiten an ihm auszumachen. Wenn das Gewässer der Seele aufgewühlt ist wie von einem Sturm, dann bricht sich die einzelne, hell leuchtende Scheibe des Mondes in Tausenden von funkelnden Lichtpunkten, die seinen Schein in einem sinnlosen Haufen verstreuter Reflexe widerspiegeln, den der Beobachter vielleicht nicht einmal mehr als Mondschein erkennen kann.

Nun, im Moment war die Oberfläche meiner Seele sehr wohl aufgewühlt, und es hätte mich nicht überraschen sollen, daß ich die Stimme Gottes nicht empfangen konnte. Dennoch traf mich der Verlust tief, und ein schmollender, kindischer Teil von mir interpretierte es als eine weitere Zurückweisung. Ich seufzte.

»Auf geht's«, flüsterte ich (wenn auch diesmal nicht wirklich an den Schöpfer gerichtet) und stand auf.

Ich zog mich an, schnitt mit einem Taschenmesser ein Stück von einer Kerze ab, dann steckte ich das Messer, den Kerzenstumpen und eine Schachtel Streichhölzer in die Tasche. In einer anderen Tasche hatte ich schon einen Bleistift und ein Blatt Papier. Um mein blondes Haar zu verhüllen, setzte ich die alte Mütze auf, die ich nicht mehr getragen hatte, seit ich vierzehn war – sie war etwas zu klein für mich, aber das bedeutete auch, daß sie mir nicht so leicht vom Kopf rutschen würde. Ich preßte mein Ohr an die Tür und horchte, konnte aber niemanden umhergehen hören. Ich verließ mein Zimmer und ging auf die Toilette; ich hatte das ohnehin vorgehabt, um mit dem Geräusch der Spülung meine Schritte auf dem Flur zu übertönen, aber als es nun soweit war, mußte ich tatsächlich, da meine nervöse Anspannung mittlerweile mein ganzes System erfaßt hatte.

Ich wußte aus langer Erfahrung, wo sich jedes lose Dielenbrett auf dem Flur befand, und konnte ihnen selbst in völliger Dunkelheit mühelos ausweichen. Auf der Treppe hielt ich mich dicht am Geländer, an welchem ich schließlich sogar hinunterrutschte, als ich zum Fuß der Treppe kam, um die fünf knarrenden Stufen dort zu umgehen. Die Hintertür des Farmhauses befindet sich in der alten Küche, die nun als Waschraum benutzt wird; es ist die leiseste Tür. Ich schloß sie vorsichtig hinter mir und stand draußen in der kühlen Nacht und dem Geruch von frisch gewässerten Pflanzen, der vom nach Süden liegenden Gewächshaus nebenan herübertrieb. Der Himmel war bedeckt, und der Wind roch nach Regen, aber es war trocken.

Ich hielt mich dicht an der Wand, als ich im Uhrzeigersinn um die Gebäude der Gemeinde und außen um den Obstgarten herumschlich. Ich kletterte über eine Mauer in den Ziergarten hinter dem Herrenhaus, blickte kurz zum Himmel auf und versteckte mich hinter einem Busch. Der Mond trat einen Moment lang hinter den Wolken hervor, und in seinem Schein konnte ich erkennen, wie mein weiterer Weg auszusehen hatte. Als die

Dunkelheit zurückgekehrt war, schlich ich über den Rasen am Gartenpfad entlang, bis ich den schwarzen Umriß des Hauses erreichte.

Die Sandsteinblöcke, die alle Fenster des Hauses einfassen, haben an den Ober- und Unterkanten schmale horizontale Kerben, in denen man mit etwas Mühe Halt für Finger und Stiefelkanten findet. Ich kletterte an der Wand hinauf, bis ich das Fenstersims des Abstellraums hinter dem Büro erreichte, dann zog ich mich hoch und kniete mich auf das schmale Steingesims und holte mein Taschenmesser heraus. Ich schob die Klinge zwischen den oberen und unteren Teil des Fensterrahmens und spürte, wie sie gegen den Fensterriegel stieß. Gesegnet sei unsere Arglosigkeit in bezug auf Sicherheit.

Die untere Fensterhälfte weigerte sich, sich zu bewegen; die obere Hälfte ließ sich jedoch mühelos nach unten schieben, und ich stieg hinüber und war im Haus. Ich schob das Fenster wieder hoch; der Rahmen quietschte und knarrte dabei leise, aber vermutlich konnte man es außerhalb des Raums nicht hören.

Die Vorhänge des Abstellraums waren nicht zugezogen, aber der fahle Lichtschein, der von außen hereindrang, genügte nicht, daß ich mir mit seiner Hilfe eine Vorstellung von der Aufteilung des Raums verschaffen konnte, obgleich ich ungefähr wußte, wo sich die Tür zum Büro befinden mußte, und aus dem Augenwinkel vage, dunkle Umrisse von Gegenständen ausmachen konnte. Ich schlich ganz langsam rückwärts zur Tür hinüber. Bei meinem zweiten Schritt stieß ich mit dem Bein gegen etwas; ich tastete nach unten und schob mich vorsichtig an etwas vorbei, das sich wie ein Schreibtisch anfühlte. Ich stieß mit meinen Waden gegen weitere Hindernisse und hoffte, meine Schienbeine würden eine derartige Rücksichtnahme zu schätzen wissen. Dann rempelte ich mit dem Po sanft gegen ein Regal, das daraufhin schwankte. Über mir ertönte ein leises Klappern, und ich schnitt eine Grimasse, zog unwillkürlich die Schultern hoch, hielt mir die Hand über die Mütze und wartete darauf, daß mir etwas auf den Kopf fiele. Das Klappern verstummte; ich entspannte mich wieder und tastete mich weiter zur Tür, die ins Büro führte.

Ich konnte mir nicht vorstellen, daß sie verschlossen sein würde wie die Bürotür zum Flur hin, aber jetzt schoß mir durch den Sinn, daß sie es vielleicht doch sein könnte, und was sollte ich dann tun? Ich kauerte mich auf allen vieren auf den Boden und spähte unter der Tür hindurch, um mich zu vergewissern, daß im Büro kein Licht brannte. Die Tür war nicht abgeschlossen; sie schwang auf. Im Büro war es sogar noch dunkler als im Abstellraum, da die Vorhänge vor den hohen Alkovenfenstern zugezogen waren. Ich schloß die Abstellraumtür, holte meinen Kerzenstumpen heraus und zündete ihn an, dann löschte ich eilig das Streichholz.

Ich ging hinüber zum Schreibtisch neben der Tür. Die Schubladen waren abgeschlossen. Ich knirschte mit den Zähnen, während ich im Geiste wüste Flüche ausstieß. Ich schaute mich suchend auf dem Schreibtisch um. Über der oberen rechten Schublade entdeckte ich einen weiteren Griff; ich zog daran und fand eine flache Plastiklade, in deren verschiedenen Fächern Bleistifte, Kugelschreiber, Büroklammern und Gummibänder lagen. In einem der kleinen Fächer lagen zwei Schlüssel. Ich sprach ein stummes Dankesgebet.

Jeder der beiden Schlüssel öffnete die Schubladen auf einer Seite des Schreibtisches. Da waren verschiedene Bündel unbenutzter Briefumschläge, ein Kasten mit Schreibmaschinenpapier und eine Pappmappe mit Kohlepapier; in einer tieferen Schublade befanden sich weitere Pappordner, vollgestopft mit Briefen, und in einer zweiten Schublade entdeckte ich ein vielversprechend aussehendes Bündel loser Blätter. Ich stellte die Kerze auf der Schreibmaschinenhaube ab und machte mich daran, die verschiedene Papiere und Ordner durchzusehen.

Schritte. Auf der Treppe von oben.

Ich erstarrte. Augenblicklich erkannte ich, daß ich eine Schublade nach der anderen öffnen und sie nicht alle aufmachen und ausräumen hätte sollen. In hektischer Verzweiflung machte ich mich daran, die Ordner und Papiere in ihre hoffentlich richtigen Schubladen zurückzulegen, während meine Hände zitterten und sich mir der Magen zusammenzog.

Jemand war an der Tür. Ich schob die Schubladen so schnell ich es wagte zu, während ich mich im Geiste abermals mit wüsten Beschimpfungen überhäufte. Eine Schublade verkeilte sich. Ich zog sie wieder heraus und schob sie von neuem in einem etwas anderen Winkel zu. Ich zitterte wie Espenlaub.

Ich hörte einen Schlüssel im Schloß. Ich griff mir panisch den Kerzenstumpen von der Schreibmaschinenhaube; die Flamme flackerte und wäre beinahe ausgegangen. Heißes Wachs schwappte über meine Finger. Fast hätte ich laut aufgeschrien.

Der Türgriff quietschte. Ich eilte mit zwei langen Schritte zum nahegelegensten Alkovenfenster, schlüpfte hinter die Vorhänge und blies die Kerze aus, während sich im selben Moment knarrend die Tür öffnete.

Ich streckte meine Hand aus, um die wallenden Vorhänge festzuhalten, und dabei entdeckte ich – als ich ein Licht ins Büro kommen sah –, daß ich einen kleinen Spalt zwischen den Vorhängen offengelassen hatte, als ich mich zwischen ihnen hindurchgeschoben hatte. Ich starrte voller Entsetzen auf den Spalt, wagte nicht, ihn richtig zu schließen, aus Angst, die Bewegung könnte von der Person bemerkt werden, die zum Nachschauen ins Büro gekommen war (Warum war der oder die Betreffende hergekommen? Hatte ich ein Geräusch gemacht? Gab es irgendeinen lautlosen Alarm, von dem ich noch nichts gehört hatte?). Ich klammerte mich an den Vorhang, und das Wachs auf meinen Fingern erkaltete und wurde hart, während es schien, als ob meine Knie genau das Gegenteil taten, beinahe wie zum Ausgleich.

Durch den fingerbreiten Spalt zwischen den Vorhängen sah ich Allan in den Raum kommen, in der Hand eine kleine Paraffinlampe. Er trug dieselbe schlichte Robe wie vorhin und dazu Pantoffeln. Er schloß die Tür hinter sich ab und ging gähnend zum Schreibtisch. Ich entspannte mich wieder ein wenig, er schien nicht hergekommen zu sein, weil er etwas gehört hatte. Ich ließ vorsichtig den Vorhang los und trat ein Stück zurück, damit mein Gesicht noch weiter von dem Lampenlicht entfernt war, das durch den Spalt zwischen den Vorhängen fiel. Hinter mir spürte ich die kalte Fensterscheibe. Ich konnte Allan immer noch sehen; er tastete nach einer kleinen Kette an seinem Hals, zog sie hervor und streifte sie sich über den Kopf, dann ergriff er etwas Kleines, das daran hing, und bückte sich zur obersten Schublade seines großen Schreibtisches vor dem Kamin. Es muß ein Schlüssel gewesen sein. Er öffnete die Schublade und holte etwas heraus, das wie ein elektronischer Taschenrechner oder die Fernbedienung eines Fernsehgeräts anmutete. Er gähnte abermals und ging auf die Tür des Abstellraums zu, durch die ich hereingekommen war. Dann blieb er mit einem Mal stehen, drehte sich um und sah mich beinahe direkt an, die Stirn gerunzelt. Ich dachte, ich würde ohnmächtig werden. Er krauste schnüffelnd die Nase.

Das Streichholz! schoß es mir durch den Sinn. Das Streichholz, mit dem ich die Kerze angezündet hatte; Allan hatte den verräterischen Schwefelgeruch bemerkt! Eiswasser lief durch meine Adern. Allan schnüffelte abermals, blickte auf den Kamin, dann glättete sich seine Stirn wieder, und er schüttelte den Kopf. Er ging in den Abstellraum und schloß die Tür hinter sich. Ich atmete aus, schier trunken vor Erleichterung. Und ich hatte sogar daran gedacht, das Fenster im Abstellraum wieder zu schließen, auch wenn ich es nicht verriegelt hatte. Ich wischte mir den Schweiß von der Stirn und wartete. Mein Herz schien meinen ganzen Rumpf erbeben zu lassen. Es fühlte sich an, als wolle es aus meiner Brust ausbrechen. Ich fragte mich, ob man mit neunzehn wohl zu jung sei, um an einem Herzinfarkt zu sterben.

Mehrere Minuten verstrichen; mein Herzschlag beruhigte sich. Ich pulte das gehärtete Wachs von meiner Hand und steckte die Stücke in die Tasche. Ich leckte über die schmerzende Haut darunter und wedelte mit der Hand, um die befeuchtete Stelle zu kühlen. Dann vermeinte ich, eine Stimme aus dem

Abstellraum zu hören. Allans Stimme. So, als würde er mit jemandem reden.

Ich zögerte. Es wäre blanker Wahnsinn, hinüberzuschleichen, um zu lauschen; ich würde niemals wieder rechtzeitig hinter den Vorhängen verschwinden können, wenn Allan ins Büro zurückkam. Es war offensichtlich verrückt, und es würde bedeuten, das Schicksal in Versuchung zu führen; ich hatte es gerade eben geschafft, den Schreibtisch an der Tür wieder in Ordnung zu bringen, bevor Allan den Raum betreten hatte; ich hatte mein gesamtes Glück aufgebraucht. Ich sollte hier stehenbleiben, mich mucksmäuschenstill verhalten, sollte Allan tun lassen, was immer er tat, sollte abwarten, bis er wieder gegangen war, und dann meine Suche fortsetzen. Ich drehte mich um und blickte hinaus in die Dunkelheit, zum Hof und den Farmgebäuden, nunmehr unsichtbar in der Nacht jenseits der Scheibe verborgen. Natürlich wäre es dumm – geradezu idiotisch –, hinüber zur Abstellraumtür zu gehen.

Ich weiß nicht, was mich veranlaßte, es trotzdem zu tun. Ich verließ die relative Sicherheit meiner Vorhänge und schlich – mit einem klaren Bild vor Augen, wie der Raum im Schein von Allans Paraffinlampe ausgesehen hatte – leise durch die Dunkelheit, um an der Tür zum Abstellraum zu lauschen.

». . . dir doch gesagt, sie ist besessen«, hörte ich Allan sagen. Dann: »Ich weiß, ich weiß . . . Warum, hast du weitere Briefe bekommen? . . . Nein, nein . . . sie hat nichts herausgefunden. Nein, du bist dort sicher . . . Nun, ich weiß nicht, wie, aber sie, ähm, sie hat nichts . . . nun, sie hat nichts gesagt. Nein, das würde ihr nicht ähnlich sehen . . . Ich weiß nicht. Du hast was? Ja, genau wie diese alte Fregatte Yolanda . . . Ja, sie hat sie zurückgebracht.«

Er telefonierte! Erst jetzt erkannte ich, daß er genau das tat; es war etwas derart Unvorstellbares, ein Telefon in der Gemeinde zu haben, und dann noch hier, mitten in ihrem Herzen! Er hatte eins dieser tragbaren, schnurlosen Telefone; *das* war es gewesen, was er aus der Schublade seines Schreibtischs geholt hatte! Er telefonierte mit jemandem! Welche Stirn dieser Mann besaß!

Und da hatte ich mich schlecht gefühlt – war mir wie eine *Sünderin* vorgekommen, verdammt noch mal –, nur weil ich zwei Telefonate aus einer Zelle in Gittering getätigt hatte! Schande über dich, Bruder! Am liebsten wäre ich in den Abstellraum gestürmt und hätte ihn zur Rede gestellt, aber glücklicherweise hielt dieser Zornesausbruch nicht lange genug an.

»... Nun, nicht lange«, sagte Allan. »Ich habe Onkel Mo gebeten herzukommen; sieht so aus, als hätten wir sie überredet, Urlaub bei ihm zu machen.«

Also hatte Mo Allan angerufen. Mein Onkel mußte in seinem alkoholisierten Zustand die falsche Nummer gewählt haben, mußte in dem vagen Glauben gewesen sein, die Gemeinde anzurufen, hatte aber die Nummer der Woodbeans gewählt und nicht Allans. Hatten schnurlose Telefone denn auch Anrufbeantworter? Ich vermutete, daß es wohl so sein mußte, oder daß sie einen zumindest mit einem andernorts stehenden Gerät verbinden konnten. Vielleicht war das die Erklärung für die paar Minuten Stille, nachdem Allan den Abstellraum betreten hatte; er hatte seine Nachricht abgehört. Ja, natürlich; er durfte nicht mit dem Telefon gesehen werden, konnte es nicht bei sich tragen, damit es nicht plötzlich klingelte, während er mit uns zusammen war.

»... Spayedthwaite; Richtung Norden und dann immer gerade aus«, sagte Allan. »... Mit etwas Glück morgen. Warum, was hattest du ...? ... Wirklich? ... Rutschen? ... Nun, es ist nicht gerade Spanien, aber ...«

Spanien? Hatte Morag nicht mit Mr. Leopold, ihrem Agenten/Manager, dorthinfahren sollen? Du meine Güte! Sprach er etwa mit *Morag*? Aber warum hatte er dann ...? Ich ließ vom Spekulieren ab und lauschte lieber weiter.

»... Oh, ich verstehe. Wirklich. Nun, jeder sollte ein Hobby haben, wie es so schön heißt ... Also werden wir dich vielleicht doch noch beim Fest sehen? ... Das war ein Scherz. Ich wette, das wird sie sicher ... Oh, es wird immer verrückter; das letzte war, daß sie eine Privataudienz beim Alten hatte und sich ihm an den Hals geworfen hat; hat versucht, ihn dazu zu kriegen, sie zu vögeln. Kannst du dir das vorstellen?«

Was? Meine Kinnlade klappte herunter, und mir wurde schwarz vor Augen, während ich die Tür anstarrte; ich konnte einfach nicht glauben, was ich da hörte. *Was* unterstellte man mir jetzt? Ich hätte versucht, meinen Großvater zu verführen, wo doch tatsächlich er es gewesen war, der mich praktisch hatte vergewaltigen wollen? Wenn ich eine Minute zuvor noch das Gefühl gehabt hatte, Eiswasser würde in meinen Adern fließen, so hatte es sich jetzt mit einem Schlag in kochendheißen Dampf verwandelt. Welcher Verrat! Welche Verleumdung! Welche Verlogenheit! Das war . . . das war *teuflisch*.

». . . Ich weiß, ich weiß«, sagte Allan. ». . . Nun, natürlich war niemand sonst dabei, Morag, aber ich glaube Großvater, du nicht auch? . . . Ja, ganz genau . . . Ja . . . Ich kann nicht . . . Nein. Keine Ahnung . . . Ja, mir auch. Entschuldige, daß ich erst so spät angerufen habe . . . Was? . . . Nein, für dich wahrscheinlich nicht, aber für uns. Nun, dann . . .«

Ich hatte genug gehört. Ich war auf dem Rückweg zu meinem Versteck hinter den Vorhängen nicht ganz so sicher auf den Beinen, wie ich es beim Hinweg gewesen war, aber ich schaffte es dorthin, ohne irgend etwas anzurempeln. Ich schlüpfte wieder hinter die Vorhänge und richtete den Spalt, bis er wieder ganz genauso wie vorher war.

Die Abstellraumtür ging auf, und Allan kehrte mit seiner Paraffinlampe und dem kleinen tragbaren Telefon zurück, in jeder Hand ein anderes Jahrhundert. Er legte das Telefon wieder zurück in die Schreibtischschublade, schloß sie ab und verließ – einmal abgesehen von einem erneuten überprüfenden Schnüffeln der Luft, das ihn zu befriedigen schien – ohne weiteres Aufhebens das Büro. Ich hörte, wie sich der Schlüssel im Schloß drehte, und horchte auf Allans Schritte, als er die Treppe hinauf zurück zu seinem Zimmer ging.

Ich stand eine Weile da und zitterte, als würde ich frösteln.

Mein Bruder erzählte Morag also Lügen über mich. Ich hatte

den deutlichen Eindruck, daß es auch nicht die ersten waren. Und wie lange war er schon in der Lage, sie anzurufen? Warum hatte er nichts über ihre Abkehr vom Glauben gesagt? Abermals schien mir der Boden unter den Füßen wegzukippen, meine ganze Welt war aus dem Gleichgewicht geraten, gänzlich außer Rand und Band, durchgedreht.

Wie benommen trat ich hinter den Vorhängen hervor. Ich schnitt ungläubige Grimassen ins Dunkel. Hatte ich wirklich gehört, was ich gerade gehört hatte? Ich schüttelte den Kopf. Doch hier und jetzt war nicht der Ort, um herumzustehen und darüber nachzugrübeln, was eigentlich vor sich ging.

Ich riß mich so gut wie möglich zusammen und zündete abermals meine Kerze an – wobei ich diesmal mit der Hand wedelte, um den Rauch zu vertreiben –, dann wandte ich mich wieder dem Schreibtisch an der Tür zu.

Die Liste, die ich suchte, lag in einem Ordner in der untersten Schublade. Ich notierte Morags Telefonnummern wie in einem Nebel, mein Verstand noch immer wie betäubt von dem, was ich gerade gehört hatte. Fast hätte ich das Blatt Papier geradewegs zurück in seinen Ordner gelegt und mit einer solchen Nichtigkeit womöglich das gesamte Schicksal und die Zukunft unseres Glaubens anders beeinflußt.

Aber statt die Liste gleich zurückzulegen, las ich auch noch die anderen Namen und Adressen durch.

Und sah, daß es einen Eintrag für Großtante Zhobelia gab, von der man uns immer erzählt hatte, sie sei fortgegangen, um ihre Angehörigen zu suchen – und vielleicht eine Versöhnung zu bewirken –, und dann schlicht und einfach verschwunden. Großtante Zhobelia, von der Großmutter Yolanda überzeugt war, sie hätte einmal ... etwas angedeutet. Da war etwas, soviel ist mal sicher, hatte sie gesagt. Bei Gott, ich hätte im Moment wirklich etwas Sicheres in meiner Welt gebrauchen können. Es war keine direkte Adresse für Zhobelia aufgeführt, nur eine Notiz, die besagte, man könne sie »über Onkel Mo« erreichen.

Ich starrte auf die Liste. Was würde ich noch finden?

Halb erwartete ich die vollen Adressen und Telefonnummern von Tante Rhea und vielleicht sogar Salvadors Familie, aber es gab keine weiteren Überraschungen. Ich durchstöberte einige weitere Ordner und blätterte alle losen Papiere durch, für den Fall, daß sie weitere Offenbarungen bargen, aber ich glaube, an jenem Punkt verließ mich mein Mut; meine Hände zitterten. Ich richtete den Schreibtisch wieder so her, wie ich ihn vorgefunden hatte, und nahm meine Kerze hoch, diesmal jedoch vorsichtiger.

Ich ging zu Allans Schreibtisch und zog an den Schubladen, doch sie waren alle abgeschlossen, und ich konnte nirgends einen Schlüssel entdecken; ich vermutete stark, daß der einzige Schlüssel um Allans Hals baumelte. Meine Zähne fingen an zu klappern, obwohl mir nicht kalt war. Die Uhr auf dem Kaminsims sagte mir, daß es eine halbe Stunde nach Mitternacht war. Ich beschloß, den Rückzug anzutreten.

Ich überlegte kurz, die Kerze brennen zu lassen, während ich zurück durch den Abstellraum schlich, aber ich war der Überzeugung, daß ich mein Quantum an Glück für eine Nacht mittlerweile endgültig aufgebraucht hatte und es gerade noch fehlte, daß just in diesem Moment ein oder zwei Luskentyrianer im Ziergarten lustwandelten, also blies ich die Kerze aus.

Ich vergaß, mich rückwärts durch den Abstellraum zu tasten, und stieß so hart mit meinem Schienbein gegen eine Kante, daß ich tatsächlich Sterne sah – ich glaube, es lag daran, daß ich meine Augen so fest zusammenkniff; wenn ich das nicht getan hätte, hätte ich laut aufgeschrien. Vornübergebeugt und mein Schienbein reibend, hinkte ich zum Fenster, während ich leise, aber geharnischte Flüche ausstieß. Erst als ich aus dem Fenster kletterte und das Mondlicht sah, das sich im Teich unter mir spiegelte, wurde mir bewußt, daß dies das Fenster sein mußte, aus dem mich mein Vater sechzehn Jahre zuvor in der Nacht des Brandes geworfen hatte.

Durch diese plötzliche Erkenntnis wurde ich von einem kurzen Schwindelgefühl übermannt, während ich rittlings in dem geöffneten Schiebefenster saß, und einen Moment lang befürchtete ich, ich könnte das Gleichgewicht verlieren und in die Tiefe stürzen; das Fenster lag zweifelsohne hoch genug über dem Boden, daß ich mir beim Aufprall das Genick brechen konnte. Das Schwindelgefühl ging vorbei, aber meine zum Zerreißen angespannten Nerven hätten auf diesen Schreck gut und gern verzichten können. Ich fing wieder an zu zittern.

Vielleicht lag es daran, daß sich der Abstieg schwieriger gestaltete als der Aufstieg, und ich hielt mich eine gute halbe Minute nur mit der Kraft meiner Fingerspitzen fest, während ich verzweifelt versuchte, mit der Stiefelkante Halt in einem Mauerspalt zu finden, aber schließlich erreichte ich wieder festen Boden und war schon wieder an der Gartenmauer, als mir ein Gedanke kam.

Ich blickte die Straße hinunter zum Fluß.

*

»Is! Was ist los? Bist du ...?« stammelte Sophi, als sie mich mit einem Ausdruck der Sorge auf ihrem liebenswerten Gesicht aus der Diele ansah. Sie trug einen Pyjama und darüber einen Morgenmantel.

»Mir geht es gut«, erwiderte ich flüsternd. »Entschuldige, daß ich dich so spät noch störe, kann ich reinkommen?«

»Natürlich.« Sie trat beiseite. »Dad ist im Bett«, erklärte sie.

»Gut.« Ich küßte sie auf die Wange. Sie schloß die Tür und umarmte mich.

»Dürfte ich wohl euer Telefon benutzen?«

»Natürlich. Aber ich kann nicht schwören, daß ich aufbleiben werde, bist du fertig bist«, feixte sie schmunzelnd.

Ich schüttelte den Kopf. »Es wird ein richtiges Gespräch werden mit Sprechen.«

Sie tat entrüstet. »Darfst du das denn?« fragte sie, während sie das Telefon von seinem Tischchen nahm und es ins Wohnzimmer trug.

»Eigentlich nicht«, gestand ich. »Aber der Zweck heiligt die Mittel.«

»Mein Gott, dann muß es ja wirklich übel aussehen.« Sie zog die Telefonschnur unter der Tür durch und schloß diese. »Hier hast du mehr Ruhe«, sagte sie, während sie das Telefon auf der Anrichte abstellte. »Brauchst du einen Stuhl?«

»Nein, danke.« Ich holte das Blatt Papier aus meiner Tasche, auf dem ich Morags Nummern notiert hatte.

Ich erzählte Sophi, was ich getan hatte.

»Is!« quiekte sie begeistert. »Du bist ja ein Fassadenkletterer!«

»Es kommt noch schlimmer«, sagte ich und beobachtete, wie sich erst Entsetzen und dann Zorn auf ihren Zügen spiegelten, als ich ihr berichtete, was Allan Morag erzählt hatte.

»Dieser schleimige Mistkerl«, wütete sie. »Willst du jetzt bei ihr anrufen? Bei Morag?«

»Ja. Vielleicht legt sie gleich wieder auf, wenn sie meine Stimme hört; wenn sie es tut, würdest du sie dann anrufen, als meine Leumundszeugin?«

»Natürlich. Ich werde uns jetzt erst mal eine Tasse Tee machen, ja?«

»Es wäre mir lieber, du würdest hierbleiben; es könnte sein, daß sie auf jeden Fall jemanden sprechen will, der ein gutes Wort für mich einlegt.«

»Mach ich doch gern, Is.« Sie setzte sich auf die Sofalehne.

Ich wählte die erste Nummer, und eine Stimme erklärte mir, daß ich mit dem La Mancha verbunden sei; ich fand, die Stimme klang verzerrt, und entging so knapp der Peinlichkeit, eine Unterhaltung mit einem Anrufbeantworter zu führen. Ich hinterließ keine Nachricht nach dem Pfeifton. Ich wählte die nächste Nummer.

»Hallo?« Sie war es. Morag. Die Stimme war mir vertraut genug – ich hatte sie vor gerade mal einer Woche »Ja, ja, o *ja*!« stöhnen hören –, um sie an diesem einen Wort erkennen zu können.

Ich schluckte. »Morag«, brachte ich mit Mühe heraus. »Bitte, leg nicht auf, aber ... ich bin's, Isis.«

Eine Pause. Dann ein eisiges: »Was ist los?«

Ich blickte auf der Suche nach moralischer Unterstützung zu Sophi und erhielt sie in Form eines Augenzwinkerns. »Hat Allan dich gerade angerufen?«

Wieder eine Pause. »Was geht dich das an?«

»Morag, bitte; ich befürchte, er hat dich angelogen. Ich habe gerade mitangehört, wie er dich belogen hat.«

»Wie?«

»Was?«

»Wie hast du es mitangehört?«

»Nun, ich habe es belauscht.«

»*Wie?*«

Ich holte tief Luft, dann schüttelte ich den Kopf. »Ach, das ist eine lange Geschichte, aber wichtig ist nur, daß ich es getan habe. Ich habe ihn sagen hören, ich hätte versucht ... Großvater zu verführen.«

»So etwas in der Art, ja«, sagte die frostige, ferne Stimme. »Es hat mich nicht überrascht, wenn man bedenkt, was du mit mir gemacht hast.«

»Was? Was habe ich getan?« fragte ich verletzt und verwirrt. Sophi kaute an ihrer Unterlippe, die Stirn fragend gerunzelt.

»... Ach Herrgott noch mal, Isis!« schrie Morag so unvermittelt, daß ich erschreckt zusammenfuhr. Ich riß den Hörer von meinem Ohr. »Zum Beispiel, daß du mich verfolgt hast, daß du mir quer durchs ganze Land hinterhergeschnüffelt hast!«

»Aber das hat man mir aufgetragen!« protestierte ich. »Ich war auf einer Mission!«

»Ach ja. Ich vermute, du hast Stimmen gehört.«

»Nein! Man hat es mir aufgetragen; ich wurde auf eine Mission ausgeschickt, um dich zu suchen ... Großvater hat mich ausgeschickt, die Gemeinde; alle.«

»Lüg mich nicht an, Isis. Gott, das ist alles so erbärmlich.«

»Ich lüge dich nicht an. Du kannst jeden in der Gemeinde fragen; sie sind alle dabeigewesen, um mich zu verabschieden. Wir hatten eine Versammlung, zwei Versammlungen, Unterausschüsse –«

»Ich habe gerade mit jemandem aus der Gemeinde gesprochen, Isis; mit Allan.«

»Nun, abgesehen von ihm –«

»Ich meine, zuerst hat er sich sogar für dich eingesetzt; als diese ganze verrückte Sache mit der Besessenheit und dem Verfolgen angefangen hat.«

»Welche verrückte Sache mit der Besessenheit und dem Verfolgen?« schrie ich. »Wovon redest du?« Ich war schrecklich verstört; ich spürte ein Kribbeln unter den Lidern. Sophi, die im Morgenmantel auf dem Sofa saß, sah mich besorgt und auch etwas beunruhigt an.

»Herrgott noch mal, Isis; all die Briefe, in denen du –«

»Was für Briefe?«

»Isis, leidest du unter Gedächtnisschwund oder so was? All die Briefe, die du mir geschickt hast und in denen du mir deine ewige Liebe geschworen hast; in denen du mir deinen Schlüpfer geschickt hast; in denen du mich gebeten hast, dir *meinen* benutzten Schlüpfer zu schicken, verdammt noch mal –«

»*Was?*« kreischte ich. Sophi zuckte zusammen und blickte ängstlich zur Decke. Sie legte einen Finger auf die Lippen.

»Morag«, sagte ich. »Du mußt ... hör zu, ich meine, ich ... ich mag dich; das habe ich immer getan ... ich bin, ich meine ... wir sind Freunde, nicht nur ... nicht nur Cousinen ... aber ich bin nicht in dich verknallt oder was auch immer; ich bin nicht besessen von dir. *Bitte* glaub mir; ich habe dir seit vier Jahren keinen einzigen Brief mehr geschickt, seit du angefangen hast, offene Briefe zu schicken, an die ganze Gemeinde, weil du zu beschäftigt warst mit dem ... nun, damals dachten wir, mit dem Barytonspielen, aber ich vermute, in Wirklichkeit waren es die, ähm, Filme, aber –«

»Lüg nicht, Isis«, begann sie, dann verstummte sie abrupt. »... einen Moment mal«, sagte sie. »Was meinst du mit ›Filme‹?«

Ich verzog das Gesicht. Sophi erwiderte den Blick, als wolle sie meine Verlegenheit widerspiegeln. Ich räusperte mich. »Als, ähm, Fusillada; du weißt schon.«

Es folgte eine lange Pause. »Ähm, Morag?« sagte ich, da ich befürchtete, sie hätte es irgendwie geschafft, lautlos aufzulegen.

»Du weißt also darüber Bescheid«, sagte sie verhalten.

»Ja«, erwiderte ich. »Ich... Nun, das ist eine andere lange Geschichte, nehme ich an, aber –«

»Allan hat mir gerade erzählt, du hättest es nicht herausgefunden«, sagte sie tonlos.

Ich witterte den Sieg. »Genau das habe ich dir ja gesagt: Allan ist ein *Lügner*!«

»Wer weiß sonst noch über die Filme Bescheid?«

»Nun... alle«, gestand ich.

»Scheiße.«

»Hör zu, Morag, ich denke nicht, daß irgend etwas Unrechtes an dem ist, was du tust. Es ist dein Körper, und du kannst damit tun, was immer du willst, und der Akt der Liebe ist unter allen Umständen heilig, es sei denn, er findet unter Zwang statt; kommerzielle Ausbeutung spielt dabei keine Rolle, und die Reaktion der unerretteten Gesellschaft ist vor allem das Ergebnis ihrer tief verwurzelten Angst vor der Macht der Sexualität und den unterdrückten –«

»Is, Is... ja, schon gut, ich hab verstanden. Meine Güte, du klingst wie eine von den Straßennutten, die gerade ihren Fernuni-Abschluß gemacht hat.«

»Tut mir leid.«

»Ist schon in Ordnung. Aber nichts davon erklärt, warum du mich quer durchs ganze Land verfolgt hast, verdammt noch mal.«

»Ich habe es dir doch gesagt; ich war auf einer Mission!«

»*Warum?*«

»Um dich wieder in den Schoß der Erretteten zurückzuführen und deinen Glauben wiederherzustellen.«

»Hä?«

Ich wiederholte, was ich gerade gesagt hatte.

»Wovon redest du?«

»Morag; ich habe den Brief gesehen, den du geschickt hast.«

»Welchen Brief?«

»Den, den du vor zwei Wochen geschrieben hast und in dem stand, daß du nicht mehr Teil des Ordens sein oder am Fest teilnehmen wolltest; der, in dem du geschrieben hast, du hättest einen anderen Glauben gefunden.«

Morag lachte. »Moment, Moment. Ich habe vor einer *Ewigkeit* mal geschrieben, daß ich nicht zum Fest kommen würde, nachdem das mit diesen komischen Briefen von dir angefangen hat, ansonsten habe ich seit einigen Monaten nicht mehr geschrieben. Und was die Sache mit meinem neuen Glauben betrifft, so mag ich nicht die weltbeste Luskentyrianerin sein, aber ich bin ganz sicher nicht vom Glauben abgefallen.«

Ich starrte Sophi an. Sie erwiderte meinen Blick, ihre Miene halb angespannt, halb hoffnungsfroh.

»Also«, sagte ich ins Telefon. »Jemand hat uns beiden gefälschte Briefe geschickt.«

»Ja, wenn das alles stimmt und du dir nicht in Wirklichkeit alles nur ausgedacht hast, um an mich ranzukommen«, gab sie zurück, aber es klang nicht, als würde sie es ernst meinen. »Oh, die Batterieanzeige blinkt. Hast du noch eine Bombe, die du hochgehen lassen willst?«

»Ich glaube nicht«, erwiderte ich. »Aber hör mal, kann ich dich irgendwo treffen? Können wir uns ausführlicher über die ganze Sache unterhalten? Wann immer es dir paßt.«

»Ich weiß nicht. Ich habe von Allan gehört, du würdest zu Onkel Mo fahren ...«

»Was hat das denn damit zu tun? Hör zu, ich werde nach Essex kommen oder nach London; wohin auch immer. Aber ich bin wirklich nicht hinter dir her, weil ich von dir besessen bin ...«

»Nun, die Sache ist, wo du doch morgen in den Süden fährst – na ja, in den Norden Englands –, aber du weißt schon, was ich meine, und da wir hier festsitzen, wegen Franks ... ähm, geschäftlicher Probleme ...«

»Ach ja. Die Steuerfahndung.« Ich nickte.

»Woher weißt du das? Ach, ist ja auch egal.« Ich hörte, wie sie tief Luft holte. »In Ordnung, hör zu: Wir können uns treffen, aber ich bringe Ricky mit – den hübschen Burschen, den du im Haus gesehen hast?«

»Mit Tyson.«

»Genau. Und wir werden uns an einem öffentlichen Ort treffen, in Ordnung?«

»Soll mir recht sein.«

»Gut. Nun, die Sache ist, wir werden morgen in Edinburgh sein.«

»In Edinburgh!« rief ich aus.

»Kaum zu glauben, wie?«

»Warum?«

»Das ist eine lange Geschichte. Warum treffen wir uns nicht im Royal Commonwealth Pool, ja?«

»Royal Commonweath Pool«, wiederholte ich. Mir gegenüber blickte Sophi überrascht auf.

»Würde Nachmittag dir passen?« fragte Morag.

»Ausgezeichnet.«

»Drei Uhr?«

»Ich werde dort sein. Soll ich meinen Badeanzug mitbringen?«

»Ja, wir werden bei den Rutschen sein.«

»Den was?«

»Den Rutschen.«

Ich runzelte die Stirn. »Sind das nicht Spielgeräte für Kinder?«

»Ursprünglich ja, Is. Gott, ihr lebt da oben wirklich hinter dem Mond, was?«

»Und wir sind stolz darauf«, erklärte ich und fühlte mich zum erstenmal seit Tagen wieder in Hochstimmung.

»Nichts hat sich verändert«, seufzte Morag. »Oh, und hör zu, du wirst in der Zwischenzeit kein Sterbenswörtchen zu Allan sagen, oder?«

»Ganz sicher nicht.«

»Gut. Ich auch nicht. Also bis morgen.«

»Ja. Bis morgen. Ciao, Cousinchen.«

»Ciao.« In der Leitung klickte es.

Ich legte den Hörer auf und grinste Sophi an. Ich ergriff ihre Hände und beobachtete mit Freude, wie nach und nach alle Spuren der Sorge und des Zweifels aus ihrem Gesicht schwanden und an ihrer Stelle ein wunderschönes Lächeln erblühte, das genau ausdrückte, was ich empfand.

Ich lachte leise. »Licht am Ende des Tunnels«, sagte ich.

Kapitel Zwanzig

»Es sind Träume, verstehst du, Isis, Träume.« Onkel Mo trank einen weiteren Schluck aus seinem kleinen Plastikbecher und nickte, während er auf das Gras, die Klippen und das Meer schaute, die an unserem Fenster vorbeisausten. »Träume können was Schreckliches sein. O ja. Schrecklich, einfach schrecklich.«

»Ich dachte, dann würde man sie Alpträume nennen«, bemerkte ich.

Onkel Mo lachte freudlos und beugte sich über den Tisch, um meinen Unterarm zu tätscheln. »Ach, Isis, Gott segne dich, Kind, du bist noch so jung. Für dich ist alles so klar und einfach, aber ich habe diese Klarheit verloren. Das ist es, was das Leben, die Träume, mit einem machen. Ich«, er tippte gegen seine Weste, »ich bin noch nicht alt; ich bin noch kein alter Mann. Ich stehe in der Mitte des Lebens. Aber ich habe lange genug gelebt, um die Erinnerungen eines alten Mannes zu besitzen. Wenn es danach ginge, wäre ich alt. Ach, Träume.«

»Ich verstehe«, sagte ich, doch ich verstand gar nichts.

Der Zug schoß um eine enge Kurve, so daß wir auf den Ausblick aus roten Klippen und zerklüfteten Felsen und träger See zukippten. Am hellblauen Horizont prangte ein grauer Fels, ein Schiff. Der Himmel war mit pastellfarbenen Wolken bedeckt.

Wir saßen im 11-Uhr-Zug von Edinburgh nach King's Cross in London und wollten in York in Richtung Manchester umsteigen. Ich sollte Morag um drei in Edinburgh treffen, und im Moment hielt ich geradewegs auf den Süden Englands zu und entfernte mich von Minute zu Minute weiter von meiner Cousine. Ich hatte ernsthaft überlegt, Onkel Mo im Bahnhof Waverley auszubüchsen, sogar einen Plan zu diesem Zwecke ersonnen, aber dann hatte ich es mir anders überlegt. Ich hatte jetzt einen anderen Plan. Zeitlich konnte es etwas knapp werden, und es gab auch keine Garantie, daß es klappen würde, aber ich fand, daß es die Mühe und das Risiko wert sei.

»Träume«, sagte Onkel Mo; er schraubte den Verschluß einer weiteren Miniaturflasche Wodka auf und kippte den Inhalt des Fläschchens in seinen Plastikbecher. Er fügte etwas Sodawasser aus einer größeren Flasche hinzu, wobei er die ganze Zeit über den Kopf im Takt mit der Miniaturflasche schüttelte, um ihr auch noch die letzten Tropfen zu entlocken. »Träume ... Träume von Ruhm, Träume von Erfolg ... sind schrecklich, geliebte Nichte, weil sie sich manchmal erfüllen, und das ist das Furchtbarste, was einem Mann passieren kann.«

»Oh«, sagte ich. »Diese Art Träume. Ich dachte, du würdest die Träume meinen, die man in Schlaf hat.«

»Die auch, liebes Kind«, erwiderte Onkel Mo und lehnte sich müde in seinem Sitz zurück. Wir hatten ein Vier-Personen-Abteil auf der Ostseite des Zuges für uns allein. Ich hockte natürlich auf meinem Sitzbrett, noch immer in der Lederhose, die mir langsam richtig ans Herz wuchs, und der Jacke, die Oma Yolanda mir gekauft hatte. Onkel Mo war sehr elegant in einen dreiteiligen Anzug mit schicker Krawatte gekleidet, und sein Kamelhaarmantel lag sorgsam mit dem Futter nach außen zusammengefaltet auf der Gepäckablage über ihm. Onkel Mo benutzte kein Sitzbrett, da er behauptete, ein Leiden zu haben, aufgrund dessen er nicht hart sitzen konnte, und darüber hinaus war er jetzt Moslem und hatte schon genug damit zu tun, immer daran zu denken, seinen Gebetsteppich mitzunehmen. Ich hatte mir erlaubt zu bemerken, daß Moslems das Trinken von Alkohol untersagt wäre.

»Das ist was anderes«, hatte er erwidert. »Ich war Luskentyrianer, dann Alkoholiker, dann Moslem, verstehst du?« Ich hatte erwidert, daß ich verstünde. »Aber ich werde den Teufel Alkohol besiegen«, beharrte er, »sei dessen gewiß. Ich trinke und trinke und trinke und dann –« Er vollführte eine entschlossene Geste, als würde er einen Handkantenschlag austeilen. »Höre ich auf. Du wirst schon sehen.«

Ich nickte zustimmend.

»Alle Arten von Träumen können einen Mann zerstören«, erklärte er, während er mit halbgeschlossenen Augen auf die friedliche Küstenlandschaft starrte, die sich vor dem Fenster entrollte. Ich war froh, daß ich diese Seite des Zuges ausgewählt hatte; ich war noch nie zuvor auf dieser Strecke gefahren, aber ich wußte von Landkarten und den Erzählungen anderer Reisender, daß dies in bezug auf die Aussicht die beste Seite war.

»Nur Männer werden von Träumen zerstört?«

»Ja. Und ich sage das als ein Mann, der kein Chauvinist ist; ich bin mir der Ebenbürtigkeit der Frauen in den meisten Dingen bewußt und hege allergrößten Respekt für ihre Fähigkeit, Leben zu geben. Darin bin ich vielen meiner Religionsgenossen voraus, wie ich gestehen muß, obwohl ... nun, der Westen ist nicht das Ende allen Seins.« Er beugte sich wieder über den Tisch, wackelte abermals mit dem Finger und starrte mir tief in die Augen. »Welchen Sinn hat die Gleichberechtigung, wenn es nur die Gleichberechtigung ist, ebenso schlecht behandelt zu werden wie die Männer und Gewalt ... Gewalt gegen sich erdulden?«

Ich nickte unverbindlich. »Damit könntest du recht haben.«

»Das habe ich.« Er blickte nach oben, so als wolle er sich vergewissern, daß sein Kamelhaarmantel noch da sei. Dann sah er wieder zu mir. »Was sagte ich gerade?«

»Träume. Die einem schreckliche Dinge antun. Zumeist Männern.«

»Ganz genau!« rief er aus und gestikulierte. »Weil Männer die Besessenen sind, Isis! Männer sind die getriebene Hälfte der Menschheit; sie sind die Träumer, die Kreativen, die das Gehirn haben, als Ausgleich dafür, daß sie nicht mit der Gebärmutter Leben erschaffen können! Man könnte sogar sagen, wir sind die etwas verrückte Hälfte der Menschheit, weil wir von unseren Visionen, unseren Ambitionen, unseren Idealen gemartert werden!« Er schlug mit der flachen Hand auf den Tisch.

Ich überlegte angestrengt, wo ich eine derartige Argumentation schon einmal gehört hatte. Erst kürzlich. O ja; Oma Yolanda.

»Es sind die Männer, die am schlimmsten unter Träumen leiden«, erklärte er mir. »Das ist das Kreuz, das wir tragen müssen, genau wie die Frauen jeden Monat das ihre tragen müssen.« Er schaute gekränkt drein und hob eine Hand an die Stirn, schloß die Augen und streckte dann seine andere Hand zu mir aus. »Tut mir leid. Ich wollte nicht geschmacklos sein. Entschuldige bitte, Isis.«

»Ist schon in Ordnung, Onkel.«

Er hielt den Plastikbecher mit den fast geschmolzenen Eiswürfeln und dem alkoholischen Inhalt hoch. »Vielleicht trinke ich ein bißchen zuviel«, bemerkte er und lächelte mich durch das Plastik an.

»Wir amüsieren uns eben«, sagte ich. »Das ist doch nichts Unrechtes. Es vertreibt einem die Zeit auf der Fahrt.« Ich hob meinen eigenen Plastikbecher, der halbvoll mit Bier war. »Prost.«

»Prost«, erwiderte er und genehmigte sich einen mächtigen Schluck. Ich nippte an meinem Bier.

*

Onkel Mo hatte mit dem Trinken am Stehtresen im Bahnhof Stirling angefangen, nachdem uns der Bus dort abgesetzt hatte.

Ich war nach meinem Anruf bei Morag von den Woodbeans in mein Zimmer zurückgekehrt; ich hatte bereits beschlossen, daß ich am Morgen irgendwohin abreisen würde, und so versucht ich auch war, abermals bei Sophi zu übernachten, hielt ich es doch für angebracht und passend, wenigstens eine Nacht in meiner alten Hängematte in meinem eigenen Zimmer in der Gemeinde zu verbringen, nachdem ich so lange fort gewesen war.

Es hatte eine gute Stunde gedauert, bis meine fiebrigen Gedanken sich hinlänglich beruhigten, um mich Schlaf finden zu lassen, aber ich erwachte zu meiner üblichen Zeit, zog mich an, packte und ging hinunter in die Küche, wo ich einen verschlafenen Onkel Mo davon in Kenntnis setzte, daß ich mit ihm nach Spayedthwaite kommen würde. Die Atmosphäre in der Küche wurde augenblicklich eisig, als ich eintrat; weit schlimmer noch als noch tags zuvor. Als ich Onkel Mo in der plötzlichen Stille meine Absicht kundtat, murmelte jemand am anderen Ende des Tisches »Gott sei Dank«, und es erhob sich keine Stimme zu meiner Verteidigung.

Ich erkannte, daß all meine Bemühungen am Tag zuvor umsonst gewesen waren und die schmähliche Lüge über die versuchte Verführung von Großvater sich bereits verbreitete.

Ich machte Anstalten zu gehen, blieb aber an der Tür stehen und blickte noch einmal zu ihnen zurück.

»Man hat euch getäuscht«, erklärte ich ihnen. »Böswillig getäuscht.« Es gelang mir, die Stimme gesenkt zu halten; die Küche hatte wahrscheinlich noch nie zuvor so viele Menschen und gleichzeitig eine solche Stille erlebt. Ich schaffte es allerdings nicht, den Kummer und den Schmerz in meiner Stimme zu verhehlen. »Mit Gottes Hilfe werde ich es euch eines Tages beweisen und meinen Namen reinwaschen.« Ich zögerte, unsicher, was ich noch sagen sollte, während ich mir gleichzeitig bewußt war, daß mit jeder Minute, die ich dort stand, die Wahrscheinlichkeit wuchs, daß jemand – vielleicht derjenige, der »Gott sei Dank« gemurmelt hatte – mich meiner Chance berauben würde, zu sagen, was ich noch zu sagen hatte. ». . . Ich liebe euch alle«, stammelte ich, dann schloß ich die Tür und ging eilig über den Hof davon, ein seltsames, schrilles Klingeln in den Ohren, die Fäuste verkrampft geballt, so daß sich die Fingernägel in meine Handflächen gruben, und die Zähne so fest zusammengebissen, daß mir die Nase weh tat. Es schien zu wirken; es kamen keine Tränen.

Ich stieg die Treppe zum Büro hinauf, um Allan mitzuteilen, daß ich fortging. Man gab mir fünf Pfund Taschengeld; Onkel Mo würde die Fahrkarte für mich kaufen. Es fiel mir erstaunlich leicht, Allan ins Gesicht zu sehen, auch wenn ich vermute, daß er mich als kalt und seltsam unbeteiligt empfand, was mein schon so baldiges, abermaliges Fortgehen von der Gemeinde betraf. Vielleicht hätte ich Bedauern oder sogar Kummer zur Schau stellen sollen, aber ich konnte es nicht über mich bringen. Allan versicherte mir nochmals, er werde alles in seiner Macht Stehende tun, um meinen guten Ruf und mein Ansehen in der Gemeinde wiederherzustellen, während ich fort war, und daß er sowohl in Kontakt mit mir bleiben als mir auch augenblicklich mitteilen würde, wenn die Lage und Großvaters Laune sich besserten. Mit Gottes Hilfe würde das nicht lange dauern.

Ich nickte nur und pflichtete ihm bei.

Höflich, zurückhaltend, heuchelnd stand ich da und gab mir den Anschein der Gelassenheit, doch in meinem Herzen, im tiefsten Winkel meiner Seele, war mir so, als würden mächtige, kalte Steine sich mahlend und zermalmend übereinander schieben und schreckliche neue Formationen annehmen.

In meinem Innern war nun ein grausames Verlangen erwacht; ein Wille, eine Entschlossenheit, die Ader der Wahrheit inmitten all dieser Schichten von Lügen aufzuspüren und ihr zu folgen, wohin auch immer sie mich führen mochten. Ich schwor, ich würde die Wahrheit offenlegen, würde das Gold aus diesem Gebirge bleierner Falschheit schürfen; ich würde diese Wahrheitsader gänzlich freilegen, und wenn das Ergebnis die Zerstörung des Rufs meines Bruders und seiner Stellung innerhalb der Gemeinde bedeutete, selbst wenn es bedeutete, meinen Großvater zu demütigen, dann würde ich weder davor zurückscheuen noch zögern, diesen Weg zu gehen, egal, welche Grundfesten meine Handlungen erschütterten oder welche Gebäude meine Ausgrabungen in Gefahr brachten.

Und ich beschloß – dort im Gemeindebüro im Herrenhaus, im Epizentrum meiner gerade mal wenige Stunden alten Überraschung und Wut, während der Schlüssel zu der keine zwei Meter entfernten, abgeschlossenen Schublade mit ihrem verräterischen Inhalt noch immer um den Hals meines Bruders baumelte –, daß ich so bald wie möglich meine Mission beginnen würde, bevor die Spur kalt wurde und bevor die Ergebnisse jener jüngsten Verleumdungen zu tief in Stein gemeißelt waren, um noch berichtigt werden zu können.

Die Plauderei zwischen meinem Bruder und mir war von einer Unaufrichtigkeit gekennzeichnet, von der nur ich wußte, daß sie durchaus gegenseitig war.

Als ich das Büro verließ, traf ich auf Schwester Amanda, die mit ihrem und Allans Kind, Mabon, auf dem Arm die Treppe herunterkam. Amanda ist ein paar Jahre älter als Allan, eine schlanke, rothaarige Frau, mit der ich mich immer gut verstanden hatte. Ich grüßte sie, doch sie eilte nur stumm an mir vorbei, wandte den Kopf ab und preßte den Einjährigen an ihre Brust, als wäre ich ein Ungeheuer, das ihr den Säugling im nächsten Augenblick aus den Armen entreißen könnte, um ihn zu verschlingen. Das Kind sah mich über die Schulter seiner Mutter an, ein Ausdruck der verständnislosen Verblüffung in seinen großen, dunklen Augen. Mutter und Kind verschwanden im Büro.

*

Eine halbe Stunde später brachte der Bus Onkel Mo und mich nach Stirling. Bruder Vitus war beauftragt worden, uns zu verabschieden. Er trug unsere Taschen und schien vor Verlegenheit oder Scham recht einsilbig.

Als der Bus mit uns davonfuhr, winkte Bruder Vitus uns noch einmal pflichtschuldig hinterher, und ich wurde unwillkürlich daran erinnert, wie gänzlich anders doch mein letzter Abschied von High Easter Offerance gewesen war – in jener diesigen Morgendämmerung am träge dahinströmenden Fluß, während mir die guten Wünsche der gesamten Gemeinde in den Ohren klangen.

In jenem Moment hätte ich weinen mögen, aber es war nun etwas Kaltes, Versteinertes und Hartes in mir, das meine Tränen zu Eis gefrieren ließ.

*

Als wir den Bahnhof von Stirling erreichten, blieben uns noch zwanzig Minuten, bevor unser Anschlußzug nach Edinburgh kam, eine Zeitspanne, wie Onkel Mo mir erklärte, die – selbst wenn man zwei Minuten für den Weg zum betreffenden Bahnsteig abzog – gerade ausreichte, um an einem gepflegten Ort einen großen, gepflegten Wodka-Tonic zu trinken, ohne den Rest allzu gierig hinunterkippen und anschließend in einem würdelosen Galopp zum Bahnsteig hetzen zu müssen. Ihm stand daher der Sinn danach, eben diesen gepflegten Ort aufzusuchen, und er fragte mich, ob ich ihm wohl bei einem Frühstücksgläschen Gesellschaft leisten würde, da es für ihn doch noch recht früh am Morgen sei, wenn man die Umstände und seinen derzeitigen Lebenswandel in Betracht zog. Ich ließ mich zu einem Orangensaft und einem Sandwich einladen.

Onkel Mo erklärte, daß es sich bei diesem Wodka um eine für einen Pub ausgesprochen gute Qualität handelte, und kippte ihn herunter, als wäre es Wasser. Er bestellte einen zweiten. »Man muß Heu machen, solange die Sonne scheint, Isis«, bemerkte er, als er bei der Bardame bezahlte. »Man muß die Gelegenheiten beim Schopfe packen! Das Leben auskosten!« Er packte das Glas und kostete auch diesen Wodka, der sich, wie schon sein Vorgänger, eines Lobes würdig erwies.

Ich verdrückte mein Sandwich mit ein paar schnellen Bissen und maß die Schlucke meines Orangensafts so ab, daß ich mein Glas zwei, drei Minuten vor Ankunft unseres Zuges leer hatte. Onkel Mo schaffte es, noch einen weiteren Wodka-Tonic hinunterzukippen, bevor wir den Zug in den Bahnhof einfahren hörten und eilig die Bar verlassen mußten, um zum Bahnsteig zu laufen.

Onkel Mo kaufte meine Fahrkarte im Zug. Eine einfache Fahrt, wie ich bemerkte. Ich sprach ihn darauf an.

Er schaute betrübt drein. »Dein Bruder gab mir das Geld«, erklärte er. »Er wird später weitere Geldmittel für eine Rückfahrkarte und für deine Unterbringung schicken.«

Ich nickte stumm.

Wie sich herausstellte, konnte man im Zug von Stirling nach Edinburgh Erfrischungen erstehen, die von einem Servierwagen aus verkauft wurden. Onkel Mo fand dies heraus, indem er einen anderen Reisenden fragte. Eine Weile saß er nervös da und drehte sich immer wieder zum Gang um, dann verkündete er, er würde sich auf die Suche nach einer Toilette machen. Ein paar Minuten später kehrte er mit vier Miniaturfläschchen Gin, einer größeren Flasche Tonic und einer kleinen Dose Orangensaft zurück. »Ich bin zufällig dem Servierwagen begegnet«, erklärte er, während er seine Vorräte auf dem Tisch abstellte und mir den Orangensaft reichte. »Kein Wodka. Was soll man da sagen?«

»Hmm«, sagte ich.

Ich war bereits dabei, meine Pläne zu überdenken.

Nachdem er die vier Gin mit der Verachtung vernichtet hatte, die sie offensichtlich verdienten, weil sie keine Wodkas waren, schien Onkel Mo noch immer nicht sonderlich betrunken, obschon er gelegentlich seine Worte etwas lallend aussprach und ihm die Wortwahl mitunter etwas mißglückte.

Uns blieb in Waverley eine halbe Stunde; da war es nur natürlich, diese Zeit in einer Bar totzuschlagen. Onkel Mo schien mittlerweile einen gewissen Pegel erreicht zu haben und schaffte es, die dreißig Minuten einzig mit zwei Wodkas zu überstehen (die zwölf, die aufgrund der Tatsache, daß es im Bahnhof keinen Alkohol zu kaufen gab, vorsorglich in seinem Flachmann verschwanden, natürlich nicht mitgezählt).

Wir verließen die Bar, ich besorgte mir vom Auskunftsschalter einen Fahrplan für die Ostküsten-Strecke, und dann stiegen wir in den Zug ein, der uns nach York bringen sollte. Mein ursprünglicher Plan hatte darin bestanden, mit Onkel Mo in den Zug einzusteigen und dann kurz vor Abfahrt, vorgeblich auf der Suche nach der Toilette oder dem Speisewagen, das Abteil zu verlassen. Zu diesem Zwecke hatte ich absichtlich meinen Seesack in der Gepäckablage am Ende des Waggons, neben der Tür, verstaut und mit Onkel Mo, der sich zuerst mit dem Gesicht in diese Richtung gesetzt hatte, die Plätze getauscht – unter der Behauptung, mir würde schlecht werden, wenn ich nicht mit dem Rücken zur Lok säße. Auf diese Weise hätte ich meinen Sitzplatz verlassen, meine Tasche nehmen und vor Abfahrt aus dem Zug aussteigen können und wäre dabei nicht einmal Gefahr gelaufen, gesehen zu werden, wenn die abfahrenden Waggons an mir vorbeirollten.

In der Zwischenzeit hatte ich allerdings nachgedacht.

Trotz der offenkundigen Bedeutung all der anderen Dinge, die ich in den letzten zwölf Stunden erfahren und erlebt hatte – Cousine Morags Anschuldigungen und Enthüllungen, der Aussicht, daß ich sie vielleicht endlich treffen würde, Allans frevlerischer Benutzung eines hochtechnischen elektronischen Apparats innerhalb der Gemeinde, seiner Lügen gegenüber Morag, seiner Lügen mir gegenüber, seiner Lügen der ganzen Gemeinde gegenüber und der nackten Machtgier, auf die diese Symptome hindeuteten, ganz zu schweigen von Großvaters profaner, fehlgeleiteter Schwäche und seinem Versuch, mich zu verführen –, wollte mir einfach die Notiz auf der Adressenliste im Schreibtisch nicht aus dem Kopf gehen, die Notiz neben Großtante Zhobelias Namen: »Über Onkel Mo«.

Mir fielen Yolandas Worte wieder ein. *Da war etwas, soviel ist mal sicher.*

Es sagte viel über die korrumpierende Wirkung der arglistigen Täuschung, die mir offenbar geworden war, daß ich Worte, die mir einst so unschuldig oder zumindest unbedeutend erschienen wären, nun zutiefst verdächtig fand. Großtante Zhoebelias Entscheidung, ihre Verwandten aufzusuchen, und ihr Untertauchen, soweit es die Gemeinde betraf, war mir zuvor zwar immer sonderbar vorgekommen, ließ sich jedoch leicht innerhalb der normalen Gesetzmäßigkeiten menschlicher Widersprüchlichkeit erklären; Menschen tun beständig aus für sie guten und offensichtlichen Gründen Dinge, die uns unverständlich sind, und ich hatte mir weder über Zhobelias Entscheidung noch über Brigits oder Rheas Abkehr vom Glauben große Gedanken gemacht, sondern einfach hingenommen, daß Menschen gelegentlich eben seltsame und sogar dumme Dinge taten.

Doch jetzt, in diesem ansteckenden Klima des Mißtrauens und der Besorgnis, das durch meine Entdeckung von Allans Verlogenheit und die Erkenntnis, daß sich hinter dem Schleier des familiären und religiösen Vertrauens und der Liebe eine Maschinerie perfider Boshaftigkeit verbarg, entstanden war, überlegte ich bei vielem, was ich zuvor in blindem Vertrauen akzeptiert hatte, welche finstere Absicht sich dahinter verbergen mochte.

Großtante Zhobelia. Über Onkel Mo. Ich fragte mich ...

Einen Moment lang übermannte mich ein Schwindelgefühl, wie schon in der Nacht zuvor, als ich rittlings im Fenster des Abstellraums gehockt hatte. Das Schwindelgefühl legte sich wieder, wie es dies auch in der Nacht zuvor getan hatte, als ich im offenen Fenster an der Rückfront des Herrenhauses gehockt und einen Augenblick völliger Klarheit erlebt hatte.

Ich traf meine Entscheidung; mein Mund war trocken, und ich hatte einen metallischen Geschmack auf der Zunge. Mein Herz raste; wieder einmal. Es wurde langsam zur Gewohnheit.

Zum Teufel auch. Ich würde in dem verdammten Zug bleiben. Der Fahrplan besagte, daß ich in Newcastle upon Tyne aussteigen und noch rechtzeitig für mein Rendezvous mit Cousine Morag einen Zug zurück nach Waverley erwischen könnte. Natürlich nur, wenn alles fahrplanmäßig lief. Ich würde es riskieren.

Der Zug setzte sich in Bewegung. Eine Durchsage informierte uns darüber, daß ab sofort im Speisewagen kleine Speisen, Erfrischungen und alkoholische Getränke erhältlich seien.

»Ich glaube, das bedeutet, daß die Bar jetzt geöffnet ist, Onkel

Mo«, bemerkte ich munter. »Soll ich hingehen und uns etwas holen?«

»Was für eine phantastische Idee, Nichte!« rief Onkel Mo und holte seine Brieftasche heraus.

Kapitel Einundzwanzig

»Träume«, wiederholte Onkel Mo bekümmert; offenkundig hatte er sich langsam für das Thema erwärmt. »Träume können dich zerstören, Isis.«

»Wirklich?«

»O ja«, sagte er und klang verbittert. »Ich hatte Träume, Isis. Ich träumte von Ruhm und Erfolg und davon, ein bewundernswerter Mensch zu sein, ein Mensch, den die Leute erkennen würden, ohne mir je begegnet zu sein. Verstehst du, Isis?« Er griff über den Tisch und umfaßte meinen Arm. »Das alles habe ich mir für mich erträumt. Ich war jung und dumm, und ich hatte diese Vorstellung, daß es wunderbar wäre, geliebt zu werden, ohne Grund, einfach nur, weil die Leute einen von der Bühne oder vom Film oder aus dem abscheulichen Flimmerkasten, dem Fernsehen, kannten. Aber ich war zu jung, um zu erkennen, daß es nicht wirklich *du* bist, den sie lieben; es ist deine Rolle, die Figur, die du spielst, und darin bist du voll und ganz der Gnade der Autoren, der Produzenten, der Regisseure, der Cutter und wem sonst noch ausgeliefert.« Er schnitt eine Grimasse, als hätte er in etwas Saures gebissen. »Alles Lügner und Egoisten; der ganze Haufen! *Sie* kontrollieren die Rolle, die du spielst, und sie können dich mit ein, zwei getippten Sätzen auf der Schreibmaschine vernichten, mit ein paar achtlos hingekritzelten Zeilen auf einem Memo, ein paar Worten in der Kaffeepause.«

Er lehnte sich kopfschüttelnd zurück. »Aber ich war damals noch jung und dumm. Ich dachte, alle würden mich lieben; ich konnte nicht verstehen, daß es so viel Zynismus und Selbstsucht in der Welt gibt, besonders in gewissen, sogenannten ›künstlerischen‹ Berufen. Die Welt ist ein grausamer und gefühlloser Ort, Isis«, erklärte er düster, während er mich mit seinem wäßrigen Blick fixierte und seinen Plastikbecher hob. »Ein grausamer, grausamer Ort.« Er trank einen tiefen Schluck.

»Das stelle ich auch gerade fest, Onkel«, sagte ich. »Ich entdecke Verderbtheit und Selbstsucht selbst im Herzen unseres –«

»Es war immer schon so, Nichte«, fiel mir Onkel Mo gestikulierend ins Wort und verzog sein Gesicht abermals zu jenem säuerlichen Ausdruck. »Du bist jetzt das Unschuldslamm; du hast deine Träume, und ich hoffe, daß sie dir nicht nur Verbitterung bringen, so wie sie es bei mir taten, aber jetzt ist deine Zeit gekommen, und du entdeckst, was wir alle entdecken, egal, wohin wir gehen. Es gibt so viel Gutes an unserem Glauben – nun, an deinem Glauben –, aber er ist trotzdem Teil der Welt, der grausamen, grausamen Welt. Ich weiß mehr als du; ich bin schon länger auf der Erde, ich habe Verbindung gehalten, selbst wenn ich nicht da war, verstehst du?«

»Ach.«

»Und so habe ich viel gehört; vielleicht mehr, als wenn ich in der Gemeinde geblieben wäre.« Er beugte sich vor, das Kinn beinahe auf dem Tisch, und tippte sich gegen die Nase. Ich beugte mich ebenfalls vor. »Ich weiß Bescheid, Isis«, erklärte er mir.

»Wirklich?« sagte ich in meinem atemlos-unschuldigen Tonfall und machte große Augen.

»O ja«, erwiderte Onkel Mo und lehnte sich nickend wieder zurück. Er richtete sein Jackett und klopfte auf die Wölbung, unter der sich seine Brieftasche befand. »O ja. Es gibt da Geheimnisse. Gerüchte.« Er schien einen Moment lang zu überlegen. ». . . ich weiß Bescheid.«

»Du meine Güte.«

»Es ist nicht alles nett und freundlich, Isis«, sagte er eindringlich. »Nicht alles nett und freundlich. Es hat auch . . . dunkle Momente gegeben.«

Ich nickte und schaute nachdenklich aus dem Fenster, während der Zug kurz von der Küste wegschwenkte, um in Berwick-upon-Tweed einzufahren. Er bremste ab, hielt aber nicht an; Onkel Mo und ich genossen den Ausblick, während der Zug über einen langen, gebogenen Steinviadukt über den Fluß ratterte und vor dem Fenster die verwinkelte Altstadt am steilen Nordufer des Flusses, die jüngeren, einheitlicheren Häuser auf dem flacheren Südufer und die Straßenbrücken zwischen den beiden vorbeizogen, die sich als Umrisse gegen das ferne Meer und die Wolken abzeichneten.

»Ich denke, unser Glaube hatte seinen Anteil an Kummer«, griff ich schließlich den Faden wieder auf.

Onkel Mo betrachtete nickend den Ausblick. Ich füllte sein Glas mit der letzten der vier Miniaturflaschen auf.

»Der Verlust von Luskentyre«, fuhr ich fort, »der Tod meiner Eltern und Großmutters Tod, und man könnte in gewisser Hinsicht sogar den Verlust deiner Mutter, meiner Großtante Zhobelia, hinzuzählen, die zwar noch am Leben sein soll, für uns aber doch verloren ist. All dies –«

»Ah, siehst du!« Onkel Mo beugte sich vor und ergriff abermals meinen Arm. »Es gibt da Dinge; Dinge, über die ich geschworen habe, Stillschweigen zu wahren.«

»Ach wirklich?«

»Ja. Zum Wohle von uns allen ...« Er verzog hämisch den Mund. »So hat man mir zumindest gesagt. Dann höre ich, was angeblich vorgefallen ist ...« Er schaute drein, als hielte er es für besser, nicht weiter darauf einzugehen, und trank statt dessen einen weiteren gierigen Schluck. Er leerte seinen Becher und schaute sich auf dem mit Flaschen übersäten Tisch um.

»Soll ich uns noch ein paar Erfrischungen holen, Onkel?« fragte ich und leerte eiligst mein Bier.

»Nun«, erwiderte er. »Ich denke ... aber ich trinke heute doch recht schnell. Ich weiß nicht. Vielleicht sollte ich ein Sandwich oder so was essen. Vielleicht ...«

»Nun«, erklärte ich und hielt meinen leeren Plastikbecher

hoch. »Ich denke, ich jedenfalls werde losgehen und mir noch ein Bier holen, also, wenn du ...«

»Ach, was soll's. Aber ich muß etwas auf die Bremse treten und ein Sandwich oder irgend etwas anderes essen. Hier.« Er tastete in der Jacke herum, dann mußte er sie mit der anderen Hand öffnen und hineinschauen, um seine suchenden Finger zu führen, bevor er endlich seine Brieftasche fand und vorsichtig eine Zwanzig-Pfund-Note herausholte. »Hier.«

»Danke, Onkel. Wie viele soll ich –«

»Ach, ich sollte wirklich etwas auf die Bremse treten, aber wir sollten auch einen Vorrat anlegen, bevor ihnen das Zeug ausgeht. Sagen wir ...« Er wedelte schlaff mit der Hand und schüttelte den Kopf. »Wieviel auch immer du dafür bekommst. Und natürlich auch, was immer du haben willst.«

»Wird gemacht!« erwiderte ich fröhlich. Ich räumte den Tisch auf und stopfte einige unserer Abfälle in die kleine braune Papiertüte. Ich tat auch meine Bierdose hinein, die noch halb voll war. Ich holte die Dose wieder heraus, bevor ich den Rest des Abfalls auf dem Weg zum Speisewagen in einen Mülleimer warf.

Ich hatte ein wenig Wechselgeld von der letzten Bestellung behalten. Von dieser Bestellung steckte ich das gesamte Wechselgeld ein, verschlang ein Sandwich an der Bar und kehrte beschwingt ins Abteil zurück, in der Hand dieselbe Bierdose, die ich mit hinausgenommen hatte.

»Nachschub!« rief ich aus und stellte eine weitere raschelnde braune Papiertüte auf den Tisch.

»Ah! Schön. Ja ja. Nun, der Nachschub ist gesichert. Ach, du bist ein gutes Kind«, lobte Onkel Mo, und seine Hände schwenkten wie Tentakel auf die Papiergriffe der Tüte zu.

»Laß mich das machen«, sagte ich.

Vor dem Fenster glitt Lindisfarne, die Heilige Insel, jenseits der Wiesen und der langen, flachen Dünen vorbei. Zwischen dem Festland und der Insel lagen verlassene Hektar sandigen Watts, das an einigen Stellen schon von der steigenden Flut überspült wurde. Ein Auto wagte die Überquerung auf dem Bohlenweg über den Sandstrand, an dem schon die ersten Wellen leckten. In der Ferne erhob sich dramatisch eine kleine Burg auf dem einzigen erhöhten Terrain der Insel, einem ebenen Felsplateau zum Südstrand der Insel hin. Jenseits davon, auf dem Festland, das der Insel gegenüberlag, ragten zwei riesige Obelisken vor den Meilen und Abermeilen niedriger Sanddünen auf, und am seewärtigen Horizont sah man eine verschwommene Silhouette, bei der es sich – wenn ich es von den Landkarten richtig in Erinnerung hatte – um Bamburgh Castle handeln mußte.

»Hast du uns Sandwiches mitgebracht?« fragte Onkel Mo bettelnd, als ich die Tüte auspackte und ihm einen Wodka einschenkte.

»Ach, wolltest du tatsächlich ein Sandwich? Tut mir leid, Onkel Mo, soll ich –« Ich machte Anstalten, wieder von meinem Sitz aufzustehen.

»Nein, nein«, erklärte er eilig und winkte mir, mich wieder zu setzen. »Ist egal. Es ist nicht wichtig«, lallte er.

»Sieh mal, ich habe in einem Extra-Glas etwas Eis mitgebracht«, sagte ich und ließ zwei Würfel in seinen Wodka fallen.

»Du bist ein gutes Kind«, lallte er; er prostete mir mit seinem Becher zu und schlürfte seinen Wodka. Einige Tropfen liefen über sein Kinn. »Ach, du meine Güte.« Ich reichte ihm eine Serviette, und er tupfte sich das Kinn ab. Er stellte das Glas ab, und etwas vom Inhalt schwappte heraus, aber er schien es nicht zu bemerken. »Du bist ein sehr gutes Kind, Isis. Sehr gut.«

So gut nun auch wieder nicht, dachte ich bei mir und empfand kurz ein – wie ich hoffte – angemessenes Schuldgefühl ob meiner Verlogenheit und der Tatsache, daß ich Onkel Mos Schwäche für den Alkohol so grausam ausnutzte.

Ich seufzte. »Ich denke oft an Großtante Zhobelia«, bemerkte ich unschuldig. »An meine Mutter und meinen Vater denke ich nur ganz selten, wohl weil ich noch so jung war, als sie starben, aber ich denke oft an Zhobelia, auch wenn ich mich nicht sehr deutlich an sie erinnern kann. Ist das nicht komisch?«

Onkel Mo schaute drein, als würde er gleich weinen. »Zhobelia«, schniefte er mit gesenktem Kopf und starrte in seinen Wodka. »Sie ist meine Mutter, und ich liebe sie, wie es einem guten Sohn ansteht, aber es muß doch gesagt werden, daß sie mit zunehmendem Alter... zänkisch geworden ist, Isis. Auch schwierig. Sehr schwierig. Und verletzend. Ausgesprochen verletzend. Du kannst dir... Nein. Aber so ist es halt. Schrecklich verletzend. Schrecklich. Ich glaube, sie liebt es jetzt besonders, jenen weh zu tun, die sie am meisten lieben. Ich habe versucht, mich gut um sie zu kümmern...« Er schniefte lautstark und tupfte sich mit der Serviette, die ich ihm gegeben hatte, die Nase ab. »Es gibt da etwas... ich weiß auch nicht. Ich glaube, die beiden hatten mehr gewußt, als sie zugegeben haben, Isis. Ich weiß, daß es so ist.«

»Welche beiden, Onkel?«

»Zhobelia und Aasni; meine Mutter und meine Tante. Ja, ja. Sie wußten Bescheid über... gewisse Dinge; ich weiß auch nicht. Ich habe Sachen aufgeschnappt, die sie zueinander gesagt haben, wenn sie sich nicht in der Sprache ihrer alten Heimat unterhalten haben oder in der Insel-Sprache, die sie auch recht gut kannten, mußt du wissen, o ja. Ich habe einen Blick aufgeschnappt oder den Anfang eines Satzes, und dann haben sie mit einem Mal auf khalmaistani weitergeredet oder auf gälisch oder in dieser Mischung aus beidem und Englisch, die niemand außer den beiden verstand, und dann kam ich nicht mehr mit, aber... oh.« Er wedelte mit der Hand. »Ich... es klingt, als würde ich dummes Zeug reden, ich weiß... ich... ich bin sicher, du denkst... ich sei eben ein alter Mann, aber das bin ich nicht, Isis. Du weißt, beim letzten Fest, als ich fragte, nun; ich hab's nicht wirklich getan, aber ich habe daran gedacht zu fragen... nun; ich habe schon gefragt, nehme ich an, aber eben nicht so... nicht so richtig... aber... du...« Er schüttelte den Kopf, Tränen in den Augen, und seine Lippen bewegten sich wie aus eigenem Antrieb. »Verdammte Träume, was, Isis?« schniefte er und sah mich an. Er schüttelte abermals den Kopf, starrte wieder in seinen Plastikbecher und trank.

Ich ließ ihm eine Weile, um sich zu fassen, dann stand ich auf und setzte mich neben ihn – natürlich auf mein Sitzbrett, das ich mit hinübernahm –, legte meinen Arm um seine Schulter und hielt seine Hand.

»Das Leben erscheint einem manchmal grausam, Onkel Mo«, sagte ich. »Ich habe es jetzt erfahren, auch wenn du es schon viel länger weißt. Du bist älter und klüger als ich, und du hast mehr gelitten, aber du mußt doch in deinem Herzen, in der Seele wissen, daß Gott dich liebt und daß Er – oder auch der Gott deines Propheten, wenn du willst –, daß Gott dir Trost geben kann, ebenso wie deine Familie und Freunde dich trösten können. Das weißt du doch, oder, Onkel Mo?«

Er stellte seinen Plastikbecher ab, drehte sich zu mir um und streckte den Arm aus; ich beugte mich vor, damit er seinen Arm zwischen mich und den Sitz schieben konnte. Wir umarmten einander. Er roch noch immer nach Eau de Toilette. Mir war gar nicht aufgefallen, wie beinahe zart gebaut er in Wirklichkeit war; kleiner als ich und irgendwie stämmig, gepolstert mit seinen eleganten Kleidern, damit er massiger wirkte, als er es tatsächlich war. Ich fühlte seine Brieftasche, die gegen meine Brust drückte, und mit meiner linken Hand spürte ich etwas Hartes in seiner anderen Jackentasche, bei dem es sich wahrscheinlich um ein tragbares Telefon handelte.

»Du bist ein so gutes Kind, Isis!« versicherte er mir abermals. »Ein so gutes, gutes Kind!«

Ich tätschelte ihm den Rücken, ganz so, als wäre er das Kind, nicht ich.

»Und du bist ein guter Onkel«, sagte ich. »und ich bin sicher, daß du auch ein guter Sohn bist. Ich bin überzeugt, daß Zhobelia dich liebt und dich gerne um sich hat.«

»Ach«, seufzte er und schüttelte seinen Kopf gegen meine Schulter. »Sie hat so wenig Zeit für mich. Ich sehe sie nicht so oft, wie ich es gerne täte, Isis. Sie haben sie nach da oben gebracht, weit weg von mir; ha! Ich muß zahlen; von meinen Ersparnissen und von den paar Rollen, die ich bekomme, und dem Geld vom

Restaurant. Es ist ein elegantes, gutes Restaurant, Isis; es gehört nicht wirklich mir, das hast du wohl schon vermutet; wenn ich je diesen Eindruck vermittelt habe, dann wollte ich nicht... ich wollte nichts vortäuschen, aber es ist das beste Restaurant der Stadt, eine wirklich feine Lokalität, wo man in gepflegter Umgebung speisen kann, und ich bin der *maître de*, mußt du wissen, Isis; ich bin sozusagen das Aushängeschild des Restaurants, das erste, was die Gäste zu Gesicht bekommen. Wir haben eine wirklich erlesene Weinkarte, und ich war ein guter Weinkellner, ein sehr guter Weinkellner, das sage ich dir, und ich beherrsche... die Kunst des Einschenkens noch immer beispielhaft.«

»Deine Mutter sollte stolz auf dich sein.«

»Sie ist es nicht. Sie nennt mich einen Likör-Moslem; außen unschuldig und süß – sogar schokoladefarben –, aber wenn man in mich reinguckt, bin ich randvoll mit Alkohol. Es ist ihre Familie. Ihre andere Familie.«

»Ihre andere Familie?« fragte ich und hob meine Hand, um Onkel Mos Kopf zu streicheln.

»Die Asis-Familie. Sie sagt, es gefällt ihr in dem Heim, aber sie war glücklich in Spayedthwaite; die haben sie überredet, haben sie gegen mich aufgestachelt, haben sie dazu gebracht zu sagen, daß sie näher bei ihnen sein will. Und trotzdem muß ich bezahlen. Ich bekomme etwas Unterstützung von ihnen und auch von deinen Leuten, aber den größten Teil zahle ich. Als ob ich Geld wie Heu hätte. Die haben von Verantwortung und von Blutsbanden geredet und davon, daß sie sie näher bei sich haben wollten, und sie haben sie dazu gebracht, dasselbe zu sagen, und dann ist sie fortgegangen, einfach so. Es ist nicht fair, Isis.« Er drückte meine Hand. »Du bist ein gutes Kind, Isis. Du wärst auch gut zu deiner armen Mutter und deinem armen Vater gewesen. Ich weiß nicht, ob ich das hier wirklich für deinen Bruder tun sollte. Er hat die Hand auf dem Geld, das weißt du ja, aber ich weiß nicht, ob ich dich wirklich so mitnehmen sollte. Es ist so schwer, das Richtige zu tun. Ich versuche es, aber ich weiß eben nicht. Du mußt mir verzeihen, Isis. Ich bin kein starker Mann. Nicht so stark, wie ich es gern wäre. Aber wer ist das schon? Du bist eine Frau, Isis, du verstehst das nicht. So viel Kraft. Aber, bitte, du mußt verstehen...«

Er legte seinen Kopf gegen meine Brust und schluchzte, und bald darauf konnte ich fühlen, wie mein Hemd naß wurde.

Ich schaute aus dem Fenster. Bäume sausten vorbei. Der Zug rüttelte uns durch. Die Bäume teilten sich wie der grüne Vorhang einer Bühne und offenbarten eine kleine, tiefe Schlucht, an deren Grund sich ein Fluß dahinschlängelte. Ein Vogelschwarm schoß irgendwo unterhalb von uns hervor und flog eine Wende, eine grau-schwarze Wolke flatternder Bewegung. Dann schlossen sich die grünen Baumreihen auch schon wieder. Ich blickte zu den sahneweißen Wolkenschichten auf.

»Wohin haben sie Zhobelia gebracht, Onkel Mo?« fragte ich sanft.

Mo schluchzte, dann zog er lautstark die Nase hoch, so daß ich fühlen konnte, wie sein Leib zitterte und vibrierte. »Ich darf nicht... ach, was macht es...? Du sollst es eigentlich nicht...«

»Ich würde es so gern wissen, Onkel Mo. Vielleicht könnte ich dir dann helfen.«

»Slanashire«, sagte er.

»Wo ist das?«

»Es ist Lanca... Lanarkshire; eine schreckliche kleine Stadt in... Lanarkshire«, sagte er.

Ich empfand große Erleichterung. Ich hatte befürchtet, er würde irgendeinen Ort auf den Hebriden oder sogar auf dem Subkontinent nennen.

»Ich würde ihr so gern schreiben«, sagte ich sanft. »Wie lautet ihre Adresse?«

»Oh... Das... wie hieß es noch mal? Gloaming. Ja. Genau. Gloamings. Das Gloamings-Pflegeheim, Wishaw Road, Mauchtie, Lancashire. Lanarkshire«, sagte er.

Ich brachte ihn dazu, noch einmal den Namen der Stadt zu wiederholen.

»In der Nähe von Glasgow«, fuhr er fort. »Direkt am Stadtrand. Nun, in der Nähe jedenfalls. Ein absolut abscheuliches Kaff. Oh, entschuldige bitte. Fahr nicht hin... scheußlich... Schreib lieber. Sie würde sich freuen, von dir zu hören... von dir zu hören. Vielleicht würde sie dich auch gerne sehen. Nun, möglicherweise. Sie scheint nicht sonderlich erpicht darauf, uns zu sehen... ihren eigenen Sohn... aber... nun. Wer weiß? Wer weiß, Isis? Wer kann es schon sagen. Niemand... kann es... Alles nur Träume. Nur... Träume. Schreckliche... Träume.« Er stieß einen tiefen, gequälten Seufzer aus und schmiegte sich enger an mich.

Ich hielt ihn eine Weile in meinen Armen. Er wirkte so schmächtig.

Nach einer Weile hob ich die Hand und legte meine Handfläche sanft auf Onkel Mos Haar, so als würde ich einen zerbrechlichen Becher halten. Ich schloß die Augen. Ich versenkte mich in den steten Rhythmus des dahinsausenden, ratternden Zugs, ließ seine pfeilschnelle Bewegung zu Ruhe und sein stählernes Grollen zu Stille werden, auf daß ich – in dieser Ruhe und Stille – einen Ort fand, um mich bereit zu machen und meine Kräfte zu sammeln und auf die Empfindungen zu warten, die das Erwachen meiner Gabe ankündigten.

Schließlich kam es, kribbelte in meinem Kopf und in meiner Hand, und ich wurde zu einem Leiter, einem Filter, einem Herzen, einem gesamten System. Ich spürte den Schmerz und den Kummer und die zerbrochenen Träume meines Onkels. Spürte ihr einsames, trostloses, betäubendes Grauen, spürte die erstickende Fülle seiner inneren Leere und spürte, wie das alles in mich hineinfloß, in mir zirkulierte und dort gereinigt und neutralisiert und durch mich geläutert wurde und dann durch meine Hände wieder in ihn zurückfloß als eine Medizin, die aus Gift gemacht worden war, etwas Negatives, das nun in etwas Positives verwandelt worden war, das ihm Frieden gab und Hoffnung und Glaube.

Ich schlug meine Augen wieder auf und bewegte meine Hand.

Die Bäume vor dem Fenster wurden von Feldern und Weideland und dann von Häusern abgelöst.

Ich schaute mir eine Weile die Häuser an. Onkel Mo atmete in regelmäßigen, entspannten Zügen, an mich geschmiegt wie ein Kind.

Der Schaffner verkündete, daß wir in wenigen Minuten in Newcastle upon Tyne halten würden. Onkel Mo rührte sich nicht. Ich überlegte kurz, dann blickte ich auf meine Hand, die Hand, mit der ich Onkel Mos Gedanken berührt hatte.

»Ach, Onkel Mo«, hauchte ich so leise, daß er es nicht hören konnte, »es tut mir leid.«

Ich machte eine kurze Überschlagsrechnung im Kopf, dann schaute ich mich um, um mich zu vergewissern, daß niemand mich beobachtete, und schob Onkel Mo in meinen Armen etwas zur Seite. Dann – während ich Gott um Vergebung für meine Tat bat und mich gleichermaßen erbärmlich und siegessicher und zudem erregt fühlte – angelte ich Onkel Mos Brieftasche aus der Innentasche seines Jacketts.

Er hatte noch achtzig Pfund bei sich. Ich nahm die Hälfte an mich, dann gab ich ihm von dem Geld, das ich bereits besaß – und von dem das meiste, wie ich gestehen muß, ebenfalls von Onkel Mo stammte, wenngleich er es auch nicht wußte –, Wechselgeld auf neunundzwanzig Pfund zurück. Ich steckte die Geldscheine ein, ließ die Brieftasche wieder in Onkel Mos Jackett verschwinden und setzte ihn anschließend so hin, daß sein Kopf halb gegen den Sitz und halb gegen das Fenster lehnte. Ich überlegte noch einmal, dann griff ich in seine andere Innentasche und nahm sein tragbares Telefon an mich. Er murmelte etwas, war aber ansonsten völlig weggetreten. Ich schrieb ihm eilig eine kurze Nachricht auf eine Serviette und schob sie unter den Plastikbecher auf dem Tisch vor ihm.

Die Nachricht lautete: *Lieber Onkel Mohammed. Es tut mir leid. Wenn Du diese Zeilen liest, werde ich schon in einem Zug nach London sitzen. Vielen Dank für Deine Freundlichkeit; ich werde alles erklären. Verzeih mir. In Liebe, Isis.*

P.S.: Das Telefon schicke ich dir mit der Post zurück.

Als der Zug abbremste, stand ich auf, nahm meinen Reisehut

vom Gepäcknetz über den Sitzen, griff mir mein Sitzbrett und ging den Gang hinunter, um meinen Seesack zu holen. Ich kam an einem Rentnerehepaar vorbei, deren Reservierungsschildchen an den Sitzen besagten, daß sie von Aberdeen nach York fuhren; ich sprach sie an, zeigte auf Onkel Mo und bat sie, ihn vor York zu wecken und dafür zu sorgen, daß er dort ausstieg. Sie erklärten sich bereit, und ich bedankte mich bei ihnen.

Just als unser Zug in den Bahnhof von Newcastle einfuhr, fuhr aus der entgegengesetzte Richtung, von Süden her, ein zweiter Zug ein. Ich sprach mit einem Bahnangestellten, der mir erklärte, daß es sich um einen verspäteten Zug nach Edinburgh handelte. Ich rannte eilig über die Fußgängerbrücke und war auf dem Weg zurück nach Edinburgh, bevor Onkel Mos Zug seine Fahrt fortsetzte.

Kapitel Zweiundzwanzig

Als ich in Edinburgh eintraf, blieb mir noch eine Stunde bis zu meinem Rendezvous mit Morag. Es war ein angenehm milder Tag mit wolkigem, doch blauem Himmel; ich ging zum Hauptpostamt, erstand einen gepolsterten Umschlag und schickte Onkel Mos Telefon an seine Adresse in Spayedthwaite, dann begab ich mich zum Royal Commonwealth Pool, wobei ich auf dem Weg noch kurz in einer Buchhandlung haltmachte, um in einem Straßenatlas die Ortschaft Mauchtie in Lanarkshire zu suchen. Und ich fand sie tatsächlich, unweit von Hamilton.

Ich erreichte das Schwimmbad im Schatten von Arthur's Seat. Ich ging einmal um das Gebäude und entdeckte an dessen Rückseite die besagten Rutschen; riesige farbige Plastikröhren, die ein wenig an die Schuttrutschen erinnerten, die man an Gebäuden sieht, die gerade renoviert werden. Es gab vier dieser Röhren: eine große, sanft geschwungene weiße, deren oberer Abschnitt entweder durchsichtig oder halbdurchsichtig war; zwei steilere, gewundene Rutschen in Gelb und Blau; und eine fast vertikal anmutende schwarze.

Ich setzte mich eine Weile auf das Gras am Hang von Arthur's Seat, schaute zu den Gebäuden hinüber und badete mich im weichen, wolkengefilterten Sonnenschein, dann begab ich mich an die Kasse des Schwimmbads, stieg die Treppe zu den Umkleidekabinen hinunter, zwängte mich mühsam in meinen abgewetzten und schon recht knapp sitzenden alten Badeanzug (einst war er gelb gewesen, doch nach jahrelangem Schwimmen im schlammigen alten Forth war er längst zu haferfarben verwaschen) und brachte – nachdem ich meinen Seesack in das winzige Schließfach gestopft hatte, das man mir zugeteilt hatte – zwanzig Minuten damit zu, Bahnen zu schwimmen, die überwältigende Größe des Schwimmbads zu bewundern und interessiert die Wasserrutschen zu studieren, die man über eine hohe Wendeltreppe erreichte und von denen drei in ihrem eigenen kleinen Becken mündeten. Die vierte Rutsche – anscheinend die schwarze Röhre, die ich zuvor draußen gesehen hatte – spie ihre Benutzer in eine langgestreckte, wassergefüllte Wanne. Nach den gelegentlichen Kreischern und der Geschwindigkeit zu urteilen, mit denen die Leute aus der schwarzen Öffnung jener letzten Rutsche schossen, schien diese die aufregendste zu sein.

Ich hatte die ganze Zeit über die Ausgänge der Umkleidekabinen im Auge behalten, und nach zwanzig Minuten erspähte ich jemanden, den ich mit einiger Sicherheit als den jungen Mann erkannte, den Cousine Morag Ricky genannt und den ich eine Woche zuvor im La Mancha angetroffen hatte. Er trug eine kurze Badehose und war schon ein prächtiges Mannsbild: sonnengebräunt, blond und muskulös; und ich war beileibe nicht das einzige weibliche Wesen, das ihn anschaute. Ich konnte mir vorstellen, daß auch etliche der Männern ihn eingehend musterten, die meisten mit neidischen Blicken. Er ging bis zur Mitte des Beckenrands und baute sich dort auf, die Beine leicht gespreizt, die massigen Arme kernig unter beeindruckenden Brustmuskeln verschränkt. Seine Stirn war gerunzelt, während er den Blick durch das Schwimmbad schweifen ließ. Ich schwamm zweimal auf dem Rücken an ihm vorbei, doch er schien mich nicht zu bemerken.

Fünf Minuten später tauchte Cousine Morag auf und zog sogar noch mehr Blicke auf sich. Sie trug, wie ich, einen Einteiler, doch damit hörte die Ähnlichkeit auch schon auf. Ihr Badeanzug war schwarz und glänzend. Die Beinausschnitte reichten bis hoch an die Hüfte, und an den Seiten war von der Beinkante bis zu den Achselhöhlen durchscheinender schwarzer Netzstoff eingesetzt, der sich aufreizend an ihre schmale Taille schmiegte. Der Badeanzug besaß rein prinzipill einen hochangesetzten Halsausschnitt, dessen verhüllende Wirkung jedoch gänzlich von einem weiteren tief hinabreichenden und breiten Netzstoff-Einsatz aufgehoben wurde, durch den man deutlich das sich wölbende Dekolleté ihrer beachtlichen Brüste sehen konnte.

Sie gesellte sich zu dem jungen Mann am Beckenrand – Götter unter den Sterblichen. Beide ließen ihre Blicke über die Schwimmer und jene, die am Beckenrand saßen oder entlanggingen, schweifen; Morag schaute zu den Wasserrutschen hinauf. Sie hatte ihr langes kastanienbraunes Haar zu einem Knoten hochgebunden, der von einem schwarzen Band gehalten wurde. Als ihr Blick in meine Richtung wanderte, hob ich die Hand und winkte ihr zu.

Sie winkte zurück und lächelte verhalten. Ich drehte mich auf den Bauch und schwamm zu den beiden hinüber, da ich mir dachte, daß Morag sich – so sie sich immer noch in irgendeiner Weise von mir bedroht wähnte – wohler fühlen würde, wenn ich im Wasser und unterhalb von ihr und dem jungen Mann wäre.

Ich kam an den Beckenrand und hielt mich dort fest; Morag ging in die Hocke; der junge Mann blieb stehen und starrte mich grimmig von oben herab an.

»Hallo«, sagte ich mit einem Nicken und lächelte die beiden an.

»Hallo, Is. Ricky kennst du ja schon, oder?«

»Ja. Noch mal hallo«, begrüßte ich ihn fröhlich. »Wie geht es Tyson?«

Er fixierte mich mit einem wütenden Blick und schien zu überlegen. »Gut«, erwiderte er schließlich.

»Das ist schön. Es tut mir leid, wenn meine Freunde und ich dir angst gemacht haben, als wir zum La Mancha gekommen sind.«

»Hatte keine Angst«, gab Ricky beleidigt zurück.

»Ich hätte besser verärgert sagen sollen«, sagte ich beschwichtigend. »Es tut mir leid, wenn wir dich verärgert haben.«

»Schon gut«, erklärte Ricky, offensichtlich besänftigt.

»Also, wie läuft's, Cousinchen?« fragte Morag mit einem vorsichtigen Lächeln.

»Ach, recht traumatisch«, erwiderte ich und lächelte tapfer. »Aber ich überlebe.«

»Gut«, sagte sie und richtete sich auf. Sie deutete mit einem Nicken auf die Wendeltreppe, die zur Rutsche hinaufführte. »Sollen wir mal rutschen?« fragte sie.

»Warum nicht?« sagte ich.

Morag sprang anmutig über mich hinweg und tauchte mit einem sauberen Köpfer hinter mir ins Wasser ein. Ricky schwang sich gleich darauf ins Becken und ließ kaum mehr Wasser aufspritzen. Ich stieß mich vom Beckenrand ab und plantschte ungelenk hinter den beiden Wassergöttern her.

*

»Wasserrutschen sind wie das Leben, verstehst du?« sagte Cousine Morag, als wir uns dem Ende der Schlange auf der Wendeltreppe anschlossen und uns der Plattform näherten, von der die vier Rutschen abgingen. Ein Bademeister in weißen Shorts und T-Shirt überwachte die Leute – zumeist Kinder, die schon naß waren –, die sich für den Spaß anstellten.

»Wie das Leben?« fragte ich an Rickys massigem Rücken vorbei, während ich vorwärtsschlurfte. Ricky hatte darauf bestanden, sich zwischen Morag und mich zu stellen, offenkundig noch nicht überzeugt, daß ich mich nicht doch als heimtückische Besessene mit Mordabsichten entpuppen würde, obgleich ich mir nicht vorstellen konnte, wo ich seiner Meinung nach eine Waffe hätte versteckt haben sollen. Vielleicht befürchtete er, ich würde Morag heimtückisch über das Geländer der Wendeltreppe stoßen, so daß sie auf den Kachelboden darunter stürzte.

»Ja«, sagte Morag an Rickys beeindruckenden Bizepsen vorbei, als sie das vordere Ende der Schlange erreichte. »Du kannst den kurzen, aufregenden Weg nehmen, wie die schwarze Röhre hier, oder den langen, langsamen, gemütlichen Weg, wie die weiße Röhre hier, oder irgend etwas dazwischen, verstehst du, was ich meine?«

»Irgendwie schon«, erwiderte ich.

Der Bademeister nickte Morag zu, und sie tappte zur Öffnung der schwarzen Röhre, verfolgt von jedem Augenpaar in Sichtweite. Sie schwang sich gekonnt in den gähnenden Schlund des schwarzen Lochs. Lämpchen über der Tunnelöffnung wechselten von Rot zu Grün. Morag stieß sich ab und verschwand mit einem begeisterten Jubelschrei in der Röhre.

Ricky drehte sich grinsend zu mir um. »Das macht sie immer«, erklärte er. Dann trat er zur Tunnelöffnung und verschwand kurz darauf stumm ebenfalls im schwarzen Loch.

Ich fand, daß es feige aussehen würde, nicht dieselbe Röhre zu nehmen. Ich ließ mich in die Öffnung gleiten und hielt mich an den Chromgriffen am Rand fest. Als die rote Lampe ausging, ließ ich los.

Blankes Entsetzen. Es hielt nur knappe drei Sekunden an, aber während dieses Augenblicks verlor ich vor Angst fast den Verstand. Ein scharfer Luftstrom rauschte an mir vorbei, eine Schulter brannte von der Reibung, Wasser schoß in meine Nase, ich wurde hin und her geworfen und dann in einem einzigen, durch Mark und Bein gehenden Ruck aus der fast Vertikalen in eine perfekte Horizontale geschleudert und in die wassergefüllte Wanne gespien, die ich vorhin schon gesehen hatte. Am Ende der Wanne kam ich schlitternd zum Halten – hustend und prustend und mit einer vom Chlor verätzten Nase. Mein Badeanzug hatte versucht, in meine Scheide einzudringen. Außerdem vermutete ich, daß ich nunmehr wußte, wie es sich anfühlte, einen Einlauf zu bekommen. Rotgesichtig und hustend fuchtelte ich mit den Armen.

Morag und Ricky zogen mich lachend aus dem Becken.

Ich dankte ihnen, stand auf, bückte mich, spuckte ein wenig Wasser aus und zog meinen Badeanzug so zurecht, daß er mich wieder etwas sittsamer verhüllte.

»Mann!« sagte ich und strahlte die beiden an.

»Noch mal?« fragte Morag.

»Noch mal!« rief ich begeistert.

*

»In den meisten Wasserrutschen muß man sich einfach aufrecht hinsetzen, damit man langsamer rutscht«, erklärte mir Morag den Bremsvorgang. »Bei einer Rutsche wie der schwarzen hier funktioniert das allerdings nicht.« Sie kicherte. »Du kannst auch deine Arme seitwärts ausstrecken oder dich hinlegen, aber dabei deinen Rücken so durchdrücken, daß ein Vakuum zwischen dem Rücken und dem Rutschenboden entsteht. Aber wer will schon langsamer rutschen, stimmt's?« Sie sah mich an und schüttelte den Kopf. »Wenn du *schneller* werden willst, dann mußt du deine Knöchel übereinanderschlagen und die Hände unter den Nacken schieben, so daß deine Schulterblätter nach unten gedrückt werden. Auf die Weise hast du nur mit einer Hacke und den beiden Schultern Bahnberührung, und das bedeutet minimale Reibung. Das allein tut's natürlich noch nicht, wenn du wirklich Tempo draufkriegen willst; du mußt dich in die Kurven legen, verstehst du, was ich meine? Du mußt richtig mitgehen und versuchen, so wenig wie möglich irgendwo anzustoßen. Du mußt im Kopf eins werden mit der Bahn. So kriegt man wirklich schnelle Zeiten.«

»Hast du eine Stoppuhr dabei?« fragte ich, während wir uns etappenweise die Wendeltreppe hinaufbewegten.

»Schmuck ist hier nicht erlaubt«, erwiderte Morag und präsentierte mir ihre elegant nackten Handgelenke. Ricky war vor uns, nunmehr offensichtlich genügend überzeugt davon, daß ich doch kein so übler Kerl war. »Viele der schnellen Rutschen haben einen Knopf, den man drückt, wenn man sich abstößt; unten saust man dann durch eine Lichtschranke oder so was, und deine Zeit wird auf einer Uhr am Endbecken angezeigt. Das macht richtig Spaß.«

»Oh.« Jemand landete in dem Planschbecken unter uns, und ich schaute über das Geländer. »Machst du so was oft?« fragte ich Morag.

»O Gott, ja; ich habe schon alle großen Wasserrutschen in England, an der Costa del Sol und auf den Balearen ausprobiert. Letzte Woche wollten wir eigentlich auf die Kanarischen Inseln fliegen; ich habe gehört, dort soll es auch ein paar richtig tolle Anlagen geben, aber dann kam diese Sache mit Frank und der Steuerfahndung.«

»Hmm. Ich nehme an, Allan wußte, daß du in Urlaub fahren wolltest?«

»Ja. Er wußte Bescheid.«

Natürlich; und wenn alles planmäßig verlaufen wäre, dann wäre ich in London angekommen, hätte schließlich herausgefunden, daß Morag im Urlaub war, und hätte – so ich nicht aus eigenem Antrieb beschlossen hätte, dort zu warten – zweifellos diesbezügliche Anweisungen aus High Easter Offerance erhalten, wenn ich mittels Telefoncode Bericht erstattet hätte. »Wie lange wolltest du fort sein?« fragte ich.

»Einen Monat«, sagte Morag. »Aber dann mußte Frank mit den Typen von der Steuerfahndung reden, und ich dachte mir, nun, dann besuche ich eben die schottischen Wasserrutschen, nur daß mir wegen der Sache mit dir nicht ganz wohl dabei war. Ich hatte beschlossen, Stirling auszulassen; das war mir dann doch ein bißchen zu nah bei dir.«

»Also gibt es viele Schwimmbäder mit Wasserrutschen?«

»Du meine Güte, ja; hunderte. Ich meine, diese hier sind ja ganz okay, aber du solltest mal die Riesendinger sehen, die sie im

Ausland haben, und auch noch draußen im Freien; absolut abgefahren sind die...«

»Na, noch mal das Schwarze Loch, was?« sagte Ricky, als er das vordere Ende der Schlange erreichte.

»Klar, Liebster«, erwiderte Morag; sie faßte ihm an die Schulter und gab ihm einen Klaps auf den Po, als er an die Reihe kam.

»Ricky ist also dein Freund, ja?« fragte ich sie.

»Ja«, sagte sie und strahlte stolz. »Ist er ein Prachtbursche, oder was?«

»Oh, ein eindeutiger Prachtbursche«, pflichtete ich bei. »wie findet er es denn, daß du... du weißt schon, in den Filmen mitspielst?«

Sie legte den Kopf in den Nacken und lachte. »Ist er eifersüchtig? Nee; ich glaube, er ist stolz, und er guckt es sich auch gerne an. Außerdem...« Sie beugte ihren Kopf dicht an den meinen und senkte ihre Stimme. »Erzähl's ihm nicht, ja? Aber manchmal, ja, wenn ich so einen Porno drehe – dann tue ich nur so, als würde ich was vortäuschen.«

Sie kicherte und zwinkerte mir zu.

Ich sah sie stirnrunzelnd an. »Du meinst, du täuscht vor, einen Orgasmus nur vorzutäuschen?«

»Ja«, sagte sie und stubste mich mit dem Ellenbogen an. »Aber ich will ihn schließlich nicht kränken, verstehst du?« Sie schaute sich um. »Wir sehen uns unten.«

*

Abermals blankes Entsetzen. Aber diesmal hielt ich meine Beine über Kreuz und vermied so, daß Wasser in meine unteren Körperöffnungen eindrang. Ich fing langsam an zu verstehen, daß das Rutschen für Morag eine erfrischende Abwechslung von ihrer Arbeit darstellen mußte.

*

»Wie bist du eigentlich Pornostar geworden?«

»Ich habe ein Konzert gegeben –«

»Auf dem Baryton?«

»Ja, natürlich. Ich hatte sogar durchaus Erfolg, auch wenn man nicht gerade die großen Menschenmassen zu den Konzerten lockt; alles war sehr bescheiden und klein ... nun, jedenfalls saß ich in der U-Bahn, auf dem Weg zum Konzert, ganz in Gedanken versunken, nehme ich an, und plötzlich steht da dieser Typ vor mir und gibt mir seine Karte und fragt, ob ich Interesse hätte, mich für ein Magazin fotografieren zu lassen. Und ich sagte: Was für eine Art Magazin? Und er sagte, ein Männermagazin, aber eins von den gehobeneren. Nun, mein Interesse war jedenfalls gleich Null, aber dann hat er erwähnt, wieviel Geld es bringen würde, und ich habe gesagt, nun, ich würde es mir durch den Kopf gehen lassen. Ich hab es mir durch den Kopf gehen lassen, dann habe ich ihn am nächsten Tag angerufen, hab ja gesagt, bin eine Woche später zu der Villa gefahren, wo sie die Aufnahmen gemacht haben, hab meine Klamotten ausgezogen, der Fotograf hat Frank als Manager empfohlen, und der hat mich dann in den Filmen untergebracht. So einfach war das. Ich weiß, ich hätte es euch sagen sollen, hätte euch einen Brief schreiben sollen oder so was, aber in den Briefen von der Gemeinde stand immer, wie stolz alle wären, daß ich mit dem Baryton auftrat, und ich hatte Angst, euch zu enttäuschen, und schließlich war ich ja anfangs auch wirklich mit dem Baryton aufgetreten, und ich gebe immer noch hin und wieder, so alle paar Monate, ein Konzert, und da dachte ich mir, es wäre schon in Ordnung, und irgendwie war's ja auch Schicksal, denn wenn es das Baryton nicht gegeben hätte und ich nicht zu diesem Konzert gefahren wäre und in der U-Bahn diesen Typen kennengelernt hätte, dann wäre ich überhaupt nicht ins Pornogeschäft gekommen, oder?«

»Hmmm«, erwiderte ich. Offensichtlich besaß ich nicht das alleinige Monopol auf das Formulieren von kunstvollen Rechtfertigungen für arglistige Täuschungen. »Macht es dir denn Spaß?« fragte ich stirnrunzelnd.

»Was, das Pornogeschäft?«

»Ja.«

Sie schaute nachdenklich drein. »Weißt du was?« sagte sie schließlich und nickte mir zu. »Ich liebe es!« Sie zuckte die Achseln. »Ich kann von Sex gar nicht genug kriegen, ich werde gern bewundert, und das Geld ist auch nicht zu verachten. Es ist um Klassen besser als für seinen Lebensunterhalt schuften zu müssen.« Sie lachte. »Ich werd noch ein paar Jahre dabeibleiben, dann mache ich vielleicht meine eigene Ladenkette für erotische Dessous auf.« Sie schaute nachdenklich drein, und ihr Blick schweifte in weite Ferne. »Oder ich entwerfe Wasserrutschen.« Sie zuckte abermals die Achseln und machte sich wieder daran, ihre Nägel zu feilen. »Ich meine, das ist natürlich irre technisch und voll von Störgeräuschen, aber gleichzeitig ist es auch sehr rein.«

Wir saßen mit nassen Haaren im Café und schauten den Schwimmern im Becken zu. Ich bin überzeugt, ich muß wie eine begossene Katze ausgesehen haben. Morag sah wie eine gerade den Wogen entstiegene, strahlende Meerjungfrau in Jeans aus. Ricky stand am Tresen Schlange, um uns etwas zu trinken zu holen.

Wir hatten auch noch die anderen drei Rutschen ausprobiert, doch Morag und Ricky waren immer wieder zum Schwarzen Loch zurückgekehrt. Ich war ihrem Beispiel nicht gefolgt, sondern hatte statt dessen die beiden gewundenen mittleren Röhren bevorzugt, weil sie einem Zeit gaben, die Rutschtour zu genießen, statt vor Entsetzen starr die Bahn hinunterzusausen. Ich mochte sogar den breiten, flachen weißen Tunnel, den langsamsten der vier, den zwar auch Ricky und Morag – der Vollständigkeit halber – ausprobierten, von dem sie aber meinten, er sei nur was für Feiglinge und Rentner; ich persönlich fand jedoch, daß er den zusätzlichen Reiz besaß, daß man durch den ersten, halb durchsichtigen Teil der Röhre einen sehr schönen Ausblick über Salisbury Crags und Arthur's Seat erhielt, die grün und braun vor dem Blau und Weiß des Himmels aufragten.

Nachdem wir zwei Stunden lang ausgiebig gerutscht waren und uns wunde Hacken und Schultern geholt und andere knochige Stellen aufgescheuert hatten, schwammen wir noch ein paar Bahnen und beschlossen dann, es gut sein zu lassen. Wir hatten uns umgezogen und uns anschließend ins Café gesetzt.

Morag steckte ihre Nagelfeile zurück in die kleine Umhängetasche, lehnte sich in ihrem Stuhl zurück und reckte sich in ihrer ganzen anmutigen Pracht, während sie sich mit den Händen das nasse Haar aus dem Nacken und weg von ihrer Bluse hielt. Wenn sie so die Arme hob, hatte es eine wahrlich dramatische Wirkung auf ihren Busen; die Wirkung auf die Anwesenden hingegen schien umgekehrt proportional zur Entfernung zu sein; Morag gab kein Anzeichen, es überhaupt zu bemerken. Ich ließ mir auch nichts anmerken, aber die Männer, die an den Nebentischen saßen, warfen verstohlene Blicke herüber, während die weiter entfernt sitzenden Männer sie mit offenerer Bewunderung anschauten und andere, die von Kleinkindern und nassen Handtüchern umgeben zwanzig Meter entfernt saßen, sich plötzlich aufrichteten und ihre kleinen Plastikstühle so hinrückten, daß sie besser herüberstieren konnten.

Ich stieß ein leises Lachen aus und beugte mich über den Tisch. »Also, Cousine, darf ich nun davon ausgehen, daß du mich jetzt nicht mehr für verrückt oder besessen oder was sonst noch hältst?«

»Ja«, erwiderte sie und schaute ein wenig verlegen drein. »Es tut mir leid, aber es war nicht wirklich meine Schuld, stimmt's?«

»Nein, ich weiß«, sagte ich. »Ich denke, ich weiß, wessen Schuld es war.«

Ricky kam mit einem Tablett vom Tresen herüber. Ich hatte ein Kännchen Tee bestellt, Morag einen schwarzen Kaffee und Mineralwasser, und für sich selbst hatte Ricky eine Cola und einen Cheeseburger mitgebracht.

»Also, was geht deiner Meinung nach vor?« fragte Morag mich in geschäftsmäßigem Tonfall.

»In der Gemeinde?« fragte ich zurück. Sie nickte. »Ich bin nicht sicher«, gestand ich. »Aber ich denke, Allan will alles an sich reißen und Oberhaupt werden.«

Morag runzelte die Stirn. »Aber er ist kein Schaltjähriger; wie will er das anstellen?«

»Im Moment ist er es, der Großvater bei den Überarbeitungen hilft; das ist möglicherweise überhaupt nur der Grund dafür gewesen, weshalb er mich aus dem Weg haben wollte. Ich sehe nicht, wie er das Schaltjährigentum gänzlich und ersatzlos aus unserem Glauben streichen kann, aber vielleicht kann er Salvador überzeugen, daß ein wahrer Schaltjähriger männlich sein muß und ich deshalb nicht zähle, oder daß es eine Trennung geben sollte zwischen dem Auserwählten Gottes, der dann nur eine Art ... eine Art Galionsfigur wäre ... und der ... Exekutive, könnte man es wohl nennen – der Person, der tatsächlich die Leitung der Gemeinde obliegt. Diese Person würde dann alle Zügel in der Hand halten.«

Ich schaute zu Ricky, der mich über seinen Cheeseburger hinweg anstarrte, während seine Kiefer mit dem Essen kämpften.

Morag bemerkte meinen Blick und schaute ebenfalls zu Ricky. »Ist schon in Ordnung, Rick«, erklärte sie. »Wir führen hier nur Gott-Gespräche.«

Er nickte beschwichtigt und wandte seine Aufmerksamkeit wieder dem Cheeseburger zu.

»Vielleicht liegt es auch nur an mir«, sagte ich achselzuckend. »Vielleicht hat er irgendwie das Gefühl, ich hätte ihm irgendein Unrecht angetan, und er dürstet danach, mich persönlich zu vernichten ...« Ich schüttelte den Kopf. »Nein, nein; ich denke, er tut das alles allein für sich selbst und für Mabon, seinen Sohn.«

»Vielleicht hat er Angst vor dir?«

Ich öffnete den Mund, um zu protestieren, um zu sagen, daß das nicht sein könne, aber dann fiel mir Allans Gesicht wieder ein und der Ausdruck, den ich so oft darauf gesehen hatte, daß ich es schon gar nicht mehr zählen konnte – zum ersten Mal an jenem Tag, als ich den Fuchs, der tot auf der Wiese neben der Straße lag, zum Leben erweckt hatte. Ich schloß meinen Mund wieder und blickte achselzuckend zu Boden.

»Und was ist mit Salvador?« fragte Morag. »Bist du sicher, daß nicht der Alte höchstpersönlich hinter der ganzen Sache steckt?«

»Nein, ganz sicher bin ich nicht ... aber doch ziemlich. Ich denke, er hat nur die Gunst der Stunde genutzt.« Ich lachte grimmig. »Und versucht, meine Gunst zu erzwingen.«

»Der alte Dreckskerl«, sagte Morag. Ricky schaute abermals hoch.

»Bitte, Morag«, beschwor ich sie. »Er ist noch immer der Gründer, er ist noch immer mein Großvater. Es ist nur so, daß der Mann in ihm ... und vielleicht der Alkohol die Oberhand über den Propheten gewonnen haben.«

»Das ist doch Unsinn, Cousinchen«, erwiderte Morag.

»Er hat uns alles gegeben, Morag«, erklärte ich ihr. »Unseren gesamten Lebensstil. Ich werde ihm nicht den Schatz absprechen, den er gefunden hat, nur weil die Hand, die die Truhe öffnete, allzu menschlich und unrein war.«

»Sehr poetisch ausgedrückt«, gab Morag zurück, »aber du bist einfach zu scheißgroßzügig, das ist dein Problem.« Das war höchstwahrscheinlich die unzutreffendste Bemerkung, die sie an jenem Nachmittag gemacht hatte.

»Nun«, sagte ich, »ich habe nicht vor, Allan gegenüber allzu großzügig zu sein, wenn ich erst einmal alle Beweise in der Hand habe, um damit vor die Gemeinde zu treten.«

»Gut«, erklärte sie mit Inbrunst.

»Wirst du mir helfen?« fragte ich sie.

»Wie?« Sie sah mich offen an, Ricky argwöhnisch.

»Würdest du mit zur Gemeinde kommen? Um meine Geschichte zu bestätigen? Ich meine, du sollst nur einfach die Wahrheit über diese Briefe und Allans Telefonanrufe und das, was er dir erzählt hat, sagen; über seine Lügen. Würdest du das tun?«

»Glaubst du, die würden auf mich hören?« Sie klang zweifelnd.

»Ich denke schon. Wir dürfen nur Allan nichts ahnen lassen, sonst wird er dich vorher bei allen in Mißkredit bringen, wie er es mit mir getan hat, aber wenn wir nichts davon erzählen, daß wir uns getroffen haben, dann sollte es uns möglich sein, ihn zu überraschen. Wenn wir dann alles bei einer Versammlung vortragen, bei der alle zugegen sind, bei einem großen Gottesdienst zum Beispiel, dann sollte er eigentlich keine Gelegenheit haben, den Verstand der Leute mit Gerüchten und Lügen zu vergiften. Es sollte uns gelingen, seine Schandtaten anzuprangern, ohne daß er zum Gegenschlag ausholen kann.«

»Aber was ist mit den Pornos?« fragte Morag zaudernd.

»Nun, es ist ganz sicher nicht der gesegnetste aller Berufe, aber es war deine vermeintliche Abkehr vom Glauben, die uns mehr als alles andere getroffen hat, und ich denke, daß bei deiner Heimkehr die Freude über deine Rückkehr in den Schoß unseres Glaubens größer sein wird als jeglicher Unmut ob der Tatsache, daß du deinen Ruhm in einer anderen künstlerischen Sparte als der Musik erworben hast«, erklärte ich mit ein wenig mehr Überzeugung, als ich tatsächlich empfand. »Salvador ist anscheinend verärgert – mehr über den Betrug denn über die wahre Natur deiner ... Karriere, vermute ich –, aber ich denke, er wird sich wieder beruhigen.« Ich lächelte. »Du wirst ihn mit deinem Charme besänftigen.«

»Ich kann es versuchen«, erwiderte Morag mit einem so bezaubernden Lächeln, daß man damit einen Stein hätte erweichen können.

»Es wäre vielleicht das beste, wenn du und ich nicht gemeinsam dort auftauchten«, sagte ich, während ich mir die ganze Sache durch den Kopf gehen ließ. »Wir sollten natürlich um die gleiche Zeit herum eintreffen, aber nicht zu offensichtlich gemeinsam. Nun, vielleicht.«

»In Ordnung. Was immer du meinst. Die Sache ist abgemacht. Aber wann?« fragte sie.

Ich nickte, noch immer in meine Überlegungen versunken. Der nächste große Gottesdienst würde Sonntag abend stattfinden, zur Feier des Vollmondes. Bis dahin waren es nur noch zwei Tage, und somit war es wahrscheinlich zu früh, aber man konnte nie wissen. »Laß uns in Verbindung bleiben, aber wenn es hart auf hart kommt, könnte es schon übermorgen sein . . . Würde das gehen?«

Morag lehnte sich mit nachdenklichem Gesicht zurück. »Heute sind wir noch hier«, sagte sie und blickte zu Ricky, der seinen Cheeseburger aufgegessen hatte und nun kleine Kleckse geschmolzenen Käses und Remoulade vom Tablett puhlte. »Morgen sind Leven und Dundee dran«, fuhr Morag fort. »Übermorgen wollten wir eigentlich nach Aberdeen, aber statt dessen könnten wir auch nach Perth fahren und dann auch gleich Stirling mitnehmen. Ich kann dir die Nummern der Hotels geben, in denen wir übernachten. Wie wär das?«

Ich überlegte. »Gut. Vielleicht dauert es aber auch noch ein paar Tage länger.«

»Egal«, sagte Morag und nickte entschlossen. »Was steht als nächstes auf deiner Liste?«

Es schoß mir durch den Kopf zu lügen – Schande auf mein Haupt –, aber dann ging mir ebenfalls durch den Sinn, daß es bei einem solchen Feldzug irgendwann einen Punkt gibt, an dem man einfach Vertrauen haben und erkennen lassen muß, daß man Vertrauen hat. »Ich werde Großtante Zhobelia besuchen«, erklärte ich.

Morag machte große Augen. »Wirklich? Ich dachte, sie wäre von der Bildfläche verschwunden.«

»Ich auch. Onkel Mo war der Schlüssel.«

»Wer hätte das gedacht? Und wie geht es ihm?«

Ich schaute auf die Uhr an der Wand. »Er hat vermutlich einen mächtigen Kater.«

Kapitel Dreiundzwanzig

Wenn man bei einer Reise dieselbe Route wählt wie alle anderen, wird man nur sehen, was sie schon gesehen haben. Dieser Leitspruch beschrieb seit vielen Jahren die Einstellung unseres Glaubens gegenüber Reisen und dem Prinzip der Interstitialität, und daher überkam mich ein gewisses Bedauern, als ich im Geiste noch einmal den Verlauf meiner jüngsten Reisen Revue passieren ließ, während ich an jenem Abend nach meinem Treffen mit Morag und Ricky im Zug von Edinburgh nach Glasgow saß.

Ich war schon vor längerem zu der Ansicht gelangt, daß für einen Anhänger unseres Glaubens der beste Weg von Edinburgh nach Glasgow oder umgekehrt in einem Fußmarsch entlang des alten Forth-und-Clyde-Kanals bestünde, und ich war diese Strecke im Geiste und auf Landkarten schon einige Male abgelaufen, während ich in der Gemeindebibliothek saß. Und doch fuhr ich nun in einem Zug von Osten nach Westen, just wie ein ganz gewöhnlicher Seichter. Mein einziges – und recht dürftiges – Zugeständnis an das Prinzip der Indirektheit war es gewesen, nicht den Eilzug, sondern einen langsameren Zug zu nehmen; die schnellere Route führt über Falkirk, der Bummelzug rattert weiter südlich durch Shotts. In Bellshill würde ich in den Regionalzug nach Hamilton umsteigen, so daß diese Strecke in gewisser Hinsicht sogar deprimierend direkter war. Allerdings dauerte die Fahrt auf ihr länger, als wenn man geradewegs nach Glasgow fuhr und dort umstieg, was ein gewisser Ausgleich für das Prosaische dieser Fortbewegungsmethode war.

Morag und Ricky hatten mich zum Abendessen eingeladen; sie wollten an jenem Abend in einem indischen Restaurant speisen. Die Versuchung war schon sehr groß gewesen, doch schließlich hatte ich es für das beste gehalten, mich ohne weitere Verzögerung auf den Weg nach Mauchtie zu begeben, in der Hoffnung, noch an jenem Abend Gelegenheit zu einer Audienz bei Großtante Zhobelia zu erhalten. Morag und ich hatten uns mit einer

Umarmung am Bahnhof Waverley voneinander verabschiedet; Ricky hatte mir widerwillig, doch sanft die Hand geschüttelt. Morag hatte mich gefragt, ob ich Geld bräuchte; ich hatte kurz überlegt.

Zu Beginn – an jenem Montag vor beinahe vierzehn Tagen, im Gemeindebüro, um genau zu sein – hatte ich entschieden, daß neunundzwanzig Pfund eine gesegnete und mehr als ausreichende Reisekasse darstellten, doch das war gewesen, bevor ich erkannt hatte, daß ich gegen einen Bruder anzutreten hatte, der bereit war, mitten im Herzen der Gemeinde etwas nach all unseren Prinzipien so Arglistiges und Empörendes wie ein tragbares Telefon zu benutzen, und ich hatte mir ganz sicher nie Illusionen bezüglich der Bedeutung ausreichender Finanzmittel in dieser grausam habsüchtigen Gesellschaft gemacht. Ich hatte Morag erklärt, daß ich ihr für ein Darlehen von neunundzwanzig Pfund dankbar wäre. Morag hatte gelacht, hatte das Geld aber ausgespuckt.

Die Zugfahrt durch die sonnengesprenkelte Landschaft aus bunten Feldern, Kleinstädten, Industrieruinen, weit entfernten Wäldern und noch weiter entfernt liegenden Hügeln war meine erste Gelegenheit, eingehend über das nachzudenken, was in den letzten zwei Tagen geschehen war. Zuvor hatte ich noch unter Schock gestanden, oder ich war mit Leuten zusammen gewesen, oder ich hatte – auf der Rückfahrt von Newcastle – im Geiste geprobt, was ich zu Morag sagen würde, hatte den Verlauf unserer Unterhaltung vorausgeplant, besonders für den Fall, daß Morag wieder in ihr Mißtrauen zurückverfallen wäre. Vor mir lag zwar noch ein ähnliches Gespräch mit meiner Großtante, aber dessen Verlauf war so unvorhersehbar, daß es wenig Sinn ergab, deshalb in Grübelei zu verfallen, und so konnte ich endlich innehalten und nachdenken.

Ich ließ noch einmal meine eigenen Handlungen Revue passieren. Ich hatte gestohlen, gelogen, betrogen, geheuchelt und Einbruch begangen, ich hatte die Schwäche eines Verwandten ausgenutzt, um ihm Informationen zu entlocken, ich hatte seit zwei Wochen kaum mit meinem Gott gesprochen, und ich hatte die Werke der Unerretteten mit fast der gleichen Selbstverständlichkeit wie diese selbst benutzt, hatte telefoniert, war Auto und Bus und Zug gefahren, mit dem Flugzeug geflogen, hatte Einzelhandelsgeschäfte betreten und einen ganzen Abend damit zugebracht, all die durch und durch hedonistischen Vergnügungen einer der größten Metropolen der Welt zu genießen, auch wenn diese letzte Sünde zugegebenermaßen in der Gesellschaft einer energischen und entschieden sinnesfreudigen Verwandten begangen worden war, die einer fremden Kultur entstammte, in der das Streben nach Spaß, Profit und Selbsterfüllung praktisch ein göttliches Gebot ist. Darüber hinaus hatte ich mir – abermals in jenem Büro im Herrenhaus – eisern geschworen, daß ich jegliche Wahrheit, die ich aufdecken sollte, wie einen Hammer benutzen würde, um all jene um mich herum damit niederzuschmettern, ohne zu wissen, wie zerbrechlich sogar jene sein mochten, die ich liebte.

Was für eine hübsche Veränderung doch in mir vorgegangen war! Ich schüttelte den Kopf, während ich mir die Patchwork-Landschaft anschaute. Ich fragte mich – seltsamerweise zum ersten Mal –, ob es mir tatsächlich möglich sein würde, in mein altes Leben zurückzukehren. Vor gerade mal zwei Tagen hatte ich in meinem Zimmer gestanden und bei mir gedacht, daß sich mein Leben nicht an meinen Besitztümern ermessen ließe, sondern gänzlich durch meine Beziehung zu den Menschen in der Gemeinde und zum Hof und den Ländereien um uns herum definiert wurde ... doch nun war ich von alldem ausgestoßen worden – hinsichtlich der Entfernung sicher nicht so erfolgreich, wie mein Bruder sich erhofft hatte, doch mit Entschiedenheit und mit einer fortgesetzten böswilligen Absicht, an der ich nicht zweifelte – und ich wunderte mich darüber, daß ich mich nicht noch verlorener und ausgestoßener fühlte, ja, gar exkommuniziert.

Sicher, ich besaß meine Gabe, aber die unheimliche und nun verschmähte – Fähigkeit, andere zu heilen, konnte für sich selbst betrachtet kaum als Trost dienen; tatsächlich bot sie nur ein weiteres Kriterium, anhand dessen man mich als andersartig und nicht zu den anderen gehörig erachten konnte.

Vielleicht lag es daran, daß ich nicht vorhatte, lange ausgestoßen zu bleiben, und daß ich die dringende, doch seltsam tröstliche Absicht hegte, eine triumphale Rückkehr zu inszenieren, in der Hand das feurige Schwert der Wahrheit, um damit all jene zu erschlagen, die mir Unrecht getan hatten. Vielleicht lag es auch schlichtweg daran, daß meine Erziehung mir eine Kraft und Unabhängigkeit gegeben hatte, die – wenn auch zweifelsohne zum Teil Ergebnis all der Zuwendung und Liebe, die ich von meiner Familie, unserem Glauben und meiner Umgebung empfangen hatte – nunmehr zum eigenständigen Charakterzug geworden war, just so, wie ein zarter Schößling, den der umgebende Wald vor dem unerbittlichen Wind schützte, langsam heranreift, bis er – sollten diese schützenden Bäume gefällt werden – ihrer Hilfe längst nicht mehr bedurfte, sondern für sich allein stehen konnte, zuversichtlich vertrauend auf seine eigene Kraft und Stärke und seinerseits in der Lage, anderen Schutz zu geben, wenn es an der Zeit dazu war.

Jedenfalls gingen so meine Gedanken, während der Zug durch kleine Bahnhöfe schnaufte, zwischen den grünen Wänden von kleinen Tälern dahinratterte, seinen Schatten auf die Nordseiten der Straßenböschungen, Felder, Wälder und Hügel dahinter warf und mich unaufhaltsam, wie ich hoffte, näher zu meiner Großtante Zhobelia trug. Meine Pläne für den Abend sahen dergestalt aus, zuerst Zhobelia aufzusuchen und dann nahe einer Ortschaft im Freien zu campieren oder mir ein Bed & Breakfast zu suchen. Für den Fall, daß mein Besuch bei Zhobelia rechtzeitig zu Ende sein sollte, hatte ich mir als Alternative überlegt, mit dem Zug nach Glasgow zurückzukehren und Bruder Topec aufzusuchen, der dort an der Universität studierte, doch ich war nicht überzeugt, ob dies tatsächlich klug wäre.

Topec ist sowohl ein Freund als auch ein Verwandter von mir (seine Mutter ist Schwester Erin, sein Vater Salvador), und ich könnte mich vermutlich auf seine Diskretion verlassen, wenn ich plötzlich an seiner Tür auftauchte, statt mit Mo nach Spayedthwaite oder allein nach London gefahren zu sein, wie ich es in meiner Nachricht angedeutet hatte; ich war mir jedoch nicht sicher, ob es rechtens wäre, Topec in mein Täuschungsmanöver zu verwickeln, solange sich das vermeiden ließe, besonders, da seine Mutter Allans rechte Hand zu sein schien.

Im Zug war es warm. Ich schloß die Augen und versuchte, mir noch einmal ganz genau die Landkarte, die ich in der Buchhandlung in Edinburgh angesehen hatte, ins Gedächtnis zu rufen, damit ich wußte, in welche Richtung ich mich wenden mußte.

Ich schlief ein, wachte jedoch vor Bellshill auf und konnte nach einer halbstündigen Wartezeit in den Anschlußzug nach Hamilton umsteigen. Ich folgte den Straßenschildern von Hamilton nach Mauchtie und traf dort vor neun Uhr an einem schönen, klaren blauen Abend ein.

Das Gloamings-Pflegeheim war ein klotziges altes Gebäude aus rotem Sandstein, das zu beiden Seiten geschmacklos durch zwei kastenförmige, häßliche Betonflügel erweitert worden war. Das Haus stand etwas außerhalb des tristen Dorfes, umgeben von Rasenflächen und Platanen. Ein Sandweg zwischen dem Pflegeheim und einem ähnlichen Gebäude ohne Anbauten führte zu einigen Feldern und Weiden auf dem niedrigen Hügelkamm dahinter; auf der anderen Seite des Hauses stand ein Umspannwerk, dessen Leitungen sich summend über die Flanke des Hügels zogen. Das Pflegeheim bot Ausblick über weitere Felder und Weiden auf der gegenüberliegenden Straßenseite. Ich ging die Rampe hinauf, die neben den Stufen zum Vordereingang führte.

»Ja?« sagte die gehetzt aussehende junge Frau, die an die Tür kam. Sie trug eine blaue Uniform, wie eine echte Krankenschwester, und hatte eine krause Mähne aus schwarzem Haar, eine große rote Nickelbrille und einen geistesabwesenden Gesichtsausdruck.

»Guten Tag«, grüßte ich und tippte mir an den Hut. »Ich bin

gekommen, um Ms. Zhobelia Whit, geborene Asis, zu besuchen.«

»Zhobelia?« gab das Mädel zurück, und ihr Gesicht verzog sich zu einem verärgerten Ausdruck.

»Ja, genau. Dürfte ich hereinkommen?«

»Nein, tut mir leid, Herzchen«, sagte sie, »das geht nicht.« Sie hatte eine hohe, näselnde Stimme. Ihre Brille wippte mit jedem Wort auf und ab. Die junge Frau warf einen Blick auf ihre Uhr. »Die Besuchszeit ist vorbei.«

Ich bedachte sie mit einem sehr gütigen, herablassendem Lächeln. »Ich glaube, Sie verstehen nicht, junge Frau. Es ist sehr wichtig«, erklärte ich. »Erlauben Sie mir, mich vorzustellen; ich bin Die Gesegnete Gaia-Marie Isis Saraswati Minerva Mirza Whit von Luskentyre, Geliebte Auserwählte Gottes III.«

Sie sah mich verständnislos an.

Ich fuhr fort. »Ich ging davon aus, daß ich erwartet werde. Unsere Anwälte haben ein diesbezügliches Schreiben geschickt. Sie haben nichts davon gehört?«

»Nee, tut mir leid ... ich bin ganz allein hier, mir hat niemand was gesagt. Aber ich kann Sie trotzdem nich' reinlassen, weil ich ganz allein hier bin, verstehen Sie?«

»Bitte«, sagte ich. »Ich muß Ms. Zhobelia dringend noch heute abend sprechen. Ich bedaure, das sagen zu müssen, aber wenn es nötig sein sollte, habe ich Anweisung, eine richterliche Verfügung zu erwirken, durch die Sie angewiesen werden, mich umgehend zu Ms. Zhobelia vorzulassen, aber zweifellos würden die Leiter dieser Einrichtung – ebenso wie ich selbst – derartige rechtliche Schritte gern vermeiden, so sie zu vermeiden sind.«

»Eh, einen Moment mal«, sagte das Mädel und schaute dabei so müde und verletzt drein, daß ich augenblicklich von Schuldgefühlen übermannt wurde, ihr einen solchen Mumpitz aufgetischt zu haben. »Hören Sie, ich darf Sie hier nicht reinlassen, Herzchen, so einfach ist das. Ich könnte meinen Job dafür verlieren, verstehen Sie? Die sind hier echt hart mit dem Personal.«

»Um so mehr Grund, mich –«

Ich bemerkte einen fahlen Schatten in der dunklen Halle hinter dem Mädchen.

»Ist das mein Johnny?« fragte eine schwache, zittrige Stimme, und ein uraltes Gesicht – wie durchscheinendes Pergament, das man über gebleichte Knochen gespannt hatte – spähte hinter der Schulter des Mädchens hervor. Ich konnte Desinfektionsmittel riechen.

»Nee, is' er nicht, Miss Carlisle«, brüllte das Mädel. »Setzen Sie sich wieder in Ihren Sessel.«

»Ist das mein Johnny?« fragte die alte Frau abermals, und ihre dürren, weißen Hände, die sie dicht ans Gesicht hielt, flatterten wie zwei schwache, angekettete Vögel.

»Nee, es ist nich' Ihr Johnny, Miss Carlisle«, brüllte das Mädel abermals in jener tonlos erhobenen Stimme, die zeigt, daß man weder im Zorn noch mit besonderer Betonung spricht, sondern zu einem schwerhörigen Menschen. »Und jetzt setzen Sie sich wieder in Ihren Sessel; ich komme gleich und bringe Sie ins Bett, in Ordnung?« Das Mädchen drehte Miss Carlisle sanft mit einer Hand herum und versperrte ihr sorgsam den Weg zur Eingangstür, indem sie diese halb schloß.

»Hören Sie«, sagte das Mädel zu mir. »Es tut mir echt leid, Herzchen, aber ich darf Sie nicht reinlassen; geht einfach nich'. Ich hab hier so schon alle Hände voll zu tun, verstehen Sie?«

»Sind Sie sicher, daß es nicht mein Johnny ist, Kindchen?« fragte die schwache, zittrige Stimme aus der Diele.

»Nun, dann werde ich eben hierbleiben, bis Sie mich hereinlassen«, erklärte ich.

»Aber ich kann Sie nich' reinlassen. Ehrlich. Ich darf es einfach nicht. Tut mir leid.« Irgendwo im Hintergrund erscholl ein Krachen, und das Mädel schaute hinter sich. »Ich muß jetzt gehen. Muß sein. Tut mir leid ...«

»Hören Sie, Sie laufen hier Gefahr, daß ich einen Zivilprozeß gegen Sie –« begann ich, doch die Tür schloß sich, und ich hörte, wie ein Riegel einrastete.

Ich konnte gedämpfte Worte hinter der Tür vernehmen. »Nee, Miss Carlisle, es is' nich' . . .«

Ich beschloß zu warten. Ich würde es später noch einmal versuchen und sehen, ob sich schlichte Beharrlichkeit auszahlte. Ich fragte mich, ob diese junge Frau die Nachtschicht darstellte oder ob sie später abgelöst werden würde. Ich stellte meinen Seesack auf den Stufen ab und setzte mich darauf. Ich holte meine Ausgabe der *Orthographie* heraus und las im schwindenden Licht des noch immer klaren Himmels einige Passagen.

Ich fand jedoch keine Ruhe, und so stand ich nach einer Weile auf und schlenderte einmal um das Haus. Zu einer Seite befand sich eine abgeschlossene Pforte, doch auf der anderen Seite gab es einen freien Durchgang. Große graue und gelbe Mülltonnen auf Rädern standen entlang der Rauhputzwand unter einer schwarzen, metallenen Feuerleiter aufgereiht. Der hintere Garten war voll von weißen Laken und grauen Decken, die zum Trocknen aufgehängt worden waren und nun schlaff in der windstillen Luft baumelten. Ich kam zur Rückfront des Hauses. Ich rüttelte vorsichtig an der Hintertür, aber sie war abgeschlossen.

Dann hörte ich unvermittelt ein leises Klopfen. Ich erwartete, daß es von der jungen Frau in der Schwesternuniform käme, die mich wegscheuchen wollte, aber es war dieselbe alte Dame, die zuvor hinter der Krankenschwester aufgetaucht war: Miss Carlisle. Sie trug einen dunklen Morgenmantel und stand an einem kleinen Fenster an der Seite des Flügels, der Ausblick über den Feldweg bot. Sie klopfte abermals gegen die Scheibe und winkte mich heran. Ich ging hinüber und stellte mich unter das Fenster. Sie fummelte am unteren Fensterrahmen. Nach einer Weile öffnete sich das Fenster einen Spalt und drehte sich um seine Mittelachse, bis es horizontal stand. Die alte Dame reckte den Kopf heraus.

»Ssschh«, sagte sie und legte einen dürren, milchfarbenen Finger an ihre Lippen. Ich nickte und erwiderte die Geste. Die alte Dame winkte mich herein. Ich schaute mich um. Es wurde langsam dunkel, und man konnte nur noch schlecht sehen, aber es schien nicht so, als würde uns jemand beobachten. Ich hob zuerst meinen Seesack durchs Fenster, dann kletterte ich über den Sims.

Ihr Zimmer war klein und roch ... nach einem alten Menschen; nach körperlichen Ausscheidungen, die irgendwie rein waren, da das versagende System ihre Rohstoffe nicht mehr richtig verarbeitet hatte, so daß das Anstößige unanstößig wurde. Da war auch ein schwacher angenehmer Duft; Veilchen, wie ich vermeinte. Ich konnte einen Kleiderschrank, Kommoden, einen Schminktisch und einen kleinen Sessel ausmachen. Außerdem gab es noch ein schmales Einzelbett, das Bettzeug zerwühlt, als wäre die alte Dame gerade aufgestanden.

»Ich habe immer gewußt, daß du zurückkommen würdest«, sagte sie und umfaßte mich in einer wohl innig gemeinten Umarmung. Die alte Dame war so winzig und so zerbrechlich; es war eher so, daß sie sich einfach nur gegen mich lehnte und ihre Arme um mich legte. Ihr winziger Kopf ruhte an meiner Brust. Ich blickte auf das durchscheinende, spärliche weiße Haar; als sich meine Augen an das Schummerlicht gewöhnt hatten, konnte ich sehen, daß ihre Kopfhaut blaßrosa und gänzlich bedeckt mit kleinen, hellbraunen Flecken war. Die alte Dame stieß einen Seufzer aus.

Ich legte meine Arme um sie und drückte sie ganz leicht an mich, aus Angst, ich könnte sie zerquetschen.

»Mein liebster Johnny«, seufzte sie. »Endlich.«

Ich schloß die Augen und hielt sie sanft an mich gedrückt. So standen wir eine Weile da und umarmten einander, bis mir langsam schwante, daß sie eingeschlafen war.

Ich löste mich ganz sanft aus ihren Armen und legte sie vorsichtig aufs Bett, zog die Bettdecke unter ihr hervor, um ihre Beine und Füße zuzudecken, richtete ihr langes Nachthemd und deckte sie ordentlich zu. Sie schnarchte einmal leise und drehte sich auf die Seite. Soweit ich es erkennen konnte, lag ein Lächeln auf ihrem Gesicht.

Ich öffnete die Tür. Am Ende des Flurs brannte ein Licht; kein Geräusch war zu hören. Der schwache Geruch von Heimverpflegung hing in der Luft. Miss Carlisles Tür trug die Nummer 14, und etwa auf Augenhöhe war ein kleines, weißes Pappschild mit ihrem Namen in einem Plastikschieber angebracht. Ich entspannte mich ein wenig. Das sollte die Sache erleichtern. Ich warf noch einmal einen Blick zurück in das Zimmer. Durch das Fenster konnte ich das Mädel in der Krankenschwester-Uniform draußen im Garten sehen, wie sie die Wäsche abnahm; sie zerrte die Laken und Decken von der Leine und warf sie in einen Waschkorb. Ich schlang mir meinen Seesack über die Schulter, schloß leise die Tür hinter mir und schlich lautlos den Flur entlang.

Ich las alle Namen auf den Türen; keine Spur von Zhobelia. Zu einer Seite des Flurs gab es eine Tür mit einem Drahtglasfenster, die zum Hauptgebäude führte. Ich spähte durch die Scheibe in einen schummrig beleuchteten Korridor.

Die Tür knarrte, als ich hindurchging. Ich blieb stehen. Ich konnte Musik hören und dann eine Männerstimme, verzerrt und professionell fröhlich, dann wieder Musik. Ich ging weiter und entdeckte zwei weitere Zimmer mit Namensschildern, die zur Vorderseite des Hauses hin lagen.

Auf dem ersten Namensschild stand »Mrs. Asis«. Ich schaute mich um, klopfte der Form halber ganz leise an, dann öffnete ich vorsichtig die Tür und betrat das dunkle Zimmer.

Es war größer als das von Miss Carlisle. Ich sah zwei Einzelbetten und befürchtete einen Moment lang, Zhobelia könnte ihr Zimmer mit jemandem teilen; das würde alles verkomplizieren. Doch ich hätte mir gar keine Sorgen zu machen brauchen; es war niemand im Zimmer. Ich fragte mich gerade, was ich nun tun sollte, als ich schleppende Schritte und zwei Stimmen herannahen hörte.

Es gab zwei Kleiderschränke. Ich öffnete den einen, doch er war voll; der Versuch, mich und meinen Seesack hineinzuzwängen, hätte sicher mehrere Minuten in Anspruch genommen und noch dazu einiges an Lärm gemacht. Der andere Kleiderschrank war abgeschlossen. Ich untersuchte eilig das nächststehende Bett; es hatte einen rundum geschlossenen Bettkasten mit Schubladen. Die Stimmen hatten mittlerweile die Tür erreicht. Ich zog die Tagesdecke des zweiten Bettes hoch. O Freude über Freude! Das Bett hatte ein altmodisches Eisengestell. Viel Platz. Ich schob einen Plastik-Nachttopf aus dem Weg und verschwand unter der Tagesdecke, keine fünf Sekunden, bevor die Tür aufging. Der Teppich unter dem Bett roch nach altem Staub und – ganz leicht – nach Erbrochenem.

»Ich *will* noch nicht ins Bett gehen, Sie abscheuliches Kind«, sagte eine Stimme, die ich wiederzuerkennen vermeinte; ein sonderbares Gefühl – halb vertraut, halb schwindelerregend neu – durchströmte mich.

»Aber, aber, Mrs. Asis. Sie müssen doch Ihr Schönheitsschläfchen machen, oder?«

»Ich bin nicht schön, ich bin alt und häßlich. Reden Sie nicht solchen Unsinn. Sie reden viel Unsinn. Warum stecken Sie mich jetzt schon ins Bett? Was soll das denn? Es ist ja noch nicht einmal dunkel.«

»Doch, das ist es; schau'n Sie doch nur.«

»Das sind nur die Vorhänge.«

Das Licht wurde klickend angeschaltet. »Na also, so ist's doch besser, oder? Werden Sie jetzt ins Bett gehen?«

»Ich bin kein Kind mehr. Sie sind das Kind. Ich hätte bei dem weißen Mann bleiben sollen. Er würde mich nicht so behandeln. Wie können sie mir das antun?«

»Aber, aber, Mrs. Asis. Kommen Sie. Ziehen Sie die Strickjacke aus.«

»*Ach* . . .« Es folgte ein Sturzbach von Worten in Gälisch oder Khalmakistani oder einer Mischung aus beidem. Ich habe gehört, daß es im Gälischen keine wirklichen Schimpfworte gäbe, also erfand Zhobelia – dem Klang nach zu urteilen – entweder ihre eigenen oder sie wütete in der Sprache ihrer Vorfahren.

Nach einer Weile hörte ich nicht mehr hin, nicht so sehr aus Langeweile, sondern weil ich mich so konzentrieren mußte, um nicht zu niesen. Ich preßte die Zunge mit aller Kraft gegen den Gaumen und drückte einen Finger ganz fest unter meine Nase, bis der Schmerz mir schon fast die Tränen in die Augen schießen ließ. Diese Taktik funktionierte wie üblich, aber es war knapp.

Nach einer Weile war Zhobelia erfolgreich in das andere Bett verfrachtet worden, und das Mädel wünschte ihr eine gute Nacht, schaltete das Licht aus und schloß die Tür. Zhobelia wütete weiter leise in der Dunkelheit vor sich hin.

Ich stand nun vor der heiklen Aufgabe, meine Großtante wissen zu lassen, daß jemand bei ihr im Zimmer war, ohne daß sie vor Schreck einen Herzanfall bekam oder sie nach Leibeskräften Zeter und Mordio schrie.

Wie es sich ergab, wurde dieses Dilemma von meiner Lunge oder, besser gesagt, von meiner Nase gelöst. Der Drang zu niesen kehrte zurück, diesmal noch übermächtiger. Ich versuchte, dagegen anzukämpfen, doch ohne Erfolg.

Ich hielt den Mund geschlossen und verschloß meine Kehle mit meiner Zunge, so daß der Nieser nach hinten losging und in meine Lunge explodierte. Trotz meines Versuchs, lautlos zu niesen, war das Geräusch deutlich hörbar. Zhobelias Gemurmel verstummte abrupt.

Kapitel Vierundzwanzig

Eine angespannte, unbehagliche Stille hing in der Luft.

Zhobelia murmelte irgend etwas.

»Großtante Zhobelia?« sagte ich leise.

Sie murmelte abermals etwas. »Großtante?« sagte ich.

»... ich ... jetzt höre ich Stimmen«, murmelte sie. »O nein.«

»Großtante, ich bin's, Isis. Deine Großnichte.«

»Ich sterbe. Das muß es sein. Ich höre die kleine Isis. Als nächstes werde ich sie hören, und dann ihn.«

»Großtante, du hörst keine Stimmen.«

»Jetzt lügen sie mich auch noch an und sagen mir, ich würde sie nicht hören. Womit habe ich das verdient?«

»Großtante –«

»Es klingt wie Calli, nicht wie Isis. Sie ist doch noch ein Kind. Als nächstes werden sie es sein: Aasni und dann der weiße Mann. Ich frage mich, was sie wohl sagen werden?«

»Bitte, Großtante Zhobelia, ich bin es wirklich. Isis. Ich liege unter dem Bett. Ich werde jetzt hervorkommen; bitte, erschrick nicht.«

»Nein, es ist immer noch sie. Das ist komisch. Ich hatte mir das Sterben anders vorgestellt . . .«

Ich kam ganz langsam auf der anderen Seite des Bettes hervor, damit ich nicht unvermittelt direkt vor Zhobelia auftauchen würde. Ich richtete mich auf. Das Zimmer lag im Dunkeln. Ich konnte gerade noch die dunklen Umrisse der Möbel ausmachen und den recht massigen Leib meiner Großtante auf dem Bett erahnen.

»Großtante; hier drüben«, flüsterte ich.

Ich bemerkte eine Bewegung am Kopfende des Bettes und hörte das leise Rascheln von Haut oder Haaren auf Stoff. »Ooooh«, hauchte sie. »Ooooh! Jetzt kann ich es sehen. Es ist ein Geist.«

Du lieber Gott, es war, als wäre ich wieder Miss Carlisles Johnny. »Ich bin kein Geist, Großtante. Ich bin es, Isis. Ich bin wirklich hier. Ich bin kein Geist.«

»Jetzt sagt der Geist, er wäre kein Geist. Was kommt wohl als nächstes?«

»Großtante!« sagte ich und hob aufgebracht die Stimme. »Herrgott noch mal, willst du mir wohl zuhören? Ich bin kein Geist!«

»Du meine Güte. Jetzt habe ich ihn wütend gemacht. O nein.«

»O Großtante, bitte, hör mir zu!« Ich baute mich am Fußende des Bettes auf. »Ich bin's, Isis. Deine Großnichte; ich bin von der

Gemeinde in High Easter Offerance hergekommen. Ich muß mit dir reden. Ich bin ein Mensch wie du, keine übernatürliche Erscheinung.«

Schweigen. Dann murmelte sie etwas, in Khalmakistani, wie ich vermutete. Dann in Englisch: »Du bist nicht die kleine Isis. Sie ist doch noch . . . klein.«

Herrjemine. »Großtante, ich bin jetzt neunzehn Jahre alt. Als du mich das letzte Mal gesehen hast, war ich klein. Aber jetzt bin ich es nicht mehr; ich bin eine ausgewachsene Frau.«

»Bist du sicher?«

»Was?«

»Du bist kein Geist?«

»Nein. Ich meine, ja. Ich bin sicher, daß ich kein Geist bin. Es gibt mich wirklich. Ich würde gern mit dir reden, wenn du nichts dagegen hast. Es tut mir leid, daß ich mich hier verstecken mußte, um dich zu sehen, aber die junge Frau wollte mich nicht hereinlassen . . . Darf ich mit dir reden?«

»Mit mir reden?«

»Bitte. Darf ich?«

»Hmm«, sagte sie. Ich spürte, wie sie sich bewegte. »Berühre meine Hand.«

Ich trat vor, dann ging ich neben dem Bett in die Hocke und streckte meine Hand vor, bis ich schließlich Zhobelias Hand fand. Sie fühlte sich warm und klein an. Die Haut war locker und sehr weich und glatt.

»Oh«, flüsterte sie. »Du fühlst dich warm an!«

»Siehst du? Ich bin kein Geist.«

»Ja. Ich sehe. Du bist also kein Geist, ja?«

»Nein, es gibt mich wirklich. Ich bin Isis.«

»Die kleine Isis.«

»Klein stimmt nicht mehr.« Ich richtete mich langsam auf, ohne ihre Hand loszulassen, dann ging ich wieder in die Hocke.

»Bist du wirklich Isis?«

»Ja, Isis Whit. Ich wurde am neunundzwanzigsten Februar neunzehnhundertsechsundsiebzig geboren. Meine Mutter war

Alice Cristofiori, mein Vater war Christopher Whit. Der Vorname meines Bruders ist Allan. Du bist meine Großtante Zhobelia Asis; deine Schwester war Aasni, die . . .« Ich hatte sagen wollen: »Die in demselben Feuer starb, in dem auch meine Eltern umkamen«, doch ich entschied mich dagegen und sagte statt dessen nach kurzem Zögern: ». . . die meine Großmutter väterlicherseits war.«

Sie schwieg.

»Glaubst du mir jetzt?« fragte ich und drückte sanft ihre Hand.

»Ich denke schon. Warum bist du hergekommen? Haben sie dich auch fortgeschickt? Ich dachte, hier würde man nur alte Leute herschicken?«

»Nun, ja, ich denke, man könnte sagen, daß man mich fortgeschickt hat, aber nicht hierher. Ich bin hergekommen, um dich zu besuchen.«

»Ach, wirklich? Das ist sehr nett von dir. Mohammed kommt mich manchmal besuchen, aber nicht sehr oft. Er trinkt, mußt du wissen. Die Mädchen waren hier; Calli und Astar. Und die aus Glasgow; sie reden in der alten Sprache. Gewöhnlich kann ich sie nicht verstehen. Ich sage ihnen immer wieder, sie sollen langsamer sprechen, aber sie hören einfach nicht. Leute hören nie richtig zu, mußt du wissen. Besonders junge Leute.«

»Ich höre dir zu, Großtante.«

»Tust du das? Du bist ein liebes Mädchen. Du warst schon als Baby sehr lieb; hast kaum geweint, wußtest du das?«

»Andere Leute haben –«

»Bist du wirklich Isis?«

»Ja, Großtante.«

Sie schwieg eine Weile. »Ich habe versäumt, dich aufwachsen zu sehen«, sagte sie, jedoch ohne eindeutige Emotion, es sei denn eine leichte Verblüffung. Ich wünschte, ich hätte ihr Gesicht sehen können.

»Es hat mir leid getan, daß du fortgegangen bist«, erklärte ich ihr. »Ich glaube, es ist uns allen so gegangen.«

»Ich weiß. Vielleicht hätte ich es nicht tun sollen. Es ist schon seltsam, so mit dir zu reden. Wie siehst du aus? Sollen wir mal das Licht anmachen?«

»Wird denn die Krankenschwester nicht sehen, wenn das Licht brennt?«

»Ja. Sie kann es unter der Tür durchscheinen sehen.«

»Ich habe eine Idee«, sagte ich und tätschelte ihre Hand.

Zhobelias Kleider lagen ordentlich auf dem Bett, unter dem ich mich versteckt hatte. Ich legte sie auf die Kommode und zog die Tagesdecke vom Bett, rollte sie zusammen und legte sie quer vor die Tür.

»Na also«, sagte Zhobelia schnaufend. Es klickte, und eine kleine, gelbe, elektrische Leuchte ging über dem Bett an. Ich richtete mich auf und lächelte meine Großtante an. Sie setzte sich blinzelnd im Bett auf. Ihr Nachthemd war hellblau, mit kleinen gelben Blumen. Sie wirkte im Gesicht etwas aufgedunsen und blaß, nicht so asiatisch dunkel, wie ich sie erinnerte. Ihr Haar war kraus, recht lang und noch immer erstaunlich schwarz, wenn auch mit dicken weißen Locken durchsetzt. Sie tastete auf ihrem Nachttisch umher und fand ihre Brille. Sie setzte sie auf und sah mich neugierig an.

Das Zimmer begann, sich um mich herum zu drehen, als mich abermals jenes nunmehr halbvertraute Schwindelgefühl übermannte, welches ich schon von früheren Gelegenheiten kannte.

Zhobelia schien es nicht zu bemerken. »Du siehst aus wie deine Mutter«, sagte sie leise und nickte. Sie klopfte auf das Bett. »Komm, setz dich her.«

Ich trat mit zitternden Knien vor und setzte mich aufs Bett; wir faßten uns an den Händen.

»Warum bist du fortgegangen, Großtante?«

»Ach, weil ich nicht bleiben konnte.«

»Aber warum?«

»Es war das Feuer.«

»Das war schrecklich, ich weiß, aber –«

»Kannst du dich daran erinnern?«

»Nicht wirklich. Ich erinnere mich an das Danach; die Ruine des Herrenhauses. Es ist jetzt wieder neu aufgebaut.«

»Ja, ich weiß«. Sie nickte blinzelnd. »Gut. Das freut mich.«

»Aber warum bist du fortgegangen, hinterher?«

»Ich hatte Angst, die Leute würden mir die Schuld geben. Ich hatte Angst vor Aasnis Geist. Außerdem war meine Arbeit getan.«

»Dir die Schuld geben? Wofür? Für das Feuer?«

»Ja.«

»Aber es war nicht deine Schuld.«

»Doch. Ich hätte den Dampfkochtopf saubermachen sollen. Und es war meine Idee, das Geld zu verbrennen; ich hatte es schließlich gesehen. Es war meine Schuld.«

»Aber du warst nicht ... Wie bitte?«

»Der Dampfkocher. Ich hätte ihn richtig saubermachen sollen. Das Ventil. Das war meine Aufgabe. Und ich habe gesehen, daß das Geld nur Unglück bringen würde. Ich wußte es.«

»Von welchem Geld sprichst du da?«

Sie schaute so verwirrt drein, wie ich mich fühlte. Ihre dunkelbraunen Augen, die von den dicken Brillengläsern vergrößert wurden, sahen wäßrig aus. »Geld?« fragte sie.

»Du sagtest, es wäre deine Idee gewesen, das Geld zu verbrennen.«

»Das war es auch«, erwiderte sie nickend.

»Welches Geld, Großtante?« fragte ich und drückte sanft ihre Hand.

»Das Geld. Salvadors Geld.«

»*Salvadors* Geld?« fragte ich, dann schaute ich erschreckt zur Tür, voller Angst, ich könnte zu laut gesprochen haben.

»Das Geld, das er nicht hatte«, sagte Zhobelia, als würde das alles erklären.

»Welches Geld, das er nicht hatte, Großtante?« hakte ich geduldig nach.

»Das Geld«, erwiderte sie, so als wäre es ganz offensichtlich.

»Tut mir leid, Großtante; ich verstehe nicht.«

»Niemand hat es verstanden. Wir haben es geheimgehalten«, sagte sie, dann zog sie die Mundwinkel herunter und schüttelte den Kopf, den Blick abgewandt. Plötzlich erhellte ein Lächeln ihre Züge und offenbarte lange, schmale Zähne. Sie tätschelte meine Hand. »Und jetzt erzähl mir, was alles passiert ist.«

Ich holte tief Luft. Vielleicht konnten wir später noch einmal auf dieses geheimnisvolle Geld zurückkommen. »Nun«, begann ich. »Wann ... wann hast du das letzte Mal mit jemandem aus der Gemeinde gesprochen? Ist es erst kürzlich gewesen?«

»O nein«, sagte sie. »Ich meine, alles, seit ich fortgehen mußte. Ich kann mich nicht besinnen, was *sie* zu mir gesagt haben. Nein, nein.« Sie runzelte leicht die Stirn und machte den Eindruck, angestrengt nachzudenken, dann gab sie anscheinend auf und lächelte mich erwartungsvoll an.

Mir wäre fast das Herz in die Hose gesunken, aber ich lächelte tapfer und drückte abermals ihre Hand. »Laß mich überlegen«, sagte ich. »Nun, wie ich schon sagte, das Herrenhaus wurde wiederaufgebaut ... die alte Orgel – erinnerst du dich an die Orgel im Wohnzimmer des Farmhauses?«

Sie lächelte glücklich und nickte. »Ja, ja, erzähl weiter.«

»Die steht jetzt im Herrenhaus, damit im Farmhaus mehr Platz ist; wir wollten sie immer mal richtig überholen lassen, aber wir sind nie dazu gekommen ... Nun, jedenfalls, Salvador ist wieder ins Herrenhaus gezogen ... laß mich überlegen; Astar hat Pan geboren, wie du ja weißt; Erin hat Diana bekommen –«

»Mir ist kalt«, fiel mir Zhobelia unvermittelt ins Wort. »Gib mir meine Strickjacke.« Sie zeigte auf den Kleiderstapel auf der Kommode. »Sie liegt da drüben.«

»Kommt sofort«, sagte ich. Ich holte ihre Strickjacke und legte sie ihr um die Schultern, dann schüttelte ich ihr Kissen auf und machte es ihr so bequem wie möglich.

»Das ist besser«, sagte sie. »Also, weiter.« Sie faltete die Hände und schaute mich erwartungsvoll an.

»Gut. Nun, wie ich schon sagte, Erin hat ein zweites Kind bekommen, Diana ...«

Ich rappelte die Litanei der Geburten, Todesfälle und Eheschließungen und das sonstige Kommen und Gehen von Gemeindemitgliedern herunter, während ich versuchte, mir alle wichtigen Geschehnisse und Ereignisse der vergangenen sechzehn Jahre ins Gedächtnis zu rufen. Zhobelia nickte glücklich, lächelte und stieß hier und da einen leisen, freudigen Laut aus oder sie machte große Augen und sog scharf die Luft durch ihre geschürzten Lippen ein oder sie runzelte die Stirn und schnalzte mit der Zunge, je nachdem, was sie im betreffenden Fall für angebracht hielt.

Die Geschichte unserer Familie und unseres Glaubens brachte mich natürlich zwangsläufig zu den jüngsten Ereignissen, und ich führte meine Erzählung langsam, doch zielstrebig auf den Grund meines Besuches zu. Ich hatte keine Ahnung, wieviel des Ganzen meine Großtante tatsächlich mitbekam, doch ich fand, daß ich es trotzdem versuchen mußte.

»Das *Zhlonjiz*?« sagte sie, als ich zu jenem Teil der Geschichte kam. Sie lachte. Ich warf abermals einen Blick zur Tür.

»Ssschht«, warnte ich und legte einen Finger auf die Lippen.

Sie schüttelte den Kopf. »Was für ein Wirbel! Und dabei ist alles nur großer Mumpitz. Das war noch etwas, was wir dem weißen Mann nie erzählt haben«, kicherte sie.

»Was?« fragte ich verwirrt.

»Wir hätten es selber herstellen können«, erklärte sie mir. »Es war ganz leicht herzustellen. Die Hauptzutat war ... was war das noch mal? Wie nennen sie es noch? Ich sollte es wissen. Ach, das Altwerden ist so ... Ja; TCP!« sagte sie triumphierend, dann runzelte sie die Stirn und schüttelte den Kopf. »Nein, das war's nicht.« Sie starrte auf die Bettdecke, die Lippen geschürzt, und murmelte etwas auf khalmakistani, wie ich vermutete. Sie wechselte zu Englisch. »Wie hieß diese vermaledeite Zeugs noch? Ich müßte es eigentlich wissen, ich müßte es wissen ...« Sie blickte an die Zimmerdecke und seufzte tief. »Ja!« Sie hielt einen Finger hoch. »... Sloan's Erkältungssalbe!« rief sie aus.

Ich beugte mich eilig vor und legte meine Hand über ihre

weichen Lippen. »Großtante!« flüsterte ich eindringlich und warf abermals einen Blick zur Tür.

»Und Koriander und andere Kräuter und Gewürze«, flüsterte sie und beugte sich dichter heran. »Unsere Großmutter, die alte Hadra, hat uns das Rezept geschickt, aber es war alles sowieso nur Mumpitz.« Sie nickte, faltete die Hände und lehnte sich mit einem feisten Grinsen zurück.

»Das *Zhlonjiz*?« fragte ich. »Das war . . .?«

»Sloan's Erkältungssalbe«, bestätigte Zhobelia, und ihre wäßrigen Augen blitzten.

»Pinimenthol. Man reibt sich damit ein. Kriegt man beim Drogisten. Nicht im Versandhandel.« Sie streckte die Hand aus und klopfte mir fest aufs Knie. »Mehr Schein als Sein, wie bei den meisten Dingen.«

Ich nickte nur, denn mir schwirrte der Kopf. Ich fragte mich, was die anderen Kräuter und Gewürze waren. Ich fragte mich, ob das eine Rolle spielte.

Meine Großtante tätschelte meine Hand. »Mach weiter«, drängte sie. »Das gefällt mir. Es ist spannend.«

Ich setzte meine Erzählung fort. Während ich erzählte, wägte ich im Geiste ab, wie weit ich mich in Einzelheiten bezüglich Allans Doppelzüngigkeit ergehen und ob ich Großvaters Annäherungsversuche erwähnen sollte. Ich überlegte, beides nur beiläufig zu streifen, doch am Ende erzählte ich die ganze Geschichte, so wie ich sie auch einem engen Freund erzählt hätte, obgleich ich Cousine Morags Filme als erotisch und nicht als pornographisch bezeichnete. Ich muß gestehen, daß ich ebenfalls nicht offenbarte, in welchem Ausmaß ich Onkel Mos Schwäche für den Alkohol ausgenutzt hatte, und ich werde nicht so tun, als ob es mir dabei allein um *sein* Wohl gegangen wäre.

Als ich zu Ende erzählt hatte, saß Zhobelia einfach nur da, die Hände gefaltet, und schaute nicht im geringsten überrascht drein. »Nun«, sagte sie, »das sieht ihm ähnlich. So war er schon immer. Du bist ein hübsches Mädchen. Er hatte schon immer eine Schwäche für Frauen. Wir wußten das. Haben es ihm nicht krumm genommen; es war halt seine Natur. Ebensogut hätten wir uns darüber beschweren können, daß er schnarchte; er konnte einfach nicht anders. Konnte einfach nicht anders.« Sie nickte. »Er hat sich genommen, was er haben wollte. Ja, so war er. Jetzt würde er mich nicht mehr wollen. Ich bin alt und vertrocknet. Manchmal geben sie uns zum Frühstück Pflaumen, ja. Nein, für dich ist das nichts, kleine Isis.« Sie blickte stirnrunzelnd zur Decke, so als versuche sie, sich an etwas zu erinnern. »Dieser Mohammed. Weißt du, wie ich ihn nenne?« fragte sie; sie beugte sich vor, fixierte mich mit einem strengen Blick und tätschelte mir das Knie. »Weißt du es? Weißt du, wie ich ihn nenne?«

»Einen Likör-Moslem?« sagte ich zaudernd.

»Nein!« donnerte sie so laut, daß ich abermals den Finger auf meine Lippen legte. »Ich nenne ihn einen sehr dummen Jungen!« flüsterte sie heiser. »*So* nenne ich ihn.«

»Ich glaube, es tut ihm leid«, erklärte ich ihr. »Mohammed wollte dich nicht verärgern. Er möchte das Trinken aufgeben, aber er kann nicht. Noch nicht, zumindest. Vielleicht wird er es eines Tages schaffen.«

»Ha. Das glaube ich, wenn ich es sehe«, erwiderte sie abfällig. Sie wandte den Blick ab und schüttelte den Kopf. »Aber dieser Allan.« Sie sah mich durchdringend an. »So ein stilles Kind. Als Säugling hatte er immer Koliken, mußt du wissen. Ja. Aber danach war er sehr still. Hat immer alles beobachtet. Ich war immer überzeugt, er würde lauschen, würde mehr wissen, als er zugab. Manchmal hatte er einen ganz komischen Blick. Verschlagen.« Sie nickte. »Verschlagen. Das ist das Wort. Verschlagen.« Sie schien sehr zufrieden mit diesem Wort und sah mich mit einem Ich-hab's-dir-gesagt-Blick an.

Ich begann zu bezweifeln, ob ich meiner Großtante je den Ernst der Lage würde begreiflich machen können. Nun, zumindest den Ernst meiner Lage. Ich fühlte mich erschöpft. Es mußte eine gute Stunde gedauert haben, erst die jüngste Geschichte der Gemeinde und dann ausführlich von meinen Abenteuern während der letzten vierzehn Tage zu erzählen. Ich mußte mittlerweile mein Gähnen unterdrücken und tat dies, indem ich die Zähne fest zusammenbiß und vorgab, ich würde mich nur rekken. Zhobelia schien es nicht zu bemerken.

»Die Sache ist, Großtante, daß er Lügen über mich verbreitet. Allan; er verbreitet Lügen über mich, und ich glaube, er will die Führung der Gemeinde an sich reißen. Ich mache mir nicht nur um mich selbst Sorgen, ich mache mir Sorgen um die gesamte Gemeinde; um unseren Glauben. Ich glaube, Allan will ihn verändern, damit er ... nicht mehr so wie früher ist. Kommerzieller, vielleicht. Sie haben angefangen, Briefe mit Bitten um Geld zu verschicken«, sagte ich, um uns wieder auf jenes Thema zurückzubringen. »Das haben wir noch nie getan! Kannst du dir das vorstellen, Großtante? *Wir* betteln um Geld. Ist das nicht beschämend?«

Sie stieß einen abfälligen Laut aus und nickte zustimmend. »Die Wurzel allen Übels, wie man so schön sagt. Ja ja. Hmm. Ja.«

»Wir sind immer ohne das Geld von anderen ausgekommen, gerade das macht es so schlimm.«

»Schlimm. Ja. Hmm. Schlimm«, pflichtete sie nickend bei.

»Geld hat in der Geschichte unseres Glaubens nie eine Rolle gespielt«, ließ ich nicht locker; es war schon etwas hinterlistig, aber ich war mittlerweile am Verzweifeln.

Großtante Zhobelia saß da, zog ihre Strickjacke fester um ihre Schultern und beugte sich vor, um mir abermals das Knie zu tätscheln. »Soll ich dir von dem Geld erzählen?«

»Ja, bitte. Erzähl mir davon.«

»Wirst du es auch nicht weitererzählen?« flüsterte sie und schaute sich dabei verschwörerisch um.

Was sollte ich darauf antworten? Wenn ich mich weigerte, ihr eine derartige Versicherung zu geben, würde sie mir vielleicht nichts sagen, doch möglicherweise würde ich das, was sie mir zu berichten hatte – so es Auswirkung auf meine Lage hatte –, als Munition brauchen. Ich fragte mich, wie hoch wohl die Chancen standen, daß sie es herausfinden würde, wenn ich mein Versprechen gab und hinterher brach, und begann, die Risiken zu kalkulieren. Dann setzte ein höher in der Befehlskette angesiedelter Teil meines Verstands diesem kleinmütigen Treiben ein Ende.

»Es tut mir leid, ich kann es dir nicht versprechen, Großtante«, erklärte ich ihr. »Es könnte sein, daß ich es jemandem erzählen muß.«

»Oh.« Sie schaute verblüfft drein. »Oh. Nun, dann sollte ich es dir wohl besser nicht sagen, oder?«

»Großtante«, sagte ich und ergriff ihre Hand. »Ich werde versprechen, es niemandem zu erzählen, solange es nicht zum Wohle von uns allen ist.« Ich hatte nicht das Gefühl, wirklich gesagt zu haben, was ich meinte, und Zhobelia schaute mich verwirrt an, so daß ich eilig zum Rückzug blies und mich für einen neuerlichen Versuch sammelte. »Ich verspreche, es niemandem zu erzählen, es sei denn, ich kann damit *Gutes* tun. Darauf gebe ich dir mein Wort. Ich schwöre es.«

»Hmm. Nun. Ich verstehe.« Sie blickte stirnrunzelnd zur Decke. Dann sah sie abermals mich an, noch immer verwirrt. »Wovon habe ich gerade geredet?«

»Das Geld, Großtante«, sagte ich und wrang die letzten Tropfen Geduld aus meinem armen, erschöpften Gehirn.

»Ja«, bestätigte sie und schwenkte meine Hand, mit der ich die ihre hielt, nachdrücklich auf und ab. »Das Geld.« Ihr Blick wurde glasig. »Was ist damit?« fragte sie mit einem Kleinmädchengesicht.

Ich fühlte, wie mir Tränen in die Augen sprangen. Ich wollte mich einfach nur hinlegen und schlafen. Ich schloß kurz die Augen, doch dadurch wurde mein Blickfeld nur noch unschärfer. »Woher stammte dieses Geld, Großtante?« fragte ich matt und aus einer Art benommenem Nebel heraus. »Das Geld, von dem du gesprochen hast, aus der Zeit des Feuers; woher stammte es?«

»Royal Scotland.« Sie nickte.

»*Royal* Scotland?« wiederholte ich verblüfft.

»Von der Royal Scotland Linen Bank.«

Ich starrte sie an, während ich verzweifelt überlegte, wovon in aller Welt sie sprach.

»Das stand zumindest auf der Tasche«, erklärte sie in ihrem Ist-das-nicht-offensichtlich?-Tonfall.

»Auf welcher Tasche, Großtante?« fragte ich mit einem Seufzer. Ich hatte den Eindruck, ich wäre längst eingeschlafen und würde hier nur Schlafreden oder wie immer man es nennen wollte.

»Auf der Tasche.«

»Auf *der* Tasche?« fragte ich.

»Ja, auf der Tasche.«

Ein Gefühl von *déjà vu*, verstärkt durch Müdigkeit, übermannte mich. »Woher stammte die Tasche?«

»Aus Royal Scotland, nehme ich an.«

Ich kam mir vor wie zwei Leute, die ein Boot ruderten, nur daß mein Partner nicht wirklich ruderte, sondern nur mit seinem Ruder im Wasser rührte, so daß wir immer und immer wieder im Kreis herum fuhren.

»Wo hast du die Tasche gefunden, Großtante?« fragte ich tonlos.

»Am –«, setzte sie an, dann beugte sie sich vor und winkte mich heran. Ich beugte mich ebenfalls vor, so daß ihr Mund an meinem Ohr war. »Ich habe es vergessen«, flüsterte sie. »Was hast du vergessen, Großtante?«

»Wir haben sie nicht mehr. Haben sie verbrannt. Haben erkannt, was passieren würde, und hielten es für besser, sie verschwinden zu lassen. Tut mir leid.«

»Aber wo hattest du die Tasche her, Großtante? Du sagtest –«

»Aus der Truhe.«

»Der Truhe.«

»Aus unserer Aussteuertruhe. Die, zu der er keinen Schlüssel hatte. Da haben wir sie aufbewahrt. Und das Buch auch.«

»Das Buch?« Jetzt geht es wieder von vorn los, schoß es mir durch den Sinn. Doch mitnichten:

»Ich zeige es dir. Ich habe noch immer eine Schachtel, mußt

du wissen. Die Truhe haben wir beim Brand verloren, aber ich habe das Buch und die anderen Dinge gerettet!« Sie packte aufgeregt meine Schulter.

»Gut gemacht!« flüsterte ich.

»Danke! Würdest du es gern sehen?«

»Ja, bitte.«

»Die Schachtel steht im Kleiderschrank. Sei ein gutes Kind und hol sie mir.«

Sie lotste mich zu dem unverschlossenen Kleiderschrank, der vollgestopft mit farbenfrohen Saris und anderen, schlichteren Kleidern war. Unten drin, inmitten eines Gewühls aus alten Schuhen und scharf riechenden weißen Mottenkugeln, fand sich ein ramponierter Schuhkarton, dessen Deckel von zwei dunkelbraunen Gummibändern an seinem Platz gehalten wurde. Der Karton fühlte sich recht leicht an, als ich ihn aufhob und zu Zhobelia trug, die schon allein bei dem Gedanken an das, was sich in der Schachtel befand, ganz aus dem Häuschen schien. Sie hüpfte auf dem Bett auf und ab und winkte mich mit dem Schuhkarton heran, ganz wie ein Kind, das gar nicht schnell genug an sein Geschenk kommen konnte.

Sie zog die Gummibänder von der alten Schuhschachtel; eins riß dabei vor schierer Altersschwäche. Zhobelia legte den Deckel neben sich aufs Bett und machte sich daran, in den Dokumenten, Zeitungsausschnitten, alten Fotografien, Notizbüchern und anderen Papieren in der Schachtel zu kramen.

Sie reichte mir die alten Fotografien. »Hier«, sagte sie. »Die Namen stehen auf den Rückseiten.«

Sie sah die anderen Sachen in der Schachtel durch, verweilte hier, las dort, während ich mir die alten Schnappschüsse anschaute. Da waren die beiden Schwestern – jung, verschüchtert und unsicher vor ihrem alten Ex-Bibliotheksbus. Da war Mr. McIlone, den ich schon von einigen anderen Fotografien bei uns in High Easter Offerance her kannte. Da war der Luskentyre-Hof, da die alte Seetang-Fabrik, vor und nach der Renovierung und vor und nach dem Feuer.

Es gab nur ein Foto von Großvater, wie er im strahlenden Sonnenschein auf einem Stuhl vor dem Haus in Luskentyre saß, den Kopf zur Seite gedreht und einen Arm hochgerissen vor dem Gesicht, so daß die Kamera nur eine verschwommene Bewegung hatte einfangen können. Es war das einzige Bild von ihm, das ich je gesehen hatte, einmal abgesehen von zwei noch verwackelteren Zeitungsfotos. Er war kaum zu erkennen, doch er wirkte schlank und jung.

»Ah. Da haben wir's ja ...« Zhobelia holte ein kleines braunes Buch – etwa von der Größe eines Taschenkalenders, aber dünner – aus dem Schuhkarton. Sie klappte das kleine Buch auf, wobei sie zum Lesen ihre Brille abnahm. Ein weißes Stück Papier fiel heraus. Zhobelia hob es auf und reichte es mir. Ich legte das Foto von Großvater auf dem Knie meiner Lederhose ab. »Aha«, sagte sie.

Ich entfaltete den Zettel. Das Papier fühlte sich zerknittert und alt, doch auch dick und schwer an. Es war eine Banknote. Eine Zehnpfundnote von der Royal Scottish Linen Bank. Sie war mit Juli 1948 datiert. Ich betrachtete sie eingehend, drehte sie um, roch daran. Muffig.

Zhobelia tätschelte abermals mein Knie. Nachdem sie so meine Aufmerksamkeit auf sich gelenkt hatte, zwinkerte sie mir theatralisch zu und reichte mit das kleine braune Buch.

Ich legte die Banknote auf meinem Knie neben der Fotografie von Großvater ab.

Das kleine braune Buch war ausgeblichen und abgewetzt und sehr alt. Es hatte sich auch verzogen, so als ob es sich einmal mit Wasser vollgesogen hätte. Vorn auf dem Umschlag prangte das königlich britische Wappen. Eigentlich waren es nur zwei Pappstücke, ein dünneres, das in den anderen, dickeren Pappdeckel lose eingelegt war. Auf dem inneren Pappstück befand sich eine Liste mit Daten und Summen, ausgedrückt in Pfund, Shillingen und Pence. Das letzte Datum war im August 1948. Oben auf der Pappkarte stand AB 64 Teil Zwei. Ich legte das kleine Buch aufs Bett. Es schien eine Art Soldbuch zu sein. Es gehörte jemandem namens Black, Moray, Rang: Gefreiter. Dienstnummer 954024. Er war 177 cm groß, wog 72 Kilo und hatte dunkelbraunes Haar. Keine besonderen Kennzeichen. Geboren 29.2.20.

Der Rest war eine Beschreibung der Impfungen, die er erhalten hatte, sowie anscheinend eine Auflistung von Militärstrafen: Bußgelder, Arrest und Urlaubssperren. Vielleicht lag es nur an der Müdigkeit, daß ich nicht über das Geburtsdatum stolperte, denn ich dachte nur bei mir, daß ich nicht die geringste Ahnung hatte, wie all dies in das Puzzle passen sollte. Doch dann schaute ich von dem Buch auf das Foto von meinem Großvater als junger Mann, das noch immer auf meinem Knie lag.

Die Welt kippte abermals unter meinen Füßen weg, und in meinem Kopf drehte sich alles. Ich spürte, wie mir die Sinne schwanden, mir war schwindelig und übel. Ein eisiges Frösteln schüttelte mich, während meine Handflächen von kaltem Schweiß kribbelten und mein Mund mit einem Schlag wie ausgetrocknet war. Mein Gott. War das möglich? Größe, Gewicht, Haarfarbe. Natürlich wäre die Narbe noch nicht da gewesen ... und dann noch das Geburtsdatum, als krönender Abschluß.

Ich blickte in die Augen meiner Großtante. Ich mußte mehrere Male schlucken, bevor ich genügend Speichel in meinem Mund hatte, um überhaupt sprechen zu können. Meine Hände begannen zu zittern. Ich legte sie auf meine Schenkel, während ich Zhobelia fragte: »Ist er das?« Ich hielt das kleine braune Buch hoch. »Ist das mein Großvater?«

»Ich weiß es nicht, mein Kind. Wir haben es in seiner Jacke gefunden. Das Geld lag am Strand. Aasni hat es gefunden.«

»Das Geld?« krächzte ich.

»Das Geld«, sagte Zhobelia. »In dem Rupfenbeutel. Wir haben es gezählt.«

»Ihr habt es gezählt.«

»O ja, es waren zweitausendneunhundert Pfund.« Sie seufzte. »Aber jetzt ist es natürlich alles weg.« Sie schaute auf die Zehnpfundnote auf meinem Knie. »Wir haben den Rest verbrannt, in dem Rupfenbeutel.« Sie deutete mit einem Nicken auf die weiße Zehnpfundnote auf meinem Bein. »Das ist alles, was noch davon übrig ist.«

Kapitel Fünfundzwanzig

Ich saß mit meiner Großtante da, fügte nach und nach alle Puzzlestücke zusammen, ging alles immer wieder aus verschiedenen Blickwinkeln ihrer Erinnerung durch. Die Geschichte, wie mein Großvater in der Nacht des Unwetters auf dem sandigen Boden vor dem fahrbaren Krämerladen in Luskentyre gefunden worden war, entsprach der Wahrheit, aber was man uns nie erzählt hatte, war die Tatsache, daß die Schwestern in der Jacke, die er trug, ein Soldbuch gefunden hatten.

Sie hatten auch die Tatsache verschwiegen, daß Aasni am nächsten Tag, nach dem Unwetter, am Strand von Luskentyre entlanggegangen war und eine Segeltuch-Reisetasche mit Reißverschluß gefunden hatte, die auf dem Sand angespült worden war. Die Tasche enthielt ein Paar brauner Lederschuhe, durchgeweicht vom Meerwasser, und einen Geldsack, in dem sich zweihundertneunzig Zehnpfundnoten befanden, alle von der Royal Scottish Linen Bank.

Die beiden Schwestern fragten sich, ob es vielleicht während des Unwetters ein Schiffsunglück gegeben hätte und Großvater und das Geld von dem gekenterten Schiff angespült worden seien, doch als sie sich bei Mr. McIlone und einigen anderen Einheimischen danach erkundigten, hatte niemand etwas von einem Schiff gehört, das in jener Nacht vor Harris untergegangen war.

Mein Großvater war nicht in der Verfassung gewesen, all dies mitzubekommen, denn er hatte mit seinem *Zhlonjiz*-Umschlag um den Kopf dagelegen und halluziniert. Als er schließlich Tage später aufwachte und behauptete, sein Name wäre Salvador Whit, hatten die Schwestern es vorgezogen, ihn nicht eines Besseren zu belehren, solange er noch so krank und fiebrig war. Sie hatten bereits beschlossen, das Geld in ihrer Aussteuertruhe zu verstecken, da sie befürchteten, bei dem kleinen Vermögen, das sie am Strand gefunden hatten, könne es sich um den Erlös einer schändlichen oder gar verbrecherischen Tat handeln; als Großvater angefangen hatte, sie anzuflehen, nach just einer solchen Segeltuchtasche zu suchen, war ihre Sorge nur noch gewachsen.

Als Großvater schließlich wieder gesund genug war, um sich selbst auf die Suche zu begeben, hatten Aasni und Zhobelia schon ihr Herz an ihn verloren und waren gemeinsam zu der Überzeugung gekommen, wenn er das Geld zurückerhielte – ob es nun rechtmäßig seins war oder nicht –, würde er wahrscheinlich wieder aus ihrem Leben verschwinden. Die beiden Schwestern kamen überein, daß sie den weißen Mann teilen würden, vorausgesetzt, daß er es so haben wollte, und daß sie das Geld sicher verwahren und seine Existenz nur preisgeben würden, wenn eine Notlage entstünde, die sich einzig auf finanziellem Wege abwenden ließe.

Sie kamen ebenfalls überein, daß sie eines Tages die Wahrheit über ihren gemeinsamen Ehemann offenbaren würden, wenn es angebracht schien und sie sicher sein konnten, daß er sie nicht schlagen oder verlassen oder fortjagen würde. Irgendwie war dieser Tag nie gekommen.

An einem Nachmittag des Jahres 1979 in High Easter Offerance hatten sie sich schließlich entschieden, das Geld gänzlich verschwinden zu lassen, nachdem Zhobelia irgend etwas gesehen hatte (bislang war sie sehr vage geblieben, was das gewesen sein sollte). Ursprünglich hatten sie vor, das Geld im Tandoor-Ofen in der Farmküche zu verbrennen, doch selbst mitten in der Nacht kamen gelegentlich Leute in die Küche, so daß dieser Plan zu riskant war. Sie beschlossen, die Banknoten statt dessen im Herd der Herrenhaus-Küche zu verbrennen, wo die Schwestern für gewöhnlich ihre Experimente mit der schottisch-asiatischen Cuisine durchführten.

Zhobelia wußte nicht wirklich, was in der Nacht des Brandes in der Küche passiert war, aber sie hatte sich im Laufe der Zeit eingeredet, daß das Geld – der große Unheilsbringer – irgendwie die Dampfkocher-Explosion und das daraus entstandene Feuer verursacht hätte und daher sie die Schuld an dem Unglück trug. Sie hatte Aasnis Geist in ihren Träumen gesehen, und einmal, eine Woche nach dem Brand, war sie im Dunkeln in ihrem Bett aufgewacht und war vollständig wach gewesen, jedoch außerstande, sich zu rühren oder zu atmen, und da hatte sie gewußt, daß Aasnis Geist bei ihr im Zimmer war, auf der Truhe saß und ihre Lunge in einen Dampfkocher für ihre Schuldgefühle verwandelte. Sie wußte, daß Aasni ihr niemals vergeben oder sie in Frieden lassen würde, also hatte sie in jener Nacht beschlossen, die Gemeinde zu verlassen und ihre alte Familie aufzusuchen, um deren Vergebung zu erflehen.

Die Asis-Familie war ebenfalls umgezogen und lebte nun im Thornliebank-Bezirk von Glasgow, von wo aus sie eine Kette von Lebensmittelgeschäften und indischen Restaurants führte. Es gab noch immer Mitglieder der Asis-Familie auf den Hebriden, aber sie gehörten zu einer jüngeren Generation; die Menschen, die Aasni und Zhobelia gekannt hatten, waren alle nach Glasgow übergesiedelt, und offensichtlich hatte es einen großen Streit unter ihnen gegeben, ob sie Zhobelia überhaupt wieder zurückhaben wollten. Zhobelia war statt dessen bei Onkel Mo eingezogen – und hatte ihren Sohn schwören lassen, Stillschweigen darüber zu wahren –, während die Asis-Familie über ihr zukünftiges Verhältnis zu Zhobelia beratschlagte.

Dann hatte Zhobelia einen Schlaganfall erlitten und brauchte eine intensivere Betreuung, als Mo sie allein bewerkstelligen konnte; sie wurde in ein Pflegeheim in Spayedthwaite gebracht. Onkel Mo hatte schließlich sowohl mit unserer Familie als auch dem Asis-Clan Verbindung aufgenommen und flehend um Unterstützung gebeten, worauf er die Versicherung erhalten hatte, daß die drei Parteien sich die finanzielle Last für die Pflege seiner Mutter teilen würden. Später hatte die Asis-Familie dann darauf bestanden, daß Zhobelia näher bei ihnen sein sollte, und das Ergebnis war das Gloamings-Pflegeheim in Mauchtie gewesen.

»Sie kommen mich besuchen, aber sie reden zu schnell«, erklärte Zhobelia mir. »Calli und Astar waren auch hier, aber sie sind sehr still. Ich glaube, es ist ihnen peinlich. Der Junge kommt nicht sehr oft her. Nicht, daß es mich kümmert. Er stinkt nach Schnaps, hab ich dir das schon erzählt?«

»Ja, Großtante«, sagte ich und drückte ihre Hand. »Ja, das hast du. Hör mal –«

»Sie kümmern sich hier um uns. Aber diese Mrs. Joshua, die ist ein Drachen. Die hat Haare auf den Zähnen!« Zhobelia schüttelte mißbilligend den Kopf. »Miss Carlisle, die hat nicht mehr alle Tassen im Schrank«, erklärte sie mir und tippte sich an die Stirn. »Nein, nein; sie kümmern sich hier um uns. Obgleich man hier im Bett liegen kann, ohne daß jemand mit einem redet. Wenn du dich in deinen Sessel setzt, ist es genau dasselbe. Die Schwestern werden hier ganz gut auf Trab gehalten. Der Besitzer ist offenkundig ein *Doktor*, was ganz gut ist, oder? Aber trotzdem. Fernsehen. Wir gucken hier viel fern. Im Aufenthaltsraum. Jede Menge junge Australier. Empörend.«

»Großtante?« sagte ich, denn mir wollte etwas, was Zhobelia erwähnt hatte, einfach nicht aus dem Kopf gehen, und langsam kristallisierte sich eine Verbindung zu den Dingen heraus, die mich zuvor verwirrt hatten.

»Hmm? Ja, mein Kind?«

»Was hast du gesehen, was dich dazu brachte, das Geld zu verbrennen? Bitte; erzähl's mir.«

»Ich habe es dir erzählt; ich habe es *gesehen*.«

»Was hast du gesehen?«

»Ich habe gesehen, daß das Geld uns Unglück bringen würde. Es ist mir im Traum erschienen. Hat natürlich nichts geholfen, das tun diese Dinge ja selten, aber wir mußten einfach etwas unternehmen.«

»Willst du damit sagen, du hattest eine Vision?« fragte ich verwirrt.

»Was?« sagte Zhobelia stirnrunzelnd. »Ja, ja, eine Vision. Natürlich. Ich glaube, die Gabe ging von mir an dich über, nur daß es bei dir das Heilen ist. Schätze dich glücklich; Heilen klingt wie ein Kinderspiel verglichen mit diesen Visionen; ich war heilfroh, als sie nicht mehr kamen. Irgendwann wird es dich auch verlassen; es besitzt immer nur eine zur Zeit die Gabe. Es ist eben eine von diesen Bürden, die man im Leben tragen muß.« Sie tätschelte meine Hand.

Ich starrte sie an, den Mund weit aufgerissen.

»Großmutter Hadras Mutter hatte die Gabe des zweiten Gesichts, genau wie ich. Als sie starb, stellte Hadra fest, daß sie mit den Toten reden konnte. Als Hadra in der alten Heimat ihren Schlaganfall hatte, ging die Gabe an mich über, und ich fing an, Dinge zu sehen. Ich war so um die zwanzig. Dann, nach dem Feuer, hast du mit dem Heilen angefangen.« Sie lächelte. »Das war's, verstehst du? Ich konnte fortgehen. Ich war das Ganze leid, und außerdem hätte ich ja sowieso niemandem mehr nützen können, oder? Sobald du mit dem Heilen anfingst, wußte ich, daß die Visionen aufhören würden, und ich wußte, daß sich alle um dich kümmern würden, und außerdem wußte ich, daß Aasni mir die Schuld dafür geben würde, daß ich es nicht richtig gesehen hatte, so daß sie ums Leben gekommen war; in der Beziehung war sie eine richtige Nervensäge, und sie hat mir ständig in den Ohren gelegen, ich solle die Gabe mit mehr Respekt behandeln; hat gesagt, es wäre besser gewesen, wenn sie die Visionen gehabt hätte, aber sie hatte sie nun einmal nicht; ich hatte sie.«

Ich weiß nicht, wie lange der nächste Augenblick dauerte. Lang genug, daß ich bemerkte, wie Großtante Zhobelia mir die Wange tätschelte und mir besorgt in die Augen sah.

»Ist mit dir alles in Ordnung, Kind?«

Ich versuchte zu sprechen, konnte es aber nicht. Ich hustete und stellte fest, daß mein Mund und meine Kehle ausgetrocknet waren. Tränen schossen mir in die Augen; ich beugte mich vornüber und hustete verkrampft, während ich versuchte, dabei so leise wie möglich zu sein. Zhobelia klopfte mir auf den Rükken, während ich mein Gesicht in die Bettdecke drückte.

»Großtante«, stammelte ich schließlich und wischte mir die Augen ab, während ich noch immer nach jedem zweiten Wort trocken schlucken mußte. »Willst du damit sagen, daß *du* die Visionen hattest, nicht Großvater; daß du es warst, die –«

»Das Feuer gesehen hat; ich sah ein Unglück dräuen, wegen des Geldes. Ich wußte nicht, daß es ein Feuer sein würde, aber ich wußte, daß es ein Unglück geben würde. Das war das letzte, was ich sah. Vorher, ach, da habe ich viele Dinge gesehen.« Sie lachte leise. »Dein armer Großvater. Er hatte nur eine einzige wirkliche Vision; ich denke, ich muß ihm die Gabe eine Zeitlang geborgt haben, als er dort auf dem Boden des Lieferwagens lag, bedeckt mit Tee und Schmalz. Der Arme; er dachte, es wäre diese Sache mit dem neunundzwanzigsten Februar, die aus einem Menschen etwas Besonderes machte. Aber er hatte wirklich etwas ganz Besonderes an sich. Anders kann man es wohl nicht sagen. Das einzige, was mich in meinem Leben je wirklich überrascht hat, war sein unvermutetes Auftauchen; ich hatte nicht die leiseste Vorahnung, daß es geschehen würde. Nicht die geringste. Daher wußten wir, daß er etwas Besonderes war. Aber Visionen? Nein, er hatte diese eine und wachte damit auf und fing an zu plappern, während er versuchte, das Ganze aufzubauschen. Typisch Mann halt; gib ihnen ein Spielzeug, und sie müssen damit spielen. Sie sind nie zufrieden. Aber was den Rest angeht...« Sie kniff ihre Lippen zusammen und schüttelte den Kopf.

»Den Rest von was?« fragte ich schluckend.

»Den Visionen. Die Seetang-Fabrik, die Hängematte, diese Possils, Mrs. Woodbean, die Geburt deines Vaters und dann deine Geburt und das Feuer; das alles habe ich gesehen, nicht er. Und wenn ich auch nicht jedesmal alles ganz genau vorhergesehen habe, so wußte ich doch zumindest, was ich wollte – was

Aasni und ich wollten, und wir haben deinen Großvater dazu bekommen, das zu tun, was wir für richtig hielten, was unserer Ansicht nach nötig war, für uns alle. Das ist der Ärger mit den Männern, verstehst du? Sie denken, sie wüßten, was sie wollen, aber sie wissen es nicht, für gewöhnlich zumindest. Man muß es ihnen sagen. Man muß ihnen hin und wieder auf die Sprünge helfen. Also hab ich's ihm gesagt. Du weißt schon; Bettgeflüster. Nun, ich hab's ihm vorgeschlagen. Man kann gar nicht vorsichtig genug sein. Aber wenn es sich um die Warnung vor einem Unglück handelt, nun, was soll man da tun? Du siehst ja, was mit dem Geld passiert ist.«

»Du hast den Brand im Herrenhaus vorhergesehen?« flüsterte ich, und abermals schossen mir Tränen in die Augen, auch wenn es diesmal nicht daran lag, daß meine Kehle trocken war.

»Ein Unglück, Kind«, gab Zhobelia gelassen zurück; scheinbar bemerkte sie meine Tränen nicht. »Ich habe ein Unglück gesehen, mehr nicht. Wenn ich gesehen hätte, daß es sich um ein Feuer handeln würde, dann hätte ich natürlich nie im Leben vorgeschlagen, das Geld zu verbrennen. Aber ich habe nur *irgendein* Unglück gesehen, nicht, welcher Art es sein würde. Hätte mir natürlich denken sollen, daß es trotzdem passiert.« Sie verzog das Gesicht und schüttelte den Kopf. »So ist das mit der Gabe nun mal. Aber man muß es trotzdem versuchen. Hier, mein Kind«, sagte sie und zog ein Taschentuch aus ihrem Ärmel. »Trockne dir die Augen.«

»Danke.« Ich tupfte meine Augen trocken.

»Gern geschehen.« Sie seufzte und zog die Strickjacke fester um sich. »Ich war heilfroh, als es damit endlich ein Ende hatte, das kannst du mir glauben. Ich hoffe, es war für dich kein solcher Schlag wie für mich, aber wenn es so ist, dann fürchte ich, daß du es einfach hinnehmen mußt.« Sie sah mich besorgt an. »Wie war es für dich, Kind? Kommst du damit zurecht? Nimm dir meinen Rat zu Herzen: Laß die Männer die Konsequenzen tragen. Sie heimsen sowieso die Lorbeeren für alles Gute ein, das daraus entsteht. Aber es ist so schön, wenn es zu Ende ist; das ist der

Segen, verstehst du? Daß immer nur ein Mensch zur Zeit die Gabe besitzt. Es ist so schön, wieder Überraschungen zu erleben. Es war eine nette Überraschung, dich heute abend hier zu sehen. Ich hatte nicht die leiseste Ahnung, daß du kommen würdest. Einfach wunderbar.«

Ich reichte Zhobelia ihr Taschentuch zurück; sie stopfte den nassen Ballen in ihren Ärmel; das Knäuel hatte die Form der Innenseite meiner Faust. »Wie lang dauert diese ... Gabe ...?«

»Was, Kind? Wie lange du sie haben wirst? Ich weiß es nicht.«

»Wie lange gibt es sie schon? Wird sie nur in unserer Familie weitergegeben?«

»Nur unter den Frauen; es kann jede der Frauen treffen, aber immer nur bei einer zur Zeit. Wie lange? Ich weiß es nicht. Es gibt da einige kindische Vorstellungen ... ich habe gewisse dumme Dinge gehört ...« Sie schüttelte hastig und abfällig den Kopf. »Aber damit solltest du dich gar nicht erst belasten. Menschen sind so leichtgläubig.«

»Leichtgläubig«, wiederholte ich und unterdrückte gleichzeitig ein Lachen und ein Husten.

»Ach«, sagte sie seufzend und schüttelte den Kopf, »du kannst es dir gar nicht vorstellen.« Sie griff herüber und hielt abermals meine Hand, tätschelte sie geistesabwesend, während sie mich anlächelte.

Ich saß da, sah sie an und war halb hysterisch von all den Dingen, die sie mir erzählt hatte; am liebsten hätte ich in meiner Verzweiflung ein wildes Wutgeheul ausgestoßen ob des Wahnsinns der Welt und wäre gleichzeitig aus genau demselben Grund in schallendes Gelächter ausgebrochen.

Was sollte ich tun? Was von alldem, das ich herausgefunden hatte, hatte tatsächlich eine Bedeutung? Ich versuchte nachzudenken, während Zhobelia blinzelnd dasaß, mich anlächelte und meine Hand tätschelte.

»Großtante«, sagte ich schließlich und legte meine freie Hand auf die ihre. »Würdest du gern zurückkommen?«

»Zurück?«

»Zurück mit mir, zur Gemeinde, zum Hof, nach High Easter Offerance. Um dort zu bleiben; um bei uns zu leben.«

»Aber ihr Geist!« erwiderte sie hastig mit weitaufgerissenen Augen. Dann runzelte sie die Stirn und wandte den Blick ab. »Obwohl *du* kein Geist warst«, murmelte sie. »Vielleicht würde es jetzt gehen. Ich weiß nicht . . .«

»Ich bin sicher, daß es jetzt gehen würde«, sagte ich. »Ich denke, du gehörst zu uns, in die Gemeinde.«

»Aber wenn es nicht geht? Du warst kein Geist, aber was ist, wenn sie einer ist?«

»Ich bin sicher, daß sie kein Geist ist. Versuch es doch mal, Großtante«, sagte ich. »Komm für ein, zwei Wochen zurück und schau, wie es dir gefällt. Wenn es dir nicht gefällt, kannst du immer noch hierher zurückkehren oder in ein Pflegeheim in der Nähe der Gemeinde gehen.«

»Aber ich brauche Pflege und Betreuung, mein Kind.«

»Wir werden uns um dich kümmern«, versicherte ich ihr. »Ich hoffe, daß ich auch bald wieder zurückkehren kann; *ich* werde mich um dich kümmern.«

Sie schien zu überlegen. »Kein Fernsehen?« fragte sie.

»Leider nein«, gestand ich.

»Hmm. Egal«, erwiderte sie. »Ist sowieso alles dasselbe. Man verliert ganz den Überblick.« Sie starrte mich einen Moment lang geistesabwesend an. »Bist du sicher, daß sie mich überhaupt wiedersehen wollen?«

»Alle wollen das«, erklärte ich und war überzeugt, daß es tatsächlich so wäre.

Sie starrte mich an. »Das hier ist kein Traum, oder?«

Ich schmunzelte. »Nein, es ist kein Traum, und ich bin kein Geist.«

»Gut. Ich würde mir gar nicht gefallen, wenn dies ein Traum wäre, denn dann müßte ich aufwachen.« Sie gähnte. Ich konnte ebenfalls ein Gähnen nicht unterdrücken.

»Du bist müde, mein Kind«, sagte sie und tätschelte meine

Hände. »Du schläfst hier. So machen wir's.« Sie schaute zu dem anderen Bett. »Da; du nimmst das andere Bett. Du bleibst doch, oder?«

Ich schaute mich um und überlegte, wo ich meine Hängematte festmachen könnte. Das Zimmer sah nicht gerade vielversprechend aus. Um der Wahrheit die Ehre zu geben, ich war so müde, daß ich auf dem Fußboden hätte schlafen können und es höchstwahrscheinlich sogar tun würde.

»Würde es denn gehen, wenn ich bliebe?« fragte ich.

»Natürlich«, erklärte sie. »Du schläfst hier.«

*

Und so schlief ich in Großtante Zhobelias Zimmer. Ich konnte nichts entdecken, woran ich meine Hängematte hätte festmachen können, also baute ich mir mit den Decken und Kissen vom zweiten Bett ein kleines Nest auf dem Fußboden und legte mich dort zur Ruh, zwischen Zhobelia und dem leeren Bett.

Meine Großtante wünschte mir eine gute Nacht und knipste das Licht aus. Es war ganz leicht einzuschlafen. Ich glaube, mein Verstand hatte mittlerweile aufgehört, sich zu drehen; er war wieder in einen Schockzustand verfallen. Das letzte, an das ich mich erinnere, war, wie meine Großtante leise vor sich hin flüsterte: »Die kleine Isis. Wer hätte das gedacht?«

Dann versank ich in Schlaf.

*

Ich wurde vom Zuschlagen von Türen und dem Klappern von Teetassen geweckt. Tageslicht säumte die Vorhänge. Mein leerer Magen knurrte mich an. Mir war schwindelig. Ich drehte mich steif herum und schaute zu Großtante Zhobelia hoch, die mich von ihrem Bett herunter zärtlich anlächelte.

»Guten Morgen«, sagte sie. »Du bist immer noch da.«

»Guten Morgen, Großtante«, krächzte ich. »Ja, immer noch hier, immer noch kein Traum oder Geist.«

»Ich bin so froh.« Es klapperte und schepperte im Flur vor

ihrer Tür. »Du solltest besser bald verschwinden, sonst erwischen sie dich.«

»In Ordnung.« Ich stand auf, richtete das andere Bett wieder her, entfernte die Tagesdecke von der Türschwelle und legte Zhobelias Kleider zurück auf das Bett. Ich fuhr mir mit der Hand durchs Haar und rieb mir das Gesicht. Dann ging ich neben Zhobelias Bett in die Hocke und ergriff wieder ihre Hand. »Erinnerst du dich, was ich dich letzte Nacht gefragt habe?« flüsterte ich. »Möchtest du bei uns wohnen?«

»Ach, das? Ich weiß nicht«, erwiderte sie. »Ich hatte es schon wieder vergessen. Aber ich werde darüber nachdenken, mein Kind, wenn ich mich daran erinnere.«

»Bitte tu das, Großtante.«

Sie runzelte die Stirn. »Hab ich dir letzte Nacht von den Dingen erzählt, die ich früher gesehen habe? Von der Gabe? Ich glaube, ja. Ich hätte es dir schon früher erzählt, aber du warst noch nicht alt genug, um es zu verstehen, und ich mußte vor ihrem Geist fliehen. Hab ich's dir erzählt?«

»Ja«, erklärte ich ihr und drückte sanft ihre zarte, trockene Hand. »Ja, du hast mir von den Visionen erzählt. Du hast das Wissen um sie weitergegeben.«

»Ah, gut. Das freut mich.«

Ich hörte Stimmen draußen im Flur. Sie entfernten sich wieder, aber ich stand trotzdem auf und küßte Zhobelia auf die Stirn. »Ich muß jetzt gehen«, erklärte ich ihr. »Aber ich komme dich wieder besuchen. Und ich bringe dich von hier fort, wenn du nach Hause kommen möchtest.«

»Ja ja, mein Kind. Paß auf dich auf und sei brav. Und denk immer dran: Die Männer dürfen es nicht erfahren.«

»Ich werde dran denken. Großtante ...?«

»Ja, mein Kind?«

Ich schaute auf den Schuhkarton, der neben ihr auf dem Nachttisch stand. »Dürfte ich wohl das Soldbuch und die Zehnpfundnote mitnehmen? Ich verspreche, daß ich sie dir zurückgeben werde.«

»Natürlich, mein Kind. Möchtest du auch die Fotos mitnehmen?«

»Ich nehme das von Großvater mit, wenn ich darf.«

»Ja, ja. Du kannst den ganzen Stapel mitnehmen, wenn du möchtest. Mir ist das egal. Mir bedeutet das Ganze schon lange nichts mehr. Sollen sich doch die Jungen darum kümmern, wie ich immer sage. Nicht, daß die sich einen feuchten Kehricht darum scheren. Aber du tust es. Ja, du hast noch Mitgefühl und Anstand.«

Ich steckte die Fotografie, das Soldbuch und die Banknote in die Innentasche meiner Jacke. »Vielen Dank«, sagte ich.

»Gern geschehen.«

»Auf Wiedersehen, Großtante.«

»O ja. Mm-hmmm. Vielen Dank für deinen Besuch.«

Ich spähte durch die Vorhänge, um zu sehen, ob die Luft rein war, dann schob ich das Fenster hoch, ließ meinen Seesack auf den Gehweg darunter fallen und sprang mit einem Satz hinterher. Ich legte ein gutes Marschtempo vor und war keine Stunde später am Bahnhof Hamilton.

Ein Zug brachte mich nach Glasgow.

*

Ich saß da und schaute mir die Landschaft und die Gebäude und die Gleise an, während ich kopfschüttelnd vor mich hin murmelte. Es kümmerte mich nicht, welchen Eindruck ein derartiges Verhalten auf meine Mitreisenden machte, auch wenn ich bemerkte, daß niemand sich neben mich setzte, obgleich der Zug recht gut gefüllt schien.

Zhobelia. Visionen. Geld. Salvador. Whit. Black . . . All das zu all dem anderen, was ich in den letzten Tagen herausgefunden hatte. Wo würde das enden? Welche außergewöhnlichen Offenbarungen konnten mich noch erwarten? Ich konnte es mir nicht ausmalen und wollte es mir auch gar nicht vorstellen. Mein Leben hatte sich in so kurzer Zeit in so vieler Hinsicht wieder und wieder verändert. Alles, was ich geglaubt hatte zu wissen, war explodiert, war zu Chaos und Verwirrung geworden, durcheinandergewürfelt und in alle Winde zerstreut, mit einem Mal nebulös und unzulänglich und sinnlos.

Ich wußte kaum noch, was ich denken sollte, wo ich auch nur *anfangen* sollte nachzudenken, damit ich alle Teile wieder zusammenfügen konnte, wenn das überhaupt noch möglich war. Wenigstens hatte ich die Geistesgegenwart besessen, Zhobelia um die Zehnpfundnote und das Soldbuch zu bitten. Ich vermute, ich klammerte mich aus schierer Notwendigkeit an die praktischste Vorgehensweise, die sich mir bot, klammerte mich an die Realität wie eine Muschel an einen vertrauten Felsen, während die Wogen von etwas unvorstellbar Größerem und Mächtigerem über mich hinwegspülten und drohten, meinen Verstand mit sich fortzureißen. Ich konzentrierte mich auf die Erfordernisse des Augenblicks und fand einige Erleichterung und Trost darin zu überlegen, was jetzt zu tun wäre, um die dringlichsten meiner Probleme einer Lösung zuzuführen. Als der Zug schließlich in den Hauptbahnhof von Glasgow einfuhr, hatte ich bereits den Plan für meinen nächsten Feldzug geschmiedet.

Kapitel Sechsundzwanzig

»Ja?«

»Guten Morgen. Könnte ich bitte mit Topec sprechen?«

»Am Apparat.«

»Bruder Topec, ich bin's, Isis.«

»Is! Mann, das ist eine Überraschung!« Mein Verwandter johlte gnadenlos laut. Ich hielt den Hörer einen Moment vom Ohr weg. »Bist du's wirklich?« lachte er. »Du nimmst mich auf den Arm! Aber, he! Du darfst doch gar nicht telefonieren, oder?«

»Normalerweise nicht. Aber der Zweck heiligt die Mittel, Topec.«

»Im Ernst? Mann! Toll! Hel, komm doch vorbei, dann kannst du gleich die Jungs kennenlernen; wir wollten uns gerade was zum Frühstück zwischen die Kiemen schieben und dann losziehen und einen draufmachen.«

»Über ein Frühstück würde ich mich sehr freuen.«

»Klasse! Phantastisch! He«, sagte er, und seine Stimme klang einen Moment lang hallend und leise. »Das ist meine Cousine Isis.« (Topec und ich sind natürlich nicht wirklich Cousin und Cousine; unser tatsächliches Verwandschaftsverhältnis ist um einiges komplizierter, aber ich verstand die Abkürzung.) »Aye. Sie kommt vorbei.« Ich hörte einen leisen Chor von johlenden Männerstimmen im Hintergrund, dann wieder Topecs Stimme, noch immer hallend. »Ja, die Hübsche, der weibliche Messias. Aye.«

»Topec«, sagte ich seufzend. »Bring mich nicht in Verlegenheit. Im Moment verfüge ich nicht über die nötige emotionale Standfestigkeit.«

»Hä? Was? Nee, mach dir keine Sorgen«, beschwichtigte er mich. »Also, wie kommt's, daß du ein Telefon benutzt?«

»Ich denke, ich brauche Hilfe.«

»Wobei?«

»Nachforschungen.«

»Nachforschungen?«

»In einer Bibliothek, oder vielleicht bei einer Zeitung. Ich kenne mich mit solchen Dingen nicht aus. Und da habe ich mich gefragt, ob du mir vielleicht behilflich sein könntest?«

»Weiß nicht. Vielleicht. Ich kann's ja mal versuchen. Ja, warum nicht? Also kommst du vorbei?«

»Ich werde mich umgehend auf den Weg zu dir machen.«

»Haha! Ich liebe die Art, wie du redest. Klasse. Die Jungs können es gar nicht abwarten, dich kennenzulernen. Du hast hier einen richtigen Fanclub.«

Ich stöhnte auf. »Bis gleich.«

»Hast du die Adresse?«

»Ja. Ich werde in ungefähr einer halben Stunde da sein.«

»Okey-dokey. Gib uns Zeit, die Bude ein bißchen aufzuräumen.«

*

Ich konnte nur annehmen, daß Topec und die drei Freunde, mit denen er die Wohnung in der Dalmally Street teilte, sich doch nicht die Mühe gemacht und aufgeräumt hatten – oder daß sich ihre Studentenbude gewöhnlich in einem Zustand befand, der dem Innern eines Müllwagens glich.

Die Wohnung stank nach Bier, und der Teppich in der Diele blieb an meinen Stiefeln kleben, wie etwas, das entworfen worden war, um Astronauten das Umhergehen in einer Raumstation zu ermöglichen. Topec begrüßte mich mit einer Umarmung, die sowohl meinen Seesack als auch mich von den Füßen riß – der Teppich löste sich nur widerstrebend von meinen Stiefelsohlen, glaube ich –, und drückte mich, bis mir die Luft weg blieb.

Topec ist ein lebhafter Bursche, hochgewachsen und hager und schier unglaublich gutaussehend; er hat langes, schwarzes, naturgelocktes Haar, das es – glücklicherweise – verträgt, ja sogar gedeiht, wenn man es weder kämmt noch in anderer Weise pflegt, und ein erregend dunkles, fein geschnittenes Gesicht mit Augen, die so durchdringend blau sind, daß sie wie Kobaltspeere anmuten. Er setzte mich wieder auf dem Boden ab, bevor ich das Bewußtsein verlor.

»Isis!« rief er begeistert und trat einen Schritt zurück, ließ sich auf alle viere sinken und verneigte sich lachend. »Ich bin nicht würdig! Ich bin nicht würdig!« Er trug zerrissene Jeans und ein zerrissenes T-Shirt unter einem ausgefransten Karohemd.

»Hallo, Topec«, sagte ich so müde, wie ich mich fühlte.

»Sie ist da!« brüllte Topec, sprang wieder auf die Füße und zerrte mich hinter sich her ins Wohnzimmer, wo drei andere junge Männer grinsend an einem Tisch saßen, Karten spielten, Tee tranken und fetttriefendes Essen aus Blechbehältern löffelten.

Ich schob ein Paar schmutzstarrende Socken von dem Stuhl, den man mir anbot, und setzte mich. Augenblicklich wurde ich Steve, Stephen und Mark vorgestellt und eingeladen, an ihrem Frühstück teilzuhaben, welches aus den indischen und chinesischen Resten einer gemeinschaftlichen Imbiß-Mahlzeit vom vergangenen Abend bestand, ergänzt von einem Teller voller riesiger, weicher, mehliger Brötchen. Sie schenkten mir Tee ein, und mein Hunger erwies sich als so groß, daß ich die kalten, fettigen Überbleibsel der letzten Nacht recht schmackhaft fand. Die Brötchen waren mehr Schein als Sein und bestanden anscheinend hauptsächlich aus Luft, aber wenigstens waren sie frisch.

Ich plauderte mit den anderen drei jungen Männern, die alle an einer beachtlichen Vielfalt von Pickeln und vergleichbaren Hautstörungen litten. Meine Anwesenheit schien sie verlegen zu machen, was ich vielleicht als schmeichelnd empfunden hätte, wenn ich die nötige Energie dazu hätte aufbringen können. Sie spielten weiter Karten, während sie sich unterhielten und aßen, wobei sie einander lautstark beschimpften, als wären sie zu allem bereite, mordlüsterne Gesetzlose, die gerade die Beute eines Überfalls verzockten, statt, wie ich annahm, recht gute Freunde, die offenkundig um Süßigkeiten namens Smarties spielten.

»Sind das Ohrringe, Topec?« fragte ich, als Topec – nachdem sich einige Haare in seinen Mund verirrt hatten, während er abwechselnd sein Zitronenhähnchen und sein Brötchen mampfte – sein Haar hinters Ohr schob und dabei den Blick auf etwa ein halbes Dutzend kleiner Stecker und Ringe freigab, die den Knorpelrand seines linken Ohrs zierten.

Er schenkte mir ein hinreißendes Lächeln. »Ja. Cool, was?«

»Hmm.« Ich machte mich wieder über mein Luftbrötchen her.

Topec schaute gekränkt drein. »Gefallen sie dir nicht?« fragte er flehend.

Ich nahm davon Abstand, ihn darauf hinzuweisen, daß unser Glaube das Durchstechen von Körperteilen mißbilligte, ebenso wie ich darauf verzichtet hatte, Topec auf das fehlende Schlamm-Zeichen auf seiner Stirn anzusprechen. »Ich war immer der

Ansicht, daß der menschliche Körper von Natur aus mit einer mehr als ausreichenden Anzahl von Öffnungen geliefert wird«, bemerkte ich statt dessen.

Topec schaute ein wenig unbehaglich drein, doch er räusperte sich und erkundigte sich höflich, wobei genau ich denn nun Hilfe bräuchte.

Ohne auf die näheren Einzelheiten einzugehen, erklärte ich, daß ich Army-Unterlagen einsehen wollte sowie Erkundigungen über Geschehnisse des Jahres 1948 einziehen, soweit in Zeitungen darüber berichtet worden war, und mich möglicherweise über alte Zahlungsmittel informieren. Noch während ich die Worte aussprach, übermannte mich das Gefühl, daß schon die bloße Nennung dieser drei Bereiche zuviel verriet, doch Topec zuckte mit keiner Wimper, und ich fand, daß ich seine Hilfe in Anspruch nehmen sollte. Ich mußte meine Nachforschungen mit einiger Eile vorantreiben, und als Student sollte Topec sich in Bibliotheken auskennen, oder? Nachdem ich den vier Burschen zugehört hatte, wie sie einander beim Kartenspielen aufzogen und beschimpften, fragte ich mich allerdings, ob meine Entscheidung wirklich klug gewesen war, doch ich hatte nun einmal einen Plan geschmiedet, und nun sollte ich mich weiter daran halten.

»Ach, Scheiße, Is!« rief Topec aus, als ich ihm erklärte, daß Eile geboten sei. »Das willst du *jetzt* machen? Ach, Mist, Mann! Heute ist Samstag, Is!« sagte Topec lachend und fuchtelte mit den Armen. Seine Kumpel stimmten begeistert nickend zu. »Wir müssen hier raus und auf den Putz hauen und uns gute Jazz-Mucke anhören und auf die Piste gehen oder hierher zurückkommen und ein paar Bierchen kippen und auf die Fußballergebnisse wetten und losziehen und uns vollaufen lassen und Black Pudding und Fritten einschmeißen und zum QMU gehen und wie die Irren abtanzen und versuchen, mit den Krankenschwestern einen loszumachen, und dann am Ende wieder herkommen und 'ne Spontan-Fete feiern und im Garten kotzen und Sachen aus dem Fenster werfen und telefonisch 'ne Pizza bestellen und im Flur mit den leeren Bierdosen kegeln.«

Er lachte.

»Du kannst doch nicht eine . . . eine *Monate* alte Tradition wie diese stören, nur weil du diese blöden Nachforschungen machen mußt! Ich meine, Scheiß drauf, wenn wir auf *so was* Bock hätten, dann würden wir unsere Referate für die Uni schreiben! Und sehen wir etwa aus wie traurige Studenten? Komm schon; wir versuchen hier, ehrwürdige Studententradition wiederaufleben zu lassen. Wir müssen abfeten!«

»*Fete!*« grölten die anderen im Chor.

Ich sah Topec an. »Du hast mir erzählt, die Studenten heutzutage wären alle langweilig und nur an ihren Prüfungen interessiert.«

»Das sind sie auch, die meisten zumindest!« erwiderte Topec gestikulierend. »Wir Feten –«

»*Fete!*« grölten die anderen abermals im Chor.

»– könige sind praktisch eine vom Aussterben bedrohte Spezies!«

»Ich kann mir gar nicht vorstellen, warum«, seufzte ich. »Nun, dann –«

»Ach, komm schon, Is, mach mit . . . ich meine, es ist Fete angesagt –«

»*Fete!*«

»– und da kann man sich doch nicht ausklinken. Das andere können wir doch Montag immer noch machen.«

»Topec«, sagte ich mit einem müden Lächeln. »Sag mir einfach, wo ich hingehen muß. Dann mache ich es allein.«

»Du willst nicht mitkommen?« fragte er geknickt.

»Nein danke. Ich würde das gerne heute noch erledigen. Es ist schon in Ordnung; ich werde es allein machen.«

»Kommt gar nicht in die Tüte! Wenn du nicht mit uns mitkommst, dann komme ich mit dir mit; wir werden alle mitmachen. Wir werden alle helfen! Aber heute abend mußt du mit uns einen trinken gehen, abgemacht?« Er schaute sich zu den anderen um.

Sie sahen erst ihn und dann mich an.

»Nö.«

»Nein, laß stecken, Tope.«

»Vergiß es; ich will mir guten Jazz reinziehen.«

Topec schaute einen Moment lang bedrückt drein. »Oh. Na gut«, sagte er mit einem übertriebenen Achselzucken und wedelte mit den Armen. »Dann bleibt's eben an mir hängen.« Er lachte. »Scheiße. Da hab ich mich ja gut reingeritten, was?«

Die anderen pflichteten ihm mit einem dreistimmigen Gemurmel bei.

Topec starrte mich an und schlug sich mit der Hand gegen die Stirn. »Ich vermute, ich muß dir auch die Füße waschen, oder? Hab ich ganz vergessen!«

Die anderen blickten verblüfft hoch.

Ich stellte mir kurz im Geiste vor, wie sauber wohl die Schüsseln, Wannen oder Schalen in der Wohnung sein mochten, die sich zum Füßewaschen eignen könnten. »Vielen Dank, Topec, aber das ist im Moment nicht nötig.«

*

»Geld«, sagte Topec ein wenig später in der Küche, während wir die Überreste des Frühstücks wegräumten.

»Eine Banknote«, erklärte ich ihm.

»Ja, cool. Mein Vertrauensdozent sammelt Briefmarken und so'n Zeug. Ich frage mich, ob er vielleicht jemanden kennt, der Geldscheine sammelt? Ich werd ihn mal anrufen.« Er grinste. »Hab seine Privatnummer; ich ruf ihn immer an, um eine Verlängerung zu bekommen. Schmeiß das Zeug einfach hier rein«, sagte er und zeigte auf einen von drei schwarzen Plastiksäcken neben einem überquellenden Abfalleimer. Er marschierte hinaus in die Diele. Ich öffnete den schwarzen Sack, wandte eilig den Kopf ab, als mir der faulige Gestank aus der Mülltüte in die Nase stieg, und ließ die zusammengedrückten, leeren Imbißbehälter hineinfallen. Ich verschnürte den Beutel und machte dasselbe auch mit den anderen beiden, wobei ich die ganze Zeit durch den Mund atmete, um gegen den Gestank anzukommen.

Ich machte mich daran, das Geschirr abzuwaschen. Alles, um mich zu beschäftigen. Meine Ahnungen bezüglich der Spüle erwiesen sich als richtig. Topec kam wenige Minuten später zurück. Er starrte auf den Schaum in der Spüle, als hätte er ein solches Phänomen noch nie gesehen – eine These, die der allgemeine Zustand der Küche durchaus bestätigte. »Oh, ja! Echt klasse Idee, Is!«

»Was hat dein Vertrauensdozent gesagt?« fragte ich ihn.

»Wir brauchen einen Notaphilisten«, erklärte er grinsend.

»Einen was?«

»Einen Notaphilisten«, wiederholte er. »Offensichtlich gibt es einen in der Wellington Street.« Er schaute auf seine Uhr. »Hat Samstag bis mittags auf. Ich denke, das könnten wir schaffen.«

*

Es fiel mir nicht schwer, mich vom Aufwaschen loszureißen. Wir nahmen einen Bus ins Stadtzentrum und fanden die Adresse in der Wellington Street, ein kleines Kellergeschäft unterhalb eines eleganten, hochaufragenden viktorianischen Bürogebäudes aus jüngst gereinigtem beigem Sandstein.

H. Womersledge, Numismatiker und Notaphilist, stand auf dem abblätternden, gemalten Schild. Der Laden war winzig und düster und roch nach alten Büchern und irgend etwas Metallenem. Eine Glocke schellte, als wir eintraten. Ich versuchte mich zu überzeugen, daß es sich nicht wirklich um ein Einzelhandelsgeschäft handelte. Überall waren Glasvitrinen, Tresen und hohe Schaukästen, alle voll mit Münzen, Orden und Banknoten, letztere in kleinen durchsichtigen Plastikständern oder Ordnern wie Fotoalben.

Ein Mann mittleren Alters trat aus den hinteren Räumen des Ladens. Ich hatte einen kleinen, alten, gebeugten Tattergreis mit einer Patina aus Haarschuppen und Staub erwartet, doch dieser Mann war auf meiner Seite der Fünfzig, wohlbeleibt und mit einem weißen Polohemd und cremefarbenen Hosen bekleidet.

»Guten Morgen«, sagte er.

»He-ho«, erwiderte Topec seinen Gruß und hüpfte nervös von einem Fuß auf den anderen. Der Mann schien unbeeindruckt.

Ich tippte mir an den Hut. »Guten Morgen, Sir.« Ich holte die Banknote heraus und legte sie zwischen uns auf den Glastresen, in dem matt schimmernde Silbermünzen und Orden mit bunten Bändern ausgestellt waren. »Ich würde gern wissen, ob Sie mir wohl etwas über diese Banknote sagen könnten...« erklärte ich.

Er hob den Geldschein vorsichtig hoch, hielt ihn gegen das schummrige Licht des einzelnen kleinen Schaufensters, dann knipste er eine winzige, doch starke Tischlampe an und betrachtete die Banknote kurz.

»Nun, im Grunde steht alles Wichtige drauf«, sagte er schließlich. »Eine Zehnpfundnote, Royal Scot Linen, Juli Achtundvierzig.« Er zuckte mit den Achseln. »Sie wurden in dieser Form von Mai Fünfunddreißig bis Januar Dreiundfünfzig gedruckt, als die RSL von der Royal Bank übernommen wurde.« Er drehte die Banknote einige Male um, bewegte sie in seinen Fingern, wie ein Falschspieler eine Karte. »Eine recht verzierte Banknote, für ihre Zeit. Sie wurde von einem Mann namens Mallory entworfen, der Zweiundvierzig für den Mord an seiner Frau gehängt wurde.« Er schenkte uns ein angemessen kühles Lächeln. »Ich vermute, Sie wollen wissen, wieviel sie wert ist.«

»Ich hatte gedacht, sie wäre zehn Pfund wert«, sagte ich. »Wenn sie noch als legales Zahlungsmittel gilt.«

»Die ist kein legales Zahlungsmittel mehr«, erwiderte der Mann grinsend und schüttelte den Kopf. »Ist etwa vierzig Mäuse wert, druckfrisch, was diese hier nicht ist. Wenn Sie sie verkaufen wollen, könnte ich Ihnen fünfzehn geben, aber auch das nur, weil ich gern runde Summen mag.«

»Hmm«, sagte ich. »Nun, dann behalte ich sie vielleicht doch lieber.«

Ich stand da und schaute auf die Banknote, ließ einfach die Zeit verstreichen. Der Mann drehte den Geldschein auf dem Tresen noch einmal um.

»Also gut«, sagte ich, als Topec neben mir langsam ungeduldig wurde. »Vielen Dank, Sir.«

»Gern geschehen«, erwiderte der Mann nach kurzem Zögern.

Ich nahm die Banknote, faltete sie und steckte sie wieder in die Tasche. »Guten Tag«, sagte ich und tippte mir an den Hut.

»Ja«, erwiderte der Mann stirnrunzelnd, als ich mich undrehte und, gefolgt von Topec, zur Tür ging. Ich öffnete die Tür, so daß abermals die Glocke schellte. »Äh, einen Moment«, sagte der Mann. Ich drehte mich wieder zu ihm um.

Er winkte mit der Hand, so als würde er etwas von einem unsichtbaren Schirm zwischen uns reiben. »Nein, nein, ich will Ihnen nicht mehr bieten, verstehen Sie mich nicht falsch; mehr ist sie wirklich nicht wert, aber ... könnte ich sie mir wohl noch einmal ansehen?«

»Natürlich.« Ich ging zurück an den Tresen und reichte ihm abermals die Banknote. Er betrachtete sie stirnrunzelnd. »Dürfte ich die wohl kopieren?« fragte er.

»Würde sie darunter leiden?« erkundigte ich mich.

Er lächelte nachsichtig. »Nein, würde sie nicht.«

»Also gut.«

»Es dauerte nicht lange.« Er verschwand im Hinterzimmer des Ladens. Einige leise mechanische Laute drangen nach vorn. Gleich darauf kam der Mann wieder zurück, in den Händen die Banknote und eine Kopie von beiden Seiten auf einem großen Blatt Papier. Er reichte mir den Geldschein zurück. »Haben Sie eine Telefonnummer, unter der ich Sie erreichen kann?«

»Ja«, erwiderte ich. »Topec, hättest du etwas dagegen ...?«

»Häh? Was? Oh! He, nein; nein, jederzeit. Pas de probleme.«

Ich gab dem Mann Topecs Telefonnummer.

»Was jetzt?« fragte Topec, als wir wieder draußen auf der Straße standen.

»Army-Unterlagen und alte Zeitungen.«

*

Gelegentlich treffe ich auf technische »Errungenschaften«, an denen ich Gefallen finde. Das Mikrofiche-Lesegerät mit dem eingebauten Kopierer, zu dem man mich in der Mitchell Library führte, erwies sich als eine derartige Maschine. Es ähnelte einem großen, hochkant aufgestellten Fernsehgerät, aber tatsächlich war es eine Art Projektor, der die stark vergrößerten Abbilder alter Zeitungen, Dokumente, Zeitschriften und anderer Papiere, die man fotografiert und – jeweils zu hunderten – auf ein Stück dünnes, laminiertes Plastik übertragen hatte, auf einen Schirm warf. Auf diese Weise konnten viele Jahrgänge einer Zeitung, die ansonsten einen ganzen Raum gefüllt hätten, in einen kleinen Karteikasten komprimiert werden, den man bequem in einer Hand tragen konnte.

Indem man zwei kleine Regler betätigte, konnte man den Glasträger, auf dem die Mikrofiches ruhten, bewegen und so beliebig durch die Hunderte von Seiten streifen, die auf dem Plastikstück festgehalten waren. Wenn man eine Seite gefunden hatte, die man behalten wollte, mußte man nur einen Knopf drücken, und der Inhalt des Bildschirms wurde mittels eines Fotokopierprozesses auf ein Blatt gewöhnliches Papier übertragen.

Ich vermute, es lag an der mechanischen Natur des gesamten Ablaufs – auch wenn die Maschine eindeutig mit elektrischem Strom betrieben wurde –, daß mir das Gerät so gefiel. Wenn man die Mikrofiches gegen das Licht hielt, konnte man die winzigen Umrisse der Zeitungen ausmachen und ohne sonderliche Mühe die größeren Schlagzeilen und Fotos an den schwarzen und grauen Blöcken, die sie auf dem weißen Untergrund bildeten, erkennen. Mit anderen Worten, es war offensichtlich, daß die Informationen tatsächlich physisch vorhanden waren, wenngleich auch in mikroskopisch verkleinerter Form, nicht aufgelöst in Ziffern oder Magnetstreifen, die man auf ein Band oder eine kleine braune Scheibe gepackt hatte und die ohne den Einsatz einer Maschine gänzlich unlesbar waren.

Die Mikrofiches konnten vermutlich ohne das Gerät benutzt

werden, wenn man eine starke Lampe und ein sehr starkes Vergrößerungsglas hatte, und das definierte für mich die Grenze annehmbarer Technologie; Luskentyrianer hegen traditionell einen beinahe instinktiven Argwohn gegenüber Dingen, die sich damit brüsten, nur wenige oder gar keine beweglichen Teile zu besitzen. In der Regel ergibt sich daraus eine Unvereinbarkeit zwischen uns und jeglicher Form von Elektronik, doch dieses Gerät schien gerade noch so eben akzeptabel. Ich war überzeugt, es hätte Bruder Indra gut gefallen. Wieder kam mir Allan in den Sinn, wie er im Abstellraum des Büros das tragbare Telefon benutzte, und ich merkte, wie ich mit den Zähnen knirschte, während ich die uralten Schlagzeilen las, zu deren Studium ich hierhergekommen war.

Ich schaute alte Ausgaben schottischer und britischer Zeitungen aus dem Jahr 1948 durch. Ich hatte einen kurzen Blick auf ein oder zwei Ausgaben aus den frühen Monaten jenes Jahres geworfen, doch nun konzentrierte ich mich auf die zweite Hälfte des Jahres. Ich war nicht ganz sicher, was ich zu finden hoffte; ich suchte nach irgend etwas, das mir ins Auge stach.

Ich saß allein am Gerät, nachdem ich Bruder Topec mit der Aufgabe betraut hatte herauszufinden, wie man an Informationen über einen ehemaligen Angehörigen der British Army herankommen könnte; er hatte mich von einem Rekrutierungsbüro in der Sauchiehall Street zur Mitchell Library dirigiert. Ich hatte ihn in der Schlange dort stehen lassen; ich hoffte nur, daß er nicht aus Versehen eingezogen wurde, obgleich er mit seinen Ohrringen vermutlich nicht gefährdet war.

Mir stand eine große Auswahl an Zeitungen zur Verfügung: *The Herald, Scotsman, Courier, Dispatch, Mirror, Evening Times, Times, Sketch*... Ich begann mit dem *Scotsman*, allein aus dem Grunde, daß es die Zeitung war, die Mr. Warriston kaufte, und ich bei meinem ersten Besuch in seinem Haus in Dunblane heimlich ein paar Seiten davon gelesen hatte.

Ich fand Schlagzeilen über das Attentat auf Ghandi, die Gründung des Staates Israel, die Berliner Luftbrücke, Harry S. Trumans Wahl zum Präsidenten der Vereinigten Staaten, die Gründung der beiden koreanischen Republiken, die erste Nachkriegs-Olympiade in London, die fortgesetzte Rationierung in Großbritannien und die Abdankung von Königin Wilhelmina in Holland.

Ich suchte nach Schiffsunglücken, Banküberfällen, ungeklärten Vermißtenfällen, Leuten, die von Truppenschiffen über Bord gespült worden oder von Army-Stützpunkten verschwunden waren. Nach einem kurzen Blick durch eine Auswahl von Monaten beschloß ich, meine Suche erst einmal auf den September 1948 zu beschränken, denn ich nahm an, das, wonach ich suchte, sei wahrscheinlich in jenem Monat geschehen. Ich war ohne Erfolg bei der letzten Septemberausgabe des *Scotsman* angelangt, als Topec in der Nische auf der oberen Galerie auftauchte, wo das Mikrofiche-Lesegerät stand.

»Glück gehabt?« fragte ich.

Er ließ sich keuchend auf einen Stuhl fallen, als wäre er gerannt. »Nein, der ganze Scheiß ist privatisiert worden, Mann.«

»Was? Die Army?«

»Nein, die Akten. Alle Unterlagen und Karteien der militärischen Streitkräfte. Früher war mal ein Amt dafür zuständig, aber jetzt ist es ein Laden namens ›Force Facts plc‹, und man muß für jede Anfrage blechen, und übers Wochenende haben sie dicht. Zum Brüllen, was? Klasse.« Er schüttelte den Kopf. »Wie läuft's bei dir?«

»Bis jetzt hab ich noch nichts gefunden. Ich bin mit dem *Scotsman* durch und wollte gerade mit dem *Glasgow Herald* anfangen. Wenn du die rechte Seite des Bildschirms übernehmen könntest, während ich die linke Seite lese, dann würden wir um einiges schneller vorankommen«, erklärte ich ihm und machte Platz für seinen Stuhl.

Er rutschte neben mich und schaute schmachtend auf die Uhr. »Die Jungs machen jetzt sicher schon einen drauf«, bemerkte er leise.

»Topec. Diese Sache ist wichtig«, sagte ich. »Wenn du der Ansicht bist, du könntest dieser Aufgabe nicht deine ganze Aufmerksamkeit widmen, dann sag es und verschwinde, um mit deinen Kumpeln zu spielen.«

»Nein, nein«, beschwichtigte er mich eilig; er schob sich das Haar hinters Ohr, beugte sich vor und starrte angestrengt auf den Bildschirm.

Ich nahm den letzten *Scotsman*-Mikrofiche vom Glasträger und legte den ersten *Glasgow Herald*-Mikrofiche ein. Topec starrte weiter auf den Schirm. »Is?«

»Was?«

»Wonach soll ich eigentlich suchen?«

»Nach Schiffsunglücken.«

»Nach Schiffsunglücken?«

»Nun, vielleicht nicht direkt nach Schiffsunglücken«, sagte ich, denn mir fiel ein, daß Zhobelia erzählt hatte, es hätte zu der Zeit keine Schiffsunglücke gegeben. »Aber etwas in der Richtung von Schiffsunglücken.«

Topec schnitt eine Grimasse und blickte zur Decke. »Okay. Cool. Sonst noch was?«

»Ja. Alles, bei dem es bei dir klingelt.«

»Häh?«

»Alles, was dir bekannt vorkommt. Alles, was klingt, als könnte es eine Verbindung mit unserer Gemeinschaft haben.«

Er sah mich an. »Willst du damit sagen, daß du keine Ahnung hast, wonach wir eigentlich suchen?«

»Nicht genau«, gestand ich und ließ den Blick über meine Hälfte des Schirms schweifen. »Wenn ich genau wüßte, wonach ich suche, dann müßte ich ja nicht mehr danach suchen, oder?«

»Klar«, erwiderte er. ». . . Also soll ich ganz aufmerksam nach etwas suchen, aber ich weiß nicht, wonach ich suche, nur daß es irgend etwas wie ein Schiffsunglück sein könnte, ist das so richtig?«

»Ja genau.«

Aus dem Augenwinkel sah ich, daß Topec mich weiter musterte. Ich erwartete fast, daß er aufstehen und einfach weggehen würde, aber statt dessen wandte er sich wieder dem Bildschirm zu und zog seinen Stuhl dichter heran. »Mann«, kicherte er. »Das ist wie Zen!«

Eine Stunde verstrich. Topec schwor, er wäre ganz bei der Sache, aber er behauptete immer, gleichzeitig mit mir mit einer Seite fertig zu sein, und ich weiß, daß ich wirklich sehr schnell lese. Doch ich hatte im stillen überschlagen, daß wir schon großes Glück haben müßten, um bis zur Schließung der Bibliothek alle Zeitungsausgaben für den September 1948 zu schaffen, und so blieb mir keine andere Wahl, als seinem Wort zu vertrauen. Nach der ersten Stunde begann Topec, vor sich hin zu summen und zu pfeifen und leise zischelnde Laute mit der Zunge, den Lippen und den Zähnen zu fabrizieren.

Ich vermutete, daß es sich dabei um Jazz handelte.

Die nächste Stunde zog sich wie ein Kaugummi.

Ich versuchte mit aller Macht, mich zu konzentrieren, aber gelegentlich schweiften meine Gedanken von meiner Aufgabe ab, und ich fing an, noch einmal die vergangene Nacht zu durchleben, als Zhobelia mir in ihrer lapidaren Art erzählt hatte, daß ich das, was ich für ein persönliches Wunder – ein gesegnetes Leiden, ein weiteres gesalbtes Stigma – gehalten hatte, tatsächlich mit Generationen meiner weiblichen Vorfahren teilte. Gab das den Empfindungen, die in mir erwachten, wenn mich die heilende Energie durchströmte, in irgendeiner Weise mehr Sinn? Ich hatte keine Ahnung. Es stellte meine Visionen in einen gewissen Zusammenhang, gab ihnen einen Rahmen, aber es nahm der Erfahrung nichts von ihrem Geheimnis. Hatte es irgendeine *Bedeutung,* daß Gott Wunder gerade in dieser Weise befahl? Ich konnte das Gefühl nicht loswerden, wenn Salvador eine Sache richtig begriffen hatte, dann die, daß wir noch außerstande sind zu verstehen, welche Absichten Gott mit uns hat. Wir können uns nur bemühen, können unser Bestes geben und versuchen, uns weder hinter Ignoranz zu verstecken noch die Reichweite unseres Wissens zu überschätzen. Ich mußte mich immer wieder zwingen, zu meiner derzeitigen Aufgabe zurückzukehren und weiter die Vergangenheit nach dem Schlüssel zur Gegenwart abzufischen.

Und ich fand ihn.

Es stand im *Glasgow Courier* vom Donnerstag, dem 30. September 1948. Es war gut, daß ich schon saß; das von familiären Enthüllungen hervorgerufene Schwindelgefühl schien kein Zustand, gegen den ich je immun wurde, trotz der Häufigkeit, mit der es mich in den vergangenen Tagen übermannt hatte. Mein Blickfeld verschwamm einen Moment lang, doch ich saß einfach nur da und wartete ab, bis es sich wieder klärte.

Ich las weiter, während Topec neben mir saß und ebenfalls las – oder zumindest so tat.

Polizei und Militärpolizei fahnden derzeit nach Moray Black (28), einem Gefreiten der Dumbartonshire Fusilieres, der in Zusammenhang mit einem Überfall in der Ruchill-Kaserne in Glasgow vernommen werden soll. Bei dem Überfall handelt es sich um den tätlichen Angriff auf einen Unteroffizier der Soldstelle, in dessen Verlauf eine größere Geldsumme entwendet wurde. Gefreiter Black – der Beschreibung nach 177 cm groß und 72 Kilo schwer, mit braunem Haar – könnte sich im Raum Govan aufhalten ...

Die Worte tanzten vor meinen Augen. Ich wartete ab, bis sie sich wieder beruhigt hatten ... uneheliches Kind einer Textilfabrikarbeiterin aus Paisley ... aufgezogen von seiner Großmutter, einem Mitglied der Grimsby Brethren, einer charismatischen Sekte ... Mitglied einer Verbrecherbande ... verdächtigt als Schieber während des Krieges ... Militärdienst ...

»Fertig!« rief Topec aus.

Ich drehte mich lächelnd um, während ich mich fragte, ob Topec denn nicht hören konnte, wie laut mein Herz klopfte.

»Gut«, sagte ich und steckte den Mikrofiche in seinen Kasten zurück. »Topec, würdest du bitte eine der Bibliothekarinnen fragen, ob es gestattet ist, hier am Tisch ein Glas Wasser oder einen Becher Tee zu trinken? Ich habe Durst, aber ich möchte nicht...«

»Geht klar!« sagte er und sprang von seinem Stuhl auf, als würde ihn eine Feder hochschnellen lassen.

Ich legte den Mikrofiche wieder in das Gerät ein und machte zwei Kopien davon, während Topec fort war. Dann sah ich eilig die anderen Zeitungen durch. Sie alle führten Berichte über die Sache, wobei allerdings der *Courier* die meisten Einzelheiten zu haben schien; sein Reporter hatte ein Exklusivinterview mit der Großmutter des Gefreiten Black geführt. Ich ging zu einem anderen Regal und suchte den Kasten mit den Zeitungen von Oktober heraus.

Am Samstag, dem 2. Oktober, gab es einen weiteren Artikel im *Courier*, in dem stand, daß die Fahndung nach Black weiter fortgesetzt würde. Der Unteroffizier, der bei dem Überfall verletzt worden war, erholte sich im Krankenhaus von einer Gehirnerschütterung.

Auf derselben Seite fiel mir ein vertrautes Wort ins Auge; es stellte sich als der Name eines Schiffes heraus. Es tauchte in einem Artikel auf, in dem berichtet wurde, daß die *SS Salvador* – ein Frachtschiff von 11 500 BRT, eingetragen in Buenos Aires –, die am Morgen des 28. September aus dem Hafen von Govan ausgelaufen und auf Fahrt nach Quebec, New York, Colón und Guayaquil gegangen war, in der Nacht des 30. September vor den Äußeren Hebriden in ein Unwetter geraten war und schwere Schäden davongetragen hatte. Das Schiff war mittlerweile auf dem Rückweg nach Glasgow. Unter seiner Fracht hatten sich Eisenbahnwaggons und andere bewegliche Güter befunden, die für Südamerika bestimmt gewesen waren. Etliche Waggons, die man auf Deck festgemacht hatte, waren bei dem Unwetter über Bord gespült worden.

Mein Gott.

Ich las den Artikel über die *SS Salvador* noch einmal und blickte zur Decke.

Mein Großvater war nach einem *Eisenbahnunglück* an Land gespült worden?

*

Wir kehrten zu Topecs Wohnung zurück. Stephen berichtete betrunken, daß ein gewisser Mister Wowerwas – haha – eine Nachricht für mich hinterlassen hätte und mich bat, ihn unter seiner Privatnummer anzurufen.

Ich rief Mr. Womersledge an. Er sagte, die fortlaufende Nummer der Zehnpfundnote, die ich ihm gezeigt hatte, gehöre zu einer Serie, die im September 1948 dem Army Pay Corps gestohlen worden sei. Die Banknote könnte mehr wert sein, als er ursprünglich angenommen hatte, und er würde mir jetzt fünfzig Pfund dafür bieten. Ich sagte: Vielen Dank, ich würde es mir überlegen, und legte auf.

Als der letzte wankende Stützpfeiler meines Vertrauens in meinen Großvater schließlich umstürzte und die Welt, die ich gekannt hatte, sich um mich herum auflöste wie die letzten feinen Flocken einer plötzlichen Schneeschmelze, fragte Topec: »He, können wir jetzt endlich einen trinken gehen?« Ich erwiderte – natürlich –: »Ja.«

Kapitel Siebenundzwanzig

Ich hatte gehofft, daß ich vielleicht im alkoholisierten Vergessen Erlösung von meinen quälenden Gedanken finden würde, doch dem war nicht so.

Nachdem ich zwei Anrufe getätigt hatte, ging ich mit Topec und seinen Kumpanen aus, doch während wir in einer Bar in der Byres Road hockten und in schneller Folge einige Biere kippten – augenscheinlich die notwendige und übliche Vorbereitung auf ein Tanzfest an einem Ort namens Queen Margaret

Union –, stellte ich fest, daß ich im Biertrinken mehr und mehr hinterherhinkte, da ich immer wieder in Gedanken über die Offenbarungen bezüglich der bizarren Natur meiner ererbten, von Generation zu Generation weitergereichten Gabe und die Heimtücke und die Verlogenheit jener, die mir nahestanden, verlor.

Ich hatte mich noch kaum mit dem Verrat durch meinen eigenen Bruder abgefunden, als ich entdecken mußte, daß mein Großvater ein Dieb und Lügner sowie ein potentieller Vergewaltiger war, und diese spezielle räudige Katze war noch nicht ganz aus dem Sack, als – auf fast beiläufige Art und Weise – enthüllt wurde, daß ich nur das letzte Glied in einer langen Kette von Visionärinnen, Wunderheilerinnen und Medien war, die bis weiß-der-Geier-wann zurückreichte!

Unsere gesamte Gemeinde war auf einem Fundament errichtet worden, das unsicherer und wankender war als der Strand von Luskentyre; jeder hatte jeden angelogen! Bei Allans Lügen und Arglist handelte es sich mitnichten um einen einzelnen Ausbruch von Verderbtheit in unserer friedvollen und glücklichen Mitte, nein, nun muteten sie eher wie die nicht weiter bemerkenswerte und sogar vorhersehbare Fortsetzung einer Ader des Bösen und der Verlogenheit an, die von Anfang an mit den Wurzeln unseres Glaubens verflochten und sogar noch älter als unser Glaube selbst war. Gab es denn in meinem Leben kein einziges Fundament, auf das ich mich noch verlassen konnte?

Ich versuchte, mich mit dem Gedanken zu trösten, daß die Gemeinde unabhängig von ihrer Entstehungsgeschichte einen eigenen, inneren Wert besaß. In gewisser Hinsicht spielte alles, was ich herausgefunden hatte – zumindest, soweit es meinen Großvater betraf –, keine Rolle. Der Beweis für den Wert unseres Glaubens fand sich in den Herzen und Seelen von uns allen, die wir glaubten, und in dem Einsatz und der Hingabe, die wir an den Tag legten. Warum sollte nicht Gutes aus Bösem erwachsen können? War es nicht ein Beweis für die unendliche Gnade Gottes, daß er das Gold unseres Glaubens aus dem niederen und giftigen Erz der Gewalttätigkeit und Diebereimeines Großvaters und den Täuschungen und Machenschaften meiner Großmutter und Großtante geschürft hatte?

Man könnte anführen, daß die nachfolgenden Täuschungen meiner Großmutter und Großtante nur das ausgleichende Übel waren, das die Erbsünden meines Großvaters ausgewogen hatte, daß manchmal aus zwei Übeln doch ein Gutes entstehen kann und daß von all den Dingen, die Aasni und Zhobelia hätten tun können – wobei es sicher das Offensichtlichste und Korrekteste gewesen wäre, den Fund des Geldes und von Großvaters Soldbuch den entsprechenden Behörden zu melden –, ihre tatsächlichen Handlungen, wenn sie auch prinzipiell unehrlich waren, das beste und fruchtbarste Ergebnis und eine Ernte der Erleuchtung und des Glücks hervorgebracht hatten, die die der meisten guten und wohlgemeinten Taten weit übertraf.

Doch Abstammung zählt bei den Menschen, und Symbole sind wichtig. Zu entdecken, daß Salvador nichts weiter als ein gemeiner Dieb auf der Flucht nach einer Gewalttat war, und zu erkennen, daß er vermutlich bedenkenlos aus Aasnis und Zhobelias Leben verschwunden wäre, so er seine angespülte Beute gefunden hätte, hätte das Ansehen meines Großvaters und selbstverständlich des Glaubens, den er gegründet hatte, in den Augen der Leute grundlegend verändert.

Man könnte anführen, so verderbt Großvater vor seiner Bekehrung gewesen sein mochte, um so heiliger sei er im Vergleich dazu hinterher geworden; Gott kann sich keine Lorbeeren damit verdienen, einen bereits grundguten Mann zu einem etwas besseren zu machen, doch das Wunder zu vollbringen, aus einem schlechten Menschen einen tugendhaften zu schmieden, stellte schon eine beachtliche Leistung dar und verdiente besondere Anerkennung. Aber konnten derartige Überlegungen das unausweichliche Gefühl des Verrats wettmachen, das die Leute zwangsläufig empfinden würden?

Wie viele Anhänger würden wir verlieren, wenn diese Wahrheit ans Licht kam – etwas, für das Sorge zu tragen ich geschworen hatte? Auf wie viele Konvertiten konnten wir noch hoffen, wenn Großvaters Vergangenheit allgemein bekannt wurde? Sollte ich nun meinen früheren Eid zurücknehmen und, wie schon meine Großmutter und meine Großtante, die häßliche Wahrheit zugunsten des Allgemeinwohls zurückhalten? Was wäre mein Wort dann noch wert? Welchen Respekt könnte ich noch vor mir selbst haben, wenn ich ein gerade erst gegebenes inbrünstiges Versprechen so bereitwillig aufgab, sobald seine Konsequenzen sich als weitreichender und ernster erwiesen, als ich erwartet hatte?

Nun, mein Respekt vor mir selbst war wohl beileibe nicht der wichtigste Punkt, um den es hier ging, sinnierte ich; wichtig war allein das Fortbestehen der Gemeinde und das spirituelle Wohl der großen Mehrheit von untadeligen Menschen darin. Ich war überzeugt, daß ich, so ich meinem Eid abschwören und das schreckliche Geheimnis meines Großvaters für mich behalten sollte, mit diesem Wissen beruhigt schlafen könnte, ohne daß es mich verseuchen oder vergiften würde.

Aber wäre es recht, dem bereits verworrenen Netz aus Lügen noch eine weitere, wenn auch wohlgemeinte, hinzuzufügen, wenn die Wahrheit sie mit einem Schlag allesamt fortwischen und uns einen Neuanfang bieten würde – gerecht, unbefleckt und ohne daß die bösartige, gefährliche Bedrohung jenes Verrats über unseren Köpfen schwebte? Hatte ich recht – und hatte ich *das Recht* – anzunehmen, daß unser Glaube so schwach war, daß er vor unangenehmen Tatsachen beschützt werden mußte? Könnte es auf lange Sicht nicht besser sein, sich der Wahrheit zu stellen und die möglichen Folgen, die Abkehr von Gläubigen und den Entzug von Unterstützung, zu erdulden, zuversichtlich darauf vertrauend, daß was – und wer – blieb, zuverlässig und stark und durch und durch vertrauenswürdig und abgehärtet gegen alle zukünftigen Unbilden wäre?

Und sollte ich verkünden, *ich* hätte die Gabe, nur ich allein; ich bin es, und die Gabe wurde von meiner Großtante an mich weitergegeben, nicht von meinem Großvater? Sollte ich es auf mich nehmen, die gesamte Ausrichtung unseres Glaubens zu ändern und einen weiteren Irrglauben anzuprangern, der uns bislang so teuer gewesen war, einen weiteren Flecken trügerischen Treibsands, den wir bislang für unverrückbaren Fels gehalten hatten?

Und bei Gott, selbst *meine* Gabe war nicht unbestritten, soweit es mich selbst betraf; da war ich erfüllt von selbstgerechtem Zorn ob der Lügen meines Großvaters, wenn doch noch immer die Frage bezüglich der Rechtmäßigkeit meines eigenen Ruhms in der Luft hinge, hätten die Menschen um meine Selbstzweifel gewußt. Das Problem, ob meine Gabe auch auf Distanz Wirkung zeigen konnte, mit dem ich mich nun schon seit über einem Jahrzehnt herumschlug, nahm im gegenwärtigen Klima des zersetzenden Argwohns eine neue, gewagtere Bedeutung an, und mit einem Male mutete die Hoffnung, an die ich mich geklammert hatte, daß ich vielleicht über eine größere Gabe verfügte, als die Leute ahnten, doch recht fragwürdig an.

»Mach doch nicht so'n Gesicht, Isis; sonst passiert nie was«, sagte Topecs Freund Mark und zwinkerte mir über den mit Gläsern vollgestellten Tisch zu.

Ich bedachte ihm mit einem nachsichtigen Lächeln. »Ich befürchte, es ist schon längst passiert«, erklärte ich ihm und trank mein Bier.

Ich stieg aus dem System des abwechselnden Runden-Bezahlens aus, außerstande und nicht bereit mitzuhalten.

Ich begleitete die Burschen zu dem Tanzfest und trank weiter langsam Bier aus Plastikbechern, doch ich war nicht wirklich mit dem Herzen dabei. Ich fand die Musik langweilig und die Männer, die zu unserer Gruppe kamen, um mich zum Tanzen aufzufordern, nicht interessanter als die Klänge. Selbst als Topec mich aufforderte, konnte ich mich nicht überwinden, auf die Tanzfläche zu treten. Statt dessen stand ich nur da, beobachtete alle anderen beim Tanzen und sinnierte darüber, wie seltsam und lächerlich die Bewegungen doch anmuten konnten. Wie sonderbar, daß wir solches Vergnügen daraus ziehen konnten, einfach nur rhythmisch zu hopsen.

Ich vermute, man könnte das Bedürfnis zu tanzen mit dem Sexualtrieb in Verbindung bringen, und gewiß gibt es in beidem sowohl eine vergleichbare Regelmäßigkeit der Bewegungen als auch eine gewisse Mischung zwischen Werbung und Vorspiel in der Art und Weise, wie zwei Menschen sich auf der Tanzfläche begegnen, doch ich hatte schon kleine Kinder und sehr alte Leute an Tanzfesten in der Gemeinde teilnehmen sehen und hatte auch selbst bei derartigen Gelegenheiten getanzt, und ich könnte schwören, daß nichts Sexuelles daran war; ich hatte die offenkundige Freude bei Jung und Alt beobachtet und selbst eine Art transzendentalen Vergnügens in mir gespürt, von dem ich noch überzeugter bin, daß es nicht das geringste mit der Fleischeslust zu tun hatte, einmal abgesehen davon, daß jenes Gefühl schön und angenehm war.

Tatsächlich kam das Hochgefühl, das ich während des Tanzens empfunden hatte, eher einer religiösen Ekstase – wie ich sie verstand – denn sexueller Wonne gleich; man löste sich in beinahe mystischer Weise aus sich selbst und wurde auf eine andere Ebene der Existenz erhoben, wo die Dinge klarer und einfacher und gleichzeitig profunder wurden und das eigene Selbst in Frieden und Erkenntnis badete.

Gewiß war diese Wirkung beim Tanzen nur schwer zu erreichen und brauchte ihre Zeit (mir kamen die wirbelnden Derwische und die afrikanischen Stammestänzer in den Sinn, die die ganze Nacht hindurch tanzten) und konnte auch immer nur ein schwaches Abbild der tiefen Verzückung sein, die Gläubige erlebten ... aber immerhin war es besser als nichts, wenn nichts die einzige Alternative war. Vielleicht lag darin die Erklärung für die Attraktivität, die das Tanzen in unserer zunehmend gottlosen und materialistischen Gesellschaft offenkundig für so viele junge Menschen besaß.

Die Menschen waren schon eine seltsame Spezies, dachte ich bei mir, ganz so als wäre ich ein Außerirdischer, der die Erde besuchte.

Ich gehöre hier nicht her, ging es mir durch den Sinn. Mein

Platz ist bei den Menschen in der Gemeinde, und deren Zukunft liegt nun in meinen Händen. Mit einen Mal wollte ich nur noch fort aus dem Lärm und der Hitze und dem Rauch, die den Saal erfüllten, und so lieh ich mir Topecs Schlüssel, überließ ihm dafür den Rest meines Biers, stand auf, entschuldigte mich und ging davon; ich trat hinaus in die klare schwarze Nacht und atmete die kühle Luft ein, als hätte man mich nach langen Jahren der Gefangenschaft aus einem modrigen Kerker entlassen.

Die Sterne waren im gleißenden Lichtermeer der Stadt kaum auszumachen, doch der Mond, kaum noch einen Tag vom Vollmond entfernt, schien mit fast ungeschmälerter Kraft und so gelassen wie immer herab.

Ich kehrte nicht auf direktem Weg zur Wohnung zurück, sondern schlenderte eine Weile durch die Straßen, noch immer geplagt von meinen widersprüchlichen Gefühlen, während mein Gewissen und mein Wille von den gegensätzlichen Argumenten, die mir die Seele zerrissen, hin und her geworfen wurden. Schließlich führten mich meine Schritte auf die Brücke, die die Great Western Road über den Kelvin trägt, und ich lehnte mich an die Steinbalustrade und blickte auf den dunklen Fluß tief unter mir, während der Verkehr donnernd in meinem Rücken dahinbrauste und Gruppen von Leuten hinter mir vorbeigingen.

Ganz allmählich breitete sich ein Gefühl des Friedens und der Ruhe in mir aus, während ich dort stand und nachdachte und nachdachte und versuchte, nicht nachzudenken. Es war so, als ob die im Widerstreit liegenden Kräfte meiner Seele sowohl so ausgeglichen als auch so haargenau auf ihren jeweiligen Gegner ausgerichtet waren, daß sie einander schließlich aufhoben, sich gegenseitig in eine Pattsituation, in die völlige Erschöpfung und endlich zum Stillstand, wenn auch nicht zu einer Lösung trieben.

Möge geschehen, was geschehen soll, dachte ich bei mir. Die Gestalt der Zukunft war bereits halb entschieden, und ich würde einfach abwarten müssen, wie alles schließlich enden würde, mußte die Dinge auf mich zukommen lassen, statt jetzt in allen

Einzelheiten zu entscheiden, was ich tun würde. Wenigstens konnte ich noch eine Nacht über meine Entscheidung schlafen.

Schlafen ist eine gute Idee, überlegte ich.

Ich kehrte zur Wohnung zurück, machte meine Hängematte zwischen dem Kleiderschrank und dem Kopfteil des Bettes in Topecs Zimmer fest – beide Möbelstücke waren massiv genug, um das Gewicht zu tragen, und beide waren außerdem in solch altmodisch verzierter Weise gefertigt, daß es fast peinlich war, die Schnur der Hängematte um die geschnitzten Schnörkel und abgerundeten Vorsprünge zu knoten. Ich zog Jacke, Hemd und Hose aus, kletterte in meine Hängematte und schlief beinahe augenblicklich ein.

Ich bekam nur vage mit, daß viel später noch eine Party stattfand. Topec schlich sich herein und flüsterte mir zu, daß er Glück gehabt und mit Stephen das Zimmer getauscht hätte, damit er mit seiner neuesten Eroberung allein sein konnte, aber Stephen störte mich während der Nacht nicht – ganz so, wie Topec es versprochen hatte –, und ich erwachte munter und früh am nächsten Morgen zu Stephens komatösem Schnarchen. Ich stand auf, wusch mich und zog mich an, bevor einer der anderen aufwachte.

Das Wohnzimmer hatte einen Teppich aus dicht an dicht liegenden schlafenden Leibern. Ich stellte mich an den Tisch in der Diele, um eine Nachricht für Topec und einen Brief an Großmutter Yolanda zu schreiben, dann ging ich aus dem Haus, um einen Briefkasten zu suchen.

Sophi – an die am vorangegangenen Abend mein zweiter Anruf nach dem Gespräch mit Mr. Womersledge gegangen war – kam eine halbe Stunde später in ihrem kleinen Morris und fand mich auf der Eingangstreppe zur Wohnung sitzend vor, wo ich ein belegtes Brötchen aus einem kleinen Laden ein Stück die Straße runter aß.

Sophi kam ganz sommerlich in Jeans und einem gestreiften T-Shirt daher; ihr Haar hatte sie zu einem Pferdeschwanz gebunden. Sie gab mir einen Kuß, als ich in den Wagen einstieg.

»Du siehst müde aus«, bemerkte sie.

»Vielen Dank. Genauso fühle ich mich auch«, gab ich zurück. Ich hielt ihr die weiße Papiertüte aus dem kleinen Laden hin. »Möchtest du ein belegtes Brötchen?«

»Ich habe schon gefrühstückt«, erwiderte sie. »Also.« Sie klatschte in die Hände. »Wohin zuerst?«

»Nach Mauchtie, in Lanarkshire«, erklärte ich ihr.

»Na gut«, sagte sie und fuhr los.

Der Tag und der letzte, entscheidende Teil meines Feldzugs hatten begonnen.

*

Es war mir in den Sinn gekommen, daß es sich als unklug, ja sogar katastrophal erweisen könnte, Zhobelia zurück in den Schoß unserer Familie und der Gemeinde zu holen, so ich entscheiden sollte, bezüglich der Vergehen meines Großvaters Stillschweigen zu wahren. Wie hoch standen die Chancen, daß sie ihre Zunge hüten konnte, was das Soldbuch und das Geld betraf, jetzt, wo der Damm dieses Geheimnisses gebrochen war? Sie bei uns wohnen zu lassen konnte sehr wohl bedeuten, daß die Wahrheit über kurz oder lang doch ans Licht kam und vielleicht auf sehr schädliche Art und Weise: ganz allmählich, durch Gerüchte und Tratsch.

Aber ich konnte sie auch nicht in jenem Pflegeheim lassen; es war zwar hinreichend sauber, Zhobelia hatte ein großzügiges Zimmer, sie fand offenkundig Ansprache bei den anderen Heimbewohnern, und sie hatte sich nicht sonderlich über irgend etwas beschwert, aber es hatte alles so lieblos gewirkt, so kalt im Vergleich zur Wärme der Gemeinde. Ich mußte sie dort fortholen. Wenn ich dadurch gezwungen sein würde, die Wahrheit zu offenbaren, dann ließ sich das nicht ändern; ich würde nicht das Glück meiner Großtante derart kleinmütiger Zweckdienlichkeit opfern. Außerdem hatte ich mir geschworen, die Wahrheit ans Licht zu bringen, auch wenn mein Instinkt eher zum Verbergen denn zum Enthüllen neigte.

Nun, wir würden sehen.

Wir folgten dem schwachen Verkehrsstrom durch die Stadt. Ich erzählte Sophi eine gekürzte Version meiner kurzen, doch ereignisreichen Reise mit Onkel Mo, meines Treffens mit Morag, meiner Audienz bei Großtante Zhobelia und der Zeit, die ich bei Bruder Topec verbracht hatte. Vorerst erwähnte ich noch nichts von dem Soldbuch, der Zehnpfundnote und allem anderen, was Zhobelia mir erzählt hatte.

»Und wonach hast du in der Bibliothek gesucht?« fragte Sophi.

Ich schüttelte den Kopf und vermochte nicht, sie anzusehen. »Ach, nur so altes Zeug«, erwiderte ich. »Dinge, von denen ich fast wünschte, ich hätte sie nicht herausgefunden.« Ich schaute zu ihr hinüber. »Dinge, von denen ich noch nicht weiß, ob ich sie jemandem erzählen sollte.«

Sophi warf mir einen kurzen Blick zu und lächelte. »Nun, das ist schon in Ordnung.«

Und damit wollte sie es offenbar bewenden lassen, Gott sei's gedankt.

*

»Sie ist meine Großtante, und sie kommt mit uns mit!«

»Hören Sie, Herzchen, sie untersteht hier meiner Obhut, und ich kann nicht zulassen, daß eine unserer alten Damen einfach hier herausspaziert.«

»Sie ›spaziert‹ nicht einfach hier heraus, sie kommt aus freien Stücken mit, um in den Schoß ihrer Familie zurückzukehren.«

»Aye, nun, das sagen Sie. Was weiß ich, vielleicht sind Sie ja gar nicht ihre ...«

»Großnichte«, half ich aus. »Nun, hören Sie, warum fragen wir sie nicht einfach selbst? Ich denke, Sie werden feststellen, daß sie alles, was ich sage, bestätigen kann.«

»Ach, kommen Sie, sie hat ja nun wirklich nicht mehr alle beieinander, oder?«

»Wie bitte? Meine Großtante mag ja gelegentlich etwas verwirrt scheinen, aber ich vermute, daß sich ein Großteil ihrer vermeintlich zunehmenden Senilität schlichtweg als Ergebnis des Aufenthalts in der unzureichend stimulierenden Umgebung entpuppen dürfte, die sie den Bewohnern hier, all Ihrer wohlmeinenden Bemühungen zum Trotz, wie ich überzeugt bin, bieten. Es würde mich nicht überraschen, wenn sich, nachdem sie erst einmal eine Zeit mit all den vielen, *vielen* Menschen verbracht hat, die sie lieben und die in der Lage sind, ihr eine fürsorglichere und spirituell erfüllendere Umgebung zu schaffen, eine deutliche Verbesserung ihres Zustands einstellen würde.«

»Ja!« hauchte Sophi neben mir. »Gut gesagt, Is.«

»Vielen Dank«, erwiderte ich, dann wandte ich mich wieder der molligen Dame mittleren Alters zu, die uns in die Eingangshalle des Gloamings-Pflegeheims eingelassen hatte. Die Dame hatte sich als Mrs. Johnson vorgestellt. Sie trug eine engsitzende blaue Uniform gleich der, die das Mädel bei meinem letzten Besuch hier vor zwei Nächten getragen hatte, und hatte wenig überzeugendes blondes Haar. »Also«, sagte ich, »ich würde jetzt gern meine Großtante sehen.«

»Nun, Sie können sie sehen, das kann ich nicht verhindern, aber ich bin nicht davon in Kenntnis gesetzt worden, daß sie hier auszieht«, erklärte Mrs. Johnson, dann drehte sie sich um und ging den Gang hinunter. Wir folgten ihr. »Ich weiß auch nicht, hier erfährt man einfach nichts. Nichts«, murmelte sie kopfschüttelnd.

Großtante Zhobelia war in einem Raum voller betagter Frauen, die alle auf hohen Stühlen saßen und Fernsehen guckten. Auf einer Anrichte stand ein großes Tablett mit Teegeschirr, und etliche der alten Damen – Zhobelia schien tatsächlich noch die jüngste von ihnen – nippten Tee, ihre knochigen, gichtigen Hände zitternd um dicke grüne Tassen geklammert, die auf ihren Untertassen klapperten. Zhobelia trug einen weiten, leuchtend roten Sari und einen passenden roten Hut im Stile eines Turbans. Sie schaute aufgeweckt und munter drein.

»Ah, da bist du ja!« sagte sie, sobald sie mich erspähte. Sie drehte sich zu einer der anderen alten Damen um und brüllte: »Siehst du, du närrisches altes Weib? Hab dir ja gesagt, daß sie wirklich hier war! Ein Traum, ha!« Dann drehte sie sich wieder zu mir um und hob einen Finger, als wolle sie einen Vorschlag vorbringen. »Hab's mir überlegt. Hab mich entschieden. Hab beschlossen, Urlaub bei euch zu machen. Die Koffer sind schon gepackt«, erklärte sie und lächelte fröhlich. Mrs. Johnson stieß einen tiefen Seufzer aus.

*

»Eine Löwenbändigerin? Ach, du meine Güte!« sagte Großtante Zhobelia vom Rücksitz von Sophis Wagen aus, während wir quer über Land Richtung Stirling fuhren.

»Ich bin nicht wirklich Löwenbändigerin, Mrs. Whit«, erwiderte Sophi und gab mir mit der linken Hand einen Klaps auf den Schenkel, dann lachte sie. »Das erzählt Isis den Leuten nur immer, weil sie findet, daß es sich besser anhört. Ich bin Tierpflegerin; eigentlich mehr Mädchen für alles und Zoowärterin.«

»Was, also keine Löwen?« fragte Großtante Zhobelia. Sie saß seitwärts auf der Rückbank, die Arme auf der Rücklehne meines Sitzes. Ihre Reisetaschen nahmen nicht nur den Kofferraum des Wagens, sondern auch den gesamten hinteren Fußraum ein.

»O doch«, sagte Sophi. »Es gibt Löwen. Aber wir bändigen sie nicht.«

»Sie bändigen sie nicht!« rief Zhobelia aus. »Du meine Güte. Das klingt noch viel schlimmer! Sie müssen sehr mutig sein.«

»Unsinn«, schnaubte Sophi kichernd.

»Doch, das ist sie, Großtante«, wandte ich ein, »und auch fesch.«

»Ach, hör auf«, berief mich Sophi grinsend.

»Haben Sie auch Tiger in diesem Safari-Park?«

»Ja«, bestätigte Sophi. »Indische Tiger: ein Pärchen und zwei Junge.«

»In Khalmakistan gab es auch Tiger«, sagte Zhobelia. »Nicht, daß ich je dort gewesen wäre, aber man hat es mir erzählt.«

»Gibt es jetzt keine mehr?« fragte ich.

»O nein!« erwiderte Zhobelia. »Ich glaube, wir haben sie alle schon vor langer Zeit eingefangen und getötet und ihre Kadaver an die Chinesen verkauft. Die glauben, Tigerknochen und das ganze Zeug hätten Zauberkräfte. Ein dummes Volk.«

»Das ist schade«, sagte ich.

»Schade? Finde ich nicht. Es ist ihre eigene Schuld. Es zwingt sie ja niemand, dumm zu sein. Aber gute Kaufleute sind sie. Schlitzohrig. Ja. Das muß man ihnen lassen. Eine Ware ist immer soviel wert, wie die Leute bereit sind, dafür zu zahlen, nicht mehr, nicht weniger; da kann man sagen, was man will. Das hab ich gelernt.«

»Ich meinte, es ist schade um die Tiger.«

Zhobelia schnaubte verächtlich. »Du bist sehr großzügig mit deinem Mitleid. Die haben uns aufgefressen, mein liebes Kind. Ja. Sie haben Menschen gefressen.« Sie griff herüber und tippte Sophi auf die Schulter. »He. Miss Sophi, diese Tiger, in diesem Safari-Park nebenan vom Hof der Gemeinde, die brechen doch wohl nicht aus, oder?«

»Bei uns ist noch nie ein Tier ausgebrochen«, versicherte ihr Sophi. »Und außerdem sind wir auch nicht direkt neben dem Hof; der Safari-Park ist gute zwei Meilen entfernt. Keine Sorge, sie werden nicht ausbrechen.«

»Na gut«, sagte Zhobelia und lehnte sich wieder auf der Rückbank zurück. »Vermutlich sollte ich mir wirklich keine unnötigen Sorgen machen. Ich bin so zäh wie altes Stiefelleder. Welcher Tiger würde schon eine verschrumpelte alte Frau wie mich fressen? Nicht, wenn zarte junge Dinger wie Sie und Isis herumlaufen, was?« feixte sie und klopfte mir auf die Schulter, während sie mir schallend ins Ohr lachte. »Fesche, saftige junge Dinger wie ihr, was? Hübsch und appetitlich, was? Was?«

Ich drehte mich um und sah sie an. Sie zwinkerte mir zu und sagte noch einmal: »Was?«, dann holte sie irgendwo aus den Falten ihres Saris ein Taschentuch, um sich die Augen zu wischen.

Sophi warf mir grinsend einen Blick zu und zog die Augenbrauen hoch. Ich lächelte zufrieden.

*

Wir trafen Morag und Ricky in der Rezeption desselben Hotels, in dem Großmutter Yolanda übernachtet hatte. Ich hatte Morag am Abend zuvor, nachdem ich mit Sophi gesprochen hatte, in ihrem Hotel in Perth angerufen. Morag und Ricky hatten hier ein Zimmer für die Nacht genommen.

»He, Is«, sagte Morag und schaute zu Ricky, der verlegen den Blick abwandte. »Wir haben beschlossen, wenn du die ganze Sache wieder ins Lot gebracht hast, dann würden wir gern auf dem Fest heiraten; wir kommen zurück, wenn wir mit allen schottischen Wasserrutschen durch sind. Klingt doch cool, oder?«

Ich lachte und ergriff ihre Hände. »Es klingt wunderbar«, sagte ich. »Herzlichen Glückwunsch.« Ich gab ihr und Ricky einen Kuß auf die Wange. Ricky wurde rot und stammelte verlegen. Sophi und Zhobelia gratulierten ebenfalls; eine Flasche Sekt wurde bestellt und ein Trinkspruch ausgebracht.

Es galt noch immer, Zeit totzuschlagen; der Vollmond-Gottesdienst würde erst am Abend stattfinden. Ricky verschwand, um sich mal die Rutschen der Stirlinger Badeanstalt anzuschauen. Wir verbliebenen vier tranken Tee. Großtante Zhobelia verlor sich in Erinnerungen, wobei sie ihr Gedächtnis durchstreifte wie eine feine Dame einen blühenden, doch überwucherten und verwilderten Garten. Morag saß anmutig in Jeans und einem Seidentop da und spielte mit dem Goldarmband an ihrem Handgelenk. Sophi plauderte munter. Ich kämpfte gegen meine Nervosität an. Zhobelia erzählte den anderen nichts von den Geheimnissen, die sie mir im Pflegeheim anvertraut hatte, auch wenn schwer zu sagen war, ob sie es aus Diskretion tat oder weil sie es in ihrer Geistesabwesenheit einfach vergaß; beides war möglich.

Ricky kam zurück. Wir nahmen ein verspätetes Mittagessen

im Restaurant ein. Großtante Zhobelia gähnte, und Morag bot ihr an, sie könne in ihrem und Rickys Zimmer ein kleines Nikkerchen machen, was Zhobelia auch annahm.

Morag und Ricky machten sich zu den Wasserrutschen auf. Sophi und ich bummelten durch die Stadt, guckten uns die Schaufenster an und spazierten dann weiter um den Fuß der Burg und über den pittoresken alten Friedhof, genossen den klaren Himmel und ließ uns vom klammen, böigen Wind durchpusten. Als wir über die weitläufigen Marschen des Forth nach Westen schauten, konnten wir die Bäume an der Biegung des Flusses ausmachen, wo das Haus der Woodbeans und die Gemeinde lagen. Nervosität überkam mich, und mir wurde fast übel davon, doch ich bemühte mich, nicht davon übermannt zu werden.

Als wir wieder ins Hotel kamen, befürchteten wir kurz, wir hätten Großtante Zhobelia verloren, denn Morag und Ricky wollten gerade schon die Polizei rufen, da Zhobelia nicht in ihrem Zimmer und auch sonst nirgendwo zu finden war. Dann tauchte meine Großtante unvermittelt aus der Küche auf, in eine Unterhaltung mit dem Koch vertieft.

Wir tranken wieder Tee. Ich fragte Sophi immer wieder, wie spät es sei. Der Nachmittag schleppte sich dahin. Zhobelia ging wieder aufs Zimmer, um sich eine Seifenoper anzugucken, kam aber schon wenige Minuten später zurück und erklärte, es sei einfach nicht dasselbe, wenn man die Sendung ohne die anderen alten Damen schaute. Und dann war es an der Zeit aufzubrechen, und wir brachen auf; Großtante Zhobelia und ich in Sophis Auto, Morag in ihrem weißen Ford Escort Cabrio. Ricky blieb vorerst im Hotel.

Keine zehn Minuten später hatten wir das Tor von High Easter Offerance erreicht.

Kapitel Achtundzwanzig

Wir ließen die Autos am Tor stehen und gingen zu Fuß die schattige Auffahrt hinunter. Mein Magen fühlte sich riesig und hohl an und hallte vom Schlag meines pochenden Herzens wider.

»Soll ich mitkommen?« fragte Sophi, kurz bevor wir das Haus erreichten.

»Bitte«, sagte ich.

»Also gut«, erwiderte sie und zwinkerte mir zu.

Wir halfen Großtante Zhobelia über die Brücke über den Forth. Sie kicherte, als sie sah, wie heruntergekommen die Brücke mittlerweile war. »O ja. Ich denke, hier sind wir vor Tigern sicher!« lachte sie.

Wir gingen langsam den gewundenen Weg zu den Gebäuden entlang. Zhobelia nickte wohlwollend, als sie die neu verfugte Mauer des Obstgartens sah, schüttelte aber den Kopf über den Zustand des Rasens vor den Gewächshäusern und tadelte lautstark die beiden verantwortlichen Ziegen, die im Gras lagen, wiederkäuten und uns mit unbeteiligter Dreistigkeit anstierten.

Die Pforte des Torwegs, der in den Hof führte, war geschlossen. Das war nicht ungewöhnlich, wenn ein großer Gottesdienst abgehalten wurde. Es kam mir in den Sinn, daß es vielleicht besser sein könnte, den Umweg zu nehmen, und so öffneten wir die Tür zum Gewächshaus und gingen dort hindurch.

Zhobelia roch an einigen Blüten und stocherte in der Erde in den Blumentöpfen. Ich hatte den Eindruck, daß sie nach Verfehlungen suchte. Ich wischte mir meine schweißnassen Hände an der Hose ab.

Ein furchtbarer Gedanken schoß mir durch den Sinn. Ich ließ Morag und Sophi ein Stück vorausgehen, während ich Zhobelia beiseite nahm, die gerade ein kompliziertes System hydroponischer Leitungen betrachtete.

»Großtante«, sagte ich leise.

»Ja, mein Kind?«

»Mir ist gerade etwas eingefallen. Hast du ... sonst noch jemand von dem kleinen Buch und dem Geld erzählt?«

Sie schaute einen Moment lang verwirrt drein, dann schüttelte sie den Kopf. »O nein, nie.« Sie beugte sich dichter zu mir und senkte ihre Stimme. »Aber ich bin froh, daß ich es dir erzählt habe, o ja. Ist eine ganz schöne Bürde gewesen, das kann ich dir flüstern. Jetzt sollte man das Ganze am besten vergessen, wenn du mich fragst.«

Ich seufzte. Gut, doch meine Zuversicht war erschüttert. Wenn ich bis jetzt nicht daran gedacht hatte, was war mir sonst noch entgangen? Nun, inzwischen war es etwas zu spät, um noch umzukehren. Sophi und Cousine Morag wartete am anderen Ende des Gewächshauses. Ich lächelte ihnen zu, dann ergriff ich sanft Zhobelias Ellenbogen. »Komm jetzt, Großtante.«

»Ja. Eine Menge Rohre, was? Alles sehr kompliziert.«

»Ja«, erwiderte ich. »Alles sehr kompliziert.«

Wir traten aus der feuchten, schwül duftenden Wärme des Gewächshauses, direkt neben der Tür, durch die ich mich einige Tage zuvor geschlichen hatte, um in das Büro einzubrechen. Wir gingen weiter, an den Klohäuschen und einigen alten Bussen und Lieferwagen vorbei, die zu Schlafräumen und zusätzlichen Gewächshäusern umfunktioniert worden waren. Zhobelia klopfte mit den Fingerknöcheln gegen die Karosserie eines alten Reisebusses.

»Ein bißchen verrostet«, sagte sie schnüffelnd.

»Ja, Großtante«, erwiderte ich und sah davon ab, sie darauf hinzuweisen, daß es sich bei der Karosserie um Aluminium handelte.

Wir betraten den Hof aus Richtung Norden. Der liebliche Klang von entferntem Singen in Zungen hallte über den Platz, und ich hatte mit einem Mal einen Kloß im Hals. Ich atmete tief durch und guckte durch eines der Fenster des Klassenzimmers, während wir auf den Eingang des Herrenhauses zuhielten. Jemand stand am anderen Ende des Raums und malte mit farbiger Kreide etwas an die Tafel. Die Gestalt sah aus wie Schwester

Angela. Die Kinder saßen an ihren Pulten und schauten Schwester Angela zu; einige meldeten sich. Die kleine Flora, Schwester Gays Älteste, drehte sich um und sah mich an. Ich winkte. Sie lächelte freudig und winkte zurück, dann hob sie ihre Hand und fuchtelte aufgeregt damit. Ich hörte sie etwas rufen. Andere kleine Köpfe drehten sich zu uns um.

Ich ging zum Eingang weiter und hielt Großtante Zhobelia, Sophi und Cousine Morag die Tür auf.

»Alles in Ordnung?« fragte ich Morag.

Sie tätschelte meinen Arm. »Bestens. Wie geht es dir?«

»Nervös«, gestand ich.

In der Eingangshalle war der Gesang sehr laut; er scholl durch die geschlossene zweiflügelige Tür des Versammlungssaals zu unserer Linken. Schwester Angela öffnete die Tür auf der anderen Seite der Eingangshalle. Sie schien überrascht. Sie starrte erst Morag, dann Zhobelia an. Ihre Kinnlade klappte herunter.

»Schwester Angela«, sagte ich leise. »Schwester Zhobelia. Ich denke, Schwester Morag kennst du. Wollen wir?« Ich deutete mit einem Nicken auf das Klassenzimmer.

»Die kleine Angela, was?« sagte Zhobelia, während wir ins Klassenzimmer marschierten. »Ich nehme nicht an, daß du dich an mich erinnerst, oder?«

»Äh ... nicht ... nun, ja, aber ... äh; Kinder? Kinder!« rief Angela und klatschte in die Hände. Sie stellte Morag und Zhobelia der versammelten Klasse vor, und ein gutes Dutzend Kinderstimmen wünschte den beiden höflich einen guten Abend. Auf der gegenüberliegenden Seite der Eingangshalle wurde der jubilierende Chor des In-Zungen-Singens nach und nach leiser und verstummte dann ganz.

»Würdest du meinem Großvater sagen, daß Schwester Zhobelia ihn sprechen möchte?« bat ich Angela. Sie nickte und verließ den Raum.

Zhobelia setzte sich auf den Lehrer-Stuhl. »Wart ihr denn auch alle artig?« fragte sie die Kinder. Ein Chor von Ja-Rufen antwortete ihr. Ich nahm einen Zettel von dem Stapel auf dem Lehrerpult und schrieb eine Zahl darauf.

Schwester Angela kam zurück. »Äh«, sagte sie, anscheinend unsicher, ob sie mich oder Zhobelia ansprechen sollte. »Er wird –«

Sie wurde von Großvaters Eintritt ins Klassenzimmer unterbrochen.

»Bist du sicher –« sagte er, als er den Raum betrat. Er trug eine cremefarbene Feiertagsrobe. Er sah mich und blieb stehen, sein Gesichtsausdruck eher überrascht denn wütend. Ich grüßte ihn mit einem Nicken und drückte ihm den kleinen Zettel in die Hand. »Guten Tag, Großvater.«

»Was...?« stammelte er und schaute sich um; er blickte auf den Zettel, dann starrte er Zhobelia an.

Sie winkte. »Hallo, mein Schätzchen.«

Großvater wollte auf sie zugehen, blieb aber stehen. »Zhobelia ...« sagte er. Er schaute zu Sophi, dann starrte er Morag an, die mit verschränkten Armen auf der Kante des Lehrerpults hockte.

Ich hielt mich dicht neben Großvater. »Ich denke, du solltest dir den Zettel ansehen, Großvater«, sagte ich leise.

»Was?« Er schaute wieder zu mir. Sein Gesicht lief rot an, während sein Ausdruck von Schock zu Zorn wechselte. »Ich dachte, man hätte dir gesagt –«

Ich legte meine Hand auf seinen Arm. »Nein, Großvater«, erwiderte ich leise und tonlos. »Alles ist jetzt anders. Sieh dir einfach nur den Zettel an.«

Er starrte mich wütend an, dann gehorchte er meiner Aufforderung.

Ich hatte eine Zahl auf den Zettel geschrieben.

954024.

Einen Augenblick lang befürchtete ich, daß die Anspielung zu subtil für ihn gewesen sei, daß zu viel Zeit vergangen sei und er es einfach vergessen habe. Er starrte schweigend auf die Zahl auf dem Zettel, anscheinend zutiefst verwirrt.

Verdammt, dachte ich. Nur einfach eine Reihe von Zahlen, die jetzt keine Bedeutung mehr für ihn hatte. Was hatte ich mir nur dabei gedacht? Wahrscheinlich hatte er seit fünfundvierzig Jahren nicht mehr an diese Zahl gedacht; ganz sicher hatte er sie in all den Jahren nicht mehr zu Gesicht bekommen. Is, Is; du bist eine Idiotin!

Die Zahl, die Großvater ansah, war seine alte Militärdienstnummer.

Schließlich, schier eine Ewigkeit später, wie es schien, und während ich mich noch selbst eine verdammte Närrin schalt und mich fragte, wie ich wohl sonst zu ihm durchdringen könnte, veränderte sich sein Gesicht und verlor ganz langsam seinen zornigen Ausdruck. Einen Augenblick lang sackte er sichtlich in sich zusammen, als hätte man die Luft aus ihm herausgelassen, doch dann richtete er sich mit ganzer Willenskraft wieder auf. Trotzdem wirkte sein Gesicht noch immer eingefallen, und er sah mit einem Schlag um fünf Jahre gealtert aus. Ich kämpfte gegen ein Gefühl der Übelkeit an und versuchte, die Tränen zu ignorieren, die in meinen Augen brannten.

Er starrte mich an. Sein Gesicht war so weiß wie sein Haar. Der Zettel glitt ihm aus den Fingern. Ich bückte mich und fing ihn auf, dann ergriff ich meinen wankenden Großvater beim Arm und führte ihn zum Lehrerpult. Morag rutschte zur Seite, während er sich auf die Tischkante hockte und auf den Boden starrte. Sein Atem kam in schnellen, flachen Zügen.

Zhobelia tätschelte Großvaters anderen Arm.

»Geht es dir gut, Schätzchen? Du siehst gar nicht gut aus. Meine Güte, wir beide sind alt geworden, was?«

Großvater ergriff ihre Hand und drückte sie, dann blickte er zu mir auf. »Würdest du . . . ?« sagte er eilig, dann schaute er zu Morag, Sophi und Angela. »Würdet ihr mich entschuldigen . . . ?«

Er stand auf. Er schien meine Hand, mit der ich ihn immer noch stützte, überhaupt nicht zu bemerken. Er sah mir einen Moment lang in die Augen, die Stirn leicht gerunzelt, und es machte fast den Eindruck, als hätte er vergessen, wer ich war, und einen Augenblick lang befürchtete ich, er würde einen Herzanfall oder einen Schlaganfall oder irgend etwas Schreckliches erleiden. Dann sagte er: »Würdest du ...« und stieß sich vom Pult ab.

Ich folgte ihm. An der Tür blieb er stehen und schaute zurück zu den anderen. »Äh, entschuldigt uns bitte.«

In der Eingangshalle blieb er abermals stehen und schien sich erneut aufzurichten. »Vielleicht könnten wir einen kleinen Spaziergang durch den Garten machen, Isis«, sagte er.

»Der Garten«, erwiderte ich. »Ja, das ist eine gute Idee ...«

*

Also gingen wir im Garten spazieren, in der Abendsonne, mein Großvater und ich, und ich erzählte ihm, was ich von seiner Vergangenheit wußte, und wo ich es herausgefunden hatte, wenngleich auch nicht, was und wer mich auf die Spur gebracht hatte. Ich zeigte ihm eine der Kopien, die ich von dem Zeitungsartikel gemacht hatte, und teilte ihm mit, daß ich eine zweite in einem versiegelten Umschlag an Yolanda geschickt hätte, damit sie sie von ihren Anwälten verwahren ließ. Er nickte geistesabwesend.

Ich erzählte ihm auch, daß Allan uns alle hinters Licht geführt hatte und daß etwas gegen seine Lügen unternommen werden mußte. Großvater schien von dieser Neuigkeit nicht sonderlich überrascht oder schockiert.

Am hinteren Ende des Ziergartens steht eine Steinbank, die Ausblick über einen steilen Hang hinab zu den Gräsern und dem Schilf und dem Schlamm des Flußufers bietet. Jenseits davon erstreckten sich die Wiesen und Weiden zu einer entfernten Baumreihe, hinter der Hügel und Steilhänge unter einem wolkenbetupften Himmel aufragten.

Mein Großvater vergrub den Kopf in den Händen, und ich befürchtete kurz, er würde anfangen zu weinen, doch er stieß nur einen langgezogenen Seufzer aus, dann saß er einfach da, ließ die Hände über seine Knie baumeln und starrte mit gesenktem Kopf auf den Gartenpfad zwischen uns. Ich ließ ihn eine Weile in Ruhe, dann legte ich – zaudernd – meinen Arm um seine Schultern. Ich erwartete halb, daß er zusammenzucken, meinen Arm wegstoßen und mich anschreien würde, doch er tat es nicht.

»Ich habe einmal etwas sehr Schlimmes getan«, begann er leise und tonlos. »Ich habe etwas sehr Schlimmes getan, Isis; etwas sehr Dummes . . . damals war ich ein anderer Mensch, ein anderer Mann. Ich habe den Rest meines Lebens damit zugebracht . . . zu versuchen, diese Sache wiedergutzumachen . . . und es ist mir gelungen. Zumindest glaube ich das.«

So redete er noch eine ganze Weile weiter. Ich tätschelte ihm den Rücken und gab hin und wieder aufmunternde Laute von mir. Irgendwo in meinem Hinterkopf war noch immer die Sorge, er könne einen Herzanfall oder einen Schlaganfall bekommen, doch hauptsächlich war ich überrascht, wie unberührt mich das alles ließ und wie zynisch ich offenbar geworden war. Ich erwiderte nichts auf seine Behauptung, alles, was er seit seinem Verbrechen getan hätte, wäre seine Buße dafür gewesen. Statt dessen ließ ich ihn reden, während ich im Geiste abermals meine Wahl zwischen der zerstörerischen Wahrheit und der schützenden Lüge abwog.

Ich fühlte mich wie Samson im Tempel, imstande, das ganze Gebäude niederzureißen. Ich dachte an die Kinder in Schwester Angelas Klassenzimmer und fragte mich, was mir das Recht gab, die Grundfeste unseres Glaubens über ihren unschuldigen kleinen Köpfen einstürzen zu lassen. Aber ich war mir auch bewußt, daß die Alternative dann darin bestand, sie in einem Glauben aufwachsen zu lassen, der auf einer einzigen großen Lüge gründete.

Vielleicht sollte ich mich einfach so verhalten, wie alle anderen sich zu verhalten schienen, hier und überall sonst, und die Angelegenheit nach meinen persönlichen, selbstsüchtigen Interessen regeln . . . nur daß ich ebensowenig entscheiden konnte, in welche Richtung das mich führen würde; ein Teil von mir wollte sich immer noch an unserem Glauben rächen, indem ich ihn in seinen Grundfesten erschütterte, wollte die Macht – die wahre Macht – ausüben, die mir nun durch all das, was ich herausgefunden hatte, gegeben war, und wollte einen mächtigen Schlag gegen all jene führen, die mir Unrecht getan hatten, während ich mir von außen, von oben, das daraus entstehende Chaos anschaute, bereit, die Scherben aufzusammeln und nach meiner Fasson neu zusammenzufügen.

Ein anderer Teil schreckte vor derart apokalyptischen Träumen zurück und wollte einfach nur – soweit wie möglich – zu dem Leben zurückkehren, wie es gewesen war, bevor all dies angefangen hatte, wenn auch diesmal mit einem Gefühl der Sicherheit, das auf Wissen und verborgener Autorität beruhte, nicht auf Ignoranz und unbekümmerter Naivität.

Wieder ein anderer Teil wollte einfach nur fortgehen und das alles hinter mir lassen.

Aber wofür sollte ich mich entscheiden?

Schließlich setzte mein Großvater sich auf. »Also«, sagte er und blickte auf das Herrenhaus, nicht zu mir. »Was willst du, Isis?«

Ich saß dort auf der kalten Steinbank, ganz ruhig und klar und distanziert; kühl und reglos, so als wäre mein Herz aus Stein gemacht.

»Dreimal darfst du raten«, erwiderte ich aus der Kälte meiner Seele.

Er sah mich verletzt an, und einen Moment lang kam ich mir grausam und schäbig vor.

»Ich werde nicht fortgehen«, erklärte er hastig und blickte auf den Kies zu unseren Füßen. »Das wäre nicht fair gegenüber all den anderen. Sie vertrauen auf mich. Auf meine Stärke. Auf mein Wort. Wir können sie nicht im Stich lassen.« Er blickte über seine Schulter zu mir, um zu sehen, wie ich das alles aufnahm.

Ich reagierte nicht.

Dann blickte er zum Himmel auf. »Ich kann teilen. Du und ich; wir können uns die Verantwortung teilen. Ich mußte damit leben«, erklärte er mir. »All die Jahre über mußte ich damit leben.

Nun ist deine Zeit gekommen, diese Bürde zu teilen. Wenn du es schaffst.«

»Ich denke, ich könnte damit leben«, erwiderte ich.

Wieder sah er mich an. »Nun denn; dann wäre das also geklärt. Wir werden ihnen nichts sagen.« Er hüstelte. »Zu ihrem eigenen Besten.«

»Natürlich.«

»Und Allan?« fragte er, den Blick abermals von mir abgewandt. Der Wind trug den Gesang von Vögeln über den Rasen, die Blumenbeete und die Kieswege zu uns, dann nahm er ihn wieder mit sich fort.

»Ich denke, er war es, der die Phiole mit dem *Zhlonjiz* in meinen Seesack gelegt hat«, erklärte ich ihm. »Obwohl er vielleicht jemanden hatte, der die Tat für ihn ausgeführt hat. Aber es steht außer Frage, daß er es war, der den Brief von Cousine Morag gefälscht hat.«

Er sah mich an. »Gefälscht?«

»Sie hat seit zwei Monaten nicht mehr geschrieben. Es stimmt, daß sie nicht zum Fest kommen wollte, aber der Rest ist frei erfunden.«

Ich erzählte ihm von dem Urlaub, den Morag und ihr Manager geplant hatten und der erst in letzter Minute abgesagt worden war. Ich berichtete ihm von den Lügen, die Allan Morag über mich erzählt hatte, damit sie sowohl mich als auch die Gemeinde meiden würde.

»Er hat also ein tragbares Telefon, ja?« fragte Großvater, als wir zu diesem Teil der Geschichte kamen. Er schüttelte den Kopf. »Ich wußte, daß er sich fast jede Nacht dort hinunter geschlichen hat«, sagte er seufzend und wischte sich die Nase mit seinem Taschentuch ab. »Ich dachte, eine Frau würde dahinterstecken, oder vielleicht Drogen oder so was...« Er beugte sich vor, die Schultern eingesackt, die Ellenbogen auf den Knien. Er wrang das Taschentuch in seinen Händen.

»Ich habe gehört, seit ich fort bin, hat er dir... mit den Überarbeitungen der *Orthographie* geholfen«, sagte ich.

Er sah mich über die Schulter an, doch dann konnte er meinem Blick nicht standhalten und mußte sich wieder abwenden.

»Sag mir, welche Änderungen hat er erwirkt, Großvater?«

Großvater schien körperlich nach Worten zu suchen, fuchtelte mit den Händen in der Luft herum. »Er...« setzte er an. »Wir...«

»Laß mich raten«, fiel ich ihm ins Wort und bemühte mich, nicht die Verbitterung in meiner Stimme durchklingen zu lassen. »Du hast von Gott gehört, daß das Recht des Erstgeborenen wieder gilt, daß die Leitung der Gemeinde an Allan und nicht an mich übergehen soll, wenn du stirbst.« Ich ließ ihm Zeit zum Antworten, aber er nutzte sie nicht. »Ist das so?« fragte ich.

»Ja«, erwiderte er leise. »Etwas in der Art.«

»Und die Schaltjährigen... was ist mit uns? Was ist unsere Rolle bei diesem neuen Regime?«

»Eine Ehrenposition«, erklärte er, noch immer, ohne mich anzusehen. Ich hörte, wie er schluckte. »Aber...«

»Aber ohne Macht.«

Er schwieg, doch ich sah ihn nicken.

Ich saß da und betrachtete eine Weile seinen Rücken. Salvador starrte auf sein Taschentuch, das er noch immer wrang.

»Ich denke, das muß alles wieder zurückgenommen werden, findest du nicht auch?« sagte ich leise.

»Das ist also dein Preis, ja?« fragte er grimmig.

»Wenn du es so ausdrücken möchtest, ja«, erwiderte ich.

»Meine Wiedereinsetzung. Das ist es, was ich will.«

Er sah mich an, abermals zornig. »Ich kann nicht einfach...« setzte er an, seine Stimme erhoben. Doch wieder konnte er meinem Blick nicht standhalten und wandte die Augen ab, während die Worte auf seinen Lippen erstarben.

»Ich denke, Großvater«, sagte ich ruhig und leise, »wenn du angestrengt genug auf die Stimme Gottes lauschst, dann hörst du vielleicht etwas, das den gewünschten Effekt hat. Meinst du nicht auch?«

Er saß eine Weile stumm da, dann drehte er sich um, und seine

Augen waren feucht. »Ich bin kein Scharlatan«, erklärte er und klang tatsächlich ehrlich verletzt. »Ich weiß, was ich empfunden habe, was ich gehört habe ... damals, ganz am Anfang. Es ist einfach nur so, daß seither ...«

Ich nickte bedächtig, während ich mich fragte, was ich über Zhobelias Visionen sagen sollte. Schließlich meinte ich: »Ich habe dich nicht bezichtigt, ein Scharlatan zu sein.«

Er wandte abermals den Blick ab und wrang eine Weile sein Taschentuch, dann hörte er damit auf, stieß einen wütenden Laut aus und stopfte das Taschentuch zurück in die Tasche. »Was soll mit Allan passieren?«

Ich erklärte ihm, was ich wollte.

Er nickte. »Nun«, sagte er und klang erleichtert. »Wir werden es ihm vorschlagen müssen, nicht wahr?«

»Ich denke, es wäre das Beste«, pflichtete ich bei.

»Dein Bruder hat ... Ideen, mußt du wissen«, sagte er und klang bedauernd.

»Was, wie zum Beispiel, unsere Anhänger um Geld zu bitten?«

»Nicht nur das. Er hat eine Vision, was die Gemeinde, den Glauben betrifft. Nach seiner Ansicht sollten wir uns auf das kommende Jahrhundert vorbereiten. Wir haben die Chance, auf das aufzubauen, was wir hier haben, zu missionieren und zu expandieren und von anderen Kultgemeinschaften zu lernen; wir sollten aggressivere Missionsarbeit leisten, Stützpunkte in Übersee gründen, beinahe so wie Franchise-Betriebe, in Europa, Amerika, der Dritten Welt. Wir könnten in die Nahrungsmittelbranche einsteigen und Geld machen ... mit ...«

Seine Stimme erstarb, während ich langsam den Kopf schüttelte.

»Nein«, sagte ich. »Ich denke nicht, Großvater.«

Er öffnete den Mund, so als wollte er dagegen angehen, dann ließ er den Kopf sinken. Seine Schultern hoben und senkten sich in einem Seufzer. »Gut«, sagte er. Und das war alles.

»Sind diese ... diese Bettelbriefe schon verschickt worden?«

fragte ich, und diesmal versuchte ich gar nicht erst, die Verachtung in meiner Stimme zu unterdrücken.

Er sah mich an. »Noch nicht«, sagte er, und es klang müde. »Wir wollten noch abwarten und erst einmal sehen, wer zum Fest kommt. Um sie persönlich anzusprechen, wenn möglich.«

»Gut. Ich denke nicht, daß wir irgend jemanden persönlich ansprechen oder die Briefe verschicken sollten. Meinst du nicht auch?«

Er sackte wieder ein wenig zusammen. »Ich vermute, es ist jetzt nicht mehr nötig.«

»Gut«, sagte ich. »Ich fürchte, ich werde außerdem nicht aktiv an dem Fest der Liebe teilnehmen – nicht, daß ich es müßte, Morag und Ricky werden auf dem Fest heiraten. Ich persönlich fühle mich noch nicht dazu bereit. Ich kann nicht sagen, ob ich mich je dazu bereit fühlen werde. Wir werden sehen.« Ich machte eine kurze Pause, dann fuhr ich fort. »Es tut mir leid.«

Er schien mich nicht gehört zu haben, denn er zuckte nur die Achseln und schüttelte den Kopf.

»Was immer du willst«, erwiderte er leise.

»Gut«, sagte ich und spürte, wie mich ein sonderbares, aber auch kaltes Hochgefühl durchströmte. »Also«, erklärte ich und stützte die Hände auf meine Knie. »Wollen wir wieder zurückgehen?«

»Ja«, erwiderte er und stand mit mir auf. Am Himmel über uns trillerte eine Lerche.

»Wir werden in die Bibliothek gehen und Allan zu uns bitten«, erklärte ich. »Mal sehen, wie er reagiert. In Ordnung?«

»In Ordnung«, kam die tonlose Antwort.

»Gut.« Ich setzte mich Richtung Herrenhaus in Bewegung, bis ich bemerkte, daß er mir nicht folgte. Ich drehte mich um und sah, wie er mich mit einem merkwürdigen Lächeln auf den Lippen anschaute. »Ist etwas, Großvater?« fragte ich.

Er nickte geistesabwesend und kniff die Augen zusammen. Ich spürte, wie Angst in mir hochschoß, während mir durch den Sinn ging, daß er das Ganze vielleicht etwas zu ruhig aufgenommen hatte und daß er nun zusammenbrechen, schreien und brüllen oder mich sogar körperlich angreifen würde.

Ich spannte die Muskeln an, bereit zur Flucht.

Sein Lächeln wurde breiter, und sein Blick wanderte über mein Gesicht, so als sähe er mich zum ersten Mal. Mit so etwas wie Bewunderung in seiner Stimme sagte er: »Aye.« Er nickte abermals. »Aye, du bist wirklich meine Enkelin, stimmt's?«

Wir sahen einander einen Moment lang in die Augen, dann lächelte ich und streckte den Arm aus. Er zögerte, dann ergriff er ihn, und wir gingen langsam, Arm in Arm, zurück zum Haus.

Kapitel Neunundzwanzig

»Was?« brüllte Allan.

»Beichte«, wiederholte ich gelassen. »Oder Exil. Ich will, daß du dich vor allen hinstellst, heute abend, und beichtest, daß du sie betrogen und benutzt hast, daß du Lügen über mich verbreitet hast, daß du mich belogen hast, daß du Morag belogen hast, daß du unseren Gründer belogen hast, daß du alle belogen hast.«

»Leck mich am Arsch, kleine Schwester!« donnerte Allan; er stürmte vom Fenster weg, wo ich mit Morag, Sophi und Ricky stand. Er marschierte mit ausholenden Schritten zur gegenüberliegenden Seite der Bibliothek, während er sich mit gespreizten Fingern die Haare raufte. Als er zu Großvater kam, drehte er auf dem Absatz um; Großvater saß in einem Sessel neben der geschlossenen Tür zur Eingangshalle. Zhobelia war noch immer im Klassenzimmer und unterhielt sich mit den Kindern. Der Vollmond-Gottesdienst war noch immer unterbrochen; Calli las für die versammelte Gemeinde aus der *Orthographie*, während wir in der Bibliothek, direkt neben dem Klassenzimmer, unser Konklave abhielten. Ich fühlte mich hier wohl, umgeben von Büchern und ihrem muffigen Geruch.

Allan fiel vor Großvater auf die Knie, packte mit den Händen die Armlehnen des Sessels und rüttelte daran. »Salvador! Gründer! *Großvater*! schrie er. »Laß nicht zu, daß sie das tut! Kannst du denn nicht sehen, was sie im Schilde führt?«

Großvater schüttelte den Kopf und wandte den Blick ab. Er murmelte etwas, aber ich konnte nicht verstehen, was es war.

Allan sprang wieder auf und kam auf mich zugestürmt, eine Faust geballt und an die Schulter erhoben. Ricky, der offensichtlich akzeptiert hatte, daß Allan der böse Bube in diesem ganzen Spiel war, knurrte und stellte sich ihm in den Weg. Allan blieb ein paar Schritte vor ihm stehen. Er trug eine graue Robe, im Schnitt ähnlich der von Großvater.

Ich sah meinem Bruder in die Augen, hielt meinen Gesichtsausdruck dabei neutral und meine Stimme fest. »Ich will, daß du gestehst, daß du das *Zhlonjiz* genommen und in meinen Seesack gesteckt hast, Allan«, fuhr ich fort. »Und du wirst gestehen, daß du hier im Herzen der Gemeinde ein tragbares Telefon benutzt hast, um all deine Lügen und Betrügereien zu bewerkstelligen und Menschen wie Morag und Onkel Mo in schändlicher Weise zu benutzen.«

»Ha!« lachte Allan grimmig. »Das werde ich also, ja? Und das wäre dann alles, ja?«

»Nein«, sagte ich. »Du wirst außerdem gestehen, daß du darüber gelogen hast, ich hätte versucht, Großvater zu verführen, und daß du versucht hast, ihn und die Überarbeitungen der *Orthographie* zu deinen eigenen, selbstsüchtigen und politischen Zwecken zu mißbrauchen.«

»Du bist verrückt!« rief er aus, und seine Stimme wurde schrill. Er ließ seinen Blick von einem zum anderen schweifen, die Augen weitaufgerissen, das Gesicht glänzend von Schweiß, sein Atem beinahe keuchend. Er lachte abermals. »Sie ist verrückt!« erklärte er Sophi, Morag und Ricky. Er drehte sich wieder um und sah zu Salvador, der seinen Enkel jetzt anschaute. »Sie ist verrückt! Sie ist völlig übergeschnappt, sage ich dir! Hörst du denn nicht, was sie verlangt? Ich meine, hast du ihr mal richtig *zugehört*?«

»Leugnest du irgendeine der Anschuldigungen?« fragte Salvador mit eisiger Stimme.

»Alle!« brüllte Allan; er wirbelte auf dem Absatz herum und blitzte mich wütend an.

Ich drehte mich betont langsam zu Morag um, die neben mir stand. Sie starrte Allan grimmig an, die Arme verschränkt. Allan blickte von Morag zu mir und dann wieder zu Morag. Er blinzelte nervös.

»Großvater, vielleicht möchtest du meinen Bruder um den Schlüssel zu seinem Schreibtisch im Büro bitten«, schlug ich vor. »Das letzte Mal, als ich ihn sah, hing er an einer Kette um seinen Hals.«

»Nun, Allan?« sagte Großvater.

Allan drehte sich abermals zu unserem Großvater um. »Hör zu«, sagte er und holte tief Luft. Er stieß ein kurzes, nervöses Lachen aus. »Hör zu, also gut; ich habe ein Telefon. Ja, ich meine, was soll's? Das ist doch nun wirklich keine große Sache. Ich habe es zum Wohle aller benutzt. Zum Wohle aller. Außerdem ist es für Notfälle gedacht... Und ja, zugegeben, es könnte da das eine oder andere Mißverständnis mit Morags Briefen gegeben haben, aber, Opa –«

Ich marschierte quer durch den Raum auf ihn zu.

Er muß mich kommen gehört haben; er drehte sich um, und mein Unterarm krachte gegen seine Brust, als ich seine Robe mit den Fäusten packte; mein Schwung trieb ihn zwei taumelnde Schritte rückwärts, bis seine Schulter gegen die Tür der Bibliothek prallte, direkt neben Großvaters Sessel. Ich starrte ihm wütend ins Gesicht; seine Augen waren weit aufgerissen, sein Atem ging stoßweise und schlug mir ins Gesicht.

Ich preßte gegen seine Brust, und mein ganzer Leib bebte vor Zorn.

»Hör zu, *Bruder*«, zischte ich und packte seine Robe noch fester. Ich schüttelte ihn. »Ich glaube nicht, daß du deine Lage wirklich begriffen hast. Ich *weiß*, was du getan hast, ich weiß über deine Pläne Bescheid, und jetzt weiß Großvater es auch. Alles, was ich hier tue, und alles, was ich hier sage, geschieht mit Großvaters Segen. *Alles*. Ist es nicht so, Großvater?« sagte ich, ohne ihn anzuschauen.

Ich sah, wie Allans Augen sich von meinem Blick losrissen und flehend nach unten zu Großvater starrten.

»Ja, so ist es, Isis«, erklärte Großvater mit leiser Stimme.

Allans Blick schwenkte zu mir zurück. Ich konnte jetzt Schweißperlen auf seiner Oberlippe erkennen. Seine Augen waren sehr weit aufgerissen.

»Begreifst du langsam, großer Bruder?« fragte ich. »Entweder, du tust alles, was ich sage, oder es ist aus für dich; es gibt keine Verhandlungen, keine Gespräche, keine Kompromisse, keinen Handel. Du tust einfach genau das, was ich sage, genau das, was Großvater sagt, oder du bist *draußen*!« Ich stieß ihn rückwärts gegen die Tür, so daß sein Kopf gegen das Holz schlug. »*Verstanden*?« Ich schüttelte ihn abermals. Ich glaube, ich habe versucht, ihn hochzuheben, aber er war zu schwer für mich. Es lag nur an meinem Zorn und seiner Verblüffung, daß ich ihn überhaupt dort festhalten konnte.

Er starrte mir in die Augen. Sein Gesicht war bleich. Sein Atem roch nach Pfefferminz. Er schluckte. Ich spürte, wie er nach meinen Händen langte, um seine Robe aus meinem Griff zu befreien. »He, Is«, sagte er, die Stimme leise und zitternd. »Komm schon, übertreibst du nicht ein bißchen? Ich meine –«

»Du Dreckskerl!« fauchte ich, und mein Zorn loderte in mir wie ein explodierender Stern. »Du hast versucht, mein *Leben* hier zu zerstören; du willst alles korrumpieren, für das diese Gemeinde steht, und du hast jeden einzelnen von uns belogen, alles nur um deiner eigenen, miesen Zwecke willen, und du denkst, ich würde das als einen *Witz* betrachten?«

Ich ließ mit einer Hand los, aber nur, um mit der anderen Faust seine Robe herunterzuziehen, damit ich mit meiner freien Hand die Kette mit dem Schlüssel packen konnte. Ich riß ihm die Kette ab; er schrie auf, als die metallenen Glieder irgendwo in seinem Nacken barsten. Ich trat zurück, während er sich den Nacken rieb und mich wütend anblitzte. Muskeln bebten an seinem Kiefer, direkt unterhalb der Ohren.

»Nun, dann will ich dir mal etwas wirklich Witziges erzählen, Allan«, sagte ich; ich spürte ein Kribbeln hinter meinen Augen und hörte ein schrilles Rauschen in meinen Ohren. Ich wog Kette und Schlüssel in meiner Hand. »Entweder du beichtest, öffentlich, jetzt, alles, oder du bist draußen, Bruder. Für immer, ohne einen Penny. Denn wenn du nicht allen alles erzählst, dann werden wir – Großvater und ich – es tun. Wir werden uns dein Telefon holen, und wir werden das Büro und deine Zimmer durchsuchen lassen, wir werden den ganzen verdammten Hof durchsuchen lassen, und außerdem werden wir gleich morgen früh zur Bank in Stirling gehen, nur für den Fall, daß du auf die Idee kommst, dich mit unserem Geld aus dem Staub zu machen, verstanden? Ich denke, das alles würde deine Position hier ... wie war das Wort noch gleich? ... untragbar machen. Das ist doch die Art von Geschäftssprache, die du verstehst, oder nicht, *Bruder*?«

Allan hob die zitternden Hände an die Brust und strich seine Robe glatt. Er blickte abermals zu Salvador, der mit gesenktem Kopf dasaß, die Hände auf die Knie gestützt.

»Großvater?« sagte Allan, und es klang, als würde er gleich anfangen zu weinen. »Was ist mit den neuen Offenbarungen für die *Orthographie*? Die, die wir verkünden wollten ...«

»Die sind den Bach runter, Bruder«, erklärte ich ihm. »Wie der Rest von deinen Plänen.«

Er ignorierte mich. »Großvater«, sagte er noch einmal. »Sie ist verrückt geworden.« Wieder stieß er ein nervöses Lachen aus. »Du wirst doch nicht zulassen –«

»O Herrgott noch mal, Junge!« donnerte Großvater, ohne aufzublicken. Trotzdem füllte seine Stimme den Raum. Selbst ich fuhr erschreckt zusammen. Die Wirkung auf Allan war noch dramatischer; er wankte und zitterte, als wäre ihm ein Blitz in die Glieder gefahren.

Großvater hob ganz langsam den Kopf und blickte meinen

Bruder an. »Tu einfach, was sie sagt«, befahl er. Er schüttelte kurz den Kopf. »Mach es nicht noch schlimmer«, murmelte er. Dann blickte er wieder zu Boden.

Allan starrte unseren Großvater an, dann schaute er wieder zu mir. Sein Blick war starr, sein Gesicht kreideweiß. Sein Mund bewegte sich einen Moment lang stumm, bevor ein Laut herauskam.

»Und was«, krächzte er heiser, dann hielt er inne, um ein paarmal zu schlucken. »Und was würdet ihr mir lassen, wenn ich ... wenn ich mich zu dieser lächerlichen Beichte bereiterklären würde?«

Ich atmete tief ein und aus. Dann sah ich einen Moment lang meinen Großvater an. *Also*.

»Du kannst das meiste von dem, was du im Moment hast, behalten, Allan«, erklärte ich ihm. »Nun, zumindest das meiste von dem, was du *unserer Annahme nach* hattest. Ich denke, zur Buße wäre eine Pilgerreise nach Luskentyre angebracht, aber wenn du zurückkommst, kannst du dich um die alltäglichen Belange des Hofs kümmern, wie du es auch bislang getan hast. Natürlich will ich von nun an jederzeit uneingeschränkten Zugriff auf alle Bücher und Konten haben. Auf alles, um genau zu sein. Außerdem, und das ist vielleicht das Wichtigste, werde ich alle Schecks unterschreiben und alle Ausgaben genehmigen.«

»Aber das ist mehr, als Großvater tut!« protestierte Allan.

»Ich weiß, Allan«, erwiderte ich. »Aber so will ich es nun einmal.« Ich machte eine kurze Pause. »Während du den Hof leitest, werde ich mich um die alltäglichen Belange der Gemeinde kümmern; Großvaters Position wird sich nicht verändern, insofern als er auch weiterhin unser Gründer und unser Oberhaupt sein wird. Ebensowenig besteht die Notwendigkeit, ihn mit all den Dingen zu belasten, um die du dich bislang gekümmert hast. Fortan wird dieser Teil unserer geschäftlichen Angelegenheiten mir unterstehen. Und ich denke, wir werden es allen Mitgliedern der Gemeinde unmißverständlich klarmachen, daß sie dem Gründer und mir gegenüber rechenschaftspflichtig sind.« Ich zuckte mit den Achseln. »Und vielleicht auch gegenüber einem formelleren Gremium, wie zum Beispiel einem gewählten Rat oder Komitee. Darüber werden wir noch nachdenken müssen. Ich werde alle um Vorschläge bitten. Du bist herzlich eingeladen, ebenfalls Vorschläge beizusteuern, wenn du von deiner Pilgerfahrt zurückgekehrt bist.«

Allan sah nun fast komisch aus. Er öffnete und schloß seinen Mund und blinzelte nervös, während er versuchte, das alles zu verarbeiten. Er warf einen letzten, verzweifelten Blick zu Großvater. »Opa?« bettelte er mit versagender Stimme.

Großvater sah weiter zu Boden. »Was immer die Geliebte Isis wünscht«, erklärte er leise.

Allan starrte den älteren Mann an.

Ich drehte mich zu den Fenstern um. Ricky sah gelangweilt aus. Morag hatte noch immer die Arme vor der Brust verschränkt. Sie hatte die Stirn gerunzelt, schenkte mir aber ein verhaltenes Lächeln. Sophi schaute verschreckt drein, doch als ich ihr zuzwinkerte, breitete sich ein erleichtertes, wenn auch nervöses Lächeln auf ihrem Gesicht aus. Ich wandte mich wieder zu Allan um.

Allan hob die Arme, bis sie auf Höhe seiner Schultern ausgebreitet waren, sein Gesicht noch immer kreideweiß, die Augen noch immer weit aufgerissen. Seine Stimme klang leise und sehr weit entfernt. »Was immer du sagst«, hauchte er.

Ich saß auf dem kleinen Holzstuhl auf dem Podium und ließ meinen Blick durch einen Versammlungsraum voller überraschter Gesichter schweifen. Mein Bruder kniete vor mir; er stellte die Schüssel mit warmem Wasser zur Seite, nahm das Handtuch von Großvater entgegen und begann, meine Füße abzutrocknen.

Allans Gesicht war noch immer naß von den Tränen, die er während seiner Beichte vergossen hatte. Sein Schuldeingeständnis war kurz, doch umfassend gewesen; ich glaubte nicht, daß er etwas ausgelassen hatte. Es war mit völligem Schweigen aufgenommen und dann, als es zu Ende war, mit einem empörten Aufruhr beantwortet worden, den zu beruhigen es der ganzen Autorität und Stimmgewalt meines Großvaters bedurft hatte.

Großvater hatte die versammelten Gemeindemitglieder noch einmal zur Ordnung gerufen, während die Zeremonie, die ungerechtfertigterweise bei meiner Rückkehr vor einigen Tagen versäumt worden war, verspätet nachgeholt wurde, dann hatte er Morag gebeten, die Schüssel mit Wasser und das Handtuch zu bringen. Es erhob sich hier und dort Gemurmel, als sie durch den Raum zum Podium ging, doch es wurde schnell von einem strengen Blick meines Großvaters zum Schweigen gebracht.

Während mein Bruder mir in der entgeisterten Stille die Füße trocknete, liefen ihm von neuem Tränen über die Wangen, so daß er ein wenig länger brauchte, um seine Aufgabe zu beenden.

Schließlich war er jedoch damit fertig, und nachdem Allan wieder im Saal Platz genommen und ich mich – barfuß – ans Pult gestellt hatte, bat mein Großvater abermals um Ruhe, dann überließ er mir das Podium und setzte sich in die erste Reihe der Gebetsbänke.

Dieser nie dagewesene Akt rief erneut überraschte Ausrufe und Gemurmel hervor. Ich wartete ab, bis sie sich wieder gelegt hatten.

Als dem so war, ließ ich den Blick über meine Gemeinde schweifen und lächelte. Ich legte die Hände auf das glatte, polierte Holz des Pults und spürte die harte Oberfläche unter der weichen Haut meiner Handteller.

Unvermittelt erinnerte ich mich daran, wie sich der Fuchs in meinen Händen angefühlt hatte, als ich ihn vor all den Jahren am Straßenrand aufgehoben hatte. Jene geahnte, zarte Andeutung eines Herzschlags im selben Augenblick, als ich ihn hochnahm. Ich war nie ganz sicher gewesen, ob es mein eigener Puls war, den ich gespürt hatte, oder der des Tiers; und wenn es tatsächlich der Herzschlag des Fuchses gewesen sein sollte, so war ich mir nie ganz sicher gewesen, ob er nicht einfach nur bewußtlos dagelegen hatte, bis wir vorbeigekommen waren (und Allan ihn mit seinem

Stock angestubst hatte), oder ob er tatsächlich tot gewesen war und meine Gabe – über eine Distanz, ohne Berührung, und daher ein zweifaches Wunder – ihn zu neuem Leben erweckt hatte.

Existierte meine Gabe wirklich? War sie echt? Konnte ich mir da sicher sein? Ich war über die Jahre zu der felsenfesten Überzeugung gelangt, daß die Antwort auf all diese Fragen – oder diese eine Frage in verschiedenen Formulierungen – von dem genauen körperlichen Zustand jenes kleinen wilden Tiers abhing, an jenem Sommertag mit Allan auf dem Stoppelfeld, als ich noch ein Kind war.

Ich habe die Antwort nie gefunden. Eine Zeitlang hatte ich geglaubt, daß ich sie einmal finden würde, doch nun konnte ich akzeptieren, daß es niemals so sein würde, und damit kam auch die befreiende Erkenntnis, daß es eigentlich auch gar keine Rolle spielte. Hier war das, was wirklich wichtig war; hier, während ich den Blick über diese benommenen, verwirrten, ehrfürchtigen, sogar ängstlichen Gesichter schweifen ließ, *hier* war Wirkung über Distanz, hier war greifbare Macht, hier war es, wo der Glaube – der Glaube an sich selbst und der mit anderen geteilte Glaube – unleugbar etwas bewirken konnte.

Wahrheit, ging es mir durch den Sinn. *Wahrheit*; es gibt keine größere Macht. Das ist der ultimative Name, den wir unserem Schöpfer geben.

Ich holte tief Luft, und ein plötzliches, flüchtiges Schwindelgefühl überkam mich, erfüllte mich mit Tatkraft und machte mich trunken, und ich fühlte mich stark und ruhig, fähig und furchtlos.

Ich räusperte mich.

»Ich habe euch eine Geschichte zu erzählen«, sagte ich.

GOLDMANN

Frauen lassen morden

*»Marlowes Töchter« (Der Spiegel) schreiben
Spannung mit Pfiff, Intelligenz und dem sicheren
Gefühl dafür, daß die leise Form des Schreckens
die wirkungsvollere ist.*

Robyn Carr, Wer mit dem
Fremden schläft   42042

Melodie Johnson Howe,
Schattenfrau   41240

Doris Gercke, Weinschröter,
du mußt hängen   9971

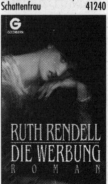

Ruth Rendell,
Die Werbung   42015

Goldmann · Der Taschenbuch-Verlag

GOLDMANN

Frauen lassen morden

*»Marlowes Töchter« (Der Spiegel) schreiben
Spannung mit Pfiff, Intelligenz und dem sicheren
Gefühl dafür, daß die leise Form des Schreckens
die wirkungsvollere ist.*

Liza Cody,
Doppelte Deckung   41493

Deidre S. Laiken,
Blutroter Sommer   42260

Elizabeth George,
Gott schütze dieses Haus   9918

Ruth Rendell,
Die Brautjungfer   41259

Goldmann · Der Taschenbuch-Verlag

GOLDMANN

*Das Gesamtverzeichnis aller lieferbaren Titel erhalten Sie
im Buchhandel oder direkt beim Verlag.*

Taschenbuch-Bestseller zu Taschenbuchpreisen
– Monat für Monat interessante und fesselnde Titel –

✳

Literatur deutschsprachiger und internationaler Autoren

✳

Unterhaltung, Thriller, Historische Romane
und Anthologien

✳

Aktuelle Sachbücher, Ratgeber, Handbücher
und Nachschlagewerke

✳

Esoterik, Persönliches Wachstum und
Ganzheitliches Heilen

✳

Krimis, Science-Fiction und Fantasy-Literatur

✳

Klassiker mit Anmerkungen, Autoreneditionen
und Werkausgaben

✳

Kalender, Kriminalhörspielkassetten und
Popbiographien

Die ganze Welt des Taschenbuchs

Goldmann Verlag · Neumarkter Str. 18 · 81673 München

Bitte senden Sie mir das neue kostenlose Gesamtverzeichnis

Name: _____

Straße: _____

PLZ / Ort: _____